베네치아에서의 죽음

베네치아에서의 죽음
Der Tod in Venedig

토마스 만 중단편집 홍성광 옮김

DER TOD IN VENEDIG
by THOMAS MANN(1902~1912)

이 책은 실로 꿰매어 제본하는 정통적인 사철 방식으로 만들어졌습니다.
사철 방식으로 제본된 책은 오랫동안 보관해도 손상되지 않습니다.

글라디우스 데이(1902)	7
트리스탄(1902)	33
굶주리는 사람들(1902)	101
토니오 크뢰거(1902)	115
신동(1903)	211
힘든 시간(1905)	227
벨중족의 혈통(1905)	243
베네치아에서의 죽음(1912)	287
역자 해설 정상적인 길에서 벗어난 예술가들	399
토마스 만 연보	419

글라디우스 데이[1]

1 글라디우스 데이는 〈신의 검〉을 뜻한다. 이는 리하르트 바그너의 오페라 「니벨룽의 반지」에 나오는 보탄의 검 〈노퉁〉을 말한다.

1

뮌헨은 빛나고 있었다. 축제 분위기의 광장과 하얀 열주 (列柱)식 신전들, 고대풍 기념물과 바로크식 성당들, 물이 솟아오르는 분수, 군주의 궁전과 정원들 위로 비단결 같은 푸른 하늘이 빛을 발하며 넓게 펼쳐져 있었다. 신록이 우거진 아름다운 6월의 첫날은 어른어른하는 햇살에 잠겨 있었고, 잘 설계된 건물들의 전망은 넓고 환했다.

새들이 지저귀고, 거리마다 은밀한 환호성이 울려 퍼지고 있다. 그리고 광장과 늘어선 집들에서는 아름답고 유유자적한 도시의 삶이 번잡하게 굴러가고 부글부글 끓어오르며 와자지껄한 소리를 내고 있다. 여러 나라에서 몰려온 여행객들이 좌우의 건물 벽들을 호기심 어린 눈빛으로 올려다보며 조그만 마차를 타고 이리저리 천천히 돌아다니고 있다. 그러고는 박물관들의 넓은 계단들을 올라간다······.

많은 창문들이 열려 있고, 많은 창문들에서 음악이 거리로 흘러나온다. 피아노나 바이올린, 혹은 첼로를 연습하는 소리다. 아마추어적인 음악가들이 이렇게 성실하게 노력하는 것이 가상하다. 하지만 〈오데온 광장〉에서는 으레 그렇듯이 그랜드 피아노로 진지하게 연습하는 소리도 들린다.

노퉁[2]의 모티브를 휘파람으로 불고 저녁에는 근대적인 극장의 뒤쪽을 가득 채우는 젊은이들이 재킷의 옆 주머니에 문학잡지를 꽂고 어슬렁거리며 대학교와 국립 도서관을 들락거린다. 터키인 거리와 개선문 사이에 하얀 두 팔을 벌리고 있는 조형 예술 대학 앞에는 의전(儀典) 마차가 한 대 서 있다. 그리고 현관 앞의 경사진 곳에는 모델들 — 그림 같은 노인들, 어린이들, 부인들 — 이 색색으로 무리를 지어 알바니아 산악 지대의 의상을 입고 서거나 앉아서 진을 치고 있다.

북쪽으로 기다랗게 주택들이 늘어서 있는 길마다 사람들이 쉼 없이 어슬렁거리며 이리저리 움직이고 있다……. 그곳의 사람들은 생업에 내몰리거나 시달리지 않고 편안한 마음으로 살아가고 있다. 뒷머리에 둥글고 작은 모자를 걸치고, 넥타이를 느슨히 맨 채 지팡이를 들지 않은 젊은 예술가들, 그림을 그려 집세를 충당하는 아무런 걱정 없는 젊은이들이 밝고 푸른 오전의 분위기를 맛보기 위해 산책을 하고 있다. 그러고는 귀엽고 작달막한 어린 소녀들을 물끄러미 바라본다. 흑갈색의 머리띠를 하고, 발이 아주 커 보이는 소녀들은 행동에 스스럼이 없다……. 다섯 집에 한 집 꼴로 아틀리에식 창유리가 햇빛에 번쩍이고 있다. 간혹 줄지어 늘어선 일반 주택들 틈에서 상상력이 뛰어난 젊은 건축가의 예술적 건축물이 눈에 띄기도 한다. 기묘한 장식이 되어 있고, 널찍한 수평 아치식의 그 건축물은 기지와 독창성으로 가득 차 있다. 그런데 갑자기 어딘가에서 나타난, 너무 지루해 보이는 정면에 있는 문은 대담하게 즉흥 연주를 하는 사람, 유려한 선과

---

[2] 리하르트 바그너의 오페라 「니벨룽의 반지」에 나오는 보탄의 검을 말한다.

밝은 색채, 술 취한 사람들, 요정들, 장밋빛의 벌거벗은 사람들에게 에워싸여 있다…….

미술 가구상과 근대적인 사치품 시장 앞에 머무르다 보면 언제나 새로운 즐거움이 샘솟는다. 온갖 물건들의 형태는 얼마나 상상력이 풍부하고, 선에는 얼마나 유머가 가득한가! 사방에 조그만 조각품 가게며 액자 가게, 골동품 가게가 즐비하다. 그 가게들의 진열창에서는 고상한 매력이 넘치는 콰트로첸토[3]풍의 피렌체 부인들의 흉상이 그대를 계속 바라보고 있다. 그리고 아무리 작고 보잘것없는 가게의 주인이라도 도나텔로[4]와 미노 다 피에솔레[5]에게서 개인적으로 복제권을 얻은 듯이 말한다…….

하지만 저 위 오데온 광장 앞에 모자이크로 된 널찍한 평면이 펼쳐져 있는 엄청나게 큰 발코니의 건너편, 궁전과 비스듬히 마주 보고 있는 방향으로 사람들이 몰려든다. 골동품상 M. 블뤼텐츠바이크 씨의 커다란 가게의 위대한 예술 잡지가 진열된 널찍한 창과 진열장 주위로 몰려드는 것이다. 이렇게 화려한 진열품을 보는 것은 얼마나 즐거운 일인가! 세계 각지의 화랑에서 온 걸작들의 복제품들이 세련된 색조의 값비싼 액자에 무척 단순한 방식으로 끼워져 있다. 감각적인 즐거움을 주는, 상상력이 풍부한 근대 회화의 모사품들 속에서 고대가 유머러스하고도 사실적으로 되살아나고 있는 것 같다. 르네상스의 조각품들은 완전한 주물(鑄物)로 재생되어 있다. 청동 나신상과 깨지기 쉬운 관상용 유리잔도 마찬가지다. 흙으로 빚은 멋진 예술 양식의 꽃병들은 갖가지 빛나는

---

3 Quattrocento. 15세기풍의 이탈리아 예술 및 그 양식이다.
4 Donatello(1386~1466). 이탈리아 초기 르네상스의 대표적인 조각가이다.
5 Mino da Fiesole(1429~1484). 이탈리아 피렌체 출신의 조각가이다.

색을 입히는 금속 증기 가마에서 만들어진다. 유행에 편승하는 서정 시인의 작품이 새로운 장정 기술을 도입한 책으로 만들어져 화려하고도 고상하게 장식된 표지에 싸여 있다. 그 사이에는 예술가, 음악가, 철학자, 배우, 작가들의 초상화가 사적인 것에 대한 대중의 호기심을 만족시키기 위해 내걸려 있다……. 바로 인접한 서점의 첫 번째 진열창에 있는 한 화판틀 위에 커다란 그림이 놓여 있고, 그 그림 앞에 많은 사람들이 모여 있다. 검게 변색 처리된 널따란 황금 액자에 끼워져 있는, 적갈색의 색조로 완성된 귀중한 사진은 이목을 끄는 작품이다. 이것은 그해의 국제 전시회에서 인기를 끈 작품을 모방한 것이다. 옥외 광고탑에는 연주회 팸플릿과 예술적으로 꾸며진 화장품 광고지 사이에 자리한 고풍스럽고 효과적인 포스터들이 이 국제 전시회에 찾아오도록 유혹하고 있다.

그대 주위를 둘러보고, 서점의 진열창 속을 들여다보라! 그대의 눈에는 〈르네상스 이후의 주거 예술〉, 〈색채 감각 교육〉, 〈근대 공예 미술 속의 르네상스〉, 〈예술품으로서의 서적〉, 〈장식 예술〉, 〈예술에 대한 갈망〉과 같은 제목의 책들이 보일 것이다. 그리고 그대는 눈을 뜨게 해주는 이러한 서적들이 수없이 팔리고 읽히며, 저녁에는 사람들이 홀에 가득 모여 바로 이런 주제들로 대화를 나눈다는 것을 알아야 한다…….

운이 좋으면, 예술 매체에서 볼 수 있는 유명한 여성들 가운데 누군가를 직접 만날 수도 있을 것이다. 인위적으로 만든 티치아노풍 금발과 화려한 보석으로 치장한 부유하고 아름다운 여성들 중 한 명을 말이다. 천재적인 초상화가의 손을 통해 이들의 뇌쇄적인 용모에 영원성이 부여되었다. 그리고 도시 사람들은 이들의 연애 행각에 관해 말하고 있다. 카니발에서 예술 축제의 여왕인 이들이 연지를 바르고 화장을 해서 고상한 매력이 넘치게 되어 사람들의 인기를 끌고 숭배의 대상이 된다. 그런데, 보라, 저기 어떤 위대한 예술가가 자기 애인과 함께 마차를 타고 루트비히 가를 올라가고 있지 않은가! 마차를 본 사람들은 발길을 멈추고 두 사람을 쳐다본다. 많은 사람들이 인사를 한다. 그리고 경찰관들이 부동자세를 취하는 경우도 심심찮게 일어난다.

예술이 꽃피어 나고, 예술이 지배하고 있으며, 예술이 장미로 휘감은 왕의 홀(笏)을 도시에 내밀며 미소 짓고 있다. 예술이 번성하는 것에 다들 존경할 만하게 관심을 보이고 있고, 예술에 일조하기 위해 열심히, 헌신적으로 연습하고 선전하며, 선, 장식, 형태, 감각 및 아름다움을 진심으로 열렬하게 예찬하고 있다……. 이렇게 뮌헨은 빛나고 있었다.

2

한 젊은이가 셸링 가를 따라 걷고 있었다. 주위에서 자전거를 타고 가는 사람들이 벨을 울리는 가운데, 그는 루트비히 성당[6]의 널찍한 정면에 나무 벽돌로 깔아 놓은 도로를 걸어가고 있었다. 그가 걸어가는 모습을 본 사람이라면 태양에 비친 어떤 그림자가 지나가는 것 같은 느낌을 받았을 터이고, 그 사람이 어떤 괴로운 순간을 떠올리고 있는 것은 아닐까 하고 생각했을 것이다. 그는 아름다운 도시를, 축제의 광채에 잠기게 하는 태양을 사랑하지 않았던가? 왜 그는 걸어가면서 계속 생각에 잠겨 시선을 땅으로 향하고 있었던가?

그는 모자를 쓰지 않았지만, 복장에 신경을 쓰지 않는 자

---

[6] 이 성당에는 「요한묵시록」과 「최후의 심판」이 프레스코로 그려져 있다.

유로운 분위기의 도시라서 아무도 이를 이상하게 생각하지 않았다. 대신에 그는 헐렁한 검은 외투에 달린 두건을 머리에 쓰고 있었다. 그 두건이 모나게 튀어나온 그의 낮은 이마에 그늘을 드리워 주었고, 그의 두 귀를 덮어 주었으며, 그의 비쩍 마른 두 뺨을 둘러싸고 있었다. 얼마나 상심하고 마음이 불안하여 자신을 학대했기에 볼이 그렇게 쑥 들어갔을까? 이토록 화창한 날에 볼이 패고 우거지상을 한 사람을 보는 것은 소름 끼치는 일이 아닐까? 그의 검은 눈썹은 얼굴에 혹처럼 우뚝 솟아 있는 코의 윗부분에서 짙어졌고, 그의 입술은 다부지고 두툼했다. 그가 미간이 꽤 좁은 갈색 눈을 치켜뜨면 모난 이마에서 옆으로 주름이 생겼다. 그는 편협하고 고통스러우며 무언가를 안다는 표정을 짓고 있었다. 옆에서 보면 이 얼굴은 피렌체의 좁고 딱딱한 수도원에 보관되어 있는, 수도사가 그린 옛날 초상화와 아주 비슷했다. 그 방에서는 한때 삶과 삶의 승리에 대한 끔찍하고도 처참한 항의가 이루어졌다…….

히에로니무스[7]는 셸링 가를 따라 걷고 있었다. 그는 헐렁한 외투를 주머니 속에서 두 손으로 붙잡고 느릿느릿하면서도 힘차게 걸었다. 두 명의 어린 소녀, 머리띠를 하고 발이 아주 크며 행동에 스스럼이 없는 이러한 귀엽고 키가 작달막한 어린 소녀들, 팔짱을 끼고 모험을 즐기며 그의 옆을 어슬렁거리며 지나가는 소녀들 가운데 두 명이 서로 부딪치며 웃음을 터뜨렸다. 그리고 이들은 몸을 앞으로 숙이고 그의 두건과 얼굴을 스칠 듯이 내달리며 깔깔거리고 웃는다. 하지만 그는 아랑곳하지 않았다. 그는 머리를 숙인 채 두리번거리지

---

7 Hieronymus Bosch(1450~1516). 중세 네덜란드의 화가로, 히에로니무스는 여기서 자신을 〈신의 검〉, 즉 〈최후의 심판〉으로 이해한다.

않고 루트비히 가를 가로질러 성당의 계단을 올라갔다.

중앙의 커다란 쌍바라지 문은 활짝 열려 있었다. 성스럽고 어스름한 분위기에서 서늘하고 음침하게 번제(燔祭)를 올릴 때 나는 연기가 자욱한 가운데, 빛이 멀리서 불그스름하고 희미하게 이글거리는 것을 알아차릴 수 있었다. 두 눈에 핏발이 선 한 노파가 기도용 탁자에서 일어나서는 목발에 의지한 채 기둥 사이로 몸을 질질 끌고 갔다. 그 외 성당은 텅 비어 있었다.

히에로니무스는 세례 반에서 이마와 가슴을 적시고는 대제단 앞에서 무릎을 꿇었다가, 성당의 본당에 서 있었다. 이 안에서는 그의 체격이 건장한 것처럼 생각되지 않았던가? 그는 당당한 태도로 머리를 들고 반듯이 서서 꼼짝도 않고 있었다. 혹처럼 생긴 그의 커다란 코는 다부진 입술 위에서 당당한 모습으로 튀어나와 있었다. 그의 두 눈은 더 이상 바닥을 향하지 않고 대담하게 저 멀리 대 제단 위의 십자가상을 똑바로 올려다보고 있었다. 그는 이런 자세로 한동안 꼼짝 않고 있었다. 그러고 나서 뒤로 물러나 다시 한 번 무릎을 꿇고는 성당을 떠났다.

그는 머리를 숙인 채 포장이 되지 않은 널찍한 차도 한가운데를 느릿느릿하면서도 힘차게 걸으며, 입상이 서 있는 커다란 발코니를 향하여 루트비히 가를 올라갔다. 하지만 오데온 광장에 도달해서 위를 쳐다보자 모난 이마에서 옆으로 주름이 만들어졌다. 그는 발걸음을 늦추고 사람들이 잔뜩 모여 있는 커다란 예술품 가게의 진열창에 주의를 기울였다. 그곳은 M. 블뤼텐츠바이크의 골동품 가게였다.

사람들은 이 창에서 저 창으로 움직이며 진열된 보물들을 구경하면서 서로 소감을 나누었다. 사람들은 서로의 어깨 너머로 그것들을 바라보고 있었다. 히에로니무스는 이들 틈에 섞여 이 모든 물품들을 하나하나씩 찬찬히 들여다보기 시작했다.

그는 세계 각지의 화랑에서 온 걸작들의 모사품들, 단순하면서도 진기한 모양을 하고 있는 고급 액자들, 르네상스 조각품, 청동상과 관상용 유리잔들, 무지갯빛 꽃병들, 책의 장식과 예술가, 음악가, 철학자, 배우, 작가들의 초상화를 보았다. 모든 것을 주의 깊게 살피면서 대상 하나하나에 눈길을 주었다. 그는 자신의 외투를 주머니 속에서 두 손으로 꽉 잡으면서 두건으로 덮은 머리를 조금씩 옆쪽으로, 다른 대상으로 옮겼다. 코의 윗부분에서 짙어지는 검은 눈썹을 추켜세우면서, 그 아래의 두 눈으로 낯설고 무덤덤하지만 놀라는 표정을 지으며 모든 물품들을 잠시 바라보면서도 냉정함을 잃지 않았다. 이렇게 하여 그는 이목을 끄는 그림이 있는 첫 번째 창에 이르렀다. 그는 자기 앞으로 몰려드는 사람들의 어깨 너머를 한동안 바라보다가, 마침내 진열창 앞쪽으로 바짝 다가갔다.

적갈색의 커다란 그림이 진열창 가운데의 화판틀 위에 세워져 있었다. 검게 변색 처리된 황금 액자에 끼워져 있는, 미적 감각이 극히 뛰어난 작품이었다. 그것은 지극히 근대적인 느낌을 주며, 일체의 관습으로부터 자유로운 마돈나 상이었다. 성스러운 산모의 모습은 매혹적일 정도로 여성적이었고, 맨몸이 드러난 그녀의 모습은 아름다웠다. 그녀의 커다랗고 관능적인 두 눈의 언저리는 검은색을 띠고 있었고, 미묘하고 이상야릇한 표정으로 미소 짓는 그녀의 입술은 반쯤 열려 있었다. 약간 신경질적이고 경련하듯 모여 있는 그녀의 가느다란 손가락들은 아기의 허리를 감싸고 있었다. 벌거벗은 사내아이는 두드러지게, 이루 말할 수 없이 날씬했다. 아기는 어머니의 가슴을 만지작거리면서, 영리해 보이는 두 눈으로 곁눈질하며 구경꾼을 바라보고 있었다.

두 명의 다른 젊은이가 히에로니무스 옆에 서서 그림에 대해 대화를 나누고 있었다. 예술과 학문에 조예가 깊어 보이고, 인문주의적 소양이 있어 보이는 두 남자들은 국립 도서관에서 빌려 왔거나, 또는 거기에 반납하려고 하는 책들을 겨드랑이에 끼고 있었다.

「아기는 운이 좋아, 젠장!」 한 청년이 말했다.

다른 청년이 대꾸했다. 「보아하니 이 아기는 사람을 샘나게 하려는 모양이야······. 미심쩍은 여자야!」

「미치게 아름다운 여자야! 성모 마리아의 무염시태(無染始胎)란 교리가 틀린 것 같아······.」

「그래, 그래, 이 그림 속 마리아는 꽤 관계를 가진 인상을 줘······. 원본을 본 적 있나?」

「물론이지. 완전히 넋이 나갈 지경이야. 색채는 더욱더 아프로디테 같은 인상을 주지······. 특히 눈이 말이야.」

「둘이 닮았다는 건 말할 필요도 없어.」

「어째서?」

「자넨 모델이 누군지 모르나? 모자를 만드는 어린 여직공을 모델로 썼다네. 거의 초상화나 다름없지. 단정치 못한 면을 좀 더 부각시켰을 뿐이라네······. 여직공은 이보다 순진무구하거든.」

「나도 그렇기를 바라네. 이런 사랑스런 어머니 같은 여자가 너무 많다면 살아가는 게 너무 힘들지도 몰라······.」

「피나코테크[8]에서 그걸 사들였지.」

「정말? 그것 보라지! 아닌 게 아니라 그곳은 무얼 해야 하

---

[8] 뮌헨의 예술 구역에 있는 오래된 미술 박물관. Pinakothek는 원래 고대 로마어로 〈집에서 그림이 보관된 공간〉이란 뜻이었는데, 르네상스 시기에는 〈미술 화랑〉이란 뜻으로 쓰이게 되었다.

는지 잘 알고 있어. 육체와, 의복의 유려한 선을 다루는 솜씨가 정말 뛰어나단 말이야.」

「그래, 믿기지 않을 정도로 재능이 뛰어난 사람이야.」

「화가를 알고 있나?」

「약간 알고 있네. 그가 출세하리라는 것만은 확실해. 벌써 군주한테 두 번이나 식사 초대를 받았거든……」

이들은 막 헤어지려는 순간에 마지막 대화를 나눴다. 한 청년이 물었다.

「오늘 저녁에 연극 보러 가겠나? 극단에서 마키아벨리[9]의 연극 〈만드라골라〉를 공연하며 흥을 돋운다더군.」

「아, 잘됐군. 그거 무척 재미있을 거야. 난 원래 버라이어티 극장에 갈 생각이었어. 그런데 생각해 보니 늠름한 니콜로가 더 나을 것 같아. 잘 가게……」

이들은 서로 헤어져 뒤로 물러나 좌우로 흩어졌다. 새로운 사람들이 그 자리에 들어서서 성공을 거둔 그 그림을 감상했다. 하지만 히에로니무스는 꼼짝도 않고 그 자리에 서 있었다. 그는 머리를 앞으로 빼고 서 있었다. 그리고 주머니 속에서 외투를 꽉 붙잡고 있던 그의 두 손은 경련하듯 주먹을 불끈 쥐었다. 그는 이제 더 이상 눈썹을 예의 냉정하면서도 약간 증오하듯 놀란 표정으로 치켜 올리고 있지 않았다. 그는 어두운 표정으로 눈썹을 내리깔고 있었고, 검은 두건에 반쯤 덮인 두 뺨은 아까보다 더 깊게 파인 것 같았다. 두툼한 입술에는 핏기가 하나도 없었다. 그는 머리를 천천히 아래로 내려서는, 급기야 아래에서 위로 그림을 멍하니 올려다보았다. 그의 커다란 코의 콧방울이 부르르 떨리고 있었다.

---

9 Niccolò Machiavelli(1469~1527). 이탈리아 피렌체 출신의 정치가, 철학자, 역사가이자 작가이다.

그는 이러한 자세로 한 15분 동안이나 있었다. 주위의 사람들은 자꾸 바뀌었지만, 그는 꼼짝도 않고 그 자리에 서 있었다. 마침내 그는 느릿느릿 발걸음을 돌려 그 자리를 떠났다.

3

하지만 마돈나의 그림이 내내 그의 마음속에서 떠나지 않았다. 자신의 좁고 딱딱한 방에 있을 때나, 서늘한 성당에서 무릎을 꿇고 기도를 드릴 때도 분개한 그의 영혼 앞에 언제나 그 그림이 떠올랐다. 언저리에 검은빛이 도는 관능적인 두 눈, 이상야릇한 표정으로 미소 짓고 있는 입술, 아름다운 나신이 그의 뇌리에서 떠나지 않았다. 그리고 아무리 기도를 드려도 이런 생각을 떨쳐 버릴 수 없었다.

하지만 사흘째 되는 날 밤, 고결한 히에로니무스의 마음속에서는 경솔한 비열함과 아름다움에 대한 뻔뻔스런 망상에 맞서 단호한 조치를 취하고 목소리를 높이라는 명령과 외침이 일어났다. 모세처럼 말솜씨가 좋지 않은 그는 혀로 핑계를 대보았지만, 아무 소용이 없었다. 하느님의 의지는 확고부동했고, 겁을 내고 있는 그에게 웃고 있는 적들 사이로 걸어 나가 제물을 바칠 것을 큰 소리로 요구했다.

그래서 그는 오전에 밖으로 나가, 하느님이 원하는 대로 미술품 가게, M. 블뤼텐츠바이크의 커다란 골동품 가게로 향했다. 머리에 두건을 쓰고, 주머니 속에서 외투를 두 손으로 꽉 붙잡고 어슬렁어슬렁 걸어갔다.

4

 날씨가 후덥지근해졌다. 하늘은 흐릿했고, 당장에라도 뇌우가 들이닥칠 것 같았다. 이번에도 사람들이 그 예술품 가게의 진열창 앞에 잔뜩 몰려들고 있었다. 마돈나의 그림 앞에는 특히 사람들이 많이 모여 있었다. 히에로니무스는 그쪽을 흘낏 쳐다볼 뿐이었다. 그는 포스터와 예술 잡지가 내걸린 유리문의 손잡이를 잡았다. 「하느님이 원하신다!」 그가 이렇게 말하며 가게 안으로 들어갔다.

 머리띠를 하고 발이 아주 큰, 갈색 머리의 귀여운 소녀가 윗면이 기울어진 책상 한쪽에서 커다란 장부에 무언가를 기입하고 있다가 그에게 다가오더니, 무엇을 도와드릴까요 하며 친절하게 물었다.

 「감사합니다.」 히에로니무스는 나지막이 말하고, 모난 이마 옆으로 주름을 지으며 소녀의 눈을 진지하게 쳐다보았다. 「당신이 아니라 이 가게 주인인 블뤼텐츠바이크 씨를 찾아왔습니다.」

 소녀는 약간 당황하며 그에게서 물러서더니 다시 자신의 볼일을 보았다. 그는 가게 한가운데 서 있었다.

 밖에는 본보기로 몇 개씩만 진열되어 있었지만, 가게 안에는 모든 게 산더미처럼 잔뜩 쌓여 있고 호화롭게 펼쳐져 있었다. 색채며 선과 형태, 예술 양식, 기지와 우아한 미적 감각, 그리고 아름다움의 향연이 벌어지고 있었다. 히에로니무스는 양쪽을 천천히 바라보다가 자신의 검은 외투에 잡힌 주름들을 더욱 꽉 잡아당겼다.

 가게 안에는 사람들이 몇 명 있었다. 공간을 가로질러 놓여 있는 넓은 책상들 중 하나에 노란 양복을 입고 염소수염을 기른 어떤 신사가 앉아 있었다. 그 신사는 프랑스풍 데생이 그려진 파일을 들여다보면서 가끔씩 헤헤 하며 웃고 있었다. 월급이 적다는 듯한 표정을 하고, 채식을 좋아하게 보이는 젊은이가 새로운 파일을 보게끔 끌어다 주면서 그를 상대하고 있었다. 헤헤 웃는 신사의 비스듬한 맞은편으로 어떤 고상한 노부인이 근대식 자수와 흐릿한 색조의 커다란 전설의 꽃들을 찬찬히 들여다보고 있었다. 그 꽃들은 기다랗고 딱딱한 줄기 위에 수직으로 나란히 서 있었다. 한 남자 직원이 그녀에게도 신경을 쓰고 있었다. 다른 책상에는 머리에 테 없는 여행용 모자를 쓰고 나무 파이프를 입에 문 어떤 영국인이 단정치 못한 자세로 앉아 있었다. 질기고 튼튼해 보이는 옷을 입고, 매끈하게 면도를 한, 나이를 분간할 수 없는 차가운 인상의 그는 블뤼텐츠바이크 씨가 자신에게 친히 건네준 청동상들을 고르고 있었다. 그는 미성숙하고 연약한 몸매를 한 벌거벗은 앳된 소녀 상의 머리 부분을 붙잡고 천천히 돌리면서 자세히 들여다보고 있었다.

온 얼굴에 갈색의 짧은 수염이 가득하고, 역시 같은 갈색의 눈을 반짝이는 블뤼텐츠바이크 씨는 두 손을 비비면서 영국인 주위에서 이리저리 움직이고 있었다. 그러면서 그는 자신의 수중에 들어오게 된 어린 소녀 상을 입에 침이 마르도록 칭찬하고 있었다.

「150마르크입니다, 선생님.」 그는 영어로 말했다. 「뮌헨의 예술품입니다, 선생님. 사실 너무나 사랑스럽지요. 보시다시피 매력이 철철 넘칩니다. 정말이지 이루 말할 수 없을 정도로 귀엽고 앙증맞으며 훌륭합니다.」 그러다가 다시 무슨 생각이 났는지 이렇게 말했다. 「말할 수 없이 매력적이고 유혹적입지요.」 그러고 나서 그는 처음에 한 말부터 다시 시작하는 것이었다.

그는 입술 위의 코가 약간 납작해서 약간 푸우 하는 잡음과 함께 콧수염 사이로 계속 킁킁거리는 소리를 냈다. 가끔가다 그는 손님의 냄새를 맡기라도 하려는 듯 허리를 굽히고 구매자에게 가까이 다가서기도 했다. 히에로니무스가 안으로 들어서자 주인은 역시 이런 자세로 그를 흘낏 살피고는 이내 다시 영국인에게 시선을 돌렸다.

고상한 부인은 물건을 고르고 가게를 떠났다. 한 신사가 새로 안으로 들어왔다. 블뤼텐츠바이크 씨는 그 사람이 물건을 살 능력이 어느 정도인지 탐지하려는 듯 잠시 그에게서 냄새를 맡아 보고는, 젊은 경리가 그를 상대하도록 했다. 그 신사는 화려한 메디치 가문의 아들인 피에로의 도자기 흉상만 하나 구입하고는 떠나갔다. 그 영국인도 이제 슬슬 떠날 준비를 했다. 그는 조그만 소녀 상을 구입하고는 블뤼텐츠바이크 씨가 연신 인사를 하는 가운데 떠났다. 그런 다음 그 골동품 상인은 히에로니무스 쪽으로 몸을 돌리고는 그의 앞으로 다가갔다.

「무슨 일로……」 그가 묻는 태도는 그리 공손하지 못했다.

히에로니무스는 주머니 속에서 자신의 외투를 두 손으로 꽉 붙잡고는, 눈썹 하나 까딱하지 않고 블뤼텐츠바이크 씨의 얼굴을 쳐다보았다. 그는 자신의 두툼한 입술을 천천히 떼면서 말했다.

「내가 여기 온 것은 저기 창가의 그림 때문입니다. 마돈나의 위대한 그림 말입니다.」 그의 목소리는 쉬어 있었고 음색에 변화가 없었다.

「아, 저 그림이오. 제대로 보신 겁니다.」 블뤼텐츠바이크 씨는 활기차게 말하며 두 손을 비비기 시작했다. 「액자를 포함해 70마르크입니다, 손님. 더도 덜도 아닌 정가 그대로입지요……. 일급 복제품입니다. 이루 말할 수 없이 매혹적이고 매력적입지요.」

히에로니무스는 아무 말이 없었다. 그는 골동품 상인이 말하는 동안 머리를 두건 쪽으로 기울이며 잠시 생각에 잠겼다. 그러고 나서 고개를 들고는 이렇게 말했다.

「미리 말씀드리자면 난 여기서 물건을 살 형편도 안 되고, 살 생각도 없습니다. 실망시켜 드려 죄송합니다. 그 때문에 당신의 마음이 괴로우시다면 그 심정 이해가 갑니다. 첫째, 난 가난하고, 그리고 둘째, 당신이 팔려고 하는 그 물건이 마음에 들지 않기 때문입니다. 그래요, 난 아무것도 살 수 없습니다.」

「아닙니다……. 뭐, 괜찮습니다.」 블뤼텐츠바이크 씨는 이렇게 말하며 심하게 코를 킁킁거렸다. 「그럼, 좀 물어봐도…….」

히에로니무스가 계속 말을 했다. 「내 느낌으로는, 당신은 내가 물건을 살 형편이 안 되니까 나를 경멸하고 있습니다…….」

「음……」 블뤼텐츠바이크 씨가 말했다. 「결코 그렇지 않습니다! 다만…….」

「하지만 내 말을 경청해 주고, 귀담아 들어주기를 부탁드립니다.」

「귀담아 들어 달라고요. 음, 내가 묻고자 하는 것은…….」

「말씀하시지요.」 히에로니무스가 말했다. 「그럼 말씀드리겠습니다. 내가 여기에 온 까닭은 저 그림, 마돈나의 위대한 그림을 당장 창에서 떼어 내고, 전시하지 말아 달라고 부탁드리기 위해서입니다.」

블뤼텐츠바이크 씨는 잠시 말문을 잊고, 말도 되지 않는 그의 말에 어안이 벙벙한 표정을 지으며 히에로니무스의 얼굴을 쳐다보았다. 하지만 이건 도저히 있을 수 없는 일이기에 그는 심하게 코를 킁킁거리며 말했다.

「저에게 그런 지시를 내릴 공무상의 자격이 있으신가요?

아니면 대체 무슨 권리로 그런 요구를……」

「아, 아닙니다. 나에게는 그럴 자격도 없고, 나라에서 부여받은 지위도 없습니다. 권력의 힘으로 이러는 건 아닙니다. 내가 이런 요구를 하는 건 오로지 양심 때문입니다.」 히에로니무스가 대답했다.

블뤼텐츠바이크 씨는 적절한 말을 찾느라 고개를 이리저리 움직였다. 콧수염 사이로 격렬하게 공기를 뿜어내면서 적절한 표현을 찾느라 씨름했다. 마침내 그는 이렇게 말했다.

「당신의 양심이라…… 그렇다면 부디…… 명심하시오……. 당신의 양심 따윈 우리에겐…… 전혀 중요하지 않은 기관이라는 사실을!」

이 말과 함께 그는 몸을 돌려 가게 뒤쪽에 있는 자신의 기울어진 책상으로 서둘러 가서는 장부를 적기 시작했다. 가게의 두 종업원은 터져 나오는 웃음을 참지 못했다. 장부를 적고 있던 귀여운 아가씨도 킥킥거리고 웃었다. 검은 염소수염을 기르고, 노란색 양복을 입은 신사는 외국인인 모양이었다. 보아하니 이들이 나누는 대화를 아무것도 이해하지 못하는 듯 프랑스풍 데생만 계속 보고 있었다. 그러면서 그는 간혹 헤헤 하며 웃었다.

「저 사람을 좀 상대해 주게.」 블뤼텐츠바이크는 어깨 너머로 종업원에게 말했다. 그러고는 계속 장부를 써내려 갔다. 그러자 월급이 적다는 듯한 표정을 하고, 채식을 좋아하게 보이는 그 젊은이는 웃음을 참으려고 애쓰면서 히에로니무스한테 다가갔고, 다른 판매원도 가까이 다가갔다.

「그 밖에 무슨 도와드릴 일이 없을까요?」 월급이 적다는 듯한 표정을 한 남자가 물어보았다. 히에로니무스는 고통스럽고 무덤덤해 보이면서도 날카로운 눈초리로 그를 찬찬히 들여다보았다.

「아닙니다. 그 밖에는 없습니다. 내 요구는 마돈나 상을 창에서 당장 떼라는 겁니다. 그것도 영원히 말입니다.」

「아니…… 뭣 때문에요?」

「그건 성모 마리아의 그림이니까요……」 히에로니무스는 목소리를 낮추어 말했다.

「물론입니다……. 하지만 손님께서도 들었다시피 블뤼텐츠바이크 씨는 손님의 청을 들어드릴 생각이 없습니다.」

「그게 성모 마리아 그림이란 걸 잘 생각하셔야 합니다.」 이렇게 말하는 히에로니무스의 머리는 떨리고 있었다.

「그건 맞는 말입니다. ─ 그런데 계속요? 마돈나 그림은 전시하지 말라는 건가요? 마돈나 상은 그리지 말라는 건가요?」

「그런 말은 아닙니다! 그런 말은 아니란 말입니다!」 히에로니무스는 거의 속삭이듯 말했다. 그러면서 그는 머리를 높이 세우고 몇 번이나 심하게 흔들었다. 두건 밑의 그의 모난 이마 옆에는 기다란 주름이 깊이 패어 있었다. 「당신도 잘 아시다시피 사람을 그런 식으로 그리는 것은 죄악입니다……. 벌거벗은 육욕입니다! 이 마돈나 그림을 보던 아무것도 모르는 순진한 청년 둘이 하는 얘기를 내 귀로 직접 들었습니다. 그들은 무염시태에 관한 교리가 틀린 게 아닌가 하고 헷갈려 하더군요…….」

「아, 실례지만, 그게 중요한 문제는 아닙니다.」 젊은 종업원은 골똘히 생각하더니 미소 지으며 말했다. 그는 짬짬이 근대 예술의 동향에 대한 책을 읽어서 교양 있는 대화를 나눌 만한 능력이 되었다. 「그 그림은 예술품입니다. 그러니 그것에 합당한 잣대를 대야 합니다. 그 그림에 누구나 최고의 갈채를 보내고 있습니다. 나라에서 그걸 사들였습니다…….」

「나라에서 그걸 사들였다는 건 나도 압니다.」 히에로니무스가 말했다. 「그 그림을 그린 화가가 두 번이나 군주의 식사 초대를 받았다는 것도 압니다. 사람들이 그런 말을 하고 있더군요. 그런데 그런 작품을 그려 대단히 존경받는 인사가 된다는 사실이 무엇을 의미하는지 아무도 모릅니다. 이런 사실이 무엇을 말해 주고 있을까요? 부끄러움을 모르는 위선 때문이 아니라면, 그건 세상이 무지하다는 것을, 이해할 수 없을 정도로 무지하다는 것을 말해 주고 있습니다. 이 작품은 육욕에서 생겨나, 육욕을 맛보게 해줍니다……. 이게 사실이 아닌가요? 대답 좀 해보세요! 블뤼텐츠바이크 씨도 대답 좀 해보세요!」

한동안 침묵이 흘렀다. 히에로니무스는 아주 진지하게 답변을 요구하는 것 같았고, 고통스러워 하면서도 날카로운 두 눈으로, 어처구니없다는 시선으로 호기심에 차 자신을 바라보는 두 점원을 번갈아 쳐다보았으며, 블뤼텐츠바이크 씨의 둥그스름한 등을 바라보았다. 정적이 감돌았다. 검은 염소수염을 기르고 노란 양복을 입은 신사만이 프랑스풍 데생을 내려다보며 헤헤 하며 웃고 있을 뿐이었다.

「그건 사실입니다!」 히에로니무스가 계속 말했다. 그리고 그의 쉰 목소리는 너무 격분한 나머지 떨리고 있었다……. 「감히 그것을 부인하진 못할 겁니다! 이런 작품을 만든 사람을 어떻게 진지하게 축하할 수 있단 말입니까? 마치 그가 인류에게 이상적인 재화를 하나 늘려 주기라도 한 듯이 말입니다. 어떻게 그 앞에 서서 아무 생각 없이 그것이 불러일으키는 야비한 쾌락에 빠질 수 있단 말입니까? 그리고 아름다움이란 단어로 자신의 양심을 침묵하게 만든단 말입니까? 그러니까 고상하고 정선된 상태, 인간의 품위에 지극히 어울리는 상태에 있도록 자신을 진지하게 타이르지 않는단 말입니까? 이건 비열한 무지나 역겨운 위선이 아닌가요? 나의 생각은 이 자리에서 멈춰 있습니다……. 어떤 인간이 지상에서 자신의 동물적 본능을 어리석고도 자신만만하게 펼쳐 보여 최고의 명예를 얻을 수 있다는 불합리한 사실 때문에 나의 생각이 멈춰 있습니다. ― 아름다움이란…… 아름다움이란 뭔가요? 어떻게 하여 이 아름다움이 눈앞에 또렷하게 드러나며, 그렇게 드러난 아름다움이 어떤 영향을 미칠까요? 블뤼텐츠바이크 씨, 이를 알지 못한다는 것은 말도 되지 않습니다! 하지만 사물을 그렇게 잘 꿰뚫어 보면서도, 이런 것을 보고 구역질이 나고 분노가 치밀지 않는다는 것이 가당키나 합니까? 부끄러움을 모르는 어린이들이나 아무 생각 없이 무분별하게 살아가는 어른들의 무지를 확인하고 뒷받침해 주며 그것에 힘을 실어 주기 위해 아름다움을 추어올리고 불경스럽게 숭배하는 것은 범죄 행위입니다. 이들은 고통을 모르고, 구원에 대해선 더욱 모르기 때문입니다! ……그대의 생각은 사악합니다, 대답 좀 해보세요, 아무것도 모르는 그대. 말하자면, 안다는 것은 세상에서 고통스럽기 그지없는 일입니다. 하지만 그건 정죄의 불길이라, 그것으로 순화되는 고통이 없으면 그 누구의 영혼도 구원받을 수 없습니다. 아이들의 분별 없는 마음이나 짓궂은 천진난만함이 아니라 인식이 이로운 겁니다. 그러한 인식 속에서 구역질 나는 우리 육체의 열정이 소멸하고 사그라집니다.」

침묵이 흘렀다. 검은 염소수염을 기르고 노란 양복을 입은 신사는 짧게 헤헤 웃었다.

「이제 그만 가보시는 게 좋겠습니다.」 월급을 적게 받는다는 듯한 표정을 한 점원이 부드럽게 말했다.

하지만 히에로니무스는 결코 물러설 태세가 아니었다. 그는 고개를 높이 쳐든 채 이글이글 불타오르는 눈을 하고 골동품 가게의 한가운데에 서 있었다. 그의 두툼한 입술은 녹슨 듯한 음성으로 가혹한 저주의 말을 끝없이 쏟아 내고 있었다…….

「그런 자들은 〈예술!〉이라고 외칩니다. 쾌락! 아름다움! 세상은 아름다움에 싸여 있고, 사물마다 고상한 스타일을 부여하고 있습니다!…… 나에게 가라니, 사악한 인간들 같으니라고! 호화스런 색깔로 세상의 비참함을 덮을 수 있다고 생각하시오? 진수성찬이 차려진 잔치의 소음으로 고통에 시달리는 지상의 신음 소리를 덮을 수 있다고 생각하시오? 후안무치한 여러분은 잘못을 범하고 있습니다! 하느님은 비웃음을 당해서는 안 됩니다. 그리고 하느님께서 보실 때 겉으로만 번쩍번쩍 빛나는 것에 대한 여러분의 뻔뻔스러운 우상 숭배는 소름 끼치는 일입니다! ……여러분은 예술을 비방하고 있습니다. 대답 좀 해보시오, 아무것도 모르는 여러분. 말하자면 여러분은 거짓말을 하고 있습니다. 난 예술을 비방하지 않습니다! 예술이란 육욕적인 삶에 힘을 실어 주고, 그런 삶을 확인하도록 유혹하고 자극하는 비양심적인 기만이 아닙니다! 예술이란 존재의 깊디깊은 곳까지, 수치스럽고 비탄에 가득 찬 존재의 심연까지 속속들이 자비롭게 불 밝혀 주는 성스러운 횃불입니다. 예술이란 구원에 대한 연민의 정으로 활활 불타오르다가, 온갖 치욕과 가책과 함께 사그라지기 위해 세상에 지펴지는 성스러운 불입니다! ……떼어 내십시오, 블뤼텐츠바이크 씨. 저기 유명한 화가의 작품을 창에서 떼어 내십시오……. 그렇지, 그걸 뜨거운 불에 태워 재를 사방에 흩뿌리는 게 더 좋겠습니다. 온 사방으로 말입니다.」

그의 아름답지 않은 목소리가 갑자기 끊어졌다. 그는 뒤쪽으로 격렬하게 발걸음을 옮기더니, 검은 외투를 움켜쥐고 있던 한쪽 팔을 끄집어내서 열정적인 동작으로 쭉 뻗어서는, 이상하게 비틀어져 경련하듯 위아래로 떨고 있는 손으로 진열품을 가리켰다. 사람들의 이목을 끄는 마돈나 그림이 있는 저기 진열창 쪽을 말이다. 그는 이렇게 명령하는 자세로 계속 있었다. 혹처럼 생긴 그의 커다란 코는 호령하는 듯한 표정으로 툭 튀어나와 있었고, 코의 윗부분에서 눈에 띄게 짙어지는 검은 눈썹이 높이 치켜 올라가 있어서, 두건 때문에 그늘이 진 모난 이마에는 옆으로 길게 주름이 생겼다. 그리고 쑥 들어간 그의 두 뺨은 흥분으로 붉게 상기되었다.

이때 블뤼텐츠바이크 씨가 몸을 돌렸다. 70마르크나 나가는 복제품을 불태우라는 무리한 요구에 단단히 화가 났는지, 또는 히에로니무스의 말에 인내의 한계를 넘어섰는지는 모르지만, 좌우간 그는 화가 머리끝까지 치밀어 올랐다. 그는 펜대로 가게 문을 가리켰고, 흥분한 나머지 콧수염 사이로 콧바람을 쉭쉭 뿜어냈으며, 적절한 말을 찾다가 힘을 주어 고래고래 소리를 내질렀다.

「당장 내 눈앞에서 꺼지지 않으면 밖으로 냉큼 들어낼 거요, 무슨 말인지 알겠소?!」

「아, 저를 겁주지 마십시오! 당신은 저를 쫓아내지 못할 겁니다. 당신은 제 입을 다물게 하지 못할 겁니다.」

히에로니무스는 가슴 위의 두건을 주먹으로 걷어 올리고는 겁먹지 않고 머리를 흔들면서 소리쳤다. 「나는 혼자고 힘이 없다는 걸 알고 있습니다. 그렇지만 당신이 내 말을 들을 때까지 입을 다물지 않을 겁니다, 블뤼텐츠바이크 씨! 창에서 저 그림을 떼어 내서 오늘 당장 불태워 주십시오! 아, 불태울 게 이것만이 아닙니다! 바라보기만 해도 죄악에 빠지게 하는 이 입상과 흉상들도 불태워 주십시오! 뻔뻔스럽게도 이 교도 정신을 되살린 이 꽃병들과 장식품들도 불태워 주십시오! 음탕하게 지은 이러한 사랑의 시구를 말입니다! 당신의 가게에 소장하고 있는 모든 것을 불태워 주십시오, 블뤼텐츠바이크 씨! 하느님의 눈으로 볼 때는 허섭스레기에 불과하니까요. 불태워 주십시오, 불태워 주십시오, 불태워 달란 말입니다!」그는 거친 동작으로 주위를 한 바퀴 크게 돌면서 미친 듯이 소리쳤다……「수확물을 벨 좋은 시기입니다……. 이 시기는 하도 뻔뻔스러워서 모든 둑을 다 무너뜨립니다……. 하지만 내가 말하고자 하는 것은…….」

「크라우트후버!」블뤼텐츠바이크 씨가 뒤쪽 문을 향해 힘껏 소리쳤다. 「당장 이리 들어오게!」

이 명령이 떨어지자 몸집이 육중하고 어마어마하게 큰 사람이 가게로 들어섰다. 보기만 해도 공포심이 생길 정도로 무시무시하고 힘이 넘쳐 보이는 사람이었다. 푹신푹신하고 퉁퉁하며 살집이 좋은 손발은 어느 곳이나 일정한 형태가 없이 둥글둥글한 모습으로 서로 연결되어 있었다. 땅 위를 느릿느릿 힘차게 움직이고, 숨이 차서 헉헉거리는 이 엄청난 거구는 누룩을 먹고 자란, 끔찍할 정도로 건장한 민중의 아들이었다! 저 위 얼굴에는 술처럼 생긴 바다표범의 길고 짙은 콧수염이 나 있었고, 피부는 지저분하게 풀칠한 질기고 튼튼한 가죽 같았다. 그의 셔츠의 노란 소맷부리는 신화에서나 나올 법한 엄청난 팔에서 말려 올라가 있었다.

「이분에게 문을 열어 주게, 크라우트후버.」블뤼텐츠바이크 씨가 말했다. 「그래도 문을 찾지 못하면, 거리로 나가게 도와드려.」

「그럴까요?」그는 코끼리 같은 작은 눈으로 히에로니무스와 분노한 주인을 번갈아 쳐다보면서 말했다……. 억지로 힘을 억제하며 내는 둔중한 음성이었다. 그러고 나서 정문으로 가서 문을 열었다. 그가 발걸음을 옮길 때마다 주위의 모든 것이 쿵쿵 울리는 것 같았다.

히에로니무스는 얼굴이 창백해졌다. 「불태워 주십시오…….」그가 말하려고 했지만, 벌써 저항이라는 것은 도저히 생각할 수 없는 엄청난 완력에 사로잡혀, 문 쪽으로 몸이 서서히 옮겨지는 것을 느꼈다.

그가 말했다. 「나는 약합니다……. 내 살은 폭력을 참아 내지 못합니다……. 견디지 못한다니까요, 안 돼요……. 이게 무슨 짓입니까? 불태워 주십시오…….」

그는 말을 멈추었다. 그는 가게 바깥으로 나와 있었다. 거구인 블뤼텐츠바이크 씨의 종업원이 마침내 그를 쾅 놓는 바람에 그는 한 손으로 바닥을 짚으며 옆쪽 돌계단에 쿵 넘어지고 말았다. 그의 뒤에서는 유리문이 쨍그랑 하고 닫혔다.

그는 몸을 일으켰다. 똑바로 서서 가쁘게 숨을 몰아쉬면서 한쪽 주먹으로 가슴 위의 두건을 걷어 올렸고, 다른 주먹은 외투 밑에 내려뜨리고 있었다. 움푹 들어간 그의 볼은 창백하게 회색을 띠고 있었다. 혹처럼 생긴 커다란 코의 콧구멍은 부풀어 올랐다가 씰룩거리며 닫혔다. 못생긴 그의 입술은 절망적일 정도로 증오의 표정을 띠며 일그러져 있었고, 분노로 이글거리는 두 눈은 어이없다는 듯 넋을 잃고 아름다운 광장 너머를 훑어보았다.

그는 호기심 어린 눈길로 웃으면서 자신을 쳐다보는 시선들이 보이지 않았다. 그는 커다란 발코니 앞의 모자이크 평면에서, 자신의 무시무시한 말에 마음을 사로잡힌 사람들이 환호성을 지르는 가운데 세상의 허영들, 예술 축제의 가면 의상, 장식품, 꽃병, 장신구, 독특한 양식의 예술품, 벌거벗은 입상과 여성의 흉상, 이교도 정신을 재생한 그림, 대가가 그린 유명한 미인들의 초상화, 음탕한 사랑의 시구들과 피라미드처럼 잔뜩 쌓인 예술 광고물들이 타다닥 소리를 내며 화염 속에서 불타오르는 것을 보았다……. 그는 테아티너 거리 위로 흘러가는 구름 벽을 바라보았다. 천둥소리가 나지막이 들리는 그곳의 유황불 속에서 흥겨운 도시 위로 널따란 불의 검이 죽 뻗어 나와 있는 게 보였다…….

「지상에 신의 검이…….」 그는 두툼한 입술로 속삭이며 말했다. 그리고 두건 달린 외투 속에서 몸을 좀 더 꼿꼿이 곧추세우고, 숨긴 채 내려뜨리고 있는 자신의 주먹을 경련하듯 흔들며 떨리는 목소리로 중얼거렸다. 「신속하고도 재빨리!」

트리스탄

1

여기는 〈아인프리트〉[1] 요양원이다. 길게 쭉 뻗은 본채와, 양옆에 곁채가 딸린 하얀색의 요양원은 널찍한 정원의 한가운데에 일직선으로 자리하고 있다. 인공 동굴, 나무 그늘 길, 나무껍질로 지은 조그만 정자들이 갖추어진 정원은 정겨운 느낌을 준다. 요양원의 슬레이트 지붕 뒤로는 전나무가 우거진 푸른 산들이 육중하고도 부드럽게 하늘 높이 우뚝 솟아 있고, 산에는 암벽이 갈라진 곳이 군데군데 눈에 띈다.

예나 다름없이 레안더 박사가 요양원을 이끌어 가고 있다. 양쪽 끝이 뾰족한 그의 검은 콧수염은 쿠션에 채워 넣는 말의 털처럼 뻣뻣하고 곱슬곱슬하다. 두꺼운 안경알을 번득이는 이 남자는 학문을 해서인지 차갑고 딱딱한 인상을 주며, 조용하고 너그러운 염세주의자의 분위기를 풍기고 있다. 이러한 모습의 그는 무뚝뚝하고 과묵한 태도로 병으로 괴로워하는 환자들을 사로잡고 있다. 스스로 규칙을 세워 지키기가 너무 힘에 부치는 모든 환자들은 할 수 없이 자신들의 재산

---

[1] Einfried는 *Einsamkeit*(고독)와 *Fried*(평화)의 합성어 냄새를 풍긴다.

을 박사에게 넘겨주고, 그의 엄격한 관리로 자신이 지탱되기를 바라고 있다.

폰 오스터로 양으로 말할 것 같으면, 지칠 줄 모르고 헌신적인 태도로 요양원 살림을 꾸리고 있다. 맙소사, 계단을 오르내리고, 요양원의 한쪽 끝에서 다른 쪽 끝으로 부리나케 돌아다니며 일하는 그녀의 모습이란! 그녀는 주방과 식품 저장실의 일을 관장하고, 세탁물 보관함 속을 샅샅이 점검하며, 요양원의 고용인들에게 이런저런 지시를 내린다. 그리고 비용과 위생을 고려하며 요양원 음식을 맛있게, 보기에도 맛깔스럽게 차린다. 그녀는 이렇게 정신없이 일하면서도 용의주도하게 요양원 살림을 꾸려 나가고 있다. 이처럼 그녀가 지닌 대단한 유능함 이면에는 아직 아무도 그녀를 아내로 맞아들이려고 하지 않는 모든 남자들의 세계에 대한 끊임없는 질책이 숨어 있다. 하지만 진홍색의 둥근 반점이 두 개 있는 그녀의 뺨에는 언젠가는 레안더 박사의 부인이 되고야 말겠다는 희망이 꺼질 줄 모르고 이글거리고 있다…….

이곳의 공기는 신선하고, 주위는 조용하기 그지없다. 레안더 박사를 시샘하는 사람들이나 그와 경쟁 관계에 있는 사람들이 뭐라고 말하든 간에 아인프리트 요양원은 폐질환을 앓는 사람에겐 진심으로 추천할 만한 곳이다. 하지만 폐결핵 환자뿐 아니라 남녀노소 할 것 없이 온갖 부류의 환자들이 이곳에 머무르고 있다. 그러니 레안더 박사는 온갖 다양한 분야에서 성과를 거두어야 하는 것이다. 이곳에는 슈파츠 시의원 부인처럼 위장병으로 고생하는 사람들도 있는데, 그녀는 그것 말고 귀도 앓고 있다. 그런가 하면 심장이 좋지 않은 사람들, 마비 환자들, 류머티즘 환자들, 그리고 온갖 증세를 보이는 신경증 환자들도 있다. 당뇨병을 앓고 있는 어떤 장군은 시도 때도 없이 불평을 늘어놓으며 이곳에서 자신의 연금을 야금야금 갉아먹고 있다. 얼굴이 수척한 몇몇 신사들은 다리를 제대로 가누지 못하는 것으로 봐서 별로 좋은 예감이 들지 않는다. 쉰 살인 휠렌라우흐 목사 부인은 열아홉 명의 자식을 낳아 더 이상 아무런 생각을 할 기력이 없는데도 여전히 마음의 평화를 얻지 못하고 말도 안 되는 초조감에 시달리고 있다. 1년 전부터는 이미 개인적으로 고용한 간병인의 부축을 받으며 멍한 표정으로 아무 말 없이, 섬뜩한 인상을 풍기면서 정처 없이 요양원 전체를 헤매 다니고 있다.

식사 때나 휴게실에도 모습을 나타내지 않고 자신들의 방에서 누워 지내는 〈중환자들〉 중에서 이따금씩 누군가 죽어 나가기도 한다. 그렇지만 아무도, 바로 옆방에 있는 사람조차도 그런 낌새를 알아채지 못한다. 밀랍처럼 굳어진 요양객은 조용한 밤에 몰래 치워지고, 아인프리트 요양원의 업무는 아무런 방해도 받지 않고 계속 진행된다. 마사지, 전기 요법, 주사, 샤워, 목욕, 체조, 산소 흡입, 한증 요법 등이 근대 의학의 온갖 성과물이 갖춰진 다양한 공간에서 이루어지고 있다.

그렇다, 이곳은 활기차게 돌아가고 있으며, 요양원은 번창하고 있다. 새로운 손님이 도착하면 곁채의 입구에서 수위가 커다란 종을 울리고, 요양원을 떠나는 사람이 있으면 레안더 박사는 폰 오스터로 양과 함께 온갖 격식을 차리며 마차 있는 데까지 그 사람을 배웅한다. 얼마나 다양한 부류의 사람들이 벌써 아인프리트에 머무르다 떠나갔던가! 심지어 작가라는 사람도 이곳에 머무르고 있는데, 어떤 광물이나 보석 이름을 생각나게 하는 이름을 가진 그 별난 위인은 이곳에서 아까운 세월을 축내고 있다.

게다가 이곳에는 레안더 박사 말고도 증세가 가벼운 환자나 영 가망이 없는 환자들을 담당하는 보조 의사가 한 명 더 있다. 하지만 뮐러라는 이름의 그 의사는 전혀 언급할 가치가 없는 사람이다.

2

1월 초에 〈클뢰터얀² 상사(商社)〉를 운영하는 거상인 클뢰터얀 씨가 부인을 아인프리트로 데려왔다. 수위가 종을 울리자, 폰 오스터로 양이 먼 길을 온 일행을 1층 응접실에서 맞이했다. 이처럼 오래되고 훌륭한 건물들이 거의 다 그렇듯이, 응접실은 놀랄 정도로 완벽하게 나폴레옹 시대의 예술 양식으로 꾸며져 있었다. 곧이어 레안더 박사도 모습을 드러냈다. 그는 고개를 숙여 인사를 했고, 각자 자신을 소개하는 첫 대화가 오가면서 긴장이 풀렸다.

바깥에는 매트가 덮인 화단이며 눈 덮인 인공 동굴이며 작은 정자들이 갖추어진 겨울 정원이 있었다. 두 명의 종업원이 새로 도착한 손님의 여행 가방을 마차에서 끌고 왔다. 마차는 요양원 안으로 들어올 수 없었기 때문에 격자 정문 앞 도로에 서 있었던 것이다.

「천천히, 가브리엘레, *take care*(조심해), 여보, 그리고 입은 다물고!」 정원을 통과하여 부인을 데려오면서 클뢰터얀 씨가 말했다. 그리고 이들을 지켜본 사람이라면 누구라도 독일어가 아닌 영어로 〈조심해!〉 하는 그의 말에 틀림없이 가슴이 떨리고 코끝이 찡하도록 진심으로 공감했을 것이다. 그렇지만 클뢰터얀 씨가 그 말을 서슴없이 독일어로 할 수 있었다는 사실도 부인할 수 없는 일이긴 하다.

---

2 〈클뢰텐Klöten〉이란 말에는 저지 독일어로 〈고환〉이라는 뜻이 있다.

두 사람을 역에서 요양원까지 태워 온 마부는 이해심이라고는 털끝만치도 없는 거칠고 아둔한 사내였다. 거상이 마차에서 내리는 부인을 부축하는 동안 그 사내는 어찌할 바를 몰라 하며 딴에는 신중을 기한답시고 보란 듯이 이빨들 사이로 혀를 내미는 것이었다. 정말이지, 두 마리의 갈색 말은 잔뜩 얼어붙은 고요한 공기에 입김을 뿜어내고 눈알을 굴리며 긴장한 채, 이 연약한 여성의 우아한 자태와 사랑스런 매력에 가슴을 잔뜩 졸이며 이 불안한 광경을 지켜보고 있는 듯이 보였다.

이 젊은 부인은 기관지를 앓고 있었다. 클뢰터얀 씨가 발트 해 연안에서 아인프리트 요양원의 주임 의사에게 보낸 입원 신청서에는 그 점이 특히 강조되어 있었다. 폐가 아프지 않은 것만 해도 얼마나 다행스러운 일인가! 만약 새로 입원하는 여성이 폐병 환자였더라면 지금보다 더 아리땁고 고상하게, 더 매력적이고 우아하게 보이지 않았을지도 모른다. 그녀는 지금 우람한 체격의 남편 곁에서 연약하고 지친 모습으로 하얗게 래커 칠을 한 직선형의 안락의자에 등을 기댄 채 대화를 따라가고 있었다.

수수한 결혼반지 말고는 아무런 장신구도 하지 않은 그녀의 아름답고 창백한 두 손은 무겁고 어두운 색의 천으로 만든 치마의 무릎 주름 속에 편히 놓여 있었다. 그리고 그녀는 칼라가 빳빳하게 선 몸에 딱 달라붙는 은회색 조끼를 입고 있었다. 그 조끼에는 온통 우단으로 짠 아라베스크 무늬가 하늘 높이 흩날리듯 수놓아져 있었다. 이루 말할 수 없이 섬세하고 감미로우며 피곤해 보이는 그녀의 작은 머리는 이러한 묵직하고 따뜻한 옷감 때문에 더욱 감동적이고 더없이 순결하며 사랑스러워 보였다. 목덜미 깊숙이 늘어뜨려 하나의 매듭으로 묶은 연한 갈색 머리카락은 매끄럽게 뒤로 빗어 넘겨져 있었다. 오른쪽 관자놀이 언저리에서만 매듭에서 빠져

나온 곱슬곱슬한 머리털이 이마 쪽으로 흘러내리고 있을 뿐이었다. 관자놀이에서 그리 멀지 않은 곳에는 선명하게 그려 넣은 눈썹 위로 기묘한 연푸른색 실핏줄이 갈라져 나와 있어서, 거의 투명해 보이는 이마의 티 없이 맑은 모습과 대비되어 병약한 인상을 주었다. 눈 위의 이런 푸른 실핏줄이 계란형의 섬세한 얼굴 전체를 불안하게 지배하고 있었다. 그 부인이 말을 시작하자마자, 아니 단지 미소만 지어도 실핏줄이 더욱 확연히 눈에 띄었다. 그녀의 얼굴에 무언가 긴장된 표정, 그러니까 심지어 조바심을 치는 표정마저 나타났는데, 이러한 표정은 보는 사람의 마음을 막연하나마 불안하게 만들었다. 그런데도 그녀는 말을 했고, 미소를 지었다. 약간 가성이 섞인 목소리로 발랄하고도 상냥하게 말했고, 조금 힘들게 바라보는 눈으로 눈웃음을 치기도 했다. 아닌 게 아니라 때때로 그녀의 눈은 조금씩 감기려는 기미를 보였다. 그리고 좁은 콧날 양쪽에 맞닿아 있는 눈언저리에는 깊은 그늘이 드리워 있었다. 그녀는 또한 아름답고 길쭉한 입으로도 미소를 지었다. 그녀의 입은 창백하면서도 빛나는 것처럼 보였는데, 아마 입술 윤곽이 너무 또렷하고 선명해서 그런 모양이었다. 가끔씩 그녀는 잔기침을 하기도 했다. 그럴 때면 손수건을 입에 갖다 대고는 손수건을 살피곤 했다.

「기침하면 안 돼, 가브리엘레.」 클뢰터얀 씨가 말했다. 「힌츠페터 박사가 왕진 와서 기침하지 말라고 특별히 당부했잖아, 여보. 그냥 정신만 차리면 돼, 여보. 이미 말했듯이 기관지 때문이야.」 그가 거듭 같은 말을 했다. 「기침이 시작됐을 땐 정말 폐에 문제가 있는 줄 알고 나도 겁이 덜컥 났지 뭡니까. 하지만 폐는 아닙니다, 아무렴, 아니고말고요. 우리가 그런 병에 걸릴 리가 없지, 안 그래, 가브리엘레? 허, 허!」

「물론입니다.」 레안더 박사는 이렇게 말하고 안경알을 번득이며 그녀를 쳐다보았다.

그러자 클뢰터얀 씨는 커피를, 아니 정확히 말하면 커피와 버터 바른 빵을 달라고 했다. 그는 〈커피〉의 〈커〉 자를 목구멍 깊숙한 곳에서 실감 나게 소리 냈고, 〈보터 바른 빵〉이라고 말할 때는 누구라도 식욕이 돋지 않을 수 없게 발음했다.

그는 부탁한 것을 받고, 자신과 부인이 묵을 방도 배정받고는 여장을 풀었다.

게다가 레안더 박사는 뮐러 박사에게 넘기지 않고 자신이 직접 진료를 맡기로 했다.

3

아인프리트 요양원에서는 새로 입원한 여자 환자에게 비상한 관심을 보였다. 클뢰터얀 씨는 이런 일에 익숙한 터라 사람들이 다들 그녀를 흠모하는 것을 흡족하게 받아들였다. 당뇨병을 앓고 있는 장군은 그녀를 처음 본 순간부터 불평을 그쳤고, 얼굴이 비쩍 마른 신사들은 그녀가 가까이 다가오면 미소를 흘리며 다리가 떨리지 않게 하려고 무진 애를 썼다. 그리고 시의원 부인인 슈파츠 여사는 나이는 좀 많지만 그녀와 금방 단짝 친구가 되었다. 그렇다, 그녀는 클뢰터얀 씨 집안의 사람이라도 되는 것 같은 인상을 주었다. 몇 주 전부터 아인프리트 요양원에서 세월을 보내는 작가가 한 명 있었다. 생소한 느낌을 주는 별난 사람인 그는 어떤 보석을 연상시키는 이름을 갖고 있었다. 클뢰터얀 부인이 복도에서 그의 옆을 스쳐 지나가는 순간 그는 그만 안색이 달라지더니 그 자리에 우뚝 멈춰 서서는, 그녀가 사라진 지 한참 지났는데도 마치 그 자리에 붙박인 듯 우두커니 서 있었다.

그녀가 온 지 이틀도 채 되지 않아 요양원에 머무르는 모든 손님들은 클뢰터얀 부인의 내력을 소상히 알게 되었다. 그녀가 브레멘 태생이라는 것과, 말할 때는 모음을 사랑스럽게 살짝 비튼다는 것도 알게 되었다. 그녀는 2년 전에 브레멘에서 거상 클뢰터얀 씨의 청혼을 받아들였다고 한다. 그런 뒤 남편을 따라 발트 해 연안에 있는 그의 고향으로 가서, 열 달쯤 전에 극히 힘들고 위태로운 상태에 빠지면서도 놀랄 정도로 생기에 넘치고 튼튼하게 생긴 아들이자 상속자를 그에게 선물했다고 한다. 하지만 그녀는 며칠 동안 끔찍하게 악전고투를 한 뒤, 다시는 기력을 회복하지 못하고 말았다. 아이를 낳기 전에도 그녀에게 과연 기력이 넘쳤는지는 의문이긴 하지만 말이다. 그녀는 산고를 겪느라 너무나 기진맥진하고 탈진한 상태여서, 자리에서 일어나자마자 기침을 하면서 피가 약간 묻어 나왔다. 뭐 그렇다고 많이 나온 것은 아니고 대수롭지 않아 보일 정도로 적은 양이었다. 그렇지만 피가 전혀 나오지 않았더라면 더 좋았을 것이다. 그런데 걱정스럽게도 별로 기분이 좋지 않은, 똑같은 증세가 얼마 뒤에 또 나타났다. 그리하여 그런 증세를 없애기 위한 치료를 시작하게 되었고, 주치의인 힌츠페터 박사가 그녀를 보살피게 되었다. 의사는 절대 안정을 권했고, 얼음 조각을 삼키게 하기도 했다. 기침을 멎게 하기 위해 모르핀을 복용케 했고, 될 수 있으면 마음을 안정시키도록 했다. 그런데도 좀처럼 회복의 기미가 보이지 않았다. 반면에 그녀의 아들 안톤 클뢰터얀은 보기 드문 우량아라 무척 원기 왕성하게, 막무가내로 삶에서 자신의 몫을 차지하겠다는 듯이 먹어 댔다. 그러자 그나마 젊은 산모의 생명을 지탱하던 희미하고도 잔잔하게 타오르던 불꽃마저 사그라질 것 같았다……. 이미 말했듯이 기관지가 문제였다. 힌츠페터 박사의 입에서 나온 이 한마디가 모든 사람들의 마음을 놀라우리만치 안심시키고 진정시켰을 뿐만 아니라 거의 명랑한 분위기까지 자아낼 정도였다. 하지만 비록 폐에 문제가 있는 것은 아니라 하더라도, 박사는 결국 회복을 앞당기기 위해서는 당장이라도 기후가 온화한 곳에 자리한 요양원에 들어가는 것이 바람직하다는 견해를 밝혔다. 그래서 아인프리트 요양원과 그곳 원장의 명성에 이끌려 이곳으로 오게 되었다.

그녀가 이곳에 들어오게 된 전말은 대강 이러했다. 클뢰터얀 씨는 자기 부인의 일에 관심을 보이는 사람에겐 누구에게나 자신이 직접 이런 이야기를 들려주었다. 그는 큰 소리로 허겁지겁 말했고, 자신의 주식 시세처럼, 소화 능력도 아주 좋은 사람처럼 기분 좋게 말했다. 그는 북독일 해안 출신답게 장황한 듯하면서도 재빠른 속도로 쑥 내민 입술을 바삐 움직이며 말했다. 어떤 말을 마구 뱉어 낼 때는 음 하나하나가 흡사 소량의 전류를 방전하는 것 같았다. 이렇게 말한 다음에는 자신의 농담이 사람들에게 제대로 먹혔다는 듯 껄껄 웃었다.

그는 중키에 어깨가 떡 벌어지고 다리는 짧아 강인한 인상을 주었다. 얼굴은 통통하고 불그스레했고, 연푸른색을 띤 두 눈은 아주 연한 금발의 속눈썹에 가려 그늘져 있었으며, 콧구멍은 넓었고, 입술은 촉촉하게 젖어 있었다. 그는 영국식으로 구레나룻을 기르고, 완전한 영국식 옷차림을 하고 있었는데, 아인프리트 요양원에서 한 영국인 가족, 즉 부부와 귀여운 세 자녀, 그리고 이들의 보모를 만나자 좋아 어쩔 줄 몰라 했다. 이들이 이곳에 머무는 유일한 이유는 딱히 어디로 가야 할지 몰랐기 때문이었다. 그래서 클뢰터얀 씨는 아침마다 이들과 함께 영국식 식사를 했다. 아닌 게 아니라, 그는 많이, 그리고 맛있게 먹고 마시는 것을 좋아했다. 그는 자신이 요리와 음식에 관해 진짜 전문가임을 과시하면서, 고향의 자기 집에서 친지들을 초대해 만찬을 베푼 이야기를 들려주었고, 뿐만 아니라 이곳 사람들은 잘 알지 못하는 특별 요리를 묘사하면서 요양원 사람들을 무척 즐겁게 해주었다. 이런 이야기를 할 때 그의 두 눈은 다정한 표정을 띠며 지그시 감겼고, 목소리는 목에서 나는 소리와 콧소리를 계속 유지했으며, 목구멍에서는 입맛을 쩝쩝 다시는 듯한 소리가 함께 흘러나왔다. 어느 날 저녁에는 그가 룸서비스를 담당하는 여종업원과 복도에서 상당히 보기 민망할 정도로 시시덕거리는 장면이 아인프리트 요양원에 머무르는 작가의 눈에 띄었다. 이런 걸로 보아 그가 다른 종류의 즐거움들도 원칙적으로는 마다하지 않는다는 사실이 드러났다. 그 작가는 이런 하찮으면서도 우스꽝스러운 광경을 목격하고는 가소롭다는 듯 역겨워하는 표정을 지어 보였다.

클뢰터얀 부인에 대해 말하자면 그녀가 남편을 진심으로 좋아하고 있다는 사실은 또렷하고도 명백히 알 수 있었다. 그녀는 미소를 지으면서 남편이 하는 말과 몸짓에서 눈을 떼지 않았다. 이는 아픈 사람이 건강한 사람에게 보내는 지나친 너그러움의 표시가 아니라, 건강을 피부로 실감하는 사람이 확신에 차 자신의 삶을 표현하는 것을 마음씨 착한 환자가 지켜볼 때 느끼는 애정 어린 기쁨과 관심의 표시였다.

클뢰터얀 씨는 아인프리트 요양원에 그리 오래 머무르지 않았다. 아내를 이곳으로 데려오고 나서 일주일이 지나, 아내가 좋은 곳에서 좋은 사람들의 손에 맡겨져 있다는 것을 알고는 더 이상 지체하지 않았다. 아내를 돌보는 일과 마찬가지로 중요한 의무들, 즉 무럭무럭 자라는 아이를 보살피고, 마찬가지로 번창하는 사업을 돌보는 일 때문에 고향으로 돌아갈 수밖에 없는 형편이었다. 이런 일들 때문에 그는 극진한 보살핌을 받는 부인을 남겨 두고 이곳을 떠나지 않을 수 없었다.

4

몇 주 전부터 아인프리트 요양원에 머무르고 있는 작가의 이름은 슈피넬, 정확히 말하면 데틀레프 슈피넬[3]이었는데, 그의 외모가 기이했다.

피부가 까무잡잡하고 체격이 당당한 30대 초반의 남자를 떠올리면 되겠다. 관자놀이 부근의 머리카락은 벌써 눈에 띄게 희끗희끗해지기 시작했지만, 약간 부어오른 둥글고 하얀 얼굴에는 수염이 자란 흔적이 보이지 않는다. 얼굴을 자세히 들여다보면 면도를 한 흔적도 보이지 않았다. 얼굴이 부드럽고 윤곽이 뚜렷하지 않아 소년 같은 인상을 주었고, 군데군데 솜털이 나 있을 뿐이었다. 바로 이 점이 말할 수 없이 색달라 보였다. 노루 빛 담갈색으로 반짝이는 눈은 부드러운 표정을 띠고 있었고, 코는 낮고 살집이 좀 심하게 많았다. 더구나 슈피넬 씨는 윗입술이 고대 로마인처럼 아치형으로 둥글고 통기성이 좋아 보이며, 커다란 이빨엔 충치가 있었고, 발은 보기 드물게 컸다. 다리가 사정없이 떨리는 두 신사 중 냉소적이며 짓궂게 남을 비꼬기를 좋아하는 한 명이 그가 없는 데서 그에게 〈벌레 먹은 젖먹이〉라는 별명을 붙여 주었다. 하지만 이 별명은 악의가 있는 데다가 딱 들어맞는 것도 아니었다. 슈피넬 씨는 기다랗고 검은 상의에 색색으로 점이 박

---

3 슈피넬Spinell에는 준보석에 해당하는 철정석이라는 뜻이 있고, 그것은 발음상 클뢰터얀 부인을 옭아매는 거미Spinne를 암시하기도 한다.

힌 조끼를 입고, 유행에 맞는 훌륭한 옷차림을 하고 다녔다.

슈피넬 씨는 사람들과 어울리는 것을 좋아하지 않았고, 누구와도 마음을 터놓고 사귀지 않았다. 어쩌다가 사교적이고 친절하며 다정한 기분에 빠질 때도 있었는데, 심미적 상태에 접어들 때는 늘 그러했다. 가령 무언가 아름다운 것을 본다든가, 두 가지 색이 잘 조화를 이룬 모습이나 고상한 형태를 한 꽃병을 본다든가, 저녁놀이 비치는 산악 풍경에 흠뻑 매료된다든가 할 때 그러했다. 그럴 때면 그는 고개를 옆으로 갸우뚱하고, 어깨를 움츠리며 이렇게 말했다. 「얼마나 아름다운가요!」 두 손을 내뻗고 코와 입술에 주름을 잡으면서 말했다. 「아니, 저것 좀 보세요, 얼마나 아름다운가요!」 그러고서 그는 남녀를 불문하고, 지체가 아무리 높은 사람이라도 가리지 않고 막무가내로 목을 끌어안고는 그 순간의 감동을 표현하는 것이었다…….

그가 쓴 책은 그의 방에 들어오는 사람이면 누구나 볼 수 있게 늘 책상 위에 놓여 있었다. 적당한 분량의 장편소설로, 책의 표지에는 혼란스럽기 그지없는 그림이 그려져 있었고, 글자는 거름종이 같은 데 인쇄되어 있었으며, 글자 하나하나가 마치 고딕 성당처럼 보였다. 폰 오스터로 양은 잠시 짬을 내서 15분 정도 그 책을 읽고서는 〈세련된〉 작품이라고 평했지만, 실은 〈엄청나게 지겨운〉 책이라는 소감을 둘러서 표현한 말이었다. 그것은 여자들의 호화로운 방에서 벌어지는 이야기였다. 고블랭 직물, 아주 오래된 골동품 가구, 값비싼 도자기, 값을 매길 수 없을 정도로 귀중한 물품과 온갖 종류의 예술적인 귀중품들과 같은 정선된 물품들로 가득 차 있는 화려한 규방(閨房)이 소설의 무대였다. 그는 이러한 물건들을 묘사하는 데 지극한 애정과 정성을 보였다. 그럴 때마다 사람들은 끊임없이 슈피넬 씨가 코에 주름을 잡으며 〈얼마나 아름다운가요! 아니, 저것 좀 보세요, 얼마나 아름다운가요!〉라고 말하는 모습을 보는 듯했다……. 게다가 슈피넬 씨가 이 책 말고는 아직 다른 책을 쓰지 않았다는 사실도 이상하게 여겼다. 겉으로 보기에 그는 시도 때도 없이 글을 쓰는 것 같았기 때문이었다. 그는 하루의 대부분을 자기 방에서 글을 쓰면서 보냈고, 엄청나게 많은 양의 편지를 보냈는데, 하루에 거의 한두 통은 보내는 듯했다. 그런데 그가 편지를 받는 일은 가물에 콩 나듯 했다는 사실도 참으로 의아하고 흥미로운 일이었다…….

5

슈피넬 씨는 클뢰터얀 부부의 맞은편 식탁에 앉아 있었다. 요양객이 모두 참석하는 첫 아침 식사 때에 그는 곁채 1층에 있는 커다란 식당에 조금 늦게 나타나 좌중을 향해 부드러운 목소리로 인사를 하고는 자기 자리에 가서 앉았다. 그러자 레안더 박사가 별로 격식을 차리지 않고 새로 온 환자들에게 그를 소개했다. 그는 고개를 숙여 인사한 다음 약간 당황한 기색을 역력히 드러내며 식사하기 시작했다. 그러면서 그는 하얀 두 손으로 상당히 부자연스럽게 나이프와 포크를 움직였는데, 크고 잘생긴 그의 손은 아주 꼭 끼는 소매 밖으로 나와 있었다. 한참 후에 마음이 홀가분해지자 그는 클뢰터얀 씨와 그의 부인을 차분하게 번갈아 가며 바라보았다. 클뢰터얀 씨는 식사하는 중에 아인프리트 요양원의 시설과 기후에 대해 그에게 몇 가지 질문을 하거나 소감을 말하기도 했다. 그의 부인도 귀여운 목소리로 두세 마디 거들며 대화에 끼어들었다. 그러자 슈피넬 씨는 이들의 질문에 공손하게 답변해 주었다. 그의 목소리는 온화하고 꽤 듣기 좋았지만, 이빨이 혀에 방해가 되기라도 하는지 그는 말을 더듬으며 쩝쩝거렸다.

식사가 끝나고 휴게실로 자리를 옮긴 뒤에 레안더 박사가 특히 새로 온 손님들에게 식사를 잘 했느냐고 물어보자, 클뢰터얀 부인은 맞은편에 앉았던 사람에 대해 물어보았다.

「그분 이름이 뭐라고 했죠?」 그녀가 물었다. 「슈피넬리[4]라고 그랬나요? 그분 이름을 제대로 듣지 못해서요.」

「슈피넬리가 아니라 슈피넬입니다, 부인. 제가 알기로는 그 사람은 이탈리아인이 아니라 렘베르크[5] 출신에 불과하지요…….」

「뭐라고 했습니까? 작가나 뭐 그런 거라고요?」 클뢰터얀 씨가 물었다. 그는 편해 보이는 영국식 바지 주머니에 두 손을 넣고 박사 쪽으로 귀를 기울이며, 사람들이 더러 그러듯이 그의 말을 주의 깊게 듣느라 입을 헤벌리고 있었다.

「네, 잘 모르긴 하지만, 글을 쓴다지요……. 책도 냈다고 합니다, 장편소설인 모양인데. 정말 잘은 모르겠습니다…….」 레안더 박사가 대답했다.

레안더 박사가 〈잘은 모르겠다〉라는 말을 자꾸 하는 것은 그 작가를 대단찮게 평가하고 있으며, 그에 대해 아무런 책임도 지기 싫다는 뜻을 암시했다.

「그것 참 재미있네요!」 클뢰터얀 부인이 말했다. 그녀는 입때껏 작가와 직접 대면해 본 적이 한 번도 없었던 것이다.

「아, 그렇긴 하지요.」 레안더 박사가 그녀의 말에 맞장구를 쳤다. 「제법 이름이 있는 작가인 모양입니다만…….」 그러고

---

[4] Nicola Spinelli(1865~1909). 이탈리아의 유명한 작곡가이자 피아니스트이다.
[5] 러시아 남서부에 있는 작은 도시인 렘베르크는 1900년경에는 오스트리아 황실의 변방 영지로 당시에 유태인이 많이 살았다.

나서는 그 작가가 더는 화제에 오르지 않았다.

그런데 얼마 뒤에 새로 온 손님들이 물러가고 레안더 박사도 휴게실에서 나가려고 하는데, 슈피넬 씨가 박사를 붙잡고는 역시 같은 질문을 했다.

「그 부부의 이름이 뭡니까? 아무것도 알아듣지 못했거든요.」

「클뢰터얀이오.」 박사는 이렇게 대답하고는 이내 자리를 뜨려고 했다.

「남편 이름이 어떻게 되는데요?」 슈피넬 씨가 물었다······.

「클뢰터얀이란 말이오!」 레안더 박사는 이렇게 말하고 제 갈 길을 갔다. 그는 이 작가를 그리 대단찮게 평가했다.

6

클뢰터얀 씨가 고향에 되돌아간 이야기까지 했던가? 그렇다. 그는 다시 발트 해 연안으로 돌아가 자신의 사업과 아이를 돌보고 있었다. 막무가내인 데다가 생명력이 넘치는 이 어린것은 자신의 어머니에게 너무나 많은 고통을 안겨 주었고, 기관지에 작은 이상까지 생기게 했다. 하지만 젊은 부인은 아인프리트 요양원에 그대로 남아 있었고, 슈파츠 시의원 부인이 나이가 지긋한 단짝 친구가 되었다. 그렇다고 해서 클뢰터얀 부인이 다른 요양객들과 사귀는 데에 슈파츠 부인이 방해가 되지는 않았다. 예를 들어, 그녀는 슈피넬 씨와 친하게 지냈다. 그는 처음부터 클뢰터얀 부인을 극진히 모시고 어떤 시중이라도 들어줄 태세여서 다들 놀라움을 금치 못했다. 그가 지금껏 누구와도 친하게 지낸 적이 없었기 때문이었다. 클뢰터얀 부인은 엄격하게 짜인 일과 중에 자유 시간이 되면 그와 즐겨 수다를 떨곤 했다.

그는 너무나 신중하고도 공손한 태도로 그녀에게 다가가, 주도면밀하게 목소리를 죽이고 그녀에게 말을 했기 때문에 귀를 앓는 슈파츠 시의원 부인은 대개 그가 하는 말을 아무 것도 알아듣지 못했다. 그는 커다란 발의 뒤꿈치를 세우고 클뢰터얀 부인이 상냥하게 미소 지으며 기대어 앉아 있는 안 락의자로 다가갔다. 그는 두 발짝 앞에서 걸음을 멈추고는 한쪽 다리를 뒤로 빼고 상체를 앞으로 숙이면서, 다소 더듬 거리며 쩝쩝거리는 듯한 말투로 나지막하지만 강렬한 어조 로 이야기했다. 그렇지만 그녀의 얼굴에 피곤하거나 싫증나 는 기색이 조금이라도 비치면 얼른 물러나서 즉시 사라질 준 비를 갖추고 있었다. 하지만 그는 그녀를 싫증나게 하지 않 았다. 오히려 그녀는 자신과 시의원 부인 옆에 와서 앉으라 고 했고, 그에게 질문을 던지고는 미소를 지으며 호기심 어 린 눈빛으로 그의 말에 귀를 기울이곤 했다. 그도 그럴 것이, 가끔씩 그가 하는 말은 그녀가 지금까지 한 번도 들어 보지 못했을 정도로 재미있고도 신기하게 들렸기 때문이었다.

「아인프리트 요양원에 계시는 이유가 대체 뭔가요? 어떤 요양이 필요하신가요, 슈피넬 씨?」 그녀가 물었다.

「요양이라고요?⋯⋯ 얼마간 충전을 좀 하려고요. 아니, 그 런 건 굳이 말할 게 못 됩니다. 말하자면, 부인, 제가 이곳에 머무르는 이유는 이곳의 예술 양식 때문입니다.」

「아, 그렇군요!」 클뢰터얀 부인은 이렇게 말하고, 손으로 턱을 괴고는, 뭔가를 이야기하려는 아이들한테 짐짓 그런 시늉을 하듯이 지나치게 열성을 보이며 그의 쪽으로 몸을 돌렸다.

「그렇습니다, 부인. 아인프리트 요양원은 나폴레옹 시대의 분위기를 물씬 풍기지요. 제가 들은 바로는 이곳은 한때 성 으로, 어떤 군주의 여름 별장이었다고 합니다. 이 곁채는 그러니까 나중에 지어진 거지만, 본채는 오래된 진짜지요. 제가 이 나폴레옹 시대의 건축물에서 꼭 지내야 할 때가 있습니다. 어느 정도 건강하게 지내려면 이곳에 머무는 게 꼭 필요하지요. 부드럽고 안락한 가구들 사이에서 지내다 보면 기분이 묘해져서 음탕한 생각까지 든답니다. 그리고 이러한 직선형의 책상이며 안락의자며 커튼의 주름들 속에서 지내다 보면 분명 기분이 묘해지거든요……. 이런 밝음과 딱딱함, 이런 차갑고 쌀쌀맞은 단순함과 절제된 엄격함을 대하노라면 마음이 숙연해지고 품위를 얻게 되지요. 그 결과 마침내는 마음이 정화되고 원기가 회복되며, 윤리적으로 고양되지요, 의문의 여지 없이…….」

「그래요? 그것 참 이상한 말이네요. 그래도 애를 좀 쓰면 무슨 말인지 알 것도 같아요.」 그녀가 말했다.

그러자 그는 뭐 그리 애를 쓸 만한 일은 아니라고 대꾸했고, 그런 다음 둘은 서로 마주 보고 웃었다. 슈파츠 시의원 부인도 덩달아 웃으면서 참 이상한 말이라고 생각했지만, 무슨 말인지 알아듣겠다는 말은 하지 않았다.

휴게실은 널찍하고 아름다웠다. 바로 옆의 당구장으로 통하는 높다랗고 하얀 쌍바라지 문은 활짝 열려 있었다. 당구장에는 다리를 제대로 가누지 못하는 남자들과 다른 몇몇 남자들이 당구를 즐기고 있었다. 다른 한쪽으로는 유리문을 통해 넓은 테라스와 정원을 내다볼 수 있었다. 유리문 옆에는 피아노가 놓여 있었다. 녹색 커버를 씌운 카드놀이용 탁자도 있어서, 당뇨를 앓는 장군이 다른 몇몇 신사들과 함께 휘스트 게임[6]을 하고 있었다. 부인네들은 책을 읽거나 뜨개질을

---

[6] 영국에서 유래한, 네 명이 하는 카드놀이의 일종으로 브리지 게임의 원조이다.

하고 있었다. 철제 난로가 방을 덥혀 주고 있었지만, 사람들은 좀 더 아늑하고 우아한 양식의 벽난로 앞에서 잡담을 나누고 있었다. 벽난로 안에는 붉게 타오르는 듯한 종이테이프를 붙여 만든 모조 석탄이 들어 있었다.

「아침에 일찍 일어나시는가 봐요, 슈피넬 씨. 아침 일곱시 반에 건물에서 나가는 것을 어쩌다 두세 번 봤거든요.」 클뢰터얀 부인이 말했다.

「일찍 일어난다고요? 아, 그건 사실과 전혀 다릅니다, 부인. 제가 일찍 일어나는 것은 제가 원래 늦잠을 자는 사람이기 때문이지요.」

「그게 무슨 말인지 설명을 해주셔야겠어요, 슈피넬 씨!」 클뢰터얀 부인에 이어 슈파츠 시의원 부인도 무슨 말인지 설명해 달라고 했다.

「자, 그러니까…… 원래 일찍 일어나는 사람이라면 그렇게 일찍 일어날 필요가 없다고나 할까요. 양심이란 말입니다, 부인…… 양심이란 건 고약한 거지요! 저나 저 같은 부류의 사람들은 평생 동안 양심과 실랑이를 벌인답니다. 간혹 양심을 속이기도 하지만 약삭빠르게 조금은 만족시켜 줘야 하니까 손이 열 개라도 모자랄 지경이지요. 우리는 아무짝에도 쓸모없는 존재들이지요, 저나 저 같은 부류의 사람들은 말입니다. 가끔씩 좋은 순간들도 있긴 하지만 우리는 자신이 쓸모없다는 생각에 끌려 다니느라 상처받고 병들어 가지요. 우린 유용한 것을 싫어합니다. 우리는 유용한 것이란 천박하고 아름답지 않다고 여기며, 그게 진실이라고 생각합니다. 꼭 필요한 진실만을 옹호하는 자세로 말입니다. 그런데도 우린 우리에게 더 이상의 이렇다 할 만한 흠집은 없다는 양심에 말할 수 없이 시달리고 있지요. 이것 말고도 우리 내면의 모든 존재 방식, 우리의 세계관, 우리의 작업 방식은…… 끔찍할 정도로 불건전하고 퇴폐적이며 심신을 소모시킵니다. 그리고 그 때문에 사태가 더욱 악화되지요. 이를 완화시켜 주는 약이 있긴 합니다만, 그게 없다면 도저히 견뎌 낼 수 없을지도 몰라요. 이를테면 우리 가운데 몇몇은 좀 점잖게 행동하고 엄격하게 건강을 챙기는 생활을 하는 게 필요합니다. 그러니까 일찍, 끔찍할 정도로 일찍 일어나서 냉수마찰을 하고 눈이 오는데도 산보를 해야 하지요······. 그렇게 하면 우리는 어쩌면 한 시간 정도는 우리 자신에게 약간이나마 만족할지도 모르지요. 못 믿으실지 모르지만, 평소처럼 그냥 내버려 두면 오후가 되도록 침대에 마냥 누워 있을지도 모릅니다. 제가 일찍 일어나는 건 사실 위선인 셈이지요.」

「아니, 어째서요, 슈피넬 씨! 그건 극기라고 해야지요······. 그렇지 않나요, 시의원 부인?」 그러자 시의원 부인도 그건 극기라고 했다.

「위선이거나 극기겠지요, 부인! 이제 어느 쪽을 택해야 할지. 전 이런 것을 너무 고민할 정도로 고지식한 성격이라서, 전······.」

「그건 그래요. 정말이지 당신은 고민이 너무 많아요.」

「그래요, 부인, 전 고민이 많아요.」

좋은 날씨가 며칠간 계속되었다. 이 지역은 하얀 눈으로 덮여 있어 차갑고 깔끔한 느낌을 주었다. 바람 한 점 없이 잔잔하고, 맑게 갠 추운 날씨에 눈부신 햇살과 푸르스름한 그늘 속에 산이며 건물이며 정원이 자리하고 있었다. 가물거리며 빛을 내는 무수히 많은 작은 물체들과 반짝이는 수정들이 어울려 춤추는 것처럼 보이는 연푸른색 하늘은 둥근 천장 모양을 이루며 티 없이 맑게 모든 것을 굽어보고 있었다. 클뢰터얀 부인은 이 무렵 그럭저럭 잘 지내고 있었다. 열도 없었고, 기침도 거의 하지 않았으며, 마지못해 식사를 하지도 않았다. 그녀는 의사가 일러 준 대로 때때로 몇 시간씩 햇살이 비치는 추운 테라스에 앉아 있기도 했다. 또 담요와 털옷으로 단단히 무장을 하고 눈 속에 앉아, 기관지에 도움이 될까 하는 희망으로 맑고 찬 공기를 들이마시기도 했다. 가끔씩 슈피넬 씨가 그녀의 눈에 띄기도 했다. 그 또한 따뜻한 옷차림을 하고, 발이 엄청 커 보이게 하는 털신을 신고 정원을 이리저리 거닐었다. 그는 무언가를 더듬어 찾는 듯한 걸음걸이로 조심스럽게 팔짱을 끼고는 꼿꼿하고도 우아한 자세로 눈 속을 걸어 다녔다. 그러다가 테라스 쪽으로 와서 그녀에게 공손하게 인사를 하고는, 계단을 올라가 그녀와 간단한 대화를 나누었다.

「오늘 아침 산책을 나갔다가 어떤 미인을 보았지요……. 아, 얼마나 아름다운 여자인지 모릅니다!」 그가 이렇게 말하면서 머리를 비스듬하게 기울이고 두 손을 쫙 폈다.

「정말이에요, 슈피넬 씨? 어떻게 생겼는지 좀 이야기해 보세요!」

「안 됩니다, 그럴 수 없어요. 자칫하다간 그녀의 모습을 잘못 묘사할지도 모르거든요. 지나가는 길에 그 숙녀를 곁눈질로 흘깃 보았을 뿐이니까, 사실은 제대로 보지 못한 셈이지요. 하지만 얼핏 스쳐 지나가는 희미한 실루엣만으로도 저의 상상력을 자극하고 아름다운 이미지를 얻어 오기에 충분했습니다……. 아, 너무 아름다웠어요.」

그녀는 웃고 있었다. 「당신은 그런 식으로 미인들을 관찰하나 보죠, 슈피넬 씨?」

「그렇습니다, 부인. 엉큼하게 현실적인 욕망을 품고 얼굴을 뚫어지게 바라보다가 실제로 결점이 있다는 인상을 받는 것보다는 이런 방식이 더 낫지요.」

「현실적인 욕망이라…… 그것 참 묘한 말이네요! 정말 작가다운 말이에요, 슈피넬 씨! 하지만 굳이 말씀드리자면, 그 말은 저한테도 인상적으로 다가오는데요. 잘은 이해하지 못하지만 그 말 속에는 제법 많은 뜻이 담겨 있는 것 같아요. 심지어 현실에 대한 존중심을 없애게 하는 무언가 독립적이면서 자유로운 것 말이에요. 물론 현실은 이 세상에서 가장 존중할 만한 것, 말하자면 존중할 만한 것 그 자체이긴 하지만요……. 그렇게 보면 손에 딱 잡히는 것 말고도 무언가, 좀 더 미묘한 무언가가 존재한다는 말을 이해하겠어요.」

「전 단 하나의 얼굴밖에 알지 못합니다.」 그는 갑자기 이상하게 기쁨에 넘치는 목소리로 말하며, 주먹을 불끈 쥔 두 손을 자신의 어깨 쪽으로 올렸다. 그리고 기뻐 어쩔 줄 모르며 미소를 짓자 벌레 먹은 그의 이빨들이 드러나 보였다……. 「전 단 하나의 얼굴밖에 알지 못합니다. 얼굴에 나타나 있는 그대로의 고귀한 모습을 저의 상상력을 동원하여 고치려고 하는 것은 죄악일지도 모르겠어요. 전 그 얼굴을 마냥 바라보고 싶어요. 몇 분, 몇 시간이 아니라 평생 동안 말입니다. 온통 그 얼굴에만 푹 빠져 세상일은 깡그리 잊어버리고 싶습니다…….」

「그래, 그래요, 슈피넬 씨. 그런데 폰 오스터로 양은 귀가 옆으로 상당히 쫑긋 솟아 있던데요.」

그는 말문을 닫고 몸을 잔뜩 숙였다. 그가 다시 몸을 일으켰을 때 그의 시선은 당황스럽고 고통스런 빛을 띠면서, 이상한 느낌을 주는 그녀의 실핏줄에 머물렀다. 속이 훤히 들여다보일 정도로 투명한 그녀의 이마에 촘촘하게 퍼져 있는 실핏줄은 파리하고 병적인 느낌을 주었다.

7

 괴상한 사람이야, 정말 유별나게 괴상한 사람이야! 클뢰터얀 부인은 가끔씩 그에 관해 생각했다. 그녀는 이런저런 생각에 빠져들 때가 많았기 때문이었다. 요양을 온 효력이 떨어지기 시작해서인지, 또는 눈에 띄게 해로운 어떤 영향을 받게 되어서인지 그녀의 건강 상태는 더 나빠졌다. 기관지가 심히 걱정스러운 조짐을 보이면서, 그녀는 기운이 빠지고 피곤해지며 식욕을 잃게 되었고, 열도 자주 났다. 그러면 레안더 박사는 조용히 쉬면서 절대 안정을 취하고 조심하라고 권했다. 그리하여 그녀는 누워 있지 않아도 될 때는 슈파츠 시의원 부인을 벗 삼아 다소곳이 앉아서, 무릎에 올려놓은 뜨개질거리에는 손도 대지 않고 이런저런 생각에 잠기곤 했다.
 그렇다, 그 괴상한 슈피넬 씨는 그녀에게 생각할 거리를 마련해 주었다. 그런데 참 이상하게도 그 사람이 아니라 오히려 그녀 자신이 생각의 대상으로 떠오른 것이었다. 어쩐 일인지는 몰라도 그는 그녀의 마음속에 그녀 자신의 존재에 대한 묘한 호기심과 일찍이 느껴 보지 못했던 관심을 불러일으켰다. 하루는 그가 대화를 나누다가 불쑥 이런 말을 한 적이 있었다.
 「아니, 여자들이란 사실 알다가도 모를 존재들입니다……. 새로운 사실도 아닌데 그러한 사실을 접하면 놀라움을 금할 수 없습니다. 어떤 환상적인 여성이 있다고 칩시다. 공기의 요정과도 같은 여성, 향내로만 이루어진 존재, 꿈같은 동화에나 나올 법한 존재 말입니다. 그런데 그녀가 무얼 하고 있을까요? 그녀는 시정잡배나 백정 같은 사람한테 가서 자신의 몸을 맡깁니다. 그런 작자의 팔에 안기거나, 심지어는 그의 어깨에 자신의 머리를 기대기도 하면서 교활한 미소를 지으며 주위를 둘러봅니다. 〈그래, 이런 모습을 보면 너희들 골머리깨나 아플 거야!〉라고 말하려는 듯이 말입니다. 사실 그런 여자들을 보면 우린 골머리가 아프지요.」

클뢰터얀 부인은 이 말을 몇 번이고 곱씹어 보았다.

또 어느 날엔가 두 사람이 이런 대화를 주고받는 것을 보고 슈파츠 시의원 부인은 놀라움을 금치 못했다.

「부인(이건 어쩌면 시건방진 말일지도 모른다), 실례지만 이름을 여쭤 봐도 될까요? 원래 이름 말입니다.」

「제 이름은 클뢰터얀이잖아요, 슈피넬 씨!」

「음, 그거야 저도 압니다. 아니, 전 오히려 그 이름은 인정하고 싶지 않습니다. 지금 저는 당신 자신의 이름, 즉 처녀 적 이름을 여쭤 보는 겁니다. 부인, 당신을 〈클뢰터얀 부인〉으로 부르려는 자는 회초리를 맞아도 싸다는 걸 인정하시겠지요.」

이 말을 듣고 어찌나 파안대소(破顏大笑)를 했던지 눈썹 위의 연푸른색 실핏줄이 걱정스러울 정도로 도드라지게 튀어나왔고, 그녀의 가냘프고 사랑스러운 얼굴에 긴장하고 조바심치는 기색이 역력해지면서 불안의 그림자가 짙게 드리워졌다.

「아니에요! 설마 그럴 리가요, 슈피넬 씨! 회초리라고요? 〈클뢰터얀〉이라는 이름이 그렇게 끔찍하게 들리세요?」

「그렇습니다, 부인. 저는 그 이름을 처음 들었을 때부터 마음속 깊이 증오해 왔습니다. 그 이름은 우스꽝스러운 데다, 정나미가 떨어질 정도로 추악합니다. 그리고 관습에 따라 당신 이름에 남편의 성을 딴다는 것은 야만적이고 천박한 짓입니다.」

「그럼, 〈에크호프〉는요? 에크호프는 좀 더 나은가요? 아버지 이름이 에크호프거든요.」

「아, 그것 보세요! 〈에크호프〉라는 이름은 전혀 다른 느낌을 주는군요! 위대한 연극배우 중에도 에크호프[7]라는 사람이 있었지요. 에크호프라면 봐줄 수 있어요. 그런데 아버지 이름밖에 말하지 않았군요. 당신 어머니 이름은……」

「어머니는 제가 아직 어릴 때 돌아가셨어요.」

「아. 그럼 당신 자신에 대해 좀 더 이야기해 주세요, 부탁드려도 될까요? 말하기 피곤하다면 안 하셔도 괜찮습니다. 쉬도록 하세요. 그럼 제가 파리 이야기를 계속하도록 하지요, 요전처럼 말입니다. 하지만 당신은 아주 나지막하게 말할 수 있겠지요. 그래요, 당신이 속삭이듯 말한다면 모든 것이 더욱 멋지게 들릴 겁니다……. 브레멘에서 태어났다고 하셨죠?」 그는 거의 소리를 죽여 이렇게 물었다. 마치 브레멘이라는 도시가 이루 형언할 수 없는 온갖 모험과 숨겨진 아름다움으로 가득 찬 비길 데 없는 도시라도 되는 듯한 말투였다. 그리고 그 도시에서 태어났다는 사실만으로도 신비하고 고귀한 신분을 얻기라도 하듯이 경외감에 가득 찬 의미심장한 표정으로 말했다.

「그래요, 그렇게 생각하세요? 전 브레멘 출신이에요.」 그녀는 자기도 모르게 말했다.

「언젠가 그곳에 가본 적이 있었지요.」 그는 생각에 잠겨 자신의 경험을 말했다.

「어머나, 그곳에 가보셨단 말이에요? 아니, 이보세요, 슈피넬 씨, 그럼 북아프리카의 튀니지와 북극해의 슈피츠베르겐 군도 사이를 다 가보셨단 말이네요!」

「그래요, 언젠가 그곳에 가본 적이 있었지요.」 그는 같은 말을 되풀이했다. 「저녁 때 몇 시간 동안 잠깐 들렀지요. 오래된 비좁은 거리가 생각나네요. 거리에 늘어선 합각머리 지

---

7 Konrad Eckhof(1720~1778). 18세기 말의 유명한 연극배우였다.

붕 위로 달이 비스듬히 떠 있어서 기이한 느낌이 들었지요. 그러고 나서 포도주 냄새와 곰팡내가 나는 어느 지하 술집에 들어갔지요. 그때 일이 지금도 생생하게 기억납니다만······.」

「정말이세요? 그게 어디쯤이었어요? — 그래요, 그런 합각머리 지붕을 인 회색 집에서 제가 태어났어요. 마루가 꽝꽝 울리고, 복도에 흰색으로 래커 칠이 된 유서 깊은 상인의 집에서 말이에요.」

「그럼 아버님께서는 상인이셨군요?」 그는 약간 머뭇거리며 물었다.

「네. 하지만 그것 말고도 본업은 정작 예술가일지도 몰라요.」

「아, 그렇군요! 수준은 어느 정도셨어요?」

「바이올린을 켜세요······. 하지만 그건 그리 중요하지 않아요. 어떻게 연주하느냐가 중요해요, 슈피넬 씨! 어떤 곡들은 들을 때마다 정말 이상하게도 눈물을 펑펑 쏟을 수밖에 없었어요. 평소에는 결코 그런 체험을 할 수 없거든요. 제 말이 믿어지지 않으실지 모르지만······.」

「믿고말고요! 아, 믿어지지 않다니요! 말씀해 주세요, 부인. 당신 집안은 아마 유서 깊은 가문이겠죠? 아마 여러 세대에 걸쳐 회색 합각머리 지붕 집에서 살면서 일하다가 생을 마감했겠지요?」

「맞아요. 그런데 왜 그런 질문을 하시죠?」

「실제적이고 시민적이며 무미건조한 전통을 지닌 가문이 그 명이 다할 즈음에 예술로 다시 한 번 빛을 발하는 경우가 드물지 않기 때문이죠.」

「그런가요? — 그래요, 저희 아버지 이야기를 하자면, 자기 자신을 예술가로 자처하고 명성을 누리며 살아가는 일부 예술가보다 확실히 더 예술가다웠지요. 저는 피아노를 조금

치는 게 고작이에요. 지금은 물론 그나마도 못하게 되었어요. 하지만 당시만 해도 집에서 피아노를 칠 수 있었지요. 아버지와 함께 이중주를 하기도 했어요……. 그래요, 그 시절의 모든 것이 소중한 추억으로 남아 있어요. 특히 정원이 생각나네요. 우리 집 뒤편의 정원요. 한심할 정도로 황폐하게 버려둬 잡초만 무성하게 자랐고, 조각조각 부서져 이끼로 뒤덮인 담장에 에워싸여 있었죠. 그런데 바로 그런 점이 얼마나 매력적이었는지 몰라요. 정원 한가운데에는 화환 모양으로 빽빽하게 들어선 붓꽃이 분수를 둘러싸고 있었어요. 여름이면 그곳에서 여자 친구들과 함께 몇 시간씩 보내곤 했지요. 분수 주위에 조그만 야외용 의자를 놓고 모두가 빙 둘러앉곤 했어요…….」

「너무나 멋진 추억이군요!」 슈피넬 씨는 이렇게 말하며 양어깨를 들썩였다. 「그렇게 빙 둘러앉아 노래를 불렀나요?」

「아니에요, 대개는 뜨개질을 했어요.」

「아무렴…… 아무렴 어때요…….」

「그래요, 우리는 뜨개질을 하면서 수다를 떨었지요. 여섯 명의 여자 친구들과 제가 말이에요…….」

「너무나 멋진 추억이군요! 아니, 어떻게 그리 멋질 수가 있어요!」 이렇게 소리치는 슈피넬 씨의 얼굴은 무참히 일그러져 있었다.

「그런데 제 이야기에서 뭐가 그렇게 유달리 멋진가요, 슈피넬 씨?」

「아, 그건, 당신이 이 여섯 명에 포함되지 않았다는 사실이 멋집니다. 당신은 이 숫자에 포함되지 않고, 흡사 여왕처럼 단연 돋보였다는 사실 말입니다……. 당신은 여섯 명의 친구들 중에서 군계일학(群鷄一鶴)이었습니다. 눈에는 전혀 보이지 않지만, 조그만 황금 왕관이 당신 머리에 얹혀 의미심장하게 번쩍였다고나 할까요…….」

「아니에요, 당치도 않은 말씀이세요. 왕관이라니 말도 안 돼요.」

「아닙니다, 다른 사람들 눈에 띄지 않게 번쩍이고 있었어요. 저라면 보았을 것 같아요. 당신 머리에 얹혀 있는 것을 똑똑히 보았을 것 같아요. 만일 제가 그때 누구의 눈에도 띄지 않게 덤불 속에 숨어 있었다면 말입니다…….」

「당신이 보았다 한들 과연 누가 믿겠어요. 덤불 속에 서 있었던 사람은 당신이 아니라 바로 지금의 제 남편이었어요. 하루는 그가 아버지와 함께 수풀 속에서 뚜벅뚜벅 걸어 나오지 뭐예요. 그분들이 우리 수다를 죄다 엿들었을까 봐 염려되었지만요…….」

「그럼 남편을 처음 만난 장소가 그곳이었군요, 부인?」

「네, 거기서 그이를 알게 되었죠!」 그녀는 큰 소리로 즐겁게 말했다. 그녀가 미소 지을 때 푸르스름한 실핏줄이 당겨지면서 눈썹 위로 불거져 기이한 느낌을 주었다. 「아시겠지만, 그는 사업상 볼일로 아버지를 찾아온 거였어요. 다음 날 그는 저녁 식사에 초대되었고, 그로부터 사흘 뒤에 저에게 청혼을 했어요…….」

「아니, 그럴 수가! 모든 일이 그렇게 번갯불에 콩 볶아 먹듯이 진행되었단 말인가요?」

「그래요……. 말하자면, 그때부터는 일이 좀 더 천천히 진행되었어요. 아버지께서는 애초부터 이 혼사가 전혀 마음에 내키지 않으셨거든요. 그래서 좀 더 시간을 두고 천천해 생각해 보자고 조건을 다셨어요. 첫째는 저를 아버지 곁에 두고 싶으셨기 때문이었고, 둘째는 또 다른 의구심이 있었기 때문이었죠. 하지만…….」

「하지만이라니요?」

「하지만 제가 바로 결혼을 하고 싶어 했어요.」 그녀는 미소를 지으며 말했다. 이번에도 파리한 실핏줄 때문에 너무도 사랑스러운 그녀의 얼굴은 조바심치는 표정에 병색이 완연해 보였다.

「아, 당신이 원하셨군요.」

「네, 저는 당신도 보시다시피 아주 확고하고 당당하게 제 의사를 표시했던 거예요…….」

「제가 보는 그대로군요. 그랬군요.」

「……그래서 아버지도 결국 뜻을 굽힐 수밖에 없었지요.」

「그래서 아버지와 바이올린을 떠나게 되었군요. 유서 깊은 집이며 잡초만 무성한 정원이며, 정원의 분수며, 여섯 명의 친구도 다 버리고 클뢰터안 씨를 따라갔군요.」

「그렇게 따라갔지요……. 그런데 슈피넬 씨! 당신 말투가 어쩜 그렇지요! 꼭 성경 말씀 같아요! 그래요, 전 그 모든 것을 다 버리고 떠나갔어요. 자연이 시키는 대로 말이에요.」

「그래요, 자연이 그렇게 시켰을지도 모르죠.」

「그리고 그건 제 행복이 달린 문제였잖아요.」

「물론이죠. 그런데 그게 찾아왔군요, 행복이…….」

「슈피넬 씨, 어린 안톤을 저에게 처음 데려온 순간, 행복이 찾아왔어요. 우리 어린 안톤을 말이에요. 그리고 그 아이가 작지만 건강한 허파로 소리도 우렁차게 울음을 터뜨리는 순간 행복이 찾아왔어요. 그토록 튼튼하고 건강한 아이 말이에요…….」

「어린 안톤이 건강하다는 말을 들은 건 이번이 처음이 아닙니다, 부인. 그 아이는 틀림없이 무척 건강하겠지요?」

「건강하다마다요. 그리고 정말 우스울 정도로 제 남편을 꼭 빼닮았지 뭐예요!」

「아, 그렇군요. 그렇게 된 이야기군요. 그래서 당신은 에크호프가 아닌 다른 이름을 갖게 되었고, 어리고 건강한 안톤을 갖게 되었으며, 기관지로 약간 고생하고 계시군요.」

「그래요. 그런데 당신이야말로 철두철미하게 베일에 가려진 수수께끼 같은 사람이에요, 슈피넬 씨. 그 점에 대해선 손에 장이라도 지질 수 있어요.」

「그건 그래요. 그 말이 틀리면 천벌이라도 받겠어요, 당신은 그런 사람이라니까요!」 슈파츠 시의원 부인이 맞장구를 쳤다. 아닌 게 아니라 그녀도 내내 두 사람 옆에 있었던 것이다.

하지만 클뢰터얀 부인은 이번에 나눈 대화도 마음속으로 여러 번 곱씹어 보았다. 내용이라 할 것도 없는 대화였지만 그 밑바닥에는 그녀 자신에 대한 생각을 부추기는 요소가 더러 담겨 있었다. 이런 생각이 그녀에게 좋지 않은 작용을 한 것이었을까? 그녀의 몸 상태는 더 나빠져 갔고, 열이 오를 때도 자주 있었다. 잔잔하게 타오르는 열기에 잠긴 채, 그녀는 은은하게 들뜬 느낌을 받으며 편히 쉬고 있었다. 약간 모욕당한 기분이 들기도 했지만 생각에 잠긴 채, 짐짓 꾸며 낸 듯한 으쓱하는 기분에 빠져 들뜬 느낌에 자신을 내맡겼다. 그녀가 병상에 누워 있지 않을 때면, 슈피넬 씨는 커다란 발의 뒤꿈치를 들고 극도로 조심스럽게 그녀에게 살금살금 다가가 두 발짝 앞에서 걸음을 멈추고 한쪽 발을 뒤로 빼면서 상체를 숙여 인사하고는, 황공한 듯이 목소리를 죽여 그녀에게 말을 걸었다. 마치 황송한 마음으로 경건하게 예배드리며 그녀를 부드럽게 떠받들어 구름 담요 위에 뉘어 놓기라도 하는 듯했다. 거기서는 어떤 새된 소리도 들려서는 안 되고 어떤 세속적인 접촉도 있어서는 안 되는 것이다……. 그럴 때마다 그녀는 남편이 자신에게 〈조심해, 가브리엘레, 조심해야지, 여보, 입은 다물고!〉라고 말하던 말투가 떠오르는 것이었다. 그 말은 호의를 품고 누군가의 어깨를 툭툭 치는 것 같은 효과를 주었다. 하지만 그러다가도 그녀는 이러한 상념을 재빨리 훌훌 털어 버리고, 몸은 쇠약하지만 고양된 기분으로 슈피넬 씨가 정성껏 마련해 준 구름 담요 위에서 편히 휴식을 취하곤 했다.

하루는 자신의 내력과 어린 시절에 대해 그와 나눈 짤막한 대화가 뜬금없이 다시 그녀의 머릿속에 떠올랐다.

「왕관을 보셨다는 게 정말인가요, 슈피넬 씨?」

그 두서없는 이야기를 나눈 지도 벌써 보름이나 지났건만 그는 문제의 핵심이 무엇인지 퍼뜩 알아차렸다. 그래서 그는 그때 그녀가 여섯 명의 여자 친구들과 앉아 있던 분수 옆에서 조그만 왕관이 번쩍이는 것을 보았노라고, 왕관이 그녀의 머리 위에서 번쩍이는 것을 몰래 보았노라고 떨리는 목소리로 맹세하듯 말했던 것이다.

며칠 뒤 어떤 요양객이 인사치레로 어린 안톤은 집에서 잘 지내는지 그녀에게 물어보았다. 그러자 그녀는 옆에 있던 슈피넬 씨에게 흘낏 눈길을 주면서 약간 지겹다는 투로 대답했다.

「고마워요. 뭐 별일이야 있겠어요? 아이와 남편은 잘 있답니다.」

8

때는 2월 말로 매섭게 추운 어느 날이었다. 지금까지의 그 어느 날보다 더 맑고 화창했던 이날 아인프리트 요양원은 신이 나 온통 들떠 있었다. 가슴에 이상이 있는 사람들은 얼굴이 벌겋게 달아올라 이야기꽃을 피우고 있었고, 당뇨병을 앓는 장군은 젊은이처럼 콧노래를 흥얼거렸으며, 다리를 제대로 가누지 못하는 남자들은 흥분해서 야단법석을 떨고 있었다. 무슨 일이 벌어진 것일까? 다름이 아니라, 모두들 함께 소풍을 가기로 했던 것이다. 여러 대의 썰매에 나누어 타고 방울 소리와 채찍 소리를 울리며 산으로 소풍을 떠나기로 했다. 레안더 박사가 환자들의 기분 전환을 위해 이런 결정을 내렸다.

물론 〈중환자〉들은 요양원에 그대로 남아 있어야 했다. 아, 불쌍한 〈중환자들〉! 사람들은 서로에게 고개를 끄덕이며, 그들에겐 소풍에 관해 입도 뻥긋하지 말자고 입을 맞추었다. 약간이나마 동정심을 베풀어 배려를 한다는 건 모두에게 기분 좋은 일이었다. 하지만 즐거운 소풍에 얼마든지 동참할 수 있는 사람들 중에도 몇몇은 빠지게 되었다. 폰 오스터로 양으로 말하자면, 더 볼 것도 없이 너그럽게 봐줄 수 있었다. 할 일이 태산같이 쌓여 있는 그녀 같은 사람은 썰매 소풍을 진지하게 생각해 볼 겨를조차 없었다. 요양원의 살림을 책임지는 그녀는 반드시 제자리를 지키고 있어야 했다. 그래서 요컨대 그녀는 아인프리트 요양원에 그대로 남게 되었다. 그러나 클뢰터얀 부인마저 요양원에 남아 있겠다고 하자 다들 기분이 언짢아졌다. 레안더 박사가 썰매를 타고 신선한 공기를 좀 쐬라고 설득해도 아무 소용이 없었다. 그녀는 편두통이 있는 데다 기운마저 없어서 무리하고 싶지 않다고 했기 때문에, 그녀의 뜻을 받아들이는 수밖에 없었다. 그러자 냉소적인 익살꾼이 이 기회를 놓치지 않고 한마디 했다.

「두고 보십시오, 이제 그 벌레 먹은 젖먹이도 안 간다고 할 겁니다.」

그의 말은 보기 좋게 들어맞았다. 슈피넬 씨는 오늘 오후에 작업을 할 생각이라고 알려 왔다. 그는 자신이 하는 미심쩍은 일에 대해 〈작업한다〉는 말을 쓰기를 무척 좋아했다. 좌우간 그가 남겠다고 해서 서운해하는 사람은 아무도 없었다. 마찬가지로 슈파츠 시의원 부인이 썰매를 타면 멀미를 하니까 나이 어린 친구의 말벗이나 되어 주겠다고 결심했을 때도 크게 아쉬워하는 사람이 없었다.

이날은 12시경에 일찌감치 점심 식사를 하자마자 아인프리트 요양원 앞에 썰매들이 대기하고 있었고, 따뜻하게 차려입은 요양객들은 호기심과 흥분에 들떠 무리 지어 활기차게 정원을 가로질러 갔다. 클뢰터얀 부인은 슈파츠 시의원 부인과 함께 테라스로 통하는 유리문 옆에 서서, 슈피넬 씨는 자기 방의 창가에 서서 사람들이 출발하는 것을 지켜보았다. 농담을 하고 왁자지껄 떠들며 가장 좋은 자리를 차지하기 위해 가벼운 실랑이가 벌어지는 광경과 모피 목도리를 두른 폰 오스터로 양이 썰매 사이를 부지런히 오가면서 먹을거리가 담긴 바구니를 좌석 아래쪽에 챙겨 넣는 것을 지켜보았다. 그리고 모피 모자를 쓴 레안더 박사가 안경알을 번득이며 일행이 다 탔는지 또 한 번 확인한 다음 자리에 앉아 출발 신호를 내리는 것을 지켜보았다······. 말이 썰매를 끌자 몇몇 여자들은 비명을 지르며 벌렁 넘어지기도 했다. 방울이 딸랑거렸고, 손잡이가 짧은 채찍을 후려치는 소리가 들렸다. 기다란 채찍 끈이 썰매 뒤쪽 눈 속에서 질질 끌려가고 있었다. 폰 오스터로 양은 정원 문에 서서 썰매들이 미끄러지면서 국도의 커브 길에 접어들어 사라질 때까지 손수건을 흔들고 있었고, 이윽고 신나게 떠드는 소리는 어디론가 사라져 버렸다. 그러고 나서 폰 오스터로 양은 할 일을 서두르기 위해 정원을 통과해 되돌아갔고, 두 명의 부인은 유리문에서 떠났으며, 이와 거의 동시에 슈피넬 씨도 창가에서 물러났다.

아인프리트 요양원에는 깊은 정적이 감돌았다. 소풍을 떠난 일행은 저녁이 되어야 돌아올 예정이었다. 〈중환자〉들은 각자의 방에 누워 괴로워하고 있었다. 클뢰터얀 부인과 그녀의 나이 든 친구는 잠깐 산책을 한 뒤 자기들 방으로 돌아갔다. 슈피넬 씨도 자기 방에서 나름대로 뭔가를 하고 있었다. 네시 무렵 여자들에겐 반 리터의 우유가, 슈피넬 씨에겐 가벼운 차가 제공되었다. 그러고서 잠시 후 클뢰터얀 부인이 슈파츠 시의원 부인의 방과 자기 방 사이의 벽을 두드리며 이렇게 말했다.

「휴게실에 내려가지 않겠어요, 시의원 부인? 여기서는 뭘 해야 할지 모르겠네요.」

「당장 내려가요! 부츠만 신으면 돼요. 알다시피 난 침대에 누워 있었거든요.」 시의원 부인이 대답했다.

예상대로 휴게실은 텅 비어 있었다. 두 여성은 벽난로 가에 자리를 잡았다. 슈파츠 시의원 부인은 자수용 천에 꽃을 수놓았고, 클뢰터얀 부인도 몇 바늘 수를 놓다가 일감을 무릎에 내려놓고는 안락의자의 팔걸이 너머로 허공을 바라보면서 상념에 빠져들었다. 그러다가 마침내 그녀는 뭐라고 한마디 중얼거렸는데, 그녀 입장에서 볼 때는 남이 괜히 참견하지 않아도 될 말이었다. 하지만 슈파츠 시의원 부인이 〈뭐라고요?〉라고 물어 왔기에 무안함을 무릅쓰고 방금 했던 말을 그대로 되풀이하지 않을 수 없었다. 그런데 슈파츠 시의원 부인이 또 한 번 〈뭐라고요?〉라고 물어보았다. 바로 그때 앞쪽에서 발소리가 들리더니 문이 열리면서 슈피넬 씨가 들어왔다.

「혹시 방해되지 않을까요?」 그는 문지방에 서서 부드러운 목소리로 물었다. 그리고 클뢰터얀 부인만을 바라보면서 우아하고도 유연하게 상체를 앞으로 숙이며 인사했다……. 그러자 젊은 부인이 대답했다.

「아이, 무슨 말씀이에요! 무엇보다 이 방은 누구나 마음대로 들어올 수 있는 방이잖아요, 슈피넬 씨. 그리고 당신이 우리에게 방해될 리 있겠어요? 안 그래도 시의원 부인이 심심해하던 터라 마침 잘되었네요……」

그는 뭐라고 대꾸해야 할지 몰라 벌레 먹은 이빨을 보이며 그저 미소 지을 뿐이었다. 그리고 두 여성이 지켜보는 가운데 상당히 부자연스러운 걸음걸이로 유리문 쪽으로 걸어가더니 거기서 우뚝 멈추어 서서는, 다소 무례하다 생각될 정도로 두 여성에게 등을 돌리고 바깥을 내다보았다. 그러다가 뒤로 반쯤 몸을 돌리는가 싶더니 계속 정원 쪽을 내다보면서 이렇게 말했다.

「해가 들어가 버렸어요. 어느새 하늘이 구름으로 뒤덮였군요. 벌써 어둑어둑해지기 시작하네요.」

「정말 그러네요. 온 사방이 어둑어둑하네요.」 클뢰터얀 부인이 대답했다. 「이러다간 소풍 간 사람들이 눈을 맞을지도 모르겠어요. 어제 이 시간에는 대낮처럼 환했는데, 지금은 벌써 어두워지네요.」

「아, 이번 주 내내 너무 밝았으니 이렇게 어두운 게 눈에 좋겠지요. 아름다운 것과 천박한 것을 똑같이 불필요할 정도로 또렷하게 비추어 주는 해가 드디어 모습을 감췄으니 해님에게 고마워해야겠어요.」 그가 말했다.

「해를 좋아하지 않으세요, 슈피넬 씨?」

「전 화가가 아니라서…… 해가 없어야 더욱 내면적으로 되지요. 연회색의 두꺼운 구름층이군요. 구름을 보니 내일은 날씨가 풀리겠어요. 그건 그렇고, 이젠 그렇게 뒤에서 자수 거리를 그만 쳐다보는 게 좋을 것 같은데요, 부인.」

「아, 그건 염려하지 마세요. 그러잖아도 수놓고 있던 건 아니니까요. 그럼 뭘 하죠?」

그는 피아노 앞의 회전의자에 앉으면서 한쪽 팔을 피아노 덮개 위에 놓았다.

「음악……. 지금 음악 좀 들었으면 좋겠는데요! 가끔 영국 아이들이 흑인 노래를 조금 부르는 게 고작이라니까요.」 그가 말했다.

「그런데 어제 오후에는 폰 오스터로 양이 〈수도원의 종〉을 허겁지겁 연주하더군요.」 클뢰터얀 부인이 한마디 거들었다.

「하지만 당신도 연주할 줄 아시잖아요, 부인.」 그는 애원하듯이 말하며 자리에서 일어섰다……. 「당신은 전에 날이면 날마다 아버님과 연주하셨잖아요.」

「그렇긴 해요, 슈피넬 씨, 전에야 그랬지요. 아시다시피 분수 가에서 놀던 때 말이에요…….」

「오늘 한번 해보세요!」 그가 사정하듯 말했다. 「이번에 한번 몇 소절이라도 들려주세요! 제가 얼마나 애타게 원하는지 아신다면…….」

「우리 집 주치의와 레안더 박사가 하지 말라고 신신당부했어요, 슈피넬 씨.」

「그들 둘 다 여기에 없잖아요! 우린 자유롭습니다……. 당신은 자유로워요, 부인! 아무 거라도 좋으니 몇 개의 화음이라도…….」

「안 돼요, 슈피넬 씨, 그럴 수 없어요. 당신은 나에게 턱도 없는 일을 기대하고 있다니까요! 그리고 배운 것도 다 잊어버렸단 말이에요. 정말이에요. 외워서 칠 수 있는 게 거의 하나도 없다니까요.」

「아, 그렇다면 그 하나라도 쳐보세요! 그리고 악보는 여기에 얼마든지 있어요. 여기 피아노 위에 있군요. 아니, 이건 형편없는 거네요. 여기에 쇼팽이 있군요…….」

「쇼팽이오?」

「그래요, 야상곡입니다. 그럼 이제 촛불을 켜는 일만 남았군요……」

「제가 연주할 거라고 생각하지 마세요, 슈피넬 씨! 전 해서는 안 되거든요. 그러다 문제라도 생기면 어떡하려고요?!」

그는 아무 말이 없었다. 그는 피아노 연주를 위해 켠 두 개의 촛불을 받으며 두 손을 아래로 내려뜨리고 서 있었다. 촛불 불빛에 그의 커다란 머리와 검은색의 기다란 외투, 회색 머리카락에 수염이 없는 얼굴 윤곽이 흐릿하게 드러났다.

「그럼 더 이상 부탁드리지 않겠습니다.」 마침내 그는 나지막한 소리로 말했다. 「몸에 안 좋을까 봐 염려되신다면, 부인, 당신의 손가락 아래에서 크게 소리 내고 싶어 하는 아름다운 음은 소리 없이 죽어 있게 내버려 두세요. 당신이 늘 그렇게 분별 있게 행동하지는 않았잖아요. 지금과 달리 아름다움에 몰입해야 할 때는 적어도 그러지 않았잖아요. 그럴 때면 부인은 자신의 몸 같은 건 아랑곳하지 않았고, 조그만 황금 왕관을 내려놓고 분수를 떠났을 때보다 더욱 당당하고 더욱 확고한 의지를 보여 주었습니다……. 그런데 말입니다.」 그는 잠시 쉬었다가 더욱더 가라앉은 목소리로 말했다. 「한때 당신 아버님께서 당신 곁에 서서 바이올린을 울리자 당신은 눈물을 흘린 적이 있었지요. 그때처럼 당신이 이제 여기에 앉아 피아노를 연주하신다면, 당신의 머리 위에서 조그만 황금 왕관이 번쩍이는 것을 다시 몰래 지켜볼 수 있을 겁니다……」

「정말이에요?」 그녀는 이렇게 반문하면서 미소를 지어 보였다……. 이 말을 할 때 때마침 그녀는 목이 잠겨 반쯤은 쉰 소리가 났고, 반쯤은 아예 소리가 나오지 않았다. 그러고 나서 잔기침을 하더니 이렇게 말하는 것이었다.

「당신이 거기 가지고 있는 악보가 정말 쇼팽의 야상곡인가요?」

「물론이지요. 이렇게 펼쳐져 있으니 만반의 준비가 다 된

셈입니다.」

「정 그러시다면 그중에 한 곡만 연주해 볼게요. 그렇지만 딱 한 곡만입니다, 아시겠어요? 그럼 당신도 그것으로 만족하셔야 해요.」

이 말을 하고 그녀는 자리에서 일어나더니 자수거리를 옆으로 치우고는 피아노 쪽으로 다가갔다. 그녀는 제본된 악보집이 몇 권 놓여 있던 회전의자에 앉아 촛불들을 바르게 세워 놓고는 악보를 뒤적였다. 슈피넬 씨는 그녀 옆으로 의자를 끌어 와서 마치 음악 선생처럼 그녀 옆에 앉았다.

그녀는 쇼팽의 야상곡 제9번 2악장 내림 마단조를 연주했다. 그녀가 좀 잊어버린 게 정말이라면 전에는 완벽한 연주 솜씨를 자랑했을지도 모른다. 피아노는 평범한 제품에 불과했지만, 그녀는 몇 번 두드려 보자 벌써 확실한 음감을 되찾고 피아노를 다룰 수 있었다. 그녀는 음색의 미묘한 차이에 극히 섬세한 감각을 보여 주었고, 거의 환상적이라 할 정도로 활발한 리듬의 움직임에 기쁨을 드러내었다. 건반을 두드리는 솜씨는 확고하면서도 부드러웠다. 그녀의 손길 아래서 선율은 그지없이 감미로웠고, 장식음들은 머뭇머뭇하며 우아하게 그녀의 손가락에 살포시 휘감겼다.

그녀의 옷차림은 이곳에 처음 도착하던 날 그대로였다. 우단으로 짠 아라베스크 무늬가 입체적으로 수놓인 검고 묵직해 보이는 조끼 차림에 머리와 손들은 이 지상의 것을 초월한 듯 우아해 보였다. 연주하는 동안 얼굴 표정은 변하지 않았지만, 입술 윤곽은 더욱 선명해지고 눈가의 그늘도 더욱 짙어진 듯했다. 연주를 마치자 그녀는 두 손을 무릎에 올려놓고 악보를 계속 들여다보고 있었다. 슈피넬 씨는 꼼짝도 하지 않고 숨죽인 채 그대로 앉아 있었다.

그녀는 야상곡을 한 곡 더 연주했고, 내친 김에 두 번째

곡, 세 번째 곡을 연주했다. 그러고 나서 그녀는 몸을 일으켰지만, 그만 치려는 것이 아니라 피아노 덮개에서 새로운 악보를 찾기 위해서였다.

슈피넬 씨는 회전의자 위에 표지가 두꺼운 검은색 악보집이 있었다는 생각이 퍼뜩 들어 그것을 찾아봐야겠다고 생각했다. 별안간 그는 뭐라고 알아들을 수 없는 소리를 지르더니, 자신의 커다란 흰 손으로 아무렇게나 방치된 책들 중 하나를 눈에 불을 켜고 열심히 뒤적이는 것이었다.

「아니 이럴 수가!…… 도저히 믿을 수 없어!……」 그가 이렇게 소리쳤다. 「그렇지만 내가 잘못 본 게 아니야!…… 이게 뭔지 아시겠어요? ……이게 무슨 곡이지요? ……제가 들고 있는 이 곡[8] 말입니다!」

「그게 뭔데요?」 그녀가 궁금해서 물어보았다.

그러자 그는 말없이 그녀에게 겉표지를 보여 주었다. 그는 얼굴이 완전히 하얘져서 악보집을 내려놓고는 입술을 부들부들 떨며 그녀를 바라보았다.

「정말 그게 어떻게 여기까지 왔을까요? 이리 좀 줘보세요!」 그녀는 서둘러 이렇게 말하고는 악보를 악보대 위에 올려놓더니 자리에 앉았다. 그리고 잠시 침묵의 시간이 흐른 뒤 첫 장을 연주하기 시작했다.

그는 그녀 옆에 앉아 몸을 앞으로 숙인 채 두 손을 무릎 사

---

[8] 리하르트 바그너의 오페라 「트리스탄과 이졸데」를 말한다. 1855년 바그너가 직접 대본을 쓰기 시작했고, 1857년 9월에 완성되었다. 완성된 뒤 좀처럼 초연되지 않다가 바이에른의 왕 루트비히 2세의 지원을 받아 1865년 6월 뮌헨 궁정 오페라 극장에서 한스 폰 뷜로의 지휘로 초연되었다. 유럽 민담을 바탕으로 했으며, 트리스탄과 이졸데의 숙명적인 사랑을 그렸다. 주도 동기의 사용이나 무한 선율 기법 등 바그너 오페라의 모습을 본격적으로 갖춘 최초의 작품으로 평가받고 있으며, 반음계 화성의 혁신적인 사용으로 순수 음악 차원에서도 기념비적인 작품이다.

이에서 맞잡고는 고개를 숙이고 있었다. 그녀는 시작 부분을 고통스러울 정도로 천천히 연주했다. 음형을 불안하리만치 늘어지게 했다. 밤중에 외로이 헤매는 목소리인 그리움의 모티브는 묻는 쪽의 불안한 심경을 조용히 들려주고 있었다. 이는 정적과 기다림을 표현하는 것이었다. 그런데 보라, 응답하는 쪽의 소리도 겁먹고 외로운 심경을 나타내고 있었지만, 좀 더 밝고 좀 더 애정 어린 점이 다를 뿐이었다. 다시 침묵이 흘렀다. 그때 강한 강세를 약하게 죽인 놀라운 소리가 시작되었다. 마치 열정이 솟구쳐 오르며 더없이 행복하게 격앙되는 듯했다. 사랑의 모티브였다. 음들이 계속 올라가더니 황홀경 속에서 서로 엎치락뒤치락하다가 마침내 서로 달콤하게 뒤엉키며 절정에 이른 뒤, 서로 풀어지면서 가라앉았다. 그리고 무겁고 고통스러운 환희를 표현하는 저음의 합창과 함께 첼로가 등장해서 선율을 계속 이어갔다……

연주자는 이 볼품없는 악기를 가지고 오케스트라의 효과를 내려고 했는데, 이는 제법 성공적이었다. 고음으로 치닫는 바이올린 경과구가 눈부시도록 정확하게 울려 퍼졌다. 그녀는 마치 경건한 마음으로 예배하듯 연주했다. 그녀는 각 부분이 뜻하는 바를 경건하게 표현하려고 애썼고, 마치 사제가 자신의 머리 위로 성체(聖體)를 떠받들듯 하나하나의 음을 겸허하고도 분명하게 드러내 보였다. 무슨 일이 벌어진 것이었을까? 두 개의 힘이, 황홀경에 빠진 두 개의 존재가 고통과 더없는 행복을 맛보며 서로를 갈구하다가, 넋을 잃고 광기에 빠져 영원하고 절대적인 것을 갈망하며 서로를 얼싸안았다……. 이렇게 전주가 불타오르다가 사그라졌다. 그녀는 막이 나뉘는 대목에서 연주를 끝내고는 잠자코 악보만 하염없이 바라보았다.

그러는 사이 슈파츠 시의원 부인은 너무 지루한 나머지, 마치 머리에서 눈알이 튀어나와 죽은 사람처럼 섬뜩하게 얼굴 표정이 일그러져 있었다. 그것 말고도 이런 종류의 음악은 그녀의 위에도 영향을 주어 소화불량에 빠뜨렸다. 그래서 시의원 부인은 위에 경련이라도 일어날까 봐 덜컥 겁이 났다.

「나는 아무래도 내 방으로 올라가야 할 것 같아요. 잘들 계세요, 되돌아올 테니…….」

그녀는 힘없이 말하고 가버렸다. 어둑어둑하던 날씨가 더욱 어두워졌다. 바깥에서는 테라스 위로 눈이 소리 없이 소복소복 내리고 있었다. 두 개의 초에서는 얼마 남지 않은 촛불이 일렁거리고 있었다.

「2막을 연주할 차례입니다.」 그가 속삭이듯 말했다. 그러자 그녀는 악보를 넘겨 제2막을 연주하기 시작했다.

호른 소리가 멀리서 사라져 버렸다. 어찌된 일일까? 아니면 나뭇잎이 살랑거리는 소리였을까? 샘물이 부드럽게 졸졸 흐르는 소리였을까? 어느새 밤이 되어 언덕과 집은 침묵 속에 잠겨 들었고, 아무리 애원하며 주의를 주어도 걷잡을 수 없는 그리움을 더는 막을 도리가 없었다. 성스러운 비밀이 완성되었다. 촛불이 꺼지고, 갑자기 이상한 음색으로 덮이면서 죽음의 모티브가 가라앉았다. 그리고 사랑에 빠진 남자를 향해 그리움이 하얀 베일을 펼럭이자, 더는 참을 수 없게 된 그는 두 팔을 활짝 벌리고 어둠을 가로질러 그녀에게 다가갔다.

아, 사물들의 영원한 피안에서 서로가 하나 될 때의 벅찬 희열이란 아무리 맛보아도 물리지 않으리라! 고통스러운 방황을 끝내고, 공간과 시간의 족쇄에서 벗어나, 그대와 나, 그대의 나와 나의 그대가 하나로 녹아내려 숭고한 희열을 맛보는 것이다. 낮의 심술궂은 속임수로 이들을 갈라놓을 수 있었지만, 사랑의 미약(媚藥)을 마시고 제대로 볼 수 있는 힘을 얻고부터는 낮의 그럴듯한 거짓말로도 이들을 더 이상 속일 수 없었다. 사랑에 빠져 죽음의 밤과 그 밤의 달콤한 비밀을 들여다본 사람에게 낮의 빛으로 인한 착각 속에 남아 있는 것이라곤 하나의 그리움밖에 없다. 영원하고 참되며 서로 하나 되게 하는 성스러운 밤을 기다리는 그리움밖에…….

아, 어서 내려오라, 사랑의 밤이여, 그들이 갈망하는 망각을 주고, 그들을 온통 환희로 감싸 기만과 이별의 세계에서 그들을 벗어나게 하라! 보라, 마지막 불꽃마저 꺼졌구나! 생각과 상념은 세상을 구원하며, 망상의 고통 너머로 퍼져 나가는 성스러운 저녁노을 속에 잠겨 버렸다. 그러고 나서 낮의 속임수가 힘을 잃고, 무아경에 빠져 내 눈이 번쩍 뜨이면 낮의 거짓에 가려 보지 못한 것과 속임수를 쓰며 그들에게 달랠 길 없는 그리움의 고통만 더하게 했던 그것이 눈앞에 나타나는 것이다 — 그런데 그 순간에도, 아, 그리움이 충족된 그 경이로운 순간에도 난 여전히 세상에 머물러 있는 것이다! 그러고는 브란게네[9]가 어두운 톤으로 부르는 경고의 노래에 이어 세상의 모든 지혜보다 더 숭고한[10] 소리인 점점 더 높아져 가는 바이올린 소리가 뒤따랐다.

「다는 이해하지 못하겠어요, 슈피넬 씨. 많은 부분은 그냥 느낌으로 칠 뿐이에요. 그런데 〈그 순간에도 난 여전히 세상에 머물러 있다〉는 무슨 뜻이죠?」

그는 나지막한 소리로 간단하게 설명해 주었다.

「네, 그런 뜻이었군요. 그런데 이해는 그렇게 잘하시는 분이 연주는 왜 못하시죠?」

이상하게도 그는 아무런 악의 없는 이 질문을 못 견뎌 했

---

9 바그너의 오페라 「트리스탄과 이졸데」에 나오는 이졸데의 몸종이다.
10 신약 성서의 「필립비인들에게 보낸 편지」 제4장 7절 참조. 〈그러면 사람으로서는 감히 생각할 수도 없는 하느님의 평화가 그리스도 예수를 믿는 여러분의 마음과 생각을 지켜 주실 것입니다.〉

다. 그는 얼굴을 붉히고 두 손을 비비며 그대로 의자에 털썩 주저앉고 말았다.

「그게 일치하는 경우는 드뭅니다.」 마침내 그는 고통스런 표정으로 말했다. 「네, 저는 연주는 못합니다. 하지만 계속해 보세요.」

그래서 이들은 신비극[11]의 열광적인 합창으로 계속 넘어갔다. 이제 사랑이 죽은 것일까? 트리스탄의 사랑이? 그대와 나의 이졸데[12]에 대한 사랑이? 아, 죽음의 짓거리로는 영원한 사랑에 도달하지 못할지니! 우리를 방해하는 것, 하나 된 우리를 속이며 갈라놓는 것 말고 그에게서 무엇이 죽는단 말인가? 〈와〉[13]라는 달콤한 단어를 통해 사랑이 이들 두 사람을 연결해 주었다……. 죽음이 둘을 이어 주는 그 끈을 찢어 버렸는가? 한 사람은 자신의 삶을 간직하고 있는데, 다른 사람에겐 어떻게 죽음이 닥쳐왔단 말인가? 그리고 어떤 신비로운 이중창이 사랑의 죽음이라는 이루 말할 수 없는 희망을 보여주며 이들을 하나로 묶어 주었다. 밤이라는 경이로운 왕국에서 영원히 헤어지지 않고 서로 껴안고 있기를 바라는 희망이었다. 감미로운 밤이여! 영원한 사랑의 밤이여! 모든 것을 끌어안는 더없는 행복의 나라여! 어렴풋이나마 그대를 알게 된 자가 도로 깨어나 황량한 낮을 맞는다는 게 어찌 두렵지 않겠는가? 정다운 죽음이여, 두려움을 쫓아 버려라! 이제 다시 깨어나야 한다는 강박으로부터 서로를 그리워하는 연인들이 벗어나게 하라! 아, 걷잡을 수 없이 질풍처럼 밀려드는 리듬이여! 아, 반음(半音)씩 오르며 더해 가는 형이상학적 인식의

11 성서의 이야기를 다루는 중세 성직자들의 극이다.
12 여기에서 〈그대〉는 트리스탄을 말하고, 〈나〉는 작중 인물 슈피넬 씨를 가리킨다.
13 〈그대와 나의〉에서 〈그대와〉의 〈와〉를 뜻한다.

황홀경이여! 어떻게 얻은 희열인데, 어떻게 이 희열을 마다할 수 있겠는가? 낮의 빛이 가져다줄 이별의 아픔과 멀리 떨어져 있는 이 희열을 말이다! 기만도 두려움도 없는 부드러운 그리움이여! 고통이 없는 거룩한 소멸이여! 이루 형언할 수 없는 황홀경에서 맛보는 더없이 행복하고 몽롱한 기분이여! 그대 이졸데와 나 트리스탄은 더 이상 이졸데와 트리스탄이 아닐지니 —

이때 갑자기 깜짝 놀랄 일이 벌어졌다. 연주자가 연주를 그치더니 손을 눈 위로 가져가 어둠 속을 살폈고, 슈피넬 씨는 앉아 있던 자리에서 황급히 몸을 돌렸다. 복도로 통하는 저 뒤의 문이 열리면서 형체를 알아볼 수 없는 어떤 어두컴컴한 물체가 다른 사람의 부축을 받으며 휴게실 안으로 들어왔다. 그 요양객도 역시 눈썰매 소풍에 따라갈 형편이 못 되어 저녁 시간을 이용해 본능에 이끌려 슬픈 마음으로 요양원을 이리저리 돌아다니는 중이었다. 열아홉 명의 자식을 낳고는 그만 정신이 혼미해진 그 여자 환자는 휠렌라우흐 목사 부인이었다. 그녀가 간병인의 팔에 몸을 의지한 채 돌아다니는 것이었다. 그녀는 사람을 쳐다보지도 않고 더듬더듬 헤매는 걸음걸이로 휴게실을 가로질러 뒤쪽 반대편 문으로 사라져 버렸다. 말없이 멍한 표정으로, 어디로 가는 줄도 모르고 아무런 생각 없이 걸어 다니고 있었다. 한동안 침묵이 흘렀다.

「휠렌라우흐 목사 부인이었군요.」 그가 정적을 깨며 말했다.

「네, 불쌍한 휠렌라우흐 부인이었어요.」 그러고 나서 그녀는 악보를 넘기더니 이졸데가 사랑의 죽음을 맞이하는 작품의 마지막 장면을 연주했다.

그녀의 입술이 얼마나 창백하고 뚜렷해졌는가! 그리고 눈가의 그늘이 얼마나 짙어졌는가! 눈썹 위의 투명한 이마에는 파리한 실핏줄이 긴장과 불안으로 점점 더 또렷하게 도드라졌다. 그녀의 현란한 손놀림으로 지금까지 들어보지 못했을 정도로 소리가 높이 올라갔다가 급작스레, 거의 비열하다 할 정도도 약하게 흩어져 버렸다. 마치 발밑의 바닥이 미끄러져 떨어지는 느낌과 승화된 욕망에 푹 빠져드는 느낌이었다. 말할 수 없이 후련하게 해소되고 충족되는 듯한 감정이 물밀듯이 밀려들었고, 이것이 아무리 반복되어도 물리지 않았다. 이루 말할 수 없는 만족감에 몽롱한 기분으로 마구 뿜어 대는 듯한 기분이었다. 그 만족감은 썰물처럼 도로 물러가며 형태를 바꾸면서, 고요히 사그라지는 듯했다. 그러나 다시 한 번 그리움의 모티브가 화음 속에 얽혀 들어가 헐떡거리며 점점 숨이 멎어 갔고, 허공을 맴돌던 소리의 여운이 점차 사그라지면서 둥실둥실 떠나가 버렸다. 깊은 정적이 감돌았다.

두 사람 다 귀를 기울였다. 머리를 옆으로 기울이고 귀를 쫑긋 기울였다.

「방울 소리가 나요.」 그녀가 말했다.

「눈썰매 소리군요. 전 가보겠어요.」 그가 말했다.

그는 자리에서 일어나 방을 가로질러 갔다. 뒤쪽 문가에서 걸음을 멈추고 고개를 돌리더니 잠시 불안하게 한 발 두 발 옮겼다. 그러더니 그녀가 있는 데서 열다섯에서 스무 발짝 정도 떨어진 곳에서 무릎을 꿇었다. 아무 말 없이 두 무릎을 꿇는 것이었다. 그의 기다랗고 검은 프록코트가 바닥에 넓게 펼쳐졌다. 그는 맞잡은 두 손을 입에 대고 있었고, 그의 양 어깨가 움찔하고 움직였다.

그녀는 두 손을 무릎에 올려놓고 피아노를 등진 채 몸을 앞쪽으로 기울이고 앉아 그를 바라보았다. 그녀의 얼굴에는 애매모호한 억지 미소가 어려 있었다. 그리고 그녀의 두 눈은 생각에 잠겨 어두컴컴한 공간을 힘들여 살피느라 피곤해서인지 감아 버리고 싶어 하는 기색이 엿보였다.

저 멀리서 들려오던 딸랑거리는 방울 소리와 채찍 소리가 사람들의 소리에 뒤섞여 점점 더 가까워졌다.

9

두고두고 모든 사람들의 입에 오르내린 눈썰매 소풍을 간 날은 2월 26일이었다. 27일에는 날이 풀리고 모든 것이 누그러져 물이 방울져 떨어지고 철벙거리며 흘러내렸다. 클뢰터얀 부인의 몸 상태는 그저 그만했다. 28일에는 피를 약간 토하기는 했다. 뭐 그렇다고 크게 걱정할 정도는 아니었지만, 그래도 좌우간 피를 흘렸다. 그러면서 그녀는 지금까지 겪어 본 적이 없을 정도로 몸이 쇠약해져, 그만 자리에 드러눕고 말았다.

레안더 박사가 그녀를 진찰했다. 진찰하던 그의 얼굴은 차갑게 얼어붙었다. 그런 다음 그는 의학에서 규정해 놓은 대로 처방을 내렸다. 얼음찜질을 하고, 모르핀 주사를 맞으며, 절대 안정을 취하라고 했다. 다음 날에는 할 일이 산더미처럼 쌓여 있어 그녀의 진료를 거르고 그녀를 뮐러 박사에게 넘겼다. 그는 의무감과 계약 조건에 따라 그녀를 무척 자상하게 맞아 주었다. 조용하고 창백한 그는 제대로 대우를 받지 못해 우울한 얼굴을 하고 있는 남자였다. 아무런 명성도 얻지 못하고 겸손하게 일하는 그는 거의 건강하다고 할 수 있는 사람들이나 아예 가망이 없는 환자들을 도맡아 보고 있었다.

뮐러 박사는 클뢰터얀 씨 부부가 너무 오래 떨어져 지낸다는 견해를 무엇보다도 강조했다. 사업이 번창하더라도 여건이 허락된다면 빠른 시일 내에 클뢰터얀 씨가 다시 한 번 아인프리트 요양원을 찾아오는 것이 바람직하다는 의견이었다. 그에게 편지를 쓸 수도 있고, 간단히 전보를 칠 수도 있지 않겠느냐는 것이었다······. 그리고 그가 어린 안톤을 데리고 오면 젊은 어머니가 확실히 행복해하고 힘이 날 거라고 했다. 아울러 의사들로서도 그 건강한 아이를 알게 되는 게 무척 흥미로운 일일 거라고 했다.

그런데 보라, 클뢰터얀 씨가 정말로 모습을 드러냈다. 뮐러 박사의 짤막한 전보를 받고 발트 해 연안에서 달려온 것이었다. 마차에서 내려, 커피와 버터 바른 빵을 달라고 하는 그의 얼굴에는 어이없다는 표정이 완연했다.

「이보세요, 무슨 일인가요? 무슨 일로 나보고 아내를 만나러 오라고 했나요?」 그가 말했다.

뮐러 박사가 대답했다. 「지금 부인 곁에 계시는 게 바람직하기 때문입니다.」

「바람직하다······ 바람직하다······ 그런데 꼭 필요한 일인가요? 난 돈 문제로 바쁜 몸입니다. 이보세요, 지금은 살기 어려운 때고, 기찻삯도 싸지 않아요. 이렇게 꼭 당일치기로 왔다 가야 한단 말인가요? 가령, 폐에 문제가 있다면 아무 소리도 않겠어요. 그런데 다행히도 기관지에 문제가 있으니······.」

뮐러 박사가 부드러운 어조로 말했다. 「클뢰터얀 씨, 첫째, 기관지는 중요한 부분입니다······.」 그다음에 〈둘째〉라는 말을 하지 않았기 때문에 〈첫째〉라는 말은 올바른 표현이 아니었다.

그런데 클뢰터얀 씨와 같이 아인프리트 요양원에 온 여자가 있었다. 온통 빨간색의 사치스러운 옷을 입고, 스코틀랜드식으로 금 치장을 한 여자였다. 그러니까 그녀는 안톤 클뢰터얀 2세인 건강한 어린 안톤을 팔에 안고 온 여자였다. 그렇다, 안톤이 이곳에 온 것이었다. 그리고 아이가 정말 지나

칠 정도로 건강하다는 사실을 부인할 사람은 아무도 없었다. 향긋한 냄새를 풍기는 이 우량아는 장밋빛이 도는 하얀 얼굴을 하고, 말끔한 새 옷을 입고 있었다. 레이스 달린 옷을 입은 보모의 불그스레한 맨 팔에 무겁게 안긴 채 그 아이는 엄청난 양의 우유와 다진 고기를 게걸스럽게 먹어치웠다. 어느 모로 보든, 아이는 완전히 자신의 본능에 따라 소리치며 살아가고 있었다.

작가 슈피넬 씨는 어린 클뢰터얀이 도착하는 광경을 자기 방의 창가에서 내려다보았다. 아이를 마차에서 방으로 데려가는 동안 그는 자신을 은폐하는 듯하면서도 날카롭고 이상야릇한 시선으로 그 아이를 쭉 지켜보았다. 그런 다음에도 그는 한동안 똑같은 표정을 하고 제자리에 꼼짝 않고 서 있었다.

그때부터 그는 안톤 클뢰터얀 2세와 마주치는 것을 되도록 피하려고 했다.

10

슈피넬 씨는 자기 방에 앉아 〈작업〉을 하고 있었다.

그의 방은 아인프리트 요양원의 여느 방과 다를 게 없었다. 고풍스럽고 수수한 느낌을 주는 근사한 방이었다. 묵직한 장롱에는 금속 사자 머리 장식이 박혀 있었고, 높이 매달린 벽거울은 매끄러운 평면이 아니라 수많은 정사각형 납 조각을 이어 붙여 만든 것이었다. 양탄자를 깔지 않고 푸르스름한 래커 칠을 한 바닥에는 가구들을 지탱하는 단단한 다리들의 그림자가 선명하게 드리워져 있었다. 창가에는 널찍한 책상이 놓여 있었다. 그 소설가는 창문에 노란 커튼을 쳐두었는데, 이는 분명 좀 더 내면적인 분위기를 조성하기 위해서인 모양이었다.

저녁놀이 황금빛으로 누르스름하게 물들 무렵 슈피넬 씨는 책상 위에 몸을 숙이고 앉아 무언가를 쓰고 있었다. 매주 우체국으로 부치는 수많은 편지들 중 하나를 쓰는 중이었다. 그런데 우습게도 그렇게 써 보낸 편지의 답장은 거의 받지 못하고 있었다. 그의 앞에 놓여 있는 크고 두꺼운 편지지의 왼쪽 상단 구석에는 복잡하게 그려진 어떤 풍경화 아래로 데틀레프 슈피넬이라는 이름이 완전히 색다른 서체로 쓰여 있는 것을 볼 수 있었다. 그는 자기 이름을 작고 꼼꼼하게 그려서 아주 깔끔한 필체로 적어 두었다.

편지에는 이렇게 적혀 있었다.

〈안녕하십니까! 당신에게 글을 몇 자 적어 보내려 합니다. 달리 어쩔 수 없기 때문입니다. 말씀드려야 할 이야기가 넘쳐나서 저를 괴롭히고 떨리게 하기 때문입니다. 하고 싶은 말이 걷잡을 수 없이 밀어 닥쳐 이 편지에서나마 털어놓지 않는다면 숨이 막혀 죽을 것 같기 때문입니다······.〉

그러나 진실을 말하자면, 하고 싶은 말이 〈밀어닥친다〉는 말은 전혀 사실이 아니었다. 슈피넬 씨가 얼마나 허황된 근거에서 이런 주장을 했는가는 아무도 알 수 없는 일이었다. 사실은 전혀 말이 그에게 들이닥치는 것 같지 않았다. 명색이 글쓰기를 직업으로 삼고 있는 사람치고는 한심해 보일 정도로 글이 더디게 진행되었다. 그리고 그가 글을 쓰는 것을 본 사람이라면, 작가란 어느 누구보다도 글 쓰는 것을 힘들어하는 사람이라는 인상을 받지 않을 수 없었을 것이다.

그는 뺨에 이상하게 나 있는 솜털 하나를 두 손가락 끝으로 잡고는 15분가량 배배 꼬고 있었다. 그러면서 하염없이 허공만 응시할 뿐, 글은 단 한 줄도 쓰지 않았다. 그러다가 몇 개의 우아한 단어를 적고는 다시 말문이 꽉 막혀 버렸다. 다른 한편으로 인정해 줘야 할 게 있다면, 결국 그렇게 겨우 써 내려 간 문장이 그래도 매끄럽고 활기찬 인상을 불러일으킨다는 사실이었다. 그렇지만 내용은 이상하고 미심쩍으며, 간혹 무슨 말인지 알 수 없는 부분들도 더러 있었다.

편지는 이런 식으로 계속 이어지고 있었다.

〈제가 보고 있는 것, 몇 주 전부터 지워지지 않는 환영(幻影)이 되어 제 눈앞에서 어른거리는 것을 어쩔 수 없이 당신에게도 보여 드릴 수밖에 없게 되었습니다. 그것을 당신은 제 눈을 통해 보고, 제 내면의 시선에 비친 언어로 보았으면 합니다. 저는 이런 충동이 생기더라도 이를 피하곤 했습니다. 이런 충동 때문에, 영원히 잊히지 않고 활활 불타오를 정도로 딱 들어맞는 말로 저의 체험이 세상 사람들의 체험이 되도록 하고 싶은 마음이 굴뚝 같았지만 말입니다. 그러니 제 말을 귀담아 들어 주시기 바랍니다.

저는 과거에 일어난 일과 현재 일어나는 일만을 이야기하고자 합니다. 단 하나의 이야기만 하겠습니다. 무척 짧지만 이루 말할 수 없이 화나는 이야기입니다. 아무런 논평도 달지 않고, 아무런 비난도 판단도 하지 않고, 오로지 저 자신의 말로만 이야기하겠습니다. 그것은 가브리엘레 에크호프에 관한 이야기입니다. 당신이 아내라고 부르는 그 여성 말입니다……. 그러니 잘 들어 두시기 바랍니다! 당신이야말로 그녀를 겪어 본 당사자입니다. 그런데도 제가 이 이야기를 꺼내는 것은 그녀가 겪은 어떤 체험의 의미를 이제야 당신에게 진실하게 밝히기 위해서입니다.

그 정원이 생각나시나요? 어느 명문가의 회색 저택 뒤에 있는 잡초만 무성한 오래된 정원 말입니다. 비바람에 무너져 내린 담벼락 사이엔 녹색의 이끼가 끼어 있었고, 담벼락에 둘러싸인 정원은 몽환적인 야성미를 풍기고 있었지요. 정원 한가운데에 있던 분수도 생각나시지요? 썩은 물이 고인 분수 주위로는 등꽃 색의 백합들이 기울어져 피어 있었고, 분수의 하얀 물빛은 잘게 부수어진 암석을 내려다보며 비밀스럽게 조잘대고 있었지요. 여름날이 저물어 가고 있었습니다.

일곱 처녀들이 분수 주위에 빙 둘러앉아 있었습니다. 그런데 그중 일곱 번째 아이, 첫 번째 처녀의 머리카락 속으로는 저물어 가는 저녁 햇살이 은은하게 비치면서 더없이 고귀한 기품을 은밀히 나타내 주는 것 같았습니다. 그녀의 눈길은 불안스런 꿈에 잠겨 있는 듯했지만, 그럼에도 윤곽이 뚜렷한 그녀의 입술은 미소 짓고 있었습니다…….

처녀들은 노래를 불렀습니다. 그들은 갸름한 얼굴을 높이 쳐들고 있었지요. 물줄기가 치솟으며 올라가는 높이까지, 그러니까 힘이 떨어져 고상하게 곡선을 그리며 다시 떨어지는 높이까지 말입니다. 그리고 이들의 나지막하고 밝은 목소리는 분수의 날렵한 춤을 감싸며 떠돌고 있었습니다. 어쩌면 노래를 부르는 동안 섬섬옥수(纖纖玉手)를 맞잡고 무릎에 올려 두었을지도 모릅니다…….

그 모습이 떠오르시나요? 그런 모습을 본 적이 있습니까? 당신은 그걸 보지 못했습니다. 당신의 눈으로는 그런 모습을 알아볼 수 없었고, 당신의 귀로는 거기서 울려 나오는 선율의 순결한 감미로움을 들을 수 없었습니다. 만일 그런 모습을 보았다면 당신은 감히 숨도 쉬지 못했을 거고, 심장의 고동도 억눌러야 했을 겁니다. 당신은 삶 속으로, 당신의 생활 속으로 돌아가지 않을 수 없었을 겁니다. 그리고 그때 본 것을 평생 동안 감히 손댈 수도, 범할 수도 없는 신성불가침한 것으로 당신의 영혼 속에 간직했어야 할 겁니다. 그런데 당신은 어떻게 하셨습니까?

그 모습은 그것으로 마지막이었습니다. 당신이 나타나서 그것을 꼭 파괴해야만 했습니까? 결국 그 모습은 품위를 잃고 볼품없이 고통에 사로잡히게 되지 않았습니까? 그때 그 모습은 감동적이고 평화가 넘치는 숭고한 장면이었습니다. 환하게 빛나는 모습으로 몰락과 해체와 소멸의 저녁놀에 잠겨 들고 있었습니다. 행동을 하고 삶을 감당하기에는 이미 너무 지치고, 너무 고상한 한 오래된 가문이 그 명을 다하고 있었습니다. 그리고 그 가문이 마지막으로 자신을 드러낸 것은 예술의 소리를 통해서였습니다. 몇 번 안 되는 바이올린 연주 소리, 그것은 죽음이 임박했음을 알고 비애로 가득 차 있었습니다……. 당신은 이 소리를 듣고 눈물짓던 그 눈을 보았습니까? 함께 놀고 있던 여섯 처녀들의 영혼은 아마 삶에 속해 있었을 겁니다. 하지만 그들과 사이좋게 지내던 그 집 처녀의 영혼은 아름다움과 죽음에 속해 있었습니다.

당신은 이것을, 이러한 죽음의 아름다움을 보았던 겁니다. 당신이 이를 눈여겨본 것은 이를 탐했기 때문이었습니다. 이러한 감동적이고도 성스러운 모습을 보고서도 당신의 가슴은 아무런 경외감이나 아무런 두려움도 느끼지 못했습니다. 당신은 그냥 바라보는 것만으로 만족하지 않았습니다. 당신은 소유하고 이용하며 성스러움을 모독했습니다……. 당신은 얼마나 절묘한 선택을 했는지 모릅니다! 당신은 식도락가, 그것도 천박한 식도락가입니다. 그래도 입맛은 아는 농부라고나 할까요.

내가 당신의 기분을 상하게 할 생각은 추호도 없다는 것을 알아주셨으면 합니다. 나는 당신을 욕하자는 게 아니라, 하나의 공식을 말하고 있을 따름입니다. 당신의 단순한 인품, 문자 그대로 재미라고는 눈곱만치도 없는 인품을 설명하기 위한 간단한 심리학적인 공식이지요. 그리고 그 공식을 굳이 말하는 이유는 당신 자신의 행동이나 사람됨을 약간이나마 깨우쳐 주지 않을 수 없기 때문입니다. 어떤 사안을 솔직하게 표현하고, 말하게 해서, 의식하지 못했던 것을 자세히 밝히는 일이야말로 이 지상에서 내가 감당해야 할 불가피한 소명이기 때문입니다. 이 세상은 내가 〈아무 생각이 없는 부류〉라고 부르는 사람들로 넘쳐 나고 있습니다. 그런데 나는 이러한 아무 생각이 없는 부류를 참을 수 없다는 겁니다! 나는 이런 멍청하고, 아무것도 모르며, 깨달음을 얻지 못하고 살아가며 행동하는 이 모든 것을 참을 수 없습니다! 내 주위의 세계가 너무 순진무구해서 화가 날 지경입니다! 힘이 닿는 한 주위의 모든 존재를 정화하고 말로 표현해서 의식하게 만들고 싶은 충동을 억누를 수 없어 고통스러울 정도입니다! 그렇게 해서 효과가 좀 있을지, 또는 문제를 더 어렵게 만들지, 마음에 위안을 주고 부담을 덜어 줄지, 또는 고통을 안겨 줄지는 차치하고서 말입니다.

이미 말씀드린 대로 당신은 천박한 식도락가이자 입맛을 아는 농부입니다. 원래부터 체질이 우악스러운 데다가 지극히 저급한 성장 단계에 머물러 있습니다. 당신이 돈을 벌어 안락한 생활을 함에 따라 신경계가 갑자기 듣도 보도 못하게 야만적으로 타락하게 된 것입니다. 신경계가 그렇게 타락하면 쾌락을 좇게 되어 음탕한 것을 밝히게 됩니다. 당신이 가브리엘레 에크호프 양을 차지해야겠다고 마음먹었을 때 어쩌면 당신의 식도 근육은 맛있는 수프나 진기한 요리를 대했을 때처럼, 쩝쩝거리는 소리를 내며 입맛을 다셨을지도 모릅니다…….

정말이지 당신은 몽상에 빠진 그녀의 의지를 잘못된 방향으로 이끌어 갔습니다. 당신은 잡초가 무성한 정원에서 그녀를 끌어내어 삶으로, 추악한 세계로 데리고 갔습니다. 당신은 그녀에게 당신의 상스러운 이름을 붙여 주었고, 그녀를 아내이자 주부로, 애 엄마로 만들었습니다. 당신은 지치고 수줍어하며, 아무 데도 쓰이지 못할 정도로 고상하게 꽃피던 죽음의 아름다움을 모욕하고, 저속한 일상의 용도에 써먹었습니다. 너절하고 돼먹지 않은 경멸스러운 우상, 사람들이 자연이라 이름 붙인 우상을 숭배하기 위해서 말입니다. 그런데 당신의 거칠고 천박한 양심은 이러한 시작이 얼마나 저열한 것인지 조금도 알지 못했습니다.

그런데 또 어떤 일이 벌어졌습니까? 그녀는 불안스레 꿈꾸는 것 같은 눈빛으로 당신에게 선물을 안겨 주지 않았습니까? 그녀는 이 아이한테, 그나마 자신에게 남아 있던 생명력을 몽땅 주어 버리고, 죽어 가고 있습니다. 아이를 낳게 만든 당신의 저열한 삶을 계승한 것에 지나지 않는 그 아이에게 말입니다. 이보세요, 그녀는 죽어 가고 있단 말입니다! 그래도 그녀가 천박한 세계에 빠지지 않는다면, 그런데도 마지막에는 깊디깊은 굴욕의 나락에서 빠져나와, 죽음의 아름다움에 입 맞추며 자랑스럽고도 더없이 행복하게 사라져 간다면, 그건 제가 배려한 덕분입니다. 그러는 동안 당신이 한 일이라고는 아마 후미진 복도에서 하녀들과 무료함을 달랜 것이 고작이겠지요.

하지만 그녀의 아이, 가브리엘레 에크호프의 아들은 무럭무럭 자라, 승리를 구가하고 있습니다. 아마 그 아들이 아버지의 삶을 계속 이어 가겠지요. 장사를 하고, 세금을 내며, 잘 먹고 잘 사는 시민이 되겠지요. 어쩌면 군인이나 공무원이 될지도 모르겠습니다. 아무것도 모르지만 착실하게 나라를 떠받치는 그런 사람 말입니다. 어느 경우든 예술을 모르고 정상적으로 살아가는 존재가 될 겁니다. 양심의 가책을 모르고 확신에 차 있으며, 튼튼하면서도 멍청한 인간 말입니다.

이제 나의 고백을 들어 주십시오! 나는 삶을 증오하는 것과 마찬가지로 당신을, 당신과 당신의 아이를 증오합니다. 저속하고 우스꽝스러우면서도 승리를 구가하는 삶을 증오한다는 말입니다. 당신이 보여 주는 그런 삶은 아름다움과는 영원히 불구대천(不俱戴天)의 원수입니다. 내가 당신을 경멸한다고 말해선 안 됩니다. 그럴 수는 없는 일이지요. 나는 정직한 사람이거든요. 당신이 나보다 더 강한 사람입니다. 내가 당신과 싸우면서 내세울 수 있는 것이라곤 정신과 말밖에 없습니다. 약자가 사용할 수 있는 고상한 무기이자 보복 수단이라고는 이것밖에 없습니다. 오늘 내가 사용하고 있는 게 그것입니다. 이 편지는 다름 아닌 보복 행위이기 때문입니다. 이런 편지를 쓰는 것도 내가 정직하기 때문이지요. 그리고 이 편지에서 단 한마디라도 당신을 당황스럽게 만들고, 낯선 힘을 느끼게 할 만큼, 그리고 당신의 태산 같은 침착함을 한순간이라도 허물어뜨릴 수 있을 만큼 날카롭고 눈부시며 멋진 구석이 있다면 난 기쁘기 한량없겠습니다. — 데틀레프 슈피넬.〉

그리고 이 글을 봉투에 넣고 우표를 붙인 슈피넬 씨는 우아한 글씨로 주소를 적은 다음 그것을 부쳤다.

11

클뢰터얀 씨가 슈피넬 씨의 방문을 두드렸다. 말끔하게 쓰인 커다란 편지를 손에 들고 있는 그는 강하게 밀어붙이기로 작정한 사람처럼 보였다. 우체국에서 맡은 바 임무를 제대로 수행하여, 편지는 제 갈 길을 잘 찾아갔다. 그러니까 편지는

〈아인프리트〉에서 출발하여 〈아인프리트〉로 되돌아오는 얄궂은 경로를 거쳐 수신자의 손에 제대로 들어갔던 것이다. 시간은 오후 네시였다.

클뢰터얀 씨가 방에 들어섰을 때 슈피넬 씨는 소파에 앉아 표지에 혼란스러운 그림이 그려진 자신의 장편소설을 읽고 있었다. 그는 자리에서 벌떡 일어나 깜짝 놀라며, 무슨 일로 왔는지 영문을 모르겠다는 듯 방문객을 바라보았지만, 그는 분명히 얼굴을 붉히고 있었다.

클뢰터얀 씨가 말했다. 「안녕하십니까? 하시던 일을 방해해서 미안합니다. 한 가지 묻겠는데, 이 편지를 당신이 쓴 게 맞습니까?」 그러면서 그는 말끔하게 쓰인 커다란 편지지를 왼손으로 들어 보이며 심하게 탁탁 하는 소리가 나도록 오른손의 손등으로 종이를 쳤다. 그런 뒤에 그는 품이 넓어 편안해 보이는 바지의 주머니에 오른손을 집어넣고는 머리를 옆으로 기울인 채, 귀를 기울일 때 사람들이 더러 그러듯이 입을 헤벌리고 있었다.

슈피넬 씨는 야릇한 미소를 흘렸다. 선수를 친답시고 미소를 지었지만, 약간 당황해하고 어찌 보면 멋쩍어하는 기색이 담겨 있었다. 그는 뭔가를 생각해 내려는 표정을 지으며 손을 머리 쪽으로 가져가서는 이렇게 말했다.

「아, 맞습니다……. 그렇습니다……. 실례를 무릅쓰고…….」

사실을 말하자면, 그는 오늘 원래의 습관대로 정오까지 늘어지게 잠을 잤던 것이다. 그런 까닭에 그는 양심의 가책에 시달리고 있었고, 머리가 멍한 데다 신경까지 날카로워져 맞설 기력이 거의 없었다. 게다가 이제 불어오기 시작한 봄바람에 몸도 노곤해서 거의 자포자기한 기분이 되어 있었다. 그가 이 장면에서 그토록 무기력하기 짝이 없는 태도를 보인 이유를 설명하자면 이 모든 정황을 자세히 언급하지 않을 수 없다.

「그래요! 아하! 좋습니다!」 클뢰터얀 씨는 이렇게 말하며 턱을 가슴 쪽으로 누르고 눈썹을 치켜 올리며 두 팔을 쫙 뻗었다. 그는 이와 유사한 준비 동작들을 잔뜩 하더니 형식적인 질문은 이것으로 끝내고 가차 없이 본론으로 들어가겠다는 자세를 취했다. 느긋한 마음으로 즐기려고 그러는지 좀 지나치다 싶을 정도로 준비 동작을 하느라 시간을 끌었다. 그런데 마지막으로 취한 행동은 이러한 장황한 예비 동작에서 보여 준 위협적인 몸짓과 딱히 맞아떨어지지는 않았다. 하지만 슈피넬 씨는 상당히 질려 있었다.

「아주 좋습니다.」 클뢰터얀 씨는 같은 말을 되풀이했다. 「그럼 구두로 답변해 드리지요. 이보시오, 난 언제라도 말할 수 있는 사람한테 장문의 편지를 쓰는 것은 어리석은 짓이라고 생각하는 사람이라, 이런 사정을 고려해서 직접 이야기할까 합니다……」

「그러고 보니…… 어리석은 짓이었군요…….」 슈피넬 씨가 미소를 띠고 계면쩍어하면서 거의 비굴한 표정으로 말했다…….

「어리석은 짓이고말고요!」 클뢰터얀 씨는 같은 말을 되풀이하며, 자신의 생각이 확고부동함을 보이려는 듯 확신에 차 세차게 머리를 흔들었다. 「나로서는 이따위 글 나부랭이는 한마디도 언급할 가치가 없다고 봅니다. 솔직히 말하자면, 내가 미처 파악하지 못한 어떤 문제에 대해, 그러니까 병세에 어떤 변화가 있는지 알려 주지 못할 바에야 이런 종이는 그냥 버터 바른 빵을 싸기에도 질이 너무 좋지 않아요……. 어차피 이건 당신이 관여할 문제가 아니고, 문제의 핵심도 아닙니다. 난 활동적인 사람이라 당신이 말하는 이루 형언할 수 없는 환영 같은 것을 생각하고 자시고 할 겨를이 없어요…….」

「난 〈지워지지 않는 환영〉이라고 썼는데요.」 슈피넬 씨는 이렇게 말하며 자세를 바로잡았다. 이날 벌어진 장면에서 그가 조금이나마 품위 있게 행동한 순간은 이때뿐이었다.

「지워지지 않는다…… 이루 형언할 수 없다……!」 클뢰터얀 씨는 이렇게 대꾸하면서 원고를 들여다보았다. 「당신은 글씨가 정말 엉망이오. 나라면 당신 같은 사람을 내 사무실에 쓰지 않겠소. 얼핏 보면 글씨가 아주 깔끔해 보이지만, 밝은 데서 보면 결함투성이고 떨린 흔적이 역력합니다. 하지만 그야 당신 문제고 나와는 아무 상관이 없습니다. 내가 찾아온 이유는, 첫째로 당신이 어릿광대라는 걸 말해 주기 위해서요. 좌우간 당신도 그 점은 잘 알고 있을 테지요. 게다가 당신은 대단히 겁이 많은 사람입니다. 이 점도 아마 상세히 입증할 필요는 없겠지요. 내 집사람이 언젠가 나한테 보낸 편지에 의하면, 당신은 마주치는 여자들을 똑바로 쳐다보지 못하고 흘끔흘끔 곁눈질이나 한다더군요. 현실이 너무 두려워서 그럴듯한 예감이라도 얻어걸리려고 말입니다. 유감스럽게도 그 후로는 편지에서 당신 이야기를 일절 하지 않더군요. 그렇지 않았더라면 당신 이야기를 더 많이 알게 되었을 텐데 말입니다. 하지만 당신은 그런 사람입니다. 당신은 걸핏하면 〈아름다움〉이라는 단어를 들먹이지만, 요컨대 그것은 다름 아닌 비겁함이나 소심함이나 질투심에 지나지 않습니다. 그래서 아마 당신은 후안무치하게도 〈후미진 복도〉니 뭐니 운운했을 테지요. 당신은 그런 말로 내 속을 뒤집어 놓을 심산이었는지는 모르지만, 난 그저 우스울 따름이었소. 그 말이 나를 웃겼단 말입니다! 이제 뭘 좀 아시겠소? 내가 당신에게 당신의…… 당신의 〈행동과 사람됨〉에 관해 이제 〈다소나마 깨우쳐 준〉 셈이 되었소? 딱한 양반 같으니라고. 그렇다고 해서 그게 나의 〈부득이한 소명〉은 아닙니다만, 허,

허!……」

「난 〈불가피한 소명〉이라고 썼는데요.」 슈피넬 씨가 고쳐서 말해 주었다. 하지만 그는 자기가 한 말을 금방 다시 거두어들이고 말았다. 키 크고 머리가 허연 한심한 학생이 학교에서 야단맞은 것처럼 그는 어쩔 줄을 모르고 우두커니 서 있었다.

「불가피하다…… 부득이하다……. 거듭 말하지만 당신은 비열한 겁쟁이요. 날마다 당신은 식탁에서 나를 보았습니다. 당신은 나에게 인사하며 미소 지었고, 나에게 접시를 건네주며 미소 지었으며, 맛있게 드시라면서도 미소 지었습니다. 그러던 당신이 어느 날 느닷없이 어처구니없는 비방으로 가득 찬 이런 휴짓조각을 나에게 보내왔습니다. 허허, 그래요, 그래도 글로는 용기가 있었나 보군요! 그런데 웃기는 이 편지뿐이라면 뭐 상관없어요. 그런데 당신은 나한테 술수를 부렸더군요. 내 등 뒤에서 음모를 꾸몄단 말입니다. 이젠 사정을 아주 잘 알겠어요……. 그렇다고 당신에게 무언가 득이 되었다고 생각하면 큰 오산입니다! 이를테면 당신이 내 집사람 머리에 허황된 생각을 심어 주려고 안달하고 있다면 뭔가 크게 잘못한 거란 말이오. 예끼, 여보시오, 그런 술수에 넘어가기에 집사람은 너무 분별 있는 사람이란 말이오! 혹은 나와 아이가 이곳에 도착했을 때 집사람이 평소와는 좀 다르게 나를 맞이했을 거라고 생각한다면 세상에 그보다 더 어리석은 생각이 없을 거요. 집사람이 아이에게 입맞춤을 해주지 않은 것은 조심하느라 그랬던 거요. 최근에 와서 기관지가 아니라 폐에 문제가 있을지도 모른다는 추측이 나왔기 때문이오. 그렇지만 이 경우에 아직은 확실히 알 수 없는 일이오……. 그건 그렇고 정말 폐에 문제가 있는지, 그리고 당신이 〈그녀는 죽어 가고 있습니다, 이보시오!〉라고 한 말이 맞는지는 반드시 확인해

봐야겠지만 말입니다. 좌우간 당신은 바보 멍청이요!」

이 대목에서 클뢰터얀 씨는 잠시 숨을 고르려고 했다. 그는 이제 화가 단단히 나 있었다. 그는 오른쪽 집게손가락으로 쉴 새 없이 허공을 찔러 댔고, 왼손에 든 편지는 형편없이 구겨져 있었다. 금발의 영국식 구레나룻 사이로 드러난 그의 얼굴은 붉게 상기되었다. 그리고 찌푸린 이마는 분노가 폭발하여 잔뜩 부풀어 오른 실핏줄에 의해 금방이라도 갈가리 찢어질 것만 같았다.

「당신은 나를 증오한다고 그랬소.」 그는 말을 계속 이어나갔다. 「그런데 내가 강자가 아니라면 당신은 아마 나를 경멸할지도 모르겠소……. 그렇소, 난 그런 사람이오, 제기랄. 난 이성적으로 행동하는 사람인 반면 당신은 엄청난 겁쟁이란 말이오. 그리고 법으로 금지되어 있지만 않다면, 당신 같이 뒤에서 술수나 부리는 멍청이는 당신의 〈말이며 정신〉과 함께 프라이팬에다 패대기치고 싶은 심정이오. 이보시오, 그렇다고 당신의 인신공격을 그냥 순순히 받아 주겠다는 말은 아니오. 이제 집에 돌아가면 그 〈상스러운 이름〉과 함께 당신의 비방 편지를 내 변호사한테 보여 줄 작정이오. 그래도 당신이 두려워하지 않을지 어디 두고 봅시다. 이보시오, 내 이름은 좋은 이름이란 말이오. 더군다나 노력해서 공적을 쌓아올린 이름이란 말이오. 당신의 이름을 믿고 당신에게 은전 한 닢이라도 빌려 줄 사람이 있느냐 말이오. 당신 가슴에 손을 얹고 스스로에게 한번 조용히 물어나 보시오, 정처 없이 떠돌아다니는 게으름뱅이 주제에! 당신 같은 사람에겐 법적인 조치를 취해야 마땅해! 당신 같은 사람은 공공의 안녕을 해치니 말이야! 당신은 사람들을 미쳐 날뛰게 만든다니까! ……이번에 당신의 의도가 들어맞았다고 생각하면 큰 오산이야, 이 음험한 작자야! 내가 당신 같은 위인한테 당하고 물러설 것 같아? 난 이성적으로 행동하는 사람이란 말이야…….」

클뢰터얀 씨는 이제 정말 극도로 흥분해 있었다. 그는 고래고래 소리를 지르며, 자신이 이성적으로 행동하는 사람이란 걸 거듭 강조했다.

「〈처녀들은 노래를 불렀다〉고? 아예 멋대로 단정하는군. 노래를 부른 게 아니라 뜨개질을 하고 있었단 말이야! 게다가 내가 알기로는 감자 팬케이크 만드는 법에 대해 이야기하고 있었다고. 그리고 당신이 〈몰락〉이니 〈해체〉니 어쩌고저쩌고 한 말을 장인어른께서 들으면 그 분도 당신을 법정에 세울 거요. 아무렴, 그렇고말고……. 〈그 모습이 떠오르나요? 그런 모습을 본 적이 있습니까?〉 물론 그런 모습을 보았지. 하지만 그렇다고 내가 숨을 죽이고 달아나야 하는 이유가 있나? 난 여자들 얼굴을 곁눈질로 보지 않고 똑바로 쳐다보는 사람이란 말이야. 그리고 여자가 내 마음에 들고 여자 쪽에서도 나를 원하면 내 여자로 만든다고. 난 이성적으로 행동하는 사람이란…….」

바로 그때 방문을 쾅쾅 두드리는 소리가 들렸다. 아홉 번이나 열 번쯤 연달아 아주 다급하게 두드리는 소리였다. 급박하고 불안한 느낌을 주는 소리에 클뢰터얀 씨는 말문을 닫을 수밖에 없었다. 누군가 무척 다급한 목소리로 소리치고 있었지만, 너무나 조바심을 치는 나머지 계속 말이 헛돌고 있었다.

「클뢰터얀 씨, 클뢰터얀 씨, 아, 클뢰터얀 씨 거기 계신가요?」

「밖에서 그냥 기다리세요. 뭡니까? 여기서 할 얘기가 있는데.」 클뢰터얀 씨가 퉁명스러운 목소리로 말했다.

「클뢰터얀 씨,」 불안하게 더듬거리는 목소리가 들렸다. 「어서 가보셔야 해요……. 의사들도 와 있단 말이에요……. 아, 끔찍하게 슬픈 일이에요…….」

그러자 클뢰터얀 씨는 한걸음에 문 쪽으로 다가가 문을 열어젖혔다. 밖에는 슈파츠 시의원 부인이 서 있었다. 그녀는 손수건을 입에 대고 있었고, 손수건으로 닭똥 같은 눈물이 방울방울 떨어지고 있었다.

「클뢰터얀 씨,」 그녀는 말을 토해 냈다……. 「끔찍하게 슬픈 일이에요……. 부인이 피를 아주 많이 토했어요, 소름끼치도록 많이요……. 침대에 조용히 앉아 혼자 콧노래를 흥얼거리다가 그런 일이 벌어졌지 뭐예요. 어쩜 좋아요, 너무 많이 쏟았어요…….」

「죽었나요?」 클뢰터얀 씨가 크게 소리쳤다. 그러면서 그는 슈파츠 부인의 팔뚝을 움켜쥐고 문지방에서 이리저리 흔들어 댔다. 「아니지요, 아주 그런 건 아니지요, 어떤가요? 아직 완전히 그런 건 아니라면 아직 나를 볼 수 있겠군요……. 다시 피를 좀 토했나요? 폐에서요? 아마 폐에서 나온 모양이군요……. 가브리엘레!」 갑자기 이렇게 소리치는 그의 눈에 눈물이 그렁그렁했다. 그의 마음속에서 따뜻하고 선량하며, 인간적이고 성실한 감정이 북받쳐 오르는 것을 알 수 있었다. 「그래요, 가겠습니다!」 이렇게 말하고 성큼성큼 걸어 슈파츠 부인을 방에서 데리고 나가더니 복도를 지나 사라졌다. 회랑의 외진 한 귀퉁이에서 여전히 다급하게 외치는 그의 목소리가 점점 멀어져 가며 들려왔다. 「아주 그런 건 아니지요? 어떤가요?…… 폐에서 나왔나요, 뭐라고요?」

12

클뢰터얀 씨의 방문은 그렇게 느닷없이 중단되고 말았다. 슈피넬 씨는 클뢰터얀 씨가 찾아와 서 있던 곳에 그대로 서서 열린 문 쪽을 바라보고 있었다. 마침내 그는 두세 걸음 앞으로 다가가더니 먼 곳에 귀를 기울였다. 하지만 사방이 조용해서 그는 문을 닫고 방 안으로 되돌아왔다.

그는 거울에 비친 자신의 모습을 한동안 들여다보았다. 그리고 책상으로 가서는 서랍에서 마개 달린 작은 술병과 유리잔을 꺼내어 코냑을 한 잔 들이켰다. 이런다고 아무도 그를 나쁘게 볼 수는 없는 일이었다. 그런 다음 소파에 드러누워 몸을 쭉 뻗고는 두 눈을 스르르 감았다.

창문의 위쪽 여닫이는 열려 있었다. 아인프리트 요양원의 바깥 정원에서는 새들이 지저귀고 있었다. 작고 부드러우며 생기 넘치는 이 새소리로 사방에 봄기운이 완연함을 느낄 수 있었다. 슈피넬 씨는 혼잣말로 나지막이 되씹어 보았다. 「부득이한 소명이라……」 그러고는 머리를 이리저리 움직이며 심한 신경통을 앓을 때처럼 이빨들 사이로 공기를 들이마셨다.

아무리 해도 마음의 안정을 찾고 정신을 가다듬을 수 없었다. 지금처럼 황당한 일을 겪으면 도저히 그럴 수 없는 게 아닌가! 그러다가, 그 과정을 일일이 분석하는 것은 너무 장황한 일이 될지도 모른다는 생각이 들자, 슈피넬 씨는 자리를 털고 일어나 몸을 좀 움직여야겠다고, 야외에 나가 산책을 좀 해야겠다고 마음먹게 되었다. 그래서 모자를 집어 들고 방에서 나갔다.

건물에서 나와 온화하고 향기로운 공기에 감싸이자 그는 머리를 돌려 건물 벽을 따라 천천히 시선을 움직여 커튼이 쳐진 어떤 창문 쪽을 올려다보았다. 그는 심각하고 단호하며 어두운 눈초리로 그 창문을 한동안 지켜보았다. 그러고는 뒷짐을 지고 자갈길을 따라 걸어갔다. 그는 걸으면서 깊은 상념에 잠겨 있었다.

화단은 아직 매트로 덮여 있었고, 나무와 덤불들은 아직 벌거벗고 있었다. 하지만 눈은 다 녹았고, 길에는 군데군데 축축한 흔적들만 남아 있을 뿐이었다. 인공 동굴이며 나무 그늘 길이며 작은 정자들이 갖추어진 널찍한 정원은 오후의 햇살을 받으며 화려한 색조를 띠고 있었다. 그림자가 짙게 드리워졌고, 금빛 햇살은 힘을 잃어 갔다. 그리고 어두운 색의 나뭇가지들은 밝은 하늘과 확연히 구분되어 선명하고도 부드러운 대조를 이루고 있었다.

이제 태양이 제 모습으로 보이기 시작하는 시간이 되었다. 형체가 보이지 않던 이 빛 덩어리가 원반 같은 모습을 드러내며 저물어 가자, 한결 약해지고 부드러워진 불덩어리를 쳐다보아도 눈이 견딜 만했다. 슈피넬 씨에게는 해가 보이지 않았다. 그는 해가 가려지고 숨겨져 있는 방향으로 길을 걸어가고 있었던 것이다. 그는 고개를 숙인 채 혼자 콧노래를 흥얼거렸다. 그가 흥얼거리는 짤막한 노래는 멈칫멈칫하며 하소연하듯 고음으로 올라가는 음형을 하고 있었다. 그리움의 모티브였다⋯⋯. 그러다가 그는 갑자기 경련이라도 하듯 짧게 숨을 토해 내며 장승처럼 우뚝 멈추어 섰다. 그리고 양 미간을 심하게 찌푸리며 두 눈을 동그랗게 뜨고 마치 끔찍한 것을 막아 냈다는 듯한 표정을 지으며 앞쪽을 응시하는 것이었다⋯⋯.

길의 방향이 바뀌었다. 저물어 가는 해를 마주 보는 쪽으로 길이 이어지고 있었다. 가장자리가 금빛으로 물든 가느다란 두 줄기 구름이 해를 가로지르고 있었다. 하늘에 커다랗고 비스듬하게 걸려 있는 해는 나무 우듬지들을 벌겋게 달아오르게 하면서 정원 위로 불그스름한 광채를 쏟아 붓고 있었다. 그런데 이렇게 만물이 황금빛으로 변용하는 가운데, 머리 쪽에 태양의 후광을 흠뻑 받으며 한 여자가 길에 우뚝 서 있었다. 스코틀랜드식으로 온통 붉은색과 황금색 옷을 사치스럽게 차려입은 여자였다. 그는 오른손을 붕긋한 엉덩이에 대고 있었고, 왼손으로는 약하게 생긴 조그만 유모차를 자기 앞쪽으로 이리저리 가볍게 움직이고 있었다. 그런데 유모차에는 그 아이, 안톤 클뢰터얀 2세, 가브리엘레 에크호프의 뚱보 아들이 앉아 있지 않은가!

그 아이는 털이 긴 하얀 재킷에다 크고 하얀 모자를 쓰고 담요에 싸인 채 앉아 있었다. 볼이 붉고 토실토실한 그 아이는 잘 커서 튼튼한 모습이었다. 아이는 슈피넬 씨와 시선을 마주치면서 즐겁고 당돌한 표정을 지었다. 이 장편소설 작가는 이제 막 정신을 차리려는 참이었다. 그래도 그도 사내라서, 뜻하지 않게 광채 속에서 떠오른 이 환영을 못 본 체 지나치고 산책을 계속할 정도의 힘은 남아 있었을지도 모른다. 그런데 이때 소름 끼치는 일이 벌어졌다. 안톤 클뢰터얀이 깔깔 웃으며 환성을 지르기 시작하는 것이었다. 무슨 연유에서인지는 몰라도 아이는 마냥 기분이 좋아서 새된 소리로 환성을 질러 대고 있었다. 이는 보는 사람으로 하여금 섬뜩한 기분이 들게 했다.

아이에게 무슨 일이 생겼는지 도무지 알 수 없는 노릇이었다. 자신의 맞은편에서 다가오는 검은 형체를 보고 괜히 기분이 너무 좋아져서 그러는지, 또는 갑자기 어떤 동물적인 행복감에 사로잡혀 그러는지 알 수 없는 일이었다. 아이는 한 손에는 뼈로 된 고리 장난감을 들고 있었고, 다른 손에는 양철로 된 딸랑이를 들고 있었다. 아이는 환호성을 지르며 이 두 물건을 햇빛에 쳐들고, 마치 누구를 놀리며 내쫓으려는 듯 흔들어 대면서 서로 맞부딪치기도 했다. 아이의 두 눈은 너무 즐거워서 거의 감기다시피 했고, 입은 불그스름한 목구멍이 다 보일 정도로 쫙 벌어져 있었다. 아이는 심지어 환호성을 지르며 머리를 이리저리 흔들기까지 했다.

그러자 슈피넬 씨는 발길을 돌려 그 자리를 떠나 버렸다. 어린 클뢰터얀의 환호성에 쫓겨, 신중하고도 뻣뻣하며 우아하게 팔을 흔들며 자갈길을 걸어갔다. 마음속으로 도망치고 있는 것을 숨기려는 사람처럼 억지로 멈칫거리는 듯한 걸음걸이로 걸어가고 있었다.

굶주리는 사람들

데틀레프는 마음속으로 자신이 불필요한 존재라는 감정에 사로잡히는 순간, 아무도 모르게 소란스런 축제 분위기에서 벗어나, 간다는 인사말도 없이 두 사람의 시야에서 사라져 버렸다.

그는 호화스런 연극 공연장의 한쪽 벽을 따라 움직이는 사람들의 흐름에 자신의 몸을 맡겼다. 그는 릴리와 키 작은 화가가 있는 곳에서 멀리 떨어졌다는 것을 확인하고 나서야 흐름에 맞서 바닥에 단단히 발을 디뎠다. 그는 무대와 가까운 곳에서 무대와 객석의 경계를 이루는, 앞쪽 특별석의 금으로 요란하게 장식된 둥그스름한 곳에 몸을 기대고 있었다. 그는 수염이 달린 남자 형상의 바로크식 기둥과 이것과 쌍을 이뤄 홀 쪽으로 양쪽 가슴이 불룩하게 튀어나온 여인 형상의 기둥 사이에 있었다. 이러한 인물 기둥은 목덜미를 숙인 채 건물을 떠받치고 있었다. 그는 남들에게 그럴듯하게 보였는지 그렇지 않은지는 몰라도 가끔 가다 오페라글라스를 눈에 갖다 대기도 하면서 느긋하게 감상하는 사람처럼 행세하고 있었다. 그런데 환하게 빛을 발하는 주위를 흘금흘금 둘러보면서도 한 군데만은 극구 보지 않으려고 했다.

축제가 절정에 달해 있었다. 불룩하게 튀어나온 특별석의 뒤쪽에서는 사람들이 차려진 음식을 먹고 마시고 있었다. 위층의 난간에서는 단춧구멍에 거대한 국화를 꽂고 검은색과 색색의 연미복을 입은 남자들이, 환상적인 옷차림에 사치스러운 머리 모양을 한 여자들의 분가루 바른 어깨 쪽으로 몸을 기울이고 잡담을 나누고 있었다. 이들은 각양각색의 사람들의 무리로 붐비는 홀을 내려다보며 손으로 가리키고 있었다. 이들 무리는 물밀듯이 쏟아져 나오기도 하고, 흐름을 막기도 하다가, 다시 소용돌이치면서 움직이기도 했다. 그러다가 느닷없이 색채가 조화를 부리며 변하는 바람에 사람들이 듬성듬성 보이기도 했다.

하늘거리는 호화로운 드레스를 입은 여자들은 거룻배 모양의 모자를 턱 아래의 그로테스크한 나비매듭으로 붙잡아 매고, 기다란 지팡이에 의지한 채 역시 기다란 손잡이가 달린 외알 안경을 눈앞에 갖다 대고 있었다. 그리고 남자들의 잔뜩 부풀어 오른 소매는 거의 회색 모자의 테까지 솟아올라 있었다……. 사람들은 2층 좌석을 향해 큰 소리로 농담들을 해대고 있었고, 거기서는 맥주잔과 샴페인 잔을 들고 건배를 외치고 있었다. 사람들은 연극이 진행 중인 무대 앞에서 고개를 길게 뺀 채 밀고 당기며 모여들고 있었다. 형형색색의 옷을 입은 사람들이 새된 소리를 지르는 무대 위에서는 무언가 이상한 일이 벌어지고 있었다. 그러고 나서 요란한 소리를 내며 막이 내려오자 커다란 웃음과 박수갈채를 받으며 다들 흩어져 들어갔다. 오케스트라 소리가 울려 퍼졌다. 사람들은 느릿느릿 움직이며 떼지어 모여들어 서로 뒤엉키고 있었다. 그리고 화려한 실내는 대낮보다 훨씬 더 밝은 황금빛으로 가득 차 있어, 모든 사람들의 눈이 불빛에 반짝이고 있었다. 그러면서 제각기 마음 내키는 대로 무언가를 바라며 가쁘게 숨을 몰아쉬면서 꽃과 포도주, 음식, 먼지, 분가루, 향수, 축제 분위기로 달아오른 몸 냄새가 섞인 따스하고 자극적인 공기를 빨아들이고 있었다…….

오케스트라의 연주가 멈추었다. 사람들은 서로 팔짱을 끼고 서서 웃으며 무대를 바라보고 있었다. 무대에서는 끽끽거리는 소리와 한숨 소리를 내면서 무언가 새로운 일이 벌어지고 있었다. 농부 복장을 한 네댓 명의 사람들이 클라리넷과 콧소리를 내는 현악기를 연주하면서 반음씩 올라가는 「트리스탄」의 화성을 패러디하고 있었다……. 데틀레프는 따끔거리는 눈꺼풀을 잠시 닫았다. 그는 감각이 너무 예민해서 이러한 음에서도 제멋대로 왜곡되게 표현된, 하나가 되고자 하는 그리움을 듣지 않을 수 없었다. 그리고 밝고 평범한 삶의 자식에 대한 사랑과 질투심에 빠져든 그는 갑자기 혼자라는 생각에 마음속에서 숨이 막힐 것 같은 우울한 기분이 솟구쳐 올랐다…….

릴리……. 그의 영혼 속에는 애원하고 싶고 애정을 느끼게 하는 그 이름이 똬리를 틀고 있었다. 그래서 이제 그는 서서히 시선을 움직여 멀리 떨어진 그곳을 바라보지 않을 수 없었다……. 그렇다, 그녀는 아직 그곳에 있었던 것이다. 그녀는 그가 아까 떠나온 저 뒤 자리에 아직도 서 있었다. 그리고 붐비는 사람들의 무리가 이따금씩 갈라질 때면 그 사이로 그녀의 모습을 확연히 볼 수 있었다. 그녀는 은으로 장식된 우윳빛 드레스를 입고 있었고, 금발의 머리를 약간 기울이고 있었으며, 벽에 몸을 기댄 채 뒷짐을 지고 키 작은 화가의 눈을 들여다보며 뭐라고 수다를 떨고 있었다. 그녀는 자신의 눈처럼 푸르고 미간이 넓으며 해맑은 그 화가의 눈을 짓궂게 빤히 들여다보고 있었다…….

저들은 무슨 이야기를 나누었을까? 저들은 아직까지도 무슨 이야기를 저렇게 나누고 있는 걸까? 아, 아무런 해도 없고 아무것도 요구하지 않으며 때 묻지 않은 신선한 샘, 아무리 퍼 올려도 마르지 않는 샘에서 물이 졸졸 흘러나오듯 저들은 힘들이지 않고 술술 잘도 대화를 나누는구나! 그는 몽상하고 인식하는 삶을 사느라, 녹초가 되도록 통찰을 하느라, 창작에 대한 압박감에 시달리느라 이런 대화에 동참하는 법을 알지 못했던 것이다! 그래서 그는 돌연 반항심과 절망감에 사로잡혔지만, 넓은 아량으로 이 두 사람을 단둘이 내버려 두고 그곳을 몰래 빠져나왔다. 그러고 나서 두 사람이 홀가분한 마음으로 미소 짓고 있는 것을 멀리서 알아채고, 목이 졸리는 듯한 질투심을 느꼈다. 이들은 부담스럽던 그가 사라지자 마침 잘되었다는 듯 서로를 바라보며 미소 짓고 있었다.

그는 무엇 때문에 왔던가? 무엇 때문에 오늘 다시 왔단 말인가? 무엇 때문에 그는 자신의 주위에 몰려들어 자신의 감정을 자극하면서도 실제로는 자신을 받아들이지는 않는, 그러고도 아무 거리낌이 없는 사람들 틈에 섞여 고통스러워하고 있단 말인가? 그는 이를, 이러한 욕구를 잘 알고 있었다! 한번은 조용한 시간에 이렇게 고백하며 글을 쓴 적이 있었다. 〈우리 같은 외로운 사람들은, 우리처럼 삶에서 버림받아 삶을 빼앗긴 몽상가들은 남들과 어울리지 못하고 골똘히 생각에 잠겨, 인위적이고 얼음같이 차가운 국외자의 생활을 하며 세월을 보내고 있습니다……. 우리가 주위에 참을 수 없이 서먹서먹한 분위기를 퍼뜨리는 순간, 우리는 생기발랄한 사람들에게 인식과 비겁함이라는 낙인이 찍힌 우리의 이마를 보이게 됩니다……. 사람들은 우리같이 불쌍한 영혼들을 보면 겁을 먹고 존경하는 마음으로 대하며, 될 수 있는 한 빨리 다시 우리 자신에게 내맡겨 둡니다. 우리들의 공허하고 뭔가를 아는 듯한 시선 때문에 그들의 즐거움이 더는 방해받지 않도록 말입니다……. 우리 모두는 마음속에 악의가 없고, 단순하며 생기 넘치는 사람들에 대한 은밀하고 자신을 불사르는 그리움, 약간의 우정과 헌신과 친밀함과 인간적인 행복에 대한 그리움을 담고 있습니다. 우리는 《삶》에서 따돌림 당하고 있습니다. 우리처럼 평범하지 않은 사람들에게 삶이란 말할 수 없이 위대하고 더없이 아름다운 모습으로, 즉 평범하지 않은 모습으로 나타나는 게 아닙니다. 그리워하는 것은 정상적이고 예의 바르며 사랑스러운 영역입니다. 삶은 매혹적일 정도로 진부한 것 속에 있는 겁니다…….〉

그가 고개를 들어 대화를 나누는 두 사람을 바라보는 동안 누군가 홀 전체에 울릴 만큼 큰 소리로 폭소를 터뜨리는 바람에, 묵직하고 감미로운 사랑의 선율을 감상적인 분위기로 일그러지게 하던 새된 소리의 클라리넷 연주가 중단되었다……. 그래, 너희들이구나, 하고 그는 느꼈다. 너희들은 정신에 영원히 대립되는 따스하고 귀여우며 어리석은 삶이지. 그가 너희들을 경멸한다고 생각하지 말거라. 얕보는 듯한 그의 표정을 믿지 말거라. 우린, 깊은 땅속의 요정이자 우리의 인식을 말하지 못하는 요괴인 우린 너희들 뒤를 살금살금 따라가 멀찍이 서 있지. 그리고 우리의 눈 속에는 너희들처럼 되려고 애타게 바라보는 그리움이 불타고 있지.

자긍심이 생긴 것일까? 우리가 외롭다는 걸 그는 부인하고 싶은 것일까? 지적인 일이 시대와 장소를 불문하고 살아 있는 사람들과 보다 고상하게 사랑이 이루어지도록 보장해 준다고 뻐기고 있는 것일까? 아, 누구와? 누구와 이루어진단 말인가? 그런데 언제나 우리와 같은 사람들, 괴로워하고 그리워하며 불쌍한 사람들과만 사랑이 이루어질 뿐이다. 정신 같은 것은 필요하지 않은 사람들, 푸른 눈을 한 너희들과는 결코 사랑이 이루어지지 않는단 말인가!

이제 그들은 춤을 추었다. 무대 위에서 진행되던 연극은 끝이 났다. 오케스트라의 연주가 드높게 울려 퍼지며 노래 소리가 들렸다. 짝을 지은 남녀들이 매끄러운 바닥 위를 미끄러지듯 움직이고 돌며 몸을 흔들었다. 그리고 릴리는 키 작은 화가와 춤추고 있었다. 그녀의 귀엽고 조그만 머리가 잔처럼 생긴, 은이 수놓인 빳빳한 옷깃에서 얼마나 사랑스럽게 솟아올랐던가! 그들은 차분하면서도 통통 튀는 걸음걸이로 좁은 공간에서 이리저리 움직였다. 그의 얼굴은 그녀를 향하고 있었다. 그리고 특별할 것 없이 감미로운 리듬에 적당히 몸을 맡긴 채 이들은 미소 지으며 계속 대화를 나누고 있었다.

혼자가 된 남자는 갑자기 무언가를 붙잡으며 형체를 부여하려는 듯한 동작을 했다. 그렇지만 너희들은 내 거야, 라고 그는 느꼈다. 그리고 난 너희들보다 우월하단 말이야! 난 미소 지으며 너희들의 단순한 영혼을 꿰뚫어 보고 있지 않는가? 난 너희들의 몸이 순진하게 움직이는 것을 지켜보며 사랑의 감정을 품고 있지만, 거기에는 비웃음도 담겨 있지 않는가? 너희들이 아무 생각 없이 움직이는 것을 지켜볼 때, 내 마음속에서 말과 아이러니의 힘이 불끈 솟아오르지 않는가? 그래서 내 가슴은 장난삼아 너희들을 따라 하고, 나의 예술에 비추어 봄으로써 너희들의 어리석은 행복을 세상 사람들의 웃음거리로 만들고 싶은 욕망과 흥겨운 권력욕으로 두근거리지 않는가?

그러고 나서 그를 그토록 완강하게 일으켜 세웠던 모든 것이 그리움에 지친 나머지 다시 그의 마음속에서 와르르 무너져 내렸다. 아, 오늘 밤만이라도 한번 예술가가 아닌 인간으로 존재해 봤으면! 〈넌 존재해서는 안 되고 지켜봐야만 한다〉는 저 끔찍한 저주로부터 한번 도망쳐 보았으면! 〈넌 살아서는 안 되고, 창조해야 하며, 넌 사랑해서는 안 되고, 인식해야 한다〉는 군건한 저주로부터 말이다! 진실하고 소박한 감정을 갖고 한번 살고 사랑하며 찬미해 봤으면! 너희들 틈에 섞여, 너희들 속에 살면서, 너희, 생기 넘치는 너희들처럼 한번 살아봤으면! 황홀한 표정으로 쩝쩝거리고 입맛을 다시며, 너희들처럼 평범함이 주는 환희를 맛보았으면!

그는 움찔하고 놀라며 눈길을 다른 데로 돌렸다. 그가 이모든 귀엽고 상기된 얼굴들 속으로 빠져드는 가운데, 그들이 자신의 존재를 알아차리고, 무언가를 살피는 듯 역겨운 표정을 짓는 것처럼 생각되었던 것이다. 갑자기 그는 이곳을 떠나 조용하고 어두운 곳으로 가고 싶은 생각이 커지면서 그러한 유혹을 견딜 수가 없었다. 그래, 떠나는 거야. 아까 릴리 곁에서 떠나왔던 것처럼 간다는 인사도 없이 완전히 물러나야겠어. 그리고 집에 가서 몹시 불행한 일에 사로잡혀 뜨거워진 머리를 서늘한 베개에 눕히는 게 좋겠어. 그는 출구로 걸어 나갔다.

자신이 나가는 것을 그녀가 눈치 챌까? 그는 이렇게 나가는 것을 잘 알고 있었다. 이렇게 말없이 당당하고도 절망적인 심정으로 홀과 정원에서, 사람들이 즐겁게 모여 있는 곳에서 빠져나가는 것을 잘 알고 있었다. 그는 자신이 그리움을 품고 있는 밝은 성격의 소유자에게 잠시나마 그늘을 드리우게 하고, 당황한 나머지 골똘히 생각하게 하고, 동정심을 자아내게 하려고 떠나가 버렸다……. 그는 발길을 멈추고 또 한 번 저 건너편을 바라보았다. 그는 마음속으로 거의 애원하다시피 했다. 거기에 머물러 버티면서 그녀 옆에 계속 있다 보면, 그래도 멀리 있는 거나 마찬가지기는 하지만 예기치 않게 어떤 행복한 일이 생기지나 않을까? 그래 봤자 아무 소용없었다. 서로 가까워지지 않고, 서로 말도 통하지 않으며, 아무런 희망도 없는 일이었다. 가라, 어둠 속으로 가서, 얼굴을 두 손으로 감싸 안고 울고 싶은 대로 눈물을 펑펑 쏟아라! 너와 같이 경직되고 황폐하며 차가운 정신과 예술의 세계에 사는 사람에게 눈물이라는 게 있다면 말이다! — 그는 홀을 떠나갔다.

그의 가슴은 따끔거리고, 쿡쿡 쑤시는 듯 고통스러웠지만, 이와 동시에 터무니없고 말도 안 되는 기대감도 있었다……. 그녀가 이 모습을 보고 그의 마음을 이해해서, 비록 단지 동정심 때문이라고 해도 그를 따라와야 할 텐데. 그래서 그를 불러 세우고는 그에게 〈거기 멈춰, 힘 내, 널 사랑해〉라고 말해야 할 텐데. 그런데 그는 그녀가, 춤추며 조잘거리는 조그만 릴리가 결코 오지 않을 것임을 알고 있었지만, 그런 일이 생긴다면 손에 장을 지질 정도로 이를 확실히 알고 있었지만, 아주 느릿느릿 걸었다…….

새벽 두시였다. 복도에는 쥐새끼 하나 얼씬하지 않았고, 소지품 보관소의 기다란 탁자 뒤에서는 여자 감시인들이 꾸벅꾸벅 졸고 있었다. 그 말고는 집에 돌아갈 생각을 하는 사람이 아무도 없었다. 그는 외투를 몸에 두르고, 모자와 지팡이를 들고는 연극 공연장을 빠져나왔다.

광장에는 희끄무레하게 빛나는 겨울 밤안개 속에 마차들이 길게 줄지어 서 있었다. 말들이 머리를 내려뜨리고, 등에 덮개를 한 채 마차들 앞에 서 있었다. 반면 겹겹이 껴입은 마부들은 무리를 지어 단단한 눈을 밟고 있었다. 데틀레프는 그들 중 한 명에게 신호를 보냈다. 그리고 그 남자가 자신의 말에게 마차를 끌 준비를 시키는 동안, 데틀레프는 환한 로비의 입구에 버티고 서 있었다. 이때 살을 에는 차가운 공기가 지끈거리는 그의 관자놀이 부근에 맴돌았다.

그는 개운하지 못한 샴페인의 뒷맛 때문에 담배를 피우고 싶은 생각이 들었다. 기계적인 동작으로 담배를 꺼내 성냥을 켜고는 담배에 불을 붙였다. 그런데 불이 꺼지는 순간 그는 처음에 뭔지 알 수 없었던 어떤 물체와 맞닥뜨리고, 깜짝 놀라 두 팔을 내려뜨린 채 어쩔 줄 모르고 서 있었다. 그는 이런 충격을 이겨낼 수도, 잊을 수도 없었다…….

작은 불빛으로 눈이 부셨다가 점차 빛에 익숙해지고 나서 보니 어떤 얼굴이 어둠 속에서 떠오르는 것이었다. 머리털은 제멋대로 엉클어졌고, 볼은 쑥 들어갔으며, 붉은 수염이 어지럽게 자라 있었다. 적의에 불타고 비열한 기색이 감도는 그자의 두 눈은 마구 비웃고, 뭔가를 갈망하며, 살피는 듯한 표정으로 그의 눈을 빤히 들여다보고 있었다……. 그자는 그에게서 두세 걸음밖에 떨어져 있지 않았다. 그자는 아래쪽에 달려 있는 바지 주머니에 두 주먹을 파묻고, 너덜너덜해진 윗도리의 깃은 위로 세운 채, 연극 공연장 입구의 양쪽에 나란히 서 있는 가스등 기둥들 가운데 하나에 몸을 기대고 있었다. 그자의 얼굴은 비통한 표정을 띠고 있었다. 그자는 데틀레프의 몸 전체와 오페라글라스가 달려 있는 그의 모피 외투를 훑어본 뒤, 그의 에나멜가죽 구두를 내려다보았다. 그러고 나서 다시 뭔가를 무척 바라고 갈망하며 힐끔힐끔 살피는 듯한 눈초리로 그의 눈을 뚫어지게 바라보았다. 그자는 경멸스럽다는 듯이 〈흥〉 하고 딱 한 번 콧방귀를 뀌는 것이었다……. 그러고는 추운지 몸을 와들와들 떨었고, 축 늘어진 그의 두 볼이 더욱 움푹 들어가는 것 같았다. 그의 눈꺼풀은 파르르 떨면서 감겨 있었고, 그의 눈가는 심술궂은 동시에 원한에 차 일그러져 있었다.

데틀레프는 얼어붙은 듯 그 자리에 서 있었다. 그는 정신을 가다듬으려고 애를 썼다……. 축제에 참가한 그가 즐겁고 유쾌한 척하며 극장의 로비를 떠나 마부에게 손짓을 하고, 자신의 은제 담뱃갑에서 담배를 꺼냈다는 생각이 불현듯 들었다. 그는 자신도 모르게 손을 들어 자신의 머리를 톡톡 쳤다. 그 남자에게 한 걸음 다가가, 무언가를 말하고 설명하기 위해 숨을 골랐다……. 그러고 나서 그는 대기하고 있는 마차에 말없이 올라타서는, 당황하고 어찌해야 할지 경황이 없어 마부에게 행선지를 말하는 것조차 잊어버릴 정도였다.

아니 대관절, 얼마나 잘못된 일이고, 얼마나 엄청난 오해란 말인가! 먹고 입을 것이 없고 버림받은 그자는 무언가를 무척 바라는 쓰라린 눈초리로, 시샘과 그리움이 담긴 엄청 경멸하는 눈초리로 그를 바라보지 않았는가! 굶주리는 그자에게 잠깐이라도 눈길을 돌리면 안 되었단 말인가? 추위서 덜덜 떨고, 원한에 차 심술궂게 얼굴을 찡그리면서 그자는 그에게, 쾌활하고 행복한 자신의 얼굴에 잠시라도 그늘이 드리워지게 하고, 당황하여 골똘히 생각에 잠기게 하며, 동정심을 자아내려는 게 아니었을까? 넌 잘못 생각한 거야, 친구. 그래 봤자 아무 소용없어. 난 너의 비참한 몰골을 봐도 소스라치게 놀라지도, 창피하게 생각지도 않아! 그건 나에게 낯설고 소름끼치는 세계가 아니니까. 그래, 사실 우린 같은 형제니까 말이야!

여기에 동지가 앉아, 여기서 가슴을 쓸어 안으며 속을 태우고 있지 않은가? 난 이런 사실을 얼마나 잘 알고 있는가! 그런데 너는 무엇 때문에 왔더란 말인가? 너는 왜 완강하고도 당당하게 어둠 속에 머무르지 않고, 음악과 삶의 웃음이 만발하는 불 밝혀진 창 아래에 자리를 잡고 있단 말인가? 증오라 부를 수도 사랑이라 부를 수도 있는 이러한 참담한 심정을 가까이서 맛보도록 너를 그곳으로 몰아간 병적인 욕망을 내가 모를까 보냐?

난 너의 마음속에 가득 차 있는 비참한 심정을 속속들이 알고 있어. 넌 나에게 창피를 주려고 했겠지! 정신이란 무엇인가? 장난삼아 증오하는 것이다! 예술이란 무엇인가? 그리움을 만들어 내는 것이다! 우리 둘의 고향은 배반당한 자, 굶주리는 자, 하소연하는 자, 부정하는 자의 나라야. 그리고 자기 멸시에 가득 찬 배반의 시간도 우리에게 공통되지. 우린 삶과 어리석은 행복에 대한 굴욕적인 사랑에 빠져 있어. 하지만 넌 내가 어떤 사람인지 알아보지 못했어.

잘못된 일이야! 잘못된 일이야! ······그리고 그가 이처럼 아쉬운 기분에 완전히 사로잡히자 어딘가 그의 마음속 깊은 곳에서 고통스러운 동시에 감미로운 예감이 피어올랐다······. 대체 그자만 잘못한 것일까? 이 잘못의 끝은 어디란 말인가? 지상의 모든 그리움이 잘못된 게 아니던가? 애당초 정신과 예술을 통한 변용, 말을 통한 구원을 알지 못하고 단순하게 본능에 끌리는 생기 넘치는 사람, 말없는 삶을 향한 나의 그리움이 잘못된 것이 아니던가? 아, 우린 모두 형제자매들이고, 평화를 얻지 못하고 괴로워하는 의지의 피조물들이야. 그런데 우린 서로를 알아보지 못한단 말이야. 우리에겐 다른 사랑이 필요해, 다른 사랑이······.

그리고 그가 자신의 집에서 책과 그림들, 그리고 조용히 자신을 바라보는 흉상(胸像)들 아래 앉아 있는 동안, 그의 마음은 다음과 같은 부드러운 말에 사로잡혔다. 「얘들아, 서로 사랑하렴······.」

토니오 크뢰거

1

갑갑한 도시의 상공에 겹겹이 낀 구름 뒤에서 겨울 해가 우윳빛으로 희미하게, 애처로운 빛을 내며 떠 있었다. 합각머리 지붕을 인 건물들이 죽 늘어선 좁은 골목들은 축축하게 젖어 있었고, 바람이 불어오고 있었으며, 이따금씩 얼음도 눈도 아닌 부드러운 싸라기눈 같은 것이 내리고 있었다.

학교 수업이 끝난 모양이었다. 포석이 깔린 교정을 지나, 격자 창살이 쳐진 교문 밖으로 이제 막 수업에서 해방된 무리들이 우르르 쏟아져 나와서는 좌우로 흩어져서 집으로 총총히 발걸음을 옮기고 있었다. 키가 큰 학생들은 의젓한 태도로 책가방을 왼쪽 어깨 위에 높이 올려놓은 채, 바람에 맞서 오른팔을 노 젓듯이 흔들며 점심을 먹으러 집으로 가고 있었다. 키가 작은 녀석들은 신이 나서 뜀박질을 하는 바람에 눈 섞인 흙탕물이 사방에 튀었고, 물개 가죽 가방 안에 든 온갖 학용품들이 달그락거렸다. 그러나 보탄의 모자[1]를 쓰고

---

[1] 바그너의 오페라 「니벨룽의 반지」에 등장하는 게르만족 최고신 보탄이 쓰고 다니던 챙이 넓고 처진, 펠트로 만든 중절모자를 말한다.

주피터의 수염을 기른 채 뚜벅뚜벅 걸어가는 주임 교사 앞에서는 다들 여기저기서 모자를 벗으며 공손한 눈빛으로 인사를 드렸다……

「이제 오니, 한스?」 차도에서 오랫동안 기다리고 있던 토니오 크뢰거가 말했다. 그는 다른 친구들과 이야기꽃을 피우며 교문에서 나오는 친구에게 미소를 지으며 다가갔다. 그 친구는 벌써 일행들과 함께 막 그곳을 떠나려는 참이었다……. 「왜 그러는데?」 그 친구는 이렇게 물으며 토니오의 얼굴을 빤히 쳐다보았다……. 「아참, 내 정신 좀 봐! 자, 그럼 우리 같이 좀 걸어가자.」

토니오는 갑자기 입을 다물어 버렸고, 그의 두 눈은 우울한 빛을 띠며 흐려졌다. 둘이서 오늘 오후에 같이 가볍게 산보를 하기로 한 사실을 한스는 잊어버렸단 말인가? 이제야 그것이 생각났단 말인가? 자신은 그 약속을 한 이후 거의 한시도 잊지 않고 이 순간을 손꼽아 기다려 오지 않았던가!

「그래, 잘 가, 얘들아!」 한스 한젠은 동료들에게 말했다. 「난 크뢰거와 산보를 좀 해야겠어.」 그러고 나서 이들 둘은 왼쪽으로 발길을 돌렸고, 다른 아이들은 오른쪽으로 어슬렁어슬렁 걸어갔다.

한스와 토니오는 학교 수업이 끝나고 나서 산보할 시간이 있었는데, 이는 이들의 집에서는 오후 네시에야 점심 식사를 하기 때문이었다. 이들의 아버지들은 공직에 몸담고 있는 대(大) 사업가들이었고, 도시의 유력 인사들이었다. 한젠의 집안은 이미 여러 세대 전부터 저 아래 강변에 아주 널찍한 목재 적재장들을 소유하고 있었고, 거기서는 엄청나게 큰 기계 톱들이 윙윙 쉿쉿 소리를 내며 통나무를 잘랐다. 하지만 토니오는 크뢰거 영사의 아들이었다. 사람들은 영사가 경영하는 상회의 큼지막하고 검은 상호가 찍힌 곡물 자루들이 마차에 실려 거리를 지나가는 광경을 매일같이 보았다. 그의 조상 대대로 살아온 유서 깊은 커다란 저택은 도시 전체에서 가장 으리으리한 집이었다…… 이 두 친구는 도시에 아는 사람들이 하도 많아 뻔질나게 모자를 벗고 인사를 하지 않으면 안 되었다. 아니, 심지어는 열네 살짜리 이 풋내기들에게 먼저 인사를 하는 사람들도 더러 있었다…….

둘은 책가방을 양 어깨에 메고 있었고, 따뜻하고 좋은 옷을 입고 있었다. 한스는 짧은 해군복 상의를 입고 있었는데, 넓고 푸른 칼라가 양 어깨와 등 뒤에 펼쳐져 있었다. 토니오는 허리띠가 달린 회색 반코트를 입고 있었다. 한스는 짧은 리본이 달린 덴마크식 선원 모자를 쓰고 있었는데, 그 아래로는 연한 금발이 삐져나와 있었다. 그는 보기 드물게 귀엽고 잘생긴 데다가, 어깨는 떡 벌어지고 허리는 날씬했으며, 널찍하게 자리 잡은 양 눈썹 사이에는 예리하게 번득이는 강철 빛을 띤 푸른 눈을 지니고 있었다. 반면 토니오의 둥근 털모자 아래에는 아주 남국적으로 생긴, 정교하게 깎아 만든 듯한 갈색 얼굴이 자리하고 있었다. 그 얼굴에서는 거무스레하고 부드럽게 그늘진 두 눈이 너무 무거워 보이는 눈꺼풀 아래에서 마치 꿈꾸는 듯, 약간 겁먹은 듯 바깥세상을 내다보고 있었다. 그의 입과 턱은 말할 수 없이 연약해 보였다. 그는 아무렇게나 그저 되는대로 걸어가고 있었지만, 한젠은 검은 양말을 신은 날씬한 두 다리로 아주 경쾌하게 보무도 당당히 성큼성큼 걸었다…….

토니오는 내내 아무 말이 없었다. 그는 마음의 고통을 느끼고 있었다. 약간 비스듬하게 자리하고 있는 두 눈썹을 찌푸리고, 휘파람을 불려는 듯 두 입술을 둥글게 모으면서 고개를 기울인 채 먼 곳을 바라보았다. 이것은 그의 특유의 자세이자 표정이었다. 이때 갑자기 한스가 자신의 팔을 토니오의 팔 밑에 끼워 넣으며 옆에서 그의 얼굴을 쳐다보았다. 지금 뭐가 문제인지 한스는 불을 보듯 뻔히 알고 있었기 때문이었다. 그러고 나서 몇 발짝 걸어가면서도 토니오는 아직 입을 떼지 않았지만, 그래도 봄눈 녹듯 단번에 기분이 누그러졌다.

「정말로 내가 약속을 잊은 것은 아니야, 토니오!」 한스는 이렇게 말하며 발밑의 보도를 바라보았다. 「보다시피 오늘 이렇게 날씨가 눅눅하고 바람이 부니까 어쩌면 산보를 못할 것 같다고 생각했을 뿐이야. 하지만 난 그래도 아무 상관없어. 그런데도 네가 날 기다려 줘서 참 다행이구나. 벌써 네가 집으로 갔을 걸로 지레짐작하고 화가 나려던 참이었어……」

이 말을 듣고 토니오는 마음속으로 환성을 지르며 뛸 듯이 기뻐했다. 그는 감동하여 떨리는 목소리로 말했다.

「그랬구나, 자 그럼 우리 둑길을 걸어가 보자! 뮐렌발과 홀스텐발의 둑길을 걷자. 그리고 그렇게 해서 너를 집에 데려다 줄게, 한스……. 아니 됐어, 그러고 나서 혼자 집에 가도 전혀 상관없어. 다음번엔 네가 나를 데려다 주면 되잖아.」

사실 그는 한스가 한 말을 액면 그대로 믿지는 않았다. 둘이 하는 산보에 한스가 자신의 절반밖에 비중을 두지 않고 있다는 사실도 분명히 느끼고 있었다. 그렇지만 한스가 약속을 잊어버린 것을 뉘우치고 있고 자신의 노여움을 달래 주려고 마음을 쓰고 있다는 것은 알아차릴 수 있었다. 그리고 그는 이런 한스와 화해를 하지 않을 생각은 조금도 없었다…….

문제는 토니오가 한스 한젠을 사랑하고 있고, 한스로 인해 벌써 적지 않은 고통에 시달리고 있다는 사실이었다. 가장 많이 사랑하는 자는 패배자이므로 고통을 겪지 않을 수 없다. 열네 살 난 그의 영혼은 이런 간단하지만 가혹한 가르침을 이미 삶으로부터 터득하고 있었다. 그는 이러한 경험을 잘 명심하고, 말하자면 이를 마음속에 단단히 새겨 두고 어느 정도는 이를 즐기는 성격의 소유자였다. 물론 그렇다고 해서 그 자신이 그에 따라 행동을 하여 거기에서 실리를 얻으려는 것은 아니었다. 또한 그는 학교에서 자신에게 강요하는 지식보다 이러한 가르침을 훨씬 더 중요하고 흥미 있게 생각했다. 그렇다, 그는 수업 시간에 고딕식 아치로 된 교실에서 대개 이렇게 통찰한 것을 밑바닥까지 느껴 보고, 궁극적인 것까지 곰곰 생각해 보는 편이었다. 그리고 이런 일에 몰두할 때면 그는 마치 바이올린을 들고 (그는 바이올린을 켤 줄 알았기 때문이다) 방안을 이리저리 돌아다니며, 저 아래 정원의 오래된 호두나무 가지 아래에서 춤추듯이 솟아오르는 분수의 찰랑거리는 물줄기에 맞춰, 할 수 있는 한 아주 부드러운 소리로 화음을 넣기라도 할 때와 아주 비슷하게 만족감을 느꼈던 것이다…….

분수와 오래된 호두나무, 자신의 바이올린과 저 멀리 있는 발트 해, 즉 방학이면 어김없이 찾아가 여름날의 꿈에 귀 기울이곤 하던 발트 해, 그가 사랑하는 대상은 이러한 것들이었다. 말하자면 그는 이러한 것들에 에워싸여 있었고, 이러한 것들 사이에서 그의 내적인 삶이 영위되고 있었던 것이다. 시를 지을 때 이런 이름들을 효과적으로 활용할 수 있었고, 토니오 크뢰거가 가끔씩 짓곤 하는 시에서도 정말 이런 이름들이 늘 되풀이해서 울려 나오고 있었다.

그는 자신이 쓴 시를 공책에 적어 보관하고 있었는데, 그런 것이 있다는 사실이 그만 자신의 실수로 알려지는 바람에 동급생들뿐만 아니라 교사들에게도 무척 좋지 않은 인상을 심어 주게 되었다. 크뢰거 영사의 아들인 그에게는 이러한 상황을 언짢게 생각하는 것이 한편으로 어리석고 비열하게 생각되었다. 그래서 그는 언짢게 생각하는 대신 동급생들이

나 교사들을 경멸하게 되었다. 그렇지 않아도 그는 이들의 꼴사나운 생활 방식에 혐오감을 느끼고 있었고, 이들 개개인의 약점을 이상할 정도로 속속들이 꿰뚫고 있었다. 하지만 다른 한편으로는 시를 쓴다는 것이 얼토당토않은 짓이고 사실 온당치 못한 짓임을 그 자신도 느끼고 있었다. 그런 까닭에 이를 생뚱맞은 짓거리로 여기는 모든 사람들의 견해를 어느 정도 수긍하지 않을 수 없었다. 하지만 그렇다고 해서 그러한 사실이 그가 시를 짓는 일을 그만두도록 하지는 못했다.

그는 집에서 시간을 헛되이 보냈고, 수업 시간에도 딴청을 피우며 산만하게 보냈기 때문에, 선생님들한테는 좋지 않은 점수를 받았고 집에 가져오는 성적표는 늘 한심하기 그지없었다. 이에 대해, 생각에 잠긴 듯한 푸른 눈에 주도면밀하게 옷을 입으며 단춧구멍에 언제나 들꽃을 꽂고 다니는 키가 훤칠한 신사인 그의 아버지는 불같이 화를 내며 크게 걱정했다. 그렇지만 머리카락이 검으며 콘수엘로라는 이름으로 불리는 아름다운 그의 어머니, 아버지가 지도의 저 아래쪽에서 데려왔기 때문에 이 도시의 다른 부인들하고는 모습이 판이하게 달랐던 토니오의 어머니에게는 성적표 따위는 아무래도 별 상관이 없었다…….

토니오는 그랜드 피아노와 만돌린을 기막히게 잘 연주하는 검은 머리의 정열적인 어머니를 사랑했다. 그리고 그는 아들이 사람들한테 형편없는 평가를 받아도 어머니가 눈썹 하나 까딱하지 않는 것이 기뻤다. 하지만 다른 한편으로 그는 아버지가 분노하는 것이 훨씬 더 위엄 있고 존경할 만하다고 느꼈다. 그는 비록 아버지의 꾸지람을 듣긴 했지만 요컨대 아버지의 태도에는 전적으로 공감한 반면, 아무래도 좋다는 식인 어머니의 명랑한 태도는 약간 무책임하다고 생각했다. 때때로 그는 대충 이런 생각에 잠기기도 했다. 나는 지금 이대로의 나로 그저 충분해. 나 자신을 바꿀 생각도 없고, 바꿀 수도 없는 노릇이야. 그냥 될 대로 되라는 식으로 고집을 부리며, 나 말고는 아무도 생각하지 않는 일들에 신경을 쏟는 거야. 적어도 이런 나를 엄하게 나무라고 벌주는 것이 마땅한 노릇이지, 입맞춤을 하고 음악으로 적당히 얼버무리는 것은 바람직한 태도가 아니야. 우린 그래도 녹색 마차를 타고 세상을 유랑하는 집시가 아니라 예의 바른 사람들이고 영사 크뢰거의 가족들이며 크뢰거 가의 사람들이란 말이야……. 그는 간혹 이렇게 생각하기도 했다. 그런데 나는 왜 이렇게 이상하게 생겨 먹어서 모든 세상사와 충돌하는 걸까? 선생님들하고는 왜 사이가 나쁘고, 다른 아이들 사이에 있으면 왜 서먹서먹해지는 걸까? 저 착실한 학생들과 건실하고 평범한 학생들을 좀 봐! 이들은 선생님들을 우스꽝스럽게 생각하지 않고, 시 나부랭이를 짓지 않으며, 누구나 사실이라고 생각하는 것들과 큰 소리로 말할 수 있는 것들만 생각하지 않는가. 이들은 자신을 아주 정상적이라 느끼고, 모든 세상사며 모든 사람들과 의견이 일치한다고 느낄 것이 분명해! 그러면 얼마나 좋을까……. 그런데 나라는 인간은 대체 이게 뭐람? 그리고 앞으로 이 모든 게 어떻게 될 것인가?

자기 자신과 자신과 삶의 관계를 바라보는 이러한 방법과 방식이 한스 한젠에 대한 토니오의 사랑에 중요한 역할을 했다. 토니오가 한스를 사랑한 것은 무엇보다 그가 잘생겼기 때문이었다. 하지만 그런 다음에는 그가 모든 면에서 자신과 상반되고 정반대라고 생각되었기 때문이었다. 한스 한젠은 우등생이었고, 그뿐만 아니라 영웅처럼 승마와 체조, 수영을 하는 헌헌장부(軒軒丈夫)라서 뭇사람들의 인기를 한 몸에 받고 있었다. 사람들은 대부분 애정을 가지고 그를 좋아하고 있었고, 스스럼없이 성이 아닌 그의 이름을 불렀으며, 온갖 방법으로 그를 격려해 주었다. 동급생들은 그의 환심을 사려고 애를 썼다. 그리고 거리에서는 신사 숙녀들이 그를 잡아 세우고, 덴마크식 선원 모자 아래로 삐져나온 연한 금발을 만지며 이렇게 말하는 것이었다. 「안녕, 한스 한젠. 머리카락이 참 탐스럽기도 하구나! 아직 반에서 일등이니? 얘야, 엄마 아빠한테 안부 말씀 전해 주렴, 참 장하기도 하지…….」

한스 한젠은 이런 아이였다. 토니오 크뢰거는 그를 알고 나서부터 그를 바라볼 때마다 동경을 느꼈는데, 이는 가슴을 짓누르며 불타오르는 질투심이 섞인 동경이었다. 너처럼 그렇게 푸른 눈을 지니고 온 세상 사람들과 그토록 정상적이고 행복한 관계를 맺으며 살아갈 수 있다면 얼마나 좋을까! 너는 언제나 단정한 모습으로 누구나 존중하는 방식으로 일에 매진한다. 학교 숙제를 다 하고 나면 승마 교습을 받거나 실톱으로 작업을 하지. 심지어 방학 때 바닷가에서도 너는 노를 젓거나 돛배를 타거나 수영을 하느라 여념이 없는 동안, 나는 한가로이 넋을 잃고 백사장에 누워 바다 위를 휙 스쳐 지나가며 불가사의하게 바뀌어 가는 자연의 말없는 표정들을 골똘히 응시하지. 하지만 그 때문에 너의 두 눈이 그렇게 맑은 거겠지. 너처럼 되면 좋으련만…….

토니오 크뢰거는 한스 한젠처럼 되려고 시도하지는 않았다. 그리고 어쩌면 그가 이러한 소망을 품은 것조차 정말 진심은 아니었을지도 모른다. 하지만 그는 한스가 자신의 현재 모습 그대로를 사랑해 주길 애타게 열망하고 있었다. 그래서 그는 자신의 방식대로, 즉 느릿느릿 몸과 마음을 다 바쳐, 마음속으로 괴로워하며 애처롭게 한스의 사랑을 얻으려고 노력했다. 하지만 이 애처로움으로 말할 것 같으면, 사람들이 그의 이국적인 외모에서 기대할 법한 그 어떤 격렬한 열정보다도 더 심오하게, 더 온몸을 불사르며 타오를 수 있는 애처로움이었다.

그리고 사랑을 얻으려는 그의 노력이 아주 헛된 것은 아니었다. 그러지 않아도 한스는 어려운 문제를 말로 풀어 가는 말주변은 토니오가 자기보다 낫다고 인정하고 있기 때문이었다. 한스는 자신에 대한 토니오의 우정에는 유별나게 강력하고 애정 어린 감정이 살아 숨 쉬고 있음을 아주 잘 알고 있어서, 이에 대해 고마운 마음을 드러내며 자신도 상대방의 호의를 흔쾌히 받아들여 토니오에게 상당한 행복감을 안겨 주기도 했다. 하지만 그는 토니오에게 질투심과 환멸의 고통도 적지 않게 안겨 주었고, 서로 마음이 통하기를 바라는 토니오의 바람에 찬물을 끼얹어 그에게 상당한 고통을 안겨 주기도 했다. 한스 한젠이 사는 방식을 부러워하면서도, 이상하게도 토니오는 언제나 한스를 자신이 사는 방식 쪽으로 끌고 오려고 애를 썼기 때문이었다. 그렇지만 이러한 시도는 기껏해야 순간적으로 성공할 수 있었고, 그렇다 하더라도 단지 얼핏 보기에 성공한 것으로 보이는 것에 불과했기 때문이었다…….

「난 요즈음 뭔가 놀랍고도 굉장한 것을 읽었어…….」 토니오가 말했다. 둘은 걸어가면서, 뮐렌 가에 있는 이버젠 씨의 가게에서 과일 맛 알사탕 한 봉지를 10페니히에 사서 나눠 먹고 있었다. 「너도 그걸 읽어 봐야 해, 한스. 실러의 『돈 카를로스』[2]라는 작품인데……. 원한다면 너에게 빌려 줄게…….」

「아, 아니야, 됐어, 그만둬, 토니오. 그건 나에게 맞지 않아. 너도 알다시피, 난 승마 책이나 계속 읽을 거야. 거기엔 멋진 사진들이 잔뜩 들어 있어. 우리 집에 한번 놀러 오면 너한테 보여 줄게. 고속으로 촬영한 스냅 사진들인데, 빠른 걸

---

[2] 1787년 발표한 실러의 5막 희곡으로, 스페인 왕 펠리페 2세의 아들 돈 카를로스의 비극적 생애를 다룬 작품이다.

음으로 걷고 질주하며 뛰어오르는 말들의 움직임을 볼 수 있어. 너무 빨리 달려서 실제 육안으로는 도저히 볼 수 없는 말들의 온갖 자세를 볼 수 있지……」

「온갖 자세라고?」 토니오는 예의상 건성으로 말했다. 「그래, 대단하겠구나. 하지만 『돈 카를로스』로 말할 것 같으면 그건 우리의 상상을 초월하는 거야. 그 속에는 네가 읽어 봐야 할 너무나 멋진 대목들이 한두 군데가 아니라서, 말하자면 읽는 사람의 가슴을 쾅 하고 내리치며 충격을 준단 말이야……」

「쾅 한다고? 어째서?」 한스 한젠이 물었다.

「예를 들면, 거기에는 후작한테 속은 왕이 우는 장면이 나와……. 하지만 후작이 왕을 속인 건 단지 왕자를 위해서야, 알겠니? 왕자를 위해 자신을 희생한 거야. 그런데 이제 왕이 울었다는 소식이 밀실에서 별실로 전해져. 〈우셨다고?〉, 〈폐하께서 우셨다고?〉 궁정의 모든 신하들이 몹시 당황하며, 다들 이 문제에 온통 사로잡히게 돼. 평소 때 왕은 끔찍할 정도로 완고하고 엄격한 사람이기 때문이야. 하지만 왕이 운 이유는 충분히 짐작할 수 있어. 그리고 사실 왕자와 후작을 합친 것보다 왕이 훨씬 더 안쓰러운 거 있지. 왕은 늘 무척 외로워하며 사랑을 받지 못하고 있다가, 이제야 한 사람을 발견했다고 생각했는데, 그자가 왕을 배반한 거야……」

한스 한젠은 옆에서 토니오의 얼굴을 쳐다보았다. 그런데 그의 얼굴 표정에 나타난 무언가가 대화의 화제에 관심을 갖게 한스의 마음을 사로잡은 모양이었다. 한스가 갑자기 다시 토니오의 팔 밑에 자신의 팔을 끼워 넣으며 이렇게 물었기 때문이었다.

「대체 어떤 식으로 왕을 배반했는데 그래, 토니오?」

토니오는 감동하여 가슴이 마구 뛰었다.

그가 말을 시작했다. 「그래, 실은 말이야, 브라반트와 플랑드르로 가는 모든 편지들이……」

「저기 에르빈 이머탈이 온다!」한스가 말했다.

토니오는 그만 말문을 닫아 버렸다. 저 놈의 이머탈, 지옥에나 떨어졌으면 좋으련만! 하필이면 이때 나타나 우리를 방해할 게 뭐람! 그 녀석이 우리와 함께 걸어가면서 내내 승마 교습 이야기나 안 했으면 좋겠는데……. 에르빈 이머탈도 역시 승마 교습을 받고 있었기 때문이었다. 은행장의 아들인 그는 여기 도시 외곽의 성문 앞에 살고 있었다. 다리가 굽고 가느다란 실눈을 한 그는 벌써 책가방을 집에 두고 가로수 길을 걸으며 이들을 향해 다가왔다.

「안녕, 이머탈. 토니오와 산보 좀 하는 중이야……」 한스가 말했다.

「난 시내에 가야 해.」 이머탈이 말했다. 「볼일이 있거든. 하지만 한동안은 너희들과 갈 수 있어……. 너희들이 갖고 있는 게 과일맛 알사탕이지? 그래, 고마워, 몇 개 먹어 볼게. 내일 또 교습이 있어, 한스.」 이 교습은 승마 교습을 말하는 것이었다.

「와, 신난다!」 한스가 말했다. 「지난 번 연습에서 1급을 받아 이제 가죽 각반을 받게 됐거든……」

「넌 승마 교습 안 받는 모양이지, 크뢰거?」 이머탈이 물었다. 이때 그의 두 눈은 한 쌍의 반짝이는 찢어진 틈새에 불과했다…….

「으응……」 토니오는 아주 애매한 어소로 대답했다.

한스 한젠이 자신의 견해를 피력했다. 「너도 아버지께 부탁드려서 교습을 받지그래, 크뢰거.」

「그럴까……」 토니오는 아무렇지 않다는 듯 서둘러 말했다. 한스가 그의 성을 부르며 말을 걸었기 때문에 일순간 토니오는 목구멍이 죄어드는 기분이었다. 한스도 이런 사실을 느꼈는지 해명하는 말을 했다.

「내가 너를 크뢰거라고 부르는 까닭은 너의 이름이 너무 이상해서 그래. 얘, 미안해. 난 네 이름이 마음에 들지 않아. 토니오라니…… 그건 도저히 이름이라고 할 수 없어. 그렇다고 그게 네 잘못은 아니잖아, 아니고말고!」

「네 탓은 아니야, 네 이름이 이국적으로 들리고 무언가 유별난 데가 있어서 아마 그럴 거야…….」 이머탈이 이렇게 말하며, 되도록 좋게 해석하려는 듯한 태도를 보였다.

토니오의 입이 씰룩거렸다. 그는 정신을 가다듬고 이렇게 말했다.

「그래, 어리석은 이름이지. 정말이지, 나도 차라리 하인리히나 빌헬름이라는 이름으로 불렸으면 좋겠어. 진심으로 하는 말이야. 하지만 안토니라는 우리 외삼촌 이름을 따서 내가 세례를 받았기 때문에 그렇게 된 거야. 우리 어머니는 저 멀리 건너편 대륙에서 오셨거든…….」

그러고 나서 그는 입을 다물고는, 둘이 승마나 가죽 제품 이야기를 하도록 그냥 내버려 두었다. 한스는 이머탈의 팔짱을 끼고는 대단한 관심을 보이며 거침없이 그와 이야기를 주고받았다. 『돈 카를로스』로는 그의 마음속에 도저히 이런 관심을 불러일으킬 수 없었을 것이다……. 이따금씩 토니오는 울고 싶은 충동이 찌릿하며 코 속으로 울컥 치미는 것을 느꼈다. 또한 그는 자꾸만 덜덜 떨리려고 하는 턱을 고정시키느라 무진 애를 쓰지 않으면 안 되었다…….

자신의 이름이 한스의 마음에 들지 않았던 것이다. 그렇다고 어떻게 할 것인가? 그 자신의 이름은 한스였고, 이머탈의 이름은 에르빈이었다. 좋다, 이것들은 아무도 생소하게 생각하지 않는 누구나 일반적으로 인정하는 이름들이다. 하지만 〈토니오〉라는 이름은 무언가 이국적이고 유별난 이름이었다.

그렇다, 자신이 원하든 원치 않든 간에 자신에게는 모든 면에서 유별난 데가 있었다. 그리고 그는 외로웠고, 정상적이고 평범한 사람들에게서 따돌림을 받고 있었다. 녹색 마차를 타고 유랑하는 집시가 아니라 크뢰거 가문 출신의, 크뢰거 영사의 아들인데도 말이다……. 하지만 단둘이 있을 때는 자신을 토니오라고 부르던 한스가 제삼자가 오면 왜 자신과 함께 있는 것을 부끄러워하기 시작하는 걸까? 가끔 토니오는 한스와 가까이 지내며 그의 마음을 사로잡기도 했는데, 그건 사실이었다. 〈대체 어떤 식으로 그가 왕을 배반했는데 그래, 토니오?〉 그가 이렇게 물으며 자신의 팔짱을 끼지 않았던가. 하지만 그러다가 이머탈이 오니까 그는 홀가분한 마음이 되어 안도의 한숨을 내쉬면서 자신을 버리고는, 굳이 그럴 필요가 없는데도 자신의 이름이 낯설다고 비난했던 것이다. 이 모든 것을 꿰뚫어 본다는 것은 얼마나 가슴 아픈 일인가!…… 요컨대 둘만 같이 있을 때는 한스 한젠이 자신을 조금은 좋아한다는 사실을 그는 알고 있었다. 하지만 제삼자가 오면 한스는 이런 사실을 부끄러워하며 자신을 희생양으로 삼았다. 그리하여 그는 다시 혼자가 되었다. 그는 펠리페 왕을 생각해 보았다. 울음을 울었던 왕이 그였던 것이다…….

「아니, 큰일났군. 이제 정말 시내로 가야겠어! 얘들아, 잘 가. 그리고 과일맛 알사탕 잘 먹었어!」 에르빈 이머탈은 이렇게 말한 뒤 길가에 있는 벤치에 뛰어올라서는 굽은 다리로 그 위를 따라 달리다가 달음박질치며 뛰어가 버렸다.

「난 이머탈이 마음에 들어!」 한스는 힘주어 말했다. 그는 버릇이 잘못 들고 자부심이 강해, 마음에 드는 것과 들지 않는 것을 밝히면서 마치 선심 쓰듯 자신의 감정을 사람들에게 나누어 주는 버릇이 있었다……. 그런 다음 그는 말이 나온 김에 승마 교습에 대해 계속 이야기했다. 이제 한젠의 집도 멀지 않았다. 둑길을 따라 걸으면 그리 오래 걸리지 않았다. 이들은 모자를 단단히 움켜쥐고 습기를 머금은 강풍 앞에서 고개를 숙였다. 가지만 앙상하게 남은 나무들이 강풍에 삐걱삐걱 소리를 내며 신음하고 있었다. 그리고 한스 한젠이 계속 이야기하는 동안 토니오는 간간히 〈아, 그래그래〉 하고 억지로 말을 받아 줄 따름이었고, 한스가 이야기에 열중한 나머지 다시 자신의 팔짱을 껴도 그는 별로 기뻐하지 않았다. 그래 봤자 아무런 의미도 없는, 겉치레의 친밀감에 지나지 않았기 때문이었다.

이렇게 걷는 가운데 이들은 역에서 멀지 않은 둑길의 초지(草地)를 벗어나, 기차가 연기를 내뿜으며 굼뜨면서도 황급히 지나가는 것을 지켜보았다. 이들은 심심풀이로 차량의 숫자를 세어 보기도 했고, 모피로 온몸을 감싼 채 차량 맨 뒤 칸 제일 꼭대기에 앉아 있는 남자에게 손을 흔들어 보이기도 했다. 그러다가 이들은 보리수 광장에 있는 대상(大商) 한젠의 집 앞에 멈추어 서게 되었다. 그리고 한스는 저 아래 정원으로 통하는 작은 문으로 가더니, 삐거덕거리는 소리가 나는 돌쩌귀에 앉아 몸을 이리저리 흔드는 것이 얼마나 재미있는 일인지를 직접 몸으로 보여 주었다. 그런 뒤에 그는 작별 인사를 했다.

「자, 이제 난 들어가 봐야겠어. 잘 가, 토니오. 다음번에는 내가 너를 집까지 바래다줄게, 정말이야.」

「잘 있어, 한스. 산보 잘 했어.」

서로 악수를 하는 이들의 손은 축축하게 젖어 있었고, 정원으로 통하는 문의 녹이 묻어 있었다. 하지만 한스가 토니오의 눈을 보았을 때, 한스의 귀여운 얼굴에는 무언가 뉘우치는 것 같은 기색이 떠올랐다.

「참, 밀이 났으니 말인데, 다음번에는 『돈 카를로스』를 꼭 읽어 볼게!」 그가 재빨리 말을 이었다. 「밀실에서 우는 왕 이야기가 무척 재미있을 거 같아!」 그는 이렇게 말하고 가방을 팔 밑에 끼고는 앞마당을 통과해 뛰어갔다. 그는 집 안으로 사라지기 전에 또 한 번 뒤돌아 고개를 끄덕여 보였다.

그러자 토니오는 아주 환한 얼굴로 기뻐하며 날듯이 가벼운 발걸음으로 그곳을 떠났다. 바람이 뒤에서 그를 떠밀어 주긴 했지만, 그가 이토록 가벼운 마음으로 이곳을 떠난 것은 그 때문만은 아니었다.

한스가 『돈 카를로스』를 읽을지도 모른다. 그러면 둘은 공통의 화젯거리를 갖게 되어, 이머탈이나 다른 어느 누구도 둘의 대화에 끼어들지 못할 것이다! 그러면 둘이 얼마나 서로를 잘 이해하게 되겠는가! 한스도 혹시 자기처럼 시를 끼적거리게 될지 누가 알겠는가? ……아니, 아니야, 그럴 리야 있겠나! 한스는 토니오처럼 되어서는 안 되고 지금 이 모습 그대로 있어야 해! 모두가 사랑하고, 토니오가 가장 사랑하는 모습 그대로 밝고 씩씩하게 말이야! 하지만 『돈 카를로스』를 읽는다 해서 그에게 해될 건 없겠지……. 이런저런 생각을 하며 토니오는 유서 깊고 나지막한 성문을 통과해 항구를 따라 걸으면서, 합각머리 지붕이 늘어선 바람 불고 축축한 가파른 골목길을 따라 부모의 집이 있는 곳으로 올라갔다. 그의 가슴은 살아 숨 쉬고 있었다. 그 속에는 그리움이 숨 쉬고 있었고, 우울한 질투심과 극히 미미한 경멸감과 넘칠 듯한 순결한 행복감이 숨 쉬고 있었다.

2

금발의 잉에, 잉에보르크 홀름! 뾰족한 끝이 하늘을 찌르는 고딕 식 건물에 겹겹이 둘러싸인 분수가 있는 광장 옆에 사는 의사 홀름의 딸! 토니오 크뢰거가 열여섯 살 때 사랑한 사람이 바로 그녀였다.

어떻게 하다 그렇게 되었는가? 그는 전부터 그녀를 골백 번도 더 보아 왔다. 그러던 어느 날 어떤 불빛이 비치는 가운데 그녀를 보았던 것이다. 그녀는 여자 친구 한 명과 대화를 나누며 머리를 옆으로 기울인 채 다소 건방지게 깔깔 웃으며 떠들고 있었다. 그러다가 그다지 가늘지도 않고 그다지 우아하지도 않은 어린 소녀다운 손을 나름대로의 방식으로 뒷머리 쪽으로 가져갔다. 이때 성기고 얇은 천으로 된 하얀 소매가 뒤로 흘러내리는 바람에 그녀의 팔꿈치가 훤히 드러나 보였다. 그리고 그는 그녀가 단어 하나를, 별로 대수롭지 않은 단어 하나를 나름대로의 방식으로 강조하여 말하는 것을 들었는데, 이때 그녀의 목소리에는 어떤 따스한 여운이 울리고 있었다. 그래서 그의 가슴은 황홀감에 사로잡히게 되었다. 이는 그가 아직 철없던 어린 소년이었던 당시에 한스 한젠을 바라볼 때 가끔 느끼곤 했던 황홀감보다 훨씬 더 강렬한 것이었다.

이날 저녁 그는 굵게 땋아 내린 금발, 길쭉하게 생긴 웃고 있는 푸른 눈, 주근깨가 있는 부드러운 윤곽의 콧마루를 지닌 그녀의 모습을 가슴에 안고 집으로 갔다. 그녀 목소리의 여운이 귀에 쟁쟁 울려 밤잠을 이룰 수 없었다. 그녀가 대수롭지 않은 단어를 말할 때 힘주어 발음하던 것을 나지막이 따라 해보면서 그는 전율에 몸을 떨었다. 이런 게 사랑이라는 것을 그는 경험으로 알 수 있었다. 하지만 사랑이 그에게 많은 고통과 번민과 굴욕을 안겨다 주고, 그것 말고도 마음의 평화를 깨뜨려 가슴을 온갖 멜로디로 가득 채울 것이라는 사실을 그는 징확히 알고 있었다. 그렇게 되면 어떤 일을 원만하게 처리하고, 차분한 가운데 무언가 완전한 것을 만들어

낼 수 있는 마음의 안정을 얻지 못하게 되는 것이다. 하지만 그럼에도 그는 사랑을 기쁜 마음으로 받아들여 자신의 마음을 전적으로 거기에 내맡겼으며, 전심전력을 다해 그것을 가꾸어 나갔다. 그는 사랑이 사람을 풍요롭게 하고 생기가 넘치게 한다는 것을 알고 있었기 때문이었다. 그리고 그는 차분한 가운데 무언가 완전한 것을 만들어 내는 것보다는 풍요롭고 생기에 넘치는 것을 동경했기 때문이었다⋯⋯.

토니오 크뢰거가 명랑한 잉에 홀름에게 홀딱 빠지게 된 이 사건은 후스테데 영사 부인의 응접실에서 일어났다. 그날 저녁은 마침 영사 부인의 집에서 무용 교습을 할 차례라 응접실을 널찍하게 치워 놓았다. 그것은 도시의 최상류층 집안의 자제들만 참가하는 개인 교습 강좌였다. 이들은 차례로 돌아가면서 각자의 집에 모여 춤과 예절에 대해 수업을 받고 있었다. 바로 이런 목적을 위해 발레 선생인 크나크를 매주 함부르크에서 이곳으로 특별히 초빙했다.

선생의 이름은 프랑수아 크나크였다. 그런데 이자는 어떤 남자였던가! 「여러분에게 저를 소개하는 것을 영광으로 생각해요. 제 이름은 크나크라고 해요⋯⋯. 그런데 고개를 숙이는 동안 이 말을 하는 게 아니라 다시 똑바로 선 자세에서 이 말을 해야 하지요. 목소리를 죽여서 말하지만, 그럼에도 분명하게 말해야 해요. 자신을 프랑스어로 소개하는 일이 매일 있는 일이 아니지요. 하지만 이 말을 프랑스어로 정확하고 나무랄 데 없이 할 수 있게 되면 독일어로도 비로소 제대로 할 수 있을 거예요.」 비단처럼 새까만 프록코트가 그의 살진 엉덩이에 착 달라붙어 있는 모습이 얼마나 가관인지 모른다! 그의 바지는 부드럽게 주름 지며 널따란 공단 나비 리본으로 장식된 그의 에나멜 구두 위에 드리워져 있었고, 갈색의 두 눈은 그것들의 아름다움에 취해 노곤한 행복감을 느끼며 주위를 둘러보았다…….

 모두가 그의 지나친 자신감과 예의 바른 태도에 압도당했다. 그는 이 댁의 안주인한테 걸어가서 — 그처럼 사뿐사뿐 물결치듯 몸을 흔들며 왕처럼 걷는 사람은 아무도 없을 것이다 — 고개 숙여 인사한 다음, 상대방이 자신에게 손을 내밀기를 기다렸다. 손을 잡으면 나지막한 소리로 감사의 말을 하고 사뿐사뿐 뒤로 물러나서는, 왼발을 축으로 하고, 바닥에 내리누르고 있던 오른발의 뾰족한 발끝을 옆으로 홱 들어 올려 몸을 돌렸다. 그러고는 엉덩이를 흔들면서 사뿐사뿐 걸어 그곳을 떠나는 것이었다…….

 사람들이 모여 있는 곳을 떠날 때는 허리를 굽히고 뒷걸음질 쳐서 문 쪽으로 가야 했다. 의자를 가져올 때도 의자의 다리를 잡거나 바닥에 질질 끌어서는 안 되고 등받이를 가볍게 잡고 날라 와서는 소리 없이 내려놓아야 했다. 서 있을 때는 배 위에 두 손을 깍지 끼고 있거나 혀를 입 언저리에 내밀고 있어서는 안 되었다. 그런데도 그렇게 하는 사람이 있으면 크나크 씨는 그 모습을 똑같이 따라 해서 평생 그런 자세에 구역질을 느끼도록 만들곤 했다…….

 그는 이런 식으로 예절 교육을 했다. 하지만 춤에 관해서 말하자면 크나크 씨는 보다 높은 기량을 갖추고 있는 것 같았다. 널찍하게 가구를 치워 놓은 응접실에는 샹들리에의 가스등들과 벽난로 위의 촛불들이 타고 있었다. 바닥에는 활석 가루를 뿌려 놓았고, 실습생들은 말없이 반원을 이루며 빙 둘러서 있었다. 하지만 커튼 저편의 옆방에서는 어머니들과 아주머니들이 벨벳 의자에 앉아, 허리를 굽히고 양손의 두 손가락으로 프록코트의 옷자락을 살포시 잡고는 사뿐사뿐 움직이며 마주르카 춤의 동작을 일일이 시범 보이고 있는 크나크 씨를 손잡이가 달린 안경으로 관찰하고 있었다. 하지만 관객들을 깜짝 놀라게 해주고 싶을 때는, 그는 딱히 그래야 할 이유가 없는데도 느닷없이 바닥에서 홱 솟구쳐 오르면서 어지러울 정도로 빠른 속도로 마치 악기를 두드리듯 두 다리를 공중에서 마구 빙빙 돌렸다. 그러다가 자신의 파티에 온 모든 사람들의 가슴을 철렁하게 하는 쿵 하는 둔중한 소리를 내며 다시 지상으로 되돌아왔다…….

무슨 이런 말도 안 되는 원숭이 같은 인간이 다 있나, 하고 토니오 크뢰거는 마음속으로 생각했다. 하지만 그는 잉에 홀름, 명랑한 잉에가 간혹 넋을 잃고 미소를 지으며 크나크 씨의 동작들을 지켜보는 모습을 보았다. 그런데 놀라울 정도로 숙달된 이 모든 몸동작에서 사실 경탄 비슷한 감정을 느끼게 된 것은 동작 때문만이 아니었다. 크나크 씨의 두 눈은 얼마나 평온하며 안정되어 있는가! 그의 눈은 사물이 복잡해지고 슬퍼지는 곳까지 사물을 깊이 들여다보지 않았다. 그의 눈은 사물이 갈색이고 아름답다는 것 말고는 아무것도 알지 못했다. 그의 태도가 그렇게 당당한 것은 바로 그 때문이었다! 정말이지 어리석지 않고는 그 사람처럼 걸을 수 없는 일이었다. 그래야 사랑스러워 보이므로 사람들의 사랑을 받을 수 있었다. 그는 잉에, 금발의 잉에, 사랑스러운 잉에가 크나크 씨를 이처럼 뚫어져라 쳐다보는 심정을 너무도 잘 이해할 수 있었다. 하지만 어떤 소녀가 자신을 그런 시선으로 바라보는 일은 결코 없다는 말인가?

아니 무슨 소리, 그런 일도 일어났다. 변호사 페어메렌의 딸인 막달레나 페어메렌이 그러했다. 부드러운 입술에 반짝거리는 크고 새까만 두 눈을 지닌 그녀는 진지함과 몽상으로 가득 차 있었다. 그녀는 춤을 추다가 넘어지는 일이 잦았지만, 숙녀가 상대를 선택하는 기회가 오면 그에게 다가왔다. 그녀는 토니오가 시를 짓는다는 것을 알고 있어, 시를 보여 달라고 두 번이나 간청했다. 그리고 멀찍이서 고개를 숙이고 그를 바라보는 일도 간혹 있었다. 하지만 그게 그에게 무슨 상관이란 말인가? 그, 정작 그 자신은 잉에 홀름, 시 나부랭이나 쓴다고 그를 경멸하고 있을 게 분명한 금발의 명랑한 잉에를 사랑하고 있었다……. 그는 그녀를 바라보았고, 행복감과 비웃음으로 가득 차 있는 그녀의 가느다랗고 푸른 눈을 쳐다보았다. 그래서 질투가 섞인 그리움이, 그녀의 눈 밖에 나서 영원히 그녀에게 낯선 존재일 수밖에 없다는 쓰라리고 뼈아픈 고통이 그의 가슴에 똬리를 틀고 불타올랐다…….

「제1조 앞으로!」 크나크 씨가 말했다. 이때 이 남자가 내는 기막힌 콧소리는 그 어떤 말로도 형언할 수 없었다. 카드리유[3]를 연습하고 있었다. 토니오 크뢰거는 자신이 잉에 홀름과 같은 조라는 것을 알고 소스라치게 놀랐다. 그는 될 수 있으면 그녀를 피했지만, 그런데도 계속 그녀 가까이로 빠져들곤 했다. 그는 그녀에게 눈길을 주지 않으려 애썼지만, 아무리 해도 그의 시선은 계속 그녀를 향했다……. 이제 그녀는 빨강 머리의 페르디난트 마티센의 손에 이끌려 미끄러지듯 달려와서, 땋은 머리카락을 뒤로 넘기고는 길게 숨을 내쉬며 그의 맞은편에 섰다. 피아노 연주자인 하인첼만 씨가 뼈마디가 앙상한 두 손으로 건반을 두드리자, 크나크 씨가 시작 명령을 내리고 카드리유가 시작되었다.

그녀는 그의 앞에서 이리저리 이동하며, 스텝을 밟거나 돌면서 앞뒤로 몸을 움직였다. 가끔씩 그녀의 머리카락에서, 또는 그녀가 입은 옷의 부드러운 하얀 천에서 향내가 풍겨 나왔다. 그리하여 그의 두 눈은 점점 더 초점을 잃고 흐려져 갔다. 난 너를 사랑해, 사랑스럽고 귀여운 잉에, 그는 마음속

---

3 프랑스의 나폴레옹 1세 때 처음으로 궁정에서 유행한 4인조의 춤이다.

으로 이렇게 되뇌었다. 그리고 그는 그녀가 그토록 열중하여 신나게 춤을 추면서 자기 따위는 거들떠보지도 않는 데 대한 자신의 모든 고통을 그 말에 담아 넣었다. 슈토름의 그지없이 아름다운 시 한 편이 불현듯 떠올랐다. 〈난 자고 싶은데 넌 춤을 추겠다는구나.〉 사랑하고 있는데 춤을 춰야 한다는 이 굴욕적인 모순이 그의 마음을 아프게 했다…….

「제1조 앞으로!」 다시 한 바퀴 돌 차례였으므로 크나크 씨가 이렇게 말했다. 「경례! 숙녀들의 풍차! 손을 맞잡아요!」 그가 프랑스어의 묵음 〈e〉를 얼마나 우아하게 꿀꺽 삼키는지 이루 말로 형언할 수 없을 정도이다.

「제2조 앞으로!」 토니오와 그의 여자 파트너가 춤출 차례였다. 「경례!」 토니오 크뢰거는 고개를 숙여 인사했다. 「숙녀들의 풍차!」 그러자 토니오 크뢰거는 고개를 숙이고 음울하게 눈썹을 찌푸린 채 자신의 손을 네 명의 숙녀의 손에, 그러니까 잉에 홀름의 손에다 얹고 〈풍차〉를 추기 시작했다.

주위에서 킥킥거리며 웃는 소리가 났다. 크나크 씨는 깜짝 놀랐을 때 상투적으로 하는 발레 동작을 해보였다. 「아니, 이럴 수가!」 그가 소리쳤다. 「그만! 그만! 크뢰거가 숙녀들 틈에 끼어들었어요. 물러나요, 크뢰거 양, 뒤로 물러나요. 원 이럴 수가! 이제 다들 잘 알아들었는데, 당신만 그렇지 않군요. 얼른! 저리 가요! 제자리로 물러나요!」 그는 이렇게 말하면서 비단 손수건을 꺼내더니, 그것을 휘둘러 토니오 크뢰거를 자신의 자리로 쫓아 보냈다.

소년 소녀들, 커튼 저 뒤의 부인들도 다들 웃음보를 터뜨렸다. 크나크 씨가 이 돌발 사건을 아주 우스꽝스럽게 만들어 놓았기 때문이었다. 그래서 다들 연극 구경을 하는 것처럼 흥겨워했다. 하인첼만 씨는 크나크 씨가 내는 이런 극적 효과에 이미 무뎌져서, 무미건조하고 사무적인 표정을 지으며 계속 연주하라는 신호를 기다리고 있었다.

카드리유가 다시 시작되었다. 그러고 나서 휴식 시간이 되었다. 하녀가 포도 젤리가 든 유리잔이 가득한 쟁반을 받쳐 들고 달그락거리는 소리를 내며 문으로 들어왔고, 그녀의 꽁무니를 따라 가정부가 건포도가 든 파운드케이크를 들고 들어왔다. 하지만 토니오 크뢰거는 그 자리를 살짝 빠져나와 복도로 나와서는, 뒷짐을 진 채 블라인드가 내려진 창문 앞에 가서 섰다. 그렇지만 블라인드가 내려져 있으면 아무것도 볼 수 없으므로, 그 앞에 서서 창밖을 내다보는 척하는 게 우스꽝스러운 일이라는 것을 미처 생각지 못했다.

그는 그토록 많은 회한과 그리움으로 가득 찬 자신의 마음속을 들여다보고 있었다. 왜, 무엇 때문에 자신이 이곳에 와 있는 걸까? 무엇 때문에 자기 방 창가에 앉아 슈토름의 『이멘 호(湖)』[4]를 읽으며 이따금씩 눈을 들어 오래된 호두나무 가지가 둔탁하게 우두둑 소리를 내는 저녁녘의 정원을 내다보지 않고 있는 걸까? 자신이 있어야 할 곳은 거기가 아니겠는가. 다른 사람들은 춤을 추면서 발랄하게 마음껏 재주를 부리라지! ……아니, 아니야, 그럼에도 난 이곳에 있어야 해. 그래야 잉에가 내 옆에 있음을 알 수 있으니까. 비록 홀로 멀찍이 서서 저 안에서 들려오는 웅성거리는 소리, 쩔그럭거리는 소리, 웃음소리에서 그녀의 목소리를 구별해 내려고 애쓰고 있긴 하지만 말이야. 그 목소리에는 따스한 삶의 여운이

---

4 노년을 맞은 주인공 라인하르트가 젊은 시절에 사랑했던 엘리자베트를 회상하는 형식으로 짜인 이 소설은 아련한 첫사랑의 기억과 사라져 버린 청춘에 대한 허무함이 감상적이며 시적인 언어로 작품 전체에 잔잔하게 흐르고 있다. 엘리자베트가 예술성을 대표하는 라인하르트 대신에 에리히를 선택한 것은 정신적인 것과 아름다운 것에 대한 속물주의의 승리를 뜻하며 그런 점에서 이런 결말은 비극적이다.

울리지 않는가. 기다랗게 생긴 웃고 있는 너의 푸른 눈, 너 금발의 잉에!『이멘 호』를 읽지 않고 그런 시도조차 하지 않아야 너처럼 명랑하고 아름다울 수 있겠지. 그거야말로 슬픈 일이 아닌가!

그녀가 와봐야 하지 않겠는가! 그가 없어졌다는 것을 알아채고 그의 기분이 어떠한지 느껴 봐야 하지 않겠는가! 몰래 그를 뒤쫓아 와서는 비록 동정심에서라도 그의 어깨에 살포시 손을 얹고 〈이리 들어와, 힘내, 너를 사랑해〉라고 말해야 하지 않겠는가! 그리하여 혹시 뒤에서 인기척이 있는지 귀 기울이며, 그녀가 올지도 모른다는 헛된 망상을 품고 잔뜩 긴장하고 기다렸다. 그러나 그녀는 결코 나타나지 않았다. 그런 일은 세상이 두 쪽 나도 일어나지 않는 법이었다.

다른 모든 사람들과 마찬가지로 그녀도 그를 비웃었던 것인가? 그렇다, 그녀와 자신을 위해서도 부인하고 싶은 생각이 간절했으나, 그녀도 그를 비웃었다. 그렇지만 그는 단지 그녀의 옆으로 빠져들게 된다는 사실 때문에 〈숙녀들의 풍차〉를 같이 추었다. 그런데 그게 뭐 어떻다는 건가? 혹시 언젠가는 웃는 것을 그만둘지도 모르지 않는가! 가령, 얼마 전에 어떤 잡지사에서 그의 시를 실어 주기로 하지 않았는가? 비록 시가 나오기 전에 잡지사가 문을 닫기는 했지만 말이다. 그가 유명해져서 그가 쓴 시가 모두 출간되는 날이 올지도 모른다. 그래도 잉에 홀름이 아무런 감명도 받지 않을지는 두고 볼 일이다……. 그녀는 아무런 감명도 받지 않을 거야, 암, 그렇고말고. 걸핏하면 넘어지곤 하는 막달레나 페어메렌은 물론 감명을 받겠지. 그러나 푸른 눈의 명랑한 잉에는 결코 감명을 받지 않을 거야. 그렇다면 유명해져도 아무 소용이 없다는 말이 아닌가?

이런 생각을 하니 토니오 크뢰거의 가슴은 고통스럽게 오그라들었다. 유희적이고 놀랄 만하지만 우울한 창조력이 자신의 내부에서 꿈틀거리는 것을 느끼면서, 동시에 자신이 동경하는 명랑한 사람들은 그 창조력이 닿지 않는 저 반대편에서 마주 보고 서 있음을 안다는 것이 말할 수 없이 가슴 아팠다. 하지만 비록 그가 홀로 국외자의 신세가 되어 아무런 희망도 없이, 닫힌 블라인드 앞에 서서 비탄에 잠긴 채 밖을 내다볼 수 있는 척하고 있지만 그래도 그는 행복했다. 그의 심장이 살아 숨 쉬고 있었기 때문이었다. 그의 심장은 너, 잉에 흘름을 위해 따스하고도 슬프게 고동치고 있었고, 그의 영혼은 행복하게 자신을 부정하며 금발의 밝은 너, 건방질 정도로 평범한 너의 자그마한 인격을 감싸 안았다.

그가 상기된 얼굴을 하고 음악이며 유리잔이 부딪치는 소리와 꽃향기만 어렴풋이 전해 올 뿐인 외로운 장소에 선 채, 멀리서 들려오는 파티의 소음 속에서 여운이 울리는 그녀의 목소리를 찾으려고 애쓴 적은 한두 번이 아니었다. 그녀 때문에 비록 가슴은 아팠지만 그래도 그는 행복했다. 걸핏하면 넘어지는 막달레나 페어메렌과는 대화를 나눌 수 있었고, 페어메렌이 자신을 이해하고 자신과 웃음을 나누며 진지한 표정을 짓는 반면, 금발의 잉에는 비록 그가 그녀 옆에 앉아 있을 때도 멀고 낯설며 서먹서먹하게 느껴진다는 사실이 그의 마음을 아프게 할 때도 많았다. 이는 그가 쓰는 언어가 그녀가 쓰는 언어와 달랐기 때문이었다. 그런데도 그는 행복했다. 행복이란 사랑받는 것이 아니라고 스스로에게 말했기 때문이었다. 사랑받는 것은 허영심을 채우려는 구역질 나는 만족감에 지나지 않는다. 사랑하는 것이 행복한 것이며, 어쩌면 사랑하는 상대에게 몰래 살짝 다가가는 것이 행복한 것일지도 모른다. 그는 이런 생각을 마음속에 새겨 두었고, 이것을 속속들이 생각해 보았으며, 이것을 밑바닥까지 느껴 보았다.

변치 않는 마음! 토니오 크뢰거는 이렇게 생각했다. 내가 살아 있는 한 변치 않고 너, 잉에보르크를 사랑할 거야! 이렇게 그의 마음은 착하기 그지없었다. 그런데도 그의 마음속에서는, 매일같이 보면서도 한스 한젠을 깡그리 잊어버리지 않았느냐는 희미한 두려움과 슬픔이 속삭이고 있었다. 그런데 이러한 희미하고 고약한 목소리가 옳았다는 사실과, 세월이 흘러 토니오 크뢰거가 명랑한 잉에를 위해 더 이상 죽음을 불사할 수 없는 날이 왔다는 사실은 보기 흉하고도 애처로웠다. 그는 자기 나름대로 세상에서 뜻 깊은 일을 많이 해낼 수 있다는 의욕과 힘을 마음속으로 느꼈기 때문이었다.

그래서 그는 해맑고 순결한 자신의 사랑의 불꽃이 불타오르는 제단 주위를 조심스럽게 맴돌다가 그 앞에 무릎을 꿇고는, 변치 않는 마음을 간직하려고 불을 휘저으며 어떻게 해서든 그 불씨를 되살리려고 애썼다. 그럼에도 어느새 자신도 모르는 사이에, 소리 소문도 없이 그 불꽃은 사그라지고 말았다.

하지만 토니오 크뢰거는 이 지상에선 변치 않는 마음이란 불가능하다는 사실을 깨닫고 놀라움과 환멸감으로 가득 찬 채, 불 꺼진 차가운 제단 앞에 아직 한동안 서 있었다. 그러다가 어깨를 으쓱하고는 제 갈 길을 갔다.

3

그는 대충 되는대로 한결같지 않은 태도로, 혼자 휘파람을 불며 고개를 옆으로 기울이고 먼 곳을 바라보면서 자기가 가야 할 길을 갔다. 그런데 그가 잘못된 길을 갔다고 한다면, 그 이유는 어떤 사람들에게는 올바른 길이란 아예 존재하지 않기 때문이었다. 대체 뭐가 되고 싶으냐고 물으면 그는 그때 그때마다 대답이 달랐다. 실은 속으로는 이것저것 다 불가능한 것투성이라고 남몰래 생각하면서, 수천 가지의 존재 형식으로 살아갈 수 있는 가능성을 자기 속에 지니고 있다고 말하곤 했다(그리고 이미 이런 사실을 글로 적어 놓기도 했다)······.

그는 갑갑한 고향 도시를 떠나기 전에 벌써 그 도시가 자신을 붙잡아 매고 있던 고리와 끈에서 소리 없이 풀려나 있었다. 유서 깊은 크뢰거 가문은 점차 허물어지며 붕괴되어 가고 있었고, 사람들이 토니오 크뢰거의 존재와 본질도 이러한 상태의 징후로 여길 만한 이유도 있었다. 집안의 어른인 할머니가 돌아가셨고, 그로부터 얼마 되지 않아 단춧구멍에 들꽃을 꽂고 다니며 생각에 잠긴 눈빛을 하고 주도면밀하게 옷을 입는 키가 훤칠한 신사인 그의 아버지가 그 뒤를 따라 죽음의 길로 들어섰다. 크뢰거 가의 저택은 위엄 있는 자신의 역사와 함께 팔리는 신세가 되었고, 회사는 청산 절차를 밟게 되었다. 그렇지만 토니오의 어머니, 그랜드 피아노와 만돌린을 기막히게 연주하고, 세상만사는 어찌되건 전혀 아랑곳하지 않는 아름답고 정열적인 그의 어머니는 상(喪)을 당하고 얼마 지나지 않아 재혼을 했다. 그것도 음악가, 이탈리아 이름을 지닌 거장 연주자와 결혼해서 그를 따라 하늘이 푸른 먼 남쪽 나라로 갔다. 토니오 크뢰거는 어머니의 이런 처사가 다소 단정치 못하다고 생각했지만, 그에게 그런 어머니를 말릴 자격이나 있었던가? 시 나부랭이나 끼적거리고, 대체 앞으로 뭐가 될 생각이냐는 물음에 대답조차 변변히 하지 못하는 주제에 말이다······.

그래서 그는 습기 찬 바람이 합각머리 지붕들 사이로 휘파람 소리를 내는, 각진 모서리가 많은 고향 도시를 떠났고, 어린 시절의 친근한 벗이었던 정원의 분수와 오래된 호두나무 곁을 떠났으며, 너무나 사랑하던 바다와도 작별했다. 그런데 이런 것들과 헤어지면서도 그는 아무런 고통을 느끼지 못했다. 그러는 사이에 그는 자라서 철이 들어 자신이 처한 상황을 제대로 파악하게 되면서, 자신을 그토록 오랫동안 품에 안고 지켜 준 흉측하고 저열한 생활 방식에 대해 조소하는 마음으로 가득 찼다.

그는 이 지상에서 가장 숭고하다고 생각되는 힘, 그것에 봉사하는 것이 자신의 사명이라고 느낀 그 힘에 완전히 몸 바쳤다. 그에게 고귀함과 명예를 약속해 주는 힘, 아무런 의식도 말도 없는 삶에 미소를 머금고 군림하는 정신과 언어의 힘에 완전히 몸 바쳤다. 젊은 날의 열정을 품고 그는 그 힘에 몸을 바쳤던 것이다. 그리고 그 힘은 자신이 줄 수 있는 모든 것을 선물함으로써 그에게 보답했고, 그 대가로 앗아가곤 하는 모든 것을 그에게서 가차 없이 앗아갔다.

그 힘은 그의 시선을 예리하게 해주었고, 그로 하여금 사람들의 가슴을 부풀게 하는 위대한 단어들을 꿰뚫어 보게 해주었으며, 다른 사람들과 자신의 영혼을 들여다보게 해주었다. 그 힘은 혜안을 갖게 해주었고, 세상의 내부와 온갖 궁극적인 것을 보여 주었다. 하지만 결국 그가 본 것은 이것, 우스꽝스러움과 비참함이었다. 그렇다, 바로 우스꽝스러움과 비참함이었다.

그때 인식이 주는 고통과 교만함과 더불어 외로움이 찾아왔다. 그가 무관심할 정도로 감성이 무딘 순진한 사람들과 어울리는 것을 좋아하지 않은 것은, 이마에 찍힌 그의 표지를 보고 사람들이 뜨악했기 때문이었다. 하지만 그는 언어와 형식이 주는 쾌감에도 점점 더 매료되어 갔다. 사실 그는 표현이 주는 즐거움이 우리를 깨어 있게 하고 활기차게 하지 않는다면, 영혼을 아는 것만으로는 틀림없이 우울해질 거라고 말하곤 했기 때문이었다(그리고 그는 이미 이런 사실을 글로 적어 놓기도 했다)…….

그는 여러 대도시에서 살았고, 태양이 자신의 예술을 좀 더 풍요롭게 성숙시켜 줄 걸로 기대한 남쪽 나라에서 살았다. 그를 그쪽으로 끌어당긴 것은 어쩌면 어머니의 피였는지도 모른다. 하지만 그의 가슴은 죽어 있었고, 사랑이 없었기 때문에 그는 육체의 모험에 빠져들어 육욕과 뜨거운 죄악의 구렁텅이로 깊이 추락해 갔으며, 이로 말미암아 이루 말할 수 없는 괴로움을 겪었다. 어쩌면 저 아래 남쪽 나라에서 그를 그토록 번민하게 한 것은 단춧구멍에 들꽃을 꽂고 다니고, 생각에 잠겨 말쑥한 옷을 입고 다니는 키가 훤칠한 아버지에게서 물려받은 유산이었을지도 모른다. 그리고 때때로 그 유산으로 영혼의 쾌감에 대한 아련하고도 그리운 추억이 그의 내부에서 꿈틀거리기도 했다. 그는 한때 그런 영혼의 쾌감을 느끼기도 했지만, 온갖 쾌감을 맛보면서도 이제 다시는 그런 것을 느낄 수 없었다.

관능에 대한 혐오감과 증오심에 사로잡혀 순수함과 품위 있는 평화를 갈구하는 동안에도 그는 예술적인 공기, 늘 봄과 같이 따뜻하고 감미로우며 향기를 머금은 공기를 호흡했다. 이러한 공기를 맡으면 은밀한 생식의 환희에 몸이 근질거리고 들끓어 오르며 꿈틀거렸다. 이리하여 그는 양 극단 사이, 얼음장 같은 정신성과 소모적인 관능의 화염 사이를 이리저리 불안하게 오가며 양심의 가책을 느끼는 기진맥진한 삶을 살아갈 뿐이었다. 요컨대 이것은 토니오 크뢰거가 혐오해 마지않는 극단적이고 상궤를 벗어난 남다른 삶이었다. 얼마나 길을 잘못 든 것인가! 하고 그는 가끔 생각했다. 어쩌다가 이 모든 이상야릇한 모험에 빠져들게 되었는가? 그래도 원래 나는 녹색 마차를 타고 유랑하는 집시는 아니지 않은가…….

하지만 그의 몸이 쇠약해짐에 따라 그의 예술적 재능은 날카로워졌고, 까다롭고 훌륭하며 뛰어나고 섬세하게 되어, 진부한 것에 민감하게 반응하고 분별과 취향의 문제에 극히 예민해졌다. 그가 처음으로 등단했을 때 문단 관계자들은 박수갈채와 우렁찬 환호를 보냈다. 그가 내놓은 것이 공들여 갈고닦은 작품이었고, 유머스러우면서도 고뇌를 아는 작품이었기 때문이다. 그래서 그의 이름, 한때 선생님들이 꾸짖으며 부르던 그 이름, 그가 호두나무며 분수며 바다에 부치는 최초의 시들에 서명한 바로 그 이름, 남쪽의 것과 북쪽의 것으로 이루어진 음색,[5] 이국적인 분위기가 물씬 나는 이 시민 계층의 이름은 탁월한 것을 지칭하는 대명사가 되었다. 그의 작품들에는 그의 체험들이 고통스러울 정도로 철저히 묘사된 데다 끈질기게 버티며 명예를 추구하는 보기 드문 근면성이 한데 어우러져 있었기 때문이었다. 이러한 근면성으로 까다롭고 민감한 그의 취향과 싸우면서 말할 수 없는 고통을 겪는 가운데 비상한 작품이 만들어진 것이었다.

그는 살기 위해 일하는 사람처럼 일하는 게 아니라, 일하는 것 말고는 아무것도 원하지 않는 사람처럼 일했다. 그는 살아 있는 인간으로서의 자신은 아무것도 아니라고 치부하고, 오직 창작자로만 간주되기를 바라며, 그 밖의 경우에는 있는 듯 없는 듯 눈에 띄지 않게 돌아다녔다. 배우가 분장을 지우고 연기도 하지 않을 때는 아무런 존재도 아니듯이 말이다. 그는 말없이 세상을 등지고 눈에 보이지 않게 일하면서,

---

[5] 토니오는 남쪽 나라의 라틴적인 이름이고, 크뢰거는 북독일적인 이름으로, 토니오는 예술을 대변하고 크뢰거는 시민을 대변한다.

재능을 남과 어울리기 위한 장식품으로 생각하는 소인배들을 한없이 경멸했다. 이들은 가난하든 부유하든 상관없이, 해진 옷을 아무렇게나 입고 돌아다니거나, 개성이 넘치는 넥타이를 매고 호사를 떠는 자들이었다. 무엇보다도 이들은, 훌륭한 작품이란 곤궁한 삶의 압박에 시달릴 때에만 생겨나고, 생활하는 자는 창작할 수 없으며 완전한 창작자가 되려면 죽어야 한다는 사실을 모르고서 행복하고 근사하게 예술가처럼 살겠다고 작정하는 자들이었다.

4

「들어가도 될까요?」 토니오 크뢰거는 아틀리에의 문지방에 서서 물었다. 리자베타 이바노브나는 자신과 온갖 말을 나누는 여자 친구였는데도 그는 모자를 벗어 손에 들고 심지어 허리를 조금 숙이기까지 했다.

「이러지 마세요, 토니오 크뢰거. 격식 차리지 말고 들어오세요!」 그녀는 통통 튀는 억양으로 대답했다. 「당신이 가정 교육을 잘 받았고, 예의 바르다는 건 다 알고 있어요.」 이렇게 말하면서 그녀는 붓을 왼손에 든 팔레트에 내려놓고는 그에게 오른손을 내밀었다. 그러고는 머리를 흔들며 깔깔 웃으면서 그의 얼굴을 들여다보았다.

「네, 하지만 일을 하고 있기에. 어디 좀 볼까요……. 아, 그동안 많이 했군요.」 이렇게 말하고서, 그는 화판틀 양쪽의 의자들 위에 기대어져 있는 색색의 스케치들을 이것저것 구경했다. 그러고는 정사각형의 선형 그물이 씌워진 커다란 캔버스를 바라보았다. 그 캔버스에는 어지럽고 희미한 목탄 스케치가 그려져 있었고, 처음으로 물감을 바른 자국들이 어렴풋이 나타나기 시작했다.

이 아틀리에는 뮌헨의 셸링 가 어느 뒷골목에 있는 건물의 삼사 층에 자리 잡고 있었다. 북향으로 난 널따란 창 너머 바깥에는 푸른 하늘이 웃고 있었고, 새들이 지저귀고 있었으며, 햇볕이 내리쬐고 있었다. 열린 천창(天窓)으로 싱그럽고 감미로운 봄의 숨결이 흘러 들어와, 널찍한 작업실을 가득 채운 정착액이며 물감의 냄새와 뒤섞였다. 화사한 오후의 황금빛 햇살이 휑뎅그렁한 아틀리에 안으로 마구 쏟아져 들어와, 약간 파손된 마룻바닥과 창문 아래의 작은 병과 튜브와 붓으로 뒤덮여 어지러운 탁자와, 벽지를 바르지 않은 벽에 액자 없이 걸린 습작들을 숨김없이 비추고, 찢어진 비단으로 된 병풍도 비추고 있었다. 그 병풍을 치자 근사한 양식의 가구가 놓인 문 근처 조그만 공간을 거실 겸 휴게실로 쓸 수 있었다. 그 햇살은 또한 화판틀 위에서 완성되어 가는 작품과 그 앞에 있는 작가와 화가의 얼굴도 비추어 주었다.

그녀는 그와 대략 비슷한, 서른을 조금 넘은 나이로 보였다. 물감으로 여기저기가 얼룩진 암청색 앞치마를 두른 그녀는 팔걸이도 등받이도 없는 나지막한 걸상에 앉아 손으로 턱을 괴고 있었다. 잘 다듬었으나 귀밑머리가 이미 약간 희끗희끗해지기 시작하는 그녀의 갈색 머리카락은 정수리 부근에서 살짝 물결치며 흘러내려 양쪽 관자놀이를 뒤덮고 있었다. 그리고 이 머리카락은 슬라브인의 특징을 지닌, 말할 수 없이 호감을 주는 갈색의 얼굴을 에워싸고 있었다. 코는 좀 납작했고, 광대뼈는 날카롭게 툭 튀어나와 있었으며, 새까만 작은 두 눈은 반짝반짝 빛나고 있었다. 그녀는 사뭇 긴장된 얼굴로 자기 작품이 마음에 들지 않는 듯, 말하자면 좀 화가 난 듯한 표정으로 눈을 가늘게 뜨고 고개를 갸우뚱한 채 자신의 작품을 찬찬히 들여다보고 있었다…….

그는 그녀 옆에 서서, 오른손을 허리에 대고 왼손으로 자신의 갈색 콧수염을 연신 배배 꼬고 있었다. 비스듬한 자신의 두 눈썹을 침울하게 씰룩거리면서, 그는 으레 그러듯이 혼자 나지막이 휘파람을 불었다. 말할 수 없이 주도면밀하게 정성 들여 옷을 입는 그는 꼼꼼하게 재단한 차분한 회색 양복을 입고 있었다. 하지만 지극히 단순하고도 정확하게 두 갈래로 갈라져 있는 가르마 아래로 훤히 드러난 이마에는 신경질적인 경련이 일어나고 있었고, 남국풍으로 생긴 그의 얼굴은 마치 단단한 석필로 덧그려 뚜렷한 윤곽이 새겨진 것처럼 어느덧 이목구비가 또렷해져 있었다. 그러나 그의 입은 윤곽이 부드러워 보였고, 그의 턱은 연약해 보였다……. 잠시 후 그는 손으로 이마와 두 눈을 쓰다듬으며 몸을 돌렸다.

「여기 오지 말걸 그랬어요.」 그가 말했다.

「왜 그런 생각을 하시죠, 토니오 크뢰거?」

「방금 작품을 쓰다가 오는 길입니다, 리자베타. 내 머릿속이 이 캔버스 위와 똑같아요. 하나의 뼈대, 여러 번 수정하여 더러워진 흐릿한 스케치, 군데군데 물감으로 얼룩진 부분. 그래요, 그런데 이제 여기 와보니 똑같은 것을 보게 됩니다. 그리고 여기서도 다시 갈등과 대립이 보입니다.」 그는 이렇게 말하면서 코를 허공에 대고 킁킁거리며 냄새를 맡아 보았다. 「집에서 나를 괴롭힌 문제가 그것이었지요. 참 이상한 일입니다. 어떤 생각에 사로잡히면 어딜 가도 그 생각이 표현되어 있는 것 같으니까요. 심지어 바람에서도 그 생각의 냄새가 나거든요. 어디서나 정착액 냄새와 봄의 향내가 나지 않아요? 예술과 — 그래요, 그것과 대응되는 것이 뭘까요? 〈자연〉이라고는 말하지 마세요, 리자베타. 〈자연〉은 사람을 이처럼 기진맥진하게 만들지는 않아요. 아, 아닙니다, 차라리 산보나 할걸 그랬어요. 하긴 산보를 한다고 해서 기분이 더 좋아질지는 의문이지만요. 5분 전에 여기서 멀지 않은 곳에서 한 동료를 만났습니다. 아달베르트라는 단편소설 작가 말입니다. 〈빌어먹을 봄 같으니라고.〉 그는 이렇게 공격적인 어투로 말하더군요. 〈봄은 가장 잔인한 계절입니다! 점잖지 못하게 피가 근질거리고, 되도 않은 욕정이 자꾸 꿈틀거리며 불안하게 하는데도 당신은 제대로 생각을 할 수 있나요, 크뢰거? 그런데도 아주 미세하게 핵심을 건드려 효과를 내도록 차분히 작품을 다듬을 수 있나요? 이런 것들을 잘 살펴보면 아주 진부하고, 완전히 쓸데없는 것으로 정체가 드러난단 말입니다. 그래서 나는 이제 카페에 갑니다. 그곳은 계절의 변화와는 무관한 중립 지역이니까요, 아시겠어요? 말하자면 그곳은 문학을 위한 숭고하고 외딴 영역으로, 거기서는 보다 고상한 착상만 떠오릅니다…….〉 이렇게 말하고 그는 카페로 들어가더군요. 나도 어쩌면 그를 따라 들어가야 했는지도 모르겠어요.」

리자베타는 재미있다는 표정을 지었다.

「좋아요, 토니오 크뢰거. 〈점잖지 못하게 근질거린다〉는 표현이 좋아요. 그리고 어느 정도는 그 사람 말이 맞습니다. 사실 봄에는 작업하기가 그다지 좋다고 할 수 없으니까요. 하지만 내 말 좀 들어 보세요. 그럼에도 나는 여기서 이 조그만 일을 끝내려고 해요. 아달베르트가 말한 대로, 아주 미세하게 핵심을 건드려 효과를 내기 위해서 말이에요. 그런 다음 〈응접실〉에 가서 차를 마시며 하고 싶은 말을 다 하도록 해요. 오늘따라 하고 싶은 말이 아주 많아 보이니까 말이에요. 그때까지 어디 좀 앉아 계세요. 가령 당신이 입고 있는 그 귀족풍의 신사복이 더러워지는 것을 마다하지 않는다면 저 상자 위에라도 말이에요…….」

「아, 내 양복은 신경 쓰지 마세요, 리자베타 이바노브나!

내가 다 찢어진 벨벳 재킷이나 붉은 비단 조끼를 입고 돌아다니면 좋겠어요? 예술가란 마음속에 늘 모험을 잔뜩 품고 있는 자입니다. 그러니 겉으로라도 잘 차려입고 다녀야 하지 않겠어요, 젠장. 그리고 마치 단정한 사람처럼 처신해야 하지 않겠어요……. 아닙니다, 난 할 말이 잔뜩 있는 게 아닙니다.」 이렇게 말하면서 그는 그녀가 팔레트에 물감 섞을 준비를 하는 것을 지켜보았다. 「당신도 아시다시피 한 가지 갈등이자 문제가 마음에 걸려 작업이 잘 안 되고 있습니다……. 그래요, 아까 우리가 무슨 대화를 나누었지요? 단편소설 작가인 아달베르트에 관해서였지요. 그런데 그는 얼마나 자긍심이 강하고 확고한 남자인지 모릅니다. 그는 〈봄은 가장 잔인한 계절입니다!〉라고 말하고 카페에 들어갔지요. 사람이란 자신이 원하는 바를 알아야 하니까요, 그렇지 않습니까? 실은 나도 봄에는 신경질적으로 됩니다. 나도 봄이 일깨워 주는 곱고 진부한 추억과 감정 때문에 혼란에 빠집니다. 그렇다고 해서 봄을 욕하고 경멸할 생각은 없다는 점이 다를 뿐입니다. 봄을 대하면 나 자신이 부끄러워지기 때문입니다. 봄이 지닌 순수한 자연성과 의기양양한 청춘 앞에서 나 자신이 부끄러워지기 때문입니다. 그러니 아달베르크가 이런 사실을 까마득히 모르고 있는 것에 대해 그를 부러워해야 할지, 경멸해야 할지 잘 모르겠군요…….

정말이지 봄에는 일이 잘 안 됩니다. 그건 왜일까요? 느끼기 때문입니다. 창작하는 자는 느껴도 된다고 생각하는 자는 풋내기입니다. 제대로 된 진정한 예술가라면, 누구나 얼치기의 잘못된 이러한 순진한 말을 듣고 입가에 미소를 띨 겁니다. 어쩌면 우울한 미소일지도 모르지만, 좌우간 미소를 띨 겁니다. 아시다시피 사람들은 중요한 것에 대해 말하는 법이 없고, 근본적으로 아무래도 상관없는 소재만 이야기하기 때문입니다. 미학적 형상물을 만들어 내려면 유희적이면서도 차분한 태도로, 우월한 입장에서 이러한 소재를 짜 맞추어야 하기 때문이지요. 당신이 말하려는 내용에 너무 집착해서, 그로 인해 당신의 가슴이 너무 따뜻해진다면 당신은 완전히 실패하고 말 것이 분명합니다. 당신은 격하게 되고 감상적으로 되며, 당신의 손에서 무언가 서투른 것, 어설프고 심각한 것, 다듬어지지 않은 것, 아이러니가 결여된 것, 양념이 덜 된 것, 지루하고 진부한 것이 나오게 될 겁니다. 그렇게 되면 사람들은 냉담한 반응만을 보일 거고, 결국 당신은 좌절하여 절망의 구렁텅이에 빠지고 말 겁니다⋯⋯. 세상 이치가 다 그런 거니까요, 리자베타. 감정 말입니다, 가슴에서 우러나오는 따뜻한 감정은 언제나 진부하고 쓸모없는 겁니다. 그리고 우리의 망가진, 우리의 정교한 신경 조직의 발끈하기 쉬운 예리함과 차가운 황홀함만이 예술적인 것입니다. 우리 예술가들은 인간이 아닌 존재가 되거나 비인간적으로 될 필요가 있습니다. 우리들은 인간적인 것과는 이상하게도 멀리 떨어져 아무런 관계를 맺지 않는 게 필요합니다. 인간적인 것처럼 시늉하고, 인간적인 것을 가지고 놀며, 인간적인 것을 효과적이고도 운치 있게 나타내려면, 또한 그렇게 하려는 시도라도 하려면 말입니다. 문체와 형식 및 표현을 위한 재능이 있다는 것은 이미 인간적인 것에 대한 이러한 냉정한 관계를, 말하자면 인간적인 면이 부족하고 황폐하게 되었음을 암시합니다. 어쨌든 확실한 것은 건강하고 굳센 감정에는 운치가 없다는 점입니다. 예술가는 인간이 되어 느끼기 시작하자마자 그것으로 끝장입니다. 아달베르트는 이런 사실을 알고 있었던 겁니다. 그래서 그는 카페로, 〈외딴〉 영역으로 간 겁니다. 그야 말할 것도 없는 사실이지요!」

「그야 뭐, 그 사람 일이니까, 그냥 내버려 두세요.」 리자베타는 이렇게 말하며 양철 대야에서 손을 씻었다. 「당신이 그 사람을 따라갈 필요는 없지요.」

「물론입니다, 리자베타, 난 그를 따라가지 않습니다. 그 이유는 오직 내가 그래도 봄을 대하면 가끔씩 나 자신이 예술가라는 사실을 조금이나마 부끄러워할 줄 알기 때문입니다. 보십시오, 나는 가끔 모르는 사람한테서 편지를 받을 때가 있습니다. 나의 독자들한테서 오는 칭찬과 감사의 글들이고, 감동받은 사람들이 보내오는 경탄의 글들입니다. 나는 이 편지들을 읽어 보면서, 나의 예술 작품이 이들에게 불러일으킨 따뜻하고 신통찮은 인간적인 감정을 접하고 감동이 밀려듭니다. 그리고 행간에서 읽히는 열광적인 소박성을 보고 일종의 연민에 사로잡히게 됩니다. 그리고 만약 그 성실한 독자가 어쩌다가 무대 뒤를 한번 들여다본다면 놀란 나머지 정신이 번쩍 들지도 모른다고 생각하면 낯이 뜨거워집니다. 아무것도 모르는 순진한 독자가 착실하고 건전하며 점잖은 사람은 글을 쓰거나, 연기를 하고, 작곡을 하는 따위의 일은 하지 않는다는 사실을 알게 된다면 말입니다……. 그렇지만 나는 이 모든 사실에 구애받지 않고 창조적 재능을 발휘하기 위해 이들의 경탄을 이용합니다. 그러한 경탄을 굉장히 중요하게 받아들이고, 게다가 위대한 인물인 양 연기하는 원숭이 같은 표정을 지으며 나 자신을 고양시키고 나 자신에게 자극을 주기 위해서지요……. 내 말을 가로막지 말아요, 리자베타! 난 인간적인 것에 동참하지 않으면서 인간적인 것을 서술하느라 가끔 죽도록 피곤합니다…….

예술가가 대체 사내라고 할 수 있을까요? 이런 문제는 〈여자〉에게 물어봐야겠지요! 내가 보기에 우리 같은 모든 예술가들의 운명은 저 교황청의 박제가 된 성가대원들의 운명과 흡사한 것 같습니다……. 우린 말할 수 없이 감동적으로 멋지게 노래 부릅니다. 그렇지만—」

「당신은 좀 부끄러워할 줄 알아야 해요, 토니오 크뢰거. 자, 그럼 차 마시러 가요. 물이 곧 끓을 거예요. 그리고 여기에 파피로스 담배가 있으니 피우세요. 소프라노로 노래하는 데까지 이야기했어요. 거기서부터 계속 이야기하세요. 하지만 당신은 부끄러워할 줄 알아야 해요. 당신이 자긍심을 가지고 당신의 천직에 얼마나 열정적으로 전념하는지 내가 모른다면 또 몰라도 말이에요……」

「천직 이야길랑 하질 마세요, 리자베타 이바노브나! 당신에게 분명히 말해 두지만, 문학이란 결코 천직이 아니라 저주입니다. 언제부터 그것이, 이 저주가 느껴지기 시작할까요? 일찍부터, 끔찍할 정도로 일찍부터입니다. 당연히 아직 하느님과 세상 사람들과 평화롭고 조화롭게 살아야 할 시기에 벌써 그런 저주를 느끼기 시작합니다. 당신은 자신에게 낙인이 찍혀 있다고 생각하고, 왠지는 잘 알 수 없지만 평범하고 정상적인 다른 사람들과 자신을 다르게 느끼기 시작합니다. 당신을 다른 사람들과 멀어지게 하는 아이러니, 회의, 갈등, 인식 및 감정의 골이 점점 더 깊게 벌어져 당신은 고독해집니다. 그리고 그때부터 더는 말이 통하지 않게 됩니다. 무슨 이런 운명이 다 있을까요! 이런 운명을 끔찍한 것으로 느낄 정도로 가슴이 충분히 생기에 차 있고, 충분히 사랑에 넘친다는 것을 전제로 한다면 말입니다!…… 당신은 수천 명 사이에 섞여 있어도 당신의 이마에 찍힌 낙인을 의식하고, 다른 사람들이 이를 다 알아볼 거라고 느끼기 때문에 자부심이 불타오르는 것입니다. 내가 전에 알고 지낸 어떤 천재적인 배우는 인간으로서 병적인 소심함과 불안감에 시달려야 했습니다. 그는 자의식이 극도로 예민한 사람이었습니다. 예술가로서는 완벽한 그가 연기를 하지 않거나 좋은 배역을 맡지 못할 때면, 가련한 인간이 되고 말았습니다……. 예술이 시민적인 직업이 아니라 운명으로 미리 정해진 저주받은 직업임을 아는 예술가, 그런 참다운 예술가를 군중 속에서 찾아내는 것은 대단한 혜안이 없더라도 그리 어려운 일이 아닙니다. 자신이 유별나고 군중에 속하지 않는다는 느낌, 남이 자신을 알아보고 관찰하고 있다는 느낌, 무언가 왕과 같으면서 동시에 어쩔 줄 모르는 표정이 얼굴에 드러나 있거든요. 평복을 입고 수많은 군중 속을 걸어가는 군주의 얼굴에서도 이와 비슷한 표정을 목격할 수 있을 겁니다. 하지만 이때 평복도 아무 소용이 없습니다, 리자베타! 변장을 하고 가장을 해보세요! 외교관이나 휴가 중인 근위대 중위와 같은 옷차림을 해보세요! 아무리 그런다 해도 당신이 눈을 뜨고 한마디 말을 하기 무섭게, 누구나 다 당신이 평범한 인간이 아니라 낯설고 생소한, 무언가 유별난 존재라는 것을 금방 알아차릴 겁니다…….

하지만 예술가란 어떤 존재인가요? 안일하고 지적인 사고를 하는 일에 게으른 인류가 다른 질문과는 달리 이 질문에는 말할 수 없이 끈질긴 태도를 보여 왔습니다. 〈그런 건 하늘이 내린 재능이야!〉 어떤 예술가에게 감명을 받은 착실한 사람들은 이렇게 겸허하게 말합니다. 이들의 선량한 견해에 따르면 명랑하고 고상한 감명을 주려면 그 원천인 예술가도 틀림없이 명랑하고 고상할 것이라는 이야기지요. 그리하여 예술가의 이러한 재능이 극히 사악한, 극히 미심쩍은 〈재능〉일 수도 있다고 의심하는 사람은 아무도 없습니다……. 예술가들이 쉽게 상처를 받는다는 것은 잘 알려진 사실입니다. 또한 양심에 거리낌이 없고 자아 존중감이 건실한 사람이 별로 없다는 사실도 잘 알려져 있습니다……. 내 말 좀 들어보세요, 리자베타, 난 내 영혼의 깊은 곳에서 ─ 정신적인 의미의 비유이긴 합니다만 — 예술가 유형의 인물에 대해 전적인 의심을 품고 있습니다. 저 북쪽의 갑갑한 도시에 살았던 건실한 내 조상들이라면 누구나 다 그들의 집에 찾아왔을지도 모르는 요술쟁이나 모험을 일삼는 곡예사들에게 그런 혐의를 품었을지도 모르지요. 다음 이야기를 들어 보세요. 내가 알고 있는 한 은행가가 있습니다. 백발이 성성한 그 사업가는 단편소설을 쓰는 재능이 있지요. 그는 한가한 시간이면 이 재능을 펼쳐 보입니다. 그리고 간혹 아주 탁월한 작품이 나올 때도 있답니다. 그런데 이러한 뛰어난 자질에도 불구하고 — 나는 〈불구하고〉라고 말합니다 — 이 남자에게 전혀 결점이 없는 것은 아닙니다. 그는 커다란 죄를 지어 옥살이를 한 적이 있습니다. 그것도 충분히 납득할 만한 이유에서 말입니다. 그렇습니다, 그가 자신의 재능을 알게 된 것도 실은 감옥에서였습니다. 그래서 그의 모든 작품의 기본 모티브는 죄수 생활을 할 때의 체험입니다. 이런 사실들에 근거해서 약간 무모한 추론을 해보자면, 작가가 되기 위해서는 교도소 생활에 정통할 필요가 있다는 겁니다. 하지만 그의 예술가적 재능의 뿌리이자 원천과 밀접한 관계가 있는 것은 그가 교도소에서 겪은 체험들이라기보다는 그를 그곳에 들어가게 한 요인 그 자체일지도 모른다는 의구심이 들지 않나요? 소설을 쓰는 은행가, 그건 아주 희귀한 경우겠지요? 하지만 범죄를 모르고, 결점이 없는 건실한 은행가가 소설을 쓴다는 것, 그건 있을 수 없는 일입니다……. 그래요, 이제 웃으시는군요. 그래도 내 말은 반쯤은 진담입니다. 이 세상에서 예술가의 문제, 예술가가 주는 인간적인 감명의 문제보다 더 골치 아픈 문제는 없습니다. 가장 영향력이 있는 예술가의 가장 전형적이어서 놀라운 작품을 택하세요. 「트리스탄과 이졸데」와 같이 병적이고 심히 외설적인 작품을 택하여, 자신이 건전하고 지극히 정상이라고 느끼는 젊은이에게 이 작품이 어떤 영향을 끼치는지 관찰해 보세요. 그 청년은 정신이 고양되고 새로운 힘을 얻어, 몹시 감격한 나머지 어쩌면 자신도 직접 〈예술적인〉 창작을 해봐야겠다고 자극받게 될지도 모릅니다……. 착한 딜레탕트지요! 우리 예술가들의 내면은 그가 자신의 〈따뜻한〉 가슴과 〈성실한 열정〉을 가지고 꿈꿀지도 모르는 것과는 판이하게 다릅니다. 나는 예술가들이 여자들과 젊은이들에 둘러싸여 환호를 받는 것을 봅니다만, 난 이들의 진면목을 알고 있습니다……. 예술가 기질의 유래, 그것에 부수적으로 따르는 현상과 그것의 조건에 관해 말하자면, 우리는 번번이 놀랍기 짝이 없는 경험들을 하곤 합니다…….」

「다른 예술가들한테서 말인가요, 토니오 크뢰거? 또는 당신 자신도 그렇다는 말인가요?」

그는 아무 대답도 하지 않았다. 그는 눈썹을 모으고 혼자 휘파람을 불었다.

「찻잔을 이리 주세요, 토니오 크뢰거. 차가 진하지 않으니 한 잔 더 드세요. 그리고 담배도 새로 한 대 더 피우세요. 참, 말이 나온 김에 말인데, 당신도 잘 알다시피 당신은 사물들을 굳이 그렇게 볼 필요가 없는 방식으로 사물들을 봅니다…….」

「그건 호레이쇼[6]의 대답이군요, 리자베타. 〈그런 식으로 사물들을 관찰하는 것은 사물들을 너무 세밀하게 관찰하는 것〉이라는 말이지요, 안 그런가요?」

「내 말은 다른 쪽에서도 마찬가지로 그렇게 사물들을 세밀하게 관찰할 수 있다는 말입니다, 토니오 크뢰거. 난 그림을 그리는 어리석은 여자일 따름입니다. 그리고 내가 당신의 말

---

6 셰익스피어의 연극 「햄릿」에 나오는 햄릿의 충실한 친구의 이름이다.

에 무슨 대답을 할 수 있다면, 당신의 독설에 맞서 당신의 천직을 조금이나마 방어할 수 있다면. 내가 하는 말은 분명히 무슨 새로운 말이 아니라, 당신 자신이 익히 잘 알고 있는 것을 상기시켜 주는 것에 지나지 않아요……. 그러니까, 이를테면 문학의 작용이란 정화시켜 주고 구원해 주는 것이며, 인식과 언어를 통해 열정을 가라앉힐 수 있다는 것을 말이에요. 문학이라는 길을 통해 이해하고 용서하며 사랑에 이를 수 있고, 언어에는 구원하는 힘이 있으며, 문학 정신이야말로 무릇 인간 정신의 가장 고귀한 현상이라는 것을 말이에요. 그리고 문학하는 사람은 완전한 사람으로 성자와도 같다는 것을 말이에요. 사물을 이렇게 관찰하는 것이야말로 사물을 충분히 세밀하게 관찰하는 것이 아닐까요?」

「당신에게는 그렇게 말할 자격이 있습니다, 리자베타 이바노브나. 당신네 나라 작가들의 작품, 숭배할 만한 러시아 문학을 두고 볼 때 특히 그렇습니다. 사실 정말이지 러시아 문학이야말로, 당신이 말하는 성스러운 문학입니다. 하지만 난 당신의 항변을 무시한 것이 아니라, 오늘 내 마음속에 들어 있는 생각에 그런 것이 포함되어 있습니다……. 나를 좀 봐주세요. 보시다시피 난 그리 활기차 보이지 않습니다, 그렇지 않나요? 좀 늙수그레하고 예민한 데다가 피곤해 보이지 않나요? 그럼, 아까 말한 〈인식〉의 문제로 돌아가서, 천성적으로 선량하고 온화하며 호의적이고, 약간 감상적이면서 남의 심리를 꿰뚫어 보는 혜안이 있어서 심신이 지친 나머지 파멸 상태에 이르게 된 사람을 떠올려 보세요. 세상의 슬픈 일에 압도당하지 않기 위해서는 관찰하고 주의 깊게 살피며, 아무리 고통스러운 일일지라도 자신의 사고 체계 속에 받아들여야 합니다. 그리고 이것 말고도 존재의 혐오스러운 허구에 대해 벌써부터 도덕적인 우월감에 가득 차서 기분이 좋은 척

해야 합니다 — 네, 물론 그래야지요! 하지만 표현의 즐거움을 누리다가도 가끔씩 이런 일이 당신에게 좀 버겁게 느껴질 때가 있을 겁니다. 모든 것을 이해한다는 말은 모든 것을 용서한다는 말일까요? 모르겠습니다. 내가 인식의 구토라고 부르는 게 있습니다, 리자베타. 어떤 사안의 본질을 꿰뚫어 보는 것만으로도 이미 죽고 싶을 정도로 구역질이 나는, 그래서 그것과 화해하고 싶은 기분이 조금도 들지 않는, 상태 말입니다. 햄릿의 경우가 바로 그렇습니다. 전형적인 문학자인 이 덴마크인 말입니다. 그는 알도록 태어나지 않았으면서 알도록 소명을 받는다는 것이 무언인지 알고 있었습니다. 눈물에 젖은 감정의 베일을 뚫고 통찰해야 하고, 인식하고 주의 깊게 살피며 관찰해야 합니다. 그리고 서로의 손을 맞잡고 서로의 입술을 더듬는 순간에도, 감정에 눈이 멀어 인간의 시선이 흐려지는 순간에도 미소 지으며 관찰한 것을 옆에 챙겨 두어야 합니다. 이는 울화가 치미는 일입니다. 리자베타, 이는 비열한 짓이라서 분노가 치밉니다……. 하지만 화를 낸들 무슨 소용이 있을까요?

　이 사안의 다른 면이면서도, 이에 못지않게 흥미로운 면은 말할 것도 없이 모든 진리에 대한 불손하고 무관심한 태도이며, 진리에 반어적인 싫증을 느끼는 태도입니다. 사실 이 세상에서 가장 말이 안 먹히고 가장 절망적인 경우는 이미 산전수전을 다 겪은 재기 넘치는 사람들을 상대할 때입니다. 그들에게는 어떤 인식이든 낡고 지루하겠지요. 어떤 진리를 말해 보세요. 당신이 손에 넣게 되어 젊은이로서 혹시 기쁘게 생각했을지도 모르는 진리 말입니다. 그들은 당신의 하찮은 깨달음에 대해 콧방귀를 뀌며 답할 겁니다……. 아, 그렇습니다, 문학은 사람을 고단하게 만듭니다, 리자베타! 정말이지 인간 사회에서는 회의에 빠져 자신의 의견 표명을 자제하면 바보 취급을 받는 수가 있습니다. 사실은 단지 건방져서 그러거나 용기가 없어서 그럴 뿐인데도 말입니다……. 〈인식〉에 대해서는 이쯤 해두지요. 하지만 〈언어〉의 문제에 대해 말하자면, 이것은 인간을 구원해 준다기보다는 오히려 인간의 감정을 차갑게 만들어, 인간의 마음을 얼음장 위에 올려 두는 것이 아닐까요? 진지하게 말하자면, 문학 언어가 우리의 감정을 그토록 신속하고도 피상적으로 처리하는 데는 얼음같이 차디찬, 화가 날 정도로 불손한 사정이 숨어 있는 겁니다. 당신의 가슴이 너무 벅차오르면 당신은 어떤 감미롭거나 숭고한 체험에 온통 사로잡혀 있다고 느낄 겁니다. 이때는 더 이상 간단한 일이 없습니다! 글 쓰는 문사(文士)한테 가면 모든 것이 순식간에 정리되어 나올 겁니다. 그는 당신의 문제를 분석하고 명확히 표현하여 이름을 붙이고, 자신의 생각을 말하며 견해를 표명할 겁니다. 이 모든 문제를 완전히 해결하여 아무렇지도 않은 것으로 만들어 버리고는, 그에 대한 감사의 인사말도 듣지 않으려고 할 겁니다. 당신은 문제가 해결되어 홀가분한 마음으로 냉정을 되찾아 집에 갈 것이고, 그 문제의 어떤 점이 방금 전까지만 해도 자신을 그렇게 혼란에 빠뜨릴 수 있었는지 의아하게 생각할지도 모릅니다. 그런데 이렇게 냉혹하고 허영심이 강한 사기꾼을 당신은 진심으로 편들려는 겁니까? 이 사기꾼의 신조가 뭔고 하니, 일단 말로 표현된 것은 해결된 것이다, 라는 겁니다. 온 세상이 말로 표현되면 그것은 해결되고 구원되어 처리되었다는 겁니다……. 얼마나 좋은 일인가요! 그렇지만 난 허무주의자는 아닙니다…….」

「아니지요, 당신은 ―」 리자베타가 말했다……. 그녀는 찻숟가락을 입 근처에 막 대려다가 이런 자세로 그만 굳어 버리고 말았다.

「아, 그렇지요······. 아, 그래요······. 정신 차리세요, 리자베타! 당신에게 말하자면, 난 살아 있는 감정과 관련해서는 허무주의자가 아닙니다. 보십시오, 글쟁이는 요컨대 삶이 말로 표현되어 〈해결된〉 뒤에도 우리가 삶을 살아가는 일을 멈추지 않을 거라는 사실과, 그렇게 살아가는 삶을 부끄럽게 생각하지 않을 거라는 사실을 이해하지 못합니다. 하지만 이 봐요, 문학을 통해 온갖 구원을 받았지만 삶은 조금도 굴하지 않고 계속 죄를 저지르고 있지 않습니까. 정신의 눈으로 볼 때는 모든 행동이 죄악이기 때문이지요······.

이제 결론을 내릴 순간입니다, 리자베타. 내 말을 잘 들어주세요. 나는 삶을 사랑합니다. ─ 이것은 일종의 고백이나 다름없습니다. 내 말을 받아들이고 간직해 주세요. ─ 난 아직 아무에게도 이런 말을 한 적이 없습니다. 심지어 누군가는 내가 삶을 증오하고 두려워하거나 경멸하거나 혐오한다는 글을 써서 이를 활자화했다고 말하기도 합니다. 나는 이런 말을 듣는 것이 싫지는 않았고, 그런 말에 귀가 솔깃해지기도 했습니다. 하지만 그렇다고 해서 그 말이 딱히 옳다는 것은 아닙니다. 나는 삶을 사랑합니다······. 미소 짓고 계시는군요, 리자베타. 난 그 이유를 알고 있습니다. 하지만 제발 부탁입니다만, 내가 지금 하는 말을 〈문학〉이라고 간주하지는 말아 주세요. 체사레 보르자[7]나 그를 지도자로 추앙하는 그 무엇에 도취된 철학을 생각하지 말아 주세요! 체사레 보르자는 나에게 아무런 의미가 없습니다. 나는 그를 조금도 높게 평가하지 않습니다. 나는 그 비정상적이고 마적인 것이 어떻게 이상으로 숭배될 수 있는지 도저히 이해가 되지 않습니다. 그렇습니다,

---

7 Cesare Borgia(1475~1507). 르네상스 시대 이탈리아의 전제 군주로, 목적을 위해서는 수단과 방법을 가리지 않은 냉혹함으로 유명하며, 마키아벨리는 『군주론』에서 그를 이상적 군주로 보았다.

삶은 정신과 예술에 대한 영원한 반대 개념입니다. 삶은 완전한 위대함과 야만적인 아름다움의 환영(幻影)으로 나타나지 않습니다. 그것은 우리와 같이 평범하지 않은 사람들에게는 평범하지 않은 것으로 나타납니다. 그렇습니다, 정상적이고 예의 바르며 사랑스러운 것이 우리가 동경하는 영역입니다. 그러한 것들이야말로 유혹하고 싶을 정도로 진부한 삶입니다. 이봐요, 리자베타, 세련되고 일반적인 길을 벗어난 것, 악마적인 것을 궁극적 목표로 삼고 그것에 아주 깊이 열광하는 자는 예술가가 되려면 아직 멀었습니다. 아무런 악의가 없고 단순하며 생동하는 것에 대한 그리움을 알지 못하는 자, 약간의 우정과 헌신, 친근감과 인간적인 행복에 대한 그리움을 알지 못하는 자 역시 아직 예술가라 할 수 없습니다. 그리고 리자베타, 평범한 것이 주는 희열에 대한 은밀하고도 애타는 그리움을 알아야 하는 겁니다!

인간적인 친구 한 명! 인간들 중에서 한 명의 친구가 있다는 사실로 내가 자랑스럽고 행복할 수 있으리라고 생각합니까? 하지만 지금까지는 나에게 악마나 요정들, 지하의 요괴들이나, 지적인 사고를 함으로써 벙어리가 되고 만 유령들, 즉 글쟁이 친구들밖에 없었습니다.

때때로 나는 강단에 나가 내 말을 들으러 온 사람들과 마주합니다. 보십시오. 그럴 때면, 나는 청중을 쓱 둘러보고 관찰하는 나 자신을 문득 발견할 때가 있습니다. 나한테 온 사람들이 누구인가, 어떤 사람들이 나에게 갈채를 보내고 고마워할까, 나의 예술이 이 자리에서 누구와 이상적으로 합일을 이룰까 하는 질문을 가슴에 품고서 남몰래 강당 안을 훔쳐보는 나 자신을 말입니다……. 리자베타, 난 내가 찾는 사람들을 발견하지 못합니다. 눈에 보이는 건 익히 잘 아는 무리이자 교구 신자밖에 없습니다. 흡사 초기 기독교 신자들의 예배 모임처럼, 성치 않은 몸과 고상한 영혼을 지닌 사람들밖에 없습니다. 다시 말해, 걸핏하면 넘어지거나 하는 사람들뿐입니다. 내 말이 무슨 뜻인지 알겠지만, 시를 삶에 대한 부드러운 복수라 여기는 사람들이지요. 언제나 괴로워하고 그리워하는 불쌍한 자들뿐이고, 다른 부류의 사람들, 푸른 눈을 지닌 사람들은 아무도 오지 않는단 말입니다, 리자베타. 그러한 다른 부류의 사람들에겐 정신적인 것이 필요 없기 때문이지요!

그런데 사정이 이와 다르면 좋겠다고 생각하는 것은 딱하게도 논리적 일관성이 부족한 꼴이 되지 않을까요? 삶을 사랑하면서도 온갖 술책을 써서 그 삶을 자기 쪽으로 끌어오려고 애쓰는 것, 그 삶을 섬세함과 우울함의 친구로, 문학의 온갖 병적인 귀족성의 친구로 삼으려는 것은 어리석은 일이지요. 예술의 영역은 점점 넓어지고 있는 반면, 지상에서 건전하고 순진무구한 사람들의 영역은 점점 더 줄어들고 있습니다. 우리는 그중에 아직 남아 있는 영역을 아주 주도면밀하게 보존해야 합니다. 스냅 사진이 실린 승마 교본을 읽는 것을 훨씬 더 좋아하는 사람들을 시의 세계로 유혹하려고 해서는 안 되겠지요!

왜냐하면 따지고 보면, 예술의 세계에 도전하는 삶의 모습보다 더 보기 딱한 광경이 뭐가 있겠습니까? 우리 예술가들은 어느 누구보다도 딜레탕트를 더 철저히 경멸합니다. 이 생활인들은 그러지 않아도 기회가 있으면 언젠가 예술가가 될 수 있다고 생각하지요. 정말이지, 내가 직접 이런 체험들을 하고 이런 종류의 경멸을 느낀 적이 있습니다. 나는 어느 훌륭한 집에 초대를 받아 가서, 먹고 마시며 잡담을 나누었지요. 서로 말이 아주 잘 통하는 사람들이었습니다. 나는 잠시나마 아무런 악의가 없고 정상적인 사람들 사이에서 이들과 같은 부류의 사람으로 행세할 수 있게 된 것을 기쁘고 고맙게 느꼈습니다. 그런데 느닷없이 (이런 일이 나에게 일어났습니다) 한 장교가 자리에서 벌떡 일어나더군요. 체격이 건장한 잘생긴 소위였어요. 나는 그자가 자신의 명예로운 제복에 걸맞지 않은 행동을 하리라고는 상상도 하지 못했습니다. 그는 분명한 말로 양해를 구하며 우리에게 자작시를 낭독해 주겠다는 것이었습니다. 사람들은 어안이 벙벙한 얼굴로 미소를 띠며 그러라고 했습니다. 그러자 그는 자신의 계획을 실행에 옮기더군요. 그는 그때까지 자신의 상의 속에 감춰두었던 종이쪽지를 꺼내더니 자신의 시를, 음악과 사랑에 바치는 그 무엇을 낭독하더군요. 요컨대 깊이 느낀 흔적이 있는 만큼 효과도 별로 신통찮았습니다. 그때 난 누구라도 붙들고 물어보고 싶었습니다. 소위가! 세상의 주인이! 정말이지 그는 굳이 그런 짓을 할 필요가 없는 사람이었습니다……! 그런데 아니나 다를까, 당연한 일이 일어났습니다. 모두들 실망한 표정을 지으며 입을 다물고 있었습니다. 겉치레의 박수 소리가 약간 나더니 주위에 말할 수 없이 언짢은 분위기가 감돌았습니다. 내가 의식한 최초의 심리적 반응은, 이 사려 깊지 못한 청년으로 말미암아 사람들이 당혹감을 금치 못하게 된 데 대해 나도 일말의 책임감을 느낀다는 것이었습니다. 그런데 아니나 다를까, 그가 내 분야에 들어와 되지도 않게 참견을 했기 때문에 사람들이 나에게도 비웃고 경원하는 듯한 눈길을 보내는 것이었습니다. 하지만 두 번째로 의식하게 된 사실은, 내가 조금 전까지만 해도 그의 존재와 본질에 대해 진심으로 존경해 마지않았던 그 사람이 내 눈에 갑자기 조그맣게, 한없이 조그맣게 보이기 시작하더군요……. 나는 그가 불쌍히 여겨져 그에게 호의를 베풀기로 마음먹었습니다. 나는 과감하고 마음씨가 좋은 다른 몇몇 신사들과 마찬가지로 그에게 다가가 격려해 주었습니다. 〈축하합니다, 소위님! 참으로 재주가 뛰어나군요! 아니, 정말 대단했습니다!〉 이렇게 말하다가 나는 하마터면 그의 어깨를 두드려 줄 뻔 했습니다. 하지만 내가 보인 호의가 한 명의 소위에게 베풀어야 했던 감정이었을까요? ······그의 잘못이었습니다! 그는 그곳에 우두커니 서서 망연자실한 가운데 자신이 저지른 죄 값을 톡톡히 치르고 있었습니다. 자신의 목숨을 바칠 생각은 하지 않고, 예술이라는 월계수 이파리를 딱 한 개만 따는 것은 괜찮겠지 하고 생각한 죄 값을 말입니다. 안 되고말고요. 이 점에서 나는 나의 동료이자 범죄를 저지른 은행가 편을 들겠습니다. 그런데 리자베타, 내가 오늘 햄릿처럼 말이 많다고 생각하지 않으세요?」

「이제 하실 말씀을 다 하셨나요, 토니오 크뢰거?」

「아닙니다. 하지만 이제 그만 말하겠어요.」

「그만하면 충분하기도 하죠. ······대답해 주기를 기다리나요?」

「대답해 줄 말이 있나요?」

「있을 것 같기도 해요. ······토니오, 난 당신 말을 처음부터 끝까지 잘 들었어요. 그러니 당신이 오늘 오후에 한 모든 말에 알맞은 대답을 해드리지요. 그리고 그것이 당신을 그토록 불안하게 만드는 문제에 대한 해답이기도 합니다. 자, 그럼 말하지요! 그 해답은 지금 이곳에 앉아 있는 당신은 누가 뭐래도 한 사람의 시민이라는 사실입니다.」

「내가요?」 그는 이렇게 물으며 약간 주저앉는 듯했다.

「그렇지 않아요? 충격이 크겠죠. 또 당연히 그래야 하고요. 그러니 형량을 조금 줄여 주려고 합니다. 그 정도는 할 수 있는 일이니까요. 당신은 〈길을 잘못 든 시민〉입니다, 토니오 크뢰거 — 〈길을 잃고 헤매는 시민〉이지요.」

침묵의 시간이 흘렀다. 그러다가 그는 단호한 태도로 일어서더니 모자와 지팡이를 집어 들었다.

「고맙습니다, 리자베타 이바노브나. 이젠 안심하고 집에 갈 수 있겠습니다. 난 처리되었으니까요.」

5

가을 무렵에 토니오 크뢰거는 리자베타 이바노브나에게 이렇게 말했다.

「그래요, 난 이제 여행을 떠나요, 리자베타. 바람을 좀 쐬어야겠습니다. 이곳을 훌쩍 떠나 어디 먼 곳으로 가볼까 합니다.」

「아니, 대체 무슨 생각이 들어서요? 그럼 다시 이탈리아로 갈 생각인가요?」

「당치도 않은 소리. 이탈리아 이야기는 이제 꺼내지도 마세요! 이제 이탈리아는 경멸할 정도로 아무래도 상관없습니다. 내가 그곳의 일원이라고 우쭐대던 것도 오래전의 일입니다. 그곳은 예술의 고장이 아닙니까? 벨벳을 깔아 놓은 듯한 푸른 하늘, 뜨겁게 익는 포도주, 감미로운 관능…… 요컨대 난 이런 것들을 좋아하지 않습니다. 난 포기하겠습니다. 이 모든 아름다움은 나의 신경을 곤두서게 만들지요. 동물처럼 눈길이 칙칙하고, 끔찍할 정도로 활기에 넘치는 저 아래의 모든 사람들도 마음에 들지 않습니다. 이들 라틴족의 눈에는 양심이라는 게 들어 있지 않습니다……. 아닙니다, 난 이제 덴마크로 가볼까 합니다.」

「덴마크요?」

「그래요. 그곳으로 가는 게 좋을 것 같습니다. 어린 시절

내내 덴마크 국경 근처에 살면서도 어쩐 일인지 한 번도 그 곳까지 가본 적이 없었거든요. 그런데도 나는 그 나라를 옛 날부터 잘 알고 있었고, 사랑하고 있었습니다. 내가 북쪽을 좋아하는 경향은 아버지한테서 물려받은 모양입니다. 사실 어머니야 어느 쪽도 매한가지로 좋아하셨지만, 그래도 남쪽 나라의 아름다움을 더 좋아하는 편이었거든요. 하지만 리자베타, 저 위쪽에서 쓰이는 책들, 심오하고 순수하며 유머가 넘치는 책들을 생각해 보세요! 내가 볼 때 그것을 능가하는 책들은 없습니다. 난 그것들을 사랑합니다. 스칸디나비아의 식사, 비할 데 없는 식사들을 생각해 보세요. 소금기가 느껴지는 세찬 바닷바람 속에서만 그런 식사들을 견뎌 낼 수 있습니다(내가 그런 바람을 견뎌 낼 수 있을지는 아직 모르겠습니다만). 우리 고향에서도 그런 식으로 식사를 하니까, 태어날 때부터 난 그런 식사에 제법 익숙하다고 할 수 있지요. 이름들도 한번 생각해 보세요. 저 위쪽 사람들이 보란 듯이 달고 다니는 이름들 말입니다. 우리 고향에서만 해도 그런 이름들이 부지기수입니다. 가령 〈잉에보르크〉와 같은 소리를 들어 보세요. 나무랄 데 없는 시를 하프로 뜯는 소리 같지 않습니까? 그리고 또 바다는 어떻습니까? 그들에게는 저 위에 발트 해가 있지요! ……한마디로 말해, 난 북쪽으로 갑니다, 리자베타. 난 발트 해가 다시 보고 싶고, 그 이름들을 다시 듣고 싶으며, 그 책들을 현지에 가서 읽어 보고 싶습니다. 또한 크론보르크의 성채에도 서보고 싶습니다. 〈유령〉이 햄릿에게 나타나서 불쌍하고도 고귀한 그 청년을 곤경에 빠뜨려 죽음으로 몰고 간 그곳에 말입니다…….」

「어떻게 갈 생각인데요, 토니오 크뢰거? 어떤 길로 갈 생각이에요?」

「보통 가는 길로요.」 그는 어깨를 으쓱하며 말하고는 눈에 띄게 얼굴이 붉어졌다. 「그래요, 난 내가 떠나온 곳을 들를 겁니다, 리자베타. 13년 만에요. 좀 이상한 여행이 될지도 몰라요.」

그녀는 미소를 지었다.

「내가 듣고 싶은 말이 바로 그거였어요, 토니오 크뢰거. 그럼 부디 잘 다녀오세요. 나에게 편지 쓰는 것도 잊지 마세요, 아셨지요? 생생한 체험이 담긴 편지가 내심 기대되네요. 덴마크로 가는 여행에서 말입니다······.」

6

이렇게 해서 토니오 크뢰거는 북쪽으로 갔다. 그는 안락하게 여행했다(마음속이 다른 사람들보다 힘든 사람은 겉으로라도 좀 더 안락하게 살아갈 정당한 권리가 있다는 게 그의 지론이었기 때문이었다). 그는 쉬지 않고 계속 여행해 마침내 자신이 떠나온 도시에 다다르게 되었다. 눈앞의 작은 도시에는 뾰족한 첨탑들이 회색 하늘을 향해 우뚝 솟아 있었다. 그는 그곳에 머무르며 이상한 체험을 하게 되었다······.

열차가 역 안에 들어섰을 때는 우중충하던 오후가 벌써 저녁으로 넘어가고 있었다. 연기로 그을린 작은 역사(驛舍)는 이상하리만큼 친근한 느낌을 주었다. 얼룩덜룩한 유리 지붕 아래로는 아직도 자욱한 연기가 뭉게뭉게 피어올랐다가 기다랗게 찢어지며 이리저리 흩어지고 있었다. 그 광경은 토니오 크뢰거가 비웃음만을 품고 이곳을 떠나갔던 당시와 조금도 다를 게 없었다. 그는 짐을 찾아 호텔로 옮겨 달라고 부탁하고는 역사 바깥으로 걸어 나왔다.

역 앞에 한 줄로 늘어서 있는 쌍두마차들이 바로 이 도시의 전세 마차들이었다! 검은 마차들은 터무니없이 높고 넓었다. 그는 마차를 타지 않고 그저 바라보기만 했다. 비단 이 마차 말고도 모든 것을 그저 바라보기만 할 뿐이었다. 이웃하고 있는 지붕들을 건너다보며, 인사하고 있는 좁다란 합각머리 지붕과 뾰족한 첨탑들을 바라보았고, 자기 주위를 느긋하게 천천히 걸어가는 금발머리 사람들을 바라보았다. 이들은 말을 질질 끌면서도 속사포처럼 말을 하는 사람들이었다. 그리고 그의 마음속에서는 신경질적인 너털웃음이 치밀어 올랐는데, 이는 거의 흐느낌이라 할 수 있는 웃음이었다. 그는 얼굴에 눅눅한 바람이 끊임없이 불어오는 것을 느끼면서 느릿느릿 걸어갔다. 신화에 나오는 인물들의 입상(立像)이 난간에 서 있는 다리를 건너가, 한동안 항구를 따라 걸어 보기도 했다.

아니, 도시가 왜 이리 좁아터지고 각진 모서리투성이란 말인가! 그토록 오랜 세월이 흘렀는데도 여기 합각머리 지붕들 사이의 좁다란 골목들은 시내 쪽으로 이렇게 우스꽝스러울 정도로 가파르게 나 있단 말인가? 어스름한 어둠 속에서 흐릿한 강물 위에 떠 있는 선박들의 굴뚝과 돛대들이 바람에 흔들리고 있었다. 저기 저 길을 따라 올라가 볼까? 그곳에는 자신의 마음속에 자리 잡고 있는 집이 있었다. 아니야, 내일 가보기로 하지. 그는 지금 졸음이 쏟아지고 있었다. 장시간 여행한 탓에 그의 머리는 천근만근 무거웠고, 안개처럼 어슴푸레한 상념들이 그의 머릿속을 느릿느릿 스쳐 지나가고 있었다.

지난 13년 동안 그는 위에 탈이 날 때마다 가끔씩 고향의 오래된 저택에 다시 돌아와 있는 꿈을 꾸곤 했다. 비탈진 골목길에 위치한 그 고택에서는 복도를 걸으면 발소리가 꿩꿩 울려 퍼지곤 했다. 꿈에서는 아버지도 아직 살아 계셨는데,

아버지는 타락한 생활을 한다고 자신을 호되게 꾸짖으셨다. 그때마다 그는 아버지가 이렇게 야단치는 것을 지극히 당연하다고 생각했다. 그런데 지금 자신의 현 상태도, 자신을 현혹하는 줄 뻔히 알면서도 그 그물을 찢고 빠져나올 수 없는 그런 꿈속의 장면과 하나도 다를 게 없었다. 그런 어지러운 꿈속에서 사람들은 흔히 이것이 꿈이냐 생시냐 스스로에게 묻고는, 어쩔 수 없이 생시가 확실하다고 판정을 내리지만, 그럼에도 결국에는 다시 꿈에서 깨어나고 말았다……. 그는 행인이라고는 거의 보이지 않는 바람 부는 거리를 걸어갔다. 바람을 피해 고개를 숙이고는 밤을 보낼 이 도시의 일급 호텔 방향으로 마치 몽유병 환자와도 같이 어슬렁어슬렁 걸어갔다. 다리가 굽은 어떤 사내가 끝에 조그맣게 불이 붙은 장대를 들고, 선원처럼 뒤뚱뒤뚱 몸을 흔들면서 그의 앞을 걸어가 가스등에 불을 붙였다.

그는 대체 어떤 상태에 있었던가? 피곤이라는 재 아래서 밝은 불꽃으로 타오르지 않고 어둑어둑하고 고통스럽게 희미한 빛을 내고 있는 이 모든 것은 다 뭐란 말인가? 쉿, 조용, 조용, 아무 말도 하지 말자꾸나! 아무런 말들도 입 밖에 꺼내지 말자꾸나! 그는 바람을 맞으며 어스름하고 꿈길처럼 친근한 골목길을 한없이 그렇게 마냥 걸어가고 싶었다. 하지만 모든 것이 다닥다닥 붙어 있어서 금방 목적지에 다다르고 말았다.

시내의 높은 지대에 있는 아치형의 가로등에서는 방금 불이 켜졌다. 그곳에 자신이 묵을 호텔이 있었다. 그리고 그 앞에는 시커먼 사자 두 마리가 누워 있었다. 그가 어릴 적에 그토록 무서워했던 사자들이 아닌가. 예나 다름없이 사자들은 마치 재채기를 하려는 듯한 표정으로 서로 마주 보고 있었다. 하지만 사자들은 옛날보다 훨씬 더 작아진 것 같았다. 토니오 크뢰거는 그 사자들 사이로 걸어 들어갔다.

걸어서 왔기 때문인지 그는 별로 융숭한 대접을 받지 못했다. 도어맨과 검은 예복을 입은 아주 우아한 신사가 그를 맞이했는데, 그 신사는 인사를 하고는 자신의 가느다란 손가락으로 커프스단추를 소매 안으로 끊임없이 밀어 넣고 있었다. 두 사람은 머리끝에서 발끝까지 그를 찬찬히 훑어보면서 이리저리 재고 헤아리며 머리를 굴리고 있었다. 이들은 그의 사회적 지위가 어느 정도인지 대충 정하고, 그가 사회 계층과 시민 계층의 어디쯤에 속하는지 어림잡아, 나름대로 그를 적당한 위치에 자리 매김 하려고 애쓰고 있는 게 분명했다. 하지만 만족할 만한 결론을 내릴 수 없어서 적당히 예의를 차리기로 마음먹은 것 같았다. 양 볼에 연한 금발의 구레나룻을 기르고, 다 낡아 반질반질해진 연미복을 입고, 소리 나지 않는 구두에 장미꽃 리본을 단, 순해 보이는 종업원이 그를 두 층 위로 안내해 주었다. 그리하여 그는 말끔하고 고풍스러운 가구가 비치된 방으로 들어서게 되었다. 창 너머로는 황혼녘의 어스름한 빛이 감도는 가운데 뜰과 합각머리 지붕들, 괴상하게 생긴 교회의 몸체가 중세풍 그림처럼 아름답게 눈앞에 펼쳐졌다. 토니오 크뢰거는 이 창문 앞에 한동안 멍하니 서 있었다. 그러고 나서 그는 팔짱을 끼고 널찍한 소파에 앉아서, 두 눈썹을 모으고는 혼자 휘파람을 불었다.

방에 불이 들어왔고, 그의 짐이 운반되어 왔다. 이와 동시에 순하게 생긴 아까 그 종업원이 숙박계를 탁자 위에 올려놓았다. 토니오 크뢰거는 고개를 옆으로 기울이고, 이름이며 혼인 관계며 출생지 같은 것을 적어 넣었다. 그런 뒤에 그는 저녁 식사를 조금 주문하고는 소파 귀퉁이에 앉아 하염없이 허공을 바라보았다. 저녁 식사가 눈앞에 놓여 있는데도 오랫동안 손도 대지 않고 그냥 두었다가, 이윽고 한두 입 베어 먹었다. 그러고는 다시 한 시간 가량 방안을 이리저리 서성대다가, 간혹 멈추어 서서 두 눈을 감기도 했다. 그런 다음 느릿느릿한 동작으로 옷을 벗고는 잠자리에 들었다. 그는 이상한 그리움에 젖는 어지러운 꿈들을 꾸면서 오랫동안 잠을 잤다.

잠에서 깨어나 보니 방이 대낮처럼 밝은 게 아닌가. 정신이 혼란스러운 가운데 그는 급히 지금 자신이 있는 곳이 어디인지 생각해 보았다. 그리고 창문 쪽으로 걸어가 커튼을 열어젖혔다. 벌써 푸른색이 약간 엷어진 늦여름의 하늘에는 바람에 쥐어뜯긴 얇은 구름 조각들이 떼 지어 두둥실 떠가고 있었다. 하지만 그의 고향 도시의 상공에는 태양이 환히 빛나고 있었다.

그는 여느 때보다 더 세심하게 몸단장에 신경을 썼다. 정성을 다해 세수와 면도를 했고, 마치 예절 바른 양가집을 찾아가서 호감 가고 흠잡을 데 없는 인상을 주기라도 하려는 듯 산뜻하고도 깔끔하게 몸치장을 했다. 그리고 주섬주섬 옷을 입는 동안 가슴이 불안하게 두근거리는 소리에 가만히 귀 기울여 보았다.

바깥세상은 얼마나 밝은가! 차라리 어제처럼 거리에 땅거미가 깔려 있었더라면 그의 마음이 더 편안했을지도 모른다. 그런데 지금 그는 뭇사람들의 시선을 받으며 햇발이 비치는 밝은 거리를 지나가야 했다. 혹시 길을 가다 아는 사람이라도 만나 멈춰 서서는, 지난 13년 동안 어떻게 지냈느냐는 질문을 받고 답변을 해야 하는 일이 생기지나 않을까? 아니야, 천만다행으로 이제 그를 아는 사람은 아무도 없었다. 행여나 그를 기억하는 사람이 있다 해도 그를 알아보지 못할 것이다. 그동안에 그가 사실 좀 변했기 때문이었다. 그는 거울 속에 비친 자신의 모습을 주의 깊게 살펴보았다. 그리고 문득 자신의 가면 뒤에서라면, 일찍 풍상을 겪어 실제보다 더 나이 들어 보이는 얼굴 뒤에서라면 좀 더 안전할 거라고 느꼈다……. 그는 아침 식사를 방으로 가져오게 하고는 밖으로 나갔다. 수위와 검은 예복을 입은 우아한 신사의 깔보는 듯한 시선을 받으며 호텔의 현관을 통과하고 두 마리의 돌사자 사이를 지나 호텔 바깥으로 나왔다.

그는 어디로 가는 걸까? 자신도 잘은 알 수 없었다. 어제와 똑같은 일이 벌어졌다. 이상하게도 품위 있고도 아주 친숙한 합각머리 지붕, 첨탑, 아치형 길, 분수들이 다닥다닥 붙어 있는 광경을 다시 보자마자, 그리고 아득한 꿈속에서 느꼈던 정답고도 쓰라린 향내를 실은 세찬 바람이 얼굴에 부딪치는 것을 다시 느끼자마자, 안개로 된 그물이나 베일 같은 것이 그의 의식을 감싸 버리는 것이었다……. 그의 안면 근육이 풀리며 느슨해졌고, 그는 고요한 시선으로 사람들과 사물들을 관찰했다. 저기 길 모퉁이에 이르면, 꿈에서 깨어나게 될지도 모르는 일이었다.

그는 어디로 가는 걸까? 그가 접어든 방향이 간밤에 꾼, 이상하게도 회한에 가득 찬 슬픈 꿈과 관련이 있는 것처럼 생각되었다……. 그는 광장 쪽으로 갔다. 정육점 주인들이 피 묻은 손으로 고기를 저울에 달고 있는, 시청의 아치형 건물들 밑을 지나 시장 광장 쪽으로 발길을 옮겼다. 그곳은 분수 주위로 높다랗고 뾰족한 고딕식 건물들이 겹겹이 에워싸고 있었다. 그는 그곳의 어떤 집 앞에서 발길을 멈추었다. 여느 집들과 마찬가지로 좁고 소박한 그 집은 합각머리 지붕이 활 모양으로 휘어져 올라가 있었고, 투조(透彫)되어 있었다. 그는 모든 생각을 잊고 이 지붕을 바라보는 데 여념이 없었다. 대문에 달린 문패를 읽은 다음, 잠시 동안 창문들을 하나하나 눈여겨보았다. 그런 다음 천천히 몸을 돌려 발길을 옮겼다.

그는 어디로 가는 걸까? 고향 집으로 가고 있었다. 하지만 시간이 있었기 때문에 길을 돌아서 성문 앞으로 산보를 했다. 그는 뮐렌발과 홀스텐발의 둑길을 지나갔으며, 나뭇가지 사이로 쏴쏴 거리고 우두둑거리는 바람 때문에 모자를 꽉 거머쥐었다. 그러고 나서 그는 역에서 멀지 않은 둑의 초지(草地)를 벗어나, 연기를 내뿜으며 굼뜨면서도 황급히 지나가는 기차를 지켜보면서, 심심풀이로 차량의 숫자를 세어 보기도 했고, 차량 맨 뒤 칸 제일 꼭대기에 앉아 있는 남자의 모습을 계속 바라보기도 했다. 하지만 보리수 광장에 이르러 거기에 늘어서 있는 멋진 저택들 중의 어떤 집 앞에 멈추어 서서는 오랫동안 정원 안을 들여다보고 창문 쪽을 올려다보았다. 그러다가 마침내 무슨 생각이 났는지 돌쩌귀에서 삐거덕거리는 소리가 나도록 격자문을 이리저리 흔들어 보았다. 그는 녹이 묻은 차가운 손을 잠시 내려다보고는 계속 걸어갔다. 유서 깊은 나지막한 성문 밑을 통과해 항구를 따라 걸어간 다음, 바람 부는 좁고 가파른 길을 올라가 자신이 살던 집으로 갔다.

그 집은 합각머리 지붕보다 더 낮은 이웃집들에 둘러싸인 채 3백 년 전부터 한결같은 회색을 띠고 진지하게 그 자리에 서 있었다. 토니오 크뢰거는 현관문 위에 적혀 있는 경건한 격언을 읽어 보았다. 그 글자는 풍상에 반쯤 색이 바래 희미하게 보였다. 그런 뒤 그는 숨을 크게 들이쉬고 집 안으로 들어갔다.

그의 가슴이 불안하게 두근거렸다. 그가 지나가고 있는 1층의 어떤 문에서 금방이라도 사무복을 입고 귀에 펜을 꽂은 아버지가 걸어 나와 자신을 불러 세우고는, 방탕한 생활을 하는 자신을 엄하게 꾸짖을 것만 같은 생각이 문득 들었기 때문이었다. 그렇다 하더라도 그는 이를 지극히 당연하게 받아들였을 것이다. 하지만 그는 아무런 방해도 받지 않고 그냥 지나갈 수 있었다. 현관 안쪽의 바람막이 문은 닫혀 있지 않고 반쯤 열려 있었다. 그는 이를 야단칠 만한 일로 느꼈다. 동시에, 장애물들이 저절로 눈앞에서 물러나는 놀라운 행운에 힘입어 아무런 방해도 받지 않고 앞으로 나아가게 되는 가벼운 꿈을 꿀 때와 같은 기분이 들었다……. 사각형의 큼직한 포석이 깔린 널찍한 마루에 그의 발소리가 쾅쾅 울려 퍼졌다. 쥐 죽은 듯이 고요한 부엌 건너편에는 예나 다름없이 바닥에서 꽤 높은 곳에 이상하고 볼품없으며, 깔끔하게 래커 칠이 되어 있는 나무로 만든 작고 어두운 골방들이 벽에서 툭 튀어나와 있었다. 이곳은 하녀들이 기거하는 방이었다. 마루에서 그곳으로 올라가려면 일종의 이동식 사다리를 이용하는 수밖에 없었다. 하지만 이곳에 자리하고 있던 커다란 장롱들과 조각이 새겨진 궤짝들은 이제 더 이상 그곳에 없었다……. 이 저택의 아들은 어마어마한 계단을 올라가면서 투조된 나무에 흰색 래커 칠이 된 난간에 손을 짚었다. 오래되고 견고한 이 나무 난간에 대한 예전의 친밀감을 다시 회복하려고 쑥스러운 시도를 하는 듯, 그는 발걸음을 뗄 때마다 손을 들었다가, 다음 발걸음을 옮길 때는 다시 살포시 그 위에 손을 내려놓았다……. 하지만 그는 중간 층으로 통하는 입구 앞의 층계참에서 발길을 멈추고 우뚝 멈추어 섰다. 문에는 검은 글씨로 〈공공 도서관〉이라고 쓰인 하얀 팻말이 붙어 있었다.

공공 도서관이라고? 토니오 크뢰거는 생각해 보았다. 그는 이곳이 일반 서민과도 문학과도 아무런 관련이 없다고 생각했다. 그는 문을 똑똑 두드렸다……. 안에서 들어오라는 소리가 들리자 그 말에 따라 안으로 들어갔다. 긴장된 마음으로 어두컴컴한 내부를 들여다보니, 그곳은 집의 나머지 부분들과는 아주 어울리지 않게 변해 있었다.

그 층에는 세 개의 방이 깊숙이 자리 잡고 있었고, 방에서 방으로 연결된 문들은 열려 있었다. 벽은 같은 모양으로 제본된 책으로 뒤덮여 있었고, 책은 거의 천장에 닿을 듯한 높이로 어두컴컴한 서가에 기다랗게 줄지어 꽂혀 있었다. 각방마다 일종의 카운터 같은 탁자 뒤에 행색이 초라한 사람이 한 명씩 앉아 무언가를 쓰고 있었다. 그들 중 두 명은 머리만을 들어 토니오 크뢰거를 힐끗 바라볼 뿐이었지만, 첫 번째 방에 앉은 사람은 급히 일어나서는 두 손으로 탁자를 짚더니 고개를 앞으로 쑥 빼고서 입술을 뾰족하게 내밀었다. 그는 두 눈썹을 치켜 올리고는 두 눈을 자꾸 깜빡거리면서 방문객을 바라보았다…….

「실례합니다.」 토니오 크뢰거는 수많은 책들을 계속 바라보면서 말했다. 「이곳에 처음 와서, 이 도시를 구경하는 중입니다. 그러니까 이게 공공 도서관이라는 말이지요? 잠깐 책을 둘러봐도 될지요?」

「그러시죠!」 직원은 이렇게 말하며 더 심하게 눈을 깜빡거렸다. 「물론입니다, 이곳은 누구에게나 개방되어 있으니까요. 쭉 한번 둘러보십시오……. 도서 목록을 하나 드릴까요?」

「괜찮습니다. 어디에 뭐가 있는지 금방 알아낼 수 있으니까요.」 이렇게 말하고 토니오 크뢰거는 벽을 따라 느릿느릿 걷기 시작하면서 책등에 적힌 제목을 살펴보는 시늉을 했다. 그러다가 급기야는 책 한 권을 꺼내고 그것을 펴서는 창가에 가서 섰다.

여기는 아침 식사를 하는 방이었다. 아침마다, 푸른색의 벽지에 하얀 신상(神像)들이 툭 튀어나와 있는 저 위쪽의 커다란 식당이 아니라, 이 방에서 아침 식사를 했다……. 저기 저 방은 침실로 쓰였다. 할머니가 고령이었는데, 오랫동안 힘들게 투병하다가 저 방에서 돌아가셨다. 삶에 대한 애착이 대단했던 할머니는 쾌락을 좇는 사교적인 부인이었다. 그리고 나중에는 그의 아버지마저 저곳에서 숨을 거두었다. 단춧구멍에 들꽃을 꽂고 다니는 키가 훤칠한 신사인 아버지, 약간 슬픈 표정으로 생각에 잠긴 듯한 아버지 말이다……. 토니오 크뢰거는 당시에 아버지가 임종을 맞이했던 침대의 발치에 앉아 눈시울을 붉히며 격한 감정에, 사랑과 고통에 온통 사로잡혀 있었지만, 말없이 의젓한 태도를 잃지 않고 있었다. 그리고 그의 어머니, 아름답고 정열적인 그의 어머니 역시 뜨거운 눈물을 흘리며 완전히 넋이 나간 채 침대 맡에 무릎을 꿇고 앉아 있었다. 아버지가 돌아가시자 어머니는 남쪽 나라 출신의 예술가와 함께 하늘이 푸른 먼 남쪽 나라로 떠나 버렸다……. 보다 조그만 저 세 번째 방이 오랜 세월 동안 바로 그 자신의 방이었다. 그 방도 다른 방들과 마찬가지로 온통 책으로 가득 차 있었는데, 행색이 초라한 어떤 사람이 그 방을 지키고 있었다. 학교가 끝나면 그는 조금 전처럼 산보를 한 다음 그 방으로 돌아왔다. 저 벽 한쪽에 그의 책상이 놓여 있었고, 그 책상 서랍 속에 그는 자신의 내밀하고도 어찌할 바 모르는 최초의 시들을 보관해 두었다……. 그 호두나무…… 찡한 애수가 그의 온몸을 훑고 지나갔다. 그는 고개를 돌려 창밖을 내다보았다. 정원은 황폐해져 있었지만, 해묵은 호두나무는 바람에 힘겹게 우두둑거리고 쏴쏴 소리를 내며 여전히 그 자리에 서 있었다. 그러고 나서 토니오 크뢰거는 자신이 들고 있던 책에 다시 눈길을 보냈다. 그것은 그가 잘 알고 있는 탁월한 문학 작품이었다. 그는 검은 글씨로 적힌 줄들과 문장들을 내려다보면서, 한동안 글의 정교한 흐름을 따라가 보았다. 서술된 글은 형상화하려는 열정에서 핵심을 건드려 효과를 내며 상승한 다음 커다란 감명을 수고 차분하게 가라앉았다…….

「그래, 참 잘 쓴 글이야.」그는 이렇게 말하고 작품을 제자리에 꽂아 두고는 발길을 돌렸다. 그런데 눈을 돌려 보니 그 직원은 그때까지도 여전히 꼿꼿한 자세로 서서 직무에 대한 열성과 사려 깊은 불신이 뒤섞인 표정으로 두 눈을 깜빡거리고 있었다.

「아주 훌륭한 장서로군요. 대충 한번 훑어보았습니다. 대단히 감사합니다. 안녕히 계십시오.」토니오 크뢰거는 이렇게 말하고 문 바깥으로 나왔다. 하지만 이는 미심쩍은 퇴장이라서, 그는 그 직원이 자신의 방문에 적이 불안한 심정으로 몇 분 동안이나 그러고 서서 두 눈을 깜빡거렸을 게 분명하다고 느꼈다.

그는 더 이상 집 안을 둘러볼 기분이 나지 않았다. 그는 고향 집에 온 것이었다. 저 위층의 둥근 기둥이 서 있는 넓은 방에는 낯선 가족이 살고 있는 모양이었다. 계단 꼭대기가 전에 없던 유리문으로 폐쇄되어 있었고, 거기에 누군가의 문패가 붙어 있었기 때문이었다. 그는 그곳을 떠나 계단을 내려와서는 발소리가 핑핑 울리는 마루를 지나 자신이 살던 집을 떠났다. 그는 어느 식당의 구석진 자리에서 생각에 잠긴 채 위에 부담이 되는 기름진 식사를 하고는 호텔로 되돌아왔다.

「이제 볼일을 다 봤습니다.」그는 검은 예복을 입은 우아한 신사에게 말했다. 「오늘 오후에 떠날 겁니다.」그는 계산서를 가져다 달라고 하면서, 코펜하겐으로 가는 증기선을 타게 항구로 자신을 데려다 줄 마차도 불러 달라고 했다. 그런 다음 자신의 방으로 올라가 책상에 앉았다. 꼿꼿한 자세로 조용히 앉아 손으로 뺨을 괴고는 초점 없는 눈으로 책상 위를 내려다보았다. 한참 후, 그는 계산서에 적힌 액수를 치르고 자신의 물건들을 챙겨 넣었다. 약속한 시간이 되자 마차가 도착했다는 전갈이 와서 토니오 크뢰거는 떠날 준비를 갖추고 아래로 내려갔다.

저 아래 계단의 발치에서 검은 예복을 입은 우아한 신사가 그를 기다리고 있었다.

「죄송합니다만!」 그 신사는 이렇게 말하면서 가느다란 손가락으로 커프스단추를 소매 안으로 밀어 넣고 있었다……. 「손님, 죄송합니다만, 잠시 드릴 말씀이 있습니다. 우리 호텔의 주인이신 제하제 씨가 손님과 몇 마디 나누고 싶어 하십니다. 형식적인 일이지요……. 저 뒤편에 계십니다……. 호텔 주인이신 제하제 씨만 계십니다.」

이렇게 말하고서 그는 어서 따라오라는 몸짓을 해보이며 그를 로비 뒤편으로 데리고 갔다. 그곳에는 정말 제하제 씨가 있었다. 토니오 크뢰거는 오래전부터 그의 얼굴을 알고 있었다. 그는 키가 작고 몸이 뚱뚱하며 다리가 구부정했다. 말끔히 다듬은 그의 구레나룻은 하얗게 세어 있었다. 하지만 아직도 그는 가슴이 훤히 트이게 재단한 프록코트를 입고 있었고, 거기에다가 초록색으로 수놓은 벨벳 모자를 쓰고 있었다. 그런데 그는 혼자가 아니었다. 그의 옆, 벽 가에 붙여 놓은 조그만 간이 탁자 옆에 헬멧을 쓴 경찰관이 한 명 서 있었다. 그는 자기 앞 탁자에 놓여 있는, 알록달록한 색으로 글씨가 쓰인 서류에 장갑을 낀 오른손을 올려놓고 있다가, 성실한 군인과 같은 얼굴을 하고 토니오 크뢰거가 들어오는 것을 쏘아보았다. 마치 상대가 자신의 얼굴 표정을 보고 땅바닥에 그대로 주저앉기를 기대하는 듯한 표정이었다.

토니오 크뢰거는 두 사람을 번갈아 쳐다보면서, 그냥 기다려 보기로 생각을 바꾸었다.

「뮌헨에서 오셨지요?」 경찰관은 마침내 선하고도 묵직한 목소리로 물었다.

토니오 크뢰거는 그렇다고 대답했다.

「코펜하겐으로 가시지요?」

「네, 덴마크의 어느 해수욕장으로 가는 길입니다.」

「해수욕장이라고요? 좋습니다, 신분증을 좀 제시해 주셔야겠습니다.」 이렇게 말하며 경찰관은 〈제시〉라는 단어를 발음하면서 특히 만족스러워했다. 「신분증이라……」 그에게는 아무런 신분증도 없었다. 그는 자신의 조그만 손가방을 꺼내 안을 들여다보았지만, 달랑 지폐 몇 장과 여행지에서 처리할 생각이었던 단편소설의 교정쇄가 들어 있을 뿐이었다. 그는 공무원과 상대하는 것을 좋아하지 않았을 뿐더러, 아직 한 번도 여권을 발급받은 적이 없었다…….

「죄송합니다만, 난 신분증을 가지고 다니지 않습니다.」 그가 말했다.

「그래요? 아무 신분증도 없다는 말인가요? 그럼, 이름이 어떻게 됩니까?」 경찰관이 물었다.

토니오 크뢰거는 자신의 이름을 말해 주었다.

「그게 정말이겠죠?!」 경찰관은 이렇게 물으며 허리를 쭉 펴 기지개를 켜고는, 갑자기 콧구멍을 한껏 크게 벌리고 벌렁거리는 것이었다…….

「틀림없는 사실입니다.」 토니오 크뢰거가 대답했다.

「직업은 대체 뭔가요?」

토니오 크뢰거는 침을 꿀꺽 삼키고는 확고한 목소리로 자신의 직업을 댔다. 그러자 제하제 씨가 고개를 들고는 호기심 어린 눈빛으로 그의 얼굴을 쳐다보았다.

「음! 당신은 ○○○라는 인물과 동일인이 아니라고 진술하는군요.」 경찰관은 〈인물〉이라고 말하면서 여러 가지 색깔의 글씨로 쓰인 서류에서, 다양한 종족의 음이 기묘하게 섞인 것 같은 아주 복잡하고 낭만적인 이름의 철자를 하나하나 불러 주었다. 그런데 토니오 크뢰거는 그 이름을 듣는 순간 금방 다시 잊어버리고 말았다. 「부모도 알 수 없고, 신원도 불확실한 그 인물은 여러 가지 사기 행각과 기타 범법 행위를 저질러서 뮌헨 경찰로부터 추적을 받고 있는데, 아마도 현재 덴마크로 도주 중인 것 같다고 하는데요.」

「난 그 사람과 결코 동일인이 아닙니다.」 토니오 크뢰거는 이렇게 말하며 신경질적으로 어깨를 들썩했다. 이러한 몸짓이 뭔가 확실한 인상을 불러일으켰다.

「뭐라고요? 아 그래요, 뭐 그렇겠지요! 하지만 제시할 신분증이 하나도 없지 않습니까!」 경찰관이 말했다.

그러자 제하제 씨가 둘의 흥분을 진정시키려 중재에 나섰다. 「이 모든 것은 형식적인 절차입니다. 그 이상 아무것도 아닙니다! 이 공무원은 다만 자신의 직분을 다할 뿐이라는 것을 이해해 주십시오. 손님의 신분을 증명할 만한 게 있으면 좋을 텐데……. 무슨 서류라도…….」

다들 아무 말이 없었다. 나의 정체를 알려 일을 종결시켜 버릴까? 자신이 신원이 불확실한 사기꾼이 아니라는 것을 제하제 씨에게 털어놓으면서 말이다. 내가 녹색 마차를 타고 유랑하는 집시 출신이 아니라, 크뢰거 가문의 크뢰거 영사의 아들이라는 것을 털어놓아 버릴까? 아니다, 그는 그럴 생각이 추호도 없었다. 그리고 시민 질서를 지키려는 이 남자들의 태도가 요컨대 약간은 옳지 않은가? 그는 어느 정도 이들의 처사에 동의하고 있었다……. 그는 어깨를 으쓱하며 계속 잠자코 있었다.

「거기 갖고 계신 것은 대체 뭡니까? 거기 가방에 든 것 말이오.」 경찰관이 물었다.

「이 가방에요? 아무것도 없습니다. 교정쇄뿐입니다.」 토니오 크뢰거가 대답했다.

「교정쇄라고요? 그게 뭔가요? 어디 좀 봅시다.」

그래서 토니오 크뢰거는 경찰관에게 자신의 작품을 건네주었다. 경찰관은 그것을 탁자 위에 올려놓더니 작품 내용을 읽기 시작했다. 제하제 씨도 옆으로 바짝 다가와서 같이 읽기 시작했다. 토니오 크뢰거는 이들을 어깨 너머로 넘겨다보며, 이들이 어떤 대목을 읽고 있는지 살펴보았다. 그것은 마침 잘된 장면이었다. 그가 탁월한 솜씨를 발휘하여 핵심적 요소로 효과를 거둔 대목이었다. 그는 만족스러운 기분이 되었다.

「보십시오! 여기에 내 이름이 적혀 있습니다. 이건 내가 쓴 글입니다. 그리고 이제 얼마 안 있으면 책으로 나올 겁니다, 아시겠어요?」

「자, 이것으로 충분하군요!」 제하제 씨는 이렇게 단호하게 말하더니, 교정쇄를 주섬주섬 간추려서 도로 접고는 그에게 되돌려 주었다. 「이것으로 충분하겠지요, 페터젠!」 그는 짤막하게 되풀이해서 말하고는, 슬쩍 두 눈을 감아 보이면서 그만하라는 듯 고개를 좌우로 흔들었다. 「이분을 더는 잡아 둬서는 안 되겠어요. 마차가 기다리고 있어요. 잠시 불편을 끼쳐 드려 정말 죄송합니다, 손님. 이 경찰관은 자신의 본분을 다했을 뿐입니다. 하지만 나는 이 사람에게 즉각 말했지요. 잘못 짚었다고 말입니다……」

그럴까? 토니오 크뢰거가 마음속으로 생각했다.

경찰관은 완전히 납득하지 못한 눈치였다. 그는 아직도 〈인물〉이니 〈제시〉니 하면서 약간 이의를 달고 있었다. 하지만 제하제 씨는 거듭 유감이라는 뜻을 표하면서 현관 로비 밖으로 자신의 손님을 안내했다. 그는 두 마리의 돌사자가 있는 곳을 지나 마차가 기다리고 있는 곳까지 배웅하고는, 토니오가 마차에 올라타자 경의를 표하며 손수 마차 문까지 닫아 주었다. 그리고 나서 우스꽝스러울 정도로 높다랗고 널찍한 전세 마차가 기우뚱거리고 삐걱거리며 요란한 소리를 내면서 골목길을 따라 항구로 굴러 내려갔다…….

이것이 토니오 크뢰거가 자신의 고향 도시에서 묵으며 겪은 이상한 일이었다.

7

어둠이 내리깔리고 있었다. 그래서 토니오 크뢰거가 탄 배가 망망대해에 나왔을 때는 은물결이 반짝반짝 출렁이면서 어느덧 달이 휘영청 솟아오르고 있었다. 그는 점점 더 거세지는 바람을 피해 외투로 몸을 감싼 채 뱃머리의 비스듬한 돛대 옆에 서 있었다. 그러고서 저 아래 세차고도 매끄러운 물결의 몸체들이 어둠 속에서 움직이고 떠도는 모습을 내려다보았다. 파도는 서로를 얼싸안고 출렁거렸고, 철썩 하면서 서로 부딪쳤다가 전혀 엉뚱한 방향으로 흩어지면서 갑자기 새하얀 거품을 일으키며 반짝였다.

그는 그네를 탔을 때 몸이 흔들리는 것처럼, 고요한 황홀감에 충만한 기분이었다. 고향에서 그를 사기꾼으로 몰아 체포하려고 한 까닭에, 그는 이를 어느 정도 당연하다고 생각하긴 했지만 그래도 조금은 의기소침해 있었다. 그러다가 배에 올라탄 뒤에, 소년 시절에 아버지와 함께 가끔 그랬듯이, 짐을 싣는 광경을 지켜보았다. 사람들은 덴마크어와 저지 독일어가 섞인 소리로 외치면서 기선의 깊숙한 복부 부분에 짐을 가득 채우고 있었다. 또한 그는 짐짝과 상자들 말고도 북극곰 한 마리와 벵골 호랑이 한 마리가 굵은 쇠창살 우리에 갇힌 채 아래로 실려 내려가는 것을 보았다. 함부르크에서 온 걸로 보이는 이 동물들은 아마 덴마크의 동물원으로 보내지는 모양이었다. 이런 광경을 보고 있노라니 기분이 좀 풀리는 것 같았다. 그런 다음 배가 평평한 강기슭을 따라 미끄러져 가는 동안 그는 경찰관 페터젠의 심문 따위는 까마득히 잊어버렸다. 대신에 그전에 일어난 온갖 일들, 즉 간밤에 꾼 감미롭고도 슬프며 회한에 찬 꿈들, 산보, 호두나무의 광경이 그의 마음속에서 생생하게 떠올랐다. 그때 마침 바다가 눈앞에 활짝 펼쳐지면서 멀리서 해변이 눈에 들어왔다. 그는 소년 시절에 그 해변에서 여름날의 바다의 꿈에 귀 기울이지 않았던가! 등대의 불빛도 보였고, 부모와 함께 묵었던 요양 호텔도 보였다……. 발트 해다! 그는 거침없이 마구 불어오는 세찬 바닷바람을 피해 고개를 숙이고 있었다. 소금기를 머금은 바람이 두 귀를 감싸면서, 가벼운 현기증과 얼얼한 마비 증세를 일으켰다. 이러한 마비 현상으로 온갖 나쁜 일, 고통과 방황, 의욕과 힘든 일에 대한 기억이 스르르 기분 좋게 사라져 버렸다. 그리고 주변에서 쏴쏴 하는 소리, 철썩거리는 소리, 거품을 일으키며 삐걱하는 소리가 그에게는 마치 해묵은 호두나무가 쏴쏴 거리고 우두둑거리는 소리, 정원의 문이 삐거덕거리는 소리로 들렸다……. 점점 더 날이 어두워졌다.

「별들입니다, 아, 저 별들 좀 보십시오!」 별안간 무슨 드럼통 안에서 나오는 듯한 목소리가 묵직하게 노래 부르는 어조로 말했다. 토니오 크뢰거는 그 목소리를 알고 있었다. 그것은 붉은색이 도는 금발에 수수하게 옷을 입은 남자의 목소리였다. 눈꺼풀이 붉게 충혈이 된 그 남자는 방금 목욕하고 나온 사람처럼 축축하고 차가운 외모를 하고 있었다. 그는 선실에서 저녁 식사를 할 때 토니오 크뢰거의 옆자리에 앉아, 쭈뼛쭈뼛하고 겸손한 동작으로 놀랄 정도로 엄청난 양의 가재 오믈렛을 먹어 치우던 남자였다. 그 남자가 이제 그의 옆 난간에 몸을 기대고, 엄지손가락과 집게손가락으로 자신의 턱을 붙잡고는 하늘을 올려다보고 있었다. 보아하니 그 남자는 사뭇 들떠 있으면서도 깊은 생각에 잠긴 채 야릇한 분위기에 젖어 있는 게 분명했다. 인간과 인간 사이의 빗장이 풀려 버리고, 낯선 사람에게도 마음이 열리며, 평소에는 부끄러운 나머지 입을 꽁꽁 걸어 잠그고 말을 하지 않던 사물들에 대해서도 입을 열게 되는 축제 분위기에 말이다.

「저 별들을 좀 보십시오, 선생님! 별들이 총총 빛나고 있군요. 원, 하늘이 온통 별 천지네요. 그런데 말입니다, 우리가 저 하늘을 바라보면서 그중에 많은 별들은 이 지구보다 백배는 더 크다는 걸 생각해 보면 어떤 기분이 들까요? 우리 인간들은 전보를 발명해 냈습니다. 전화와 그것 말고도 오늘날 근대적인 수많은 성과물들이 우리에게 있습니다. 그렇습니다, 우리에겐 그런 것들이 있습니다. 그러나 눈을 들어 하늘을 쳐다보면 우리가 사실 벌레, 가련한 벌레에 불과하고 더 이상 아무것도 아니라는 것을 인식하고 납득하게 됩니다. 선생님, 내 말이 맞습니까, 아니면 틀렸습니까? 그래요, 우린 벌레에 불과하다니까요!」그는 자신의 질문에 스스로 대답하면서 겸손하게 깊이 뉘우치듯 창공을 우러러보면서 고개를 끄덕거렸다.

어이구…… 아니야, 이 자는 문학의 〈문〉 자도 모르는 자군! 토니오 크뢰거는 그렇게 생각했다. 그러자 곧장 자신이 얼마 전에 읽은 글이 생각났다. 그것은 어느 유명한 프랑스 문필가가 우주론적이고 심리학적인 세계관에 대해 쓴 논문이었다. 그것은 꽤 우아하게 쓴 잡문이라 할 만했다.

토니오 크뢰거는 깊은 체험에서 우러난 듯한 그의 말에 대답 비슷한 말을 해주었다. 그러고 나서 둘은 난간에 몸을 기댄 채, 불안할 정도로 환하고 파도가 거센 저녁에 먼 바다를 바라보면서 계속 대화를 나누었다. 그 젊은이는 함부르크에서 온 상인으로 휴가를 이용해 이런 즐거운 여행을 하는 중이었다.

「증기선을 타고 잠깐 코펜하겐까지 가보는 거야, 라고 생각했습니다. 그래서 지금 여기에 이렇게 서 있는 겁니다. 지금까지는 아주 좋았습니다. 그런데 아까 가재 오믈렛을 먹은 것은 옳지 않았어요, 선생님. 이제 두고 보십시오. 오늘밤에는 폭풍우가 칠 테니까요. 선장도 직접 그런 말을 했지 않습니까. 그런데 소화가 잘 안 되는 그런 음식을 위 속에 넣고 다닌다는 건 즐거운 일이 아니지요.」

토니오 크뢰거는 이 청년에게 은밀한 호감을 느끼며 싹싹하면서도 어리석은 이 모든 말에 귀를 기울였다. 토니오 크뢰거가 말했다.

「그래요. 이 위쪽의 사람들은 위에 부담이 되도록 식사를 하지요. 그래서 굼뜨고 우수에 잠겨 있나 보지요.」

「우수에 잠긴다고요?」 청년은 이렇게 되묻고는 어리둥절한 표정으로 그를 살펴보았다…….「선생님은 이 고장 분이 아니신 모양이지요?」 그가 느닷없이 이렇게 물었다.

「아, 네, 난 저 멀리서 왔습니다!」 토니오 크뢰거는 마지못해 대답하듯 막연하게 팔을 뿌리치는 동작을 하면서 대답했다.

「그러고 보니 선생님 말이 맞네요. 우수에 잠겨 있다는 그 말은 정말 맞는 것 같습니다! 전 시도 때도 없이 우수에 잠깁니다. 하늘에 별이 총총히 떠 있는 오늘 같은 저녁에는 특히 그렇습니다.」 이렇게 말하면서 젊은이는 다시 엄지손가락과 집게손가락으로 턱을 괴었다.

이 젊은이는 틀림없이 시를 쓸 거야, 깊이 진실하게 느낀

상인의 시를, 하고 토니오 크뢰거는 생각했다.

밤이 깊었고 이제 바람이 너무 세차게 불어 제대로 말을 할 수 없을 정도였다. 그래서 이들은 잠을 좀 자두는 게 좋겠다고 생각하고 서로 잘 자라는 인사를 나누었다.

토니오 크뢰거는 선실의 좁다란 침대 위에 온몸을 쭉 뻗고 눈을 좀 붙여 보려고 했지만 잠을 이룰 수 없었다. 세찬 바람과 그 바람이 싣고 오는 톡 쏘는 향내가 그를 묘하게 흥분시켰다. 그의 가슴은 무언가 감미로운 것을 초조하게 기다리는 듯 불안하게 두근거렸다. 배가 가파른 파도 꼭대기에서 미끄러져 내리고, 스크루가 바닷물 밖에서 마치 경련을 일으키듯 돌아가면서 배가 크게 흔들릴 때 그는 심한 구역질을 느꼈다. 그는 다시 옷을 완전히 갖춰 입고 갑판으로 올라왔다.

구름들이 무서운 속도로 달을 스쳐 지나갔다. 바다는 춤추고 있었다. 둥글고 고른 파도들이 질서정연하게 밀려오는 것이 아니라, 바다는 저 멀리서부터 흐릿하고도 가물거리는 빛을 내면서 찢어지고 매를 맞아 마구 파헤쳐진 모습을 하고 있었다. 바다는 불꽃 모양의 뾰족하고 거대한 혓바닥을 날름거리며 솟아올랐다가, 거품으로 가득한 깊은 골짜기들 옆에 어디에도 있을 것 같지 않은 톱니 모양의 형상들을 치솟게 했다. 그러고는 어마어마한 힘을 지닌 두 팔을 휘둘러 미친 듯 날뛰며 물거품을 사방으로 내동댕이치는 것 같았다. 배는 힘들게 앞으로 나아가고 있었다. 위아래로 마구 흔들거리고 요동치며 신음 소리를 토하면서 배는 광란의 바다를 뚫고 나아갔다. 가끔 뱃멀미에 시달리는 북극곰과 호랑이가 배 밑바닥에서 포효하는 소리가 들려왔다. 밀랍 먹인 천으로 된 외투에 고깔모자를 쓰고 허리띠에 손전등을 단 한 남자가 다리를 넓게 벌리고 애써 균형을 잡으면서 갑판 위를 왔다 갔다 하고 있었다. 저 뒤쪽에는 함부르크에서 온 그 청년이 몸을 배 밖으로 잔뜩 내밀고 음식을 토하고 있었다. 토니오 크뢰거를 알아본 그는 웅얼거리고 떨리는 목소리로 말했다. 「아이고, 선생님, 자연의 이 엄청난 폭동을 좀 보십시오!」 하지만 다음 순간 그는 말을 잇지 못하고 급히 고개를 돌려 구토를 계속하지 않으면 안 되었다.

토니오 크뢰거는 팽팽한 닻줄에 몸을 의지하고, 제멋대로 미쳐 날뛰는 이 모든 광경을 지켜보았다. 그의 마음속에서는 환호성이 터져 나왔다. 그리고 그것이 폭풍과 큰 파도를 압도할 수 있을 정도로 강력한 것처럼 생각되었다. 사랑에 감격하여 바다에 바치는 노래가 그의 마음속에서 울려 퍼졌다. 〈그대, 내 젊음의 야성적인 친구여, 우린 이렇게 또 한 번 한 몸이 되었구나…….〉 하지만 이것으로 시는 그만 끝나고 말았다. 그것은 완성되지 못했고, 완결된 형태를 갖추지 못했으며, 차분하게 무언가 완전한 것으로 빚어지지 않았다. 그의 가슴이 살아 있었던 것이다…….

그는 오랫동안 그러고 서 있었다. 그런 다음 일등 선실 옆의 벤치에 몸을 쭉 뻗고 누워 별들이 깜박거리는 하늘을 올려다보았다. 심지어 그는 약간 졸기까지 했다. 차가운 거품이 그의 얼굴에 튀었는데 반쯤 잠든 그에게 이것은 애무처럼 느껴졌다.

수직으로 솟아 있는 백악암 절벽이 달빛을 받아 유령 같아 보이더니, 점점 더 가까이 다가왔다. 그건 뫼엔 섬이었다. 그러다가 다시 깜빡 잠이 들기도 했는데, 그때마다 소금기를 머금은 차가운 거품이 튀어 얼굴을 따끔거리게 하고 표정을 얼어붙게 하여 다시 깨어나곤 했다……. 그가 잠에서 완전히 깨어났을 때는 벌써 날이 밝아 있었다. 밝은 회색의 상쾌한 날씨였고, 초록빛 바다는 조용해져 있었다. 아침 식사를 할 때 그 젊은 상인을 다시 보았다. 그는 아마도 어둠 속에서 그토록 낯 뜨거운 시어들을 읊조린 게 창피해서인지 얼굴이 새빨개졌다. 그는 다섯 손가락을 다 동원해 얼마 안 되는 자신의 불그스름한 콧수염을 쓰다듬어 올렸다. 그리고 토니오 크뢰거에게 군인처럼 짧고 신속하게 아침 인사를 건네고는 불안한 표정으로 그를 슬슬 피하는 것이었다.

그러고 나서 토니오 크뢰거는 덴마크에 상륙했다. 코펜하겐에 도착해서는 팁을 달라는 표정을 짓는 사람이라면 누구에게나 팁을 주었다. 그는 호텔 방에 숙소를 잡고, 여행 안내서를 앞에 펼쳐 들고는 3일 동안 도시를 어슬렁거리며 두루 돌아다녔다. 그리고 견문을 넓히려는 교양 있는 여행객인 양 처신했다. 그는 왕의 새 광장과 그 한가운데 있는 〈말(馬)〉을 구경했고, 마리아 교회의 원기둥 옆에 서서 경이로움에 찬 시선으로 꼭대기를 쳐다보기도 했다. 그는 토르발센[8]의 고상하고도 사랑스러운 조각 작품들 앞에 오랫동안 서 있기도 하고, 둥근 탑 위에 올라가 보기도 했으며, 여러 성들을 구경하기도 했다. 그리고 티볼리[9]에서 이틀 밤을 보내며 다채로운 경험을 하기도 했다. 하지만 사실 그가 본 것이 이게 전부가 아니었다.

이 도시의 몇몇 집들은 활 모양으로 휘어 올라가 있고, 투조(透彫)되어 있는 그의 고향 도시의 집들과 완전히 똑같은 모습을 하고 있었다. 이 집들의 문패에는 그가 오래전부터 익히 잘 아는 이름들이 보였다. 이 이름들은 그에게 무언가 다정하고 소중한 것을 보여 주는 것 같았다. 그럼에도 그것들은

---

8 Bertel Thorvaldsen(1770~1844). 덴마크의 유명한 조각가로, 바르샤바의 코페르니쿠스 상, 루체른의 사자 상, 슈투트가르트의 실러 기념비, 사도 요한을 조각한 것으로 유명하다.
9 1843년에 개장한 코펜하겐 시의 유원지로 현재 수로를 이용한 연못이나 화단에 옛 모습이 남아 있다.

비난과 아쉬움, 잃어버린 것에 대한 그리움 같은 것을 담고 있었다. 그리고 그가 생각에 잠겨 느긋한 표정으로 축축한 바다 공기를 들이마시는 곳에서는 어디서나, 금발에다 푸른 눈을 지닌 얼굴들을 볼 수 있었다. 자신의 고향 도시에서 밤을 보낼 때 이상하게도 슬프고 회한에 찬 꿈 속에서 보였던 것과 똑같은 생김새를 한 얼굴들 말이다. 길거리에서 보이는 눈길, 여운이 울리는 말, 깔깔대는 웃음소리마다 그 어느 하나라도 그의 폐부(肺腑)를 찌르지 않는 것이 없었다…….

그는 이 활기찬 도시에서 오래 견딜 수 없었다. 반은 추억이고 반은 기대감이기도 한, 감미롭고도 어리석은 불안감이 그의 마음을 움직였고, 아울러 어딘가 조용한 해변에 누워 지내면서 이제 이것저것 두루 구경 다니는 관광객 행세를 안 했으면 좋겠다는 생각이 그의 마음을 움직였다. 그래서 그는 다시 배를 타고, 어느 흐린 날에 (바다는 검게 출렁이고 있었다) 셀란 섬[10]의 해안을 따라 북쪽으로 올라가 헬싱키로 갔다. 거기서부터 그는 지체 없이 마차를 타고 국도를 따라 여행을 계속했다. 항상 해수면보다 약간 높이 있는 길을 45분 가량 달려가니 마침내 원래 가고자 한 최종 목적지에 도달하게 되었다. 그것은 창의 덧문이 초록색을 띤 하얀색 건물의 아담한 해변 호텔이었다. 그 호텔은 나지막한 집들이 늘어선 주택가 한복판에 위치해 있었다. 천장에 나무를 댄 호텔의 탑에서 내려다보니 저 멀리 셀란 섬과 스웨덴 사이의 해협과 스웨덴의 해변이 한눈에 들어왔다. 그는 여기에서 마차를 내려, 호텔 종업원이 안내해 준 밝은 방에 여장을 풀고, 가지고 온 짐으로 선반과 옷장을 채우고는 이곳에서 한동안 지낼 채비를 했다.

---

10 덴마크 동부에 있는 덴마크 최대의 섬이다.

8

 어느덧 9월이 성큼 다가와 있었다. 그래서 올스고르에는 이제 손님들이 그리 북적대지 않았다. 각목으로 짠 평평한 천장이 있는 1층의 커다란 홀이 식당이었다. 식당의 높다란 창문 너머로는 유리 베란다와 바다가 내다보였다. 식사를 할 때는 호텔의 여주인이 좌장 노릇을 했다. 그녀는 하얀 머리칼, 생기 없는 눈, 부드러운 장밋빛 뺨을 지닌 나이 많은 노처녀였다. 재잘거리는 듯한 그녀의 목소리는 무언가 불안정했다. 그녀는 언제나 자신의 붉은 두 손이 식탁보 위에서 조금이라도 돋보이게 놓이도록 애를 썼다. 백발의 뱃사람 수염과 푸르죽죽한 얼굴을 한 목이 짧은 한 노신사가 자리에 앉아 있었다. 그는 수도에서 온 생선 장수로 독일어에 능숙했다. 그는 변비를 심하게 앓고 있는 듯했고, 뇌졸중 증세가 있는 것 같았다. 숨이 차서 헉헉거렸고, 가끔 가다 반지를 낀 집게손가락으로 한쪽 콧구멍을 막고 다른 콧구멍을 세게 킁킁거려 공기가 좀 통하게 했다. 그런데도 그는 아침 식사 때는 물론이고 점심과 저녁 식사 때도 앞에 놓인 브랜디 병을 계속 조금씩 홀짝거렸다. 그 외에 손님이라곤 키 큰 미국 소년 세 명과 이들을 돌봐주는 사람 같기도 하고 가정교사 같기도 한 어떤 남자밖에 없었다. 그 남자는 말없이 자신의 안경을 이리저리 움직이며 고쳐 쓰곤 했고, 낮에는 소년들과 축구를 하기도 했다. 주황색 머리카락의 한가운데로 가르마를 탄 소년들은 시무룩하고 무표정한 표정을 짓고 있었다. 〈저 소시지 좀 건네 줘!〉라고 한 소년이 말하면, 〈저건 소시지가 아니라 햄이야!〉라고 다른 소년이 말했다. 소년들과 가정교사가 나누는 대화라곤 이 정도가 고작이었다. 이럴 때 말고는 이들은 그냥 잠자코 앉아서 뜨거운 물이나 홀짝거렸다.

토니오 크뢰거는 다른 부류의 손님이 식탁에 앉았으면 하고 바라지 않았다. 그는 자신의 평화를 즐기고 있었고, 생선 장수와 여주인이 가끔 대화를 나눌 때 들리는 덴마크식 후음(喉音)과 밝고 흐릿한 모음에 귀를 기울였다. 그리고 가끔 가다 생선 장수와 간단한 날씨 이야기를 나누고는 베란다를 지나 이미 아침에 몇 시간 동안 돌아다닌 해변에 다시 내려가기도 했다.

저 아래 해변은 간혹 조용하고 여름철 같을 때도 있었다. 바다는 은빛으로 반짝이는 반사광으로 푸른색과 붉은색, 술병 같은 초록색의 띠들을 이루며 나른하고 잔잔하게 쉬고 있었고, 해초는 햇볕을 받아 건초처럼 말라 가고 있었다. 해파리도 여기저기 흩어져 말라 갔다. 약간 썩는 냄새가 났고, 타르 냄새도 조금 났다. 토니오 크뢰거가 모래 위에 앉아 등을 기대고 있는 어선에서 나는 냄새였다. 이처럼 그는 탁 트인 수평선을 향해 앉았지만, 스웨덴 해안을 바라보고 앉은 것이 아니었다. 하지만 바다의 그윽한 숨결이 순수하고도 싱그럽게 온갖 사물을 어루만져 주고 있었다.

그러다가 폭풍우가 휘몰아치는 우중충한 날이 계속되기도 했다. 뿔로 떠받을 자세를 취하고 있는 황소들처럼 파도가 머리를 숙이고 노호하면서 해변에 밀려들고, 그럴 때면 해변은 높은 곳까지 바닷물에 씻기면서 물에 젖어 반짝이는 해초와 조개, 그리고 떠밀려 온 나뭇조각으로 잔뜩 뒤덮였다. 구름에 뒤덮인 하늘 아래로 길게 뻗은 파도 언덕들 사이의 골짜기들이 연한 녹색으로 거품을 일으키며 쭉 펼쳐져 있었다. 하지만 구름들 뒤로 태양이 떠 있는 곳에는 수면 위에 벨벳을 깔아 놓은 듯 희끄무레한 빛이 반짝이고 있었다.

토니오 크뢰거는 자신이 그토록 사랑하는 이러한 영원한

포효, 사람을 몽롱하게 만드는 격렬한 포효에 빠져들어 바람과 물보라에 휩싸인 채 서 있었다. 그가 몸을 돌려 그곳을 떠나려고 하니 갑자기 그의 주위에 고요와 온기가 감도는 것 같았다. 하지만 자신의 등 뒤에 바다가 있다는 것을 알고 있었다. 바다는 소리치고 유혹하며 인사를 해왔다. 그는 미소를 지었다.

풀밭에 나 있는 호젓한 길을 따라 내륙 쪽으로 들어가니, 얼마 가지 않아 바다에서 육지 쪽으로 언덕을 이루며 쭉 뻗어 있는 호두나무 숲이 그를 맞아 주었다. 그는 나무에 몸을 기대고 이끼 위에 앉아 나무 둥치들 사이로 한 조각의 바다를 바라보았다. 이따금 파도가 부서지는 소리가 바람에 실려 왔다. 그 소리는 마치 멀리서 널빤지들이 와르르 무너지며 떨어지는 소리처럼 들렸다. 나무 꼭대기에서는 목이 쉰 듯한 까마귀들의 울음소리가 황량하고도 적막하게 들려왔다……. 무릎에 책을 올려놓기는 했지만 그는 단 한 줄도 읽지 않았다. 그는 깊디깊은 망각 상태를 즐겼고, 공간과 시간을 초월해 구원을 받아 이리저리 떠도는 상태를 즐기고 있었다. 가끔씩만 어떤 슬픔에 가슴이 아리는 듯할 때가 있을 뿐이었다. 그것은 그리움이나 회한과 같이 잠시 스쳐가는 찡한 감정으로, 그는 너무 나른한 데다 생각에 너무 깊이 잠겨 있어서 그것이 어떤 감정이며 어디서 유래한 것인지는 따져 보지 않았다.

이런 식으로 여러 날이 흘러갔다. 그는 며칠이 흘렀는지 말할 수 없었을 뿐만 아니라 딱히 그것을 알고 싶은 생각도 없었다. 하지만 그러던 중, 어떤 사건이 일어났다. 태양이 중천에 떠 있고, 사람들이 주위에 있을 때 그 사건이 벌어졌는데, 토니오 크뢰거는 그 일을 그다지 놀라워하지는 않았다.

그날은 아침부터 축제 분위기가 물씬 감돌았다. 토니오 크뢰거는 아침 일찍, 아주 급작스럽게 잠에서 깨어났다. 뭔지 자세히는 알 수 없지만 막연히 흠칫 놀라면서 잠에서 벌떡 일어나, 어떤 기적 속을, 요정 나라의 마법 거울 속을 들여다보고 있다고 생각했다. 유리문과 발코니가 셸란 섬과 스웨덴 사이의 해협 쪽으로 나 있고, 거실과 침실 사이에 얇고 흰 망사 커튼이 쳐져 있는 그의 방은 연한 색의 벽지가 발라져 있고, 밝은 색의 가벼운 가구들이 비치되어 있어서 항시 밝고 쾌적한 인상을 주었다. 하지만 아직 잠이 덜 깬 그의 두 눈은 이루 말할 수 없이 곱고 향내 나는 장밋빛 광선에 온통 휩싸인 채, 그 방이 이제 이 세상에서는 볼 수 없는 방식으로 변용하고 빛을 받으며 자신의 눈앞에 있는 것을 보았다. 그 장밋빛 광선으로 벽과 가구는 금빛으로 물들어 가고, 망사 커튼은 불타오르는 듯 은은하게 붉은색으로 변해 가고 있었다……. 토니오 크뢰거는 무슨 일이 일어났는지 오랫동안 알아채지 못했다. 유리문 앞에 서서 밖을 내다보고 나서야 그것이 막 떠오르고 있는 태양 때문이라는 것을 알았다.

요 며칠 동안 우중충한 날씨가 계속되며 비가 내렸었다. 하지만 이제 연푸른 비단을 팽팽하게 펼쳐 놓은 것 같은 하늘은 바다와 육지 위에서 희미한 빛을 내며 맑게 빛나고 있었다. 햇빛이 뚫고 지나가며 붉게 금빛으로 빛나는 구름들에 가려지기도 하고 에워싸이기도 하면서 둥근 태양은 일렁일렁 흔들리며 곱슬곱슬 주름 지는 바다 위로 장엄하게 솟아오르고 있었다. 바다는 이런 태양 아래서 몸을 부르르 떨며 발갛게 달아오르는 것 같았다……. 그날은 이렇게 시작되었다. 그리고 토니오 크뢰거는 혼란스러우면서도 행복한 마음으로 주섬주섬 옷을 입은 다음, 아래 베란다에서 누구보다도 먼저 아침 식사를 했다. 그런 뒤 조그마한 해변 막사에서 해협 쪽으로 한참 되는 거리를 헤엄쳐 나가 본 다음, 몇 시간 동안이

나 해변을 거닐며 산책을 하기도 했다. 그가 호텔로 돌아와 보니 호텔 앞에는 합승 마차가 여러 대 서 있었다. 그리고 그는 피아노가 놓여 있는 식당 옆의 응접실뿐만 아니라 베란다와 그 앞의 테라스에도 소시민 복장을 한 많은 사람들이 둥근 탁자에 앉아 열띤 대화를 나누며 버터 바른 빵에 맥주를 마시는 것을 보았다. 여러 가족들이 함께 놀러 온 모양인지 늙은 사람들과 젊은 사람들이 있었고, 심지어 아이들도 두서너 명 있었다.

두 번째 아침 식사를 할 때 (식탁에는 차가운 음식과 훈제 요리, 소금에 절인 음식, 구운 과자 등이 푸짐하게 차려져 있었다) 토니오 크뢰거는 어찌된 일이냐고 물어보았다.

생선 장수가 말했다. 「손님들입니다! 헬싱키에서 소풍 온 무도회 손님들입니다! 그래요, 이제 큰일 났어요. 오늘 밤 잠은 다 잔걸요. 댄스파티가 벌어질 겁니다. 춤과 음악 말입니다. 밤늦게까지 계속되지 않을까 걱정됩니다. 가족 모임으로 무도회를 겸한 소풍이지요. 요컨대 미리 예약했다든지 했을 겁니다. 마침 날이 좋아 잘 놀다 가겠군요. 배와 마차를 타고 와서 이제 아침 식사를 하는 중입니다. 조금 있다가 이들은 차를 타고 시골로 더 들어갔다가 저녁에 다시 돌아와서 이 홀에서 춤판을 벌일 겁니다. 그래요, 원 빌어먹을, 우린 눈도 못 붙일 겁니다……」

「제법 기분 전환이 되겠군요.」 토니오 크뢰거가 말했다.

이 말이 있고 나서 꽤 오랫동안 아무도 말을 하지 않았다. 여주인은 자신의 붉은 손가락이 가지런히 놓이도록 신경 쓰고 있었고, 생선 장수는 오른쪽 콧구멍을 킁킁거리며 공기를 통하게 하기 바빴으며, 미국인들은 뜨거운 물을 홀짝거리며 시무룩한 표정들을 짓고 있었다.

그때 느닷없이 바로 그 사건이 일어났다. 한스 한젠과 잉에보르크 홀름이 홀을 가로질러 간 것이었다.

토니오 크뢰거는 수영을 하고 빠른 걸음으로 산책을 한 다음 기분 좋은 피로를 느끼며 의자에 몸을 기대고 토스트에다 훈제 연어를 곁들여 먹고 있었다. 그러니까 그는 베란다와 바다를 바라보며 앉아 있었다. 그런데 갑자기 문이 열리더니 두 사람이 손을 잡고 들어오는 것이었다. 서두르지 않고 어슬렁거리며 말이다. 잉에보르크, 금발의 잉에는 크나크 씨의 무용 교습 시간에 늘 그랬듯이 화사한 옷차림을 하고 있었다. 꽃무늬가 그려진 가벼운 치마는 그녀의 복사뼈까지만 내려와 있었고, 양 어깨에는 하얀색의 널찍한 얇은 망사 레이스를 두르고 있었는데, V자로 재단이 되어 있어 보들보들하고 미끈한 목이 훤히 드러나 보였다. 양쪽 끈으로 졸라맨 모자가 한쪽 팔 위에 매달려 있었다. 아무래도 그녀는 예전보다 조금 더 성숙해 보였고, 아름답게 땋은 머리는 이제 머리 주위에 휘감겨 있었다. 그런데 한스 한젠은 예나 지금이나 달라진 게 하나도 없었다. 그는 금단추가 달린 선원용 반코트를 입고 있었다. 코트 위로는 어깨와 등에 넓고 푸른 옷깃이 펼쳐져 있었다. 그는 짧은 리본들이 달린 선원 모자를 손에 들고는 천하태평으로 이리저리 흔들고 있었다. 잉에보르크는 식사를 하면서 자신을 바라보는 사람들의 시선이 약간 신경 쓰이는지 길쭉하게 생긴 실눈을 다른 데로 돌리고 있었다. 하지만 한스 한젠은 주위 사람들의 시선에는 아랑곳하지 않고 고개를 반듯이 들고 식탁을 바라보았다. 그러고는 강철빛의 푸른 눈으로 한 사람 한 사람을 찬찬히 훑어보았다. 그의 눈에는 도전적인 눈빛과 아울러 어느 정도는 경멸하는 듯한 눈빛도 담겨 있었다. 심지어 자신이 어떤 남자인지 보여주려는 듯, 잉에보르크의 손까지 놓아 버리고 자신의 모자를 더욱 심하게 이리저리 흔드는 것이었다. 이렇게 이들 두 사람은 조용히 푸르러지고 있는 바다를 배경으로 토니오 크뢰 거의 눈앞을 스쳐 지나가, 홀의 기다란 통로를 가로질러 반 대편 문을 통해 피아노 실로 사라졌다.

이것은 오전 열한시 반에 일어난 일이었다. 그리고 요양객 들이 아직 식사하며 앉아 있는 동안 옆방과 베란다에 앉아 있던 일행이 자리에서 일어나 옆문을 통해 호텔을 떠났다. 그러는 동안 식당에 새로 들어오는 사람은 아직 아무도 없었 다. 바깥에서 사람들이 떠들썩하게 웃고 농담을 주고받으면 서 마차에 올라타는 소리가 들렸다. 마차가 한 대씩 삐거덕 거리는 소리를 내고 움직이며 국도를 따라 굴러가는 소리가 들려왔다…….

「그러니까 저 사람들이 다시 오는 거지요?」 토니오 크뢰거 가 물어보았다…….

「그렇습니다! 어이구, 이걸 어쩌나. 그 사람들이 음악을 틀 어 달라 주문하고 갔단 말입니다. 난 이 홀 위에서 자야 하는 데…….」 생선 장수가 말했다.

「제법 기분 전환이 되겠어요.」 토니오 크뢰거는 아까 한 말 을 되풀이했다. 그러고 나서 자리에서 일어나더니 그곳을 떠 났다.

그는 평소처럼 해변과 숲에서 하루를 보내며, 무릎에 책 한 권을 올려놓고는 실눈을 하고 눈부신 태양을 올려다보기 도 했다. 그러면서 그는 단 한 가지 생각에만 사로잡혀 있었 다. 그것은 아까 생선 장수가 말한 대로 이들이 다시 돌아와 서 홀에서 흥겨운 댄스파티를 벌일 거라는 생각이었다. 그는 아무런 감정 없이 지낸 오랜 세월 동안 맛본 적이 없는 불안 하고 달콤한 느낌이 섞인 즐거운 마음으로 이 댄스파티를 기 다리는 일 말고는 아무것도 하지 않았다. 생각이 꼬리를 물 고 이어지다 보니 멀리 있는 친구이자 단편소설 작가인 아달베르트가 문득 생각났다. 그는 자기가 원하는 게 무엇인지 알고 있었기 때문에 봄기운을 피하기 위해 카페로 갔었다. 그는 그 친구를 생각하고 양 어깨를 으쓱했다…….

이날은 보통 때보다 일찍 점심 식사를 했다. 그리고 저녁도 평소보다 일찍 먹었다. 홀에서는 벌써 무도회 준비가 한창이었기 때문에 피아노 실에서 식사를 했다. 식당은 축제 분위기로 모든 게 어수선했다. 이윽고 날이 어두워졌다. 토니오 크뢰거가 자기 방에 앉아서 보니 국도와 호텔 안이 다시 활기를 띠고 있었다. 소풍을 갔던 손님들이 돌아온 것이었다. 또한 헬싱키 방향에서 새로운 손님들이 자전거나 마차를 타고 속속 도착했다. 그리고 이미 호텔 아래층에서는 바이올린을 조율하는 소리가 들렸고, 클라리넷의 코맹맹이 소리가 들려왔다…….

이 모든 것으로 보아, 멋진 무도회가 될 것 같았다.

소규모 관현악단이 행진곡을 연주하기 시작하자, 정확한 박자의 둔중한 소리가 위층으로 울려 퍼졌다. 폴로네즈[11]로 무도회가 시작된 것이다. 토니오 크뢰거는 한동안 조용히 앉아 귀 기울여 듣고 있었다. 행진곡 템포가 왈츠 박자로 넘어가는 소리가 들리자 그는 자리에서 일어나 슬그머니 자기 방을 빠져나왔다.

그의 방 옆에 있는 복도 옆쪽의 계단을 내려가 호텔의 측면 입구로 가면 방을 지나지 않고 유리 베란다에 이를 수 있었다. 그는 마치 금지된 오솔길을 걷는 것처럼 소리 없이 몰래 이 통로를 이용했다. 그는 행복에 넘쳐 쿵쾅거리는 너절한 음악에 저항할 수 없이 이끌려 조심스럽게 더듬으며 어둠 속을 통과해 갔다. 그 음악 소리는 벌써 또렷하고도 선명하

---

11 4분의 3박자의 폴란드 민속 무용곡이다.

게 그에게 밀려오고 있었다.

 베란다에는 아무도 없었고, 불도 밝혀져 있지 않았다. 하지만 번쩍번쩍 하는 반사경을 단 대형 석유등 두 개가 환하게 빛나고 있는 홀로 통하는 유리문은 열려 있었다. 그는 발소리를 죽이고 살금살금 그쪽으로 다가갔다. 그리고 여기 어둠 속에 서서 밝은 곳에서 춤추고 있는 사람들을 아무도 몰래 엿볼 수 있다는 은밀한 즐거움 때문에 온몸이 짜릿해지는 기분을 느꼈다. 조급하고도 간절한 심정으로 그는 자신이 찾고 있던 두 사람에게 시선을 보냈다…….

 파티가 시작된 지 30분도 채 지나지 않았는데도 흥겨운 분위기가 완전히 무르익은 것 같았다. 하기야 이들은 온종일 아무 걱정 없이 행복하게 같이 보내 이미 몸이 달아오르고 흥분된 상태로 이곳으로 왔을 것이다. 토니오 크뢰거가 과감하게 조금 더 앞으로 몸을 내밀면 피아노 실까지 들여다보였는데, 거기서는 비교적 나이 든 서너 명의 남자들이 모여 담배를 피우고 술을 마시며 카드놀이를 하고 있었다. 또 다른 남자들은 아내들 곁에서, 앞쪽에 놓인 벨벳 의자에 앉거나 홀의 벽에 몸을 기대고 앉아 춤을 구경하고 있었다. 이들은 쭉 뻗은 무릎에 두 손을 올려놓고 여유 있는 표정으로 양 볼을 부풀리고 있었다. 한편 리본이 달린 작은 모자를 정수리에 쓰고 가슴 아래로 팔짱을 낀 어머니들은 고개를 옆으로 기울인 채 젊은이들이 요란하게 뛰노는 모습을 구경하고 있었다. 홀의 세로로 길쭉한 쪽의 벽 가에 설치된 무대에서는 악사들이 최선을 다해 연주를 하고 있었다. 트럼펫도 하나 있었는데, 그 악기는 마치 자신의 소리를 두려워하는 듯 머뭇거리며 조심스럽게 소리를 내고 있었다. 그런데도 소리가 자꾸 갈라지며 혼자 튀는 것이었다……. 짝을 이룬 남녀들이 서로 부둥켜안고 물결치듯 빙빙 돌아가고 있었고, 춤을 추지 않는 쌍들은 서로 팔짱을 끼고 홀을 돌아다니고 있었다. 사람들은 무도회 복장을 하지 않고, 여름철의 일요일 나들이옷을 입고 있었다. 신사들은 일주일 내내 아껴 둔 것으로 보이는 소도시풍으로 재단한 옷을 입고 있었고, 젊은 처녀들은 코르셋형 조끼에 들꽃 다발을 꽂은 밝고 가벼운 옷차림을 하고 있었다. 아이들도 몇 명 홀에 있었는데, 이들은 자기들끼리, 심지어 음악이 멈추었을 때도 자기들 나름대로 춤을 추었다. 연미복 차림의 다리가 긴 사람이 축제 주최자이자 무도회의 사회자인 것 같았다. 시골 유지나 우체국 부국장이나 뭐 그런 부류의 사람으로 보이는 그는 안경을 끼고 파마를 했으며, 덴마크 소설에 나오는 우스꽝스러운 인물이 실제로 현실 속으로 튀어나온 것 같았다. 분주하게 돌아다니느라 땀을 흘리며, 자신의 일에 열중한 나머지 동에 번쩍 서에 번쩍 춤추듯이 부리나케 홀을 돌아다니고 있었다. 처음에 그는 예술적인 동작으로 발끝으로 등장해서, 반들반들하고 앞이 뾰족한 군화를 신은 두 발을 아주 까다롭게 교대로 서로 포개며 걸었다. 그는 두 팔을 공중에 휘저으며 지시들을 내렸고, 음악을 연주하라고 소리쳤으며 손뼉을 쳤다. 그리고 그가 이 모든 행동을 할 때마다 그의 지위를 나타내는, 그의 어깨에 달린 커다랗고 알록달록한 나비 리본들이 그의 뒤에서 나풀거리며 휘날렸고, 그는 이따금씩 고개를 돌려 이 나비매듭을 사랑스럽게 바라보았다.

그렇다, 그들이 그곳에 있었다. 오늘 낮에 햇빛이 비치는 가운데 토니오 크뢰거 곁을 지나갔던 그 두 사람이 그곳에 있었다. 그는 이들을 다시 보는 순간 알아보고 기쁜 나머지 깜짝 놀랐다. 이쪽, 문 바로 옆, 그와 아주 가까운 곳에 한스 한젠이 서 있었다. 두 다리를 넓게 벌리고 몸을 앞으로 약간 숙인 채, 조심스럽게 커다란 케이크를 먹으면서 부스러기가 떨어지는 것을 받으려고 손바닥을 오목하게 오므려 턱 밑에 갖다 대고 있었다. 그리고 저기 벽 가에는 잉에보르크 홀름, 금발의 잉에가 앉아 있었다. 그런데 마침 우체국 부국장 같은 남자가 춤추듯이 걸으며 그녀에게 다가가더니, 한 손은 등 뒤로 돌리고 다른 손은 우아하게 가슴에 갖다 대고는 정중하게 인사하며 춤을 청했다. 하지만 그녀는 고개를 저으며 너무 숨이 차 좀 쉬어야겠다는 몸짓을 했다. 그러자 그 부국장 같은 사람은 그녀 옆에 자리를 잡고 앉아 버렸다.

토니오 크뢰거는 이들을, 전에 자신이 짝사랑하며 괴로워했던 두 사람, 한스와 잉에보르크를 바라보았다. 이들이 이렇게 짝을 이루는 것은 개별적 특징이나 옷차림이 비슷해서라기보다는 종족과 유형이 비슷하기 때문이었다. 강철 빛의 푸른 눈과 금발을 지닌 이러한 밝은 유형의 사람들은 순수하고 맑으며 명랑한 이미지와 아울러 오만하고 소박하며 건드릴 수 없을 정도로 냉정한 이미지를 불러일으켰다……. 그는 그들을 바라보았다. 그는 어깨가 떡 벌어지고 허리는 잘록한 한스 한젠이 옛날과 다름없이 늠름하고도 잘생긴 모습으로 세일러복을 입고 거기 서 있는 것을 보았다. 그리고 잉에가 다소 건방지게 깔깔 웃으며 머리를 옆으로 돌리는 모습도 바라보았다. 그녀가 특유의 방식으로 유달리 가늘지도, 유달리 섬세하지도 않은 소녀 같은 손을 뒷머리 쪽으로 가져가는 바람에 가벼운 소맷자락이 팔꿈치에서 미끄러져 내리는 모습을 바라보았다. 이때 느닷없이 옛 추억이 그의 가슴을 고통스럽게 뒤흔들어 놓는 바람에, 자신의 얼굴이 씰룩이는 것을 아무도 보지 못하도록 그는 자신도 모르게 어둠 속으로 물러났다.

내가 너희들을 잊은 적이 있었던가? 그는 물어보았다. 아니, 한 번도 없었어! 한스, 너도, 금발의 잉에, 너도 결코 잊은 적이 없었어! 그래, 내가 작품을 쓴 것은 바로 너희들 때문이었지. 그리고 박수갈채를 받을 때면 몰래 주위를 둘러보면서 너희들이 있는지 살펴보았지……. 한스 한젠, 넌 너의 정원 문에서 나에게 약속했던 대로 『돈 카를로스』를 읽었느냐? 읽지 말거라! 네가 그걸 읽기를 더는 요구하지 않아. 외로워서 우는 왕이 너하고 무슨 상관이 있겠니? 넌 우울한 시 따위를 보느라 밝은 눈을 흐리게 하거나 어리석은 꿈에 잠겨서는 안 돼……. 너처럼 되고 싶구나! 다시 한 번 시작하여, 너처럼 올바르고 즐거우며 소박하게, 규칙과 질서에 맞게, 신과 세상 사람들의 동의를 받으며 자라나, 아무런 악의가 없고 행복한 사람들의 사랑을 받고 싶구나. 잉에보르크 홀름, 너를 아내로 삼고, 한스 한젠, 너 같은 아들을 두고 싶구나. 인식의 저주와 창작의 고통이 주는 저주에서 벗어나 평범한 행복을 누리며 사랑하고 찬미하고 싶구나! ……다시 한 번 시작한다고? 하지만 그래 봤자 아무 소용이 없을 것이다. 어차피 다시 이렇게 되고 말 것이고, 모든 것이 다시 지금까지와 똑같이 되고 말 것이다. 어떤 사람들이 어쩔 수 없이 잘못된 길을 걷는 까닭은 이들에겐 올바른 길이란 아예 존재하지 않기 때문이야.

이제 음악이 그쳤다. 휴식 시간이었다. 그래서 간식이 제공되고 있었다. 우체국 부국장 같은 사람이 식초에 절인 청어가 든 감자 샐러드를 가득 담은 쟁반을 손수 들고 바쁘게 돌아다니며 숙녀들에게 대접하고 있었다. 하지만 잉에보르크 홀름 앞에 와서 접시를 그녀 앞에 내밀 때는 심지어 한쪽 무릎을 꿇기까지 했다. 그러자 그녀는 너무 기쁜 나머지 얼굴을 발그레하게 붉혔다.

이젠 홀 안에서도 유리문 밖에서 구경하는 사람에게 주의를 기울이기 시작했다. 예쁘장하고 상기된 얼굴을 한 사람들이 의아해하며 살피는 듯한 눈길을 그에게 보내기 시작했다. 그렇지만 그는 물러나지 않고 그 자리를 지키고 있었다. 잉에보르크와 한스도 거의 경멸의 의미까지 담겨 있다고 할 정도로 완전히 무관심한 표정으로 거의 동시에 그를 힐끗 쳐다보았다. 갑자기 그는 어디에선가 어떤 눈길이 자신에게 날아와 자신에게 머무는 것을 의식했다……. 그가 고개를 돌리자, 방금 자신이 느꼈던 시선과 곧장 마주치게 되었다. 멀지 않은 곳에 얼굴이 창백하고 갸름하며 우아한 소녀가 서 있었다. 조금 전에도 그의 눈에 들어왔던 얼굴이었다. 남자들이 그녀와 춤을 추려고 별로 애를 쓰지 않았기 때문에 그녀는 춤을 많이 추지 못했다. 그는 그녀가 부루퉁한 표정으로 입술을 꼭 다물고 벽 가에 홀로 앉아 있는 것을 보았다. 지금도 그녀는 혼자 서 있었다. 그녀도 다른 소녀들처럼 밝고 상큼한 옷차림을 하고 있었지만, 속이 훤히 보이는 그녀의 원피스 속으로 깡마르고 옹색한 그녀의 맨 어깨가 희미하게 드러나 보였다. 그리고 비쩍 마른 목이 그녀의 빈약한 두 어깨 사이에 너무 깊숙이 박혀 있어서 그 조용한 소녀가 혹시 가벼운 곱사등이가 아닌가 생각될 정도였다. 그녀는 얇은 반(半)장갑을 낀 두 손을 납작한 가슴 위에 손가락 끝이 살짝 닿을 정도로 올려놓고 있었다. 그녀는 고개를 떨군 채 눈물이 글썽거리는 까만 눈으로 토니오 크뢰거를 올려다보고 있었다. 그는 그녀에게서 시선을 돌려 버렸다…….

여기, 그와 아주 가까운 곳에 한스와 잉에보르크가 앉아 있었다. 한스는 그녀와 같이 앉아 있었는데, 어쩌면 그녀는 그의 여동생일지도 몰랐다. 그리고 뺨이 발그레한 다른 사람들 틈에 둘러싸여 둘은 먹고 마시고 잡담을 나누면서 즐거워했다. 이들은 낭랑한 목소리로 서로를 놀리고 장난치면서 고개를 젖히며 해맑게 웃기도 했다. 내가 이들에게 가까이 다가갈 수 없을까? 한스나 잉에에게 마침 생각나는 농담을 해서 적어도 그들이 미소로나마 대답하게 할 수 없을까? 그렇게만 된다면 얼마나 행복할까. 그는 그렇게 되기를 간절히 바랐다. 그렇게만 된다면 그는 두 사람과 작으나마 교감을 했다는 생각에 보다 흡족한 마음으로 자신의 방에 되돌아갈 수 있을지도 몰랐다. 그는 무슨 말을 하면 좋을까 갖은 궁리를 해보았지만 그것을 말할 용기가 나지 않았다. 설령 용기가 있다 하더라도 사정은 매한가지였을 것이다. 그들은 자신의 말을 알아듣지 못할 것이고, 자신이 하는 말을 듣고 멀뚱멀뚱한 표정을 지을 것이다. 그들의 언어는 자신의 언어와 다르니 그럴 수밖에 없을 것이다.

이제 새로 춤이 시작될 모양이었다. 우체국 부국장 같은 사람이 모든 일을 도맡아 했다. 그는 이리저리 바삐 돌아다니며 춤출 상대를 고르라고 권했고, 종업원의 도움을 받아 의자와 유리잔을 치웠으며, 악사들에게 연주를 시작하라고 지시를 내렸다. 그리고 동작이 굼떠 어디로 가야 할지 알지 못하는 몇몇 사람들을 보고는 양 어깨를 잡고 앞으로 밀어붙였다. 무엇을 하려고 이러는 것이었을까? 네 명씩 조를 짜고 있었다……. 토니오 크뢰거는 몸서리나는 기억에 얼굴이 붉어졌다. 카드리유가 시작될 모양이었다.

음악이 시작되자, 각 쌍들은 인사를 하며 서로 섞여 들었다. 부국장 같은 사람이 지시를 내렸다. 아니, 이럴 수가, 그는 프랑스어로 지시를 하고, 누구도 흉내 낼 수 없을 정도로 탁월한 비음(鼻音)으로 발음했다. 잉에보르크 홀름은 토니오 크뢰거 바로 앞, 유리문 바로 옆에 있는 조에서 춤을 추고 있었다. 그의 바로 코앞에서 그녀는 이리저리, 앞뒤로 움직이기도 하고, 걸어가다가 빙 돌기도 했다. 그녀의 머리카락에서 나는지, 원피스의 부드러운 천에서 나는지는 몰라도 어떤 향내가 이따금씩 그의 코에 와 닿았다. 그는 예전부터 잘 아는 감정에 잠기며 두 눈을 꼭 감았다. 그는 지난 며칠 동안 이러한 감정의 향내와 쓰라린 자극을 아련하게 느껴 왔는데, 이 감정이 이제 다시 그를 찾아와 감미로운 고통에 사로잡히게 했다. 그게 무슨 감정이었을까? 그리움? 애정? 질투, 자기 경멸? ······숙녀들의 풍차? 넌 웃었지, 금발의 잉에. 내가 풍차를 추다 가련하게 넘어지자 넌 나를 보고 마구 비웃었지. 그런데 내가 제법 유명한 사람이 된 지금에도 나를 그토록 비웃겠느냐? 그래, 넌 그럴 거야. 그리고 그러는 것이 지극히 당연할 것이다! 그리고 내가 아홉 개의 교향곡, 『의지와 표상으로서의 세계』, 「최후의 심판」을 순전히 혼자의 힘으로 이룩해 냈다 하더라도 나를 비웃는 너의 생각이 영원히 옳을 것이다······. 그는 그녀를 바라보았다. 그러자 그토록 친숙하고 친근하지만, 오랫동안 기억에 떠올린 적이 없었던 시구 하나가 뇌리에 떠올랐다. 〈난 자고 싶은데, 넌 춤을 추겠다는구나.〉 그는 이 시구를 아주 잘 알고 있었다. 이 시구에서 말하고 있는 감정에는 우울하고도 북방적이며, 진실하고도 서투르면서 둔하고 굼뜬 감정이 담겨 있었다. 잠을 잔다는 것은······. 행동으로 옮겨 춤을 춰야 한다는 의무감이 없이 감미롭고도 게으르게 자신의 내부에서 쉬고 있는 감정에 전적으로 충실하게 사는 것을 열망하는 것이다. 그럼에도 춤을 추어야 한다는 것이다. 사랑하는 데도 춤을 추어야 한다는 굴욕적이고 말도 안 되는 짓거리를 한시도 잊지 않고, 예술이라는 어렵고 힘들며 위험한 칼춤을 민첩하고도 침착하게 추어야 한다는 것이다······.

갑자기 모든 사람들이 미친 듯이 멋대로 움직이기 시작했다. 카드리유의 조들이 풀려 버렸고, 모두들 뛰고 미끄러지면서 이리저리 흩어지고 있었다. 보아 하니 빠른 박자로 윤무를 추면서 카드리유를 끝내려는 모양이었다. 이들은 미처 날뛰는 빠른 템포의 음악에 맞추느라 숨이 차서 헉헉거리면서도 웃으며 토니오 크뢰거 곁을 스치고 지나갔다. 이들은 서둘러 움직여 뒤쫓아 가 서로를 따라잡았다. 이때 한 쌍의 남녀가 빠르게 움직이는 전반적인 속도에 휩쓸려 빙빙 돌면서 무서운 기세로 앞으로 튀어나왔다. 창백하고 우아한 얼굴을 지닌 소녀는 어깨가 비쩍 마르고 덩그렇게 솟아 있었다. 그러다가 갑자기 바로 그의 눈앞에서 누군가가 비트적거리고 미끄러지며 넘어지는 일이 일어났다……. 그 창백한 소녀가 넘어진 것이었다. 그녀가 너무 세차고 격렬하게 넘어져서 무슨 위험한 일이 생기지 않았을까 걱정될 정도였다. 그 바람에 그녀의 파트너도 함께 넘어지고 말았다. 그는 너무 아팠던지 자신의 춤 파트너를 깡그리 잊어버릴 정도였다. 그는 엉거주춤 일어선 채 얼굴을 잔뜩 찡그리고 두 손으로 무릎을 문지르기 시작했다. 그리고 언뜻 보기에 넘어지는 바람에 거의 실신한 것으로 보이는 소녀는 여전히 바닥에 누워 있었다. 토니오 크뢰거는 앞으로 걸어 나가 그녀의 두 팔을 살짝 잡고는 그녀를 일으켜 세웠다. 그녀는 축 늘어져 정신이 혼미한 가운데 불행한 눈빛으로 그를 올려다보았다. 그러다가 갑자기 그녀의 부드러운 얼굴이 희미하게 발그레한 홍조를 띠는 것이었다.

「고마워요! 대단히 고마워요!」 그녀가 말했다. 그러고는 눈물이 글썽이는 검은 눈으로 그를 올려다보았다.

「이제 춤을 그만 추시는 게 좋겠어요, 아가씨.」 그는 부드럽게 말했다. 그런 다음 그는 다시 한 번 그들, 한스와 잉에보르크 쪽을 돌아다보고 나서 베란다와 무도회를 뒤로하고 자기 방으로 올라갔다.

그는 자신이 참가하지도 않은 축제에 도취되어 있었고, 질투로 피곤해져 있었다. 옛날과, 옛날과 완전히 똑같았다! 상기된 얼굴로 어두운 곳에 서서, 너희들, 금발의 행복한 생활인들의 환심을 사려고 괴로워하다가, 결국 외로이 그 자리를 떠났지. 이제 누군가 와야 할 텐데! 잉에보르크가 이제 와야 할 텐데! 그녀는 내가 가버린 것을 알아채고 몰래 내 뒤를 따라와서는 내 어깨에 손을 얹고 〈이리 들어와, 힘내, 너를 사랑해〉라고 말해야 할 텐데……. 그러나 그녀는 결코 오지 않았다. 그러한 일은 일어나지 않았다. 그렇다, 옛날과 마찬가지였다. 그런데 그는 옛날처럼 행복했다! 그의 가슴이 살아 숨 쉬고 있었기 때문이었다. 하지만 지금의 그가 되기까지 그에게 무슨 일이 있었던가? — 무감각해지고 황폐해졌으며 가슴이 얼음처럼 차가워졌다. 그리고 정신과 예술에 사로잡혀 있었다!

그는 옷을 벗고 자리에 누워 불을 껐다. 그는 베개 속에서 두 이름을 속삭였다. 북국풍의 순결한 이 음절들이야말로 그에게는 사랑과 고통과 행복의 본래적인 원천, 즉 삶을 의미했고, 단순하고도 진실한 감정, 즉 고향을 의미했다. 그는 그때부터 오늘까지의 세월을 뒤돌아보았다. 자신이 지금까지 두루 겪어 온 모험들, 즉 관능과 신경 계통과 사색의 황폐한 모험들을 생각해 보았다. 그는 반어와 정신에 갉아 먹히고, 인식에 의해 황폐해지고 마비되었으며, 창작의 열기와 한기에 반쯤은 닳아 없어진 자신을 보았다. 불안정하게 양심의 가책을 받으며 극단적인 양극 사이에서, 성스러움과 욕정 사이에서 이리저리 내던져져 세련되지만 빈곤해진 자신을 보았다. 인위적으로 차가운 흥분 상태를 만들어 기진맥진해진 자기 자신, 그리고 길을 잘못 들고 황폐해지고, 번민하느라 병들어 버린 자기 자신을 보았다. 그는 회한과 향수에 젖어 흐느껴 울었다.

주위는 조용하고 어두웠다. 그러나 아래에서는 삶의 달콤하고도 통속적인 4분의 3박자가 약하게 물결치듯 울려왔다.

9

토니오 크뢰거는 북쪽 나라에 앉아, 자신의 여자 친구 리자베타 이바노브나에게 약속한 대로 편지를 썼다.

내가 곧 돌아갈 예정인 저 아래 아르카디아[12]에 있는 그리운 리자베타에게, 라고 그는 썼다. 이제야 편지 비슷한 글을 쓰지만, 아마 당신이 실망할지도 모르겠습니다. 약간 일반적인 의미를 띠는 편지를 쓸 작정이기 때문입니다. 그렇다고 해서 이야기할 게 없다거나, 나름대로 이것저것 체험한 게 없어서가 아닙니다. 고향에서, 고향 도시에서 심지어 체포당할 뻔하기도 했거든요……. 그러나 이에 대해선 직접 만나서 이야기하겠습니다. 요즘 들어 이야기를 들려주는 대신에 무언가 보편적인 것을 그럴듯하게 말하고 싶은 날이 가끔 있거든요.

리자베타, 언젠가 나보고 시민, 길을 잘못 든 시민이라고 부른 것을 아직 기억하겠지요? 〈삶〉이라고 부르는 것에 대한 나의 사랑을 고백한 순간에 당신은 나를 그렇게 불렀어요. 그 전에 무심코 다른 여러 가지 고백을 하다가 불쑥 그런 고백을 하고 말았지요. 그리고 당신의 그 말이 얼마나 진실에 부합하는지, 시민성과 〈삶〉에 대한 나의 사랑이 완전히 똑같은 것이라는 것을 당신이 혹시 알았는지 스스로에게 물어봅니다. 이 여행이 계기가 되어 난 그러한 것을 곰곰 생각해 보

---

12 원래 그리스의 펠로폰네소스 반도의 한 지방을 가리키는 말이지만, 여기서는 자신이 떠나온 뮌헨을 뜻한다.

게 되었답니다…….

 아시다시피, 나의 아버지는 북쪽 기질을 지닌 분이었습니다. 청교도 정신으로 인해 명상적이고 철두철미하며 정확한 성품을 지녔고, 곧잘 우수에 잠기기도 했죠. 어딘지 불확실하게 이국적인 혈통을 타고난 나의 어머니는 아름답고 관능적이며 순진한 동시에, 될 대로 되라는 식이고 정열적인 데다 충동적이고 방종한 기질을 지닌 분입니다. 두 분은 전혀 의심의 여지없이 각기 남다른 가능성 — 남다른 위험성을 내부에 지니고 있는 혼합물이었습니다. 이러한 두 분이 결합하여 예술의 길로 잘못 들어선 시민, 훌륭한 가정교육에 대한 향수를 지닌 보헤미안, 양심의 가책에 시달리는 예술가가 나오게 되었습니다. 정말이지 온갖 예술성, 온갖 남다른 것, 온갖 천재성에서 무언가 말할 수 없이 모호하고 수상쩍으며 의심스러운 것을 알아차리도록 해주는 것이 나의 시민적인 양심입니다. 그리고 나로 하여금 단순한 것과 진실한 것, 유쾌하고 정상적인 것, 천재적이지 않은 것과 예의 바른 것에 대한 사랑에 빠지게 하는 것도 나의 시민적인 양심입니다.

 난 두 세계 사이에 서 있어서, 어느 세계에도 안주할 수 없습니다. 그래서 살아가는 게 좀 힘이 듭니다. 당신 같은 예술가는 나를 시민이라고 부르고, 시민들은 나를 체포하고 싶은 유혹을 느낍니다……. 둘 중에 어느 쪽이 더 내 마음에 쓰라린 상처를 안겨 주는지는 모르겠습니다. 시민들은 어리석습니다. 하지만 나에게 진한 감동이 없고 그리움이 없다고 말하는, 미를 숭배하는 당신 같은 사람들은 예술가 기질이 있다는 것을 염두에 두셔야 합니다. 그런 사람들은 태어날 때부터 운명적으로 예술가 기질이 깊이 뿌리박혀 있기 때문에 평범한 것이 주는 환희에 대한 동경을 그 어떤 동경보다도 더 감미롭고도 더 민감하게 여깁니다.

위대하고도 마적인 미의 오솔길을 모험하듯 걸으며 인간을 경멸하는 오만하고 차가운 사람들을 보면 나는 경탄을 금할 수 없습니다. 하지만 난 그들을 부러워하지 않습니다. 한낱 문사를 작가로 만들어 주는 무언가가 있다면, 그것은 인간적인 것, 생동하는 것, 평범한 것에 대한 나의 이 시민적인 사랑일 것이기 때문입니다. 온갖 온정, 온갖 선의, 온갖 유머는 이러한 사랑에서 비롯합니다. 그리고 나에게는 이러한 사랑이 〈내가 인간의 여러 언어를 말하고 천사의 말까지 한다 하더라도 사랑이 없으면 나는 울리는 징과 요란한 꽹과리와 다를 것이 없습니다〉[13]라고 성서에 쓰여 있는 바로 그 사랑처럼 생각될 정도입니다.

내가 지금까지 이룩한 것은 아무것도 아니고, 별로 많지도 않아서 아무것도 아닌 거나 마찬가지입니다. 난 더 나은 일을 하려고 합니다, 리자베타. 이것은 하나의 약속입니다. 내가 이 글을 쓰는 동안 쏴쏴 하는 파도 소리가 이 위에까지 밀려옵니다. 난 두 눈을 가만히 감습니다. 그러자 아직 생겨나지 않은, 그림자처럼 어른거리는 한 세계가 들여다보입니다. 그 세계는 질서와 형상을 부여받고 싶어 합니다. 또 인간의 형상을 한 허깨비들이 우글거리는 세계도 보입니다. 이들은 마법을 걸어 자신들을 풀어 달라고 나에게 손짓하고 있습니다. 이들은 비극적이거나 우스꽝스러운 허깨비들이고, 그리고 이 두 가지를 동시에 지닌 허깨비들입니다. 하지만 내가 남모르게 깊이 사랑하는 사람들은 금발에 푸른 눈을 지닌 사람들, 밝고 생기에 넘치며 행복한 사람들, 사랑스럽고 평범한 사람들입니다.

---

13 「고린토인들에게 보낸 첫째 편지」 13장 1절 참조.

리자베타, 나의 이러한 사랑을 꾸짖지 마십시오! 그것은 결실을 맺는 유익한 사랑입니다. 그 속에는 그리움이 들어 있고, 그리고 우울한 질투와 아주 조금의 경멸과 순결하기 짝이 없는 더없이 충만한 행복감이 들어 있거든요.

신동

신동이 들어오자, 홀 안이 조용해진다.

홀 안이 잠잠해졌다가, 옆쪽 어딘가에서 타고난 지배자이자 지도자가 먼저 손뼉을 치자 사람들이 따라 박수를 치기 시작한다. 그들은 아직 아무것도 듣지 않았지만 박수갈채를 보낸다. 연주회를 주최한 단체에서 그 신동을 위해 대대적으로 사전 작업을 해두었기 때문이다. 그래서 사람들은 그 아이를 알든 모르든 벌써 매료되어 있다.

나폴레옹 시대 예술 양식의 화환과 커다란 전설의 꽃들로 온통 수놓아진 호화스런 병풍 뒤에서 신동이 등장한다. 아이는 재빨리 계단을 올라가 연단 위로 나아가서, 몸이 좀 떨려 약간 오싹해하며 욕탕 속으로 들어가듯 박수갈채 속으로 들어간다. 그렇지만 그 아이는 자신에게 우호적인 영역으로 들어가는 것 같다. 아이는 연단의 가장자리로 가서 사진을 찍는 것처럼 미소를 짓는다. 그리고 사내아이지만, 수줍고 사랑스럽게 왼발을 뒤로 빼고 무릎을 굽히며 청중들에게 가볍게 인사한다.

새하얀 비단옷을 입은 아이를 보자, 감동의 물결이 일며

장내가 약간 술렁거린다. 아이는 환상적으로 재단한 하얀 비단 재킷을 입고 그 아래에 장식 띠를 두르고 있다. 심지어 구두까지 하얀 비단으로 되어 있다. 하지만 훤히 드러난 완전히 갈색인 두 다리가 하얀 비단 바지와 현격하게 대비된다. 아이가 그리스 소년이기 때문이다.

아이의 이름은 비비[1] 자켈라필라카스이다. 어쨌거나 이것이 아이의 이름이다. 〈비비〉가 어떤 이름의 약어이거나 애칭인지는 임프레자리오 말고는 아무도 모른다. 그는 이를 사업상 비밀로 간주한다. 비비의 검고 매끄러운 머리칼은 어깨까지 내려와 있지만, 튀어나온 갈색 이마에서 조그만 비단 나비매듭에 묶여 옆으로 가르마가 타져 있다. 아이는 세상에서 가장 천진난만한 얼굴을 하고 있다. 조그만 코는 아직 발육이 덜 되었고, 입술은 아무것도 모르는 듯 순진해 보인다. 하지만 새까만 쥐 눈 아랫부분은 벌써 약간 흐릿해 보이고, 두 개의 독특한 얼룩으로 뚜렷이 구분되어 있다. 아홉 살 정도로 보이는 아이는 아무리 적게 잡아도 여덟 살은 되어 보이지만, 일곱 살이라 주장한다. 사실 사람들은 이를 믿어야 할지 말아야 할지 알지 못한다. 어쩌면 사람들은 더 잘 알고 있을지도 모르지만, 그런 경우에 으레 그러하듯 이를 그대로 믿어 주는 것이다. 이들은 약간의 거짓말은 아름다움의 일부라고 생각한다. 호의를 갖고 너그럽게 봐주지 않는다면 일상생활에서 어떻게 잔잔한 감동과 들뜬 기분이 생겨나겠는가? 이들은 그렇게 생각한다. 너무나 인간적인 그들의 머리로 생각해 볼 때 그 견해가 백번 옳다!

신동은 환영의 물결이 가라앉을 때까지 청중들에게 감사

---

[1] 토마스 만 부부는 자신의 막내아들 미하엘을 〈비비〉라는 애칭으로 불렀다.

의 마음을 표시한다. 그런 다음 그는 그랜드 피아노 쪽으로 다가간다. 사람들은 공연 순서를 마지막으로 흘깃 들여다본다. 처음에 「장엄한 행진」, 그다음에 「명상」, 그런 다음에 「부엉이와 참새들」이 이어진다. 이 모두를 비비 자켈라필라카스가 연주한다. 모든 순서는 비비가 준비한 것이고, 그가 손수 작곡한 작품들이다. 그는 사실 악보를 적을 줄은 모르지만, 이 모든 것을 조그맣고 비상한 머릿속에 담아 두고 있다. 임프레자리오가 만든 포스터에 진지하고도 구체적으로 나타나 있듯이, 그 작품들의 예술적 의미를 인정해 주어야 한다. 임프레자리오는 흠을 잡는 데 능하지만 자신과의 힘든 투쟁을 벌인 끝에 이러한 양보를 얻어 낸 모양이다.

신동이 회전의자에 가서 앉아 조그만 두 발로 페달을 낚아채자, 정교한 기계장치에 의해 보통 때보다 그것이 훨씬 더 높이 올라가서 비비는 페달에 닿을 수 있게 된다. 이 피아노는 비비가 어디에나 가지고 다니는 그랜드 피아노이다. 피아노는 네 발 달린 나무 발판 위에 올려져 있다. 그리고 많이 운반하고 다니는 바람에 꽤 닳아 있다. 하지만 이런 사실은 더욱 흥미를 끌 뿐이다.

비비는 자신의 하얀 비단 구두를 페달에 올린다. 그런 다음 그는 억지를 부리는 듯한 앙증맞은 표정을 지으며 앞을 바라보면서 오른손을 들어 올린다. 갈색의 소박한 어린이 손이지만, 손목 관절은 튼튼하고 어린이답지 않으며, 뼈도 완전히 발육된 상태이다.

비비는 청중을 즐겁게 해줘야 한다는 것을 알기 때문에 청중을 위한 얼굴 표정을 짓는다. 그렇지만 정작 그 자신이 그런 표정을 지음으로써 몰래 특별한 즐거움을 맛본다. 이것은 어느 누구에게도 말로 설명할 수 없는 즐거움이다. 그것은 열린 피아노 앞에 앉을 때마다 온몸으로 느끼는 짜릿한 행복감이고, 스릴 넘치는 은밀한 희열이다. 그는 이런 기분을 결코 잃어버리고 싶지 않을 것이다. 여덟 개의 음계를 표현하는 흑백 건반이 다시 그의 눈앞에 나타난다. 그러한 음계 아래에서 그는 모험과 커다란 흥분을 자아내는 운명에 수도 없이 빠져들었다. 그리고 그것은 말끔히 닦은 칠판처럼 깨끗해서 손때가 묻지 않은 것 같았다. 그의 앞에 지금 놓여 있는 것은 음악, 온통 음악이다! 음악은 그의 앞에 바다처럼 유혹하며 펼쳐져 있다. 그리고 그는 그 안으로 뛰어들어 더없이 행복하게 헤엄치고 떠다니며 휩쓸리다가, 폭풍우 속으로 완전히 잠겨 버릴 수 있다. 그렇지만 그는 자신의 두 손을 여전히 통제하고 지배하며 마음대로 다스릴 것이다……. 그가 오른손을 공중에 높이 들고 있다.

홀 안은 쥐 죽은 듯 조용하다. 첫 음을 앞둔 긴장된 순간이다……. 어떻게 시작될 것인가? 이런 식으로 시작된다. 비비가 집게손가락으로 피아노에서 첫 음을 가져온다. 중간 정도의 음역에서 나오는 전혀 뜻하지 않은 힘찬 음이다. 마치 나팔 소리를 방불케 한다. 다른 음들이 이에 부응하면서 전주곡이 시작된다. 사람들은 사지의 긴장이 풀린다.

신식 일급 호텔에 위치한 화려한 홀이다. 벽에는 장미빛의 육감적인 그림이 그려져 있고, 호화로운 기둥들이 서 있으며, 테두리에 소용돌이 모양의 장식이 있는 거울들이 걸려 있다. 송이 모양으로 온통 다발을 지어 사방으로 뻗어 나가 진짜 우주를 방불케 하는 수많은 전등들은 엷은 황금빛 천국의 불빛으로 공간을 대낮보다 훨씬 더 밝게 번쩍이게 한다……. 의자엔 빈자리가 없다. 심지어 옆쪽 통로와 뒤쪽에도 사람들이 서 있다. 12마르크나 하는 (임프레자리오는 경외감을 일으키는 가격을 매기는 원칙을 신봉하기 때문이다) 앞쪽 사리에는 고상한 사람들이 줄지어 앉아 있다. 최상류층 사람들은 신동에게 비상한 관심을 보이고 있다. 제복을 입은 사람들과 더없이 고급스런 취향의 사교복을 입은 부인들도 눈에 많이 띈다……. 심지어 이곳에는 얌전하게 두 다리를 의자에서 내려뜨리고 있는 아이들도 제법 보인다. 이들은 천부적인 재능을 타고난 비슷한 또래의 하얀 옷을 입은 신동을 눈을 반짝이며 바라보고 있다…….

신동의 어머니는 앞쪽 왼편에 앉아 있다. 무척 뚱뚱한 부인이다. 이중 턱에는 분을 발랐고 머리에는 깃털을 하나 꽂고 있다. 그녀 옆에는 동양인처럼 생긴 신사인 임프레자리오가 앉아 있다. 툭 튀어나온 커프스에는 커다란 황금색 단추가 달려 있다. 객석의 앞쪽 가운데에는 공주가 앉아 있다. 주름 지고 오그라든 작고 늙은 공주이다. 하지만 그녀는 우아하고 고상한 예술에 한해서는 후원을 한다. 그녀는 쑥 들어가는 벨벳 안락의자에 앉아 있다. 그리고 그녀의 발밑에는 페르시아 양탄자가 깔려 있다. 그녀는 회색 줄무늬가 있는 비단 옷을 입었는데, 가슴 바로 아래에 두 손을 모으고 머리는 옆으로 기울인 채 앉아 있다. 그리고 고상하고 평화로운 표정으로 연주하는 신동을 바라보고 있다. 그녀 옆에는 녹색 줄무늬가 있는 비단옷을 입은 시녀가 앉아 있다. 하지만 그래도 그녀는 시녀에 불과하기 때문에 어디에 몸을 기대는 것조차 허락되지 않는다.

비비가 화려하게 마무리하며 연주를 끝맺는다. 이 꼬마는 얼마나 힘차게 피아노를 다루는가! 사람들은 자신의 귀를 믿을 수 없다. 행진의 테마, 활기차고 열정적인 선율이 무척 조화로운 화음으로 또 한 번 풍부하고도 뽐내듯이 터져 나온다. 비비는 축제 행렬에서 행진하듯 의기양양하게 매 소절마다 상체를 뒤로 젖힌다. 그런 다음 힘차게 끝맺고, 허리를 굽혀 의자 옆으로 나와서는 미소 지으며 박수갈채가 터지기를 기다린다.

　이윽고 감격에 겨운 열광적인 박수갈채가 터진다. 그런데 보라, 왼발을 뒤로 당기고 무릎을 굽히며 우아하게 인사하는 아이의 허리가 얼마나 앙증맞은가! 박수 소리가 그칠 줄 모른다! 기다리렴, 내 장갑을 벗어야겠구나! 브라보, 자코필락스인지 뭔지 하는 꼬마 아이야! 정말 대단한 녀석이구나!

　비비가 병풍 뒤에서 세 번이나 앞으로 불려 나오고 나서야 청중이 잠잠해진다. 지각한 사람들, 늦게 새로 온 사람들이 뒤에서 앞으로 밀려들면서, 입추의 여지가 없는 홀 안으로 꾸역꾸역 들어온다. 그러고 나서 연주회가 다시 계속된다.

　비비는 아르페지오로만 이루어진 자신의 곡 「명상」을 속삭이듯 나지막한 소리로 연주한다. 가끔 가다 한 가닥의 선율이 약한 날개를 퍼덕이며 화음들 위로 솟아오르기도 한다. 그러고 나서 그는 「부엉이와 참새들」을 연주한다. 이 곡은 대대적인 성공을 거두고, 사람들을 열광의 도가니에 빠지게 한다. 그것은 진정 어린이다운 작품이고, 놀랄 정도로 묘사가 생생하다. 저음을 듣고 있으면 부엉이가 뚱한 표정으로 반투명한 눈을 껌벅거리며 앉아 있는 모습을 보는 듯하다. 이와 동시에, 부엉이를 놀리려는 듯 가장 높은 음으로 주위에서 참새들이 뻔뻔스럽고도 불안하게 쩍쩍거리고 있다. 이 곡을 연주한 뒤에 비비는 박수갈채를 받으며 네 번이나 앞으로 불려 나온다. 번쩍이는 단추를 단 호텔 직원이 연단 위로 세 개의 대형 화환을 들고 와서는 그의 앞쪽으로 내민다. 그러자 비비는 우아하게 인사하며 고마워한다. 심지어 공주조차도 극히 섬세하고 가냘픈 두 손을 맞부딪치며 박수갈채에 동참하지만, 아무런 소리도 나지 않는다…….

　이 노련한 꼬마 녀석은 박수갈채를 끌어내는 솜씨가 얼마나 교묘한가! 그는 병풍 뒤에서 청중을 기다리게 하고, 연단으로 올라가는 계단 위에서 약간 우물쭈물하며, 어린이답게 즐거운 마음으로 화환의 알록달록한 공단 나비매듭을 바라본다. 벌써 진작부터 그것을 바라보는 데 진력이 났을 텐데도 말이다. 그는 앙증맞게 인사하고 머뭇거리며 사람들이 실컷 손뼉을 칠 수 있도록 시간적 여유를 줘서, 그들이 치는 귀중한 박수 소리가 하나도 헛되이 사라지지 않도록 한다. 그는 「부엉이와 참새들」이 자신의 히트작이라고 생각한다. 그는 이런 표현을 임프레자리오한테서 배웠다. 다음에는 사실 그 곡보다 훨씬 나은 그의 환상곡이 온다. 올림 다장조로 바뀌는 부분에서는 특히 그러하다. 하지만 나의 이 「부엉이와 참새들」에 홀딱 반하고 말았지, 당신들 청중들은. 그것은 내가 처음 만든 곡이자 가장 형편없는 곡인데 말이야. 그래서 그는 앙증맞게 고마워한다.

그런 다음 그는 어떤 명상곡을 연주하고, 그다음에 연습곡을 연주한다. 아주 광범위한 연주 목록이다. 그 명상곡은 아까 연주한 나무랄 데 없는 「명상」과 아주 흡사하다. 그리고 연습곡에서 비비는 아닌 게 아니라 자신의 독창성에 비해서는 약간 뒤지는 편이긴 하지만, 모든 기량을 유감없이 보여준다. 그러고 나서 환상곡이 나온다. 그가 좋아하는 곡이다. 그는 그 곡을 매번 조금씩 다르게 연주하고 자유롭게 치면서, 이따금 저녁에 컨디션이 좋을 때는 자신의 새로운 착상과 변주에 스스로 깜짝깜짝 놀라기도 한다.

그는 크고 검은 그랜드 피아노 앞에 불빛을 받아 아주 작고 하얀 모습으로 반짝이며 앉아, 가물가물하게 보이는 청중들 위 연단에서 홀로 연주하고 있다. 그는 자신의 둘도 없는 탁월한 영혼으로 둔감하고 쉽게 움직이지 않는 영혼의 소유자들인 이들의 심금을 울려야 하는 것이다……. 그의 부드럽고 검은 머리칼은 비단으로 된 그의 하얀 나비매듭과 함께 이마로 흘러내렸고, 뼈마디가 튼튼하게 단련된 그의 손목 관절이 열심히 움직이고 있다. 그리고 그의 어린이다운 갈색 볼에서 근육이 떨리는 모습이 보인다.

때때로 눈가가 흐릿해 보이는 이상한 쥐 눈으로 그가 청중으로부터 옆쪽으로 시선을 돌려, 그림이 걸려 있는 벽을 흘끗 바라볼 때는 순간적으로 망각과 고독에 잠기기도 한다. 그리고 그는 그 벽을 통해, 파란만장한 일이 벌어지고 막연한 삶으로 가득 찬 저 먼 곳으로 빠져드는 것이다. 하지만 그러다가 그는 흠칫 놀라 눈초리를 거두어 다시 홀 안을 바라보고는, 또 한 번 사람들 앞에 있게 된다.

탄식과 환호성, 감정의 고양과 깊은 추락 — 〈나의 환상곡!〉 비비는 애정이 가득한 마음으로 생각한다. 〈잘 들어 보세요. 이제 다장조로 바뀌는 부분이 오거든요.〉 그리고 그는 다장조로 넘어가면서 조성을 바꾼다. 〈이들이 이를 알아차릴까?〉 아, 아니야, 턱도 없지. 이들은 알아차리지 못할 거야. 그래서 이들이 뭔가 눈치 챌 수 있도록 그는 한 번쯤 귀엽게 천장을 쳐다본다.

사람들은 길게 줄 지어 앉아 신동을 바라보고 있다. 이들도 인간적인 각자의 머리들로 온갖 생각을 하고 있다. 흰 수염을 기르고 집게손가락에 인장 반지를 낀 늙은 신사, 대머리에 툭 튀어나온 살이 있는, 말하자면 혹이 달린 어떤 늙은 신사가 생각에 잠겨 있다. 〈사실 부끄러운 일이야. 난 《팔츠 선제후국의 세 사냥꾼들》[2] 성(城)을 벗어나 나가본 적이 없으니까 말이야. 그런데 이제 여기에 백발이 성성한 사내가 앉아 꼬마 녀석이 놀라운 연주를 해보이는 것을 듣고 있으

---

2 1570~1580년 사이에 요한 카지미르Johann casimir 백작이 카이저스라우테른 시 근처에 지은 성 이름이다.

니. 하지만 그런 재능은 천부적인 것임을 잊어서는 안 되지. 하느님이 저 아이에게 재능을 준 것이니, 어쩔 도리가 없지. 그리고 평범한 사람이라는 게 수치스런 일은 아니지. 아기 예수도 이와 마찬가지야. 아이 앞에 허리를 굽힌다 해서 부끄러워할 필요는 없는 거야. 이는 얼마나 이상할 정도로 흐뭇한 일인가!〉 그러나 〈이는 얼마나 감미로운 일인가!〉라고는 감히 생각하지 못한다. 〈감미롭다〉라는 말은 늙었지만 기운 찬 신사에게는 창피한 표현일지도 모른다. 하지만 그는 감미롭다고 느낀다! 그렇지만 그는 감미롭다고 느끼는 것이다!

앵무새 부리 같은 코를 지닌 사업가가 생각한다. 〈예술이란, 그래, 물론이지. 그건 삶에 아련한 빛을 가져다주지. 뎅뎅하고 종이 울리는 소리와 하얀 비단 옷을 가져다주지. 아닌 게 아니라 이 아이가 그렇게 못하는 것은 아니야. 12마르크짜리 좌석이 50개는 족히 팔렸으니까. 그것만 해도 600마르크는 되겠구나. 그리고 다른 모든 표를 합하면, 대관료와 조명과 기획에 든 비용을 제한다 해도 1천 마르크는 족히 남겠어. 꽤 짭짤하겠는걸.〉

〈그런데 그가 연주한 쇼팽 곡은 정말 좋았어!〉 이제 헛된 희망 같은 건 품지 않고, 생각이 깊어질 나이가 된 코가 뾰족한 숙녀인 피아노 교사가 이렇게 생각한다. 〈아이가 그렇게 자연스럽지는 않아 보여. 나중에 이렇게 말해야지. 아이가 별로 자연스럽지는 않더군요. 그럴듯한 소리야. 게다가 손 짚는 법은 아주 서툴기 짝이 없어. 손등에 은화를 올려놓을 수 있어야지……. 나라면 자를 가지고 아이를 다룰 텐데.〉

밀랍처럼 창백해 보이고, 까다로운 성격에 호기심이 많은 한 소녀는 몰래 이렇게 생각한다. 〈그런데 저게 뭐람! 아이가 저기서 무슨 연주를 하는 거지? 아주 열정적으로 연주하고 있잖아! 하지만 저 애는 아직 어린애잖아?! 저 애가 나에게 키스한다면 내 남동생이 나한테 키스하는 것 같을 거야. 그건 키스가 아닐 거야. 어떤 추상적인 열정이라는 게 있을까? 실제적인 대상이 없는 열정, 그저 맹렬히 불타오르는 어린애 장난에 불과할지도 모르는 열정이란 게 있을까?…… 좋아, 내가 이걸 큰 소리로 말하면 사람들은 나에게 아무런 관계도 없는 간유(肝油)를 먹일지도 몰라. 세상이란 그런 거야.〉

한 장교가 기둥에 몸을 기대고 서 있다. 그는 성공을 거둔 비비를 바라보며 이렇게 생각한다. 〈넌 중요한 아이야. 그리고 난 중요한 사람이야. 각자 나름대로 중요하지!〉 그는 발뒤꿈치를 모으고, 있는 힘을 다하여 그 신동에게 경의를 표현한다.

하지만 어떤 비평가, 번쩍거리는 검은 상의에다 단을 접어 올린 얼룩이 진 바지를 입고 있는 나이 지긋한 신사가 초대석에 앉아 이렇게 생각한다. 〈그를, 이 비비를, 이 버릇없는 녀석을 좀 보라! 개인적으로는 아직 성장할 구석이 많지만, 유형, 예술가 유형으로는 이미 완전해. 그는 마음속에 예술가의 고귀함과 품위 없음, 터무니없는 허풍과 성스러운 불꽃, 경멸과 은밀한 도취를 지니고 있어. 하지만 난 이런 걸 너무 좋다고 쓸 수는 없어. 아, 내 말을 믿어 줘. 내가 이 모든 것을 이렇게 시시콜콜하게 꿰뚫어 보지 않았다면 내 자신이 예술가가 되었을지도 모르지…….〉

지금 이 신동은 완벽하다. 그리고 홀 안에는 정말로 폭풍이 치는 것 같은 분위기가 일어난다. 그는 병풍 뒤에서 자꾸 앞으로 불려 나와야 한다. 번쩍거리는 단추를 단 사내는 새 화환을 질질 끌며 가져온다. 네 번째 화환이다. 제비꽃 한 다발과 장미 꽃다발이다. 그에게는 이 모든 선물을 신동에게 건네줄 손이 부족하다. 그를 도와주기 위해 임프레자리오가 직접 연단 위로 올라간다. 그는 비비의 목에 화환을 걸어 주며, 그의 검은 머리칼을 부드럽게 쓰다듬어 준다. 그러다가 갑자기 무슨 생각에 사로잡혔는지 그는 허리를 굽혀 신동에게 입맞춤을 한다. 쪽 하고 소리 나게 바로 입에다 입맞춤을 한 것이다. 그러자 이제 폭풍이 허리케인으로 부풀어 오른다. 이 입맞춤은 홀에 전기 충격을 준 꼴이 되어, 청중들은 온몸에 소름 돋는 전율을 느낀다. 사람들은 미친 듯이 고함을 지르고 싶은 충동에 휩싸인다. 크게 환호성을 지르는 소리가 격렬하게 손뼉을 치는 소리와 뒤섞인다. 비비 또래의 평범한 몇몇 아이들은 저 아래에서 손수건을 흔들고 있다……. 하지만 비평가는 이렇게 생각한다. 〈물론, 임프레자리오는 그처럼 입맞춤을 해야지. 오래된 수법이지만 효과적인 익살이긴 하지. 그래, 젠장, 이 모든 것을 이렇게 시시콜콜하게 꿰뚫어 보지 않아야 하는데!〉

그러고 나서 신동의 연주회가 끝난다. 일곱시 반에 시작되어 여덟시 반에 끝난 것이다. 연단은 화환으로 가득 차 있고, 그랜드 피아노의 등불 탁자 위에는 조그만 화분이 두 개 놓여 있다. 비비는 마지막 곡으로 자신의 「그리스 랩소디」를 연주하여, 결국 그리스 찬가로 넘어간다. 이 자리에 참석한 그리스 사람들은 이것이 고상한 연주회만 아니라면 같이 따라 부르고 싶은 마음이 굴뚝같을지도 모른다. 그 대신에 이들은 마지막에 가서 엄청난 환호성을 지르는 것으로 이를 보상한다. 피 끓게 하는 북새통이고, 국가적인 시위이다. 하지만 나이 지긋한 비평가는 이렇게 생각한다. 〈물론, 그리스 찬가를 연주해야지. 이들은 이 일을 다른 영역에 끌어들이고 있어. 감동하고 열광할 수 있는 일이라면 물불을 안 가리고 있어. 난 이건 예술적이지 않다고 쓸 거야. 하지만 어쩌면 그거야말로 아주 예술적일지도 몰라. 예술가란 어떤 존재인가? 어릿광대에 불과하지. 비평이 최고야. 하지만 난 그렇게 쓸 수는 없지.〉 그리고 얼룩이 묻은 바지를 입은 그가 멀어져 간다.

아홉 번인가 열 번쯤 앞으로 불려 나온 뒤에 얼굴이 붉게 상기된 그 신동은 더 이상 무대 뒤로 가지 않고 자신의 엄마와 임프레자리오가 있는 홀 아래로 내려간다. 사람들은 뒤죽박죽으로 엉클어진 의자들 사이에 서서 박수갈채를 보내며, 비비를 가까이서 보려고 앞으로 밀려든다. 공주를 보려는 사람도 더러 있다. 연단 앞에 사람들이 신동과 공주를 빽빽이 둘러싸고 있다. 사실 둘 중에 누가 접견을 받고 있는 건지 제대로 알 수 없다. 하지만 시녀는 비비한테 가보라는 지시를 받았다. 그녀는 비비의 비단 옷을 잡아당겨 주름을 펴서 공주를 만날 채비를 갖추어 주고, 그의 팔을 잡고 공주 앞으로 데려간다. 그러고는 공주 폐하의 손에 입맞춤을 하라고 근엄하게 지시한다. 공주가 묻는다. 「어떻게 그런 연주를 하니, 애야? 의자에 앉으면 저절로 그렇게 되는 거니?」 ─ 「네, 공주 마마.」 비비가 대답한다. 하지만 속으로는 이렇게 생각한다. 〈아, 이 멍청한, 늙은 공주 같으니라고……!〉 그러고 나서 그는 수줍고도 버릇없는 태도로 몸을 돌리고는 자신의 엄마와 임프레자리오한테 간다.

바깥의 소지품 보관소에는 사람들이 빽빽이 모여 붐비고 있다. 사람들은 자신의 번호표를 들어 올리고 두 팔을 벌려 모피며 목도리며 모피 구두를 보관대 너머로 건네받는다. 어딘가에서 피아노 교사가 아는 사람들 틈에 서서 비평을 한다. 「이 아이는 별로 자연스럽지 못해요.」 그녀는 이렇게 큰 소리로 말하고 주위를 둘러본다…….

커다란 벽 거울 앞에서 한 고상한 젊은 숙녀가 야회용 코트를 입고 모피 구두를 신는 것을 그녀의 남자 형제인 두 소위가 도와준다. 그녀는 강철 빛의 푸른 눈에다 순종의 맑은 얼굴을 지닌 진짜 귀족이다. 그녀는 준비가 끝나자 형제들을 기다린다. 「거울 앞에서 너무 오래 꾸물대지 마, 아돌프!」 자신의 잘생기고 순진한 얼굴을 보느라 거울에서 눈을 떼지 못하는 남동생 중 한 명에게 그녀는 나지막이 툴툴거리며 말한다. 자, 그것으로 충분해! 아돌프 소위는 친절하게도 그녀의 허락을 받아 외투의 단추를 다 채울 정도로 오랫동안 거울 앞에 서 있어도 될 것이다! 그러고 나서 그들은 발걸음을 뗀다. 그리고 아크등이 눈안개 속에서 흐릿하게 빛나고 있는 거리로 나오자, 아돌프 소위는 옷깃을 세우고 비스듬하게 달린 외투 주머니에 두 손을 넣은 채 걸어간다. 날씨가 너무 추워서 그는 마치 아프리카 재즈 댄스를 추기라도 하듯 단단하게 얼어붙은 눈 덩이를 걸어차기 시작한다.

머리를 보기 좋게 매만지지 않은 한 소녀가 팔을 마음대로 내려뜨리고 이들 뒤를 따라가며 생각한다. 우울한 얼굴을 한 어떤 청년이 그녀를 바래다주고 있다. 〈아이야! 참 사랑스러운 아이야! 저 안에 존경할 만한 아이가 있었지…….〉 그녀는 단조로운 소리로 크게 말한다. 「우린 모두 신동이야. 창조적인 우리들은.」

자, 그림! 나이 든 신사가 생각한다. 〈팔츠 선제후국의 세 사냥꾼들〉 성을 벗어나 가 본 적이 없는 그는 이제 머리의 혹을 비단 모자로 가리고 있다. 〈대체 그게 뭐람! 마치 일종의 피티아[3] 같지 않은가.〉

하지만 우울한 얼굴을 한 청년은 소녀의 말을 이해하는지 천천히 고개를 끄덕인다.

그러고 나서 이들은 입을 다문다. 그리고 머리를 보기 좋게 손질하지 않은 소녀는 세 명의 귀족 남매를 물끄러미 바라본다. 그녀는 이들을 경멸하고 있지만, 이들이 모퉁이를 돌아 모습이 보이지 않을 때까지 이들을 계속 바라본다.

---

[3] 델포이의 신전에서 아폴로의 신탁을 받는 무녀이다.

힘든 시간

그는 책상에서, 작고 부서지기 쉬운 글 쓰는 책상에서 떨어져 절망한 사람처럼 서 있었다. 고개를 축 늘어뜨리고, 방의 맞은편 구석에 있는, 기둥처럼 기다랗고 날씬한 난로 쪽으로 다가갔다. 두 손을 타일에 올려 보았지만, 그것은 거의 완전히 차가워져 있었다. 자정이 훨씬 지난 시각이기 때문이었다. 그는 자신이 찾던 조그만 위안거리를 얻지 못하고 등을 난로에 기댄 채 기침을 하면서 잠옷의 옷자락을 끌어당겼다. 가슴 부분의 접은 옷깃에서는 색 바랜 레이스 주름 장식이 드리워져 있었다. 그는 조금이나마 공기를 들이마시기 위해 코를 킁킁거리며 숨 쉬고 있었다. 걸핏하면 그러하듯 코감기에 걸렸기 때문이었다.

이것은 특별한 악성 감기라서 좀체 딱 떨어지지 않았다. 그의 눈꺼풀은 벌겋게 충혈되어 있었고, 그의 콧구멍 언저리는 완전히 헐어 있었다. 이러한 코감기로 그의 머리와 사지는 심하게 취한 것처럼 고통스러울 정도로 쿡쿡 쑤시고 아팠다. 아니면, 이렇게 몸이 축 늘어지고 무거운 것이 의사가 몇 주 전부터 그에게 또다시 내린 성가신 가택 연금 탓이었을까? 그게 올바른 치료법인지는 아무도 알 수 없는 일이었다. 그의 가슴과 하복부에 끝없이 카타르가 생기고 경련이 일어나기 때문에 그런 조치가 필요할지도 몰랐다. 몇 주 전부터, 몇 주 전부터 예나의 날씨가 좋지 않았다. 정말이지 온몸의 신경으로 느낄 수 있을 정도로 날씨가 지독히 나빴고 형편없었다. 황량하고 음울하며 추웠다. 그리고 한밤에 황무지에서 폭풍우 속을 헤맬 때 울리는 소리처럼, 영혼이 절망에 빠져 상심해 있을 때 울리는 소리처럼 황폐하고 황량한 12월의 매서운 바람이 난로의 연통에서 울부짖는 소리가 났다. 하지만 이것은 좋은 일이 아니었고, 이렇게 좁은 곳에 갇혀 있는 것은 그의 생각이나 그 생각이 생겨나는 피의 리듬에도 좋지 않았다…….

육각형의 방은 썰렁하고 삭막하며 불편했다. 희게 색칠된 천장 아래에선 담배 연기가 모락모락 피어오르고 있었고, 체크무늬가 사선으로 그려진 벽지 위에는 계란형 실루엣이 드리워져 있었다. 그리고 방에는 다리가 약하게 생긴 네댓 개의 가구가 있었다. 책상 위에 놓인 원고의 머리맡에선 두 개의 촛불이 불타오르고 있었다. 저 높이 창틀 위에는 붉은 커튼이 드리워져 있었는데, 이것은 좌우로 균형 있게 걷어 올린 갤리코 직물의 작은 깃발일 뿐이었다. 하지만 커튼은 붉었고, 따뜻하고 울림이 좋은 붉은 천으로 되어 있었다. 그는 그것을 사랑했다. 그것은 정신적이고 금욕적이며 궁색한 그의 방에 풍요로움과 관능적인 즐거움을 가져다주기 때문에, 그는 커튼 없이 지낼 생각은 꿈에도 하지 않았다…….

그는 난로 가에 서서 고통스러울 정도로 긴장해서 급히 눈을 깜빡이며 자신이 쓰다가 도망쳐 온 작품[1]을 건너다보았

---

1 1796년 실러가 37세가 되던 해의 어느 날 밤에 쓴 『발렌슈타인』이라는 작품을 말한다.

다. 그것은 짐이자 압박이며 양심의 고통이었다. 이는 그가 다 마셔 버려야만 하는 바다였다. 이러한 끔찍한 과제는 자신의 자부심이자 참담함이었고, 그의 천국이자 저주이기도 했다. 그것은 느릿느릿 진행되다가 막혀 버리고 멈추었다. 몇 번이고 다시, 몇 번이고 다시 말이다! 날씨 탓이었고, 그의 카타르와 피로 탓이었다. 또는 그게 작품, 힘든 일 그 자체 때문이었을까? 자식을 잉태할 수 없는 불길하고도 절망적인 운명 탓이었을까?

그는 거리를 약간 확보하기 위해 자리에서 일어섰다. 원고에서 공간적으로 멀리 떨어져 있으면, 전체를 조망하고, 소재를 좀 더 광범위한 시선으로 바라볼 수 있게 되어, 그로 하여금 필요한 걸음을 내디딜 수 있게 하는 데 그만큼 자주 도움이 되었기 때문이었다. 그렇다, 전전긍긍하던 장소에서 등을 돌리면 감격스러울 정도로 마음이 홀가분해지는 경우가 있었다. 그리고 이것은 리큐르나 진한 블랙커피를 홀짝거릴 때보다 더욱 때 묻지 않은 감격스러운 순간이었다……. 조그만 커피 잔이 조그만 탁자 위에 놓여 있었다. 혹시 이걸 마시면 막혔던 게 뚫리기라도 할까? 아니, 아니야, 더는 아니야! 그 의사뿐 아니라 그보다 저명한 어떤 사람도 그러지 말라고 그에게 신중하게 충고했을 것이다. 바이마르에 사는 그 사람[2]을 그는 그리움과 적대감을 가지고 사랑하고 있었다. 그 사람은 현명한 사람이었다. 그 사람은 살아가고 창작하는 법을 알고 있어서, 자신을 학대하는 법이 없었다. 그 사람은 자신을 아주 잘 돌보고 있었다…….

집 안에는 정적이 감돌았다. 성채의 골목을 쌩쌩 휘몰아치

---

2 실러의 친구이자 적수로 바이마르에 살던 괴테 Johann Wolfgang von Goethe를 말한다.

는 바람 소리와 요란하게 창을 두드리는 빗소리만 들릴 뿐이었다. 모두들 잠들어 있었다. 집주인과 그의 식구들, 아내 로테와 아이들이 자고 있었다. 그런데 그는 자지 않고 여기 차가워진 난롯가에 홀로 서서, 그 작품 쪽을 괴로운 심정으로 힐끗 쳐다보았다. 그는 자신에 대한 병적인 불만족 때문에 그 작품을 신뢰하고 있었다……. 그의 하얀 목이 넥타이에서 기다랗게 솟아 있었고, 잠옷의 갈라진 옷자락 사이로 굽은 다리가 보였다. 그의 붉은 머리카락은 훤하고 섬세한 이마 뒤로 빗겨져 있어 관자놀이 위의 창백하게 맥이 돋아 있는 오목한 곳이 드러나 있고, 숱이 적은 고수머리가 귀를 뒤덮고 있었다. 끝이 희끄무레하고 뾰족하며 굽어 있는 커다란 코의 윗부분에는 머리카락보다 더 짙은 눈썹이 가까이 붙어 있었다. 그 때문에, 쑥 들어가고 수심에 잠긴 두 눈으로 바라보는 눈길이 다소 비극적으로 보였다. 입으로 숨 쉴 수밖에 없어서 그는 얇은 입술을 벌리고 있었고, 주근깨가 난 두 뺨은 방 안의 탁한 공기 때문에 파리해져 맥이 풀리고 움푹 들어가 있었다…….

아니야, 실패로 끝났고, 모든 게 다 허사였어! 군대! 군대가 보여야 했어! 군대야말로 모든 것의 토대였어! 군대를 직접 눈앞에 보여 줄 수 없기 때문이야. 상상력에 의존하여 군대를 묘사하는 엄청난 기술을 어떻게 가지고 있겠는가? 그리고 영웅은 영웅이 아니었고, 그는 고상하지 않으며 차가웠어! 기본 설계가 잘못되었고, 언어가 잘못되었어. 그것은 지루하고 활기 없는 역사 강의였으며, 장황하고 무미건조해서 무대에 올리기에도 적합하지 않았어!

좋아, 이제 끝난 일이야. 패배다! 실패로 끝난 계획이야. 파산이야. 그는 이러한 사실에 대해 쾨르너[3]에게, 자신을 믿고 어린아이처럼 순진하게 자신의 천재성을 신봉하는 착한 쾨르너에게 편지를 쓰려고 했다. 그 친구는 비웃고 애원하며 잔소리할 것이다. 쾨르너는 『돈 카를로스』도 마찬가지로 회의하고 힘들게 노력하며 수없이 고친 뒤에 비로소 완성되었음을 상기시켜 줄 것이다. 온갖 고통을 겪고서 나온 그 작품은 결국 아주 뛰어난 걸작으로, 찬란한 성과로 인정받았다. 하지만 그때는 지금과 달랐다. 그때만 해도 그는 아직 사물을 행복한 손으로 움켜잡아 거기에서 승리를 낚아채는 남자였다. 회의와 투쟁이란 말인가? 아, 그렇다. 그는 병들어 있었고, 어쩌면 지금보다 더 아팠을지도 모른다. 굶주리고 도망치는 사람이었고, 세상과 불화를 겪는 사람이었으며, 풀이 죽고 인간적인 것이 턱없이 부족한 사람이었다. 하지만 그때만 해도, 아직 아주 젊지 않았던가! 의기소침해 아무리 고개를 푹 숙이고 있어도 그때마다 그의 정신은 나긋나긋하게 도로 튀어 올랐었다. 그리고 슬픔에 잠겨 있던 시간이 지나면, 마음속에서 믿음과 승리의 시간들이 찾아왔었다. 그러나 이후 그런 순간이 좀처럼 오지 않았고, 이제 다시는 오지 않는다. 그러한 은총을 늘 누리게 된다면 밤은 어떤 일이 일어날지 모르는 분위기, 느닷없이 천재적인 열정에 불타는 빛 속에서 보았을 타오르는 듯한 분위기를 가져다줄지도 모른다. 하지만 그러한 밤을 맞고 나면, 어떤 주에는 어둠과 마비에 사로잡히는 대가를 치러야 한다. 겨우 서른일곱 살밖에 되지 않은 그는 피곤했고, 벌써 생의 막바지에 도달해 있었다. 비참한 상태에서도 그의 길잡이 별이었던, 미래에 대한 믿음은 더 이상 살아 있지 않았다. 그리하여 이 지경이 되었다. 이것이 절망적인 진실이었다. 그가 고난과 시련의 시절이라 생각한 궁핍과 무(無)의 세월들, 그 세월은 사실 풍요로웠고 결실

---

3 Christian Gottfried Körner(1756~1831). 실러의 후원자이다.

이 많았다. 그런데 약간의 행복이나마 맛보게 된 지금, 지적인 약탈자이던 그가 약간의 적법성과 시민적 연대감을 얻게 된 지금, 사회적 지위와 명예를 얻고 처자식을 갖게 된 지금, 그는 기진맥진한 채 벼랑 끝에 서게 되었다. 남은 것이라곤 오직 실패와 좌절밖에 없었다.

그는 신음 소리를 내며 손으로 두 눈을 누르며 쫓기는 사람처럼 방안을 서성거리며 돌아다녔다. 그때 생각한 내용이 너무 끔찍해서 그는 그런 생각이 든 그 장소에 그대로 머물러 있을 수가 없었다. 그는 벽 쪽에 놓인 의자에 앉아서 두 손을 모아 무릎 사이에 내려뜨리고는 우울한 표정으로 복도 쪽을 빤히 내려다보았다.

그의 양심이…… 그의 양심이 얼마나 큰 소리로 비명을 질렀던가! 그는 이 모든 세월 동안 죄를 지었고, 자기 자신에 대해 죄를 범했으며, 자신의 섬세한 신체 기관에 죄를 범했다. 그의 과도한 젊은 혈기, 꼬박 지새운 밤들, 자욱한 담배 연기에 휩싸인 낮들, 몸은 아랑곳하지 않고 지나치게 머리를 혹사하는 그의 작업 방식, 일하기 위한 자극제로 사용하는 마취제 ― 이 모든 것이 이제 복수하고 앙갚음을 하고 있는 것이다.

그런데 이런 보복을 당하면서도 그는 죄를 짓게 한 다음 처벌을 내리는 신들에게 도전하려고 한다. 글을 쓰느라 부대끼며 살다 보니, 그는 현명하고 사려 깊게 생각할 시간을 갖지 못했다. 여기 이 자리에서 숨을 쉴 때마다 그는 기침이 나왔고, 하품이 나왔으며, 같은 장소에서는 늘 이러한 고통에 사로잡혔다. 이렇게 말할 수 없이 끔찍하게 찌르고 쑤시는 것은, 5년 전 에르푸르트에 있을 때 급성 폐 질환으로 고열 감기에 걸렸을 무렵부터 쭉 계속된 자그마한 경고였다 ― 이는 무엇을 말하는 것이었을까? 의사가 이러쿵저러쿵 뭐라고 말하든 간에, 사실 그는 그게 무엇을 의미하는지 너무나 잘 알고 있었다. 그는 슬기롭게 자신의 몸을 돌볼 시간과 너그러운 도덕심으로 자신의 체력을 꾸려 나갈 시간이 없었다. 그는 하려고 마음먹은 것은 금방 해치워야 했다, 그것도 오늘 당장, 즉시 말이다……. 도덕심이라고? 하지만 어쩌다가 그는 바로 죄악에, 몸을 망치는 해로운 것에 몸을 바치는 것이 어떤 현명한 생각이나 냉정한 규율보다 더 도덕적이라고 생각하게 되었을까? 도덕적인 것은 양심에 거리낌이 없는 경멸할 만한 예술이 아니라, 투쟁과 역경, 열정과 고통이었다!

고통……. 어떻게 하여 이 단어가 그의 가슴에 뙈리를 틀게 되었는가! 그는 기지개를 켰고, 두 팔을 맞잡았다. 빽빽이 들어선 불그스름한 눈썹 아래의 눈길은 멋지고도 애처로운 표정으로 물들어 있었다. 자신의 비참함에 당당하고도 고상한 이름을 붙일 수 있는 한에는, 아직 비참한 것이, 아주 비참한 것은 아니었다. 한 가지는 꼭 필요했다. 자신의 삶에 위대하고 멋진 이름을 부여하는 진정한 용기 말이다! 그가 괴로움을 겪는 것을 방 안의 탁한 공기와 변비 탓으로 돌리지 않는 용기 말이다! 짐짓 비장한 표정을 짓기에는 — 신체적인 것을 너그럽게 봐주고 느끼기에는 충분히 건강한 게 아닐까? 그 밖의 다른 것은 죄다 잘 알고 있다 하더라도 이 점에 관해서만은 순진할 따름이다! 신뢰한다는 것, 고통을 신뢰할 수 있다는 것 말이다……. 하지만 그는 고통을 마음속 깊이 신뢰하고 있어서, 이러한 믿음에 따르면 고통을 겪는 중에 발생하는 일은 무익할 수도, 나쁠 수도 없었다. 그는 원고 쪽을 흘깃 건너다보았고, 가슴 위의 두 팔로 더욱 단단히 팔짱을 꼈…….

재능 그 자체가 고통이 아니었을까? 그리고 저기 저것, 저주받은 그 작품이 그에게 고통을 안겨 준다면 그건 지극히 정상이고 거의 좋은 징조라고 할 수 있지 않을까? 아직 재능이 샘솟아 나온 적은 한 번도 없었다. 그런데 만일 그런 일이 생긴다면 그때 비로소 불신감이 생길지도 모른다. 그런 재능은 그것의 압박이나 수련을 받으며 살아가지 않는 어중이떠중이나 딜레탕트들에게서나 쏟아져 나왔고, 쉽게 만족하는 사람들이나 아무것도 모르는 사람들에게서 쏟아져 나왔던 것이다. 저 아래에 있는, 저 멀리 관객석에 있는 신사 숙녀 여러분, 재능이란 결코 손쉽게 아무렇게나 얻어지는 것이 아니기 때문입니다. 그건 당장 얻어지는 단순한 재능이 아니다. 재능의 뿌리는 욕구이고, 이상을 희구하는 비판적 지식이며, 고통 없이는 능력을 발휘하고 증가시킬 수 없는 불만족이다. 그리고 가장 위대한 자, 가장 불만족스러운 자에게 그들의 능력은 이루 말할 수 없이 가혹한 천벌이다……. 비통해하지 마라! 으스대지 마라! 견뎌 낸 것을 생각하며 겸허하게 참고 지내라! 일주일에 하루는커녕 한 시간도 고통에서 벗어난 적이 없다 하더라도 — 그게 어쨌다는 거냐? 부담과 업적, 요구, 불평, 노고를 무시하고, 가볍게 생각하는 것 — 그거야말로 사람을 위대하게 만드는 것이다!

그는 자리에서 일어나서 코담배 갑을 꺼내서는 걸신들린 듯 들이마셨다. 그러고 나서 뒷짐을 지고 세찬 걸음으로 방 안을 마구 돌아다니자 그 바람에 촛불이 나풀거리며 흔들렸다……. 위대함! 비범함! 세계 정복과 불후의 명성! 이러한 목적을 영원히 모르는 자가 행복한들 그게 다 무슨 소용이 있단 말인가? 알려진다는 것 — 세상의 여러 나라 사람들에게 알려지고 사랑받는다는 것! 이러한 꿈과 충동이 얼마나 달콤한지 아무것도 모르는 너희들은 이기심에 대해서나 지껄여라! 모든 비범한 사람은 고통에 시달리는 한 이기적인 법이다. 비범한 자는 말하지. 이 지상에서 훨씬 더 수월하게 살아가는 너희들, 아무런 사명감이 없는 너희들은 너희들 자신을 돌아보는 게 좋겠다! 그리고 야망이 있는 자는 이렇게 말하지. 나의 고통이 헛된 것이어야 하겠는가? 그것이 나를 위대하게 만들어야 해!

그의 콧구멍은 팽팽하게 긴장되어 있었고, 그의 두 눈은 무서운 눈초리로 사방을 둘러보고 있었다. 오른손은 잠옷의 접힌 부분에 깊숙이 집어넣고 있었고, 왼손은 주먹을 쥔 채 아래로 내려뜨리고 있었다. 홀쭉한 두 뺨엔 홍조가 번졌고, 예술적인 이기주의의 불덩어리, 그의 깊은 곳에서 꺼질 줄 모르는 자신의 자아를 위한 열정의 불꽃이 활활 타올랐다. 그는 이러한 것을, 사랑의 이러한 은밀한 도취를 잘 알고 있었다. 그는 자기 자신에 대한 열정적인 애정에 충만해지기 위해 때때로 자신의 손을 바라보기만 하면 되었다. 그는 자신이 부여받은 재능과 예술이라는 무기를 죄다 그러한 애정에 바치기로 마음먹었다. 그가 그럴 수 있는 것은, 거기에 고상하지 않은 것이 아무것도 없기 때문이었다. 그럼에도 무언가 숭고한 이상을 위해, 물론 이득은 없더라도 어떤 필연성 때문에, 아무런 사심 없이 자신을 불사르고 자신을 희생하겠다는 의식이 이러한 이기심보다 훨씬 더 깊이 살아 있기 때문이었다. 그리고 그의 질투심이란, 어떤 사람이 이러한 숭고한 이상을 얻기 위해 자신보다 더욱 뼈저린 고통을 겪지 않았다면 그자가 자신보다 더 위대해지는 것을 원하지 않는 것이었다.

아무도 그래서는 안 된다! ……그는 손을 눈에 대고 상체를 반쯤 옆으로 기울인 채 회피하고 도망치는 심정으로 서 있었다. 하지만 그는 벌써 피할 수 없는 이러한 생각의 가시가 자신의 마음속에 똬리 틀고 있는 것을 느꼈다. 그 자신, 다른 사람, 밝은 사람, 복되게도 행동력이 있는 사람, 육감적인 사람, 신적이고 무의식적인 사람, 그가 그리움과 적대감을 가지고 사랑하고 있는 저기 바이마르에 있는 그 사람에 대한 생각의 가시가 말이다……. 그리고 다시, 언제나 그렇듯이 깊은 불안감을 느끼며, 조급하고도 열성적으로 다른 사람들의 본질과 예술가 기질에 맞서 자신의 그것을 주장하고 분명히 선을 긋는 일이 자신의 마음속에서 시작되는 것을 느꼈다……. 그는 보다 위대한 사람이었을까? 어떤 점에서? 무엇 때문에? 그가 승리한다면, 순전히 고집이 세기 때문이었을까? 만약 그가 진다면, 그의 패배는 비극적인 드라마가 되지 않을까? 그는 어쩌면 신이었을지는 모르지만 — 영웅은 아니었어! 하지만 영웅이 되기보다는 신이 되는 게 더 쉬웠어! 그게 더 쉬웠어……. 다른 남자는 좀 더 수월하게 살아왔지! 그는 인식과 창조를 현명하고도 슬기롭게 구별할 수 있었어. 그래서 그자는 명랑하고 고통을 모르며, 풍요롭게 결실을 맺을 수 있었지. 하지만 창조가 신적인 일이라면 인식은 영웅적인 일이었어. 그런데 그자는 양자를 다 가진, 인식하면서 창조하는 신이자 영웅이었어.

힘든 일을 하겠다는 의지……. 하나의 문장을 만들고, 엄격한 사상을 확립하는 데 그에게 얼마나 많은 수련과 자기극복이 필요했는지 누가 알겠는가? 결국 그는 무지하고 별로 훈련이 되어 있지 않았으며, 나른하게 몽상에 잠겨 꿈꾸는 자였기 때문이었다. 최상의 장면을 만드는 것보다 시저의 편지를 쓰는 것이 더 어려웠다. 그런데 그 때문에라도 그게 보다 고상한 일이 아니었을까? — 소재, 주제, 글이 흘러나올 가능성에 대한 내적인 예술의 율동적인 충동으로부터 사상, 이미지, 언어, 행에 이르기까지 붙들고 씨름할 일이 얼마나 많은가! 얼마나 고통스런 고난의 길[4]인가! 그의 작품들은 그

---

4 겟세마네에서 골고다에 이르는 예수의 고난의 길을 뜻한다.

리움이 만들어 낸 기적이었다. 형식, 형상, 경계 설정, 구체성에 대한 그리움, 신과 같은 입으로 환한 햇살을 받은 사물들의 이름을 스스럼없이 말하는 또 다른 남자의 명료한 세계에 대한 그리움이 빚어 낸 기적이었다.

그럼에도, 그리고 저런 남자가 있긴 하지만, 그, 그 자신과 같은 예술가, 작가는 누가 있었을까? 그처럼 무(無)에서, 자신의 가슴에서 창조해 내는 자는 누가 있었을까? 시가 비유와 의복을 현상계에서 빌려오기 오래전부터, 하나의 시가 음악으로, 존재의 순수한 원상(原象)으로 그의 영혼에서 태어나지 않았던가? 역사, 철학, 열정, 이런 것은 수단이자 핑계거리에 불과하지. 그런 걸로 더 이상 무언가를 창조할 수 있는 것이 아니며, 오르페우스교[5]와 같은 심원한 것에 고향을 두고 있는 것도 아니다. 말과 개념들은 숨겨진 현악 연주가 울리도록 그의 예술적 기량이 두드리는 건반일 뿐이다. 사람들은 이런 걸 알고 있었을까? 그들은 그를 무척 칭찬했다. 그가 이런저런 건반을 두드릴 때 신념이 강한 것을 보고 착한 사람들은 칭찬했다. 그리고 그가 좋아하는 말, 그의 궁극적인 열정, 가장 숭고한 영혼의 축제 때에 울렸던 위대한 종(鐘), 이러한 것이 많은 사람들을 유혹했다. 자유…… 정말이지, 그들이 환호할 때 보여 주는 행위를 그는 대개 자유라고 이해했다. 자유 — 그것은 뭐란 말인가? 시민이 지니고 있는 약간의 위엄이란 왕과 왕관 앞에서는 아무것도 아닌 것이다. 어떤 정신이 그 단어로 감히 무엇을 의미하려고 하는지 너희들은 꿈이라도 꾸겠는가? 무엇으로부터의 자유란 말인가? 궁극적으로 그 밖의 무엇으로부터? 어쩌면 심지어 행복, 인

---

5 하프 연주로 무생물도 감동시켰다는 오르페우스의 시에 기초를 둔 고대 그리스의 비밀 종교이다.

간적인 행복, 비단 족쇄, 이처럼 부드럽고 달콤한 책임으로부터의 자유일지도 모른다…….

행복으로부터……. 그의 입술이 썰룩거리는 걸로 봐서, 그의 시선이 내면을 응시하는 모양이었다. 그리고 느릿느릿 고개를 숙여 자신의 손을 내려다보았다……. 그는 옆방에 있었다. 등에서 푸르스름한 빛이 흘러내렸고, 꽃이 수놓인 커튼은 주름 진 상태로 조용히 창을 가리고 있었다. 그는 침대 옆에 서서 허리를 숙이고 단정한 얼굴을 베개에 묻었다……. 창백한 진주 색으로 빛나는 뺨 위로 검은 곱슬머리가 동그랗게 꼬이며 흘러내렸고, 꾸벅꾸벅 조느라 어린아이 같은 입술은 헤벌어져 있었다. 나의 아내! 사랑하는 여자! 그대는 나의 그리움을 따라, 나의 행복이 되기 위해 나에게 왔더란 말인가? 그대는 나의 행복이니, 조용히 누워 자고 있어라! 나를 보려고 길게 그림자를 드리운 귀여운 속눈썹을 치켜 올리지 말거라! 그대는 커다랗고 검은 눈망울로 나에게 묻고 나를 찾으려는 듯 가끔씩 눈을 뜨기도 했지! 맹세코, 맹세코, 그대를 너무 사랑해! 간혹 고통으로 너무 피곤하거나, 나의 자아가 나에게 부과하는 과제로 씨름할 때에만 가끔씩 내 감정을 발견하지 못하기도 하지. 그렇지만 난 오로지 그대의 소유가 되어서는 안 되고, 온통 그대 속에 빠져 행복을 추구해서도 안 되지. 나에겐 나의 사명이라는 게 있으니까 말이야…….

그는 아내에게 키스를 하고, 잠에 빠진 사랑스러운 그녀의 온기에서 벗어나 주위를 둘러보면서 뒤로 물러났다. 밤이 벌써 얼마나 깊어졌는지 종소리로 알 수 있었다. 이는 친절하게도 힘든 시간이 얼추 다 지나가고 있음을 알려 주는 소리이기도 했다. 그는 길게 숨을 들이마셨다가 내쉬고, 입술을 꽉 다물었다. 그는 책상으로 가서 펜을 집어 들었다……. 골똘히 생각하지 말라! 그는 골똘히 생각에 잠기기에는 너무 깊이 들어가 있었던 것이다! 혼란 속으로 빠져들지 말고, 적어도 거기서 머뭇거리지 말라! 혼란으로 가득 차 있는 곳에서 빠져나와, 형식을 얻을 수 있고, 그럴 준비가 되어 있는 빛으로 올라가라. 골똘히 생각하지 말고 일을 하라! 경계를 정하고 제외시키며, 형상화해서 끝내 버려라……

그리하여 그 고난의 작품이 완성되었다. 그것이 어쩌면 좋은 작품이 아닐지는 모르나, 좌우간 그 일을 끝마친 것이다. 그런데 일을 끝내 놓고 보니, 보라, 작품도 훌륭한 게 아닌가. 그리고 그의 영혼이며 음악이며 이념에서 나온 새로운 작품, 은은하게 울리고 아련한 빛을 발하는 창조물이 힘들게 생겨난 것이다. 마치 조개를 바라보면 물고기가 뛰노는 바다 소리가 아련히 들리는 것처럼, 신성한 형태를 갖춘 그 작품은 놀라울 정도로 아마득한 고향을 떠올리게 해주었다.

벨중족의 혈통

12시 7분 전이 되자 벤데린이 2층 현관의 대기실에 들어와 탐탐[1]을 건드렸다. 자주색 반바지를 입은 그는 다리를 넓게 벌리고, 오래되어 색이 바랜 기도용 양탄자 위에 서서 나무망치로 그 금속을 두드렸다. 청동에서 거칠고도 야만스러운 소리가, 원래 목적에 비해 너무 지나치게 온 사방으로 울려 퍼졌다. 좌우의 방으로, 당구실로, 도서실로, 겨울 정원으로, 저 아래 건물 전체로 울려 퍼졌다. 고르게 덥혀진 건물의 분위기는 온통 달콤하고 이국적인 향내로 가득 차 있었다. 드디어 소리가 멎자, 벤데린은 다음 7분 동안 다른 일에 몰두했다. 그러는 동안 플로리안은 식당에서 식탁을 차리기 위해 마무리 손질을 하고 있었다. 열두시를 알리는 두 번째 탐탐 소리는 마치 전투 신호처럼 울려 퍼졌다. 그러자 이제 사람들이 나타나기 시작했다.

아렌홀트 씨는 도서실에서 오래된 책들을 들여다보고 있다가 총총걸음으로 나왔다. 그는 각국 언어로 쓰인 문학서의

---

[1] 청동으로 만든 타악기이다.

초판본인 골동품과 귀중하고 곰팡내 나는 낡은 책들을 늘 사 들였다. 조용히 두 손을 비비며 그는 착 가라앉고 괴로워하는 듯한 소리로 물었다. 「베케라트는 아직 안 왔소?」

「이제 올 거예요. 어떻게 안 올 수 있겠어요? 식당에서 점심을 먹기로 했는데.」 아렌홀트 부인이 두꺼운 양탄자를 깐 계단을 소리 없이 내려가면서 대답했다. 계단의 층계참에는 아주 오래된 조그만 교회 오르간이 놓여 있었다.

아렌홀트 씨는 눈을 깜박거렸다. 그의 부인은 어떻게 할 도리가 없었다. 작고 못생긴 그녀는 너무 일찍 늙어 버렸고, 푹푹 찌는 외국의 뜨거운 태양 아래에서 바싹 말라 버린 듯했다. 그녀의 납작한 가슴에는 다이아몬드 목걸이가 걸려 있었다. 그 목걸이에는 수많은 소용돌이 장식 무늬가 튀어나와 있고, 희끗희끗한 그녀의 머리칼은 복잡하게 위로 솟구쳐 있었다. 머리의 옆쪽에는 영롱한 빛을 내는 커다란 다이아몬드 핀이 달려 있었고, 나름대로 깃털로 장식되어 있었다. 아렌홀트 씨와 그의 자녀들은 그녀의 이러한 머리 모양에 대해 조심스런 말로 여러 번 지적한 적이 있었다. 하지만 아렌홀트 부인은 이에 아랑곳하지 않고 자신의 취향을 완강하게 고집했다.

자녀들이 왔다. 쿤츠와 메리트, 지크문트와 지크린데[2]였다. 레이스가 달린 제복을 입은 쿤츠는 갈색 피부를 지닌 잘생긴 남자였다. 그는 입술을 뿌루퉁하게 내밀고 있었고, 얼굴에 난 칼자국이 위협적이었다. 그는 6주 동안 경기병 연대에서 훈련을 받는 중이었다. 메리트는 코르셋형 조끼를 입고 나타났다. 회색을 띤 금발의 그녀는 매부리코와 맹금 같은

---

[2] 바그너의 오페라 「니벨룽의 반지」에서, 지크문트는 지크프리트의 아버지 이름이고, 지크린데는 지크프리트의 어머니 이름이다.

회색 눈에다 야무진 입을 한 스물여덟 먹은 깐깐한 처녀였다. 법학을 공부하고 있는 그녀는 경멸하는 표정을 지닌 채 철두철미하게 자신의 길을 갔다.

지크문트와 지크린데가 마지막으로 손에 손을 잡고 3층에서 내려왔다. 이들은 쌍둥이이자 막내였다. 어린 가지처럼 연약해서, 열아홉이나 됐는데도 아이들 몸 같았다. 지크린데는 자신의 체격에 비해 너무 무거워 보이는 보르도산 붉은 포도주 색의 벨벳 드레스를 입고 있었다. 15세기 피렌체에서 유행한 양식과 비슷하게 재단한 옷이었다. 지크문트는 회색 양복 차림에 나무딸기 색의 생사로 된 넥타이를 매고 있었다. 날씬한 발에는 에나멜가죽 구두를 신고 있었고, 소맷부리 단추에는 조그만 다이아몬드가 박혀 있었다. 그의 검고 짙은 수염은 말끔하게 면도되어 있어서, 검은 눈썹이 서로 가까이 붙어 있는 가냘프고 창백한 얼굴도 그의 체격과 마찬가지로 아직 앳되어 보였다. 지나치게 옆에서 가르마를 탄 그의 머리는 관자놀이까지 내려온 검고 짙은 곱슬머리로 덮여 있었다. 귀 위로 깊이 들어간 반들반들한 정수리 부분이 잘 매만져진 지크린데의 짙은 갈색 머리칼에는 금으로 된 작은 고리가 하나 있었는데, 그 고리에서 이마 쪽으로 커다란 진주가 달려 있었다. 이건 지크문트가 선물한 것이었다. 지크문트는 소년 같은 손목에 지크린데가 선물한 묵직한 금팔찌를 차고 있었다. 이들은 서로 너무나 닮았다. 둘 다 코가 약간 눌려 내려져 있었고, 입술은 도톰하고 부드러워 보였다. 그리고 광대뼈는 튀어나와 있었으며, 두 눈은 검게 반짝이고 있었다. 하지만 둘이 가장 많이 닮은 것은 기다랗고 가냘픈 손이었다. 지크린데의 손보다 더 남자다운 손이라고 볼 수 없는 지그문트의 손은 좀 더 붉은 색을 띠고 있을 뿐이었다. 이들은 손이 축축해질 때까지 아랑곳하지 않고 항상 손을 꼭 잡고 다녔다…….

가족은 홀의 양탄자 위에 한동안 선 채 거의 아무 말도 하지 않았다. 마침내 지크린데의 약혼자인 폰 베케라트가 도착했다. 벤데린이 현관문을 열어 주자 검은색 연미복 코트를 입은 그가 안으로 들어오면서 늦게 온 데 대해 가족들에게 일일이 사과했다. 그는 공무원이었다. 키가 작고 밝은 노란색 얼굴에 뾰족한 턱수염을 기르고 있었으며, 고상한 가문 출신이라 열과 성을 다해 예의를 차리는 남자였다. 그는 문장을 말하기 전에 입을 벌려 급히 공기를 들이마시며 턱을 가슴 쪽으로 누르곤 했다.

그는 지크린데의 손에 입맞춤을 하고 이렇게 말했다.

「그래요, 당신도 나를 용서해 주세요, 지크린데! 정부 청사에서 티어가르텐으로 오는 길이 너무 멀어서요…….」 그는 아직 그녀에게 말을 놓아서는 안 되었다. 그녀가 이를 좋아하지 않았던 것이다. 그녀는 주저 없이 이렇게 대답했다.

「아주 멀지요. 그렇지만 길이 그렇게 먼 줄 안다면 왜 좀 더 일찍 청사에서 나오시지 그랬어요?」

쿤츠가 눈을 번득이며 가늘게 뜨고 말을 덧붙였다.

「이러면 우리 집의 하루 일정에 대단히 지장이 많습니다.」

「네, 아이고…… 일이 바빠서요…….」 폰 베케라트는 신통찮게 대답했다. 그의 나이는 서른다섯이었다.

남매들은 빠르고도 날카롭게 말했다. 얼핏 보아 공격적으로 보였지만, 어쩌면 타고난 방어 심리에서 그러는지도 몰랐다. 아마 남에게 상처를 주는 것은 생각지 않고 단지 입심 좋게 말하는 것을 즐기려고 그러는 모양이었다. 그러므로 그런 말을 들었다고 토라지고 삐친다면 속 좁은 사람 취급을 받을지도 몰랐다. 이들은 폰 베케라트의 신통찮은 답변을 하찮게 여기고 무시해 버렸다. 이들은 그렇게 답하는 게 그의 성격에 맞으며, 폰 베케라트가 재치 있게 대꾸하는 것은 그에게 시간 낭비에 지나지 않는다고 생각하는 것 같았다.

모두들 아렌홀트 씨를 따라 식탁으로 갔다. 그는 폰 베케라트에게 자신이 배고프다는 걸 보여 주려는 모양이었다. 이들은 자리에 앉고는 뻣뻣한 냅킨을 펼쳤다. 양탄자를 깐 어마어마한 식당은 18세기의 내장재로 장식되어 있었다. 천장에는 전기 샹들리에가 세 개 걸려 있었고, 일곱 명이 앉은 가족 식탁은 한쪽 구석에 완전히 버려져 있었다. 식탁은 바닥까지 내려오는 커다란 창가로 옮겨져 있었고, 낮은 격자 창문 저 뒤로 분수의 은색 물빛이 우아하게 춤추고 있었다. 그리고 창 너머로는 아직 겨울인 정원의 풍경이 눈에 들어왔다. 식당 벽의 윗부분은 옛날 프랑스의 성을 장식하고 있었던 벽판처럼, 목동의 전원생활이 그려진 고블랭직으로 덮여 있었다.

사람들은 식탁 의자에 깊숙이 앉아 있었다. 의자의 넓고 푹신푹신한 쿠션은 고블랭직으로 덮여 있었다. 희게 번쩍이며 잘 다림질된 질긴 다마스크 직물의 식탁보 위에는 식기 도구마다 옆에 두 송이의 난꽃이 든 끝이 좁아지는 유리 꽃병이 놓여 있었다. 아렌홀트 씨는 마르고 조심스런 손으로 코의 중간 부분에 코안경을 고정시키고는, 의심스런 눈길로 식탁에 세 부가 놓여 있는 메뉴를 들여다보았다. 그는 위의 아래쪽에 있는 신경 다발로, 심한 복통을 일으킬 수 있는 복강 신경 망상(網狀) 조직이 좋지 않아 고생하고 있었다. 그래서 그는 무엇을 먹을 건가 심사숙고하지 않을 수 없었다.

쇠고기 골수가 든 고기 수프, 백포도주를 가미한 가자미, 꿩과 파인애플이 있었다. 이것이 다였다. 이게 가족의 점심식사였다. 하지만 몸에 좋고 소화가 잘되는 음식이라서 아렌홀트 씨는 만족해했다. 수프가 왔다. 회전식 식품대가 소리도 없이 부엌에서 간이 식탁으로 음식을 운반해 주었다. 하인들이 열성적으로 시중든다는 듯 일에 전념하는 표정을 지으며 허리를 구부리고 음식들을 식탁에 날라 주었다. 수프는 극히 섬세하고 반투명한 도자기로 된 조그만 그릇에 담겨 있었다. 희끄무레한 조그만 골수 덩어리가 황금색의 뜨거운 액체 속에 떠 있었다.

수프를 먹고 몸이 더워진 아렌홀트 씨는 문을 열어 바깥 공기가 좀 들어오게 해야겠다는 생각이 들었다. 그는 자신에게 그런 마음이 들게 한 것에 대한 표현 가능성을 모색하면서 조심스레 냅킨을 쥐고 입에 갖다 댔다.

그가 말했다. 「수프 더 들게나, 베케라트. 그건 몸에 좋아요. 일을 하는 사람은 자신의 몸을 돌볼 권리가 있지, 그것도 맛을 즐기면서 말이네……. 식사하는 것을 원래 좋아하는가? 즐겁게 식사하는가? 그렇지 않다면 너무 애석한 일이지. 나는 식사할 때마다 작은 잔치 같다는 생각이 든다네. 누가 이런 말을 했지. 하루 네 번 식사할 수 있도록 되어 있기 때문에 삶이 그렇게 아름다운 거라고. 그건 바로 내가 할 말이네. 하지만 이러한 습관의 가치를 높게 평가하려면 약간의 젊음과 감사하는 마음이 필요하지. 하지만 누구나 다 그럴 수는 없지……. 사람이란 나이를 먹게 마련이야. 좋아. 그 점은 어쩔 수 없지. 하지만 중요한 문제는 사물을 늘 새로운 마음으로 대해야 하는 거라네. 그리고 어느 것에도 습관이 들어서는 안 된다는 거야……..」 그는 쇠고기 골수를 빵 조각에 바르고 거기에 소금을 뿌리며 말을 계속했다. 「자, 이제 자네의 상황이 막 변하려는 순간에 있네. 자네 존재의 수준이 본질적으로 높아질 걸세.」 (폰 베케라트는 미소 지었다.) 「자네가 자네의 삶을 즐기고자 한다면 진정으로 즐기도록 하게나. 의식적이고도 예술적으로 말이야. 그렇지만 새로운 환경에 익숙해지려고 해서는 안 되지. 습관이 드는 것은 죽는 것이나 다름없거든. 그것은 감각이 둔해지는 거야. 새로운 환경에 순응하지 말고, 어떤 것도 당연하다고 여기지 말게나. 안락한 생활의 감미로움에 대해 어린이 같은 미적 감각을 유지하게. 이보게나…… 난 몇 년 전부터 삶의 여러 가지 즐거움을 마음껏 누리고 있다네.」 (폰 베케라트는 미소 지었다.) 「확실히 말하건대, 난 하느님이 나에게 허락해 주신 아침에 일어날 때마다, 요사이에도 가슴이 약간 두근거린다네. 나의 침대 덮개가 비단 이불이기 때문이지. 그것이 젊음이라는 거야……. 하지만 난 내가 어떻게 그럴 수 있는지 알고 있어. 그리고 아직 주위를 둘러보면서 마법에 걸린 왕자가 된 것처럼 느낄 수 있네…….」

그의 자녀들은 서로 눈길을 주고받았다. 그리고 너무 마구잡이로 그러는 바람에 그걸 눈치 채지 않을 수 없게 되자, 아렌홀트 씨는 당황하는 기색이 역력했다. 그는 자녀들이 일치단결하여 자기에게 반대하고 있으며, 자신을 경멸하고 있음을 알았다. 자신의 혈통에 대해, 자신의 몸속에 흐르고 있으며 이들이 자신에게서 물려받은 피에 대해서 말이다. 자신이 부를 획득한 방법에 대해, 이들이 보기에 자신에게 걸맞아 보이지 않는 자신의 취미에 대해, 역시 이들이 느끼기에 자신에게 그럴 권리가 없어 보이는 자신을 돌보는 방식에 대해, 미적 감각을 억제할 줄 모르는 자신의 부드럽고 시적인 수다에 대해서 말이다……. 그는 이 모든 사실을 알고 있었고, 어느 정도는 이들의 말을 인정했다. 그가 이들에게 죄의식이 없는 게 아니었다. 하지만 결국 그는 자신의 인격을 주장하지 않을 수 없었고, 자신의 삶을 영위해야 했기에 그것에 관해 말할 수 있어야 했다. 즉, 이런 이야기를 말이다. 그에게는 그런 것을 말할 권리가 있었기에, 자신이 눈여겨볼

만한 가치가 있는 사람임을 시위했다. 그는 한 마리 지렁이이자 그야말로 한 마리 이와 같은 존재였다. 하지만 이러한 사실을 대단한 열정과 자기 비하로 느끼는 능력이 그로 하여금 결코 만족할 줄 모르고 끈질기게 노력하게 하는 요인이 되었으며, 이러한 노력 덕으로 그는 위대한 인물이 되었다……. 아렌홀트 씨는 동쪽의 외딴 벽지에서 태어나 재산이 많은 상인의 딸과 결혼했다. 그리고 대담하고 현명하게 사업을 벌이고, 거창하게 일을 꾸몄다. 즉, 석탄을 캐는 광산업에 종사하여 어마어마하게 큰돈을 벌어들였던 것이다…….

생선 요리가 나왔다. 하인들은 간이 식탁에서 요리를 들고 넓은 식당을 가로질러 서둘러 가져왔다. 이들은 생선에 칠 크림소스를 가져왔고, 씁쓸한 맛이 감도는 적포도주를 따랐다. 사람들은 지크린데와 베케라트의 결혼식에 대한 이야기를 나누었다.

결혼식이 코앞에 다가와 있었고, 일주일 후에 결혼식을 치를 예정이었다. 사람들은 혼수 이야기를 꺼냈고, 스페인으로 신혼여행 가는 계획에 대해 이야기를 주고받았다. 사실 아렌홀트 씨 혼자 이 문제에 대해 상세히 논의했고, 베케라트는 공손하게 그의 말에 따르며 호응했다. 아렌홀트 부인은 게걸스럽게 음식을 먹으며, 그녀 나름대로 별로 도움이 안 되는 새로운 질문을 하고 그 질문에 대답할 뿐이었다. 그녀가 말을 할 때는 그녀의 어린 시절의 사투리인, 이상하고 후음이 풍부한 언어가 섞여 나왔다. 메리트는 교회에서 결혼하기로 계획한 것에 대해 말은 않지만 반대하는 기색이 역력했다. 그것은 그녀의 계몽된 신념에 거슬리는 것이었기 때문이다. 게다가 아렌홀트 씨도 폰 베케라트가 신교 신자이기 때문에 이러한 결혼식에 떨떠름한 태도를 보였다. 신교의 결혼식에는 미적 감각이 결여되어 있다고 보았다. 만약 폰 베케라트가 가톨릭 신자였다면 문제가 다를지도 모른다는 것이었다. 쿤츠는 폰 베케라트의 면전에서 자신의 어머니에게 화를 냈기 때문에 말없이 잠자코 있었다. 그리고 지크문트와 지크린데는 그런 문제에 아무런 관심도 보이지 않았다. 그들은 의자 사이로 가냘프고 축축한 손을 서로 꼭 잡고 있었다. 때때로 이들은 눈을 맞추고 감정이 통하는 가운데 뭐라고 합의를 보았지만, 다른 사람들은 그걸 이해할 수 있는 방도나 접근 방법을 알 수 없었다. 폰 베케라트는 지크린데와 다른 쪽에 앉아 있었다.

아렌홀트 씨가 말했다. 「50시간 걸릴 거네. 그리고 원한다면 마드리드에 가보게나. 그곳은 발전하고 있어. 난 가장 빠른 길로 가는 데 60시간 걸렸지……. 자네는 혹시 로테르담에서 바닷길로 가는 것보다 육로로 가는 것을 더 좋아하지 않는가?」

폰 베케라트는 육로를 선호한다고 황급히 말했다.

「하지만 파리를 빼먹진 않겠지. 리옹을 지나 곧장 달릴 가능성도 있거든. 지크린데는 파리에 가봤지. 하지만 자네가 좋은 기회를 놓쳐선 안 되지……. 그전에 체류할 건지 여부는 자네의 결정에 달려 있어. 어디서 허니문을 시작할 건지 선택하는 문제는 전적으로 자네 자신에게 달려 있네…….」

지크린데는 고개를 돌렸다. 그녀는 처음으로 자신의 약혼자 쪽으로 고개를 돌렸다. 누가 신경 쓰든 말든 전혀 아랑곳없이 솔직하고도 자유롭게 말이다. 그녀는 크고 검은 눈으로 자신의 맞은편에 앉은 그의 예의 바른 표정을 들여다보았다. 곰곰 살피고 기대에 차 묻는 듯이 눈을 반짝이며 진지한 시선으로 말이다. 그녀는 그렇게 3초 정도 그를 바라보면서 아무 생각 없이 짐승 같은 눈초리를 하고 있었다. 그렇지만 그녀는 의자 사이로 쌍둥이의 가냘픈 손을 꼭 잡고 있었다. 서로 가까이 붙어 있는 지크문트의 눈썹은 코의 윗부분에서 두 개의 검은 주름살을 만들고 있었다……

대화가 빗나갔고, 한동안 불안정하게 가벼운 말다툼이 있었다. 이들은 하바나에서 특별히 아렌홀트 씨에게 보내온 아연을 입힌 신선한 시가 이야기를 꺼냈다. 그런 다음에는 대화가 하나의 주제를 중심으로 진행되었다. 그것은 어쩌다가 쿤츠가 끄집어낸 순전히 논리적 성질에 관한 문제였다. 말하자면 a가 b를 위한 필요충분조건이라면, b도 a를 위한 필요충분조건이 되느냐 하는 문제였다. 이에 대해 사람들은 논란이 분분했고, 이를 날카롭고도 상세하게 해부했으며, 예들을 들먹이며 주제에서 벗어나 밑도 끝도 없이 이야기들을 나누었다. 그리고 추상적이고 철갑을 두른 변증법으로 서로를 공박했고, 눈에 불을 켜고 서로를 물어뜯었다. 메리트는 철학적인 차이, 즉 구체적인 근거와 원인적인 근거 사이의 차이를 토론에 끌어들였다. 쿤츠는 머리를 높이 쳐들고 그녀를 내려다보고 말하길 〈원인적인 근거〉란 중복 표현이라 지적했다. 메리트는 화가 난 표정으로 자신의 용어가 정당하다고 주장했다. 아렌홀트 씨는 자세를 반듯이 고쳐 앉고는 엄지손가락과 집게손가락으로 빵 조각을 들어 올리고는 이 모든 문제를 명료하게 설명하고자 했다. 그러나 그는 완전히 실패하고 말았다. 자녀들은 그를 비웃었다. 심지어 아렌홀트 부인조차도 남편의 말에 어깃장을 놓았다. 「무슨 소리 하는 거예요? 그런 걸 배웠어요? 당신은 거의 배운 게 없잖아요!」 그때 폰 베케라트가 턱을 가슴 쪽으로 당기고, 입으로 공기를 들이쉬면서 자신의 견해를 말하려고 하자 사람들은 벌써 다른 주제로 넘어가 버렸다.

지크문트가 입을 열었다. 그는 빈정거리는 투로, 점점 더 마음이 단순해지고 자연과 가까워지고 있다는, 자신이 아는 어떤 사람에 관한 이야기를 했다. 그래서 그 사람은 어떤 옷이 보통 재킷이고 어떤 것이 턱시도인지 더 이상 구별할 수 없게 되었다고 한다. 이 파르시팔[3]은 체크무늬 턱시도에 관해 말한다는 것이다······. 쿤츠는 타락하지 않고 순진무구한, 보다 심금을 울리는 또 다른 경우를 알고 있다고 말했다. 그는 오후 다섯시의 차 마시는 시간에 턱시도를 입고 나타난 사람 이야기를 했다.

「오후에 턱시도를 입고 나타났다고?」 지크린데가 이렇게 반문하며 입술을 찡그렸다······.「아니, 동물들이나 그런 짓을 하잖아.」

베케라트는 이 말에 웃음을 그치지 못했다. 특히나 자신도 차 마실 때 턱시도를 입고 간 적이 있어 찔렸기 때문이었다······. 사람들은 꿩고기를 먹으면서 일반적인 문화 속성의 문제에 관해 이야기하다가 문학과 연극을 비롯한 예술 이야기로 넘어갔다. 폰 베케라트는 조형 예술의 전문가이자 애호가였다. 지크문트는 그림 그리는 것에 관심이 많긴 했지만, 아렌홀트 씨 가족들은 문학과 연극을 특히 좋아하는 편이었다.

일반적인 주제를 다루면서 나누는 대화는 활기차게 진행되었다. 자녀들은 결정적인 역할을 했고, 이들은 말을 잘했다. 말할 때의 이들의 몸짓은 신경질적이었고 건방졌다. 이들은 미적 감각의 선봉으로 나섰고, 극단적인 것을 요구했다. 이들은 비전, 신념, 꿈과 분투하는 의지 같은 것을 깡그리 무시해 버리고, 인정사정 보지 않는 능력이며 그로 인한 업적, 무자비하게 힘을 겨루어서 얻는 성공을 추어올렸다. 그리고 이들이 경탄은 하지 않지만 그래도 인정하는 것은, 이

---

[3] 중세 아서 왕 전설에서 성배를 찾아 나선 기사로, 바그너가 작곡한 오페라 「파르시팔」의 주인공이다.

렇게 하여 승리를 거둔 예술품이었다. 아렌홀트 씨 자신은 폰 베케라트에게 이렇게 말했다.

「자네는 성격이 무척 좋군. 자넨 의도가 좋은 것들을 변호하고 있어. 하지만 중요한 것은 결과야! 자네는 〈그가 하는 작업이 다 아주 좋지는 않지만 그는 예술 쪽으로 직업을 바꾸기 전에 일개 농부에 불과했어요. 그러니 이것만 해도 벌써 놀라운 일입니다〉라고 말하겠지. 그건 아무것도 아니네. 이룬 성과가 절대적이야. 정상을 참작할 여지가 없어. 그가 일류 작품을 만들도록 해야지, 그렇지 않으면 허섭스레기를 가져올 수 있거든. 자네의 고마워하는 마음으로 내가 얼마나 성공을 거둘 수 있겠나? 나 같으면 이렇게 말했을지도 몰라. 〈자넨 원래 보잘것없는 사람에 불과했어. 그러다가 출세해서 자기 부서의 장이 된 건 대단한 일이야.〉 내가 이런 식으로 생각했다간 지금 이 자리에 앉아 있지 못할 거야. 난 세상이 나를 인정하도록 만들어야 했어. 그러니 나도 무언가를 인정할 수밖에 없게 되기를 바라네. 여기가 로도스 섬이라네. 춤출 만큼 좋은 곳이지!」

자녀들이 웃었다. 한순간 그들은 아버지를 경멸하지 않았다. 이들은 식당의 식탁에서 푹신하고 부드러운 쿠션에 자연스러운 자세로 앉아 있었다. 이들은 응석받이 같고 변덕스러운 표정을 짓고 있었다. 이들은 자신감에 넘쳐 앉아 있었지만, 마치 총명함과 가혹함, 정당방위와 빈틈없는 기지가 살아남는 데 필수적 요소라도 되는 양, 이들의 말은 신랄하기 짝이 없었다. 이들의 칭찬은 마지못해 하는 동의였고, 이들의 비난은 신속하고 빈틈이 없으며 무례하여 순식간에 상대방을 무력하게 만들었다. 이들의 비난은 감격을 무색하게 했고, 그러한 감격을 어리석은 것으로 만들어 아무 말도 못 하게 했다. 이들은 몽상적이지 않고 지적이라, 어떠한 이의 제기에도 거뜬히 살아남는 작품을 〈아주 좋다〉고 칭찬했다. 그리고 이들은 정열을 제대로 다스리지 못하는 것을 비웃었다. 특히 무턱대고 열정에 빠지는 경향이 있는 폰 베케라트로서는 나이도 더 많이 먹은 터라 참 난처했다. 그는 의자 위에서 더욱더 움츠러들었고, 턱을 가슴 쪽으로 잡아당겼다. 그리고 쾌활한 이들의 우세한 능력에 마음이 편치 않아, 당황한 표정으로 멍하니 입을 벌리고 숨을 쉬었다. 측은해하고 수치스러워할 줄 모르는 이들은 반박을 하지 않고는 못 배기는 듯 사사건건 트집을 잡았다. 이들의 이의 제기는 탁월했고, 그럴 때 이들은 눈을 반짝거리며 가늘게 떴다. 이들은 그가 무슨 말만 하면 그에게 달려들어 난도질하고는 내팽개쳐 버렸다. 그리고 다른 말을 찾아서는, 붕붕 소리 내며 날다가, 검은 옷을 입고 떨면서 앉아 있는 그를 반쯤 죽여 놓았다……. 폰 베케라트는 눈이 충혈되었고, 식사가 끝났을 때는 완전히 얼이 빠져 보였다.

갑자기 — 사람들은 파인애플 조각에 설탕을 뿌리고 있었다 — 지크문트가 햇빛에 눈이 부신 사람처럼 얼굴을 찡그리며 말문을 열었다.

「아, 내 말 좀 들어 보세요, 베케라트. 우리가 잊어버리기 전에 한 가지 더 할 일이 있습니다……. 지크린데와 나, 우린 한 가지 부탁을 드리며 당신과 가까워지고 싶습니다……. 오늘밤 가극장에서 〈발퀴레〉[4] 공연이 있습니다…… 우리, 지크린데와 나는 또 한 번 그걸 같이 듣고 싶습니다. 봐도 되겠지요? 물론, 그것은 당신의 은혜와 자비에 달려 있습니다…….」

「참 좋은 생각이구나!」 아렌홀트 씨가 말했다.

---

4 〈라인의 황금〉, 〈발퀴레〉, 〈지크프리트〉, 〈신들의 황혼〉으로 이루어진 바그너의 오페라 「니벨룽의 반지」의 2부이다.

쿤츠는 훈딩[5] 모티브의 리듬을 식탁보 위에서 두드리고 있었다.

이런 식으로 자신의 허락을 요구하는 데 당황한 폰 베케라트는 진지하게 대답했다.

「아닙니다, 지크문트. 물론입니다……. 그리고, 당신, 지크린데…… 난 그걸 무척 합리적이라고 생각합니다……. 꼭 가세요……. 나도 같이 따라갈 용의가 있습니다……. 오늘 배역을 맡은 배우들이 호화 멤버더군요…….」

아렌홀트 씨 가족은 웃으면서 접시 위에 고개를 숙이고 있었다. 이들에 끼지 못한 폰 베케라트는 눈을 깜박이며 어디다 눈길을 줄까 고심하면서 어떻게 해서든 이들의 흥겨운 웃음에 동참하려고 했다.

지크문트는 즉각 말을 이었다.

「아, 생각해 보세요. 난 배역이 나쁘다고 생각해요. 아닌 게 아니라, 어쩌면 당신이 우리가 고마워하는 마음을 깜빡 잊었는지 모르지만, 우리 말을 잘못 이해했어요. 지크린데와 난, 지크린데가 결혼식을 하기 전에 또 한 번 단둘이서만 〈발퀴레〉를 듣게 해달라고 부탁하는 겁니다. 난 모르겠습니다, 당신이 지금…….」

「아, 네, 물론입니다……. 난 완전히 이해합니다. 그건 매력적인 일입니다. 두 사람은 꼭 가야 합니다…….」

「감사합니다, 대단히 감사합니다. 그럼 퍼시와 라이어만을 준비하도록 해야겠군요.」

「너에게 말해 둘 게 있다.」 아렌홀트 씨가 말했다. 「난 네 어머니와 에어랑어 댁의 만찬에 갈 거다. 퍼시와 라이어만을 타고 말이야. 너희들은 그냥 발Baal과 참파나 갈색의 쿠페를

---

5 〈발퀴레〉에서, 산적인 지크린데의 남편 이름이다.

타는 것으로 만족하는 게 좋겠다.」

「그런데 표는?」 쿤츠가 물었다.

「진작에 구해 놓았어.」 지크문트는 이렇게 말하며 머리를 뒤로 젖혔다.

이들은 약혼자의 눈을 들여다보며 웃음을 지었다.

아렌홀트 씨는 뾰족한 손가락으로 벨라도나[6] 가루가 든 봉지를 뜯어서는 조심스럽게 입에 털어 넣었다. 그리고 나서 굵은 담배에 불을 붙이자 곧장 그윽한 향내가 퍼져 나갔다. 그러자 하인들이 달려와 그와 부인이 앉은 의자를 뒤로 빼주었다. 커피는 겨울 정원에서 마시겠다는 지시가 내려졌. 쿤츠는 날카로운 목소리로 막사로 돌아가야 하니 도그카르트[7]를 준비하라고 일렀다.

지크문트는 오페라를 구경하기 위한 몸치장을 하고 있었다. 그것도 한 시간 전부터. 그는 하루의 대부분을 세면대 앞에서 보낸다 할 정도로 청결에 남달리 신경을 썼다. 그는 지금 나폴레옹 시대 양식의 테두리가 달린 하얀 대형 거울 앞에 서서, 양각 무늬 상자에 분첩을 넣었다가 말끔히 면도한 턱과 뺨에 분을 발랐다. 수염이 하도 빨리 자라 저녁에 외출할 때면 다시 한 번 면도해야 할 정도였다.

그는 거울 앞에 약간 알록달록한 모습으로 서 있었다. 장밋빛 비단 바지와 양말에다, 붉은 모로코가죽 슬리퍼를 신고 있었고, 연한 회색 모피로 된 접은 옷깃이 달린, 패드를 넣은 검은 무늬의 평상복 상의를 입고 있었다. 그리고 그는 온통 희게 래커 칠이 되어 있고, 고상하고 실용적인 물건들이 갖

---

[6] 가짓과의 유독 식물로, 소량을 복용하면 마취, 진정, 경련 완화, 이뇨 작용 등의 효과를 볼 수 있다.
[7] 한 마리의 말이나 개가 끄는 가벼운 이륜마차이다.

추어진 어마어마하게 큰 침실에 있었다. 창문 뒤로는 티어가르텐[8]의 벌거벗은 나무 우듬지들이 흐릿하게 서 있었다.

날이 너무 어두워져서, 그는 흰 천장에 크고 둥그렇게 무리 지어 달려 있는 등을 켰다. 그러자 방이 우윳빛을 띠며 환히 밝아졌다. 그리고 벨벳 커튼을 어둑어둑해져 가는 창유리 앞으로 끌어당겼다. 장롱, 세면대, 화장대에 붙어 있는 깊숙하고 물처럼 맑은 거울이 빛을 반사하여, 타일을 붙인 선반 위의 조탁한 자그만 병들이 반짝반짝 빛났다. 지크문트는 자신의 일을 계속했다. 때때로 무슨 생각을 하면서 코의 윗부분에서 서로 가까이 붙어 있는 눈썹으로 두 개의 검은 주름살을 만들기도 했다.

그의 낮은 평소처럼 공허하게 후딱 지나갔다. 오페라가 여섯시 반에 시작되는데, 네시 반부터 옷을 갈아입기 시작했기 때문에 그에게 오후 시간이 별로 없었다. 두시부터 세시까지 긴 의자에서 휴식을 취한 뒤에 차를 마셨다. 그런 다음 남는 시간을 이용해 형 쿤츠와 같이 쓰는 서재의 푹신한 가죽 안락의자에 몸을 쭉 뻗고 누워 새로 나온 소설들을 몇 페이지씩 이것저것 읽어 보았다. 그는 이런 작품들이 모두 가련할 정도로 변변치 못하다고 생각했지만, 그래도 자신의 도서실을 위해 이것들을 예술적으로 제본하도록 그중 몇 권을 제본소에 보냈다.

게다가 그는 그날 오전에 일을 했다. 그는 열시에서 열한시까지 한 시간 동안 담당 교수의 아틀리에에 있었다. 유럽에서 명성이 높은 그 교수는 지크문트의 데생과 그림 재능을 키워 주는 대가로 아렌홀트 씨로부터 매달 2천 마르크를 받고 있었다. 그렇지만 지크문트가 그린 그림을 보면 소도 웃

---

8 베를린 중심가의 지명이다.

을 정도였다. 그 자신도 이런 사실을 알고 있어서, 자신의 예술적 재능에 커다란 기대를 걸지 않았다. 그는 자신의 존재적 여건이 사실 창조적 재능을 개발하는 데 최고로 유리하지는 않다는 사실을 파악하지 못할 정도로 감각이 무딘 사람은 아니었다.

그가 살아가는 데 필요한 장비가 너무 풍부하고 다양하며 지나치게 많아서, 그의 삶 자체에는 빈 공간이 거의 남지 않게 되었다. 그가 소유한 장식품들은 하나같이 귀중하고 아름다워 애당초 그것에 부여된 쓰임새를 까다롭게 넘어서서 그를 혼란스럽게 하고, 그의 주의력을 고갈시켜 버렸다. 지크문트는 모든 게 남아도는 환경에서 태어났기 때문에 의심의 여지 없이 그런 데 익숙해져 있었다. 그럼에도 사실 그를 사로잡고 흥분시키며 끊임없이 육욕을 불러일으키는 과잉 상태는 결코 그치지 않았다. 그가 원하든 원치 않든 간에, 그 점에서 사실 그는 어느 것에도 익숙해지지 않는 기술을 연마하고 있었던 아렌홀트 씨를 닮아 있었다…….

지크문트는 책읽기를 좋아했고, 내적인 충동에 사로잡혀 어떤 도구를 갖고 싶어 하듯 언어와 정신을 갈망했다. 하지만 그 한 권의 책이 가장 중요하고 유일한 책이라 생각될 정도로 어떤 책에 몰두하여 깊이 빠진 적이 한 번도 없었다. 그 책이 그 너머를 바라볼 수 없는 소우주라도 되는 양, 그 속에 파묻혀 빠져들어 마지막 남은 음절에서도 영양분을 빨아들일 수 있기라도 하듯이 말이다. 책과 잡지들이 홍수처럼 쏟아져도 그는 그걸 다 사서 주위에 쌓아 놓았다. 그런데 막상 읽으려고 해보면 아직 읽어야 할 게 너무 많아 그는 마음이 혼란스러워졌다. 하지만 책들은 제본이 되었다. 지크문트 아렌홀트의 멋진 사인이 들어 있는 책들이 가죽으로 바짝 조여 제본된 상태로 여기에 호화스럽고도 거만하게 놓여 있었다.

이 책들은 정복하는 데 성공하지 못한 그의 소유물들처럼 그의 삶을 무겁게 짓누르고 있었다.

낮은 그의 것이었고 그는 자유로웠으며, 해가 뜰 때부터 질 때까지 모든 시간이 그에게 주어져 있었다. 그렇지만 지크문트는 마음속으로 무언가를 이룩해 낼 시간은커녕 무언가를 하려는 의욕을 품을 시간도 없다고 생각했다. 그는 영웅이 아니었기에 그에게는 괴력이 없었다. 진지하고 믿을 만한 삶의 가능성에 대해 대책을 세우고 호화스럽게 준비를 하느라 그는 가지고 있던 힘을 다 써버린 것이다. 철저하고 완전하게 몸치장을 하느라 그의 용의주도함과 정신력은 고갈되어 버렸고, 그의 옷장이며 담배 재고량, 비누며 향수를 관리하느라 그의 주의력은 소진되어 버렸다! 하루에 두세 번 넥타이를 골라야 하는 일이 생길 때면, 그는 얼마나 결단력을 발휘해야 했던가! 그럴 때 그는 결단을 내려야 했고, 그것은 중요한 일이었다. 주위에 금발을 한 시민들이 옆에 고무천을 댄 신축성 있는 부츠를 신고 다니든, 옷깃을 밖으로 젖히고 다니든 그런 것은 그에게 아무래도 상관없었다. 누가 뭐라든 그는 머리끝에서 발끝까지 외모를 흠잡을 데 없이 완전무결하게 하고 다녀야 했다…….

궁극적으로 그에게서 이 이상을 기대하는 사람은 아무도 없었다. 가끔 가다 그의 마음속에서 〈믿을 만한 것〉에 대한 불안감이 막연히 생기는 순간, 그에 대한 다른 사람의 기대감이 부족한 것이 다시 그를 위축시키고 그의 마음을 느슨하게 만든다고 느꼈다……. 그는 집에서 낮 시간이 빨리 지나가게, 공허한 틈을 느낄 수 없도록 관리하는 것을 목표로 삼았다. 숟가락을 놓자마자 금방 다음 식사 시간이 다가왔다. 일곱시 전에 저녁을 먹었기 때문에, 양심에 거리낌이 없이 한가롭게 보낼 저녁 시간이 길었다. 하루하루가 후딱 지나가

버렸고, 계절들이 마찬가지로 허겁지겁 왔다가는 가버렸다. 이들은 여름 두 달을 넓고 으리으리한 정원, 테니스장, 서늘한 공원 길이나 짧게 깎은 잔디에 청동 입상이 있는 호숫가의 작은 성에서 보냈다. 세 번째 달은 집 못지않게 호사를 부릴 수 있는 바닷가나 고산 지대의 호텔에서 보냈다……. 얼마 전 며칠 동안 그는 대학에 가서 편한 시간에 예술사 강의를 들었다. 자신의 후각신경의 판단에 따르면, 자기 이외에 거기에 참가하는 다른 신사들이 자신의 기대에 훨씬 못 미쳤기 때문에 그는 다시는 그 강의를 들으러 가지 않았다…….

그 대신에 그는 지크린데와 산책을 다녔다. 그녀는 태어나면서부터 그의 옆에 있었다. 둘이 처음으로 옹알이를 할 때부터, 첫 발자국을 뗄 때부터 그녀는 그의 옆에 붙어 있었다. 그리고 그에게는 같이 태어나고 자신을 꼭 닮은 그녀, 화려하게 꾸민, 갈색 머리칼의 귀여운 그녀 말고는 친구가 하나도 없었다. 풍요로움으로 가득 찬 날들이 공허한 눈을 하고 이들 곁을 훌쩍 지나가는 동안 그는 그녀의 가냘프고 축축한 손을 꼭 잡고 있었다. 이들은 산책을 하는 길에 싱싱한 꽃들, 제비꽃과 은방울꽃 다발을 가지고 다녔다. 교대로 꽃향기를 맡아 보았고, 때때로 둘이 동시에 맡기도 했다. 걸어가면서, 관능적이고 될 대로 되라는 식의 기분에 빠져 그윽한 향내를 호흡했다. 자기들밖에 모르는 환자들처럼 서로를 보살폈고, 희망을 잃은 사람들처럼 서로에게 빠져들었다. 역한 냄새가 나는 세상을 마음속에서 내쫓았고, 선택받은 그들이 아무 쓸모없는 존재이기 때문에 서로를 사랑했다. 하지만 이들이 하는 말은 날카롭고 불꽃을 튀겼다. 이들은 자신들이 만나는 사람들과 자신들이 보고 듣고 읽은 것들을 그런 식으로 꼬집었다. 그리고 다른 사람들이 한 일, 말로 평가받고 지적당하며 위트 있는 반박을 들을 각오를 하고 작품을 내보인 사람들이 한 일을 그런 식으로 꼬집었다…….

 그때 청사에 근무하는 훌륭한 가문 출신인 폰 베케라트가 나타난 것이었다. 그는 지크린데에게 구혼하여, 아렌홀트 씨에게서 호의를 띤 중립적 태도를, 아렌홀트 부인한테서는 찬성을 얻어 냈다. 경기병 연대에 근무하는 쿤츠한테서는 열렬한 지지를 받았다. 베케라트는 참을성이 있고 근면하며 더할 나위 없이 예의 발랐다. 그를 좋아하지 않는다고 몇 번이고 충분히 이야기한 뒤에, 마침내 지크린데는 그를 주의 깊게 살피며 혹시나 하고 말없이 관찰하기 시작했다. 그녀는 짐승의 눈처럼 아무 생각 없이 진지하게 반짝이는 눈망울로 관찰한 뒤에 좋다고 말했다. 그리고 그녀가 따르던 지크문트는 이러한 결과에 관심을 가졌고, 자신을 경멸했다. 하지만 폰 베케라트가 청사에 근무하는 훌륭한 가문 출신이었기 때문에 반대하지는 않았다……. 몸치장을 하는 동안 이따금씩 지크문트의 서로 가까이 붙어 있는 눈썹이 코의 윗부분에서 두 개의 검은 주름살을 만들기도 했다…….

 그는 침대 앞에 펼쳐져 있는, 앞발을 내뻗고 털 속에 뒷발을 숨기고 있는 북극곰의 가죽 위에 서 있었다. 그리고 자신의 온몸에 오드콜로뉴를 뿌린 뒤 주름이 잡힌 연미복 셔츠를 집어 들었다. 풀을 먹여 희미하게 빛나는 리넨 속으로 미끄러져 들어가는 그의 누르스름한 상체는 소년의 몸처럼 앙상했고, 그러면서 검은 털이 텁수룩했다. 그런 다음 검은 비단 속바지를 입고, 검은 비단 양말을 신었다. 그리고 은색 죔쇠가 있는 검은색 대님을 매고, 다림질한 바지를 입었다. 바지의 검은 천은 비단처럼 희미하게 빛나고 있었다. 그런 다음 좁은 어깨 위에 하얀 비단 멜빵을 단단히 동여맸다. 그러고는 발을 발판에 올려 에나멜가죽 구두의 단추를 채우기 시작했다. 문에서 노크 소리가 났다.

「들어가도 돼, 기기?」 밖에서 지크린데가 묻는 소리가 들렸다.

「응, 들어와.」 그가 대답했다.

벌써 준비를 마친 그녀가 들어왔다. 그녀는 번쩍번쩍 빛나는 녹색 비단 드레스를 입고 있었는데, 각진 목 부분은 생사로 수놓은 넓은 띠에 에워싸여 있었다. 허리띠 위에 수놓은 두 마리의 공작이 서로 마주 보며 부리에 화환을 물고 있었다. 지크린데의 새까만 머리칼에는 이제 장신구가 없었다. 하지만 하얗게 드러난 목에 걸린 가느다란 진주 목걸이에는 계란 모양의 커다란 보석이 박혀 있었다. 목의 피부는 살짝 그을린 해포석(海泡石)의 색을 띠고 있었다. 그리고 팔에는 은을 박아 넣은 스카프가 걸려 있었다. 그녀가 말했다.

「난 숨기지 않겠어. 마차가 기다리고 있다는 사실을 말이야.」

「난 망설이지 않고 주장하겠어. 마차가 2분은 더 참아 줄 거라고 말이야.」 그가 그녀의 말을 슬쩍 받아넘겼다. 2분이 10분으로 늘어났다. 그녀는 하얀 벨벳 안락의자에 앉아, 그가 자신의 일에 열중하는 모습을 지켜보았다.

그는 산더미같이 쌓인 형형색색의 넥타이들 중에서 흰색 피케[9] 넥타이를 하나 골라 거울 앞에서 나비매듭을 매기 시작했다.

「베케라트는 색깔 있는 넥타이들을 여전히 옆으로 묶고 다녀. 지난해 유행대로 말이야.」 그녀가 말문을 열었다.

「내가 그를 흘깃 살펴본 바에 따르면, 이를 데 없이 보잘것없는 인간이야.」 그가 말을 받았다. 그런 다음 그녀 쪽으로 고개를 돌리고 이렇게 덧붙이며, 태양에 눈이 부시는 사람처

---

9 가는 실과 굵은 실로 짠 이중 조직의 면직물이다.

럼 얼굴을 찡그렸다.

「말이 나왔으니 말인데, 난 오늘 저녁 동안 그 게르만인 이야기를 더 이상 안 했으면 좋겠어.」

그녀는 짧게 웃으며 대답했다.

「나야 그러기 어렵지 않겠지만, 넌 그 말 꼭 지켜야 돼.」

그는 목둘레가 깊이 파인 피케 조끼를 입고는 그 위에 다섯 번이나 입어 본 연미복을 입었다. 그가 소매에 두 손을 꿰는 동안 부드러운 비단 안감이 그의 두 손을 부드럽게 어루만져 주었다.

「단추를 어떤 걸로 달았는지 좀 보자.」 지크린데가 이렇게 말하며 그에게 다가갔다. 그건 자수정 단추였다. 셔츠, 소맷부리, 하얀 조끼의 단추가 모두 같은 종류의 것이었다.

그녀는 자랑스럽다는 듯 경건하게 그를 경탄의 눈초리로 바라보았다. 반짝이는 그녀의 눈에는 깊고 그윽한 애정이 담겨 있었다. 그녀의 입술 모양이 너무 부드럽게 보여서 그는 그녀의 입술에 살포시 입맞춤을 했다. 이들은 안락의자에 앉아 잠시 서로를 애무했다. 이들은 그러는 것을 좋아했다.

「다시 아주, 아주 부드러워졌구나.」 그녀는 이렇게 말하며 말끔히 면도한 그의 뺨을 어루만졌다.

「너의 조그만 팔은 마치 비단결 같아.」 그는 이렇게 말하며 자신의 손으로 그녀의 보드라운 아래팔을 문지르며, 그녀의 머리칼에서 나는 제비꽃 향내를 맡았다.

그녀는 그의 감은 눈에 입맞춤을 했다. 그는 그녀의 목에 걸린 보석 옆쪽에 입맞춤을 했다. 이들은 서로의 손에 입맞춤을 했다. 감미로운 관능에 빠져 이들이 서로 사랑하는 것은 서로의 향긋한 향내였고, 이들 마음대로 할 수 있는 훌륭하고 세련된 몸치장이었다. 결국 이들은 입술로 서로를 핥는 조그만 강아지처럼 굴었다. 그러고 나서 그가 일어섰다.

「오늘 우리 너무 늦지 않도록 하자.」그가 말했다. 그는 조그만 향수병의 주둥이를 손수건에 대고 누르고 나서, 향수 한 방울을 가냘프고 붉은 두 손에 발랐다. 그리고 장갑을 집어 들고는 준비가 끝났다고 말했다.

그가 불을 껐고, 이들은 방에서 나갔다. 어두운 색을 띠는 오래된 그림들이 걸려 있는, 불그스름하게 불 밝혀진 복도를 따라 피아노가 놓여진 곳을 지나 계단을 내려갔다. 1층 현관에는 기다랗고 노란 외투를 입은, 장승처럼 큰 벤데린이 이들의 외투를 들고 기다리고 있었다. 그는 이들에게 코트를 입혀 주었다. 지크린데의 작고 검은 머리는 은색 여우 털 옷깃 속으로 들어가 절반은 보이지 않았다. 이들은 하인을 따라 돌이 깔린 복도를 지나 밖으로 나갔다.

바깥 공기는 부드러웠다. 커다랗고 누덕누덕한 눈송이들이 희끄무레한 빛 속에서 떨어지고 있었다. 쿠페형 마차가 집 바로 옆에 대기하고 있었다. 두 남매가 마차에 올라타는 것을 하인이 지켜보는 동안, 로제트 모자를 손에 든 마부는 마부석에서 몸을 약간 구부리고 있었다. 그런 다음 그는 마차의 문을 닫았다. 하인이 마부 옆 자리에 뛰어오르자, 마차는 즉시 속력을 내어 삐걱거리는 소리를 내며 앞마당의 자갈길을 달렸다. 그리고 활짝 열린 높다란 격자문을 지나 오른쪽으로 유연하게 커브를 그리며 계속 굴러갔다…….

이들이 앉은 조그맣고 부드러운 공간은 은근하게 데워져 있었다.

「커튼을 내릴까?」지크문트가 물었다. 그녀가 고개를 끄덕이자 그는 갈색 비단 커튼을 잘 닦인 창유리 앞으로 끌어당겼다.

이들은 도시의 심장부에 있었다. 불빛들이 휘장 뒤로 마구 지나갔다. 일정한 속도로 성큼성큼 내딛는 말발굽 주위로,

이들을 신고 울퉁불퉁한 지면 위를 소리 없이 사뿐사뿐 달리는 마차 주위로, 자동차들이 으르렁거리고 끽끽거리고 굉음을 울리며 지나다녔다. 그리고 그런 바깥세상과는 차단된 채, 그런 것으로부터 부드럽게 보호받으며 이들은 박음질로 누빈 갈색 비단 쿠션에 가만히 앉아 있었다, 서로 손을 맞잡고.

마차가 현관으로 접어들더니 멈추었다. 벤데린이 마차의 문 옆에 서서 두 남매가 내리는 것을 도와주었다. 아치형의 밝은 불빛 속에서 추위에 떨고 있는 흐릿한 사람들이 이들이 도착하는 것을 지켜보았다. 지크문트와 지크린데는 하인을 따라, 그들의 살피는 듯 증오 섞인 눈길을 지나 현관을 통과해 갔다. 벌써 시간이 늦었고, 사위가 조용했다. 이들은 넓은 계단을 올라가 벤데린의 팔에 겉옷을 던져 주고는, 높다란 거울 앞에 잠시 나란히 서 있다가 조그만 문을 통해 2층 특별석으로 들어갔다. 접힌 의자를 쾅 하고 들어 올리는 소리, 잠잠해지기 전에 마지막으로 웅성거리는 소리가 이들을 맞아들였다. 극장 직원이 벨벳 안락의자를 이들 밑에 밀어 주는 순간 홀은 어둠 속에 휩싸였다. 그리고 저 아래에서 거친 소리가 요동치며 전주곡이 시작되었다.

폭풍, 폭풍우였다……. 장애물, 약간 기분을 언짢게 하고 귀에 거슬리는 소리에도 방해받거나 흐트러지지 않고, 공중을 떠돌며 가볍게 이곳에 도달하는 소리에 지크문트와 지크린데는 즉각 빠져들었다. 폭풍, 뇌우의 격정, 숲 속에서 사납게 휘몰아치는 바람이었다. 신의 준엄한 명령이 우르릉거리고 되풀이되었으며, 분노로 일그러졌다. 그리고 이에 고분고분 따르며 천둥소리가 쾅 하고 요란한 소리를 냈다. 폭풍에 휘날리듯 막이 획 올라갔다. 이교도의 홀이었고, 어두운 가운데 화덕에서 불꽃이 이글거리고 있었다. 가운데는 우뚝 솟아 있는 물푸레나무[10]의 윤곽이 흐릿하게 보였다. 빵 색깔의 수염을 기른 장밋빛 피부색을 지닌 남자인 지크문트가 나무로 된 문에 나타나, 쫓겨 온 나머지 기진맥진한 채 기둥에 몸을 기대고 있었다. 그러고 나서 그는 나무껍질과 동물 가죽으로 휘감은 자신의 튼튼한 다리를 질질 끌면서 처참한 모습으로 앞으로 움직여 갔다. 금발 눈썹, 이마에 드리워진 금발의 곱슬머리 가발 아래로 그의 푸른 두 눈은 낙담한 표정으로 애원하듯 지휘자를 향하고 있었다. 그리고 드디어 음악이 잦아들면서 그의 목소리가 들리기 시작했다. 숨을 가쁘 몰아쉬며 소리를 죽여 말하는 그의 목소리는 금속성으로 울리는 밝은 음성이었다. 화덕의 주인이 누구인지는 상관하지 않고 그는 쉬어야 한다는 사실을 설명하며 짧게 노래했다. 그리고 마지막 말을 하면서 그는 힘들게 곰 가죽 위에 쓰러져서는, 살진 팔로 머리를 베고 누웠다. 선잠을 자면서 그의 가슴에서는 괴로운 듯 신음 소리가 새어나왔다.

사건들과 함께 물결치며 밀려오는 음악, 노래하고 말하며 알려 주는 합창의 물결에 휩싸인 채 1분이 흘러갔다······. 그때 지크린데가 왼쪽에서 등장했다. 그녀는 눈같이 희고 탐스러운 가슴을 지니고 있었다. 그녀의 가슴은 털외투와 깊게 파인 모슬린 옷 속에서 놀랄 만한 모습으로 흔들리고 있었다. 그녀는 낯선 남자를 보고 깜짝 놀랐다. 그래서 그녀가 턱을 가슴 쪽으로 당기자 턱에 주름이 졌고, 입술을 적절한 모양으로 만들어 이러한 놀라운 심정을 그에게 음으로 표현했다. 이는 그녀의 혀와 입으로 만들어 내는, 그녀의 후두에서 흘러나오는 부드럽고 따뜻한 음이었다······.

그녀는 그를 보살펴 주었다. 그의 위로 허리를 굽히자 거

---

10 바그너의 오페라 「니벨룽의 반지」에서 보탄은 물푸레나무를 깎아 자신의 지팡이인 우주목을 만들었다.

친 모피 속에서 그녀의 가슴이 그를 향해 붕긋이 피어올랐다. 그녀가 뿔로 만든 술잔을 그에게 두 손으로 건네주자, 그는 그걸 받아마셨다. 음악은 원기 회복과 시원한 자선 행위에 대해 감동적으로 말했다. 그런 다음 이들은 저 아래에서 깊고 매력적인 음악이 울리는 순간 말없이 빠져들어 서로를 바라보면서 처음으로 황홀감을 맛보았으며, 처음으로 무언가를 어렴풋이 알아차렸다…….

그녀는 그에게 벌꿀 술을 가져다주면서 먼저 자신의 입술을 뿔로 만든 술잔에 대어 보았다. 그런 다음 그가 한없이 마시는 것을 지켜보았다. 그러고서 다시 둘의 시선이 마주치며 녹아내렸고, 다시 저 아래서는 깊은 선율이 흐르며 서로를 그리워하였다……. 그런 다음 그는 자리에서 일어났다. 우울한 표정으로 고통스럽게 외면한 채 허옇게 드러난 두 팔을 내려뜨리고, 자신의 고통과 고독, 쫓기고 미움 받은 자신의 존재를 안고 그녀를 떠나 숲으로 도로 돌아가기 위해 문으로 갔다. 그녀는 그에게 소리쳤다. 그리고 그가 자신의 말을 듣지 않자 그녀는 앞뒤 가리지 않고 두 손을 치켜든 채 자신의 재앙에 대해 그냥 고백하고 말았다. 그는 서 있었고, 그녀는 눈을 내리깔았다. 이들의 발치에서 두 사람을 이해하는 고통의 노랫소리가 우울하게 흘러나왔다. 그는 발길을 멈추었다. 팔짱을 낀 채 불길한 운명을 각오하며 화덕 앞에 서 있었다.

X자 다리에다 암소처럼 배가 불룩한 훈딩이 왔다. 그는 갈색 수염이 텁수룩했다. 도전적인 모티브가 그가 오는 것을 알려 주었다. 그는 음험하고 거친 표정으로 자신의 창에 몸을 기대고 우뚝 서서는 손님을 물소 같은 눈으로 바라보았다. 야만적인 예절이긴 하지만 그는 손님이 온 것을 반갑게 맞아들이고 환영했다. 쉰 듯한 저음의 목소리는 엄청나게 우렁찼다.

지크린데는 저녁상을 차릴 준비를 했다. 그리고 그녀가 일하는 동안 훈딩은 수상쩍은 눈초리로 그녀와 낯선 남자를 이리저리 천천히 훑어보았다. 이 미련퉁이는 두 사람이 서로 닮았고, 그대로 빼쏘았다는 사실을 금방 알아차렸다. 그는 구속받지 않고 고집불통이며 유별난 종류의 이런 사람들을 싫어했고, 이런 사람들을 감당할 수 없다고 느꼈다…….

그러고 나서 이들은 자리에 앉았다. 그리고 훈딩은 자신을 소개했다. 일반적인 존경을 받고 있으며, 소박하고 질서를 사랑하는 자신을 간단히 두어 마디로 설명했다. 그는 지크문트에게도 정체를 밝히라고 강요했다. 그런데 이는 비교할 수 없을 정도로 더 어려운 일이었다. 그러나 지크문트는 노래 불렀다 — 자신의 삶과 고통에 대해 밝고도 너무나 아름답게 노래 불렀다. 자신은 쌍둥이로 이 세상에 나왔는데, 한 명은 여자였고, 그리고 자신은…… 좀 조심스럽게 행동할 필요가 있는 사람들이 그렇듯이 그는 가명을 사용한다는 것, 그리고 사람들에게서 미움과 질시를 받으면서 자신과 자신의 낯선 아버지가 추격당한 것에 대해 호소력 있게 말했다. 그리고 자신의 집이 불탄 이야기, 여동생이 사라진 이야기, 추방당해 사람들의 악평을 받으며 숲에서 쫓기고 있는 아버지와 아들들의 신세에 대한 이야기를 늘어놓았다. 그리고 마침내 그는 불가사의하게도 아버지마저 잃어버린 이야기를 했다……. 그러고 나서 지크문트는 고통스럽기 짝이 없는 노래를 불렀다. 다른 사람들과 어울리고 싶은 갈망, 그리움, 끝없는 고독을 말이다. 그는 남자들과 여자들의 환심을 사려 했고, 우정과 사랑을 얻으려 했지만, 언제나 퇴짜만 맞을 뿐이었다고 노래했다. 그는 자신에게 저주를 내렸고, 자신은 늘 출신이 수상쩍다는 낙인이 찍혔다고 했다. 그의 언어는 다른 사람들이 쓰는 언어가 아니었고, 그들의 언어는 그가 쓰는 언어가 아니었다. 그가 좋아한 일들은 대다수의 다른 사람들을 화나게 했고, 그들이 명예롭게 생각하는 옛날 일들은 그를 격분하게 만들었다. 언제 어디서나 그는 화를 내고 싸움질을 하고 다녔으며, 경멸, 증오, 비방이 항상 그의 뒤를 따라다녔다. 그는 다른 사람들과 다른 종류의 사람이고, 도저히 희망이 없을 정도로 다른 족속이기 때문이었다…….

훈딩이 이 모든 것에 대해 보인 반응은 전적으로 그다운 것이었다. 그의 반응에는 어떤 공감도, 어떤 이해도 담겨 있지 않았다. 살아온 방식이 수상하고 기상천외하며 반듯하지 않은 지크문트는 반감과 어두운 불신만을 줄 뿐이었다. 그리고 이제 훈딩 자신이 추격하도록 요구하고 선언한 도망자가 바로 자신의 집에 있다는 것을 알게 되자, 훈딩은 그야말로 거드름을 좀 피워도 되겠다는 듯이 행동했다. 그는 자신에게 끔찍하게도 어울리는 예의를 차리며, 자기 집이 신성한 곳이니 오늘은 도망자를 살려 주겠지만, 내일은 명예롭게 지크문트와 결투를 벌일 거라고 선언했다. 그런 뒤에 그는 지크린데에게 저 안에서 자신을 위해 음료를 준비하고, 침대에서 자신을 기다리라고 통명스럽게 지시했다. 그리고 협박조의 말을 두세 마디 내뱉고, 자신의 모든 무기를 함께 가지고 가 버림으로써, 지크문트를 말할 수 없이 절망적인 상태로 홀로 남겨 두었다.

지크문트는 벨벳이 깔린 난간 위에 허리를 굽히고 안락의자에 앉아 소년 같은 검은 머리를 가냘프고 붉은 손으로 괴고 있었다. 그의 눈썹은 두 개의 검은 주름살을 만들고 있었다. 그리고 에나멜가죽 구두의 뒤꿈치만 바닥에 대고 있는 그의 두 발 중의 하나는 쉬지 않고 돌리고 까딱거리며, 계속 초조하게 움직이고 있었다. 옆에서 속삭이는 소리가 들리자 그는 움직이는 것을 그만두었다.「기기…….」

그리고 그가 고개를 돌렸을 때 그의 입은 거만한 표정을 짓고 있었다.

지크린데는 체리브랜디가 든 초콜릿이 담긴 진주 빛 통을 그에게 건네주었다.

「땅콩 모양의 초콜릿에 마라스키노가 들어 있어.」 그녀가 속삭이며 말했다. 하지만 그는 초콜릿을 한 개만 집어 들었다. 그가 얇은 포장지를 벗기는 동안 그녀는 또 한 번 허리를 구부리고 그의 귀에다 대고 속삭였다. 「그녀가 즉시 그에게 돌아올 거야.」

「나도 전혀 모르는 건 아니야.」 그가 너무 크게 말해서 몇 사람이 그에게 고개를 돌리고 눈살을 찌푸리기도 했다……. 위대한 지크문트는 저 아래 어둠 속에서 자신을 위해 홀로 노래를 불렀다. 가슴 깊은 곳에서는 검을 달라고 외치고 있었다. 지금 그의 마음속에 꽁꽁 묶어 둔 분노가 어느 밝은 대낮에 노도(怒濤)처럼 터져 나올 때 그가 휘두를 수 있는 번쩍거리는 손잡이가 있는 검을 말이다. 그의 증오와 그의 그리움……. 그는 나무 속에서 칼자루가 번쩍거리는 것을 보았고, 광채와 화덕의 불이 꺼져 가는 것을 본 뒤에, 다시 절망적으로 잠에 빠져들었다. 그런데 지크린데가 어둠 속에서 그에게 몰래 다가왔기 때문에 그는 기분 좋게 화들짝 놀라며 두 손으로 얼굴을 감쌌다.

훈딩은 마비되고 취한 채 나무 막대기처럼 자고 있다. 지크문트와 지크린데는 둔한 멍청이가 제 꾀에 넘어간 것을 알고 기뻐했다. 이들의 눈은 미소를 지으면 가늘어지는 점이 닮아 있었다……. 하지만 이때 지크린데는 지휘자들을 슬쩍 보고는 시작하라는 신호를 받았다. 그녀는 입술을 적절한 모양으로 만들고, 자신이 처한 상황을 상세히 노래했다. 남의 손에서 거칠게 자란 고독한 한 여자를 붙잡아, 왜 그녀에게 물어

보지도 않고 음험하고도 투박한 남자에게 주어 버렸는가를 그녀는 애끓는 소리로 노래했다. 그리고 그녀의 수상쩍은 출신을 잊게 해주는 데 알맞은, 명예로운 결혼을 한 것에 대해 행복하다고 말하도록 요구받았다고 비통하게 노래했다……. 그녀는 모자를 쓴 노인에 대해, 그가 물푸레나무의 줄기에 검을 어떻게 찔러 넣었는가를 낮은 음으로 위로하듯 노래 불렀다. 자신을 감금 상태에서 풀어 주기로 운명 지어져 있는 오직 한 사람을 위해 노래 불렀다. 그녀가 생각하고 알고 있으며, 절절이 그리워하는 자가 그 사람일지도 모른다며 그녀는 황홀하게 노래 불렀다. 그녀의 친구 이상인 친구, 그녀가 어려울 때 위로해 주는 사람, 그녀의 치욕을 복수해 줄 사람, 그녀가 오래전에 잃어버렸던 남자, 수치를 당하며 그를 위해 그녀가 눈물 흘렸던 그 남자, 고통을 겪고 있는 그녀의 남자 형제, 그녀를 구원해 주고 해방시켜 줄 그 남자…….

하지만 이때 지크문트는 살집이 많은 자신의 장밋빛 팔로 그녀를 와락 얼싸안았고, 그녀의 뺨을 자신의 가슴 털로 눌렀다. 그리고 그녀의 머리 너머로 청아하게 울려 퍼지는 폭발적인 음으로 노래 불렀다. 하늘 높이 온 사방으로 자신의 환희를 노래 불렀다. 사랑스런 반려인 그녀와 그를 맺어 주는 맹세로 그의 가슴은 뜨거워졌다. 좋지 않은 평판을 받으며 살아가던 그의 모든 그리움이 그녀 속에서 채워졌다. 그리고 모든 것이 그녀 속에서 치유되었다고 생각했다. 그가 남자와 여자들에게 다가가야 할 때, 자신의 낙인을 의식하고 소심하게 두려워하며, 뻔뻔스럽게도 우정과 사랑을 얻으려고 할 때 매정하게 박대당하던 가슴 아픈 모든 일들이 말이다. 그가 고통을 당한 것처럼 그녀는 치욕을 당하며 살았고, 그가 추방당한 것처럼 그녀는 능욕을 당하며 살았다. 그리고 이제 복수 — 복수는 이들 남매간의 사랑이 될 것이다!

쌩쌩 소리를 내며 돌풍이 휘몰아치자, 커다란 나무문이 홱 열렸고, 그러자 하얀 전기 불빛이 넓은 홀에 물밀듯이 쏟아져 들어왔다. 그리고 어둠 속에 있다가 갑자기 모습을 드러낸 이들은 거기에 서서 봄과 봄의 누이의 노래, 사랑의 노래를 불렀다.

이들은 곰 가죽 위에 몸을 웅크리고 불빛을 받으며 서로를 바라보면서 서로에게 감미로운 노래를 불러 주었다. 허옇게 드러난 팔을 서로의 몸에 대고 있었고, 손으로 서로의 관자놀이를 어루만지며 서로의 눈을 바라보았다. 노래를 부르는 이들의 입술은 거의 닿을 듯이 가까이 붙어 있었다. 눈과 관자놀이, 이마와 목소리, 이들은 이런 것을 비교해 보면서 서로 꼭 닮았다고 생각했다. 그는 자신의 존재를 더욱 분명히 재인식하면서 아버지의 이름을 생각해 냈고, 그녀는 그의 이름을 외쳤다. 지크문트! 지크문트! 그는 해방된 검을 머리 위로 마구 휘둘렀고, 그녀는 행복에 겨워 자신이 누구란 것을 그에게 노래 불렀다……. 그의 쌍둥이 누이, 지크린데라고!…… 그는 행복감에 취해 그녀, 자신의 신부를 향해 두 팔을 뻗었고, 그녀는 그의 팔에 안겼다. 막이 스르르 닫혔고, 맹렬한 열정이 미친 듯이 끓어오르고 우레같이 울리며 거품을 내뿜는 가운데 음악이 소용돌이쳤다. 그렇게 끊임없이 소용돌이치다가 격렬하게 일격을 가하며 멈추어 버리는 것이었다!

우레와 같은 박수 소리가 터져 나왔다. 불빛이 들어왔다. 수천 명의 사람들이 자리에서 일어나 눈에 띄지 않게 슬쩍 기지개를 켰다. 그리고 몸은 벌써 출구로 향하고, 머리는 아직 무대를 향하며 박수갈채를 보내고 있었다. 대목장의 가설 무대 앞에 가면을 쓰고 죽 늘어선 사람들처럼, 무대엔 가수들이 막 앞에 나란히 도열해 있었다. 자신에게 일어난 일에는 아랑곳하지 않고, 훈딩도 무대에 나와 예의 바르게 미소 짓고 있었다…….

지크문트는 의자를 뒤로 밀고 일어섰다. 그는 목이 더워지는 걸 느꼈다. 잘 면도한 창백하고 여윈 뺨과 광대뼈에 어렴풋이 붉은빛이 감돌았다.

「나에게 문제가 있는 한, 난 공기가 좀 더 나은 곳으로 가야겠어. 말이 나왔으니 말이지, 그 지크문트는 너무 약했어.」

「나도 느꼈어. 봄노래를 부를 때 오케스트라가 끔찍하게 질질 끄는 걸 말이야.」 지크린데가 말했다.

「감상적이야. 갈 거야?」 지크문트는 이렇게 말하며 연미복을 걸친 가냘픈 어깨를 으쓱했다.

그녀는 잠시 머뭇거리다가, 손으로 턱을 괴고 앉아 무대 쪽을 건너다보았다. 그는 그녀가 자신과 함께 가기 위해 자리에서 일어나 은색 스카프를 집어 드는 것을 지켜보았다. 도톰하고 부드러운 그녀의 입술이 움찔하고 움직였다…….

이들은 현관홀로 나가 천천히 움직이는 사람들의 흐름에 따라 이동하며, 아는 사람들에게 인사를 했고, 계단을 내려가며 때때로 서로 손을 잡기도 했다.

「아이스크림 먹고 싶어! 질이 아주 나쁘지 않다면 말이야.」 그녀가 말했다.

「안 돼!」 그가 말했다. 그래서 이들은 체리브랜디인 마라스키노가 가득 든 땅콩 모양의 초콜릿 봉봉 같은 달콤한 과자들을 통에서 꺼내 먹었다.

벨소리가 울리자 사람들이 급히 서두르는 모습을 이들은 경멸스런 표정을 지으며 곁눈으로 바라보았다. 사람들은 떼 지어 모여 흐름을 방해하고 있었다. 이들은 로비가 잠잠해질 때까지 기다리다가 불빛이 사라지고, 어둠이 드리워져 홀에서 사람들이 혼란스럽게 북적이던 게 진정되고 다시 조용해졌을 때 자신들의 특별석으로 들어갔다……. 나지막한 소리가 들리고, 지휘자가 두 팔을 치켜들었다. 그러자 조용히 쉬고 있던 귀들이 그가 지시한 고상한 소리로 다시 가득 채워졌다.

지크문트는 관현악단의 연주자들을 바라보았다. 움푹 들어간 공간은 귀를 기울이는 청중 쪽에 비해서 밝았고, 힘들여 연주하는 사람들, 부지런히 손가락을 움직이는 팔과 활을 켜는 팔, 잔뜩 부풀리고 있는 볼로 가득 차 있었다. 단순하고 열성적인 이들은 위대하고 고통스러운 작업을 완수하는 데 온 힘을 쏟았다. 저 높은 곳에서 어린이처럼 구김살 없는 고고한 모습으로 수행하는 이 작업에 말이다……. 하나의 작업이었다! 어떻게 작업을 했을까? 지크문트의 가슴속은 고통스러웠고, 감미로운 고뇌와 같은 무언가가 불타오르거나 불살라지고 있었다 — 어디로? 무엇을 위해? 그것은 아주 애매모호했고, 부끄러울 정도로 분명하지 않았다. 그는 창조성과 열정이라는 두 단어를 느꼈다. 그리고 그의 관자놀이가 뜨거워져 욱실욱실 쑤시는 동안, 그는 창조성은 열정에서 생겨나 다시 창조성이라는 형태를 띠게 된다는 그리움에 찬 통찰 같은 것을 느꼈다. 그는 하얀 얼굴의 기진맥진한 여자가 자신이 몸을 바친, 도망치는 남자의 무릎에 매달려 있는 것을 보았고, 그녀의 사랑과 고통을 보았다. 그리고 창조적이 되기 위해서는 그렇게 살아야 한다는 것을 느꼈다. 그는 자신의 삶을, 부드러움과 위트, 응석과 부정, 사치와 모순, 낭비와 명석함, 부유한 안정감과 시시덕거리는 미움으로 이루어진 그러한 삶을 응시했다. 그 삶에는 체험이 없이 논리적 유희만 있었으며, 어떠한 느낌도 없이 치명적인 지시만 있었다. 그리고 그의 가슴속은 고통스러웠고, 감미로운 고뇌와 같은 무언가가 불타오르거나 불살라지고 있었다 — 어디로? 무엇을 위해? 작업을 위해? 체험을 위해? 열정을 위해?

막이 스르르 내려오면서 위대한 공연이 끝났다! 불이 들어오고 박수갈채가 터졌으며 출구로 사람들이 몰려 나가고 있었다. 지크문트와 지크린데는 아까처럼 쉬는 시간을 보냈다. 이들은 거의 아무 말도 하지 않았고, 천천히 현관홀을 지나 계단을 내려가면서, 때때로 서로 손을 맞잡기도 했다. 그녀는 그에게 마라스키노를 건네주었지만, 그는 더 이상 그것을 받지 않았다. 그녀는 그를 응시했다. 그가 그녀에게 시선을 돌리면 그녀는 눈길을 도로 거두어들이고는 그의 옆에서 긴장된 태도로 말없이 걸어갔다. 그러면서 그녀는 그가 자신을 물끄러미 쳐다보게 했다. 그녀의 은색 직물 아래에서 어린아이 같은 두 어깨는 다소 높고, 수평으로 되어 있어 마치 이집트의 입상(立像)을 보는 듯했다. 그녀의 광대뼈에서는 그가 느낀 것 같은 열기가 느껴졌다.

이들은 많은 무리의 사람들이 사라질 때까지 다시 기다렸다가, 마지막 순간에 안락의자에 가서 앉았다. 돌풍과 구름타기, 이교도처럼 일그러진 환호성. 돌투성이의 무대에서 미소가 그다지 출중하지 않은 여덟 명의 여자들이 처녀처럼 왁자지껄 웃고 있었다. 겁에 질린 브륀힐데의 공포가 이들의 즐거운 분위기를 망쳐 버렸다. 무시무시하게 다가오는 보탄의 분노가 자매들을 다 쫓아 버리고, 브륀힐데 혼자만 이에 맞서게 되어, 그녀를 거의 초주검 상태에 몰아넣었다. 보탄은 길길이 날뛰며 마음껏 화풀이를 하다가 서서히 분노를 가라앉히고는 온화하고 울적한 기분이 되었다. 끝날 때가 되었다. 위대한 전망과 고상한 의도가 눈앞에 전개되었다. 모든 것은 서사적인 신성화였다. 브륀힐데는 잠들어 있었고, 신은 암석 위로 올라가고 있었다. 굵직한 불꽃이 바람에 흩날리다 떨어져서는 널빤지 주위에서 불타올랐다. 불꽃이 춤추며 활활 타오르고 붉은 연기가 피어오르는 가운데, 불이 내는 매혹적인 음과 자장가에 홀린 그 발퀴레가 방패와 갑옷 아래에서 이끼 낀 침상에 누운 채 뻗어 있었다. 하지만 그녀가 구해줄 시간이 있었던 여자의 자궁에는 씨가, 미움 받고 존중받지 못한, 신이 선택한 종족이 끈질기게 계속 자라고 있었다. 그러한 종족에서 한 쌍의 쌍둥이가 자신들의 고난과 고통을 그토록 자유로운 희열로 합일시켰다…….

지크문트와 지크린데가 특별석에서 나왔을 때 밖에서는 노란 외투를 입은, 장승처럼 키가 큰 벤데린이 이들의 외투를 준비해 갖고 기다리고 서 있었다. 고상하고, 따뜻하게 몸을 감쌌으며, 의심스럽고 이상한 두 명의 피조물 뒤에서 키가 껑충한 그 하인은 계단을 내려갔다.

마차가 대기하고 있었다. 높다랗고 우아하며, 서로 꼭 닮은 두 마리의 말이 안개가 자욱한 겨울밤에 조용히 번쩍번쩍 빛나며 날씬한 다리로 기다리고 있었다. 그리고 가끔 가다 거만하게 머리를 쳐들기도 했다. 두 쌍둥이는 작고 따뜻한 마차 안의 비단 쿠션에 편안하게 앉았다. 그들이 마차 안으로 들어가 좌석에 앉자 문이 닫혔다. 벤데린이 익숙한 솜씨로 마부석 옆에 뛰어오르자 마차가 몇 초 동안 잠시 가볍게 흔들렸다. 마차가 빠른 속도로 부드럽게 앞으로 미끄러져 가자, 극장 정면이 저 뒤로 밀려났다.

그리고 다시 일정한 속도로 서둘러 내딛는 말발굽에 맞추어, 말들은 이들을 싣고 울퉁불퉁한 지면 위를 부드럽게 달렸고, 두 오누이는 주위의 이런 요란한 바깥세상으로부터 부드럽게 보호받고 있었다. 이들은 아직 무대 맞은편의 벨벳 안락의자에 앉아, 아직 아까의 기분에 사로잡혀 있는 듯, 평범한 일상생활로부터 마음의 문을 꽁꽁 걸어 잠그고 아무 말이 없었다. 야만적이고 관능적이며 열광적인 세계로부터 이들을 떼어놓을 수 있는 것은 아무것도 없었다. 이 세계는 마법의 도구로 이들에게 영향을 끼치며, 이들을 자기 쪽으로, 자기 속으로 끌어당기고 있었다……. 이들은 마차가 왜 섰는지 즉시 파악하지 못했다. 길에 장애물이 있는 모양이라고 생각했다. 하지만 이들은 벌써 집 앞에 와 있었고, 벤데린이 마차의 문 옆에서 모습을 드러냈다.

수위가 수위실에서 나와 이들에게 문을 열어 주었다.

「부모님이 벌써 집에 돌아오셨나요?」 지크문트는 수위의 머리 너머를 바라보며, 햇빛에 눈이 부신 사람처럼 얼굴을 찡그리며 그에게 물어보았다…….

부모님은 에어랑어 댁의 만찬에 갔다가 아직 돌아오지 않았다. 쿤츠도 집에 있지 않았다. 메리트도 역시 집에 없었다. 그녀는 언제나 자신의 길을 갔기 때문에 그녀가 어디 갔는지 아무도 알지 못했다.

하인이 1층 현관에서 코트를 벗겨 주자, 이들은 계단을 올라가 2층 현관을 지나 식당으로 들어갔다. 어마어마하게 크고 화려한 식당은 어스름하게 빛나고 있었다. 저쪽 끝 식탁보가 덮인 식탁 위에서만 샹들리에가 하나 빛나고 있었고, 거기서 플로리안이 기다리고 있었다. 이들은 융단이 깔린 널찍한 공간을 소리 없이 빠른 걸음으로 걸어갔다. 이들이 자리에 앉자 플로리안은 이들 아래로 의자를 밀어 주었다. 그런 다음 지크문트가 이곳에서 나가도 된다는 신호를 보냈다.

샌드위치 한 접시, 과일이 수북이 담긴 그릇, 적포도주가 든 유리병이 식탁에 놓여 있었다. 커다란 은색 쟁반 위에는 전기로 데우는 주전자가 그것에 딸린 부속 도구에 둘러싸인 채 놓여 있었다.

지크문트는 캐비아가 든 샌드위치를 먹었고, 우아한 유리잔 속에서 진홍색으로 불타고 있는 포도주를 벌컥벌컥 들이켰다. 그런 다음 그는 화난 목소리로 캐비아와 적포도주가 완전히 야만적인 조합이라고 불평했다. 그는 몸을 조금 움직여 은색 담뱃갑에서 담배를 하나 꺼내고는 머리를 뒤로 젖히고, 두 손은 바지 주머니에 넣은 채 담배를 피우기 시작했다. 그러면서 그는 얼굴을 찡그리고 담배를 한쪽 입가에서 다른 쪽 입가로 이동시켰다. 튀어나온 광대뼈 아래의 뺨은 벌써 수염이 자라 다시 거뭇거뭇해지기 시작했다. 그의 눈썹은 코 윗부분에서 두 개의 검은 주름살을 만들고 있었다.

지크린데는 자신이 마실 차를 준비하고, 거기에다 부르고뉴산 포도주 한 모금을 첨가했다. 그녀는 도톰하고 부드러운 입술을 잔의 얇은 가장자리에 댔다. 그리고 차를 마시는 동안 커다랗고 물기 어린 까만 눈으로 지크문트를 건너다보았다.

그녀는 잔을 내려놓고 가냘프고 불그스름한 손으로 검고 이국적인 귀여운 머리를 괴었다. 간절하고 유창한 웅변이라도 하려는 듯 그녀의 시선은 그를 향하고 있었지만, 그녀가 실제로 한 말은 그 시선에 비하면 아무것도 아닌 거나 마찬가지였다.

「더 안 먹을 거야, 기기?」

「담배를 피우고 있으니, 내가 또 무언가를 먹을 생각이 있다고 기대하지는 않겠지?」 그가 대답했다.

「하지만 넌 차를 마신 뒤로는 아무것도 안 먹었어, 봉봉 말고는. 적어도 복숭아라도 먹어야지······.」

그는 어깨를 으쓱했고, 연미복을 입은 고집 센 아이처럼 두 어깨를 이리저리 들어 올렸다.

「이제, 지루해. 난 올라가겠어. 잘 있어!」 그는 남은 적포도주를 다 마신 뒤 냅킨을 던져 버리고 일어서서는, 입에 담배를 물고 손은 바지 주머니에 넣은 채 언짢은 듯 어슬렁어슬렁 움직이며 어스름한 홀에서 사라졌다.

그는 침실로 들어가 불을 켰다. 많이는 아니고, 천장에 널따랗게 원을 그리고 있는 전등들 중에 두세 개의 전등만 켰다. 그는 불을 켜고 무얼 할까 망설이며 잠자코 서 있었다. 그렇다고 오늘 지크린데를 다시 안 볼 생각은 아니었다. 그래서 이들은 헤어질 때 〈잘 자!〉 하지 않았던 것이다. 그는 그녀가 자신을 찾아올 거라고 생각했다. 그것은 확실했다. 그는 연미복을 훌훌 벗어 던지고, 모피가 달린 평상복을 걸치고는 새 담배를 꼬나물었다. 그런 다음 안락의자에 몸을 쭉 뻗고 일어나 앉아서는 뺨을 비단 베개에 대고 옆으로 누운 자세를 취했다. 그리고 다시 반듯이 누워서 두 손으로 머리를 베고 한동안 그러고 있었다.

우아하고 톡 쏘는 담배 향이 화장품이며 비누며 향수 냄새와 섞였다. 지크문트는 미지근하게 덥혀진 방에 진동하는 이 향긋한 냄새를 들이켰다. 그는 이러한 것들을 의식하고 있었고, 평소보다 이것이 더 감미롭다고 생각했다. 그는 두 눈을 감고, 자신의 가혹하고 유별난 운명을 생각하며 고통스럽게 약간의 희열과 관능의 부드러운 행복을 향유하는 사람처럼 이러한 것에 푹 빠졌다……

갑자기 그가 몸을 일으켜 담배를 던져 버리고는, 커다란 거울이 세 군데 달려 있는 하얀 장롱 앞으로 갔다. 중간 크기의 거울 앞에 서서 자신의 눈과 눈을 바짝 맞대고 자신의 얼굴을 들여다보았다. 호기심 어린 눈길로 자신의 모든 특징을 면밀하게 살펴보았다. 장롱의 양 날개를 열어젖히고는 세 개의 거울 사이에서 자신의 모습을 비추어 보았고, 옆모습도 비추어 보았다. 그는 오랫동안 서서 자기 혈통의 특색을 면밀히 살펴보았다. 코는 약간 찌부러져 있었고, 입술은 도톰하고 부드럽고 생겼으며, 광대뼈는 툭 튀어나와 있었다. 숱이 많고 검은 곱슬머리는 옆쪽으로 눈에 확 띄게 가르마가 타져 있었고, 멀리 관자놀이까지 자라 있었다. 서로 맞붙어 있는 억센 눈썹 아래에 있는 그의 두 눈, 커다랗고 검으며 물기가 어려 반짝거리는 그의 두 눈이 노곤한 고통에 절어 비통한 심정으로 바라보고 있었다.

거울 속에서 자신의 뒤에 있는 북극곰 가죽이 침대 앞에서 앞발을 내뻗고 있는 모습이 보였다. 그는 몸을 돌리고 슬픔에 빠져 몸을 질질 끌면서 건너편 쪽으로 걸어갔다. 그리고 잠시 머뭇거리다가 팔로 머리를 감싼 채 짐승 가죽 위에 온몸을 던져 푹 쓰러졌다.

한동안 그는 그대로 누워 죽은 듯이 꼼짝도 않고 있었다. 그러고 나서 그는 팔꿈치로 바닥을 받치고 가냘프고 불그스름한 손으로 얼굴을 괴었다. 그리고 저 건너 쪽 장롱 속 거울에 비친 자신의 모습에 푹 빠진 채 계속 그런 자세로 누워 있었다. 이때 노크 소리가 들렸다. 그는 화들짝 놀라 얼굴을 붉히며 몸을 일으키려고 했다. 하지만 그러다가 그는 도로 주저앉고, 쭉 뻗은 팔에 다시 머리를 갖다 대며 푹 쓰러져서는 잠자코 누워 있었다.

지크린데가 안으로 들어왔다. 그녀는 방 안에서 두리번거리며 그를 찾아보았지만 그가 있는 곳을 금방 찾아내지 못했다. 마침내 그녀는 그가 북극곰 가죽 위에 쓰러져 있는 것을 보고 소스라치게 놀랐다.

「기기…… 뭐하는 거야? ……어디 아프니?」 그녀는 그에게로 달려가 그의 몸 위로 허리를 굽혔다. 그리고 손으로 그의 이마와 머리칼을 어루만지고는 같은 말을 반복했다. 「어디 아픈 거 아니니?」

그는 고개를 흔들고, 팔을 베고 누운 채 그녀가 자신을 쓰다듬는 동안 그녀를 쳐다보았다.

잠자리에 들 준비를 제법 마친 그녀는 그의 침실 맞은편에 있는 자신의 침실에서 복도를 가로질러 가벼운 슬리퍼를 신고 이곳으로 왔던 것이다. 열어젖힌 그의 흰 가운 위로 풀어진 그녀의 머리칼이 쏟아져 내렸다. 윗옷의 레이스 아래로 그녀의 조그만 가슴이 그의 눈에 띄었다. 가슴의 피부색은 약간 그을린 해포석 색 같았다.

「넌 너무 골이 나 있었어. 너무 보기 흉한 모습으로 가버렸다고. 난 다시는 안 오려고 했어. 하지만 굳이 여기 온 까닭은 아까 잘 자라는 인사를 안 했기 때문이야……」

「널 기다렸어.」 그가 말했다.

여전히 선 채로 몸을 굽히고 있는 그녀는 고통스런 나머지 얼굴을 찡그렸다. 그러자 그녀와 같은 부류의 사람들에게서 보이는 독특한 인상이 유별나게 두드러져 보였다.

그녀가 평소의 음성으로 말했다. 「지금 내 자세가 이래서 등이 많이 불편해.」

그는 거부하는 몸짓으로 이리저리 몸부림을 쳤다.

「그만둬, 그만둬……. 그건 아니야, 그건 아니야……. 이런 식으로 해서는 안 돼, 지크린데. 너도 알잖아……」 그의 목소리는 자신이 듣기에도 이상했다. 그의 머리는 건조하고 뜨거웠으며, 그의 손발은 축축하고 차가웠다. 그는 반쯤 몸을 일으킨 채 팔로 그녀의 목덜미를 감고는 그녀를 바라보았다. 아까 자신을 바라볼 때처럼 그녀의 눈이며 관자놀이며 이마며 뺨을 찬찬히 들여다보았다.

「넌 나랑 꼭 닮았어.」 그는 잘 움직여지지 않는 입술로 말하면서 마른 목구멍으로 침을 꿀꺽 삼켰다. 「모든 점이…… 나와 꼭 닮았어……. 그리고 이를 위해…… 체험으로…… 나의 경우엔…… 너의 경우엔 베케라트와…… 그건 균형이 맞아……. 지크린데…… 그리고 그건 대체로…… 바로 그것, 특히 그것에 관해서…… 복수하는 거야, 지크린데……」

그는 자신의 말을 논리적으로 꾸미려고 애썼지만, 혼란스런 꿈을 꿀 때처럼 그의 말은 대담하고 이상하게 나왔다.

그렇지만 그녀에게는 그 말이 낯설게 들리지 않았고, 이상하게 울리지도 않았다. 그녀는 그가 그렇게 다듬어지지 않은 말, 흐릿하고 혼란스런 말을 하는 것을 듣는 것이 부끄럽지 않았다. 그의 말은 안개처럼 그녀의 마음을 에워쌌고, 그들이 왔던 그곳으로, 그녀가 아직 가보지 못한 깊은 영역으로 그녀를 끌고 내려갔다. 하지만 그녀는 약혼하고부터 기대에 찬 꿈을 꾸면서 그 경계선까지 여러 번 가본 적이 있었다.

그녀는 꼭 감은 그의 눈에 입맞춤을 했다. 그는 웃옷의 레이스 아래에 있는 그녀의 목에 입맞춤을 했다. 감미로운 관능에 빠져 이들이 서로 사랑하는 것은 서로의 향긋한 향내였고, 이들 마음대로 할 수 있는 훌륭하고 세련된 몸치장이었다. 그들은 욕정에 불타 될 대로 되라는 식으로 마구 이러한 향내를 맡았고, 자기밖에 모르는 환자처럼 서로를 돌보았으며, 희망을 잃은 사람처럼 서로에게 도취되었다. 이들은 서로 애무에 빠져들었다가 성급히 야단법석을 피우게 되었고, 결국에는 흐느낌밖에 남지 않게 되었다 —

그는 입술을 벌리고 손으로 얼굴을 괸 채 아직 가죽 위에 앉아 있었다. 그러면서 눈앞을 가리는 머리칼을 쓰다듬었다. 그는 뒷짐을 지고 하얀 화장대에 몸을 기댄 채, 허공을 응시하면서 허리를 이리저리 움직였다.

「하지만 베케라트는…….」 그녀는 이렇게 말하며 자신의 생각을 가다듬으려고 했다. 「베케라트는, 기기……. 그는 이제 어떻게 해?……」

「그야 뭐.」 그가 이렇게 말하자, 잠시 그 종족의 특질이 그의 얼굴에 아주 두드러지게 드러났다.

「그는 우리에게 고마워해야 해. 그는 지금부터는 덜 하찮은 삶을 살아갈 거야.」

베네치아에서의 죽음

제1장

　구스타프 아셴바흐, 또는 50회 생일 때부터 공식적으로 구스타프 폰 아셴바흐로 불린 그는, 유럽 대륙에서 몇 달 동안 불길한 조짐을 보여 온 19××년[1] 어느 봄날 오후, 뮌헨의 프린츠레겐텐 가에 있는 자신의 집을 나와 혼자 꽤 멀리 산보를 했다. 사실 그는 아침에 몇 시간 동안 극히 신중하고 용의주도하며, 끈질기고 면밀한 의지력을 요구하는, 몸에 무리가 가는 힘겨운 작업을 했기 때문에 신경이 지나치게 예민해져 있었다. 그래서 작가인 그는 점심을 먹고 나서도 자신의 내부에 들어 있는 창작 추진 장치의 추진력, 즉 키케로가 웅변의 본질로 본 〈정신의 끊임없는 움직임 motus animi continuus〉에 제동을 걸 수 없었다. 더구나 기력이 부칠 때면 하루 한 번씩 낮잠을 자서 긴장을 풀어 주는 게 꼭 필요했는데, 그날은 잠이 오지도 않았다. 그래서 그는 차를 마시고 바로 야외로 나왔다. 신선한 바람을 쐬고 몸을 좀 움직이고 나면 다시 힘이 생겨 저녁을 보내기가 수월하지 않을까 하는 희망에서였다.

---

[1] 제1차 세계 대전이 일어나기 전의 긴장된 국제 관계를 암시한다.

때는 5월 초였다. 습하고 추운 날씨가 몇 주일 계속되더니 때 아닌 한여름 날씨가 되었다. 이제야 겨우 연한 나뭇잎이 돋아났건만 영국 공원[2]은 8월처럼 후덥지근했다. 도시 근교는 탈것들과 산책하는 사람들로 붐비고 있었다. 점점 더 조용한 길을 따라가다가 아우마이스터에 가서, 그는 사람들이 붐비는 식당의 정원을 잠시 건너다보았다. 식당 귀퉁이에는 전세 마차와 호화로운 마차가 몇 대 서 있었다. 거기서 그는 해 질 녘에 공원 바깥으로 나와 툭 트인 초원을 가로질러 귀로에 올랐다. 몸이 피곤한 데다 푀링 지역 상공에 뇌우가 퍼부을 것 같아, 북쪽 공동묘지로 가서 그를 곧장 시내로 데려다 줄 전차를 기다렸다.

어쩐 일인지 정거장과 그 주위에는 사람들이 한 명도 보이지 않았다. 선로만이 외로이 빛을 반짝이고 있었고, 슈바빙 방면으로 뻗어 있는 포장된 웅어러 거리에도, 푀링의 가로수 길에도 탈것이 보이지 않았다. 팔려고 내놓은 십자가, 비석, 기념비들이 부지불식간에 제2의 공동묘지를 이루고 있는 돌 자르는 공장의 울타리 뒤쪽에도 개미 한 마리 얼씬하지 않았다. 영안실 맞은편의 비잔틴 양식의 건축물은 저물어 가는 날의 석양을 받으며 말없이 서 있었다. 그리스풍의 십자가와 밝은 색깔의 고대 이집트 상형문자로 장식된 건물의 정면에는 균형 있게 배열된 비명이 금박 입힌 글씨로 쓰여 있었다. 그것은 내세의 삶에 관한 정선된 글귀로 〈그들은 주님의 성전에 들어가고 계십니다〉나 〈그들에게 영생의 빛이 비치기를〉과 같은 내용들이었다. 전차를 기다리던 아셴바흐는 몇 분 동안 이런 문구를 읽고, 자신의 정신적인 눈을 그런 문구들에 깃들어 있는 신비주의에 빠져들게 하면서 진심으로 기

---

[2] 시민들이 일광욕을 즐기는 뮌헨의 유명한 공원 이름이다.

분을 풀 수 있었다. 그는 몽상적인 기분에서 빠져나오면서, 옥외 계단을 지키고 있는 묵시록적인 두 마리 동물상 위쪽의 주랑 현관에 한 남자가 서 있는 것을 알아챘다. 그리 평범하지 않은 그의 모습을 보고 아셴바흐는 완전히 다른 방향으로 생각하게 되었다.

그 낯선 자가 방금 청동 문을 통해 현관홀 안에서 나온 것인지, 그가 보지 못한 사이에 바깥에서 그곳으로 올라간 것인지는 확실치 않았다. 그는 이 문제에 대해 별로 깊이 생각하지 않고 첫 번째 가정이 맞을 거라고 생각했다. 적당한 키에 마르고 수염이 없으며 눈에 띄게 들창코인 그 남자의 머리칼은 붉은색이었고, 우윳빛 피부에는 주근깨가 나 있었다. 그는 바이에른 출신이 아닌 게 분명했다. 적어도 머리에 쓴, 테가 넓고 반듯한 인피(靭皮) 모자만으로도 멀리 이국 사람처럼 보였다. 물론 어깨에는 이 지방에서 흔히 볼 수 있는 배낭을 멨고, 로덴 천으로 만든 듯한 누런 벨트가 달린 상의를 입고 있었다. 옆구리에 바짝 붙인 왼쪽 팔뚝에는 회색 우의를 걸치고 있었고, 오른손에는 끝에 뾰족한 쇠가 박힌 지팡이를 들고 있었다. 그는 지팡이를 비스듬하게 바닥에 짚고, 두 다리를 꼰 채 지팡이의 손잡이에 허리를 기대고 있었다. 머리를 치켜들고 있어서 헐렁하고 편안해 보이는 셔츠 위로 삐져나온 목의 굵은 목울대가 그대로 드러나 보였다. 그는 붉은 무색 속눈썹이 달린 눈으로 날카롭게 살피듯 먼 데를 바라보고 있었다. 두 눈 사이에 수직으로 깊이 패어 있는 주름살은 약간 들린 코와 이상할 정도로 잘 어울렸다. 그래서인지 — 그리고 어쩌면 그가 높은 위치에 있고 높아 보이는 위치에 있어서 그런 인상이 더했는지는 몰라도 — 무언가 위압적으로 굽어보는 그의 태도에는 대담하거나 심지어 야생적인 측면이 있었다. 지는 해를 바라보느라 눈이 부셔 얼굴을 찡그리고 있거나, 원래 그렇게 인상을 일그러뜨리는 사람이라서 그럴지도 몰랐다. 입술이 너무 짧은지 이빨에서 완전히 말려 올라가 있어 잇몸까지 그대로 노출된 바람에, 그 사이로 기다란 이빨이 허옇게 드러나 보였다.

아셴바흐는 반은 넋을 놓고 반은 강한 호기심으로 그 낯선 남자를 유심히 살펴보았는데, 어쩌면 도를 좀 넘었는지도 모른다. 그는 갑자기 그 남자가 자신의 시선에 응답하는 것을 알아챘다. 그것도 아주 호전적으로 눈을 똑바로 쳐다보며 갈 데까지 가자는 투로 극단적으로 나와, 상대방이 눈을 돌리게 하려고 작정한 듯 보였다. 난처한 느낌이 든 아셴바흐는 고개를 돌리고, 그 남자에게 다시는 신경 쓰지 말아야겠다고 막연히 결심하고 울타리를 따라 걷기 시작했다. 얼마 지나지 않아 그는 그 남자를 잊어버렸다. 하지만 그 낯선 남자의 방랑자 같은 모습에서 아셴바흐의 상상력이 자극을 받았기 때문인지, 또는 다른 육체적이고 정신적인 영향을 받아서인지는 몰라도 그는 아주 놀랄 정도로 자신의 내면이 이상하게 확장되는 느낌을 받았다. 이는 정처 없이 헤매는 마음의 불안 같은 것이었고, 젊은 시절의 먼 곳에 대한 목마른 갈망 같은 것이었다. 이런 감정은 너무나 생생하고 너무나 새롭긴 하지만, 벌써 오래전에 떨쳐 버리고 잊어버린 것이었다. 그래서 그는 뒷짐을 지고 땅을 내려다보며 이러한 느낌의 본질과 목표를 음미하기 위해 마술에 걸린 듯 우뚝 멈춰 서 있었다.

그것은 바로 다름 아닌 훌쩍 여행을 떠나고 싶다는 욕구였다. 느닷없이 떠올랐던 이런 생각은 점점 더 열정적인 것으로, 그러니까 환각을 일으킬 정도로 고조되었다. 그의 욕구는 실제로 눈에 보일 정도가 되었다. 몇 시간 전에 작업을 할 때부터 그의 상상력이 좀처럼 수그러들지 않고 있었는데, 이제 그가 눈앞에 무언가를 그려 보려고 하자, 그 상상력은 갑자기 다양한 일이 벌어지는 지상의 온갖 경이로움과 공포를 보여 주는 실례를 만들어 냈다. 그의 눈앞에 어떤 풍경이 나타났다. 그것은 김이 자옥한 하늘 아래에 펼쳐진 습하고 숲이 울창한, 무시무시한 적도의 늪지대였다. 섬들과 습지와 진창으로 흘러든 강의 지류로 이루어진 원시 세계의 황량한 풍경이었다. 울창한 원시림의 기름진 땅에서 솟아올라 기상천외하게 꽃을 피운 식물들 사이로 잎이 무성한 종려나무 줄기들이 여기저기서 자라고 있는 게 보였다. 기기묘묘하게 생긴 나무들의 뿌리가 공중을 지나 땅에 들어가 있기도 했고, 녹색 그림자가 어른거리는 고인 물에 잠겨 있기도 했다. 우유처럼 희고 접시만 한 크기의 꽃들이 떠다니는 사이로, 날갯죽지를 쳐들고 볼품없는 부리를 지닌 낯선 종류의 새들이 얕은 곳에 꼼짝 않고 서서 옆쪽을 바라보고 있었다. 그리고 대나무 숲의 마디진 줄기들 사이에 호랑이가 웅크리고 앉아 눈빛을 번득이는 게 보였다. 그는 놀라움과 불가사의한 갈망으로 가슴이 마구 방망이질하는 것을 느꼈다. 그러고 나서 그러한 광경이 눈앞에서 사라졌다. 아셴바흐는 머리를 설레설레 흔들면서, 돌 자르는 공장의 울타리를 따라 다시 걷기 시작했다.

적어도 교통수단에 구애받지 않고 어디나 마음대로 갈 수 있는 경제력을 지니고부터, 그는 여행이란 하고 싶은 생각이나 기분이 별로 없어도 이따금씩 참고 견뎌야 하는 건강상의 조치로 간주했다. 그는 자아와 유럽적인 영혼이 그에게 부여한 과제에 너무 마음을 빼앗긴 나머지 창작에 대한 의무감에 지나치게 압박을 받고 있어서 기분 전환하는 일을 너무 싫어했다. 그는 다채로운 외부 세계를 사랑하는 사람이 아니었다. 그래서 그는 누구나 자신의 생활 반경에서 크게 벗어나지 못한 채 지상의 피상적인 것만 얻을 수밖에 없을 거라 생각하며 아주 만족해했다. 유럽을 떠나야겠다는 유혹조차 전혀 받은 적이 없었다. 특히 자신의 삶이 서서히 기울어 가면서부터, 자신의 예술가적 사명을 완수하지 못할지도 모르겠다는 두려움이 — 그가 자신의 본분을 다하고, 자신의 일에 전적으로 몸을 내던지기 전에 시간이 다 흘러갈지도 모른다는 이러한 우려가 — 더 이상 단순한 기우에 불과한 것이 아니란 사실이 분명해지고부터는 자신의 외부 생활을 자신의 고향이 된 아름다운 도시와, 그가 산악 지대에 지은 조야한 시골 별장으로만 거의 전적으로 한정시켰다. 그는 비가 오는 여름철엔 별장에서 시간을 보냈다.

그래서 사실 이처럼 때늦게 느닷없이 그의 마음을 사로잡은 충동도 젊은 시절부터 지켜 온 자기 규율과 이성에 의해 금방 억제되고 교정되었다. 그는 자신이 심혈을 기울여 온 작품을 어느 정도까지 진척시킨 뒤 시골에 갈 생각이었다. 몇 달간 작품에서 손을 떼고 세상을 어슬렁거리며 돌아다니겠다는 생각은 너무나 무분별하고 계획에 벗어나는 것이어서, 이는 진지하게 고려해 볼 가치도 없었다. 그런데도 어떤 이유로 이런 유혹이 그렇게 뜻밖에 생겨나게 되었는지 그는 너무나 잘 알고 있었다. 그 자신이 고백한 바에 따르면, 이는 탈출하고자 하는 충동이었다. 새로운 것과 먼 곳에 대한 동경, 자유, 구원, 망각에 대한 이러한 욕구는 곧 작품에서 벗어나고픈, 경직되고 차가우며 열정적으로 일하는 일상생활의 작업장에서 벗어나고픈 충동이었다. 사실 그는 힘들게 일하는 것을 사랑했다. 그는 시도 때도 없이 검증된 그의 자랑스럽고도 강인한 의지력과 점점 더해 가는 이러한 피로감 사이의 갈등인, 날이면 날마다 새롭게 되풀이되는 이러한 신경 소모전도 거의 사랑했다고 할 수 있다. 하지만 그가 지쳐 가고 있다는 사실을 아무도 알아서는 안 되었고, 어떻게 해서

든지 작품에서 무기력함이나 실패의 기미를 보여서는 안 되었다. 그러나 감당할 수 없을 만큼, 그토록 활기차게 터져 나오는 욕구를 제멋대로 질식시키지 않는 것이 도리에 맞는 것 같았다. 그는 자신의 일을 생각했고, 어제와 마찬가지로 오늘도 다시 손을 놓을 수밖에 없었던 그 부분에 대해 생각해 보았다. 그 부분은 참을성 있게 다듬을 수도 없을 것 같았고, 급히 기습을 한다고 제대로 될 것 같지도 않았다. 그는 그 대목을 재차 검토해 보았고, 막힌 곳을 뚫어 보려고 노력해 보았지만 역겨운 감정에 몸서리를 치면서 공격을 단념하고 말았다. 그렇다고 그 부분에 특별히 어려운 점이 있었던 것은 아니었다. 그를 무력하게 만든 것은 혐오감에서 생긴 회의적인 감정이었다. 이러한 혐오감이 더 이상 그 어느 것을 통해서도 충족될 수 없는 불만감으로 나타났던 것이다. 물론 이러한 불만감은 벌써 젊은 시절에 그의 재능의 본질이자 가장 내적인 본성으로 간주되었다. 이러한 요구 때문에 그는 감정을 억제하고 차갑게 식혔던 것이다. 감정이란 일을 즐겁게 대충 처리하고 반쯤 완성하는 것에 만족하는 경향이 있다는 것을 알았기 때문이다. 그러므로 억압받던 감정이 그를 저버리고, 그의 예술이 앞으로 더욱 나아가고 날개를 다는 것을 거부하며, 형식과 표현에 대한 모든 즐거움과 모든 환희를 앗아가면서 이제 복수를 하는 것일까? 그래도 그가 나쁜 작품을 만들어 낸 것은 아니었다. 이는 그가 매순간 자신의 대가다운 솜씨를 차분하게 확실히 느낄 수 있었던 그의 연령의 이점이었다. 거장다운 솜씨로 나라에서 표창을 받긴 했지만 그는 그런 자신의 솜씨에 즐거움을 느낄 수 없었다. 자신의 작품에는 열렬하게 불타오르며 유희하는 변덕스런 특징이 부족한 것 같았다. 즐거움의 산물인 이런 변덕스러운 기분은 어떤 내적인 내용보다 더 중요한 장점이라서 독서의 맛을 향유하는 독자들에게 즐거움을 가져다주었다. 그는 시골의 작은 집에서 음식을 준비해 주는 하녀와 음식을 날라다 주는 하인하고만 함께 홀로 여름을 보낼 것을 생각하니 두려워졌다. 산 정상과 산 암벽의 친숙한 모습을 생각하니 덜컥 두려운 생각이 들었다. 이러한 것에 둘러싸이면 불만스럽게도 다시 일이 제대로 진척되지 않을지도 모른다. 그러니 잠시 휴식을 취하는 게 필요했다. 여름을 그럭저럭 견뎌 내고 생산적으로 만들려면 즉흥적인 삶, 빈둥거리는 생활, 먼 곳의 공기, 새로운 피의 수혈이 필요했다. 그러니까 여행을 떠나는 거다 ─ 그는 이런 생각에 만족했다. 아주 멀리 가지는 않더라도, 호랑이가 사는 곳까지 가지는 않더라도 말이다. 침대 칸에서 하룻밤을 보내고, 매력적인 남쪽의 어느 세계적인 휴가지에서 서너 주 동안 낮잠을 즐기면서 말이다……

그가 이런 생각을 하는 동안 전차가 웅어리 거리쪽으로 다가오는 소리가 들렸다. 그리고 전차에 올라타면서 오늘 저녁에는 지도와 안내 책자를 들여다보아야겠다고 마음먹었다. 전차의 승강대에 올라서서, 그는 어쨌거나 이곳에 잠깐 머무르며 성과를 얻는 동안 자신의 동반자가 된 셈인 인피 모자를 쓴 남자를 찾아봐야겠다고 생각했다. 하지만 그자가 어디에 있는지 행방이 묘연했다. 아까 있던 자리에도 없었고, 그 다음 정거장에도 없었으며, 전차에서도 그자를 발견할 수 없었다.

제2장

 구스타프 아셴바흐는 프로이센의 프리드리히 대왕의 생애에 관한 명쾌하고도 힘 있는 산문 서사시를 쓴 작가였다. 그는 수많은 다채로운 인물들의 운명을 하나의 이념의 음영 속에 모아 〈마야〉라는 이름의 소설 양탄자를 짜는 데 많은 시간을 들이고 있는, 열과 성을 다하는 작가였다. 「비참한 남자」라는 설득력 있는 소설을 쓴 그는 궁극적인 깨달음을 얻은 뒤에도, 윤리적 결단이 여전히 가능하다는 사실을, 고맙게 생각하는 모든 젊은이들에게 보여 주었다. 그리고 마지막으로 (그리고 이것으로 그의 성숙기의 작품들을 간단히 언급한 셈이다) 「정신과 예술」이라는 열정적인 논문을 쓴 저술가였다. 진지한 비평가들은 이 논문의 논리적 힘과 반대 명제적인 수사법을 실러의 「소박 문학과 성찰 문학」[3]이라는 사려 깊은 논문과 견줄 만하다고 평했다. 구스타프 아셴바흐는 슐레지아 지방의 도청 소재지 L 시에서 고위 법관의 아들로 태어

---

3 실러는 이 논문에서 괴테의 문학은 체험에서 우러나온 자연스러운 소박 문학이고, 자신의 문학은 관념적인 성찰 문학이라고 말했다.

났다. 장교, 법관, 행정 관료들이었던 그의 선조들은 왕과 나라에 봉사하며, 엄격하고 예의 바르게 검약한 생활을 했다. 보다 내적인 정신성은 이들 가운데 성직자가 한 명 나옴으로써 구현되었다. 보다 성마르고 관능적인 핏줄은 바로 이전 세대에 보헤미아 출신 지휘자의 딸인 어머니를 통해 가문에 전해졌다. 그러니까 그의 외모에 낯선 종족의 특질이 보이는 것은 그의 어머니 때문이었다. 직분을 다하는 냉철한 양심성과 보다 어둡고 보다 열정적인 충동이 결합함으로써 한 명의 예술가, 이러한 특이한 예술가가 생겨나게 되었던 것이다.

그는 사실 조숙하지는 않았지만, 그의 삶 전체는 명예에 초점을 맞추고 있었다. 때문에 그의 목소리는 단호하고 함축성이 있어서, 그는 일찍부터 세상에 대해 능숙하고 노련하게 대처할 줄 알았다. 그는 고등학생일 때 벌써 명성을 얻었다. 10년 후에 그는 자신의 서재에 앉아 자신의 위신을 지키고 명성을 관리하는 법을 익혔고, 짧은 편지글에서도 (성공을 거두고 신뢰를 주는 작가인 그에게 많은 요청이 쇄도했기 때문이었다) 호의를 베풀고, 이를 중요하게 여기는 법을 익혔다. 40대에 들어선 그는 자신의 본격적인 글쓰기 작업으로 인한 과로와 부침(浮沈)으로 기진맥진한 채, 날이면 날마다 세계 각국의 우표가 붙은 우편물을 감당해야 했다.

그의 재능은 진부하지 않았을 뿐만 아니라, 그렇다고 비범하지도 않아서, 대중으로부터 폭넓은 신뢰를 얻은 동시에 보다 까다로운 독자들로부터도 경탄과 요구가 섞인 공감을 얻게 되었다. 그래서 이미 젊은 시절부터 사방에서 업적을 ─ 그것도 특출한 업적을 내도록 부담을 주었기 때문에 그는 빈둥거리며 산 적이 없었고, 보통 젊은이들처럼 아무 걱정 없이 될 대로 되라는 식으로 살지도 못했다. 그가 서른다섯 무렵 빈에서 병에 걸렸을 때, 그를 눈여겨보던 어떤 약삭빠른 자가 이렇게 말했다. 「보십시오, 아셴바흐는 예전부터 이렇게만 살았습니다.」 그러면서 그자는 왼손으로 주먹을 꽉 쥐어 보였다. 「이렇게는 결코 살지 않았지요.」 그러면서 그는 손을 펴서 안락의자 등받이에 편히 내려뜨렸다. 그건 맞는 말이었다. 그가 씩씩하고 윤리적인 것은 결코 튼튼하게 태어나서가 아니라, 소명감을 가지고 늘 긴장하고 살아서 그럴 뿐이었지 사실 그렇게 태어난 것은 아니었다.

의사의 보살핌이 필요한 소년은 학교를 다니지 않고, 집에서 가정교육을 받아야 했다. 그는 친구도 없이 혼자 자랐지만 자신이 어떤 부류에 속한다는 것을 일찍부터 깨닫지 않을 수 없었다. 그러한 부류는 재능이 부족한 게 아니라 그 재능을 발휘하는 데 필요한 기초 체력이 모자란다는 점이 특이했다. 그 부류는 초년에 곧잘 최고의 성과를 내지만, 노년까지 능력을 발휘하는 경우는 드물었다. 하지만 그가 좋아하는 말은 〈끝까지 버텨라〉라는 것이었다. 그리고 그는 프리드리히 대왕을 다룬 자신의 소설을 다름 아닌 이러한 명령어가 신격화된 작품으로 보았고, 그에게는 이러한 명령어가 고통을 안고 행동하는 미덕의 진수로 여겨졌다. 또한 그는 나이가 들기를 열렬히 손꼽아 기다렸다. 왜냐하면 그는 예전부터 예술적 재능이란 사람들이 살아가면서 경험하는 모든 단계에서 나름대로 결실을 맺을 정도로 충분히 행운을 얻어야만 진정 위대하고 보편적인 것이 된다고, 그러니까 진정으로 존경할 만한 것이 된다고 생각했기 때문이었다.

그러므로 그가 그러한 재능에서 비롯된 과제를 가냘픈 두 어깨에 떠안고 앞으로 계속 나아가야 했기 때문에 그에게는 극도의 규율이 필요했다. 그리고 다행스럽게도 그는 이러한 규율이라는 유산을 아버지로부터 물려받았다. 나이 마흔이 되고, 쉰이 되어 다른 사람들은 벌써 시간을 흥청망청 쓰고 열광적인 생각에 빠져 위대한 계획의 실행을 유유자적하게 미루고 있을 때, 그는 가슴과 등에 찬물을 끼얹었으며 아침 일찍부터 하루 일과를 시작했다. 그러고 나서 원고지 머리맡에 놓인 은촛대에 한 쌍의 기다란 초를 밝히고, 오전에 열정적이고도 양심적인 두서너 시간 동안의 수면으로 비축해 둔 힘을 예술에 전부 쏟아 부었다. 아무것도 모르는 사람들이 그의 소설 『마야』나 프리드리히 대왕의 영웅적 삶이 펼쳐지는 대서사 작품을 농축된 힘과 기다란 호흡의 산물이라 간주한다 해도 그것은 용서해 줄 수 있는 일이었다. 이는 그야말로 그의 도덕성의 승리를 의미했다. 그런데 사실 그의 작품들은 오히려 수백 개의 개별적인 영감을 날마다 조금씩 쌓아올려 그렇게 위대해졌고, 오직 그 때문에 이루 말할 수 없이 모든 점에서 훌륭하게 되었다. 이 작품들의 창조자는 프리드리히 대왕이 아셴바흐의 고향을 정복할 때 보여 주었던 것과 유사하게, 끈기와 불굴의 의지로 여러 해 동안 긴장을 견디며 작품에 몰두하여 자신의 가장 원기 왕성하고도 가장 가치 있는 아침 시간을 오로지 작품을 실제로 창작하는 데 바쳤기 때문이었다.

중요한 지적 생산물이 지체 없이 광범위하고 커다란 영향력을 행사하기 위해서는 작가 개인의 운명과 동시대인의 보편적인 운명 사이에 은밀한 유사성 내지는 합일점이 있어야 한다. 사람들은 자신들이 왜 어떤 예술 작품에 명예를 안겨 주는지 알지 못한다. 전문가적 안목이 없는 그들은 그 작품에서 수백 개의 장점들을 지적할 수 있다고 생각하면서 자신들이 그토록 크게 공감한 이유를 정당화한다. 하지만 이들이 찬사를 보내는 실제 이유는 무언가 헤아릴 수 없는 것으로 그 작품에 공감했기 때문이다. 언젠가 별로 눈에 띄지 않는 자리에서 아셴바흐는 세상의 거의 모든 위대한 것은 〈그럼에도〉의 상태로 존재한다고 분명히 밝힌 적이 있었다. 근심과 고통, 가난과 고립무원, 신체적 허약과 악덕, 열정과 수천 개의 다른 장애물에도 불구하고 이루어졌다는 것이다. 이는 하나의 소견 이상의 말로서, 그의 체험에서 우러나온 표현이었으며, 그야말로 그의 삶과 명성에 대한 공식적 표현인 그의 작품을 이해하는 열쇠였다. 그러므로 그 말이 아주 특이하기 짝이 없는 그의 작품 속 인물들의 윤리적 성격이 되고 외적인 몸짓이 된다 한들 이상할 게 뭐가 있겠는가?

이 작가가 특히 좋아하여, 그의 작품에서 다양한 모습으로 자주 등장시키는 새로운 유형의 주인공에 대해 어떤 현명한 분석가는 일찍이 이렇게 썼다. 그의 작품의 전형적인 주인공은 〈칼과 창이 몸을 뚫고 들어오는 치욕적인 순간에도 이를 악물고 당당하고도 의연히 서 있는 지적이고 젊은이다운 남성적인 모습〉의 화신이라는 것이었다. 이러한 분석은 수동적인 특징을 너무 강조한 듯이 보이기는 하지만, 멋지고 재기 넘치며 정확한 지적이었다. 결국 운명에 대처하는 자세와 고통을 겪으면서 우아한 기품을 유지하는 것이 단순히 인내만을 의미하지는 않기 때문이다. 이런 태도는 능동적인 업적이고, 긍정적인 승리인 것이다. 그리고 성 세바스찬이라는 인물은 전체 예술에서 그런 것은 아니라 하더라도, 확실히 현재 화제가 되고 있는 예술에서는 가장 멋진 상징이다.

여기에서 이야기된 세계를 들여다본 자는 누구나 거기서 여러 가지 특이한 점을 보았다. 내부에서 서서히 깎여 들어가는 생물학적 몰락 현상을 마지막 순간까지 우아하게 참고 견디며 세상 사람들의 시선으로부터 숨기는 모습을 본 것이다. 그것은 연기만 피우며 타는 가슴을 순수한 불꽃으로 타오르게 할 수 있는 관능적인 매력이 없는 창백한 추함이고, 그러니까 미의 왕국을 지배하기 위해 비상하는 추함이다. 이는 정신이 이글거리며 불타오르고 있는 깊숙한 곳에 가서 힘을 끌어와서는, 십자가의 발치에 모인 모든 불손한 군중을 그 자신의 발밑에 무릎 꿇게 할 수 있는 창백한 무기력함이다. 이는 공허하고 엄격하게 형식에 봉사하는 매력적인 자세이고, 그릇되고 위험한 삶이며, 금방 사람을 무기력하게 만들어 버리는 그리움이자 타고난 사기꾼의 예술이다. 이 모든 운명과 이와 유사한 것을 면밀히 살펴본 자는 유약함이라는 영웅적 자질 말고 대체 다른 영웅적 자질이 있는지 의심하게 될지도 모른다. 하지만 어쨌거나 이러한 영웅적 자질보다 더욱 시의 적절한 것이 뭐가 있단 말인가? 구스타프 아셴바흐는 거의 탈진 상태에서 일하는 사람들, 지나치게 부담을 받아 이미 녹초가 된 사람들, 아직은 그래도 자세를 꼿꼿하게 유지하고 있는 모든 사람들을 대변하는 작가였다. 그는 몸이 허약하고 경제적으로도 빠듯했지만, 초인적인 의지를 발휘하고 현명하게 자기 관리를 하여, 적어도 한동안은 위대하다는 효과를 낼 수 있는 모든 업적주의 도덕가들을 대변하는 작가였다. 이런 자들은 적지 않았고, 이들이 그 시대의 주인공들이었다. 그리고 이 모든 사람들은 아셴바흐의 작품에서 자신들을 재인식하고, 그곳에서 자신들이 인정받고 떠받들어지며 찬미되는 것을 발견했다. 이들은 그에게 감사할 줄 알았으며 그의 이름을 널리 세상에 알렸다.

그는 미숙하고 거칠게 시대를 대했다. 그리고 그는 시대 흐름에 무분별하게 휩쓸려 공적으로 좌절을 맛보기도 했고, 실수를 범해 웃음거리가 되기도 했으며, 말이나 작품에서 분별없는 일을 저지르기도 했다. 하지만 그때에도 품위는 잃지 않고 있었다. 그의 주장에 따르면 모든 위대한 재능에는 품위를 얻기 위한 자연스런 충동과 갈망이 선천적으로 결부되어 있다는 것이었다. 그러니까 그의 모든 발전은 회의와 반어라는 온갖 장애를 뛰어넘어 품위를 얻기 위한 의식적이고 도전적인 상승 과정이라고 말할 수 있었다.

정신적으로 아무런 구애를 받지 않고 생생하고도 확실하게 형상화하면 시민 대중을 즐겁게 해줄 수 있지만, 열정적이고 무조건적인 젊은 세대를 사로잡으려면 문제성이 있는 것을 제시해야 한다. 그래서 아셴바흐는 어느 젊은이 못지않게 문제성이 많았고 무조건적이었다. 그는 정신의 노예가 되어 인식을 남용하였고, 종자로 쓰일 곡물을 찧어 가루로 만들었으며, 비밀을 누설하였고, 재능을 의심하였으며, 예술을 배반하였다. 정말이지 그의 예술 작품이 그를 믿고 따르는 자들을 즐겁게 하고 고양시켜 주며 활기를 불어넣어 준 반면에, 젊은 예술가인 그 자신은 예술과 예술가적 생활 자체의 수상쩍은 본질에 대해 냉소적 태도를 취함으로써 20대 청년들을 바짝 가슴 졸이게 만들었다.

그렇지만 고상하고 유능한 정신은 그 어떤 것보다도 날카롭고 신랄한 인식의 자극에 의해 보다 신속하고 보다 철저히 무뎌지는 것 같다. 그리고 우울할 정도로 지극히 양심적인 젊은이의 철저함도 대가가 된 남자의 심원한 결정에 비한다면 일천하다는 것은 확실하다. 지식이 의지와 행위, 감정, 심지어 열정조차 마비시키고 꺾어 버려 조금이라도 그 가치를 떨어뜨리려 한다면, 중년의 그 대가는 고개를 치켜든 채 지식을 부정하고 거부하여 그 지식을 넘어서고자 한다. 「비참한 자」라는 유명한 소설을 시대의 상스러운 심리주의에 대한 역겨움의 분출이라는 것 말고 달리 어떻게 해석할 수 있겠는가? 이는 무기력하게 악습에 빠져 윤리적으로 될 대로 되라는 상태에서 자신의 아내를 애송이의 품에 밀어 넣고는, 마음속 깊은 곳에서 파렴치한 짓을 저질러도 된다고 생각하면서, 자신의 운명을 부정하게 손에 넣는 줏대 없고 어리석은 얼치기 건달 말이다. 여기에서 타락한 자에게 경종을 울리는 언어의 힘은 온갖 도덕적 회의주의와 죄악의 구렁텅이에 대한 어떤 공감도 거부한다고 알렸고, 〈모든 것을 이해한다는 말은 모든 것을 용서하는〉 것이라는 동정적인 명제의 관대함을 거부한다고 선언했다. 그리고 여기서 준비된 것, 말하자면 완수된 것은 예의 〈기적과도 같은 거침없는 성격의 재탄생〉이었다. 이러한 기적에 대해서는 어떤 신비적인 어조가 없는 것은 아니었지만, 얼마 뒤에 가진 작가의 인터뷰 가운데 한 번 분명히 언급되었다. 참으로 이상한 연관성이 아닌가! 이러한 〈재탄생〉, 이러한 새로운 품위와 엄격함이 낳은 정신적인 결과로 사람들은 이 무렵 그의 미적 감각이 거의 지나칠 정도로 강화되는 것을 목격하지 않았던가? 예의 귀족적인 순수성, 단순성과 형식의 조화로 말미암아 그 후로 그의 작품에 대가다움과 의고전주의라는 아주 두드러지고 실로 의도적인 특성이 나타나지 않았던가? 하지만 지식의 영역을 초월하고 해체하고 제지하는, 인식의 힘을 넘어서는 도덕적인 단호함은 다시 세상과 영혼을 단순화하고 도덕적으로 획일화시켜, 그 결과 또한 사악하고 금지된 것, 윤리적으로 불가능한 것을 강화시키는 게 아닐까? 그리고 형식이란 두 가지 얼굴을 가진 게 아닐까? 형식이란 윤리적인 동시에 비윤리적인 것이 아닐까? 규율의 결과와 표현으로서는 윤리적이지만, 본래적으로 도덕적인 무관심을 자체에 내포하는 한, 그러니까 본질적으로 자신의 도도하고도 절대적인 왕의 홀(笏) 아래에 도덕적인 것을 굴복시키려 애쓰는 한 비윤리적이고 심지어 반윤리적인 것이 아닐까?

그거야 어쨌든 상관없는 일이다! 발전하는 것은 운명이다. 그런데 대중의 폭넓은 공감과 신뢰를 얻는 발전이 명성을 얻지 못해 그에 따르는 아무런 책무 없이 행해지는 발전과 다른 경로로 진행되어서는 안 된단 말인가? 위대한 재능을 지닌 사람이 자유분방한 번데기 상태에서 벗어난다면, 영원한 집시 기질을 가진 사람만이 이를 지루하게 생각하고, 그것을 비웃고 싶은 생각이 들 것이다. 재능 있는 자가 정신의 품위를 의미심장하게 대변하는 데 익숙해져 있다면 말이다. 그리고 사회에서 결국 권력과 명예를 얻을 때까지, 아무 데도 상의할 곳 없이 가혹하게 혼자의 힘으로 고통을 겪고 투쟁해야 하는 성격을 지닌 고독이라는 궁정 예법을 받아들인다면 말이다. 아닌 게 아니라 재능이 자신의 모습을 만들어 가는 데는 얼마나 많은 유희며 반항이며 즐거움이 있어야 하는가! 세월이 흐름에 따라 아셴바흐가 내보인 것에는 무언가 공적이고 교육적인 요소가 들어가게 되었다. 나중에 가서 그의 문체는 거리낌 없는 대담함과 미묘하고 신선한 음영을 잃어버리게 되었다. 그 대신 표준적이고 고정된 문체, 세련되고 전통적인 문체, 보존적이고 형식적이며 심지어는 상투적인 문체로 변해 갔다. 그리고 루이 14세가 그랬다고 우리에게 전해져 내려오듯이, 나이가 들어 가는 그 작가는 자신이 쓰는 용어에서 천박한 단어를 모조리 추방해 버렸다. 그때 교육 당국에서는 그의 작품 중에서 몇 페이지를 선정하여 국정 교과서에 싣기도 했다. 그는 마음속으로 이런 조치를 마땅하다고 생각하고, 막 왕위에 오른 독일의 군주가 그의 50회 생일을 맞이하여 『프리드리히 대왕』의 작가에게 개인적으로 귀족 작위를 수여하자 이를 물리지 않았다.

　불안정하게 이곳저곳을 떠돌면서 살아 보다가 그는 일찌감치 뮌헨을 영구적인 주거지로 선택하고, 그곳에서 중산 계층으로서의 명예를 누리고 특수한 경우에 지적인 인물에게 주어지는 특권을 즐기며 살았다. 아직 젊었던 시절에 학자 집안 출신의 한 여자와 결혼하여 잠시 행복한 시절을 맛보았지만, 그녀가 죽음으로써 결혼 생활은 끝이 났다. 그에게는 벌써 결혼한 딸이 하나 있었다. 그에게 아들은 애당초 없었다.

구스타프 폰 아센바흐는 중키가 조금 못 되고 갈색 피부를 지닌, 면도를 말끔히 하는 남자였다. 아담하다고 할 수 있는 그의 체격과 비교할 때 그의 머리는 좀 크다는 느낌이 들었다. 뒤쪽으로 빗어 넘긴 그의 머리칼은 정수리 부근에는 숱이 듬성듬성하고, 관자놀이엔 무성하며 확연히 희끗희끗해지고 있었다. 머리카락에 둘러싸인 훤한 이마는 주름이 깊이 패어 있어 마치 흉터가 생긴 것처럼 보였다. 알에 테두리가 없는 금테 안경의 둥근 코걸이 부분은 고상하게 휘어진 뭉툭한 코의 윗부분에 착 달라붙어 있었다. 큼지막한 입은 때로는 맥없이 풀려 있다가, 때로는 갑작스럽게 오므라지며 긴장하기도 하였다. 뺨은 여위어 고랑이 패어 있었고, 잘생긴 턱은 부드럽게 갈라져 있었다. 중요한 운명들은 대체로 고통에 잠겨 옆으로 기울이고 있는 이 사람의 얼굴을 무시하고 지나쳐 버린 모양이었다. 하지만 보통의 경우는 힘들고 파란만장한 삶이 한 사람의 인상을 만들어 주지만, 그의 경우에는 예술이 그러한 일을 담당했다. 이러한 이마 뒤에서 볼테르와 대왕 사이의 전쟁에 관한 불꽃 튀기는 문답이 생겨났던 것이다. 안경알 너머로 피곤하고 그윽하게 바라보는 이 두 눈은 7년 전쟁 당시 야전 병원의 피비린내 나는 지옥을 본 것이었다. 또한 개인적인 차원에서 보더라도, 그러니까 예술은 고양된 삶이다. 예술은 보다 깊은 즐거움을 안겨 주고, 신속하게 기력을 갉아먹는다. 예술은 그것에 봉사하는 사람의 얼굴에 공상적이고 지적인 모험의 흔적을 각인해 준다. 그래서 겉으로 보기엔 수도원에서처럼 조용하게 생활한다 하더라도, 결국에 가서 예술은 방탕한 열정과 향락으로 가득 찬 삶조차 낳을 수 없을 것 같은 까다로운 취향, 지나친 섬세함, 피로와 신경질적인 호기심을 낳는 것이다.

제3장

 여행을 떠나기로 한 아셴바흐는 작품과 관련된 세속적인 종류의 일이 몇 가지 남아 있어 그날 산책을 한 뒤에도 약 2주가량 뮌헨에 머물러 있었다. 마침내 그는 4주 뒤에 들어갈 수 있게 자신의 산악 별장을 준비해 놓으라고 지시를 내렸다. 그러고는 5월 중순과 말 사이의 어느 날 트리에스트행 야간열차를 타고 여행길에 올랐다. 그는 트리에스트에서 24시간만 머물렀다가 그다음 날 아침 폴라 시로 가는 배에 올라탔다.
 그가 찾고자 한 장소는 이질적이고 생소하면서도 금방 도달할 수 있는 곳이었다. 그래서 그는 몇 년 전부터 사람들이 칭찬하기 시작한 아드리아 해에 있는 한 섬에 숙소를 잡았다. 이스트리아 해안에서 멀지 않은 그곳엔 형형색색의 누더기를 걸치고 완전히 낯선 언어로 말하는 원주민들이 살고 있었다. 그리고 툭 트인 바다가 보이는 그곳엔 멋지게 갈기갈기 찢어진 낭떠러지가 있었다. 하지만 비가 계속 내렸고, 답답한 공기는 사람을 울적하게 만들었다. 그리고 호텔은 폐쇄적인 오스트리아의 시골사람들 무리로 가득 차 있어서, 부드러운 모래사장만이 제공해 줄 수 있는, 바다에 대한 평화롭고 내밀한 관계를 가질 수 없었다. 이 모든 것으로 인해 그는 기분이 좋지 않았고, 자신이 원하던 목적지를 찾았다는 느낌이 들지 않았다. 그는 마음속으로 불안감을 감출 수 없었지만, 딱히 어디로 가야 할지도 분명하지 않았다. 그는 배편을 알아보았고, 두리번거리며 주변을 살펴보았다. 그러다가 불현듯, 뜻밖인 동시에 자명하게도 가야 할 행선지가 눈앞에 떠오른 것이었다. 하룻밤 사이에 이루 비길 데가 없는, 동화처럼 일탈적인 곳에 가기를 원한다면 어디로 가야 할 것인가? 허나 이는 분명한 사실이었다. 여기서 무얼 한단 말인가? 그는 길을 잘못 든 것이었다. 애당초 그가 가고 싶은 곳은 그쪽이었다. 그는 지체하지 않고 이곳에 잘못 왔다고 해약 통고를 했다. 섬에 도착한 지 일주일하고 반이 지난 뒤 안개가 자욱한 어느 새벽에 재빠른 모터보트가 물살을 가르며 그와 그의 짐을 군항에 도로 데려다 주었다. 그리고 뭍에 내린 즉시 판자 다리를 지나, 증기를 뿜어내며 베네치아로 떠날 준비를 하고 있는 어떤 배의 축축한 갑판으로 걸어갔다.

이탈리아 국적의 아주 오래된 그 배는 낡은 데다 검게 그을려 우중충했다. 아셴바흐가 배에 오르자마자 꾀죄죄하게 생긴 곱사등이 선원 하나가 히죽히죽 웃으며 배 안으로 들어가라고 공손하게 권했다. 인공 조명이 달린 동굴 같은 선실에는 염소수염을 기른 사내가 탁자 뒤에 앉아 있었다. 모자를 이마에 비스듬하게 쓰고 입가에 담배꽁초를 문 그 남자는 한물간 곡마단 단장 같은 인상을 하고 있었다. 그는 얼굴을 찡그리고 약간 사무적인 태도로 여행객의 신상 명세를 기록하고는 승차권을 발급해 주고 있었다. 「베네치아행!」 그는 팔을 뻗어 비스듬하게 기울인 잉크병의 뻑뻑한 찌꺼기에다 펜을 꽂으면서 아셴바흐가 요청한 말을 반복했다. 「베네치아행, 일등석! 됐습니다, 선생님.」 그는 커다랗게 괴발개발 갈

겨쓰고, 커다란 상자에 든 푸른 모래를 글씨에 뿌리고는 그것을 도자기 그릇에 떨어뜨렸다. 그런 뒤 마디가 굵은 누런 손가락으로 종이를 접고는 다시 글씨를 썼다. 그러는 사이에 그는 이렇게 지껄였다. 「여행 목적지를 정말 잘 택했습니다! 아, 베네치아라! 정말 멋진 도시죠! 과거의 역사나 현재의 매력으로 볼 때 교양인에게 저항하기 어려운 매력을 주는 도시죠!」 재빠르고 매끄러운 그의 동작, 거기에 뒤따르는 내용 없는 쓸데없는 수다는 무언가 정신을 얼할하게 하고, 주의를 다른 데로 돌리게 하는 효과가 있었다. 그는 마치 베네치아로 여행하려는 여행객의 결심이 흔들릴까 봐 우려하는 것 같았다. 서둘러 돈을 받은 그는 도박장 종업원처럼 재빠르게 거스름돈을 얼룩진 탁자보에 떨어뜨렸다. 그는 연극배우처럼 허리를 굽히며 말했다. 「즐거운 여행 하십시오, 선생님! 여러분을 모시게 되어 영광입니다……, 여러분!」 그는 표를 끊는 사람이 더 이상 아무도 없는데도 사업이 아주 잘되는 듯 즉각 팔을 치켜들고 소리쳤다. 아센바흐는 상갑판으로 되돌아갔다.

아센바흐는 한쪽 팔을 난간에 기댄 채, 배가 떠나는 것을 지켜보려고 부둣가를 어슬렁거리는 한가한 사람들과 뱃전에 서 있는 승객들을 관찰했다. 남자고 여자고 할 것 없이 이등석 승객들은 상자와 보따리를 좌석으로 이용하면서 앞쪽 갑판에 웅크리고 앉아 있었다. 폴라 시의 가게 종업원으로 보이는 한 무리의 젊은이들이 이탈리아로 여행을 간다고 들뜬 기분으로 제1갑판에 단체 관광단을 이루고 있었다. 이들은 자신들과 자신들의 소풍에 대해 적지 않게 야단법석을 피우며, 웃고 떠들면서 자아도취에 빠져 자신들의 풍부한 제스처를 즐기고 있었다. 서류 가방을 겨드랑이에 낀 채 일을 하러 큰 거리를 따라 걸어가면서 소풍 가는 자신들을 지팡이로 위협하는 동료들을 향해 이들은 난간 너머로 몸을 굽히고 수다스런 말로 마구 놀리며 고함을 질러 댔다. 이때 한 남자가 두드러지게 눈에 띄었다. 지나치게 유행을 따라 재단한 연노란색 여름 양복에다 붉은 넥타이를 매고 대담하게 휘어진 파나마모자를 쓴 그 남자는 다른 사람들보다 유달리 쾌활하게 새된 소리를 질러 댔다. 하지만 아셴바흐는 그 남자를 좀 더 자세히 살펴본 순간 그자가 젊은이가 아닌 것을 알고 깜짝 놀랐다. 그자가 늙은이라는 것은 의심의 여지가 없는 사실이었다. 그의 눈과 입 주위에는 주름살이 자글자글했다. 엷게 홍조 띤 뺨은 화장 탓이었고, 색색으로 테를 두른 밀짚모자 아래의 갈색 머리칼은 가발이었으며, 앙상한 그의 목에는 힘줄이 불거져 나와 있었다. 위로 치켜 올린 콧수염과 뾰족하게 다듬은 턱수염은 염색한 것이었고, 웃을 때 드러나는 빠진 데 없는 두 줄의 누런 치아는 싸구려 의치였다. 그리고 양쪽 집게손가락에 인장 반지를 끼고 있는 그의 두 손은 노인의 손이었다. 아셴바흐는 그가 그의 친구들과 어울리는 모습을 섬뜩한 기분으로 지켜보았다. 그들은 그가 노인이라는 것을 눈치 채지 못했을까? 그들은 그가 어울리지 않게 멋을 부려 알록달록한 옷을 입고 부당하게 자신들의 일원인 척하는 것을 알지 못했을까? 으레 그래 왔듯이 당연히 이들은 그가 자신들 사이에 끼어 있는 것을 참고 그를 자신들의 동료로 취급하며, 그가 놀리듯 옆구리를 찔러 대는 것에 거부감 없이 똑같이 응대하는 것 같았다. 어떻게 된 일일까? 아셴바흐는 손으로 이마를 가리고 제대로 잠을 자지 못해 지끈거리는 두 눈을 감았다. 모든 것이 평상시와 아주 다른 것 같았다. 꿈꾸는 듯한 낯선 느낌, 세상이 기이하게 왜곡되었다는 느낌이 그의 마음속에 번져 가기 시작하는 것 같았다. 그렇지만 시야를 가리고 눈을 어둡게 했다가 다시 주위를 둘러보면 이런 느낌이 쉽게 사라질 듯하기도 했다. 하지만 이 순간 그는 몸이 붕 떠서 헤엄치는 듯한 느낌이 들었다. 말도 안 되는 이런 느낌에 흠칫 놀라 고개를 들어 주위를 살펴보니 그가 타고 있는 배의 육중하고 우중충한 선체가 서서히 움직이며 부두를 빠져나가고 있었다. 엔진이 앞뒤로 움직이는 가운데 지저분한 빛으로 아른거리는 물결 띠가 선창과 뱃전 사이에서 퍼져 나갔고, 증기선은 느릿느릿 진로를 변경해서 뱃머리의 돛대를 툭 트인 바다 쪽으로 향했다. 아셴바흐는 우현(右舷) 쪽으로 가로질러 갔다. 곱사등이 선원이 그를 위해 접의자를 펴주었고, 얼룩무늬 연미복을 입은 승무원이 시킬 일이 있는지 물어보았다.

하늘은 흐렸고, 바람은 눅눅했다. 항구와 섬들은 뒤로 멀어져 갔고, 육지의 모든 것은 안개 낀 시야에서 급히 사라져 갔다. 탄가루 부스러기들이 습기를 머금고 부풀어 오른 채, 깨끗이 청소해 마를 것 같지 않은 갑판 위로 떨어졌다. 비가 내리기 시작해서 벌써 한 시간 전에 돛대를 펼쳐 지붕 모양을 만들었다.

여행자는 외투로 몸을 휘감고 책을 무릎에 올려놓은 채 쉬고 있었다. 그리고 그가 의식하지 못하는 가운데 여러 시간이 흘러갔다. 어느새 비가 그쳐 아마포 지붕은 걷혀 있었다. 수평선이 완전히 보였다. 흐릿한 하늘 아래로 황량한 바다의 거대한 수면이 쭉 펼쳐져 있었다. 하지만 경계가 없는 텅 빈 공간 속에서는 시간을 재는 우리의 감각 능력이 떨어지게 마련이라 막막한 상태에서 몽롱한 기분에 빠지게 되는 것이다. 그림자처럼 어른거리는 이상야릇한 형체들, 한껏 멋을 부린 노인, 염소수염을 기른 선실의 사내, 모호한 동작을 하고 꿈속처럼 혼란스럽게 중얼거리며 휴식을 취하고 있는 그의 의식에 이러한 모습들이 아로새겨졌다. 그리고 그는 잠이 들었다.

정오 무렵에 그는 복도처럼 생긴 식당에 내려가 점심을 들라는 전갈을 받았다. 선실의 침실 문들이 그곳으로 통하고 있었다. 그리고 그는 기다란 식탁의 머리 쪽에서 식사를 했다. 식탁의 끝 쪽에서는 그 노인을 비롯하여 점원들이 쾌활한 선장과 어울려 열시부터 포커를 하고 있었다. 음식은 보잘것없어서 그는 서둘러 식사를 끝마쳤다. 그는 하늘을 보기 위해 바깥으로 나왔다. 베네치아의 상공이 밝아지는지 어떤지 보기 위해서였다.

그는 꼭 그래야만 한다는 것 말고 다른 생각을 한 적이 없었다. 베네치아는 늘 찬란하게 빛나며 그를 맞이했기 때문이었다. 하지만 하늘과 바다는 여전히 흐릿하고 납덩이처럼 무거웠으며, 간간이 안개비가 내리고 있었다. 그래서 해로로 가면 육로로 갈 때와는 다르게 베네치아에 도착하게 되는 모양이라고 생각했다. 그는 뱃머리의 돛대 옆에 서서 먼 곳을 바라보며 육지가 나타나기를 기다렸다. 전에 꿈속에서 둥근 지붕과 종탑들이 이런 물결로부터 솟아올랐다고 쓴 우울하고도 열정적인 시인[4]이 그의 뇌리에 떠올랐다. 당시에 그 시인이 외경심, 행복감, 혹은 비애감에 젖어 지은 괜찮은 시의 몇 구절들을 그는 조용히 되뇌어 보았다. 그리고 시인이 시를 지을 때 느낀 감정에 금방 동화된 그는 한가롭게 여행하고 있는 자신에게, 새로운 감격과 감정의 혼란, 감정의 때늦은 모험이 혹시 다시 찾아올는지 자신의 진지하고 지친 마음에 물어보았다.

이때 오른쪽으로 평평한 해안이 눈앞에 떠올랐고, 바다는 어선들로 북적이고 있었다. 해수욕장이 펼쳐진 섬들이 나타

---

4 베네치아를 읊은 소네트를 쓴 시인인 폰 플라텐August Graf von Platen을 가리킨다.

났고, 증기선은 이것들을 왼편에 두고 서서히 속도를 줄이며, 섬 이름을 따서 이름 지은 좁은 항구로 미끄러져 들어갔다. 그리고 울긋불긋 초라하게 보이는 집들을 바라보고 있는 석호에서 배는 완전히 멈추어 섰다. 보건 당국의 작은 돛배가 오기로 되어 있었기 때문이었다.

한 시간이 지나서야 그 배가 나타났다. 여행객들은 도착하긴 했으나, 아직 완전히 도착한 것은 아니었다. 이들은 바쁠 것이 없는데도 마음속으로 초조하고 불안한 기분을 느끼고 있었다. 공원 구역에서 물 건너 이쪽으로 울려오는 군대의 나팔 신호에 애국심이라도 동했는지 폴라 시에서 온 젊은 점원들이 갑판 위로 올라왔다. 아스티산 포도주에 얼근히 취한 이들은 건너편에서 훈련 중인 저격병들을 향해 만세를 외쳐 댔다. 하지만 이런 상황에서 멋지게 꾸민 노인이 젊은이들과 어울려 꼴사납게 노는 것은 눈에 거슬리는 일이었다. 그의 늙은 뇌는 건장한 젊은이들처럼 포도주를 견딜 수 없었던지, 노인은 보기 딱할 정도로 취해 있었다. 그는 덜덜 떨리는 손가락 사이에 담배를 끼운 채 흐리멍덩한 눈빛으로 힘겹게 균형을 잡으려 그 자리에서 앞뒤로 움직이며 비틀거리고 있었다. 그는 첫발을 내딛기가 무섭게 쓰러지려고 해서 선 자리에서 감히 움직일 엄두를 내지 못하고 있었지만, 그래도 보기 딱할 정도로 기분이 들떠 있었다. 그는 자기 옆으로 다가오는 사람마다 옷 단추를 부여잡고 혀 꼬부라진 소리로 웅얼거렸고, 눈을 깜박이며 낄낄거렸다. 반지를 낀 주름 진 집게손가락을 치켜들고 야비하게 놀려 댔으며, 혐오스러울 정도로 외설스럽게 혀끝으로 입가를 핥아 댔다. 아셴바흐는 눈썹을 찡그리며 그자를 지켜보았다. 그리고 세상이 쉽사리 제어할 수 없는 듯 보이며, 이상하게 일그러지기라도 하듯 다시 몽롱한 기분에 사로잡혔다. 물론 상황이 그로 하여금 이러한 기분에 잠겨 있지 못하게 방해했다. 바야흐로 엔진이 증기를 내뿜으며 다시 움직이기 시작했고, 배는 목적지를 코앞에 두고 다시 항해를 계속해 산마르코 운하를 통과해 가고 있었기 때문이었다.

그리하여 아셴바흐는 다시 한 번 놀랍기 짝이 없는 선착장을 보게 되었다. 배를 타고 가까이 다가오면서 경외감에 찬 시선을 보내는 여행객들은 공화국이 제공하는 환상적인 건축물의 눈부신 구조를 보게 되었다. 궁전의 경쾌한 웅장함, 탄식의 다리, 사자 상과 그리스도 상을 묘사한 물가의 기둥들, 동화에나 나옴 직한 신전의 화려하게 튀어나온 측면, 성문으로 나 있는 길과 거대한 시계가 눈에 들어왔다. 그리고 이러한 광경을 찬찬히 살펴보면서, 기차를 타고 육로로 베네치아 역에 들어오는 것은 뒷문으로 궁전에 들어가는 것과 같다고 생각했다. 그리고 바로 지금처럼 배를 타고, 난바다를 거쳐 도시에 들어와야 전혀 예상치 못한 광경을 보게 된다고 생각했다.

엔진이 멈추자 곤돌라들이 몰려들었다. 배와 부두 사이에 상륙용 판자 다리가 내려지자 세관원들이 배에 올라와 건성으로 자신들의 임무를 수행했다. 그리고 여행객들이 배에서 내리기 시작했다. 아셴바흐는 베네치아와 리도 간을 운행하는 소형 증기선 선착장까지 자신과 짐을 운반해 줄 곤돌라가 필요하다는 뜻을 밝혔다. 그는 바닷가에 숙소를 잡을 생각이었다. 사람들은 그의 계획을 듣고, 그의 바람을 수면 저 아래로 소리쳐 전달했다. 거기서는 곤돌라 사공들이 사투리를 쓰며 서로 티격태격 말다툼을 벌이고 있었다. 그는 여행용 가방의 방해를 받아 아직 아래로 내려가지 못하고 있었다. 사다리처럼 생긴 계단 아래로 가방을 잡아당겨 끌고 가기가 힘이 들었던 것이다. 그래서 몇 분 동안 그는 소름 끼치는 노인이 넉살 좋게 치근거리는 꼴을 지켜볼 수밖에 없었다. 술김에 어두운 충동이 발동한 노인은 낯선 남자에게 작별 인사를 하고 있었다. 「우린 더없이 행복한 여행이 되기를 바라겠습니다.」 그는 오른발을 뒤로 살짝 빼며 염소 우는 소리로 인사했다. 「즐거운 추억거리도 많이 만드시고요! 또 뵙기를 바랍니다, 실례 많았습니다, 안녕히 가십시오, 각하!」 그는 군침을 흘리며 두 눈을 감았고, 입술로 입가를 핥았다. 그리고 노쇠한 그의 입술 아래의 염색한 턱수염은 곤두서 있었다. 그는 두 개의 손가락 끝을 입에 갖다 대면서 혀 꼬부라진 소리로 말했다. 「우리의 찬사를, 우리의 찬사를 연인에게, 가장 사랑스럽고, 가장 멋진 연인에게……」 이때 갑자기 그의 위쪽 틀니가 빠져 아랫입술로 떨어졌다. 아셴바흐는 그자에게서 달아날 수 있었다. 「연인에게, 우아한 연인에게 말입니다.」 그는 등 뒤에서 들려오는 불분명하고 공허하며 달콤하게 속삭이는 말소리를 들으면서, 밧줄 난간을 붙잡고 판자다리를 내려왔다.

　베네치아의 곤돌라를 처음 타보거나 오랜만에 다시 타보는 경우 일시적인 전율, 은밀한 두려움과 당혹감을 느끼지 않을 만큼 담대한 사람이 누가 있을까? 담시(譚詩)가 유행하던 시절부터 하나도 변치 않고 그대로 전해 내려온 이 이상한 배는 다른 물건들하고 있으면 그냥 관처럼 보일 정도로 색깔이 너무도 특이하게 까맣다. 그것은 물이 찰싹거리는 밤에 소리 없이 저질러지는 범죄적인 모험을 생각나게 할 뿐더러, 더욱이 죽음 그 자체, 관대(棺臺)와 음울한 장례식, 말없이 떠나는 마지막 여행을 생각나게 해준다. 그런데 이러한 거룻배의 좌석, 관처럼 검게 래커 칠이 되어 있고 검은 쿠션이 들어 있는 팔걸이 안락의자가 세상에서 가장 부드럽고 가장 사치스러우며 가장 졸리게 만드는 좌석이라는 것을 알아챈 사람이 있을까? 아셴바흐는 뱃머리에 옹기종기 놓아둔 짐 맞은편, 곤돌라 사공의 발치에 앉아 이런 사실을 깨달았다. 노 젓는 사공들은 여전히 알아들을 수 없는 말로 거칠게 위협하는 몸짓을 하며 서로 티격태격 말다툼을 벌이고 있었다. 하지만 수상 도시 특유의 조용함이 이들의 목소리를 부드럽게 받아들이고 실체를 없애 물결 너머로 흩뿌리는 것 같았다. 이곳 항구의 날씨는 따뜻했다. 시로코[5]의 입김에 기분 좋게 마음 설레며 푹신한 쿠션에 몸을 기댄 채 여행객은 지그시 두 눈을 감고 감미롭고 생소한 나태함을 즐기고 있었다. 그는 배를 타는 시간이 얼마 되지 않을 것이라고 생각했다. 그게 영원히 계속된다면 얼마나 좋겠는가! 배가 나지막이 흔들리는 가운데 그는 북적이는 사람들과 시끄러운 소리로부터 점점 멀어져 가는 것을 느꼈다.

조용하던 그의 주위가 얼마나 더 고요해져 갔던가! 노에서 나는 찰싹거리는 소리, 뱃머리에서 부서지는 둔탁한 파도 소리 외에는 아무것도 들리지 않았다. 가파르게 위로 올라간 검은 뱃머리는 끄트머리가 미늘창처럼 물 위에 떠 있었다. 그밖에 또 한 가지 중얼거리는 말소리가 들렸다. 즉, 곤돌라 사공이 팔을 움직일 때마다 이빨 사이에서 속삭이는 소리가 간헐적으로 마치 독백처럼 새어 나왔다. 아셴바흐는 고개를 들어 위를 쳐다보고 약간 어리둥절한 기분이 들었다. 그의 주위에 석호가 넓어져 갔고, 배가 탁 트인 바다로 나아가고 있는 것을 알아차렸다. 그러니까 가만히 쉬고 있을 것이 아니라 자신의 의지를 관철하는 데 신경을 좀 써야 할 것 같았다.

「증기선 선착장으로 갑시다.」 그는 몸을 반쯤 뒤로 돌리고

---

5 아프리카의 사막 지대에서 불어오는 열풍으로, 지중해 주변 지역에서는 이 바람이 각 지역별로 고유한 이름으로 불린다. 시로코는 시칠리아 섬과 남부 이탈리아에서 부는 남동풍의 이름이다.

말했다. 낮게 중얼거리는 소리가 들리지 않았다. 그는 아무런 대답도 듣지 못했다.

「증기선 선착장으로 가자니까요!」 그는 몸을 완전히 돌리고 곤돌라 사공의 얼굴을 쳐다보며 다시 한 번 말했다. 그의 뒤에 있는 사공은 높은 뱃전에 선 채 흐릿한 하늘을 향해 우뚝 솟아 있었다. 사공은 무뚝뚝하고, 정말이지 인상이 험악해 보이는 남자였다. 뱃사람답게 푸른 옷을 입고, 노란색 장식 띠를 두르고, 머리에는 올이 풀리기 시작한 볼품없는 밀짚모자를 터무니없을 정도로 비스듬하게 쓰고 있었다. 그의 얼굴 생김새나 들창코 아래의 곱슬곱슬한 금발 수염 때문에 그는 전혀 이탈리아 사람처럼 보이지 않았다. 체격이 빈약해서 사람들은 그가 그런 직업에 그리 적합하지는 않다고 생각할 수도 있겠지만, 그는 노를 한 번 저을 때마다 전력을 다해 힘차게 저었다. 너무 힘이 들어서인지 이따금씩 입술을 말아 올릴 때면 허연 이빨이 드러나기도 했다. 불그스름한 눈썹을 찡그리고 손님 쪽을 건너다보면서 그는 단호한 어조로, 아니 거의 무례한 어조로 대꾸했다.

「리도로 간다고 그랬잖아요.」

「물론이오. 하지만 곤돌라를 탄 것은 산마르코까지만 건너가기 위해서요. 거기서 바포레토[6]를 이용할 생각이오.」 아셴바흐가 대꾸했다.

「바포레토를 이용할 수 없습니다, 선생님.」

「아니 왜요?」

「바포레토는 짐을 나르지 않으니까요.」

그건 맞는 말이었다. 그러고 보니 기억이 났다. 그는 아무 말도 하지 않았다. 하지만 이 지방 사람답지 않게 쌀쌀맞고

---

[6] 베네치아의 수상 버스이다.

불손하게 낯선 사람을 대하는 그 사공의 태도는 참기 어려웠다. 그는 이렇게 말했다.

「그건 내 문제요. 내 짐은 어디다 맡겨 둘 테니 돌아가도록 합시다.」

주위는 여전히 조용했다. 노 젓는 소리가 찰싹거리며 들렸고, 파도가 뱃전에 부딪쳐 둔탁한 소리를 내고 있었다. 그리고 중얼거리며 말하는 소리가 다시 시작되었다. 곤돌라 사공은 이빨 사이로 혼잣말을 하고 있었다.

어떻게 할 것인가? 이상할 정도로 말을 듣지 않고 엄청나게 고집불통인 남자와 단둘이 물 위에 남게 된 여행객은 자신의 뜻을 관철시킬 방도를 알지 못했다. 아닌 게 아니라 그가 화를 벌컥 내지 않았더라면 편안하게 쉴 수 있었을 텐데! 그는 곤돌라를 오랫동안 영원히 타고 싶어 하지 않았던가? 그냥 일이 되어 가는 대로 놓아두는 게 제일 현명한 일이었고, 그게 가장 편안한 일이었다. 그의 뒤에서 사공이 제멋대로 노를 저을 때마다 그가 앉은 자리가 부드럽게 흔들리며, 검은 쿠션을 댄 낮은 이 안락의자에서 나태함의 마력이 흘러나오는 것 같았다. 범죄자의 손아귀에 빠졌다는 생각이 꿈결처럼 몽롱하게 아셴바흐의 의식을 스쳐지나 갔지만, 행동으로 저항할 엄두가 나질 않았다. 이 모든 게 단순히 바가지를 씌우기 위한 계산일지도 모른다는 생각이 들자 더욱 짜증스러워졌다. 일종의 의무감이든 자존심이든 간에, 말하자면 그런 일은 막아야 한다는 생각에 아셴바흐는 또 한 번 정신을 가다듬었다. 그는 이렇게 물어보았다.

「뱃삯은 얼마요?」

곤돌라 사공은 그를 건너다보며 대답했다.

「내게 되겠지요.」

이에 대해 무슨 답을 해야 할 건지는 확실했다. 아셴바흐는 기계적으로 말했다.

「내가 원하지 않는 곳으로 데려가면 한 푼도, 전혀 한 푼도 내지 않을 거요.」

「리도로 가신다면서요.」

「하지만 당신하고는 안 가겠소.」

「잘 모셔다 드리겠습니다.」

이 말은 사실일 거라 생각하고 아셴바흐는 긴장을 풀었다. 〈그 말은 사실이야. 넌 나를 잘 태워다 주겠지. 네가 나의 현금을 노리고 노로 내리쳐서 나를 저 세상으로 보낸다 하더라도 나를 잘 태워 준 셈이 되겠지.〉

하지만 그런 일은 일어나지 않았다. 심지어 길동무마저 나타난 것이었다. 노상강도나 다름없는 떠돌이 남녀 악사들을 태운 작은 배였다. 이들은 자신들의 배를 좀 심할 정도로 곤돌라에 바짝 붙인 채 기타와 만돌린에 맞춰 노래를 부르며 돈을 탐하는 이국적인 시구로 물 위의 고요함을 채웠다. 아셴바흐는 이들이 내민 모자에다 돈을 던져 주었다. 그러자 이들은 조용히 떠나갔다. 그리고 가끔 가다 무슨 말인지 알아들을 수 없게 혼잣말을 하는 곤돌라 사공이 속삭이는 소리가 다시 들렸다.

이렇게 도시로 향하는 증기선이 내는 꼬리 물살에 이리저리 흔들리며 이들은 마침내 목적지에 도착했다. 두 명의 시 공무원이 뒷짐을 지고 얼굴을 석호 쪽으로 향한 채 물가를 이리저리 거닐고 있었다. 아셴바흐는 상륙용 부두의 판자 다리에 도착해 착륙장마다 쇠갈고리를 갖고 대기하는 노인의 도움을 받으며 곤돌라에서 내렸다. 아셴바흐는 잔돈이 부족해서 판자 다리와 가까운 곳에 있는 호텔로 건너가서 돈을 바꾸어 사공에게 나름대로 적당하게 뱃삯을 치르려고 했다. 호텔 로비에서 일을 처리하고 돌아와 보니 부둣가의 수레에 자신의 짐이 있는 것이 보였다. 그렇지만 곤돌라와 사공은 온데간데없이 사라져 버렸다.

쇠갈고리를 든 노인이 말했다. 「그 사람은 달아나 버렸어요. 나쁜 사람입니다, 허가도 받지 않은 사람이지요, 선생님. 그는 유일하게 허가증이 없는 사람이에요. 다른 사람들이 이곳으로 전화를 걸었지요. 그는 자신이 감시당하고 있다고 생각한 모양입니다. 그래서 달아나 버렸답니다.」

아센바흐는 어깨를 으쓱했다.

「선생님께서는 공짜로 배를 타신 겁니다.」 노인은 이렇게 말하고 모자를 내밀었다. 아센바흐는 동전 몇 닢을 던져 주었다. 그는 자기 짐을 해변 호텔로 가져다 달라고 하고는 하얀 꽃들이 피어 있는 가로수 길을 지나 수레를 따라갔다. 양쪽에 음식점, 상점, 숙박업소들이 늘어서 있는 길은 섬을 비스듬하게 가로질러 해안 쪽으로 뻗어 있었다.

그는 야외 테라스를 통해 뒤쪽에서 널찍한 호텔로 들어가서, 커다란 홀과 현관을 통과해 사무실로 들어갔다. 예약을 해둔 덕에 친절하고도 신속하게 특별한 대우를 받았다. 프랑스식으로 재단한 프록코트를 입고 검은 콧수염을 기른 키 작은 지배인은 나지막한 소리로 아부하듯 공손히 말했다. 지배인은 엘리베이터를 타고 3층까지 아센바흐를 안내해 주고 그가 묵을 방을 가르쳐 주었다. 벚나무로 만든 가구가 비치된 아늑한 방에는 진한 향기를 풍기는 꽃이 장식되어 있었고, 높다란 창 밖으로는 탁 트인 바다가 한눈에 내다보였다. 지배인이 돌아간 뒤 아센바흐는 창가로 다가갔다. 잠시 후 짐이 들어와 방에서 정리되는 동안 그는 인적이 드문 오후의 해변과 해가 비치지 않는 쓸쓸한 바다를 바라보았다. 밀물 때였다. 바다는 쭉 펼쳐진 나지막한 파도를 일정한 박자로 조용히 해안 쪽으로 밀어 보내고 있었다.

말이 없고 고독한 사람이 관찰하고 맞닥뜨리는 사건은 사교적인 사람보다 더 모호하면서도 더욱 인상적인 데가 있다. 그런 사람의 생각은 보다 무겁고 보다 유별나며, 항시 슬픔의 낌새를 띠고 있다. 그런 사람은 한 번의 눈길이나 웃음으로, 한 번의 의견 교환으로 쉽게 털어 버릴 수 있는 모습과 느낌에도 필요 이상으로 신경 쓰는 법이다. 그것들은 침묵하는 가운데 그의 가슴에 깊이 아로새겨지면서 의미심장하게 되어, 체험이나 모험, 혹은 감정이 된다. 고독은 우리 안에 있는 독창성을 무르익게 하고 대담하고도 낯설게 하여 아름다움과 시를 낳게 한다. 하지만 또한 고독은 전도된 것, 균형이 맞지 않는 것, 불합리하고 허용되지 않는 것을 낳기도 한다. 그래서 여행객의 마음은 이곳으로 오는 도중에 본 여러 가지 일, 연인에 관해 허튼소리를 지껄이던 볼썽사나운 멋쟁이 노인, 허가를 받지 않고 뱃삯을 챙기려 한 곤돌라 사공으로 인해 아직도 마음의 안정을 찾지 못하고 있었다. 이성적으로 생각하는 것이 어려운 일도 아니고, 사실 골똘히 생각할 거리도 되지 않음에도 이것들은 아주 이상한 성질을 띠고 있는 것 같았다. 그리고 어쩌면 사실 이러한 모순 때문에 그의 마음이 불안한지도 몰랐다. 이런 생각을 하면서 그는 바다에 눈인사를 건넸고, 이렇게 엎어지면 코 닿을 거리에 베네치아가 있다는 사실에 자못 기쁨을 느꼈다. 마침내 몸을 돌려 그는 세수를 하고, 자신의 편의를 위해 만반의 준비를 하라고 객실 하녀에게 몇 가지 지시를 내렸다. 그러고는 엘리베이터를 조작하는 녹색 옷을 입은 스위스인에게 자신을 1층으로 데려가 달라고 부탁했다.

그는 바다 쪽으로 난 테라스에서 차를 마신 다음 엑셀시오르 호텔 방향으로 쭉 뻗은 해변 산책로를 따라 걸었다. 그가 돌아왔을 때는 벌써 저녁 식사를 위해 옷을 갈아입을 시간인 것 같았다. 그는 몸단장을 하는 데 익숙하기 때문에 자신의 방식대로 천천히 그리고 꼼꼼하게 옷을 차려입었다. 그런데 홀에 와보니 좀 이른 감이 없지 않았다. 그는 호텔 손님들이 서로 서먹서먹해하고 짐짓 서로에게 관심이 없는 척하면서도 식사에 대해서는 다들 기대감을 품은 채 잔뜩 모여 있는 것을 발견했다. 그는 식탁에서 신문을 집어 들고, 가죽 안락의자에 앉아서 손님들을 지켜보았다. 이들은 그가 첫 번째 체류지에서 만난 사람들과는 달리 그에게 호감을 주었다.

참을성 있게 많은 것을 포용할 듯한 넓은 지평이 그의 눈앞에 펼쳐졌다. 큰 나라들의 언어가 어렴풋이 뒤섞여 들려왔다. 문명사회의 제복인, 세계적으로 통용되는 야회복이 겉으로 보기에 다양한 종류의 사람들을 예의 바른 하나의 동질 집단으로 묶어 주었다. 무미건조하고 지루한 표정을 한 미국인, 식구가 많은 러시아인 가족, 영국 부인들, 프랑스인 보모와 함께 있는 독일 아이들이 보였다. 슬라브계 사람들이 압도적으로 많아 보였다. 그의 바로 옆에서는 폴란드어로 이야기하고 있었다.

아직 성인으로 보이지 않는 한 무리의 청소년들도 있었다. 이들은 보모 같기도 하고 말동무 같기도 한 여자의 보호를 받으며 등나무 식탁 둘레에 모여 있었다. 열다섯 살에서 열일곱 살쯤으로 보이는 세 명의 소녀와 열네 살 정도로 보이는 긴 머리칼을 지닌 한 소년이 있었다. 아셴바흐는 소년의 외모가 완벽하게 아름다운 것을 보고 흠칫 놀랐다. 창백하고 우아하며 내성적으로 보이는 그 소년의 얼굴은 벌꿀 색 머리칼에 에워싸여 있었다. 곧게 뻗은 코와 사랑스런 입, 감미롭고 신적인 진지한 표정은 가장 고귀한 시대의 그리스 조각품을 생각나게 했다. 더없이 순수하고 완전한 형태에도 불구하고, 그의 모습은 바라보는 자가 자연에서도 조형 예술품에서도 그만한 성공작을 본 적이 없다고 생각할 정도로 유일무이한 매력을 지니고 있었다. 더구나 눈에 띄는 것은 성별에 따라 교육적 관점이 다른 데서 분명하게 드러나는 원칙적인 대조였다. 자매들은 그런 관점에 따라 옷을 입고 일반적으로 조신하게 행동해야 하는 것 같았다. 세 소녀 중에 가장 나이가 많은 소녀는 거의 어른처럼 보였는데, 이들의 복장은 보기 흉할 정도로 근엄하고 정숙했다. 이들이 한결같이 입고 있는 수녀복 같은 의상은 회청색이었고, 무릎까지 내려왔으며, 아무런 장식이 없었고 일부러 몸에 맞지 않게 재단된 것 같았다. 하얀 칼라만이 유일하게 밝은 색을 띠고 있었다. 이러한 옷은 호감 가는 이들의 몸매를 억압하고 방해하고 있었다. 매끄럽고 단단하게 머리에 달라붙은 머리카락은 이들의 얼굴을 수녀처럼 공허하고 무표정하게 보이게 했다. 소녀들을 이런 식으로 관리하는 사람은 어머니임이 분명했다. 그런데 딸들에게 제시하는 듯한 그런 엄격한 교육적 원칙을 아들에게는 적용할 생각이 전혀 없는 듯싶었다. 그의 존재를 규정하고 있는 것은 부드러움과 연약함이 분명했다. 이들은 소년의 아름다운 머리칼에 가위를 대는 것을 조심스럽게 삼가고 있었다. 「발가락의 가시를 빼는 소년」이란 조각상처럼 곱슬머리가 이마로 흘러내려 귀를 덮고 목덜미 아래쪽까지 깊숙이 드리워져 있었다. 영국식 세일러복의 불룩한 소매는 아래로 내려갈수록 좁아졌고, 아직 어린애 같지만 가느다란 손의 우아한 손목 관절을 꼭 끼게 감싸고 있었다. 이 세일러복은 끈과 매듭, 자수로 장식되어 있어서 그의 연약한 체격에 어딘지 부유하고 응석받이 같은 느낌을 더해 주었다. 소년은 자신을 유심히 관찰하고 있는 아셴바흐 쪽으로 반쯤 옆모습을 보이며 앉아 있었다. 검은색 에나멜가죽 구두를 신은 한쪽 발을 다른 발 앞에 놓고, 한쪽 팔꿈치를 버들가지 의자의 팔걸이에 걸친 채 꼭 쥔 손에 뺨을 바짝 대고 있었다. 그의 태도에는 꾸밈없는 기품이 엿보였고, 그의 누이들에게서 보이는 억지스러운 뻣뻣함이 없었다. 저 애가 아픈 것일까? 얼굴 주위를 감싸고 있는 짙은 금발 고수머리와 대조적으로 그의 얼굴색은 상아처럼 하얀색이었다. 아니면 저 애가 단순히 편애와 변덕스런 사랑을 받으며 유약하게 자란 응석받이에 불과한 것일까? 아센바흐의 생각은 후자일 거라는 쪽으로 기울어졌다. 거의 모든 예술가 기질에는 미를 창조하는 부당함을 인정하고, 귀족적인 특권에 관심과 경의를 표하는 사치스럽고도 배반적인 성향이 선천적으로 존재하는 것이다.

웨이터가 돌아다니며 식사가 준비되었다고 영어로 알렸다. 사람들은 서서히 유리문을 통해 식당 안으로 사라졌다. 현관과 엘리베이터에서 늦게 온 사람들이 지나갔다. 식당 안에서는 식사가 시작됐지만, 폴란드인 남매들은 여전히 등나무 탁자 주위에 앉아 있었다. 아센바흐는 푹신한 안락의자에 편안하게 앉아, 아닌 게 아니라 아름다운 소년을 눈앞에 두고 이들과 함께 기다리고 있었다.

작고 뚱뚱하며 얼굴이 붉은 가정교사가 마침내 일어나라는 신호를 했다. 눈썹을 치켜세우며 그녀는 의자를 뒤로 뺐다. 그러고 나서 회백색 옷을 입고 진주로 아주 사치스럽게 치장한 키 큰 부인이 홀에 들어오자 허리 굽혀 인사를 했다. 이 부인의 태도는 차갑고 위엄이 있었다. 살짝 파우더를 바른 머리카락과 옷을 재단한 방식은 단순했다. 경건함이 고상함의 구성 요소로 간주되는 곳에서는 어디서나 이러한 단순함이 미적 감각을 규정하는 것이다. 그녀는 독일 고위 공무원의 부인처럼 보이기도 했다. 이루 말할 수 없을 정도로 사치스러운 면모는 그녀의 장신구만으로도 단번에 드러났다. 사실 값어치를 가늠하기조차 어려운 그것은 은은하게 빛나는 버찌 크기의 아주 기다란 세 겹 진주 목걸이와 귀걸이로 이루어져 있었다.

아이들이 재빨리 자리에서 일어났다. 이들은 허리를 굽혀 어머니의 손에 입맞춤을 했다. 어머니는 세련되지만 약간 피곤해 보이며 뾰족코를 지닌 얼굴로 조심스럽게 미소 지으며 아이들 머리 너머로 가정교사와 프랑스어로 몇 마디 대화를 나누었다. 그런 다음 그녀는 유리문 쪽으로 걸어갔다. 남매들이 어머니 뒤를 따라갔다. 소녀들은 나이 순서대로 따라갔고, 그들 뒤에는 가정교사가 뒤따랐고, 마지막으로 소년이 뒤따라갔다. 소년은 문지방을 건너가기 전에 무슨 이유에서인지 몸을 돌렸다. 홀에 남아 있는 사람이 아무도 없었으므로 독특하게 어스름한 소년의 잿빛 눈이 신문을 무릎에 올려놓고 넋 나간 듯 아이들을 물끄러미 바라보고 있던 아셴바흐의 눈과 마주치게 되었다.

아셴바흐가 본 것들 중에 물론 어느 하나 눈에 띨 만한 것은 없었다. 아이들은 어머니보다 먼저 식사하러 가지 않고 어머니를 기다렸다가 공손하게 인사를 했으며, 식당에 들어갈 때 일반적인 관례를 지켰다. 하지만 이 모든 것에는 너무나 분명하게 규율, 의무감, 자긍심이 속속들이 배어 있어서 아셴바흐는 이상하게도 감동을 느꼈다. 그는 한동안 머뭇거리다가 그 자신도 식당으로 건너가 조그만 식탁을 안내받았다. 그 자리가 폴란드인 가족의 자리에서 너무 멀리 떨어져 있어 그는 유감스러운 마음에 잠시 감정의 동요를 느꼈다.

피곤하지만 정신적인 동요를 겪고 있는 그는 지루한 식사 시간 동안 추상적인 문제, 그러니까 초월적인 문제에 관심을 갖고, 인간적인 아름다움을 낳기 위한 법칙성이 개인적인 것과 맺고 있는 신비스러운 관계에 대해 곰곰 생각해 보았다. 그러다가 그는 형식과 예술의 일반적인 문제로 넘어가, 결국 자신이 생각하고 발견한 것은 얼핏 보기에 꿈속에서 행복하게 속삭여 줘서 얻은 영감과 같다고 생각하게 되었다. 하지만 말짱한 정신 상태에서는 그러한 것들은 완전히 허무맹랑하고 쓸데없는 것으로 밝혀지는 것이다. 그는 식사를 하고 나서 담배를 피우며 앉아 있기도 하고, 저녁 내음이 나는 공원을 어슬렁거리며 걷기도 했다. 그러다가 좀 일찍 휴식을 취하러 방에 들어가 잠을 청했다. 그는 밤새 깊은 잠에 빠져 있으면서도 다채로운 꿈의 영상에 머릿속이 어지러웠다.

다음 날에도 날씨는 나아지지 않았다. 바다 쪽으로 육풍이 불고 있었다. 구름이 잔뜩 낀 흐릿한 하늘 아래로, 정신이 번쩍 들 정도로 수평선이 가까워 보이는 바다가 희미하고 조용하게 펼쳐져 있었다. 흡사 물이 줄어든 것처럼 바다는 해안에서 아주 멀리 물러나 있어 몇 줄의 기다란 모래톱이 그대로 드러나 보였다. 아셴바흐가 창문을 열자 석호의 썩은 냄새가 콧속을 찌르는 듯했다.

그는 갑자기 기분이 언짢아졌다. 이 순간 벌써 그는 떠나야겠다고 생각했다. 몇 해 전에 한번 화창한 봄날이 몇 주 계속되더니 이렇게 흐린 날씨가 그를 괴롭혀 그의 건강 상태에 심각한 타격을 주는 바람에 도망치듯 베네치아를 떠나야 한 적이 있었다. 그때처럼 다시 열을 동반한 불쾌감이 생기고 관자놀이가 지끈거리며 눈꺼풀이 묵직해지는 증상이 생기는 게 아닐까? 또 한 번 거처를 바꾼다는 것은 성가신 일이 될 것 같았다. 하지만 바람의 방향이 바뀌지 않는다면 그는 이곳에 머무를 수 없을 것이다. 만일의 사태를 대비해 그는 아직 짐을 완전히 풀지도 않았다. 그는 아홉시에 식당과 홀 사이에 따로 마련된 뷔페식당에서 아침 식사를 들었다.

식당 안은 커다란 호텔들이 명예롭게 여기는 엄숙하고 조용한 분위기가 지배하고 있었다. 시중을 드는 웨이터들은 발소리를 죽인 채 돌아다녔다. 찻잔이 달그락거리는 소리와 낮게 속삭이는 소리밖에 들리지 않았다. 아셴바흐는 문에서 비스듬하게 대각선 방향에, 자신의 자리에서 두 자리 건너편 한쪽 구석에 폴란드인 소녀들이 보모와 함께 있는 것을 알아챘다. 잿빛을 띤 금발을 새로 윤이 나게 빗었고, 눈은 충혈이 되어 있었다. 하얗고 조그만 칼라와 커프스가 달린 푸른색의 뻣뻣한 리넨 옷을 입은 이들은 거기에 반듯한 자세로 앉아 잼이 든 유리병을 서로에게 건네고 있었다. 소녀들의 아침 식사는 거의 끝나 가고 있었다. 그런데 소년의 모습은 보이지 않았다.

아셴바흐는 미소를 머금었다. 〈그렇군, 꼬마 페아케족[7] 같으니라고! 넌 누나들과는 달리 마음대로 늦잠을 잘 수 있는 특권을 누리는 모양이구나!〉 그리고 갑자기 기분이 좋아진 그는 혼잣말로 이런 시구를 읊어 보았다. 「자주 바꾸는 장신구며 따뜻한 목욕이며 휴식이여!」

그는 서둘지 않고 천천히 아침 식사를 하고 나서, 몰이 달린 모자를 눌러 쓰고 식당에 들어온 수위에게서 그를 뒤따라온 우편물을 전해 받았다. 그러고는 담배를 피우며 몇 통의 편지를 열어 보았다. 이렇게 기다리다가 그는 저 건너편에 늦잠꾸러기가 나타나는 것을 지켜볼 수 있었다.

그가 유리문으로 들어와 식당을 대각선으로 가로질러 조용히 누나들이 있는 식탁으로 갔다. 아이의 걸음걸이는 상체의 자세뿐 아니라 하얀 신발을 신은 발을 아주 우아하게 내딛는 무릎의 움직임도 무척 가벼워 보였다. 그는 부드럽고도 동시에 도도하게, 식당으로 들어오면서 두 번 고개를 돌려

---

[7] 페아케족은 호머에 따르면 셰리아 섬에서 근심 걱정 없이 사는 행복한 사람들이다. 다른 한편으로는 〈죽은 자를 실어 나르는 사공들〉을 의미하기도 한다.

눈을 치켜떴다가 내리깔았다. 어린아이답게 약간 수줍어하는 모습이라 더욱 아름다워 보였다. 그는 부드럽게 흐려지는 불분명한 언어로 수줍게 무슨 말을 하면서 미소 지으며 자리에 앉았다. 그런데 이번에는 특히 바라보는 자에게 자신의 완전한 옆모습을 보여 주는 바람에 아센바흐는 다시 놀라움을 금치 못했다. 말하자면 정말이지 신과 같은 그 아이의 아름다운 모습을 보고 깜짝 놀랐던 것이다. 소년은 오늘 푸르고 하얀 무늬가 있는 물세탁 가능한 옷감으로 지은 가벼운 세일러복을 입고 있었다. 가슴에는 붉은 비단 매듭이 달려 있었고, 목에는 하얗고 단순한 칼라를 세워 목을 덮고 있었다. 하지만 옷에 그리 우아하게 어울려 보이지는 않는 이 칼라 위에는 이루 비할 데 없이 사랑스럽고 매력적인 아이의 머리가 활짝 꽃피어 있었다. 마치 파로스 섬의 누르스름한 광택이 나는 대리석을 깎아 만든 에로스 신의 두상 같았다. 눈썹은 섬세하고 진지한 빛을 띠고 있었고, 관자놀이와 귀는 오목하게 말려 들어간 거무스름한 머리카락으로 부드럽게 덮여 있었다.

〈좋아, 정말 좋아!〉 아센바흐는 전문가답게 냉정하게 인정했다. 때때로 예술가들은 어떤 걸작을 대하고 이렇게 인정하면서 감격스럽고 황홀한 감정을 표현하는 법이다. 그리고 계속해서 이렇게 생각했다. 〈정말이지 나를 기다린 건 바다와 해변이 아니었어. 네가 여기 있는 동안 나도 여기에 있어야 겠어!〉 하지만 결국 그는 그곳을 떠났다. 종업원들이 친절하게 지켜보는 가운데 홀을 지나 널찍한 테라스로 내려가서, 곧장 판자 다리를 건너 호텔 손님들만 이용할 수 있게 막아 놓은 해변으로 내려갔다. 그는 아마포 바지와 세일러복 상의를 입고 밀짚모자를 쓴 저 아래 해수욕장 관리인으로 일하고 있는 맨발의 노인한테 자신이 빌려 놓은 해변 오두막으로 안내해 달라고 했다. 그는 노인에게 의자와 탁자를 모래 위 오두막의 판자 바닥에 갖다 놓게 하고는, 접의자를 바다에 가까이 밀랍 같은 금빛 모래 속으로 끌어당긴 채 그 위에 누워 편히 휴식을 취했다.

해변의 풍경, 즉 자연의 언저리에서 아무런 근심 없이 감각적으로 문화를 즐기게 해주는 이러한 광경은 예나 지금이나 그를 즐겁고 기쁘게 해주었다. 야트막한 잿빛 바다에는 벌써 물속을 저벅거리는 아이들, 수영하는 사람들, 두 팔을 뒷머리에 받치고 모래톱에 누워 있는 알록달록한 옷차림의 사람들로 붐비고 있었다. 용골[8]이 없는, 푸르고 붉은 색이 칠해진 조그만 배를 젓다가 뒤집혀 깔깔 웃는 사람들도 있었다. 길게 줄지어 늘어선 해변가 오두막의 판자 바닥 위에는 조그만 베란다 위처럼 사람들이 앉아 있었고, 그 앞에는 활기차게 움직이며 놀고 있는 사람들, 몸을 쭉 뻗고 게으르게 쉬고 있는 사람들, 오가는 사람들과 잡담하는 사람들, 주도면밀하게 아침의 정취를 맛보는 사람들 말고도 대담하고도 아늑하게 대자연의 자유를 만끽하고 있는 나체족들도 있었다. 앞쪽의 축축하고 단단한 모래 위에서는 헐렁하고 색이 현란한 짧은 상의나 하얀 목욕 가운을 입은 사람들이 여기저기서 산책을 하고 있었다. 오른쪽으로는 아이들이 만든 복잡한 형태의 모래성이 있었는데, 그 주위에는 각 나라를 상징하는 조그만 깃발들이 꽂혀 있었다. 조개와 케이크, 과일을 파는 장사치들이 무릎을 꿇고 물건들을 펼쳐 놓고 있었다. 왼쪽으로는 다른 오두막들과는 달리 바다 쪽으로 비스듬히 서 있는, 막아 놓은 해수욕장의 경계선에 있는 오두막들 중 한 오두막 앞에 어떤 러시아인 가족들이 야영을 하고 있었

---

8 이물에서 고물에 걸쳐 배 밑바닥의 선체를 받치는 길고 큰 목재이다.

다. 수염을 기르고 이빨이 큰 남자들, 맥이 풀리고 게을러 보이는 여자들, 화판틀 앞에 앉아 절망적인 탄식을 하며 바다를 그리고 있는 발트 해 출신의 처녀, 못생겼지만 착해 보이는 두 아이들, 머리에 두건을 쓴 채 노예처럼 부드럽게 복종하는 태도를 보이는 늙은 하녀가 있었다. 이들은 감사한 마음으로 즐기며 그곳에 있었고, 말을 듣지 않고 마구 돌아다니는 아이들의 이름을 쉬지 않고 불러 댔다. 이들은 자신들이 과자를 사주었던 유머러스한 노인과 이탈리아어로 농담을 몇 마디 주고받았고, 서로의 볼에 입맞춤을 했으며, 자신들의 공동체를 관찰하고 있는 사람에게는 아무런 주의도 기울이지 않았다.

〈그래, 이곳에 있어야지. 더 나은 곳이 어디 있겠나?〉 아셴바흐는 생각했다. 그리고 두 손을 무릎에 포개고 광막한 바다 쪽으로 눈을 돌렸다. 시선이 미끄러지고 몽롱해지면서, 황량한 바다의 단조로운 안개 속으로 흐릿하게 빠져들었다. 그가 바다를 사랑하는 데는 여러 가지 이유가 있었다. 힘들게 일하는 예술가, 단순하고 어마어마한 자연의 품에 안겨 너무나 많은 것을 요구하는 현상들의 다양함으로부터 자신의 몸을 숨기길 바라는 예술가인 그에게는 휴식을 취하고 싶은 욕구가 있었다. 그가 바다를 사랑하는 또 다른 이유는 구분되어 있지 않은 것, 무변광대한 것, 영원한 것, 즉 무(無)에 대한 금지된 애착, 즉 자신의 임무와 배치되지만 바로 그 때문에 유혹적인 애착 때문이었다. 완전한 것의 품에 안겨 휴식을 취하는 일은 탁월한 것을 얻으려 노력하는 자의 그리움이다. 그리고 무야말로 완전함을 나타내는 하나의 형식이 아니던가? 그가 허공을 응시하며 깊은 꿈에 빠져 들려는 찰나 갑자기 해안 끝자락의 지평선에서 사람의 형체가 어른거렸다. 무한한 세계에서 시선을 거두어 초점을 맞추어 보니, 그곳에 아름다운 소년이 보이는 것이었다. 소년은 왼쪽에서 다가오더니 아센바흐의 앞쪽 백사장을 지나갔다. 그는 물속에 들어가려는지 맨발 차림으로 느릿느릿 걸어갔다. 무릎 위까지 날씬한 다리가 그대로 드러나 보였다. 그는 신발을 신지 않고 걷는 데 익숙한 모양인지 가볍고도 도도한 태도로 걸었다. 그리고 걸으면서 비스듬히 서 있는 오두막 쪽을 둘러보았다. 하지만 감사하는 마음으로 이곳에서 사이좋게 살아가는 러시아인 가족을 보자마자 그의 얼굴은 화가 나서 경멸의 먹구름에 뒤덮였다. 그는 이마를 찌푸렸고, 입을 쑥 내밀었으며, 분노로 입술이 한쪽으로 심하게 잡아당겨지는 바람에 한쪽 뺨이 무참히 일그러졌다. 그리고 눈썹을 너무 심하게 찡그리는 바람에, 화가 나서 못마땅한 표정으로 욕지기를 쏟아 내는 듯이 보이는 그의 두 눈이 그 압력으로 움푹 꺼지는 것 같았다. 그는 바닥을 바라보았고, 또 한 번 위협하듯 뒤를 돌아보더니 몹시 경멸하듯 어깨를 홱 돌리고는 적들을 등지는 것이었다.

일종의 애착심이나 흠칫 놀란 마음, 존중심과 수치심 같은 것 때문에 아센바흐는 마치 아무것도 보지 않은 것처럼 고개를 돌릴 수밖에 없었다. 소년의 격정적인 모습을 우연히 보게 된 진지한 관찰자는 자기가 본 것을 혼자 처리하기에도 마음이 벅찼던 것이다. 하지만 그는 기분이 좋아진 동시에 충격도 받은 셈이었다. 즉, 그는 행복감을 느꼈다. 더없이 선량한 삶의 한 단면에 눈독을 들인 이러한 유치한 광신적 태도는 아무런 말도 하지 않는 신적인 것을 인간적인 관계로 끌어 내렸다. 그것은 한때 눈요기용으로나 쓸모 있었던 자연의 조형 예술품을 이젠 보다 깊은 관심을 가질 만한 가치가 있는 것으로 여겨지게 했다. 그리고 그러한 광신적 태도는 그러지 않아도 아름다움 때문에 이미 중요한 의미를 띠게 된 그 소년의 미숙한 외형에, 실제 나이 이상으로 그를 진지하게 보도록 해주는 얇은 막을 씌워 주었다.

아직 고개를 돌린 채 아셴바흐는 소년의 목소리에 귀를 기울였다. 밝지만 약간 힘이 없는 목소리로 그는 모래성 주위에서 노느라 바쁜 자신의 놀이 친구들한테 벌써 멀리서부터 인사를 하며 자신이 온 것을 알리려 하고 있었다. 친구들도 그에게 이름인지 애칭인지를 여러 번 맞받아 외치면서 그에게 응답하고 있었다. 아셴바흐는 다소 호기심에 차서 귀를 쫑긋 기울여 보았지만, 〈아지오〉나 또는 더 자주 들리며 마지막의 〈우〉 발음을 길게 빼서 외치는 〈아지우〉 같은 선율의 아름다운 두 음절 외에는 정확한 소리를 알아들을 수 없었다. 그는 그 소리를 듣고 기분이 좋아졌다. 그는 듣기 좋은 그 소리가 그 대상과 잘 어울린다고 생각하고, 몰래 이를 되뇌어 보았다. 그러고는 흡족한 기분으로 편지와 서류들 쪽으로 고개를 돌렸다.

아셴바흐는 휴대용 서류 가방을 무릎에 올려놓고 만년필로 이런저런 편지를 처리하기 시작했다. 하지만 채 15분도 못 되어, 그는 해변의 풍경을 무시하는 것은 유감스러운 일이라고 생각했다. 자신이 알고 있는 것 중에서 가장 즐길 만한 일을 정신적으로 외면하고, 별로 중요하지 않은 일에 몰두하느라 그걸 소홀히 하는 것 말이다. 그는 편지지와 펜을 옆으로 치우고 바다 쪽으로 다시 고개를 돌렸다. 그리고 그는 얼마 지나지 않아, 모래성 부근에서 들리는 소년들의 목소리에 정신이 팔려, 의자의 등받이에 편히 기대고 있던 머리를 오른쪽으로 돌리고는 외모가 탁월한 〈아지오〉가 어디서 무슨 일을 하고 있는지 다시 둘러보았다.

아셴바흐는 그를 단번에 찾을 수 있었다. 가슴에 달린 붉은 매듭이 금방 눈에 띄었기 때문이었다. 다른 아이들과 함께 모래성의 젖은 해자(垓字) 위에 낡은 판자를 다리 삼아 놓느라 여념이 없는 그는 소리를 지르거나 고갯짓을 하며 이 작업에 대한 지시를 내리고 있었다. 그와 함께 대략 열 명의 소년 소녀들이 그곳에 있었다. 그중에는 그 또래의 아이들도 있었고, 그보다 더 어린 아이들도 있었다. 이들은 폴란드어와 프랑스어, 심지어는 발칸 제국의 언어로도 떠들고 있었다. 그래도 가장 자주 들리는 것은 그 소년의 이름이었다. 아이들은 그에게 간절히 원하고 구애하며 경탄하는 것이 분명했다. 그 소년과 마찬가지로 폴란드인이고 〈야슈〉 비슷한 이름으로 불리며 벨트 달린 리넨 옷을 입은 검은 머리칼의 어떤 건장한 체격의 소년이 그의 가장 가까운 친구인 것 같았다. 오늘 할 모래성 짓기가 다 끝나자 이들은 팔짱을 끼고 백사장을 따라 걸었다. 그리고 〈야슈〉라고 불리는 그 아이는 아름다운 소년에게 입맞춤을 했다.

아센바흐는 손가락을 치켜들고 그 녀석에게 위협하는 시늉을 했다. 그는 미소 지으며 생각했다. 〈크리토불로스,[9] 너에게 충고하건대 1년간 여행을 떠나거라! 상처가 나으려면 적어도 그 정도 시간은 필요할 테니까.〉 그러고 나서 그는 행상에게서 잘 익은 커다란 딸기를 사서 아침 간식으로 먹었다. 태양이 하늘의 구름층을 뚫고 나오지 못했지만 날이 무척 따뜻해졌다. 바다의 고요함이 주는 엄청난 즐거움을 감각이 누리는 동안 정신은 나태함에 사로잡혔다. 대충 〈아지오〉 비슷하게 들리는 그의 이름을 알아내고 규명하는 것이 그 진지한 남자에게는 완벽하게 수행해야 할 과제이자 일거리인 것 같았다. 그리고 기억에 얼마 남아 있지 않은 폴란드어 지

---

[9] 소크라테스 전기에 따르면, 크리토불로스가 알키비아데스의 아들에게 키스하자 소크라테스는 크리토불로스에게 마음의 상처를 치유하기 위해 1년간 여행을 떠날 것을 권유한다.

식을 동원해서 그의 이름이 〈타치오〉가 분명하다고 결론을 내렸다. 〈타데우스츠〉를 줄인 그 말이 〈타치우〉로 소리 났던 것이다.

타치오는 수영을 하고 있었다. 소년을 시야에서 놓쳐 버린 아셴바흐는 저 멀리 바다에서 그의 머리와 노를 젓듯 뻗고 있는 그의 팔을 발견했다. 꽤 멀리까지 바다가 얕았기 때문이었다. 그런데 벌써 소년이 염려되었던지, 오두막에서 그를 부르는 여자 목소리가 들려왔다. 마치 암호처럼 백사장을 가득 메우는 그 이름이 재차 크게 울려 퍼졌다. 〈타치우! 타치우!〉 하는 그 소리는 부드러운 모음, 끝 부분의 끄는 듯한 〈우〉음 때문에 다소 감미로운 동시에 야성적인 느낌을 주었다. 소년은 머리를 뒤로 젖힌 채 물결을 헤치고 달리면서, 역류하는 물을 발로 걷어차 물보라를 일으키며 돌아왔다. 곱슬머리에서 물이 뚝뚝 떨어지고 있는 생기발랄한 모습의, 막 남자가 되려는 문턱에 있는 아리땁고 냉담한 표정의 그는 하늘과 바다의 깊은 곳에서, 원초적인 자연에서 솟아나 빠져나온 듯 부드러운 신처럼 아름다웠다. 이러한 광경은 신화적인 상상을 불러일으켰다. 그것은 태초의 시간, 형식의 기원, 신들의 탄생에 관한 시적인 전설 같은 것이었다. 아셴바흐는 두 눈을 감고 그의 내면에서 울려 퍼지는 이러한 노래에 귀 기울였다. 그리고 또 한 번 이곳이 마음에 들기 때문에 여기에 있어야겠다고 생각했다.

해수욕을 하고 쉬기 위해 타치오는 오른쪽 어깨 아래쪽으로 커다란 흰 수건을 두른 채 모래 속에 팔베개를 하고 누워 있었다. 아셴바흐는 소년을 바라보지 않고 책을 몇 쪽 읽었지만 소년이 저곳에 누워 있으므로, 고개를 오른쪽으로 조금만 움직이면 경탄할 만한 대상을 볼 수 있다는 것을 결코 잊지 않았다. 아셴바흐는 자신이 이곳에 앉아 있는 게 마치 쉬고 있는 그 소년을 지켜 주기 위해서인 것 같은 생각이 들었다. 그는 자신의 일에 몰두하면서도 자신과 멀지 않은 곳, 저기 오른쪽에 있는 고귀한 인간 형상에 대해 계속 주의를 게을리 하지 않았다. 그리고 아버지로서 갖는 자애로운 마음, 자신을 희생하면서 정신적으로 아름다움을 창조하는 자가 아름다움을 지니고 있는 자에게 갖는 감동적인 애정이 그의 마음에 충만했고, 그의 마음을 설레게 했다.

정오가 지나서 그는 해변을 떠나 호텔로 돌아와서는 방으로 올라갔다. 그는 방에서 한참 동안 거울 앞에서 미적거리며 세어 버린 자신의 머리칼과 지치고 수척한 자신의 얼굴을 들여다보았다. 이 순간 그는 자신의 명성에 관해 생각해 보았고, 많은 사람들이 거리에서 자신을 알아보는 것에 대해, 정곡을 찌르는 우아하게 조탁된 언어 때문에 자신을 존경하는 눈빛으로 쳐다보는 것에 대해 생각해 보았다. 그리고 자신의 재능이 가져다준 모든 외적인 성공을 떠올리고 일일이 되새겨 보았으며, 심지어 자신이 귀족이 된 경위도 생각해 보았다. 그런 다음 그는 점심을 먹으러 식당에 내려가 자신의 작은 식탁에서 식사를 했다. 그가 식사를 마치고 엘리베이터에 올라탔을 때 역시 식사를 마친 한 무리의 청소년들이 허공에 떠 있는 좁은 엘리베이터 안으로 뒤이어 몰려 들어왔다. 그리고 타치오도 안으로 들어왔다. 그가 아셴바흐와 아주 가까이, 처음으로 이렇게 가까이 서 있는 바람에 작가는 멀리서 형상을 관찰하는 대신에 눈앞에서 그의 세세한 면모를 정확히 살필 수 있게 되었다. 어떤 아이가 소년에게 말을 걸자 그가 이루 형용할 수 없을 정도로 사랑스럽게 미소 지으며 대답하는 동안에 벌써 2층에 도착했다. 그는 두 눈을 내리깔고 뒷걸음질치며 내렸다. 〈아름다움이 그를 수줍게 만드는구나〉 하고 아셴바흐는 생각하면서, 그 이유가 뭘까 하고 아주 골똘히 생각해 보았다. 하지만 그는 타치오의 치아 상태가 그리 좋지 않은 것을 알아챘다. 약간 들쭉날쭉하고 창백한 게, 건강한 치아의 광택이 보이지 않았고, 빈혈 환자들의 치아가 가끔 그렇듯이 특이하게도 잘 부서질 것 같고 반투명해 보였다. 〈아주 연약하고 병약한 아이구나. 어쩌면 오래 못 살지도 몰라.〉 하고 아셴바흐는 생각했다. 그리고 이런 생각을 하면서 만족감이나 안도감이 든 것에 대해 그는 굳이 변명하려는 노력을 하지 않았다.

그는 방에 두 시간 정도 있다가 오후에는 바포레토를 타고 썩은 냄새가 나는 석호를 지나 베네치아로 갔다. 그는 산마르코에서 내려 그곳 광장에서 차를 마신 다음, 이곳에 오면 으레 그러듯이 거리를 돌아다니며 산책을 했다. 하지만 이렇게 돌아다니다가 그의 기분과 결심이 완전히 변해 버렸다.

골목마다 역겨울 정도로 후텁지근했다. 공기가 너무 텁텁해서 가정집이나 가게와 음식점에서 새어 나오는 냄새들과 끈적끈적한 증기, 뭉게뭉게 피어오르는 향수 냄새와 그 밖의 많은 다른 냄새들이 자욱하게 떠돌면서 흩어지지 않고 있었다. 담배 연기도 제자리에 맴돌며 금방 날아가지 않았다. 좁은 골목에 인파가 북적대는 바람에 산책이 즐겁기는커녕 성가시기만 했다. 그는 걸어갈수록 시로코 열풍과 바닷바람이 함께 만들어 내는 혐오스런 환경에 고통스럽게 짓눌렸다. 이런 환경 때문에 그는 흥분되기도 하고 몸이 축 늘어지기도 했다. 고통스럽게 땀이 쏟아졌다. 눈이 잘 보이지 않았고 가슴이 답답했으며 관자놀이의 혈관이 폴딱폴딱 뛰고 있었다. 그는 사람들로 북적이는 상가 골목에서 빠져나가 다리를 지나 가난한 사람들이 사는 골목으로 도망쳤다. 거기서는 거지들한테 괴롭힘을 당했고, 하수구에서 나는 역겨운 냄새 때문에 숨 쉬는 게 힘들었다. 베네치아의 안쪽에 위치한 조용한 광장, 마법에 걸려 잊힌 느낌을 주는 장소들 중 한 곳인 그곳 분수의 가장자리에서 휴식을 취했다. 그는 이마에 흐르는 땀을 닦으며, 떠나야겠다고 마음먹었다.

두 번째이자 최종적으로 분명해진 것은 이런 날씨일 때 이 도시가 그에게 극히 해롭다는 사실이었다. 고집을 피우며 참고 버틴다는 것은 사리에 맞지 않는 일로 여겨졌고, 바람의 방향이 바뀔지도 아주 불확실했다. 조속히 결단을 내리는 것이 필요했다. 이렇게 일찍 집으로 돌아간다는 것은 생각할 수 없는 일이었다. 여름 숙소도 겨울 숙소도 그를 받아들일 준비가 되어 있지 않았다. 하지만 바다와 백사장이 이곳에만 있는 것도 아니니, 분명 석호나 그것의 뜨거운 수증기 같은 성가신 부가 요소가 없는 해안이 다른 곳에 있을 것이다. 트리에스트에서 멀지 않은 곳에 있다는 어떤 조그만 해수욕장이 생각났다. 그는 사람들에게서 그곳이 괜찮다는 말을 들은 적이 있었다. 그곳에 가면 되지 않겠는가? 더는 지체하지 말고 당장 실행에 옮겨야지. 그래서 체류지를 다시 바꾸는 것이 그럴 만한 가치가 있도록 해야지. 그는 단호하게 결정을 내리고 자리에서 일어났다. 그러고는 가장 가까운 곤돌라 선착장에 가서 배를 타고, 운하들의 미로를 통과해 사자 상이 양 옆에서 호위하는 운치 있는 대리석 발코니 아래를 지나갔다. 그리고 매끄러운 담벼락 모퉁이를 돌아, 쓰레기가 둥둥 떠다니는 물속에 회사의 커다란 간판이 비치는, 우울하게 보이는 궁전 정면을 지나 산마르코로 향했다. 그는 그곳에 도착하기까지 애를 먹었다. 레이스 공장이며 유리 제조 공장과 결탁하고 있는 곤돌라 사공이 아무 데나 배를 멈추고는 그에게 물건을 보여 주며 사도록 구슬렸기 때문이었다. 베네치아를 통과해 가는 기묘한 배 여행이 마법을 부리기 시작하는 동안, 영락한 여왕의 바가지를 씌우려는 상술 때문에 그는 다시 기분이 언짢아지면서 정신이 번쩍 들었다.

호텔에 돌아와서 그는 저녁을 먹기도 전에 사무실에 들러 뜻하지 않은 사정이 생겨 내일 아침 일찍 떠날 수밖에 없게 되었다고 통고했다. 호텔 직원은 유감스러워하면서 계산서를 끊어 주었다. 그는 저녁 식사를 마친 뒤 뒤쪽 테라스의 흔들의자에 앉아 잡지를 읽으며 저녁나절을 보냈다. 잠자리에 들기 전에 그는 짐을 다 꾸리고 떠날 채비를 해두었다.

그는 다시 떠날 것을 생각하니 마음이 불안해져 잠을 푹 자지 못했다. 아침에 일어나 창문을 열어 보니 하늘은 여전히 흐렸지만, 공기는 좀 상쾌해진 것 같았다. 그런데 그는 벌써 자신의 결정을 후회하기 시작했다. 떠나겠다고 알린 것이 아프고 온전치 않은 상태에서 나온 너무 성급하고 잘못된 결정이 아니었을까? 그렇게 급히 기가 꺾이는 대신에 해약 통고를 좀 더 미루었더라면, 베네치아의 공기에 적응하려는 노력을 해보거나 날씨가 더 좋아지기를 기다렸더라면, 지금 부담감을 안고 서두르는 대신에 어제처럼 오전에 백사장을 거닐 수 있었을 텐데. 그런데 너무 늦어 버렸어. 어제 하려고 했던 바를 실행하기 위해 이제 떠날 수밖에 없었다. 그는 옷을 챙겨 입고 아침을 먹기 위해 1층으로 내려갔다.

뷔페식당에 들어가 보니 아직 사람들이 별로 없었다. 그가 앉아서 주문한 음식을 기다리는 동안 몇몇 사람이 들어왔다. 그는 입에 찻잔을 대면서 폴란드인 소녀들이 보호자와 함께 들어오는 것을 보았다. 이들은 아침이라 활기차고 엄숙한 표정을 지으며, 충혈된 눈으로 창가 구석에 있는 자신들의 자리로 걸어갔다. 그런 직후에 모자를 벗어 든 수위가 그에게 다가와, 빨리 나오라고 재촉했다. 그와 다른 여행객을 엑셀시오르 호텔로 데려다 줄 자동차가 대기 중이라는 것이다. 거기서부터는 모터보트가 호텔 전용 운하를 통과해 손님들을 역으로 데려다 줄 거라고 한다. 시간이 촉박하다고 한다. 아셴바흐는 그럴 리가 없다고 생각했다. 자신이 탈 기차가 떠나기까지 한 시간 이상 남았기 때문이었다. 그는 떠날 손님을 일찌감치 나가게 하려는 호텔의 행태에 화가 났다. 그리고 그는 차분하게 아침 식사를 하고 싶다고 수위에게 말했다. 그 남자는 머뭇거리다가 되돌아가더니 5분 후에 다시 모습을 드러냈다. 차가 더는 기다릴 수 없다는 것이었다. 그러자 아셴바흐는 차가 정 떠난다면 자신의 짐을 가지고 가달라고 화가 나서 쏘아붙였다. 자신은 예정된 시간에 대중 증기선을 타고 갈 테니 자신이 떠나는 문제는 자신에게 맡겨 두고 걱정일랑 말아 달라고 부탁했다. 그 직원은 허리를 굽혀 인사했다. 성가신 재촉을 물리쳤다는 기쁨에 아셴바흐는 가벼운 식사를 서두르지 않고 느긋하게 마쳤다. 심지어 그는 호텔 종업원한테 신문을 갖다 달라고 해서 건네받기까지 했다. 시간이 빠듯해져서야 비로소 그는 자리에서 일어섰다. 공교롭게도 바로 그 순간 타치오가 유리문으로 들어오고 있었다.

그는 떠나려는 작가의 앞을 가로질러 자기 식구들 자리로 걸어가면서, 머리칼이 세고 이마가 훤한 남자 앞에서 겸손하게 눈을 내리깔았다. 그런 직후에 다시 그 특유의 사랑스러운 모습으로 부드럽게 눈을 활짝 뜨고 그를 바라보면서, 그의 옆을 지나가는 것이었다. 아셴바흐는 마음속으로 생각했다. 〈잘 있거라, 타치오! 너를 잠깐밖에 못 보았구나.〉 그리고 그는 자신의 평소 습관과 달리 정말로 입술을 움직여 생각한 것을 혼잣말로 중얼거리며 이렇게 덧붙였다. 「신의 가호가 있기를!」 그러고 나서 이 여행객은 출발을 하면서 팁을 나누어 주었고, 프랑스풍의 프록코트를 입은 키가 작고 목소리가 나지막한 지배인의 작별 인사를 받으며 올 때와 마찬가지로 걸어서 호텔을 떠났다. 작가의 뒤에는 그의 휴대용 짐을 든 벨 보이가 따라왔다. 그는 흰 꽃들이 피어 있는 가로수 길을 통과해 섬을 가로질러 증기선 선착장으로 갔다. 그는 그곳에 도착해 자리를 잡았다. 그리고 그다음 찾아온 것은 마음속 깊이 후회하는 가운데 슬픔에 가득 찬 고난의 항해였다.

그것은 석호를 가로질러, 산마르코를 지나 대 운하로 올라가는 친숙한 여행이었다. 아셴바흐는 팔을 난간에 기대고 뱃머리의 둥근 벤치에 앉아 손으로 눈을 가리고 있었다. 공원들은 뒤로 물러나 있었고, 작은 광장들은 당당하고도 우아하게 또 한 번 펼쳐졌다가 멀어졌다. 그리고 줄지어 늘어선 궁전들이 나왔고, 수로의 방향이 바뀌자 리알토 다리의 화려하기 그지없는 대리석 아치가 나타났다. 이런 것들을 바라보는 여행객의 마음은 찢어질 것 같았다. 이 도시의 분위기, 그를 도망치게끔 몰아붙였던 바다와 습지의 썩은 듯한 냄새를 그는 이제 깊이, 미묘한 기분이 들 정도로 고통스럽게 들이마셨다. 이 모든 것에 자신이 얼마나 애착을 가지고 있는지 여태 몰랐으며, 생각하지 않았다는 게 말이 되는 일인가? 오늘 아침에는 반쯤 유감스럽게 생각하고 자신의 행동이 옳은지에 대해 약간 의심하는 정도였다가, 이제는 비탄이 되고 절절한 아픔이 되었으며 마음의 고통이 되었다. 너무나 마음이 쓰라려 그의 두 눈에 여러 번 눈물이 고였다. 그리고 그는 이럴 줄 미처 예상하지 못했다고 스스로에게 말했다. 그가 그토록 견디기 힘들어한 것은, 그러니까 때때로 완전히 참을 수 없다고 느낀 것은 분명히 자신이 다시는 베네치아를 볼 수 없을 것이며, 이것이 영원한 이별이 될지도 모른다는 생각 때문이었다. 이 도시가 그를 병나게 한 것이 이번이 두 번째이기 때문이었다. 그가 두 번째로 베네치아를 허겁지겁 떠나지 않을 수 없었으므로 앞으로 이 도시는 그에게 머무를 수 없고, 머물러서는 안 되는 도시로 생각될 수밖에 없었다. 그는 이곳에 머무르는 것을 감당할 수 없었고, 이 도시를 다시 찾는다는 것은 부질없는 일로 여겨질지도 몰랐다. 그렇다, 그는 지금 이대로 떠난다면, 신체적인 이유 때문에 두 번씩이나 떠나야 했던 이 사랑하는 도시를 수치심과 오기 때문에 다시는 찾아올 수 없으리라고 느꼈다. 정신적 애착과 신체적 능력 사이의 이러한 다툼은 초로의 작가에게 느닷없이 너무나 힘들고도 중요하게 여겨졌고, 육체적 패배는 어떠한 대가를 치러서라도 막아야 할 만큼 굴욕적인 것으로 생각되었다. 그래서 어제 진지한 심적 갈등도 없이 경솔하게 굴복해서는 패배를 받아들이고 인정하기로 결정한 것이 도무지 이해가 되지 않았다.

이런저런 생각을 하는 동안 증기선은 기차역에 가까이 다가가고 있었고, 아셴바흐는 고통스러운 심정과 어찌할 수 없다는 생각에 마음이 혼란스러웠다. 고통에 시달리는 작가는 도저히 떠날 수 없다는 생각이 들었고, 돌아선다는 것은 이에 못지않게 말도 안 되는 것으로 생각되었다. 이처럼 완전히 분열된 마음으로 그는 역 안으로 들어섰다. 너무 늦은 시각이었다. 기차를 타려면 한시도 지체해서는 안 될 처지였다. 그는 기차를 탈 마음이 있기도 했고, 없기도 했다. 하지만 시간이 촉박해, 시간에 의해 그는 앞으로 내몰렸다. 그는 서둘러 기차표를 끊고, 시끌벅적한 구내에서 두리번거리며 이곳에 상주하고 있는 호텔 직원을 찾아보았다. 직원이 나타나 커다란 가방은 부쳤다고 알렸다. 벌써 부쳤다고요? 그렇습니다, 안전하게, 코모로요. 코모라고요? 그리고 급하게 말이 오가고, 화난 질문과 당황한 대답이 교환되었다. 그 결과 가방은 벌써 엑셀시오르 호텔의 화물 운송부에서 다른 낯선 사람들의 짐과 함께 완전히 엉뚱한 방향으로 보내졌다는 사실이

드러났다.

아셴바흐는 이러한 상황에서 유일하게 납득할 만한 표정을 유지하기 위해 애를 썼다. 모험적인 기쁨과 믿을 수 없는 명랑함이 내부에서부터 거의 경련하듯 그의 가슴을 뒤흔들었다. 호텔 직원은 혹시 가방을 다시 찾아올 수 있을까 해서 득달같이 달려가 보았으나 예상대로 빈손으로 돌아왔다. 그러자 아셴바흐는 짐이 없이는 여행을 떠날 생각이 없으니 발길을 돌려 해변 호텔에 가서 짐이 다시 도착하기를 기다릴 작정이라고 설명했다. 호텔의 모터보트가 아직 역에 있는지 물어보자, 직원은 바로 문 앞에 있다고 자신 있게 대답했다. 그는 이미 끊은 표를 반환해 달라며 장황하게 이탈리아어로 창구 직원을 설득했다. 그리고 호텔로 전보를 쳐서 가방이 속히 되돌아오도록 최선의 조치를 취하겠다는 다짐을 받았다. 이리하여 여행객이 역에 도착한 지 20분 만에 다시 대운하를 지나 리도로 되돌아오는 희한한 일이 벌어지게 되었다.

믿을 수 없을 정도로 기묘하고 수치스러우며 우스꽝스럽고 꿈결 같은 모험이었다. 사실 말할 수 없이 우울한 감정을 품고 영영 이별을 고한 장소들을, 운명의 아이러니에 의해 방향을 돌리고 되돌아와 채 한 시간도 지나지 않아 또 보게 될 줄이야! 작고 날렵한 모터보트는 뱃머리에서 거품을 일으키고, 곤돌라와 증기선 사이를 익살스럽고도 날쌔게 요리조리 빠져나가며 목적지를 향해 돌진했다. 그러는 동안 유일한 승객인 아셴바흐는 짐짓 화난 듯 체념한 표정을 지으며 가출 소년처럼 불안하고도 들뜬 마음으로 흥분된 감정을 숨기고 있었다. 여전히, 이따금씩 마음속으로는 이렇게 일이 잘못된 것에 대해 웃음이 터져 나오고 있었다. 억세게 운이 좋은 사람에게도 이보다 더 좋은 행운이 들이닥칠 수 없을 거라고 그는 자신에게 말했다. 여러 가지 설명을 해야 할 거고, 놀란 얼굴들을 견뎌 내야 할 거야. 그런 다음에는 만사가 잘 될 거라고 그는 자신에게 말했다. 그런 다음엔 불행이 미연에 방지될 거고, 심각한 오류는 바로잡힐 거다. 그리고 자신이 떨쳐 버렸다고 생각한 모든 것이 다시 그의 눈앞에 펼쳐졌고, 다시 그의 마음대로 즐길 수 있게 되었다……. 그런데 배의 속도가 너무 빨라 그가 잘못 생각한 것이었을까, 아니면 정말 불필요하게도 이제 바람이 바다에서 불어오는 것이었을까?

섬을 관통해 엑셀시오르 호텔까지 나 있는 좁은 운하의 콘크리트 벽에 파도가 부딪쳐 부서지고 있었다. 거기서 한 대의 승합 버스가 되돌아오는 그를 기다리고 있다가 잔물결이 출렁이는 바다 위로 똑바로 난 길을 따라 그를 해변 호텔로 데려다 주었다. 뒤에 꼬리가 달린 연미복을 입은 키가 작고 콧수염을 기른 지배인이 그를 맞이하기 위해 옥외 계단을 내려왔다.

그는 나지막하게 알랑대는 말을 하면서 돌발 사건이 일어난 데 대해 유감의 뜻을 표하고, 이는 손님과 호텔 양측에 지극히 곤혹스런 일이라고 말했다. 하지만 짐을 여기서 기다리겠다는 아셴바흐의 결정은 확실히 잘한 일이라고 동감을 표했다. 물론 그의 방은 나갔으니, 이에 못지않은 다른 방을 즉시 알아보겠다는 것이다. 「운이 없으시군요, 손님.」 엘리베이터에 올라타자 그것을 조작하는 스위스인이 미소 지으며 말했다. 이리하여 도망자는 먼젓번 방과 위치며 시설이 거의 똑같은 방에 숙박하게 되었다.

이렇게 이상한 오전에 소란스런 일을 겪어 지치고 정신이 멍해진 그는 여행용 가방에 든 내용물을 방 안에 꺼내 놓은 다음 창문을 열고 창가의 팔걸이의자에 앉았다. 바다는 연한 녹색의 색조를 띠고 있었고, 공기는 더 엷어지고 더 신선해지는 것 같았으며, 하늘은 여전히 흐렸지만 오두막과 배가 있는 백사장은 더욱 알록달록한 색을 띠고 있었다. 아센바흐는 두 손을 무릎에 포개고 밖을 내다보며, 이곳에 다시 오게 된 것을 흡족하게 생각했다. 그러면서 자신의 변덕스런 기분, 자신이 원하는 바를 몰랐던 것에 대해 고개를 흔들며 자신을 질책했다. 그는 이렇게 한 시간 정도 쉬면서 아무런 생각 없이 몽롱한 꿈에 잠겨 있었다. 정오 무렵에 그는 붉은 매듭을 달고 줄무늬 리넨 세일러복을 입은 타치오가 바다에서 해변의 문을 통과해 판자를 깐 길을 지나 호텔로 돌아오는 것을 보았다. 아센바흐는 사실 그의 모습이 정확히 보이기도 전에 자기가 있는 높은 곳에서 그라는 것을 금방 알아챘다. 그리고 마음속으로 이런 생각을 했다. 〈보라, 타치오, 너도 다시 이곳에 있구나!〉 하지만 이와 같은 순간 무심결에 한 이러한 인사말이 자신의 진실된 마음 앞에서 쑥 들어가고 무색해지는 기분을 느꼈다. 그는 피가 끓어오르는 감각을 느꼈고, 기쁨과 영혼의 고통을 느꼈으며, 타치오 때문에 자신이 이곳을 떠나는 게 그토록 힘들었다는 것을 깨달았다.

그는 전혀 남의 눈에 띄지 않는 높다란 곳에 아주 조용히 앉아 자신의 내면을 들여다보고 있었다. 그의 표정은 깨어 있었고, 그의 눈썹은 치켜 올라가 있었으며, 호기심에 찬 재기 발랄하고 주의 깊은 미소가 그의 입가에 번져 있었다. 그러고 나서 머리를 쳐들고, 마치 두 팔을 벌리고 쭉 뻗으려는 듯 안락의자의 팔걸이 위로 축 내려뜨린 팔을 천천히 위로 돌리며, 손바닥을 앞쪽으로 뒤집어 보였다. 이는 기꺼이 환영할 용의가 있다는 몸짓이었고, 차분하게 맞이하겠다는 동작이었다.

제4장

 이제 날이면 날마다 벌거벗은 신[10]은 두 뺨을 발갛게 상기시킨 채 천공을 가로질러 불을 내뿜는 사두마차를 몰았다. 그의 노란색 연미복은 바로 그때 불어오는 동풍에 펄럭이고 있었다. 너울너울 물결치는 광대한 바다에 희끄무레하고 비단처럼 부드러운 빛이 펼쳐져 있었다. 모래가 뜨겁게 불타고 있었다. 은빛으로 어른거리는 푸른 창공 아래 해변 오두막 앞에는 녹색 천막들이 쳐져 있었고, 그 아래 생긴 윤곽이 뚜렷한 그늘 속에서 행락객들은 아침나절을 보내고 있었다. 하지만 공원의 식물들이 향유 같은 향기를 내뿜고, 별들이 저 높은 데서 윤무를 추며, 어둠에 휩싸인 바다가 속삭이며 나지막이 밀려오면서 영혼에 마법을 걸 때면 저녁 시간도 더없이 운치가 있었다. 이러한 저녁을 맞으면 즐겁게도 다음 날에도 연달아 쾌청한 날이 계속될 거라는 것을 알 수 있었다. 그러면 한가하게 나날을 보내는 가운데 생각지도 않은 매력적인 일들이 숱하게 벌어질 것이다.

10 그리스 신화의 태양신 헬리오스를 뜻한다.

고맙게도 불운한 일이 생겨 이곳에 붙잡혀 있게 된 손님은 짐을 도로 찾는다 해도 떠날 생각이 추호도 없었다. 그는 이틀 동안 몇 가지 필요한 물건 없이 견뎌야 했고, 식사 시간에는 커다란 식당에 여행복 차림으로 나타나야만 했다. 그러다가 주인을 잃고 헤매던 짐이 그의 방에 도착하자 그는 얼마가 될지는 몰라도 당분간 이곳에 있기로 마음먹고, 짐을 모조리 풀어 자신의 휴대품과 함께 장롱이며 서랍에 가득 정리해 넣었다. 그는 이제 비단 옷차림으로 해변에서 몇 시간이고 보내다가 저녁 식사 시간에는 다시 알맞은 복장으로 갈아입고 자신의 조그만 식탁에 나타날 수 있게 된 것이 너무나 즐거웠다.

이러한 생활의 쾌적한 단조로움이 이미 그에게 마법을 걸었고, 이러한 삶의 부드러우면서도 찬란한 온화함이 그의 마음을 순식간에 홀렸다. 가까이 있는 놀랍고도 기묘한 도시의 친숙한 느낌과 남국의 해수욕장에서 세련된 바닷가 생활을 하는 매력을 연결해 주는 이러한 체류는 사실 얼마나 환상적인가! 아셴바흐는 향락을 누리는 것을 좋아하지 않았다. 언제 어디서나 재미있게 놀고, 휴식을 취하며, 즐기려고 할 때마다 ― 젊은 시절에 특히 그랬는데 ― 곧장 불안감과 거부감이 들어 그는 자신의 일상생활의 숭고하고 고된 일, 신성하고 분별 있는 직무로 돌아가기를 열망했다. 그런데 이곳만은 그에게 마법을 걸어 그의 의욕을 누그러뜨리고 그를 행복하게 해주었다. 때때로 그는 오전에 자신의 오두막 차양 아래에서 푸른 남국 바다를 보며 꿈결 같은 생각에 빠져들기도 했다. 또는 오랫동안 산마르코 광장에 머무르다가 따뜻한 밤에 별이 총총히 빛나는 하늘 아래에서 숙소가 있는 리도로 자신을 데려다 주는 곤돌라의 쿠션에 몸을 기대고 있을 때도 있었다. 알록달록한 불빛들과 애간장을 녹이는 세레나데의 음향을 뒤로할 때도 그는 산악 지대에 있는 자신의 별장을, 여름철에 그곳에서 작품을 쓰느라 분투하던 것을 뇌리에 떠올렸다. 그곳에선 구름이 정원에 낮게 깔리며 흘러갔고, 저녁에는 끔찍한 천둥 번개에 전등이 나가기도 했으며, 그가 먹이를 주는 까마귀들이 가문비나무의 우듬지 사이를 푸드덕거리며 날아다니기도 했다. 그러고 보니 지금 자신이 어쩌면 지구의 끝에 있다는, 인간이 신선처럼 살 수 있는 별유천지(別有天地)[11]에 와 있지 않은가 하는 생각이 들었다. 이곳에는 눈도 내리지 않고 겨울도 없으며, 폭풍과 사나운 폭우도 없고, 언제나 부드럽게 식혀 주는 오케아노스[12]의 숨결이 피어오른다. 그리고 이곳에선 한가롭게 복된 생활을 하는 가운데 아무런 힘든 일도 갈등도 없이 날들이 흘러가고, 오로지 태양과 축제에만 몰두할 뿐이다.

아셴바흐는 타치오를 자주, 거의 시도 때도 없이 보았다. 한정된 공간에서 다들 똑같은 일정에 따라 생활하다 보니 아름다운 소년은 잠깐씩 떨어져 있는 것 말고는 거의 온종일 그와 가까이 있었다. 그는 어디서나 소년을 보고 만났다. 호텔의 아래층 공간들에서, 시원하게 배를 타고 시내로 가거나 돌아오는 중에, 화려한 광장에서, 그리고 간혹 운이 좋을 때는 길이나 판자 다리에서도 마주쳤다. 하지만 대개는, 해변에서 보내는 오전 시간이 그 아리따운 존재를 숭배하고 연구할 기회를 규칙적으로 넉넉하게 제공해 주었다. 그렇다, 행운의 이러한 믿음직함, 매일 한결같이 되풀이되는 호의적인 상황으로 인해 그의 가슴은 만족감과 삶의 기쁨으로 충만하게 되었다. 이러한 사실이 그의 체류를 값지게 만들어 주었

---

11 그리스 신화에서 선택된 영웅들이 가게 된다는 이상향이자 극락인 엘리시움을 말한다.
12 그리스 신화에서 바다의 요정을 말한다.

고, 행복한 나날이 너무 기분 좋게도 꼬리를 물고 계속 이어지게 해주었다.

평소에는 아마 작업에 대한 열망으로 두근거리는 가슴을 안고 그랬겠지만, 그는 일찍 일어나 다른 사람들보다 먼저, 태양이 아직 부드럽게 비치고 바다가 하얀빛으로 눈이 부시는 아침의 단꿈에 빠져 있을 때 해변으로 갔다. 그는 빗장을 걸어 잠근 문을 지키는 경비원에게 친절하게 인사하고, 자신에게 자리를 마련해 주고 갈색 차양을 펴주며 탁자와 의자를 오두막에서 바깥의 판자 바닥 위에다 옮겨 주는 하얀 수염이 난 맨발의 노인에게도 친근하게 인사하며 의자에 앉았다. 그러고 나서 서너 시간이 이제 그의 시간이었다. 그러는 동안 해가 중천에 떠올라 무시무시한 위력을 발휘하고, 바다는 점점 더 푸른색을 더해 가는 가운데 그는 타치오를 바라보고 있었다.

그는 소년이 해변의 왼쪽 가장자리에서 오는 것을 보았고, 뒤쪽 오두막 사이에서 나타나는 것을 보았다. 또는 소년이 늦게 오는 줄 알고 있다가 이미 와 있는 것을 느닷없이 발견하기도 했는데, 그럴 때면 반가운 마음에 화들짝 놀라기도 하였다. 벌써 소년은 해변에서 입고 다니는 유일한 옷인 푸른색과 흰색이 섞인 수영복을 입고, 평소처럼 태양이 쏟아지는 모래 속을 돌아다녔다. 이렇게 사랑스러울 정도로 빈둥거리며, 한가하게 이리저리 돌아다니는 생활은 놀이이자 휴식이었다. 그가 하는 일이란, 여자들이 판자가 설치된 바닥에 앉아 소년을 지켜보고 소리치는 가운데 어슬렁거리고, 물속을 걸어 다니고, 도랑을 파고, 술래잡기를 하고, 누워 있거나 수영을 하는 것이었다. 여자들이 높은 목소리로 〈타치우! 타치우!〉 하고 그의 이름을 부르면, 그는 열심히 몸동작을 하며 그들에게 달려가 자신이 체험한 것을 이야기하고, 조개며 해마며 해파리며 옆으로 기어 다니는 게 등 자신이 발견하고 잡은 것을 그들에게 보여 주었다. 아센바흐는 그가 하는 말을 한마디도 알아듣지 못했다. 지극히 일상적인 말이긴 해도, 그의 귀에는 그것이 어스름하게 흐려지는 듣기 좋은 소리였다. 이처럼 언어가 낯설다 보니 소년의 말이 음악처럼 황홀하게 들렸고, 기세등등한 태양은 그의 머리 위로 아낌없이 찬란한 빛을 마구 쏟아 부었다. 그리고 바다의 장엄한 광대함은 언제나 그의 모습에 덮어씌운 얇은 막이자 배경이 되어 주었다.

얼마 가지 않아 관찰자는 이토록 고상하고 자유롭게 자신을 표현하는 이 신체의 모든 선과 자세를 알게 되었다. 그래서 그는 이미 친근한 모든 아름다움을 새로이 반갑게 맞이하였고, 경탄을 금치 못하며 더할 나위 없는 감각의 부드러운 쾌감을 맛보았다. 여자들이 오두막으로 찾아온 어떤 손님에게 인사를 하고 소년을 불렀다. 소년이 달려왔다. 바닷물에 있다가 나왔는지 젖은 몸으로 달려오면서 곱슬머리를 쳐들었다. 소년은 한 발에 무게중심을 싣고, 다른 발은 발끝을 땅에 댄 채 손을 내밀었다. 그러면서 그는 매력적으로 몸을 돌리고 비틀며, 귀족의 의무감으로 환심을 사려고 그러는지 우아하게 긴장감에 차서 사랑스러운 모습으로 부끄러움을 타고 있었다. 그는 목욕 수건을 가슴에 두른 채 온몸을 쭉 펴고 누워 있었다. 잘빠진 부드러운 팔은 모래를 짚고 있었고, 고상한 손은 턱을 괴고 있었다. 〈야슈〉라는 이름으로 불리는 아이가 그의 옆에 웅크리고 앉아 그에게 아양을 떨고 있었다. 용모가 빼어난 소년이 자신의 미천한 신하를 바라보면서 눈과 입술로 짓는 미소보다 더 매혹적인 것은 있을 수 없었다. 타치오는 가족들과 떨어진 채 두 손으로 목덜미를 감싸고 혼자 바닷가에 반듯이 서 있었다. 그는 아센바흐와 아주 가까운 거리에 있었다. 그는 엄지발가락의 볼록한 부분을 느릿느릿 위아래로 움직이며, 파도가 밀려와 그의 발가락을 적시는 동안 꿈꾸듯이 푸른 하늘을 바라보고 있었다. 그의 벌꿀 색 머리카락은 고리 모양을 이루며 관자놀이와 목덜미에 달라붙어 있었고, 태양은 척추 위쪽에 난 솜털을 비추어 주었다. 몸통의 얇게 비치는 피부 때문에 우아한 갈비뼈 윤곽과 균형 잡힌 가슴이 드러났고, 양쪽 겨드랑이는 아직 조각처럼 매끄러웠으며, 무릎의 옴폭 들어간 부분은 빛나고 있었다. 그리고 푸르스름한 혈관은 그의 몸을 살보다 투명한 물질로 만들어진 것처럼 보이게 했다. 쭉 빠지고 완전한 이 젊은 육체에는 얼마나 훌륭한 규율과 얼마나 정밀한 사고가 표현되어 있었던가! 하지만 눈에 보이지 않게 빚어 이러한 신과 같은 조각품을 세상에 내놓은 것은 엄격하고 순수한 의지가 아니던가? 이와 같은 의지는 예술가인 그가 친숙하고도 속속들이 잘 알고 있는 것이 아닌가? 냉정한 열정으로 충만한 그가 언어라는 대리석 덩어리를 가지고 작업하여, 자신이 정신 속에서 본 형식, 입상이자 정신적 아름다움의 거울로 인간에게 제시한 날씬한 형식을 해방시켰다면 그의 내부에서도 그러한 의지가 작용하지 않았을까?

입상과 거울이라니! 그의 두 눈은 저기 푸른 바다의 가장자리에 있는 고귀한 형상을 감싸 안았다. 그리고 열광적인 황홀경에 빠져 그는 이러한 시선으로 아름다움 자체, 신적인 사고로서의 형식, 정신 속에서 살고 있는 유일하고도 순수한 완전성을 이해하고 있다고 생각했다. 그런데 그러한 완전성의 인간적 모상(模像)이자 비유가 여기에 가볍고도 사랑스럽게 서서 숭배받기를 기다리고 있는 것이었다. 이것은 도취였다. 그리고 초로의 그 예술가는 아무런 주저 없이, 그러니까 탐하듯이 그러한 도취를 환영했다. 그의 정신은 산고의 고통을 겪었고, 그의 교양은 격랑에 빠져 들었으며, 그의 기억은 젊은 시절에 그에게 전승되었지만, 그때까지 한 번도 자신의 불에 의해 생명력을 부여받지 않은 태곳적의 사고를 떠올렸다. 태양은 우리의 주의력을 지적인 것에서 감각적인 것으로 돌려놓는다고 쓰여 있지 않았던가?[13] 태양이 오성과 기억을 마비시키고 현혹시키는 나머지, 영혼은 황홀경에 빠져 자신의 본래 상태를 깡그리 망각하고, 태양이 비추는 대상 중에서 가장 아름다운 것을 놀라운 눈으로 경탄해 마지않으면서 매달리게 된다고 거기에 쓰여 있었다. 그렇다, 육체의 도움을 받아야만 영혼은 보다 숭고한 관찰을 하도록 솟아오를 수 있다는 것이다. 사랑의 신 아모르는 정말이지 추상적인 능력이 없는 아이들에게 손에 잡을 수 있는 순수한 형식의 상을 보여 주는 수학자들과 같은 일을 했다. 이와 마찬가지로 신도 정신적인 것을 우리에게 보여 주기 위해 기꺼이 젊은 인간의 형상과 색채를 사용하였다. 신은 기억을 위한 도구로 사용하기 위해 아름다움의 온갖 반사광으로 젊은이를 장식하여, 우리는 그 모습을 바라볼 때마다 어쩌면 고통과 희망에 불타오르게 될지도 모른다.

열광한 자의 생각은 이러했다. 그는 이런 식으로 느낄 수 있었다. 그리고 도취하게 하는 바다와 밝고 강렬한 태양이 그에게 매력적인 영상을 떠올려 주었다. 그것은 아테네의 성벽에서 멀지 않은 곳에 있는 오래된 플라타너스였다. 성스러운 그늘이 지고, 순결한 나무의 꽃향기가 그득한 그곳은 요정과 아켈로스[14]를 기리기 위해 봉헌한 그림들과 경건한 공물로 장식되어 있었다. 넓게 가지를 뻗은 나무의 발치에서

---

13 토마스 만의 일기에 의하면, 이는 플루타르코스의 『에로티코스』를 이른다.
14 강의 신 아켈로스가 헤라클레스와 싸우다 힘에 부쳐 뱀과 황소로 차례차례 변신하자, 헤라클레스는 황소의 목을 졸라 쓰러뜨리고 뿔을 뽑아 버렸다.

맑디맑은 시냇물이 매끄러운 조약돌 위로 흐르고 있었고, 귀뚜라미가 높은 소리로 울고 있었다. 하지만 누워서도 머리를 들 수 있을 정도로 경사가 완만한 잔디 위에서는 작열하는 낮의 태양을 피해 두 사람이 안전하게 누워 쉬고 있었다. 늙수그레한 한 남자와 한 소년, 즉 추한 한 남자와 아름다운 한 소년, 다시 말해 사랑스러운 아이를 대동한 현자의 모습이었다. 점잖은 말로 재기 넘치게 구애하는 농담을 하면서 소크라테스는 파이드로스에게 그리움과 미덕에 관해 가르치고 있었다. 그의 눈이 영원한 아름다움의 이미지를 바라볼 때 느끼는 강렬한 충격에 대해 그는 제자에게 말하고 있었다. 아름다움의 모상을 보고도 아름다움에 대해 생각하지 못하고, 경외심을 품을 능력이 없는 불경스럽고 나쁜 인간의 탐욕에 관해 말했다. 그리고 신과 같은 용모, 완전한 육체를 보게 될 때 고상한 사람이 느끼는 성스러운 불안감에 대해 말했다. 그런 모습을 보면 그는 흥분하여 전율하며 제정신을 잃고는 감히 쳐다볼 엄두도 내지 못하고 아름다움을 지닌 자를 숭배하게 될 것이다. 그가 정신 나간 사람으로 치부될 두려움이 없다면 우상에게 그러하듯 그자를 경배할지도 모른다. 〈왜냐하면, 파이드로스여, 아름다움이란 사랑스러운 동시에 눈에 보이기 때문이지. 그러니 내 말을 잘 명심하라! 아름다움만이 우리가 감각적으로 받아들이고 감각적으로 견딜 수 있는 정신적인 것의 유일한 형식이다. 또는 그러지 않고 신적인 것, 이성과 미덕과 진리가 우리에게 감각적으로 나타난다면 우리에게 어떤 일이 생기게 될까? 옛날에 언젠가 세멜레[15]가 제우스 앞에서 그랬듯이 우리는 사랑의 불꽃에 눈

---

15 테베의 왕인 카드모스의 딸로 제우스의 아내가 된다. 둘 사이에서 태어난 아들이 주신(酒神) 디오니소스이다.

이 멀고 애간장이 타들어 가지 않을까? 그러므로 아름다움이란 느끼는 자가 정신에 이르는 길인 것이다. 파이드로스여, 단지 길이자 수단일 뿐이니라……〉 그러고 나서 노회하고 세련된 구애자인 그는 지극히 미묘하기 짝이 없는 문제에 대해 이야기했다. 즉, 사랑하는 자가 사랑받는 자보다 더욱 신적이라는 얘기였다. 사랑하는 자 안에 신이 있지, 사랑받는 자 안에 신이 있는 게 아니기 때문이라고 한다. 이는 어쩌면 지금까지 인간이 생각했던 것 중에 가장 부드러운 동시에 조롱 섞인 생각일지도 모른다. 그런데 그리움에 담긴 가장 은밀한 육욕과 온갖 짓궂은 언동이 바로 이러한 생각에서 비롯하고 있다.

작가는 완전한 느낌이 될 수 있는 생각과 완전한 생각이 될 수 있는 느낌에서 행복을 느낀다. 이때 고독한 그 사람은 그러한 맥동하는 생각과 그러한 정확한 느낌을 지니고 있었고, 거기에 따르고 있었다. 즉, 정신이 아름다움에 경의를 표하며 몸을 굽힌다면 자연은 환희에 겨워 전율한다는 생각과 느낌이었다. 그는 갑자기 글을 쓰고 싶다는 충동을 느낀다. 사실 에로스는 무위도식하는 삶을 사랑하고, 오로지 이를 위해서만 창조되었다고 한다. 하지만 이러한 위기의 순간에는 시련을 겪는 자의 흥분은 생산력에 초점을 맞추게 되어 있다. 그렇게 된 계기는 거의 아무래도 상관없다. 문화와 미적 감각이라는 어떤 중대하고 시급한 문제에 대해 고백을 하며 자신의 입장을 밝혀 달라는 어떤 질문과 어떤 자극이 정신적인 세계에 흘러 들어와 여행을 떠나는 작가에게 들이닥친 것이었다. 그 주제는 그에게 친숙한 것이었고, 그가 체험한 것이었다. 그는 그 주제를 자신의 언어로 조명하여 환하게 빛을 밝혀야겠다는 욕심을 갑자기 주체할 수 없게 되었다. 그리고 사실 그의 욕구는 타치오의 면전에서 작업하고, 글을 쓰면서 소년의 신체를 모델로 삼아, 자신의 문체를 신적으로 보이는 이 신체의 선을 따르도록 하며, 그리고 옛날 독수리가 트로이의 목동[16]을 천공으로 채 갔듯이 소년의 아름다움을 정신적인 것으로 옮겨 놓고 싶다는 데로 치닫게 되었다. 그는 언어가 주는 쾌감을 이보다 더 달콤하게 느낀 적이 한 번도 없었고, 에로스가 언어 속에 있음을 결코 알지 못했다. 이를테면 차양 아래의 거친 탁자에 앉아 우상을 바라보고 그의 음악적인 목소리를 귀로 들으며 그의 아름다움을 주제로 짧은 에세이를 쓰는 위험할 정도로 귀중한 몇 시간 동안에도 에로스가 그 속에 있었던 것이다. 몇 페이지 안 되는 빼어난 그 산문의 순수함, 고귀함과 감정의 긴장에 많은 사람들은 머지않아 경탄을 금치 못할 것이다. 세상 사람들이 그것의 기원이나 그것이 생기게 된 배경은 알지 못하고 그 아름다운 작품만 아는 것은 확실히 좋은 일이다. 예술가에게 영감을 불어넣은 원천을 알게 되면 사람들은 혼란에 빠지게 되고, 겁을 집어먹게 되어, 작품의 탁월한 효과가 망가질 것이기 때문이다. 이상야릇한 시간들! 이상야릇하게 기력을 소진시키는 힘든 일! 이상하게 결실을 맺는 정신과 육체의 관계! 작업을 그만두고 해변을 떠나는 순간 아셴바흐는 기진맥진한 기분을 느꼈고, 정말이지 녹초가 된 느낌이 들었다. 마치 한바탕 방종한 성적인 관계를 갖고 난 뒤 양심이 불평을 하는 듯한 기분이었다.

다음 날 아침이었다. 호텔을 나오려는 순간 그는 타치오가 벌써, 그것도 혼자, 바다로 향하며 바야흐로 해변의 문으로 다가가고 있는 것을 옥외 계단에서 보았다. 이 기회를 이용

---

[16] 독수리로 변한 제우스가 올림포스 산으로 끌어 올려 술 시중을 들게 한 미소년 가니메데스를 암시한다. 둘의 관계는 그리스적 동성애의 전형으로 볼 수 있다.

하여 자기도 모르는 사이에 자신에게 그토록 들뜬 느낌과 감동을 선사한 그 소년과 가볍게 명랑한 인사를 나누고 싶다는 소망, 즉 그에게 말을 걸어 그의 대답을 듣고 눈길을 바라보는 즐거움을 맛보려는 단순한 생각이 언뜻 떠오르더니 끈질기게 밀려드는 것이었다. 아름다운 소년은 어슬렁어슬렁 걸어가고 있었다. 아셴바흐는 그를 따라잡을 수 있을 것 같아, 발걸음을 빨리했다. 그는 오두막 뒤의 판자 길에서 소년을 따라잡는다. 그는 소년의 머리와 어깨에 손을 대고 싶어진다. 그리고 어떤 말, 어떤 판에 박힌 상냥한 프랑스어가 그의 입술에 맴돈다. 이때 그는 어쩌면 너무 빨리 걸어서 그럴 수도 있겠지만 가슴이 마구 고동치는 것을 느낀다. 숨이 너무 가빠지면서 목소리가 부자연스러워지고 떨리게 된다. 그는 머뭇거리며 마음을 진정시키려고 한다. 갑자기 그는 너무 오랫동안 소년의 뒤를 바짝 따라가고 있지 않은가 염려되고, 소년이 이를 눈치 채고 무슨 일인가 하고 주위를 둘러보지나 않을까 걱정된다. 아셴바흐는 또 한 번 빨리 걸으며 시도해 보지만 이를 포기하고 머리를 숙인 채 그의 옆을 지나가 버린다.

〈너무 늦었어! 너무 늦어 버렸어! 하지만 너무 늦은 것이었을까?〉 그가 하려다가 놓쳐 버린 행동이 필경 가볍고 명랑하며 좋은 결과를, 유익하게 그를 각성시키는 결과를 가져왔을지도 모른다. 하지만 그러지 않은 이유는 어쩌면 늙어 가는 작가가 그러한 각성을 원하지 않았고, 도취된 상태가 그에게 너무나 소중했기 때문인지도 모른다. 예술가 기질의 본질과 특성을 누가 해독하겠는가! 그것의 본질을 이루고 있는 규율과 무절제의 심원한 본능적 융합을 누가 이해하겠는가! 유익한 각성을 원하지 않을 수도 있다는 것이 무절제이기 때문이다! 아셴바흐는 더 이상 자기비판을 할 마음이 없었다.

그의 미적 감각, 그의 인생에서 이 시점의 정신적 기질, 자존심, 성숙과 뒤늦게 얻은 단순성 때문에 그는 자신의 뜻을 실행하지 않은 것이 양심의 가책 때문인지, 방종함과 나약함 때문인지 동인을 분석하고 판정할 기분이 들지 않았다. 그는 혼란스러웠고, 해변 경비원밖에 없긴 했지만, 어느 누군가가 자신이 발걸음을 빨리하다가 실패한 사실을 목격하지 않았을까 염려되었고, 자신이 우스꽝스럽게 보이지 않았을까 염려되기도 했다. 아닌 게 아니라 그는 자신의 재미있고 신성한 불안에 대해 스스로에게 농담을 했다. 〈당황하기는, 싸우다가 겁이 나서 날개를 늘어뜨린 수탉처럼 당황하기는. 사랑스런 사람의 모습을 보는 순간 우리의 용기를 이렇게 꺾어 버리고 우리의 자부심을 그처럼 깡그리 뭉개 버리는 것은 참으로 신이 하시는 일일 거야…….〉 그는 이런 생각으로 유희를 즐기고 몽상에 빠졌으며, 어떤 감정을 두려워하기에는 너무 오만했다.

벌써 그는 자신에게 허용한 한가로운 시간이 어떻게 흘러가는지 더는 감시하지 않았다. 그는 집으로 돌아갈 생각조차 하지 않았다. 그는 돈을 넉넉하게 쓰기로 마음먹었다. 그의 유일한 걱정거리는 폴란드인 가족이 혹시 떠날지도 모른다는 것이었다. 하지만 그는 호텔 이발사한테 지나가는 말로 슬쩍 물어 자신이 이곳에 도착하기 직전에 그들이 이곳에 왔다는 것을 몰래 알아냈다. 태양에 그의 얼굴과 손이 갈색으로 그을렸고, 사람을 흥분시키는 바닷바람이 그의 감정을 고조시켰다. 평소에는 상쾌한 기분이나 수면, 영양 섭취나 자연이 주어지자마자 작품에 온 힘을 쏟곤 했지만, 이제 그는 태양, 한가로움, 바닷바람이 그에게 매일 공급해 주는 모든 활력을 아낌없이 비효율적으로 도취와 감각에 쓰이도록 했다.

그는 잠을 깊이 자지 못했다. 소중할 정도로 단조로운 낮들은 행복한 불안으로 채워진 짧은 밤들에 의해 서로 단절되어 있었다. 사실 그는 일찍 자기 방으로 물러나곤 했다. 타치오가 무대에서 사라지는 아홉시가 되면 낮이 끝난 것처럼 생각되었기 때문이다. 하지만 먼동이 트는 어느 꼭두새벽에 아센바흐는 부드럽게 파고드는 두려움에 잠이 깼고, 그의 가슴은 자신이 빠져 있는 모험을 떠올렸다. 그는 더 이상 이불 속에서 뒤척이지 않고 자리에서 일어나, 이른 아침의 한기를 막기 위해 가볍게 몸을 감싸고 열린 창가에 앉아 태양이 떠오르기를 기다렸다. 불가사의한 그 사건은 잠으로 정화된 그의 영혼을 외경심으로 가득 차게 했다. 하늘과 땅과 바다는 아직 유령처럼 투명하게 반짝이는 어스름한 여명 속에 잠겨 있었다. 가물거리는 별 하나가 공허한 하늘 속에 아직 떠 있었다. 하지만 이때 한차례 바람이 불어왔고, 멀고먼 외지에서 불어오는 이 활기찬 기별은 에오스[17]가 남편 곁에서 일어난다는 소식이었다. 그리고 까마득히 저 멀리 하늘과 바다가 한 줄로 맞닿은 곳은 최초의 감미로운 홍조 현상으로 붉게 물들고, 이를 통해 천지창조를 감각적으로 지각할 수 있게 된다. 소년을 납치한 여신이 다가오고 있었다. 클레이토스와 케팔로스를 납치한 그 여신은 올림피아의 모든 신들의 질투에도 아랑곳하지 않고 아름다운 오리온[18]의 사랑을 받았다. 저기 세상의 가장자리에서 장미를 뿌리는 일이 시작되었고, 이루 말할 수 없이 사랑스럽게 빛나고 꽃피는 광경, 천진난만한 구름들이 변용되어 환한 빛을 내며 사랑의 동신(童神) 큐피드처럼 장밋빛의 푸르스름한 안개 속을 떠돌고 있었다. 자줏빛 광채가 바다 위로 떨어지고 있었고, 바다는 물결치며

17 그리스 신화에 나오는 새벽의 여신으로, 로마 신화에서는 오로라이다.
18 그리스 신화에 나오는 사냥꾼으로, 바다의 신 포세이돈의 아들이라고도 한다.

그 빛을 앞으로 띄워 보내고 있는 것 같았다. 황금빛 창들이 아래에서부터 하늘 위로 번쩍이며 솟아오르고, 그 광채는 소리 없이 불타오르고 있었다. 붉은빛과 사랑의 불길, 타오르는 불꽃들이 신적인 위력을 보이며 너울거리고, 형제가 탄성스런 준마들이 발굽을 낚아채며 지구 위로 뛰어오르고 있었다. 고독한 파수꾼 아센바흐는 신의 찬연한 빛을 받으며 앉아 있었다. 그는 두 눈을 감고 찬란한 후광이 자신의 눈꺼풀에 입맞추도록 했다. 엄격하게 삶의 직무를 수행하느라 죽어 버렸다가, 이제 이처럼 이상야릇하게 변화되어 되돌아온 한때의 감정들, 예전의 소중한 가슴앓이들, 그는 혼란스럽고 놀라운 미소를 지으며 이러한 것들을 인식했다. 그는 생각에 잠겨 꿈을 꾸었고, 그의 입술은 천천히 한 이름을 만들었다. 그리고 여전히 미소를 지으며 얼굴은 위쪽을 향한 채 두 손은 무릎에 포개고 자신의 안락의자에 앉아 또 한 번 얕은 잠에 빠져들었다.

하지만 이처럼 불타는 듯하고 축제처럼 시작된 하루는 대체로 이상하게 들뜨게 되었고, 신화적으로 변화되었다. 하지만 느닷없이 이처럼 부드럽고도 의미심장하게 마치 천상의 속삭임처럼 관자놀이와 귀 주위를 맴돌며 스쳐 지나가는 이 숨결은 어디서 오는 것이며, 어디서 유래한 것일까? 하얗고 조그만 새털구름은 신들의 초지에서 풀을 뜯고 있는 양 떼처럼 하늘 여기저기에 무리를 이루며 퍼져 있었다. 강한 바람이 휘몰아쳤고, 그러자 포세이돈의 말들이 달리기 시작했다. 어쩌면 이 때문에 푸르스름한 곱슬머리 신이 데리고 있는 황소들도 뿔을 내리고 울부짖으며 내달리기 시작했을지 모른다. 그렇지만 멀리 떨어진 암벽 사이에는 풀쩍풀쩍 뛰어오르는 염소들처럼 물결들이 솟구쳐 오르고 있었다. 성스러움에 의해 왜곡되게 변형되고, 목신(牧神)[19]의 존재로 고양된 세계가 마법에 걸린 작가의 주위를 감쌌고, 그의 가슴은 감미로운 우화를 꿈꾸고 있었다. 베네치아 뒤쪽으로 해가 저물어갈 때 여러 번 그는 공원 벤치에 앉아 하얀 옷을 입고 알록달록한 허리띠를 맨 타치오를 바라보았다. 그는 평평하게 고른 자갈밭에서 공놀이를 하고 있었다. 그리고 아셴바흐가 보고 있다고 생각한 것은, 두 명의 신이 좋아했기 때문에 죽어야 할 운명에 처했던 히아킨토스[20]였다. 그렇다, 아셴바흐는 언제까지나 미소년과 놀기 위해 신탁이며 활이며 키타라[21]를 잊어버린 연적에게 제피로스가 느낀 고통스런 질투심을 느꼈다. 아셴바흐는 끔찍한 질투심에 사로잡힌 그가 던진 원반이 사랑스런 소년의 머리를 맞히는 것을 보았다. 마찬가지로 얼굴이 창백해진 그가 허리가 꺾인 소년의 몸을 부여잡자, 달콤한 피에서 한 송이 꽃이 솟아 나와 한없는 비탄을 전하는 비문이 되었다……

눈으로만 서로를 알고 있는 사람들끼리의 관계보다 더 이상하고 미묘한 것은 아무것도 없다. 날이면 날마다, 아니 매시간마다 서로 우연히 만나고 보면서도 무관심하게 서로 모르는 사람인 척 행동하며, 인습이나 자신의 변덕스런 기분 때문에 인사도 말도 하지 않고 부자연스러운 태도를 취할 수밖에 없는 사람들 말이다. 이들은 불안감과 지나친 호기심을 경험하고, 인식 욕구와 교환 욕구가 불만족스럽고 부자연스럽게 억압되어 생겨난 히스테리, 말하자면 일종의 긴장된 상호 존중의 감정을 느끼기도 한다. 사람들은 누군가를 평가할 수 없는 한 그를 사랑하고 존경하는 것이며, 그리움이란 인

---

19 반인 반양의 피리 발명자로 공포와 두려움의 신이다.
20 아폴로와 제피로스가 총애한 미소년으로, 제피로스가 질투심 때문에 원반을 던져 소년을 죽이자 그 자리에서 히아신스 꽃이 피어났다고 한다.
21 고대 그리스의 현악기이다.

식이 불충분해서 생기기 마련이다.

아센바흐와 어린 타치오 사이에는 필연적으로 모종의 관계와 안면이 생기지 않을 수 없었다. 그리고 나이가 더 많은 아센바흐는 자신이 관심을 기울이고 주목하는 것에 대해 상대가 전혀 반응이 없지는 않은 것을 확인하고 뼛속 깊이 기쁨을 느꼈다. 예를 들면 아름다운 소년이 아침에 백사장에 나타날 때 오두막의 뒤편에 있는 판자 길을 이용하지 않고 앞쪽 길만 이용하는 이유는 무엇 때문이었을까? 소년은 모래를 통과해 아센바흐 옆을 지나갔고, 때로는 불필요할 정도로 그의 옆에 바짝 붙어 그의 탁자와 의자를 거의 스치듯이 지나가 자기네들 오두막으로 어슬렁거리며 걸어가지 않는가? 우월한 감정을 지닌 아센바흐의 매력과 매혹이 그의 부드럽고 무심한 대상인 소년에게 이런 식으로 영향을 미친 걸까? 아센바흐는 날마다 타치오가 나타나기를 기다렸다. 그러다가 막상 그가 나타나면 바쁜 척하며 소년이 어슬렁거리며 걸어가는 것에 무관심한 태도를 취했다. 하지만 그는 간혹 고개를 들어 위를 쳐다보기도 했는데, 그럴 때면 둘의 시선이 마주칠 때도 있었다. 그런 일이 일어나면 두 사람은 매우 진지해졌다. 나이가 많은 자의 교양 있고 기품 있는 표정엔 내면의 동요가 전혀 드러나지 않았다. 하지만 타치오는 살피는 듯 그를 보고, 생각에 잠겨 질문을 던지고 있었으며, 걸음걸이엔 주저하는 기색이 보였다. 그는 바닥을 바라보다가 다시 사랑스러운 모습으로 위를 쳐다보았다. 소년이 지나갈 때 고개를 돌리지 않으려는 태도를 보이는 것은 단지 그가 교육을 잘 받으며 컸기 때문일 것이다.

하지만 그러다 어느 날 저녁 평소와 다른 일이 일어났다. 가정교사까지 포함해 폴란드인 남매들이 만찬 때 커다란 식당에 나타나지 않은 것이었다. 아센바흐는 이를 알아채고 걱정스런 생각이 들었다. 그는 식탁을 둘러보았고, 야회복에 밀짚모자를 쓰고 그들이 어디에 있을까 하고 매우 불안한 심정으로 호텔 앞과 테라스 발치를 돌아다녔다. 그러다가 그는 갑자기 가정교사와 함께 수녀 같은 모습의 자매들이, 또 이들로부터 네 발짝 떨어진 뒤에서 타치오가 아크등의 불빛을 받으며 등장하는 것을 보았다. 보아하니 이들은 어떤 이유에서인지는 몰라도 시내에서 식사를 하고 증기선 판자 다리에서 오는 모양이었다. 바다 위가 아마 더 시원한 모양이었다. 타치오는 금빛 단추가 달린 검푸른 세일러복을 입고 있었고, 머리에는 거기에 딸린 모자를 쓰고 있었다. 그의 피부는 태양과 바닷바람에 그을리지 않았는지, 처음 그대로 대리석 같은 누르스름한 빛을 띠고 있었다. 하지만 날이 시원해서 그런지, 또는 등불이 달빛처럼 흐릿해서 그런지 그는 평소보다 오늘 더 창백해 보였다. 균형이 잘 잡힌 그의 눈썹은 선명하게 두드러져 보였고, 그의 두 눈은 거무스름해져 있었다. 소년은 이루 형용할 수 없을 정도로 아름다웠다. 그리고 아센바흐는 이미 여러 번 그런 걸 느꼈듯이, 말은 감각적인 아름다움을 찬미할 수만 있을 뿐 재현할 수는 없다는 사실을 고통스럽게 느꼈다.

그는 소년의 소중한 출현을 미처 예상하지 못했다. 그가 뜻하지 않게 나타나는 바람에 아센바흐는 차분하게 품위를 지키고 어쩌고 할 시간적 여유가 없었다. 그의 시선이 그리워하던 사람의 시선과 마주쳤을 때 그 속에는 기쁨, 놀람, 경탄의 감정이 솔직히 드러났을지도 모른다. 그리고 이 순간 타치오가 미소를 짓는 일이 일어났다. 비로소 천천히 열리는 입술로 말을 걸듯 친근하게, 사랑스럽고도 거리낌 없이 그에게 미소를 지어 보였던 것이다. 그것은 허리를 굽히고 자신의 모습을 물속에 비추어 보는 나르시스의 미소였고, 자신의 아름다운 모습이 반사된 영상을 향해 두 팔을 뻗는 심원하고 매혹적이며 매력에 끌린 미소였다. 그건 아주 조금 일그러진 미소였는데, 자신의 아리따운 그림자에 입맞춤을 하려고 해도 아무런 가망이 없다는 걸 알고 일그러진 미소였다. 그건 요염하고 호기심에 차서 부드럽게 고통스러워하는 동시에 매혹당해 있으면서 매혹시키는 미소였다.

이러한 미소를 받은 자는 불길한 선물을 받은 사람처럼 그것을 가지고 얼른 자리를 떴다. 그는 너무 심한 충격을 받아, 테라스와 앞뜰의 불빛으로부터 도망치지 않을 수 없었고, 급히 발걸음을 옮겨 뒤쪽의 어두운 공원을 찾아갔다. 이상하게 화가 치미면서도 애정 어린 경고의 소리가 그의 입에서 새어 나왔다. 「넌 그런 미소를 지어선 안 돼! 듣거라, 아무에게도 그런 미소를 지어선 안 된단 말이야!」 그는 벤치에 풀썩 주저앉아, 식물들이 뿜어내는 밤 향기를 정신없이 들이마셨다. 그리고 머리를 뒤로 젖히고 두 팔을 내려뜨린 채, 알 수 없는 힘에 압도당하고 전율감에 여러 번 몸을 부르르 떨면서, 그리움의 변함없는 상투어를 속삭였다. 이 경우에 용납될 수 없고 말도 안 되며 구원받기 어려운, 우스꽝스런 동시에 그래도 성스러운, 이 경우에도 여전히 존경할 만한 상투어를 말이다. 「너를 사랑해!」

제5장

 리도에 체류한 지 4주째 되는 시점에 구스타프 폰 아센바흐는 자신을 둘러싼 주변 세계에 몇 가지 좋지 않은 일이 일어나고 있음을 알게 되었다. 첫째로 한창 휴가 기간인데도 손님의 수가 늘어나는 게 아니라 오히려 줄어드는 듯했다. 특히 그의 주변에서 독일어가 점점 사라지다가 아예 들리지 않게 되어, 마침내는 식사할 때나 해변에서 낯선 목소리만 귀에 들려왔던 것이다. 그러다가 하루는 그가 이제 뻔질나게 찾아가게 된 호텔 이발사와 대화를 나누다가 놀라운 말을 듣게 되었다. 이발사는 이곳에 잠깐 머물다가 방금 떠나 버린 독일인 가족 이야기를 꺼냈다. 그리고 수다를 떨고 비위를 맞추며 이런 말을 덧붙였다.「선생님은 떠나지 않으시는군요! 선생님은 병이 무섭지 않으신 모양이죠.」아센바흐는 그 남자의 얼굴을 쳐다보았다.「병이라고요?」그 수다쟁이는 말문을 닫고, 자기 일에 열중하며 그 질문을 건성으로 들어 넘겼다. 그런데 손님이 집요하게 질문하자 자기는 아무것도 모른다고 얼버무리며, 당황한 나머지 말이 많아지면서 재빨리 화제를 바꾸려고 했다.

때는 정오경이었다. 오후에 아센바흐는 바람이 잔잔하고 태양이 찌는 듯이 작열하는 가운데 베네치아로 가는 배를 탔다. 폴란드인 남매들을 따라가려는 병적인 욕망에 사로잡혔기 때문이었다. 그는 이들이 보호자와 함께 증기선 선착장으로 가는 길에 접어들고 있는 것을 보았다. 그는 산마르코 광장에서 자신의 우상을 발견하지 못했다. 하지만 광장의 그늘진 곳에 있는 둥근 철제 탁자에 앉아 차를 마시다가 불현듯 그는 공기 중에서 이상한 냄새를 맡았다. 이제 와서 생각해 보니 그 냄새는 그가 딱히 의식하지 못하는 가운데 며칠 전부터 그의 감각을 건드려 온 것 같았다. 비참함과 상처, 수상쩍은 청결 상태를 생각나게 하는 불쾌한 약품 냄새였다. 그는 냄새를 맡으며 곰곰 생각한 뒤에 그게 무슨 냄새인지 알아챘다. 그는 가볍게 식사를 마치고 광장을 떠나 성당 맞은편 쪽으로 갔다. 좁은 골목으로 들어서자 냄새가 더욱 강해졌다. 골목 모퉁이에는 인쇄된 벽보가 붙어 있었다. 이런 날씨에 생기기 쉬운 위장 계통의 어떤 질병이 우려되니 굴이며 조개를 먹지 말고, 운하의 물도 조심하라는 시 당국의 경고문이었다. 이 공고문은 어떤 불쾌한 사실을 미화하고 있는 것이 분명했다. 사람들은 다리와 광장에 옹기종기 모여 침묵을 지키며 서 있었고, 이방인은 뭔가를 느끼며 골똘히 생각에 잠겨 이들 사이에 서 있었다.

그는 산호를 꿴 장식용 끈과 모조 자수정 장신구 사이에서 아치형 문에 기대고 있는 가게 주인에게 이 불길한 냄새의 정체가 무엇인지 물어보았다. 그 남자는 침울한 눈으로 그를 찬찬히 들여다보더니 재빨리 쾌활한 어조로 말했다.「예방 조치지요, 선생님!」그는 몸짓을 섞어 가며 대답했다.「경찰이 응당 취해야 할 조치지요. 이런 날씨는 사람을 답답하게 짓누르고, 시로코 열풍은 건강에 좋지 않습니다. 요컨대, 이해하시겠지만 — 어쩌면 너무 지나치게 조심하는 건지도 모르지만요……」 아셴바흐는 그에게 고마움을 표시하고 계속 길을 갔다. 자신을 리도로 데려다 주는 증기선에서도 그는 이제 방역 소독약 냄새를 맡을 수 있었다.

호텔에 되돌아온 그는 즉각 열람실로 가서 신문들을 죽 훑어보았다. 그런데 독일어가 아닌 외국어로 된 신문에서는 아무것도 발견할 수 없었다. 독일어 신문들은 소문들을 언급하고 있었고, 일정하지 않은 숫자를 인용하고 있었으며, 당국에서 부인하는 내용을 그대로 싣고 있어서 진실성이 의심스러웠다. 독일과 오스트리아 사람들이 떠나는 것은 이것으로 설명되었다. 그래서 다른 나라 사람들은 아무것도 모르고 있고, 아무 낌새도 채지 못하고 있는 게 분명했으며, 아직 불안해하지 않는 모양이었다. 〈숨기고 있구나.〉 아셴바흐는 흥분해서 이렇게 생각하며 신문을 도로 탁자에 휙 집어던져 버렸다. 〈사실을 꽁꽁 숨기려는 거야!〉 하지만 이와 동시에 그는 외부 세계가 모험에 빠져들려고 하는 데 대해 흡족한 마음이었다. 왜냐하면 일상의 안정된 질서와 안녕은 범죄에 적합하지 않듯이 열정에도 적합하지 않기 때문이다. 열정은 시민적 사회 조직이 이완되고, 세상이 혼란스러워지며 시련을 겪는 것을 분명 환영하기 때문이다. 그럼으로써 자신에게 이익이 돌아올 것을 막연하게나마 희망할 수 있기 때문이다. 그래서 아셴바흐는 베네치아의 더러운 골목에서 당국이 얼버무리며 은폐하는 것에 대해 남모르는 만족감을 느꼈다. 그 자신의 가장 사적인 비밀과 섞여 하나로 녹아내린 도시의 이러한 사악한 비밀! 그리고 이러한 비밀을 지키는 것도 그에게는 아주 중요한 문제였다. 사랑에 빠진 그에게는 타치오가 떠날지도 모른다는 것이 가장 걱정되었기 때문이었다. 그리고 만약 그런 일이 일어난다면 자신이 더 이상 살아갈 수 없으리라는 것을 깨닫고도 그는 전혀 놀라지 않았다.

근래 들어 그는 아름다운 소년의 곁에 가까이 다가가고 그를 보는 것을 일상의 질서와 요행에 맡겨 두는 데 만족할 수 없었다. 그는 소년의 뒤를 따라다녔고, 그가 있는 곳을 추적했다. 예를 들어 일요일에는 폴란드인들이 해변에 나타나는 법이 없었다. 그는 이들이 미사에 참석하러 산마르코 광장에 갔을 거라고 짐작하고, 서둘러 그곳으로 갔다. 그리고 이글거리는 광장의 열기에서 빠져나와 어스름한 황금빛 성전에 들어서서 그는 자신이 그리워하며 찾아다니던 소년을 발견했다. 소년은 기도용 탁자에서 몸을 굽힌 채 기도하고 있었다. 그때 아셴바흐는 뒤쪽, 무릎을 꿇고 중얼거리며 성호를 긋고 있는 사람들 사이에서 금이 간 모자이크 바닥에 서 있었다. 그리고 동양적인 성당의 간소한 장엄함이 그의 감각을 화려하게 짓눌렀다. 앞쪽에서는 묵직하게 장식한 사제가 이리저리 걸어 다니고 무언가 일을 하면서 노래를 부르고 있었다. 향이 피어올라 제단 촛불의 힘없는 불꽃을 뿌옇게 에워쌌다. 그리고 맥 빠지고 들큼한 제물의 향기 속에는 다른 냄새, 병든 도시의 냄새가 조용히 섞여 드는 것 같았다. 하지만 뿌연 연기와 반짝이는 불꽃 사이로 아셴바흐는 아름다운 소년이 저 앞에서 고개를 돌리고 자신을 찾으며 바라보고 있는 것을 보았다.

그러고 나서 사람들이 열린 정문을 통해 비둘기 떼가 우글거리는 밝게 빛나는 광장으로 우르르 쏟아져 나오자, 매혹당한 자는 현관에 몸을 숨기고, 몰래 숨어서 소년이 나오기를 기다렸다. 그는 폴란드인들이 성당을 떠나는 것과 남매들이 격식을 차려 어머니와 헤어지는 모습을 지켜보았고, 어머니가 몸을 돌리고 작은 광장 쪽으로 돌아가는 것을 바라보았다. 그는 아름다운 소년과 수녀 같은 자매들과 가정교사가 오른쪽으로 꺾어 시계탑 아래의 성문을 통과하여 잡화점 거리 쪽으로 접어드는 것을 확인했다. 그는 그들이 어느 정도 앞서도록 하고 그들 뒤를 따라갔다. 베네치아 거리를 산책하며 두루 돌아다니는 그들 뒤를 몰래 따라다닌 것이다. 그들이 어떤 곳에서 머뭇거리고 있으면 그는 발걸음을 멈추지 않을 수 없었고, 그들이 발길을 돌려 되돌아올 때는 음식점이나 뜰 안으로 급히 몸을 숨겨야 했다. 그러다 그들을 시야에서 놓쳐 버리는 바람에, 그는 상기된 얼굴을 하고 기진맥진한 채 다리를 가로질러, 지저분한 막다른 골목으로 그들을 찾아다녔다. 그리고 어디 피할 데가 없어, 그들이 다가오는 것을 그냥 지켜봐야 하는 좁은 통로에서 느닷없이 그들과 맞닥뜨리게 되면 그는 몇 분간 죽음과도 같은 고통의 순간을 참고 견뎌야 했다. 그렇다고 그가 정말로 고통에 시달렸다고는 딱히 말할 수 없는 일이다. 그의 머리와 가슴은 도취되어 있었고, 그의 발걸음은 인간의 이성과 위엄을 짓밟는 것을 낙으로 삼는 어떤 악령의 지시를 따르고 있었다.

그러고 나서 타치오와 그의 일행은 어디에선가 곤돌라를 탔다. 그리고 그들이 배에 오르는 동안 튀어나온 건물이나 분수 뒤에서 몸을 숨기고 지켜보고 있던 아셴바흐는 그들이 물가를 떠나자마자 마찬가지로 곤돌라를 잡아 탔다. 그는 목소리를 죽여 다급하게 말하며 사공에게 넉넉하게 웃돈을 얹어 주겠다고 약속했다. 그는 방금 저기 모퉁이를 돌아간 곤돌라를 뒤쫓아 일정한 거리를 유지하며 몰래 따라가 달라고 사공에게 부탁했다. 그리고 그 사내가 뚜쟁이처럼 도와주겠다고 교활하게 선뜻 나서며 똑같은 목소리로 다짐하자 그는 전율을 느꼈다. 사내는 맡은 일을 양심적으로 수행하겠으니 마음을 놓으라는 것이다.

이리하여 그는 부드러운, 까만 쿠션에 기댄 채 흔들거리며 물 위를 미끄러져 가면서, 주둥이가 구부러진 다른 까만 조각배를 뒤쫓아 갔다. 그 배의 자취를 따라가면서 그는 열정에 사로잡혔다. 간혹 그 배가 그의 시야에서 사라지면 그는 걱정이 되고 마음이 불안해졌다. 하지만 그러한 일에 익숙한 듯 곤돌라 사공은 그럴 때마다 교묘하게 조종하고 급히 가로지르며 지름길을 이용하여 그리운 대상을 다시 그의 눈앞에 보여 주었다. 잔잔한 바람에는 어떤 냄새가 담겨 있었고, 하늘을 회청색으로 물들이고 있는 안개 사이로 태양이 무겁게 내리비치고 있었다. 물결이 나무와 돌멩이에 부딪치며 꾸르륵거리는 소리를 내고 있었다. 경고 같기도 하고 인사 같기도 한 곤돌라 사공의 외침에 이상한 협약을 맺기라도 한 듯 미로의 정적을 뚫고 멀리서 대답이 돌아왔다. 높은 곳에 자리한 조그만 정원에는 흰색과 자주색으로 만발한 꽃송이들이 아몬드 향기를 뿜으며 허물어져 가는 담벼락 너머로 매달려 있었다. 아라비아식 창틀이 흐릿한 불빛 속에 두드러져 보였다. 성당의 대리석 계단은 운하와 연결되어 있었다. 그곳에는 거지 한 명이 쪼그리고 앉아 자신의 비참함을 호소하며 모자를 내밀고 있었다. 그리고 마치 장님이라도 되는 양 눈의 흰자위를 드러내 보였다. 어떤 골동품 상인은 자신의 초라한 가게 앞에서 지나가는 그에게 굽실거리며 그를 속여 볼 요량으로 가게에 들어오라고 끌어들였다.

베네치아란 이런 곳이었다. 아양을 떠는 수상쩍은 미녀 같은 이 도시는 어떻게 보면 동화 같기도 하고, 어떻게 보면 나그네를 옭아매는 덫 같기도 했다. 이 도시의 썩기 쉬운 공기를 맡으며 한때 향락에 빠져 예술이 번성했고, 이 도시는 어르며 감미롭게 자장가를 불러 잠재우는 음을 음악가들에게 제공해 주었다. 모험가인 아센바흐에게는 자신의 눈이 이와 같은 관능을 마시고 있는 것 같은 생각이 들었고, 자신의 귀가 그러한 멜로디에 구애(求愛)를 받고 있는 듯한 생각이 들었다. 이 도시가 병들어 있는데, 이윤을 추구하느라 그런 사실을 비밀에 부치고 있다는 것도 그는 기억에 떠올렸다. 이런 생각을 하며 그는 자제심을 잃고 앞에서 떠가는 곤돌라를 눈여겨보았다.

이리하여 혼란에 빠진 아센바흐가 알고 있고 원하는 거라곤 자신의 감정에 불을 지른 그 대상을 끊임없이 뒤쫓아 가야겠다는 생각밖에 없었고, 그 대상이 없을 때는 그 대상에 대해 꿈을 꾸는 것밖에 없었다. 그리고 연인들이 으레 그러하듯이 단순한 그의 환영(幻影)에도 애정 어린 말을 거는 것밖에 없었다. 고독, 낯선 상태, 그리고 때늦은 깊은 도취가 주는 행복감이 그를 격려하고 설득하여, 두려워하거나 얼굴을 붉히지 않고도 당혹스럽기 짝이 없는 그런 행동을 하도록 해 주었다. 그는 밤늦게 베네치아에서 돌아오는 길에 2층에 있는 아름다운 소년의 방문 앞에 멈춰 서서는, 완전히 도취된 상태에서 이마를 문손잡이에 기대고 누른 채 한참 동안 그곳을 떠날 줄 몰랐다. 그런 정신 나간 상태로 있다가 누군가에게 들켜 호되게 당할지 모를 위험을 무릅쓰고 말이다.

그렇긴 해도 그런 일을 그만두고 반쯤 정신이 드는 순간도 없지 않았다. 그럴 때면 그는 당황스러워 하며 〈내가 무얼 하고 있는 거야!〉 하고 생각했다. 〈내가 무얼 하고 있는 거야!〉 자연스럽게 공적을 쌓아 가면서 자신의 가문에 대해 귀족적인 관심을 갖게 된 모든 남자가 그렇듯이, 그는 살아가면서 업적을 쌓고 성공을 거둘 때 자신의 선조를 생각하곤 했다. 그리고 그들의 박수갈채, 그들의 만족감, 그들의 부득이한 존중을 정신적으로 확인하곤 했다. 그는 지금 여기서도 그들을 생각했다. 이처럼 부적절한 체험에 얽혀 들어, 이렇게 별스러운 방탕한 감정에 사로잡혀 있지만 그는 그들의 엄격한 자제심, 그들 존재의 점잖은 남성다움을 생각하고, 우울하게 미소 지었다. 그들은 뭐라고 말할까? 하지만 대체, 타락했다 할 정도로 그들의 삶에서 빗나간 자신의 삶에 대해, 예술의 마력에 사로잡힌 이러한 삶에 대해 그들은 뭐라고 말할까? 언젠가 그 젊은이는 자신의 선조들의 시민 정신에 입각해, 그들의 삶과 다를 바 없는 자신의 삶에 대해 공공연히 조소하는 견해를 밝힌 적이 있었던 것이다. 그도 군복무를 했으며, 그도 그들 중의 몇몇과 마찬가지로 군인이자 전사였다. 왜냐하면 예술이란 전쟁과 다름없었고, 오늘날 사람들을 금방 나가떨어지게 만드는 소모적인 전투였기 때문이었다. 자기 극복을 하고 도전하는 삶, 엄격하고 단호하며 절제하는 삶, 그는 이러한 삶을 시대에 맞는 부드러운 영웅 정신의 상징으로 형상화했다. 어쩌면 그런 삶을 남자답고 용감하다고 불러도 될지 모른다. 그리고 그의 마음을 사로잡은 에로스 신이 그런 삶에 특히 적합하고 나름대로 애착을 가진 것으로 그에게 생각되었다. 에로스는 가장 용감한 민족들 사이에서 특히 존경받지 않았던가? 정말이지, 그는 용감함 때문에 그들의 도시들에서 활짝 꽃피어 났다고 하지 않았던가? 이전 시대의 수많은 전쟁 영웅들이 기꺼이 그의 멍에를 짊어졌다. 그들은 에로스가 내리는 명령을 전혀 굴욕으로 생각하지 않았기 때문이었다. 그리고 다른 목적으로 그랬더라면 비겁하다는 비난을 받았을 일들, 즉 무릎 꿇고 맹세하며 애걸복걸하고 노예처럼 굴복하는 일들이 사랑하는 사람에게 수치스런 일이 되는 것이 아니라, 그로써 그는 오히려 칭찬을 받았던 것이다.

현혹된 자의 사고방식은 이러했고, 이런 식으로 버티며 자신의 위엄을 유지하려 했다. 하지만 이와 동시에 그는 베네치아의 내부에서 일어나는 수상쩍은 일들을 계속 추적하며,

집요하게 주의를 기울였다. 외부 세계 모험은 그의 마음속 모험과 어둠 속에서 하나로 융합되었고, 막연하고 금지된 희망을 품은 그의 열정을 키워 주었다. 질병의 상태와 진척 상황에 대해 새롭고도 믿을 만한 소식을 얻으려는 생각에 사로잡힌 그는 도시의 커피숍에 들어가 독일 신문들을 샅샅이 훑어보았다. 며칠 전부터 그 신문들이 호텔 로비의 열람석에서 사라졌기 때문이었다. 신문에선 주장과 반박이 엇갈리고 있었다. 환자와 사망자의 수가 20명이나 40명, 아니 100명이나 그 이상에 달한다고 하기도 했다. 그것에 이어, 전염병이 발생하는 이유는 죄다, 아주 드문 경우이긴 하지만 외부에서 온 관광객들 때문이라는데, 이를 딱 잘라 부정할 수 없는 일이라고 한다. 그리고 이탈리아 당국의 위험스런 처사에 대해 우려하는 경고와 항의가 섞여 있었다. 하지만 확실한 내용은 알아낼 수 없었.

그럼에도 그 고독한 남자는 자신에게 그 비밀을 알아야 할 특별한 권리가 있다고 느꼈다. 그리고 진실을 알아낼 수 없었음에도, 그는 사실을 알고 있는 사람들에게 유도 질문을 하고, 입을 다물기로 묵계를 맺은 그들이 뻔한 거짓말을 하도록 강요하는 것에 야릇한 쾌감을 느꼈다. 하루는 커다란 식당에서 아침 식사를 하는 중에 그는 지배인에게 그런 식으로 대답을 추궁했다. 프랑스식 연미복을 입고 조용조용 걸어 다니는 키 작은 그 남자는 식사하는 사람들 사이를 돌아다니며 인사하고 감독하다가, 몇 마디 잡담을 나누기 위해 아셴바흐의 작은 식탁 옆에도 멈추었던 것이다. 손님은 아무렇지 않은 듯 지나가는 말투로 물었다. 「도대체 왜? 대체 왜 얼마 전부터 베네치아를 소독하는 거요?」

「그건 경찰의 조처입니다.」 살금살금 걸어 다니는 자가 대답했다. 「말이 나왔으니 말입니다만, 이례적으로 찌는 듯이 더운 날씨 때문에 만에 하나 발생할 수 있는 공중 보건상의 모든 폐해나 장애를 미연에 방지하기 위해 직분을 다하는 겁니다.」 아센바흐가 대답했다. 「칭찬받을 만한 경찰이군요.」 그리고 날씨 이야기를 몇 마디 나눈 뒤 지배인은 물러갔다.

바로 그날 저녁, 저녁 식사를 마친 뒤 시내에서 온 한 패의 떠돌이 가수들이 호텔의 앞뜰에서 공연을 했다. 남자 둘과 여자 둘로 구성된 이들은 아크등의 철제 기둥 옆에 서서 하얗게 빛나는 얼굴을 돌려 넓은 테라스 쪽을 쳐다보았다. 그곳에는 손님들이 커피나 시원한 음료수를 마시며 통속적인 공연을 지켜보고 있었다. 호텔 직원, 승강기 담당 직원, 웨이터 및 사무실 직원들이 현관문에 모여 귀 기울이며 듣고 있었다. 열성적인 태도를 보이며 들뜬 기분으로 공연을 즐기고 있는 러시아인 가족은 더 가까운 데서 공연자들을 보려고 등나무 의자를 뜰로 옮겼다. 그리고 감사하는 마음으로 거기에 반원 모양으로 둥글게 모여 앉아 있었다. 주인 식구들 뒤에는 터번 모양의 두건을 쓴 늙은 여자 노예가 서 있었다.

떠돌이 악사들은 만돌린, 기타, 하모니카, 가냘픈 소리를 내는 바이올린을 손에 들고 연주했다. 악기 연주를 마치자 합창으로 넘어갔다. 날카롭고 꽥꽥거리는 소리를 내는 젊은 여자는 감미로운 가성으로 노래하는 테너와 그리움이 넘쳐 흐르는 사랑의 듀엣을 불렀다. 하지만 기타를 손에 쥔 다른 남자가 진짜 재주꾼이자 패거리의 우두머리로서 의심의 여지 없이 진면목을 보여 주었다. 성격상 광대역을 하는 바리톤 가수 같은 그는 거의 목소리는 내지 않았지만, 흉내를 내는 데 재주가 있었고 사람을 웃기는 힘이 상당했다. 그는 몇 번이나 커다란 악기를 팔에 들고 무리들 틈에서 빠져나와 익살스런 몸짓을 해보이며 각광(脚光)이 설치되어 있는 무대 앞쪽으로 나왔다. 사람들은 그의 익살맞은 행동에 왁자지껄하게 웃음을 터뜨리며 보답을 해주었다. 특히 맨 앞쪽에 앉아 있는 러시아인 가족은 남쪽 사람의 그러한 경쾌한 몸놀림에 완전히 매료된 모습을 보였다. 그들이 박수갈채와 환호성을 보내며 격려하자 그는 점점 더 대담하고 더 자신 있는 행동을 취했다.

아셴바흐는 난간 옆에 앉아, 석류 주스와 소다수가 섞인 음료수를 마시며 이따금씩 입술을 적셨다. 소다수는 그의 앞 유리잔에 담겨 홍옥 빛으로 반짝이고 있었다. 그의 신경은 아픔에 시달리는 소리들과 통속적이고 애끓는 멜로디를 탐하듯 받아들이고 있었다. 열정은 까다로운 감각을 마비시키고, 냉철한 정신이 유머러스하게 받아들이거나, 또는 마지못해 거부할지도 모르는 자극들과 아주 진지하게 관계 맺고 있기 때문이다. 팔짝팔짝 뛰는 어릿광대를 보는 그의 표정은 굳어 이미 고통스러워하는 미소로 일그러져 있었다. 그는 별 관심이 없는 듯한 태도로 그곳에 앉아 있었지만, 마음속으로는 극도로 관심을 기울이며 긴장하고 있었다. 타치오가 그에게서 여섯 보 떨어진 돌난간에 몸을 기대고 서 있었기 때문이었다.

타치오는 만찬 때 가끔 입는 하얀 벨트를 매는 정장 차림으로 그곳에 서 있었다. 그의 타고난 아름다움은 비할 데 없이 우아했다. 왼쪽 팔뚝은 난간에 걸치고 두 다리는 꼰 채 오른손은 몸을 받쳐 주는 허리에 대고 있었다. 그러고는 미소를 짓지 않고 멀찍이서 호기심만 지닌 채 공손하게 인정하는 표정으로 떠돌이 가수들을 내려다보고 있었다. 이따금씩 그는 몸을 일으키고 가슴을 펴서는 두 팔을 아름답게 움직이며 가죽 띠를 두른 하얀 상의를 아래로 끌어 내렸다. 때때로 타치오가 머뭇거리면서 조심스럽게, 또한 마치 어떤 기습적인 행동을 하기라도 하듯 신속하고도 급작스럽게 고개를 돌려 왼쪽 어깨 너머로 자신을 연모하는 사람 쪽을 바라보면, 늙어 가는 남자는 승리감과 이성이 비틀거림을 느낌과 동시에 흠칫 놀랐다. 둘의 시선이 서로 마주치지는 않았다. 창피스럽고 걱정스런 마음 때문에 길 잃은 남자는 자신의 시선을 불안스레 억제하지 않을 수 없었기 때문이었다. 테라스의 뒤편에는 타치오를 보호하는 여자들이 앉아 있었다. 그래서 사랑에 빠진 남자는 이들의 눈에 띄어 의심을 받지 않을까 우려해야 하는 상황에 처하게 되었다. 정말이지, 이들이 해변이나 호텔 로비, 산마르코 광장에서 타치오를 자기들 곁으로 도로 불러들여, 그를 자신과 멀리 떼어놓으려는 것을 알아차리고, 그는 여러 번이나 몸이 딱딱하게 굳어지는 느낌을 받았다. 그리고 이로 말미암아 끔찍한 모욕감을 느꼈다. 그런 상태에서 그의 자존심은 알 수 없는 고통으로 뒤틀렸고, 그런 모욕감을 단호하게 부정하려 해도 그의 양심이 이를 허락하지 않았다.

그러는 사이에 기타를 든 남자는 자신의 반주에 맞추어 이탈리아 전역에서 유행하고 있는 여러 소절로 된 통속적인 유행가를 혼자 부르기 시작했다. 그는 이 노래를 유연하면서도 극적으로 부를 줄 알았고, 노래의 후렴 부분에서는 그의 패거리가 끼어들어 다 같이 악기를 연주하며 합창을 했다. 체격이 가냘프고, 얼굴도 마르고 수척한 그 남자 가수는 자신의 패거리들과 떨어진 채, 초라한 펠트 모자를 목덜미까지 눌러쓰고 서 있어서, 모자 테 아래로 붉은 머리칼이 삐져나와 있었다. 자갈밭 위에서 뻔뻔스러울 정도로 대담한 태도를 보이는 그는 강렬한 서창(敍唱)에 맞추어 기타를 튕기며 자신의 익살을 테라스 쪽으로 날려 보냈다. 이렇게 분투노력하느라 그의 이마에서는 혈관이 부풀어 올랐다. 그는 베네치아 태생이 아닌 것 같았고, 오히려 나폴리의 익살꾼 부류처럼 보였다. 어찌 보면 뚜쟁이 같기도 하고, 어찌 보면 희극 배우 같기도 한 그는 난폭하고 불손하며, 위험하고도 재미있었다. 가사 내용으로 보자면 형편없는 그의 노래는 그의 표정 연기와 몸놀림을 통해, 암시하듯 눈을 깜박이고 혀를 외설적으로 입가에서 움직임으로써, 그의 입은 뭔가 수상쩍고 막연히 상스런 느낌을 불러일으켰다. 아닌 게 아니라 도회지풍 옷이라고 입은 활동적인 셔츠의 부드러운 칼라 위로 눈에 띄게 크고 벌거벗은 느낌을 주는 목울대와 아울러 비쩍 마른 목이 불쑥 솟아 있었다. 그의 코는 납작했고, 수염이 없어서 나이를 가늠하기 어려운 파리한 외모에 얼굴을 찡그리는 나쁜 습관으로 인해 주름이 깊이 패어 있었다. 불그스름한 양미간 사이에 도전적이고 위압적이며 거의 야만스럽게 패어 있는 두 줄의 깊은 주름살은 입을 움직이며 히죽 웃는 모습에 이상하게도 잘 어울려 보였다. 하지만 그 수상쩍은 인물이 자신의 수상쩍은 가스도 함께 내뿜는 듯한 모습을 보고 사실 고독한 여행객은 완전히 그에게 주의를 빼앗겨 버렸다. 말하자면 후렴이 다시 시작될 때마다 그 남자 가수는 얼굴을 찌푸리고 손을 흔들어 인사하며 괴상한 동작으로 무대를 한 바퀴 돌았다. 그러다가 그는 아셴바흐의 자리 바로 밑으로도 지나가게 되었다. 그런데 그럴 때마다 그의 옷과 몸에서 코를 찌르는 석탄산 냄새를 풍기는 고약한 가스가 테라스 위로 솔솔 올라오는 것이었다.

후렴구가 있는 풍자조의 노래를 마친 뒤 그 남자는 돈을 거두기 시작했다. 러시아인 가족들이 순순히 돈을 내려는 것을 보고 그는 이들에게 먼저 간 다음 계단 위로 올라갔다. 공연을 할 때는 그토록 뻔뻔스럽게 행동하더니 이 위에서는 너무나 비굴한 모습을 보였다. 굽실거리고, 오른발을 뒤로 살짝 빼고 인사하며 탁자 사이를 요리조리 살금살금 돌아다녔다. 음흉하고 비굴한 미소를 지으며 억센 이빨을 드러내 보이는데도, 붉은 눈썹 사이에 패어 있는 두 줄의 주름살은 여전히 위협적으로 보였다. 사람들은 자신의 생계비를 거둬들이는 그 이질적인 존재를 호기심과 약간의 혐오감을 가지고 찬찬히 들여다보았다. 사람들은 동전을 손가락 끝으로 그의 펠트 모자 속에 던져 넣으며 닿지 않도록 조심했다. 그 익살꾼과 점잖은 손님 사이에 물리적 거리가 사라지면, 그자의 능력이 아무리 뛰어나다 하더라도, 언제나 모종의 당혹감이 생기는 법이다. 그는 그런 어색한 느낌이 들었는지, 비굴한 행동으로 이에 대해 사과하려고 했다. 그가 아셴바흐에게 다가왔는데, 주위의 어느 누구도 염려하지 않은 것 같은 그 냄새도 함께 왔다.

「이보시오!」 고독한 남자는 목소리를 죽여 거의 기계적으로 말했다. 「사람들이 베네치아를 소독하고 있는데, 왜 그러는 거요?」

익살꾼은 쉰 목소리로 대답했다. 「경찰 때문입니다! 그건 지시 사항입니다, 선생님. 날씨가 이렇게 더운 데다 시로코 때문입니다. 시로코는 찌는 듯한 열풍입니다. 그건 건강에 좋지 않아요……」 그는 그와 같은 질문을 들어 놀랍다는 듯이 말하고는, 시로코가 얼마나 무더운 바람인지 손바닥을 펴며 시위하듯 보여 주었다.

「그러니까 베네치아에 병이 나돌지 않는다는 말인가요?」 아셴바흐는 이빨 사이로 소리를 내며 아주 나지막하게 물었다. 어릿광대의 근육질 얼굴이 우스꽝스럽게 어쩔 줄 몰라 하며 무참히 일그러졌다. 「병이라고요? 하지만 어떤 병 말인가요? 시로코가 병이란 말인가요? 혹시 우리 경찰이 병이란 말인가요? 재미있는 분이시군요! 병이라니, 말도 안 됩니다! 예방 조치라고 이해하시면 될 겁니다! 찌는 듯한 날씨의 영향을 막기 위한 경찰의 명령입니다……!」 그는 과장된 몸짓으로 자신의 의견을 표시했다.

「좋습니다.」 아센바흐는 다시 짧고도 나지막하게 말하며, 당치도 않게 커다란 동전을 모자 속에 던져 넣었다. 그런 다음 그 사람에게 가라는 눈짓을 보냈다. 그는 굽실거리고 히죽거리며 아센바흐의 말을 따랐다. 하지만 그가 호텔의 계단에 채 다다르기도 전에 두 명의 호텔 직원이 그에게 달려들어 그를 꾸짖었다. 그들은 얼굴을 그의 얼굴에 바짝 대고는 속삭이는 소리로 그를 추궁했다. 그는 어깨를 으쓱하고 그들을 안심시키며, 비밀을 지켰다고 맹세했다. 손님들은 이러한 모습을 지켜보았다. 풀려난 그는 정원으로 돌아가서, 아크등 아래서 자신의 패거리들과 잠시 논의를 한 다음 다시 한 번 무대로 나와 감사와 이별의 노래를 시작했다.

그것은 고독한 남자가 들어 본 적이 없는 노래였다. 그것은 알아들을 수 없는 사투리로 된 뻔뻔스러운 유행가였고, 후렴 부분은 웃음으로 채워져 있었다. 패거리들은 그 부분이 돌아오면 규칙적으로 목청껏 소리 지르며 끼어들었다. 이때는 가사도 없었고, 악기 연주도 없었으며, 남아 있는 것이라곤 어느 정도 리듬이 있지만 무척 자연스럽게 처리된 웃음밖에 없었다. 말하자면 솔로 가수는 대단한 재간으로 믿을 수 없는 술수를 부려 그 웃음을 생동감 있게 형상화할 줄 알았다. 그는 자신과 구경꾼들 사이에 예술적 거리감을 확보하자 다시 뻔뻔스럽기 짝이 없는 모습을 보였다. 그리고 후안무치하게도 테라스로 올려 보내는 그의 인위적인 웃음은 비웃음이었다. 그는 흐느꼈고, 그의 목소리는 떨렸으며, 손으로 입을 지그시 눌렀고, 양어깨를 비틀었다. 그리고 바로 그 순간 제어하기 어려운 웃음이 그의 내부에서 터져 나왔고, 울부짖었으며, 폭발했다. 그 웃음은 너무나 진실성을 담고 있어 다른 사람들까지 전염시켜 버렸다. 그래서 테라스 위쪽에서도 구체적인 대상도 없이 저절로 명랑한 웃음이 터지며 주위에 번지는 것이었다. 하지만 사실 이로 말미암아 가수의 방자한 행동이 배가되는 것 같았다. 그는 무릎을 구부리고 허벅지를 치며, 옆구리를 움켜잡고 포복절도하는 시늉을 했다. 그는 이제 더 이상 웃는 게 아니라 비명을 지르는 것이었다. 그는 저기 위에서 웃고 있는 사람들보다 더 웃기는 것은 없다는 듯 손가락으로 위쪽을 가리켰다. 그리하여 급기야는 정원과 베란다에 있는 모든 사람들, 심지어 웨이터, 승강기 담당 직원 및 문간에 있는 하인들까지 다들 웃음보를 터뜨렸다.

아센바흐는 더 이상 의자에 느긋하게 쉬고 있지 않고, 저항을 하거나 도망이라도 치려는 듯 벌떡 일어나 앉았다. 하지만 터져 나오는 폭소, 솔솔 풍겨 나오는 소독약 냄새, 그리고 아름다운 소년의 옆에 있다는 생각이 서로 뒤섞여 그로 하여금 꿈과 같은 마법에 빠져들게 했다. 그 마법은 찢을 수 없고 피할 수 없게 그의 머리와 감각에 에워싸고 사로잡았다. 다들 동요하고 기분을 풀고 있는 가운데 그는 감히 타치오 쪽을 건너다보았다. 그리고 그가 그런 일을 하는 사이 아름다운 소년이 그의 시선에 응답하면서 마찬가지로 진지한 표정을 짓는 것을 알아챘다. 소년은 마치 아센바흐의 태도와 표정에 전적으로 따르고 있는 듯이 보였고, 아센바흐는 이곳 분위기에서 멀찍이 벗어나 있었으므로, 이곳의 일반적인 분위기가 그에게 전혀 영향을 미치지 못하는 것 같았다. 이러한 어린애답고 암시적인 유순함에는 무언가 사람을 무력하게 만드는 점과 압도적인 데가 있어서, 머리가 하얗게 센 남자는 두 손으로 얼굴을 감싸고 싶은 충동을 간신히 억제하고 있었다. 타치오는 가끔씩 자리에서 일어나 앉아 심호흡을 했는데, 이는 그의 가슴이 답답해 한숨을 짓는 것으로 생각되기도 했다. 〈저 아이는 병약하구나. 아마 얼마 못 살지도 몰라.〉 그는 가끔씩 도취와 그리움에서 이상하게도 해방되어 객관적인 태도로 이렇게 생각했다. 그에게는 무절제한 만족감도 없지 않았지만, 이와 동시에 순수하게 염려하는 마음도 가득했다.

그러는 사이 베네치아의 가수 패거리들은 공연을 끝마치고 물러가는 중이었다. 사람들이 그들에게 박수갈채를 보내자, 그들의 우두머리는 몇 가지 더 익살을 부리며 퇴장 직전의 연기를 멋지게 장식하는 것을 빠뜨리지 않았다. 그가 오른발을 뒤로 살짝 빼고 인사하며 손으로 입맞춤을 보내자 웃음이 터져 나왔다. 그래서 그는 같은 행동을 한 번 더 되풀이했다. 그의 패거리가 벌써 바깥에 나간 다음에도 그는 뒤쪽으로 달려가 가로등 기둥에 부딪쳐 심하게 다친 시늉을 하며, 너무 아픈 것처럼 등을 구부리고 문 쪽으로 기다시피 하며 걸어갔다. 마침내 그는 그곳에서 별안간 익살스런 불운한 남자의 가면을 벗어 버리고 몸을 일으켜 세웠다. 정말이지 용수철처럼 벌떡 일어나서는, 테라스 위에 있는 손님들을 향해 아주 뻔뻔스럽게 혀를 날름 드러내 보이고는, 어둠 속으로 미끄러지듯 빠져나갔다. 해수욕 손님들은 하나둘 뿔뿔이 흩어졌다. 타치오는 진작부터 난간에 없었다. 하지만 고독한 남자는 마시다 남은 석류 주스를 조그만 탁자에 올려놓고, 웨이터들이 의아하게 생각할 정도로 하염없이 앉아 있었다. 밤이 성큼 다가왔고, 시간이 부스러지며 흘러내렸다. 몇 년 전 그의 부모님 집에는 모래시계가 하나 있었다. 그는 부서지기 쉽고 의미심장한 그 조그만 기구가 갑자기 자신의 눈앞에 다시 보이는 것처럼 생각되었다. 적록색으로 물들인 고운 모래가 좁은 유리 통로로 흘러내리고 있었다. 위쪽의 오목한 곳에 모래가 거의 다 떨어져 갈 때면 아래쪽엔 조그맣고 격렬한 소용돌이가 일어났다.

다음 날 오후에 그 고집불통인 남자는 외부 세계를 시험하기 위해 새로운 조치를 취했다. 그리고 이번에는 제법 상당한 성과를 거두었다. 즉, 그는 산마르코 광장에 있는 영국 여행사에 들어가, 창구에서 약간의 돈을 바꾼 뒤 불신하는 듯한 외국인의 표정을 지으며 자신을 상대하고 있는 직원한테 난처한 질문을 던졌다. 양모 옷을 입고 있는 그 영국인은 아직 젊었고, 머리 한가운데에 가르마를 타고 있었으며, 양미간이 좁았다. 사람 됨됨이가 침착하고 성실하여, 교활하고 약삭빠른 남국에서는 아주 낯설고 아주 색다른 인상을 풍겼다. 그는 이렇게 말을 꺼내기 시작했다. 「염려하실 거 없습니다, 선생님. 별로 심각하지 않은 조치입니다. 그런 명령이 자주 내려지지요. 무더위와 시로코 바람이 건강을 해치는 것을 예방하려고 말입니다……」 하지만 푸른 눈을 위로 치켜뜨는 순간 직원의 시선은 약간의 경멸감을 띤 채 자신의 입술을 향하고 있는 지치고 약간 슬픈 듯한 외국인의 시선과 마주치게 되었다. 그러자 그 영국인은 얼굴을 붉혔다. 「그건 말입니다.」 그는 낮은 목소리로 약간 동요의 빛을 띠며 계속 말했다. 「당국의 공식적인 설명이 그렇다는 거지요. 이에 대한 설명을 요구하자 그것이 적합하다고 생각한 겁니다. 하지만 그 배후에 무언가 다른 게 숨어 있다고 말씀드릴 수 있습니다.」 그러고 나서 그는 솔직하고 편안한 말투로 진상을 털어놓았다.

벌써 몇 년 전부터 인도의 콜레라가 점점 더 넓게 퍼지며 곳곳으로 옮겨 다니는 경향을 보이고 있었다. 전염병은 갠지스 강 삼각주의 따뜻한 습지에서 생겨났다. 사람들이 피하고, 대나무 숲에 호랑이가 웅크리고 있는 황량한 섬의 울창하고 쓸모없는 원시림에서 전염병이 악마 같은 숨결과 함께 발생해, 북인도 전역에서 오랫동안 이례적으로 맹위를 떨쳤다. 그것이 동쪽으로는 중국까지 번져 나갔고, 서쪽으로는 아프가니스탄과 페르시아로 확산되었다. 그리고 대상(隊商)의 주요 교통로를 따라 끔찍한 공포의 대상이 아스트라칸까지, 그러니까 심지어 러시아까지 퍼져 나갔다. 하지만 그 망령이 거기서 육로로 들어 올까 봐 유럽이 공포에 떨고 있는 동안, 시리아의 상선에 딸려 바다를 건너와서 지중해의 여러 항구에 거의 동시다발적으로 나타났던 것이다. 그것은 툴롱과 말라가에서 고개를 쳐들었고, 팔레르모와 나폴리에서 여러 번 가면을 벗었으며, 칼라브리아와 아풀리아에서 좀처럼 물러날 기미를 보이지 않는 것 같았다. 하지만 반도의 북쪽은 피해를 입지 않고 있었다. 그렇지만 올해 5월 중순 베네치아에서 같은 날에 부두 노동자와 여자 채소 장수의 수척하고 검게 변한 시체에서 끔찍한 비브리오 균이 발견되었다. 사람들은 이를 쉬쉬하며 비밀에 부쳤다. 하지만 그로부터 일주일 후에 그런 일이 열 건이 되었고, 스무 건, 서른 건이 되었으며, 그것도 여러 지역에서 그런 일이 일어났다. 오스트리아의 시골에서 온 한 남자가 베네치아에서 며칠 동안 휴가를 즐긴 뒤 고향으로 돌아가서 모호한 증세로 사망했다. 이리하여 석호 도시의 재난에 대한 소문이 처음으로 독일 일간지들에 실리게 되었다. 베네치아 당국은 도시의 위생 상태가 더 없이 완벽하다고 대답하면서, 이를 퇴치하기 위해 가장 필수 불가결한 조처를 취했다.

하지만 야채나 고기, 우유와 같은 음식물도 감염된 모양이었다. 부인하고 쉬쉬해도 좁은 골목에서 사람들이 자꾸 죽어 나갔기 때문이었다. 그리고 때 이르게 여름 무더위가 기승을 부려 운하의 물이 미지근하게 데워지는 바람에 전염병이 번지는 데 특히 유리한 환경이 조성되었다. 정말이지, 전염병은 새로 힘을 얻어 소생하는 듯 보였고, 병원체의 내성과 번

식력이 배가되는 듯이 보였다. 병에서 회복되는 경우는 드물어, 100명이 병에 걸리면 80명은 사망했는데, 그것도 끔찍하게 종말을 맞이했다. 병이 극단적일 정도로 난폭하게 들이닥쳐, 〈건조증〉이라 불리는 지극히 위험한 형태를 보이는 경우가 빈번했다. 이 경우에 병에 걸린 육체는 혈관에서 다량으로 분비되는 수분을 전혀 배출할 수 없게 된다. 그러면 몇 시간 만에 바짝 말라 버린 환자는 역청처럼 끈적끈적해진 피 때문에 경련을 일으키고 목이 잠겨 한탄하며 질식해 죽게 된다. 하지만 가벼운 병세를 보이던 환자가 깊은 혼수상태에 빠져 다시는 깨어나지 않는 경우도 가끔 일어났다. 그렇지만 다시 깨어난다면 그건 운이 좋은 경우이다.

하지만 6월 초 소리 소문도 없이 시립 병원의 격리 병동이 가득 차게 되었고, 두 개의 고아원에 자리가 모자라기 시작했다. 새로 건설된 부두와 공동묘지가 있는 산미켈레 섬 사이에 끔찍할 정도로 교통량이 늘어났다. 하지만 시 당국에서는 관광객들이 확 줄어들어 대대적으로 피해를 입을지도 모른다고 두려워했고, 최근에 공공 공원에서 개최된 미술 전시회를 고려해야 했다. 또한 공황 상태가 일어나 나쁜 평판을 얻는 바람에 호텔, 상점, 외국인을 상대로 하는 온갖 가게들이 타격을 받을까 봐 염려했다. 그리고 이 도시에서는 진실에 대한 사랑이나 국제적인 협정에 대한 존중보다 이러한 두려움이 더욱 강력한 힘을 발휘하고 있었다. 이러한 두려움 때문에 시 당국에서는 은폐하고 부인하는 정책을 완강하게 견지할 수 있었다. 그 자리에 앉을 만한 공로가 있는 인물인 베네치아의 보건부 최고위 공무원이 격분해서 자리에서 물러나자, 아무도 모르게 보다 고분고분한 다른 사람으로 대체되었다. 사람들은 이런 실상을 알게 되었다. 그리고 만연하는 불안감, 사람들이 자꾸 죽어 나가자 도시가 빠져 든 비상

사태와 아울러 고위층의 부패는 하층민들에게 어떤 도덕적 불감증을 초래했다. 이러한 요소들이 남의 이목을 꺼리는 반사회적 충동을 조장하게 되어, 절제하는 마음과 수치심을 잃은 가운데 날로 범죄가 증가하는 현상을 보이게 되었다. 규범에 반하여 저녁에는 술 취한 사람들이 많이 눈에 띄었고, 밤에는 못된 불량배들이 거리를 불안하게 만든다고 했다. 그리하여 노상강도 사건이나, 심지어는 살인 사건도 되풀이해서 일어났다. 전염병에 희생되었다고 하는 사람들이 실은 자신의 친척에 의해 독살된 것으로 벌써 두 번이나 밝혀졌기 때문이었다. 그리고 부도덕한 영업 행위는 전에 이곳에서 볼 수 없었고, 이 나라의 남부 지방과 동양에서나 횡행했던 볼썽사납고 비정상적인 행태를 띠게 되었다.

이러한 사정과 관련해 그 영국인은 결정적인 발언을 했다. 「하루라도 빨리, 내일이 아니라 오늘 당장 떠나시는 게 좋을 것 같습니다. 이삼 일 지나지 않아 봉쇄 조치가 취해질 겁니다.」

「말씀 감사합니다.」 아셴바흐는 이렇게 말하고 사무실을 나왔다.

해가 비치지 않는 광장은 푹푹 찌는 듯 했다. 아무것도 모르는 외국인들이 카페 앞에 앉아 있거나, 완전히 비둘기로 뒤덮인 성당 앞에 서서, 비둘기들이 떼 지어 몰려들어 날개를 퍼덕이고 서로를 밀치며 오목하게 내민 손바닥 위의 옥수수 낟알을 쪼아 먹는 모습을 지켜보고 있었다. 열에 들뜬 흥분 상태에 빠진 채 진실을 알고 있다는 승리감에 휩싸였다. 이와 동시에 울컥 토할 것 같은 기분과 마음속으로는 까닭 없는 공포를 느끼며, 그 고독한 남자는 화려한 뜰의 포석을 이리저리 거닐었다. 그는 어떻게 하면 자신을 순화시켜 점잖은 행동을 할 수 있을까 곰곰 생각해 보았다. 그는 이날 저녁 식사를 마친 뒤 진주 목걸이를 한 그 부인에게 다가가, 자신이 하나하나 생각해 낸 말을 그녀에게 할 수 있다. 〈부인, 낯선 사람이 한마디 충고와 경고의 말씀을 드리는 것을 허락해 주십시오. 이기심 때문에 부인께 전해지지 않은 게 있습니다. 이곳을 당장 떠나십시오, 타치오와 따님들을 데리고요! 베네치아에 역병이 나돌고 있습니다.〉 그러고 나서 그는 비웃음을 짓는 신성함의 대리인인 타치오의 머리에 자신의 손을 얹고 작별 인사를 고한 뒤 돌아서서 이 늪지에서 도망칠 수도 있다. 하지만 그는 자신이 진정으로 그런 일을 할 생각은 꿈에도 없다는 것을 즉시 느꼈다. 아마 그러면 그는 제정신으로 돌아가, 본래의 모습을 되찾게 될지도 모른다. 하지만 제정신을 잃은 사람이 제일 싫어하는 것은 본래의 자기 자신으로 돌아가는 것이다. 그는 석양에 반짝이는 비문으로 장식된 하얀색 건축물을 기억에 떠올렸다. 그의 마음은 그 비문의 반투명한 신비에 빠져들었다. 그런 다음 늙어 가는 남자에게 멀고 낯선 곳을 두루 돌아다니고 싶어 한 젊은 시절의 그리움을 일깨워 준 그 이상한 나그네의 형상을 뇌리에 떠올렸다. 그리고 그는 집으로 돌아가, 신중하고 냉정한 마음으로 대가다운 솜씨를 발휘하여 힘들게 작업할 것을 생각하니 기분이 영 나빠졌다. 그래서 속이 메스껍다는 듯 얼굴을 일그러뜨렸다.

「입을 다물고 있어야 해! 난 침묵을 지킬 거야!」 그는 격한 감정으로 속삭였다. 마치 소량의 포도주가 피로에 지친 뇌를 도취시키듯이, 진상을 아는 자신은 공범이라는 의식이 그를 도취시켰다. 재앙이 들이닥쳤지만 아무렇게 방치된 도시의 황폐한 모습이 그의 뇌리에 아른거렸다. 그래서 그는 마음속으로 도무지 이해할 수 없고, 이성의 영역을 훌쩍 넘어서는 엄청나게 달콤한 희망들에 불을 지폈다. 이러한 기대감과 비교해 볼 때, 그가 조금 전에 한순간 꿈꾸었던 부드러운 행복감은 그에게 대체 무엇이었단 말인가? 혼란이 주는 장점에 비해, 예술과 미덕이 이제 그에게 무슨 소용이 있단 말인가? 그는 아무 말도 하지 않고 잠자코 있었다.

이날 밤 그는 끔찍한 꿈을 꾸었다. 그 꿈이 사실 깊디깊은 잠에 빠져 아무런 외부의 영향도 받지 않은 채 감각적으로 아주 생생하게 겪은 구체적이고 정신적인 체험으로 부를 수 있다면 말이다. 하지만 그는 이러한 사건들이 일어난 공간을 돌아다니며 현장에 함께 있는 자신의 모습을 본 게 아니라, 그것이 일어난 무대는 오히려 그의 영혼 속이었다. 그리고 그 사건들이 바깥에서 안으로 들어와 그의 저항을, 심원하고 정신적인 그의 저항을 난폭하게 물리치며 분쇄하고, 그의 영혼을 뚫고 들어와서는 그의 존재와 삶의 문화를 완전히 황폐화시키고 초토화시켰던 것이다.

처음에는 두려움을 느꼈다. 두려움과 기쁨이 찾아왔고, 앞으로 무슨 일이 생길까 하고 소름 끼치는 호기심이 들었다. 밤에 접어들자, 그의 감각들이 귀를 기울였다. 멀리서부터 시끌벅적한 소리, 우르릉거리는 소리, 여러 가지 소리가 뒤섞인 소음이 들려왔기 때문이었다. 딸랑거리는 소리, 후려치는 소리, 둔탁한 천둥소리, 거기에다가 귀청을 찢는 듯한 환성, 그리 〈우〉음을 길게 빼며 울부짖는 소리, 이 모든 것이 뒤죽박죽으로 뒤섞여 있었다. 비둘기가 저음으로 구구 하고 우는 듯한, 무자비할 정도로 집요하게 들리는 피리 소리만 남아 오싹할 정도로 감미로운 소리로 크게 울리게 되었다. 그 소리는 염치없을 정도로 주제넘게 밀고 들어와 마법을 걸며 듣는 사람의 오장육부를 뒤흔들어 놓았다. 하지만 그는 자신에게 찾아온 것이 무엇인지 정확히 알 수 없어 아직 이름을 붙이기에는 뭐했지만, 그래도 한마디 말은 할 수 있었다. 「낯선 신[22]이여!」 자옥한 연기 속에 불꽃이 빨갛게 타올랐다. 그때 그의 눈에는 자신의 여름 별장 주변 지역과 비슷한 산악지대가 보였다. 그리고 산산이 부서진 빛을 받으며, 숲으로 뒤덮인 산봉우리에서부터, 나무 그루터기들과 부서지고 이끼 낀 바위 조각 사이로 무언가가 구르고 뒹굴며 정신없이 내려오는 것이었다. 미쳐 날뛰는 인간 패거리와 동물 떼거리였다. 그리하여 산비탈은 몸뚱어리와 불꽃들, 아수라장과 비틀거리며 추는 윤무로 넘쳐 나게 되었다. 허리띠 아래로 너무 길게 드리워진 모피 옷에 걸려 비트적거리는 여자들은 머리를 뒤로 젖힌 채 신음을 토하며 미친 듯이 탬버린을 흔들어 댔다. 이들은 불꽃이 흩날리는 횃불과 날이 번쩍이는 단도를 흔들어 댔고, 혀를 날름거리는 뱀의 몸뚱어리 한가운데 부분을 꼭 잡고 있거나, 또는 비명을 지르며 자신의 가슴을 떠받치고 있었다. 이마에 뿔을 달고 허리에 모피 천을 둘렀으며 피부에 털이 숭숭 난 남자들은 고개를 숙이고 팔과 허벅지를 들어 올린 채 놋쇠로 된 징을 요란하게 울리거나 격렬하게 북을 두드렸다. 그러는 동안 수염이 나지 않은 매끈한 얼굴을 한 소년들은 이파리가 달린 막대기를 들고 숫염소들을 몰고 있었다. 염소의 뿔을 부여잡고 있는 아이들은 동물들이 껑충껑충 뛰는 대로 질질 끌려가면서 환호성을 지르고 있었다. 그리고 열광한 자들은 부드러운 자음과 길게 빼는 〈우〉음으로 이루어진 소리를 지르며 울부짖었는데, 이는 여태까지 들어본 적이 없는 달콤하고도 야성적인 소리였다. 사슴이 울부짖는 소리처럼 그것이 이쪽에서 공중으로 퍼져 나가면, 저쪽에서 격렬한 승리감에 도취되어 여러 가지 목소

---

22 인도에서 찾아온 것으로 전해지는 술과 도취의 신 디오니소스를 가리킨다.

리로 다시 응답이 돌아왔다. 이들은 그러면서 사지를 뻗고 쳐들어 춤을 추며 서로를 뒤쫓는 가운데, 쉴 새 없이 고함을 질러 댔다.

하지만 오묘한 음으로 유혹하는 피리 소리가 이 모든 것을 뚫고 들어와 사방을 지배했다. 그 소리가, 파렴치하고도 집요하게 극단적인 희생 제물을 바치는 축제이자 무절제한 의식(儀式)을 마지못해 체험하고 있는 그 자신도 유혹하고 있는 게 아닌가? 그의 혐오감은 컸고, 그의 두려움도 컸다. 침착하고 위엄 있는 정신의 적인 그 낯선 신에 맞서 끝까지 자신의 신을 지키고자 하는 그의 의지가 강렬했다. 하지만 산의 절벽에 부딪쳐 몇 배로 증폭되어 메아리치며 울려오는 시끄러운 소리와 울부짖는 소리가 점점 더 커지고 압도적인 힘을 얻게 되자 넋을 빼놓는 광기로 부풀어 올랐다. 증기가 감각을 무겁게 짓눌렀고, 숫염소의 몸에서 나는 코를 찌르는 냄새, 가쁘게 헐떡이는 몸에서 나는 냄새, 썩은 물에서 나는 것 같은 악취가 느껴졌다. 거기에다 또 다른 친근한 냄새가 났는데, 그것은 상처에서 나는 냄새와 주변에 번지고 있는 병에서 나는 냄새였다. 그의 가슴은 북 치는 소리로 마구 고동쳤고, 그의 뇌는 어지럽게 빙빙 돌았다. 그는 분노, 현혹, 욕정에 사로잡혔고, 그의 영혼은 신의 윤무에 동참하기를 열망했다.

나무로 만든 거대하고 음탕한 상징물이 모습을 드러내며 높이 세워졌다. 그러자 그들은 더욱 노골적으로 구호를 외쳐 댔다. 그들은 입에 거품을 물고 미쳐 날뛰었고, 웃고 신음을 토하며 음탕한 몸짓과 음란한 손짓으로 서로를 자극했다. 그리고 그들은 가시 달린 막대기로 서로의 살을 쑤셔 대고는, 사지에 묻은 피를 입술로 핥는 것이었다. 하지만 이제 꿈꾸는 자는 그들과 함께, 그들 속에 있게 되었고, 그 낯선 신의 소유가 되었다. 정말이지, 신에게 희생 제물을 바치고자, 그들이 동물들 위로 자신의 몸을 던져 살을 찢고 살육을 저지르며 김이 모락모락 나는 살점을 게걸스럽게 뜯어먹을 때, 온통 파헤쳐진 이끼 낀 땅에서 더없이 난잡한 혼음이 시작되었을 때, 그들이 바로 그 자신이었던 것이다. 그리하여 그의 영혼은 파멸로 이끄는 음탕한 짓거리와 광란을 맛보았다.

  시련을 겪은 자는 신경이 쇠약해지고 정신이 혼란스런 가운데 맥없이 악마의 손아귀에 잡혀 있다가, 꿈에서 깨어났다. 그는 자신을 쳐다보는 사람들의 눈길을 이제 더 이상 두려워하지 않았다. 그는 자신이 이들에게서 의혹을 받고 있는지에 대해 개의치 않았다. 물론 그들도 도망쳐 이곳을 떠나 버렸다. 수많은 해변 오두막이 텅 비었고, 식당에도 빈자리가 점점 더 많아졌다. 그리고 시내에서는 외국인을 보기가 쉽지 않았다. 진실이 조금씩 새어나가는 바람에, 관계자들의 끈질긴 공모에도 불구하고 공포 분위기를 더는 막지 못하는 모양이었다. 하지만 진주 목걸이를 한 부인은, 소문을 아직 듣지 못했는지, 아니면 너무 도도하고 겁이 없어 그런 소문 따위에 몸을 피하지 않는지는 몰라도 그녀의 가족과 함께 남아 있었다. 따라서 타치오도 가지 않고 남아 있었다. 그리고 소년의 주변을 맴돌고 있는 그는 이따금씩 도망과 죽음이 그들 주위의 모든 방해물을 제거해, 이 섬에 아름다운 소년과 단둘이 남게 될지도 모른다고 느끼게 되었다. 정말이지, 오전에 그의 시선이 자신이 갈망하는 소년의 몸에 묵직하게 고정될 때, 해가 저물 무렵 체면이고 뭐고 다 팽개쳐 버리고 그를 따라, 소리 소문도 없이 사람들이 역겨운 모습으로 죽어 나가는 골목을 쫓아다닐 때, 무시무시한 괴물이 그에게는 희망적인 것으로 생각되었고, 도덕 법칙은 효력을 잃고 곧 허물어질 듯이 생각되었다.

사랑에 빠진 사람이 다 그렇듯이 그는 호감을 얻기를 원했고, 그리고 그게 불가능할지도 모른다는 생각에 쓰라린 불안감을 느꼈다. 그는 밝고 젊어 보이려고 양복에 따로 무언가를 더해 보석을 달고, 향수를 뿌렸다. 하루에도 몇 번씩 틈틈이 시간을 내어 화장을 한 다음, 몸치장을 하고 흥분해서 긴장된 마음으로 식탁에 나타났다. 자신을 매혹시킨 어여쁜 소년과 마주할 때면 늙어 가는 자신의 육체에 구역질이 났다. 하얗게 센 머리칼과 선명한 얼굴 윤곽을 바라보는 순간 그는 수치심과 절망감에 빠져들었다. 그는 육체에 원기를 불어넣고, 몸을 회복시켜야겠다는 충동을 느꼈다. 그래서 호텔 이발소에 뻔질나게 드나들었다.

이발용 가운을 입고 의자에 앉아 몸을 뒤로 기댄 채, 수다쟁이 이발사가 몸단장을 해주는 동안 그는 고통스런 시선으로 거울에 비친 자신의 모습을 바라보았다.

「머리가 하얗게 셌지.」 그는 입을 일그러뜨리며 말했다.

「약간요. 말하자면 외모에 신경을 쓰지 않고 무관심한 탓이지요. 저명한 인사들이 그러는 것은 이해가 가긴 하지만, 무조건 칭찬할 만한 일은 아니지요. 특히 그런 사람들은 자연스러운 문제나 인위적인 문제에 대해 편견을 지녀서는 안 되기 때문에 더욱 그렇지요. 화장에 반대하는 어떤 사람들이 도덕적 엄격성을 논리적으로 치아에까지 적용한다면 이는 적지 않은 불쾌감을 일으킬지도 모릅니다. 결국 우리의 나이는 우리의 정신과 마음이 느끼는 것과 같습니다. 그러니 하얗게 센 머리를 그대로 두는 것은, 이를 거부하는 사람들도 있지만, 염색해서 교정하는 것보다 더 커다란 거짓이 될 수도 있습니다. 선생님, 선생님께서는 원래의 자연스러운 머리 색깔을 요구하실 권리가 있습니다. 제가 선생님의 원래 머리 색깔로 간단히 돌려 드려도 되겠습니까?」

「어떻게요?」 아셴바흐가 물었다.

그러자 그 말이 많은 남자는 두 가지 종류의 물로 손님의 머리를 씻었다. 하나는 맑은 물이었고, 하나는 검은 물이었다. 그러자 그의 머리칼이 젊은 시절처럼 검게 변했다. 그런 뒤 이발사는 헤어 아이언으로 머리카락을 부드럽게 말고는, 뒤로 물러나서 자신이 손질한 머리 모양을 찬찬히 들여다보았다.

「그럼 이젠 얼굴색만 좀 생기 있게 만들면 되겠습니다.」

그리고 만족하지 못해 일을 끝내지 못하는 사람처럼 그는 점점 더 활기를 띠며 부산하게 이것저것을 매만지기 시작했다. 아셴바흐는 편안히 앉은 채 어떻게 저항할 엄두를 내지 못하고 있었다. 오히려 손질한 결과가 어떻게 될지 흥분되고 희망에 들떠 거울 속을 들여다보았다. 그의 눈썹은 보다 또렷하고 보다 고르게 아치를 이루고 있었고, 눈은 보다 길어 보였으며, 눈두덩에 아이섀도를 약간 발라서 눈빛이 한결 살아 보였다. 그는 계속해서 거울에 비친 얼굴 아래쪽을 보았다. 갈색 가죽 같던 피부는 연하게 덧칠하고 진홍색으로 부드럽게 화장을 해서 생기가 있어 보였고, 조금 전까지만 해도 핏기 없이 파리하던 입술은 딸기 색으로 발그레하게 부풀어 올랐다. 뺨과 입 주위에 패어 있던 고랑과 눈주름에 크림을 발라 사라지게 하니 젊은이 같은 분위기를 풍겼다. 그는 두근거리는 가슴을 안고 젊은이처럼 꽃피어 난 자신의 모습을 들여다보았다. 화장을 해주던 남자는 드디어 만족한 모습을 보였다. 그러면서 그와 같은 부류의 사람들이 그렇듯이 자신이 돌본 손님에게 비굴하고 공손하게 감사의 뜻을 표했다. 그는 아셴바흐의 외모를 마지막으로 손질하며 말했다. 「그저 조금 꾸민 거지요. 이제 선생님은 염려 놓으시고 사랑에 빠질 수 있을 겁니다.」 마법에 걸린 그 남자는 꿈결처럼 행복한 기분으로, 혼란스럽고도 두려운 마음을 안고 떠났다. 그의 넥타이는 빨간 색이었고, 챙이 넓은 밀짚모자에는 알록달록한 리본이 달려 있었다.

미지근한 폭풍이 일었다. 이따금씩 이슬비가 조금 내리긴 했지만, 축축하고 자욱한 공기에는 썩은 냄새가 진동했다. 펄럭이는 소리, 찰싹이는 소리, 쏴쏴 하는 소리가 그의 청각을 에워싸고 있었다. 그리고 화장을 한 피부 아래로 열이 있는 그 남자가 볼 때, 사악하기 그지없는 바람의 영(靈)들이 이 지역에 출몰하는 것 같았고, 성질이 고약한 바다의 새들이 심판을 받은 남자의 식사를 마구 파헤치고 쪼아 먹으며 오물로 더럽혀 놓는 것처럼 생각되었다. 날씨가 더워 식욕이 나지 않았고, 음식이 전염병을 일으키는 균에 감염되었을지도 모른다는 생각이 문득 떠오른 까닭이었다.

어느 날 오후 아셴바흐는 아름다운 소년의 뒤를 따라가다가 병든 도시 안쪽의 어지럽게 뒤엉킨 곳으로 빠져들게 되었다. 미로처럼 보이는 골목과 운하들, 다리와 광장들이 다 그게 그것처럼 똑같이 생각되어 그는 그만 방향 감각을 잃어버렸다. 방위조차 더 이상 가늠할 수 없게 되자 그는 오로지 자신이 그리워하며 쫓아온 대상을 시야에서 놓치지 않으려는 생각밖에 하지 않았다. 그리고 창피스런 마음에 조심해야 했기 때문에 벽에 몸을 바짝 붙이기도 하고, 지나가는 행인들의 등 뒤에 몸을 숨기기도 했다. 감정과 지속적인 긴장으로 그의 신체와 정신이 녹초가 되었으면서도 그는 한참 동안이나 자신이 피곤한 줄 몰랐다. 타치오는 가족들 뒤를 따라가고 있었다. 그는 보통 좁은 골목에서 보호자와 수녀 같은 누나들을 앞세우고, 따로 떨어져 어슬렁어슬렁 걸으며 가끔씩 고개를 돌려 어깨 너머로 자신의 연인이 뒤따라오는지 특유의 어스름한 시선으로 확인하였다. 소년은 그를 바라보았고,

그리고 소년은 그를 배신하지 않았다. 그는 이러한 사실을 알고 도취된 채, 이러한 눈길에 현혹되어 앞쪽으로 끌려갔다. 우스꽝스러운 열정의 끈에 이끌려 사랑에 빠진 남자는 부적절한 희망을 품고 몰래 소년을 따라다녔다. 그럼에도 결국 그는 이들의 모습을 시야에서 놓쳐 버리고 말았다. 폴란드인들이 짧은 아치형 다리를 건너갔는데, 높다란 아치에 가려 뒤를 쫓는 자에게 그들의 모습이 보이지 않았던 것이다. 그리고 그가 그곳에 도착해 보니 그들의 모습은 온데간데없이 보이지 않았다. 그는 세 방향을 유심히 살펴보았다. 먼저 앞쪽을 살펴보았고, 좁고 지저분한 부두 길을 따라 양쪽을 살펴보았지만, 아무 소용이 없었다. 기력이 떨어지고 곧 쓰러질 것 같아 그는 찾는 일을 그만둘 수밖에 없었다.

그의 머리는 지끈거렸고, 그의 몸은 끈적끈적한 땀으로 뒤범벅이 되었으며, 그의 목덜미는 와들와들 떨리고 있었다. 그는 참을 수 없는 갈증에 시달렸다. 그래서 어디 가서 잠시 기운을 회복할 곳이 없는지 주위를 둘러보다가, 어느 조그만 야채 가게에 들어가서 과일을 몇 개 샀다. 너무 익어 물렁물렁해진 딸기였는데, 그걸 먹으면서 터벅터벅 걸어갔다. 사람이 아무도 없어 쓸쓸하고, 마법에 걸린 듯한 느낌이 드는 조그만 공원이 그의 앞에 나타났다. 그가 알고 있는 곳이었다. 몇 주 전에 수포로 돌아간 탈주 계획을 세운 곳이 바로 여기였다. 그는 광장의 한가운데에 있는 빗물 통의 계단에 풀썩 주저앉고는 돌로 된 둥근 테두리에 머리를 기댔다. 주위는 고요했고, 포석들 사이에는 풀이 자라고 있었으며, 주위에 쓰레기들이 널려 있었다. 비바람에 상하고, 높이가 들쭉날쭉한 주변의 집들 가운데서 고딕식 아치형 창문과 사자 상이 장식된 조그만 발코니가 있는, 궁전 같은 집이 하나 보였다. 집 안에는 사람이 살고 있지 않았다. 다른 집의 1층에는 약국이 있었다. 이따금씩 불어오는 무더운 바람에 석탄산 냄새가 실려 왔다.

그는 그곳에 앉아 있었다. 그는 대가이자 작위를 받은 예술가였고, 「비참한 남자」를 쓴 저자였으며, 아주 모범적이고 순수한 형식으로 집시 기질과 침울한 깊이를 거부하고, 타락의 심연과 관계를 끊었으며, 타락한 자를 물리친 작가였다. 그는 자신의 지식의 한계를 극복한 자였고, 온갖 아이러니에서 벗어날 정도로 성장하여 크게 출세한 자였으며, 대중의 신뢰에 부응하는 책무를 다하는 데 익숙해진 자였다. 그는 공적으로 명예를 얻었고, 귀족 작위를 받았으며, 그의 문체는 학생들이 따르고 지켜야 할 본보기가 되었다. 그런 그가 그곳에 앉아 있었다. 그의 눈꺼풀은 감겨 있었다. 그 눈꺼풀 아래에서 눈은 비웃는 듯하고 당황한 시선으로 가끔씩만 옆으로 흘낏 훑어보다가, 다시 황급히 자신의 모습을 감추어 버리는 것이었다. 그리고 화장을 해서 두드러져 보이는 축 늘어진 그의 입술이, 반쯤 졸고 있는 그의 머리가 꿈결 같은 이상한 논리로 만들어 낸 것들을 하나하나 말로 표현했다.

「아름다움이, 파이드로스여, 잘 명심해라. 아름다움만이 신적인 동시에 눈에 보이는 것이기 때문이야. 그러므로 아름다움이란 실로 감각적인 것의 길인 셈이지. 어린 파이드로스여, 예술가의 길이란 정신에 이르는 길이야. 그런데, 얘야, 감각을 통과해 정신적인 것에 이르는 길을 걷는 자가 언젠가는 진리와 진정으로 남성다운 품위를 얻을 수 있다고 생각하느냐? 아니면 오히려 (결정권은 네게 맡긴다마는) 이것이 위험한 길이고, 어쩔 수 없이 나쁜 길에 빠질 수밖에 없는 정말로 그릇된 죄악의 길이라고 생각하느냐? 에로스 신이 동무가 되어 선뜻 나서서 길을 안내해 주지 않으면, 우리 작가들은 아름다움의 길을 걸을 수 없다는 것을 네가 알아야 하기 때문이야. 물론 우리도 우리 나름으로 영웅이고 행실 바른 전사(戰士)일 수 있긴 하지만, 우리에겐 여자 같은 면이 있어. 열정이 우리를 고양시켜 주고, 우리의 그리움은 사랑에 머물러 있어야 하기 때문이지. 그것이 우리의 즐거움인 동시에 치욕인 셈이지.」

「우리 작가들이 현명할 수도 없고 품위 있을 수도 없다는 걸 이제야 알겠느냐? 우리가 어쩔 수 없이 나쁜 길에 빠질 수밖에 없고, 어쩔 수 없이 부도덕해지고 감정의 모험에 빠질 수밖에 없다는 사실을 말이다. 우리가 쓰는 대가다운 문체는 거짓이고 어리석은 짓거리며, 우리의 명성과 명예로운 신분은 익살극이지. 대중이 우리를 신뢰한다는 것은 우스꽝스럽기 짝이 없는 노릇이고, 예술을 가지고 대중과 젊은이를 교육하겠다는 생각은 해서는 안 될 대담한 발상이야. 태어날 때부터 개선의 여지가 없는, 천성적으로 타락의 심연에 빠져드는 성향을 갖고 있는 사람에게 어떻게 교육자의 자질이 있다고 하겠느냐? 우린 어쩌면 그런 심연을 거부하고, 품위를 얻고 싶어 할지도 모르지만, 우리가 아무리 돌아서려고 해도 그 심연이 우리를 유혹하는 거야. 가령 우리가 사물들을 해체시키는 인식을 거부하는 것은 그 때문이야. 인식에는, 파이드로스여, 위엄도 엄격함도 없기 때문이야. 인식이란 많은 것을 알고 있고 이해하며 용서해 주지만, 침착한 태도와 형식이 결여되어 있어. 그것은 타락의 심연에 공감하고 있으며, 바로 타락의 심연인 셈이지. 그래서 우리가 이걸 단호하게 물리치는 거지. 그리고 앞으로 우린 오로지 아름다움만을 열망하는 거야. 말하자면 단순성, 위대함과 새로운 엄격함, 또 다른 거침없는 성격과 형식을 말이야. 하지만 형식과 거침없는 성격은, 파이드로스여, 도취와 탐욕으로 이끌어 가고, 고상한 사람을 어쩌면 끔찍할 정도로 불경스런 감정으로 이끌어 갈지도 몰라. 자신의 아름다운 엄격함은 이를 파렴치하다고 배척하는데도 말이야. 그래서 그것들도 심연으로, 타락의 심연으로 이끌어 갈 수 있단다. 내 말은, 그것들이 우리 작가들을 그곳으로 이끌고 간다는 거야. 우리에게는 높이 솟아오를 능력이 없고, 단지 정도를 벗어나 방탕에 빠지는 능력만 있기 때문이지. 난 이제 떠나련다, 파이드로스여. 넌 이곳에 남으렴. 그리고 내 모습이 더 이상 안 보일 때 비로소 너도 떠나거라.」

며칠 뒤 구스타프 폰 아셴바흐는 몸이 불편해서 평소보다 늦은 아침 시각에 해변 호텔을 나왔다. 그는 딱히 육체적인 것이라고만 할 수는 없는 현기증과 맞서 싸워야 했다. 그와 아울러 불안감이 급격히 치솟아 올랐고, 그것이 외부 세계와 관계되는 건지, 아니면 자신의 존재와 관계되는 건지 분명치 않은, 탈출구와 전망이 없다는 감정에 사로잡혔다. 그는 운송하기 위해 준비해 놓은 짐들이 현관에 잔뜩 쌓여 있는 것을 보고, 떠나는 사람이 누구인지 수위한테 물어보았다. 그리고 그 대답으로 그가 남몰래 각오하고 있던 폴란드 귀족 이름을 들었다. 그는 그 이름을 듣고 초췌한 얼굴 표정을 변화시키지 않은 채, 굳이 알 필요는 없지만 말이 난 김에 알아둔다는 식으로 고개를 까딱 쳐들고는 이렇게 또 물어보았다. 「언제 말인가요?」 그러자 이런 대답이 돌아왔다. 「점심 식사 후에요.」 그는 고개를 끄덕이고는 바다 쪽으로 걸어갔다.

그곳은 쓸쓸한 기분이 들었다. 해안에서 가장 가까운 곳에 뻗어 있는 모래톱과 해변을 가르고 있는 널찍하고 야트막한 바닷물 위로는 앞쪽에서 뒤쪽으로 바르르 떨며 잔물결이 일고 있었다. 한때는 그토록 형형색색으로 활기를 띠었지만, 이젠 거의 황량해진 유원지에는 가을의 분위기, 조락(凋落)의 분위기가 감도는 것 같았다. 바닷가에는 주인이 없는 듯한 사진기 한 대가 삼각대 위에 세워져 있었고, 그 위에 펼쳐진 검은 천이 차가운 바람에 찰싹거리며 펄럭이고 있었다.

아직 남아 있는 서너 명의 동무들과 함께 타치오는 자신의 오두막 앞의 오른쪽에서 놀고 있었다. 아셴바흐는 무릎에 담요를 얹고, 바다와 오두막이 죽 늘어선 열 사이의 가운데쯤에서 접의자에 앉아 쉬면서 소년을 또 한 번 지켜보았다. 떠날 준비를 하느라 여자들이 정신이 없어 감시를 못 하는 사이 놀이는 무질서해지는 것 같더니 도를 지나치게 되었다. 벨트 달린 양복을 입고, 까만 머리칼에 포마드 기름을 바른 〈야슈〉라고 불리는 체격이 당찬 소년이 자기 얼굴에 모래가 뿌려지자 약이 오르고 눈 따가워 하면서, 타치오에 씨름을 하자고 강요했다. 이 시합은 몸이 더 약한 아름다운 소년이 넘어지는 것으로 금방 끝이 났다. 하지만 작별의 순간이 다가오자 시중을 들던 소년의 열등감이 잔인한 행동으로 뒤바뀌어, 오랫동안 노예 생활을 한 데 대한 복수라도 하려는 듯 승리자는 쓰러진 자를 그냥 놓아주지 않고, 그의 등을 무릎으로 찍어 누르면서 얼굴을 계속 모래 속에 처박아 누르고 있었다. 그렇지 않아도 씨름하느라 숨이 가빴던 타치오는 질식해 죽기 일보 직전이었다. 그는 위에서 내리누르는 녀석을 떼어 내려고 필사적으로 노력했고, 잠시 그런 시도를 전혀 하지 않고 가만히 있다가, 다시 경련듯 급작스럽게 몸을 움직이며 마구 발버둥을 치는 것이었다.

이 모습을 보고 깜짝 놀란 아셴바흐가 소년을 구해 주려고 벌떡 일어서는 순간 난폭한 소년이 자신의 제물을 놓아주었다. 얼굴이 하얗게 질린 타치오는 반쯤 몸을 일으키고, 한쪽 팔로 땅을 짚은 채 마구 엉클어진 머리칼에 어둡게 빛나는 눈으로 몇 분 동안 꼼짝도 않고 가만히 앉아 있었다. 그러고 나서 그는 완전히 몸을 일으키고는 천천히 멀어져 갔다. 그를 부르는 소리가 들렸다. 처음에는 쾌활한 목소리가, 그다음에는 불안스럽고 애원하는 듯한 소리가 들렸지만, 그는 못 들은 척했다. 자신이 너무 지나치게 장난친 것이 금방 후회가 되었는지, 까만 머리칼의 소년은 그를 뒤따라가 화해하려고 했다. 하지만 소년은 어깨를 흔들며 그를 뿌리쳤다. 타치오는 비스듬히 바닷물 쪽으로 걸어 내려갔다. 그는 맨발 차림에 빨간 매듭이 달린 줄무늬 리넨 정장을 입고 있었다.

그는 물가에서 서성거리다가, 머리를 숙이고 발끝으로 축축한 모래에 형상들을 그리고 있었다. 그리고 가장 깊은 곳이라 해도 그의 무릎 부분까지밖에 올라오지 않는 얕은 바닷물 속으로 걸어 들어갔다. 그는 앞바다를 가로질러, 그냥 아무 생각 없이 계속 나아가다가 모래톱이 있는 곳에 도달했다. 거기서 그는 잠시 서 있다가, 먼 바다 쪽으로 고개를 돌렸다. 그런 뒤 바닥이 허옇게 드러난 길고 좁은 모래톱의 왼쪽 방향으로 느릿느릿 걸어가기 시작했다. 넓은 바닷물로 인해 육지와 분리되고, 도도한 기분으로 인해 동무들과 떨어진 채 그 아이는 혼자 거닐고 있었다. 세상에서 아주 멀리 떨어져, 그것과 연락이 두절된 듯한 모습이었다. 저 멀리 바닷물 속에서 그의 머리칼이 바람에 나부끼고 있었고, 그의 앞에는 자욱한 안개가 끝없이 펼쳐져 있었다. 다시 한 번 그는 발걸음을 멈추고 주위를 둘러보았다. 그러다가 별안간 무슨 생각이라도 떠올랐는지, 어떤 충동에 따르기라도 하는 듯, 한 손을 허리에 대고 원래 자세에서 멋지게 회전하여 상체를 돌리고는, 어깨 너머로 해안 쪽을 바라보는 것이었다.

거기에는, 예전에 어스름한 시선으로 문간에서 식당 쪽을 바라보다가 소년의 눈길과 처음으로 마주쳤을 때 그랬던 것처럼, 소년을 바라보는 그 남자가 앉아 있었다. 그는 머리를 의자의 등받이에 기댄 채, 저 바깥에서 걸어가고 있는 소년의 움직임을 느릿느릿 따라가고 있었다. 그러다가 마치 소년의 눈길을 맞이하는 것처럼 이제 고개가 들어 올려졌다가, 가슴 쪽으로 툭 떨어지는 바람에 그의 두 눈은 아래에서 위로 쳐다보는 꼴이 되었다. 그러면서 그의 얼굴은 깊은 잠에 빠져 있는 듯 축 늘어져 무슨 생각에 골똘히 잠겨 있는 표정을 띠게 되었다. 하지만 그에게는 파리하고 사랑스러운 〈영혼의 인도자〉[23]가 저 멀리서 미소를 지으며 자신에게 손짓하고 있는 듯이 생각되었다. 마치 그 소년이 허리에서 손을 떼고 바깥쪽을 가리키며, 앞장서서 광막한 약속의 땅으로 두둥실 떠가는 것 같았다. 그래서 지금까지 매번 그래 왔듯이, 그는 소년을 따라가려고 몸을 일으켰다.

그리고 몇 분의 시간이 흐른 뒤, 의자에 앉은 채 옆으로 쓰러져 있는 남자를 도우려고 사람들이 황급히 달려왔다. 그는 자신의 방으로 옮겨졌다. 그리고 바로 그날 세상 사람들은 존경해 마지않는 그 작가가 사망했다는 충격적인 소식을 듣게 되었다.

---

23 지하 세계로 영혼을 인도하는 헤르메스를 가리킨다.

역자 해설
정상적인 길에서 벗어난 예술가들

토마스 만의 생애

1. 제1차 세계 대전 이전(1875~1913)

토마스 만은 1875년 북독일 한자 동맹의 중심 도시 뤼베크에서 태어났다. 그의 아버지 토마스 요한 하인리히 만은 곡물상으로 시의회 의원이었으며, 어머니 율리아는 반은 포르투갈계이고 반은 크레올계인 남부 출신이었다. 그의 형은 소설가인 하인리히 만이었다. 뤼베크에서 보낸 그의 유년 시절은 유복하고 매우 행복했다. 그는 아버지에게는 북독일적인 이성과 엄격한 도덕관을, 그리고 어머니에게는 남국인의 정열과 예술적인 재능을 물려받았다. 그는 소위 니체가 말하는 아폴로적인 것과 디오니소스적인 것의 모순을 유전적으로 물려받은 것이다. 『부덴브로크 가의 사람들』에 나오는 하노처럼 19세기 말의 군국주의적이고 강압적인 학교를 싫어한 토마스 만은 음악과 시, 연극의 세계에 빠져들었다.

1891년 토마스 만의 아버지가 사망하면서 회사가 청산되었고, 남은 가족은 거기에서 나오는 이자로 생계를 꾸려 나갈 수 있었다. 토마스 만은 지루한 학교 수업에 흥미를 느끼지 못했다. 대신 일찍부터 글을 쓰기 시작해 1893년에는 산문 습작을 했으며, 자신이 발간하는 『봄의 폭풍우Frühlingssturm』라는 잡지에 글을 기고했다. 그가 문필가라는 자신의 직업을 얼마나 진지하게 생각했는지는 〈서정시적이고 드라마적인 작가 토마스 만〉이라고 서명한 1889년의 편지에서 잘 드러난다.

1894년에 그는 뤼베크에서 김나지움 11학년까지 다니다가 가족이 이미 1년 전에 이주한 뮌헨으로 가서 화재 보험 회사에서 일했다. 1894년에는 『사회』지에 「타락」을 발표해 문학계로부터 호평을 받는데, 어떤 순진한 청년이 여배우에게 반하여 그녀와 사랑을 나누지만 그녀에게 다른 남자가 있다는 것을 알게 되어 관계가 깨어진다는 내용을 다룬 이 작품에 벌써 반어적 기법과 에로틱한 요소가 담겨 있다. 시민 계급의 도덕성과 근면성이 지배하고 있는 뤼베크에서 방종한 생활과 보헤미안적인 예술성이 지배하는 뮌헨으로 이주한 토마스 만은 이 두 세계 사이에서 갈등하며, 거리를 두고 비판적 태도를 보인다.

1895년에 만은 보험 회사를 그만두고 뮌헨 공과 대학의 강의를 들으면서 미학, 예술 문학, 경제 및 역사 강의를 들었다. 하지만 고등학생 때부터 이미 그를 사로잡았던 슈토름에서 시작하여 크누트 함순, 헤르만 바르, 폴 부르제, 헨리크 입센의 책을 읽었고, 니체와 쇼펜하우어, 바그너, 괴테가 그에게 커다란 영향을 끼쳤다.

1897년에 만 형제는 이탈리아로 여행을 떠나 수도 로마의 동쪽에 있는 팔레스트리나에 머물렀다. 만은 이때 「키 작은 프리데만 씨」와 장편소설 『부덴브로크 가(家)의 사람들』을 쓰기 시작했다. 그리하여 그는 뮌헨 시절 이후의 단편을 모아 1898년 단편집 『키 작은 프리데만 씨』를 출판하였다.

1896년 『짐플리치시무스Simplicissimus』지에 실린 「행복에 대한 의지」는 뤼베크의 학창 시절 체험과 뮌헨과 이탈리아에서 방황하던 체험들이 바탕에 깔려 있는 예술가 소설로, 한 병약한 화가의 사랑을 얻기 위한 집요한 의지와 행복을 얻은 뒤의 파멸이 그의 친구의 보고로 섬세하게 그려진다. 처음으로 발간된 책 『키 작은 프리데만 씨』의 표제작에서는 불구자를 주인공으로 하여 예술가 기질을 지닌 청년의 사춘기 체험이 색다른 모습으로 나타난다. 여기서 주인공은 건실하지만 잔혹한 삶과 섬세하지만 무력한 예술에 다 같이 거리를 두고 있고, 함께 수록된 「어릿광대」에서도 삶에서 이탈한 국외자를 그리고 있다.

만은 1900년 후반기 석 달 동안 뮌헨의 친위 연대에서 군복무를 했지만 부적합 판정을 받아 제대했다. 이러한 체험은 나중에 『사기꾼 펠릭스 크룰의 고백』에서 다시 반영되었다. 1903년에 나온 『부덴브로크 가의 사람들』로 토마스 만은 세상에 이름을 알리게 되었다. 이 소설의 많은 인물들이 뤼베크의 동시대 사람들을 모델로 해서 그 도시 시민들의 분노를 샀다. 이 무렵에 「토니오 크뢰거」, 「대공 전하」가 발표되었다. 토마스 만은 1905년과 1911년에 베네치아에 머문 뒤 「베네치아에서의 죽음」을 발표했다. 1925년에도 그가 찾아간 이 베네치아는 토마스 만이 결코 잊을 수 없는 환상적이고 꿈결 같은 비밀의 도시였다.

1904년 뮌헨 대학교 수학 교수의 딸인 카타리나(카챠) 프링스하임을 알게 된 만은 그녀에게 구혼해 다음 해에 결혼했다. 이 둘 사이에서 3남 3녀가 태어났다. 토마스 만의 가계에는 죽음의 그림자가 드리워져 있었고, 토마스 만 자신도 오랫동안 자살 충동과 동성애적 성향에 시달렸다. 토마스 만의 두 여동생이 자살로 생을 마감했듯이, 아들 클라우스 만이 자살했고, 토마스 만의 1975년 일기가 발간된 뒤인 1977년 미하엘 만도 신경안정제 과용으로 의문사했다. 연년생인 장녀 에리카 만과 클라우스 만은 1920년대 후반에 세계 일주를 하면서 한국에도 들렀는데, 둘 사이에 남매 이상으로 애착의 감정이 있었다. 또한 제2차 세계 대전 때 영국에서 미국으로 탈출하다가 남편을 잃은 모니카 만은 정신병에 시달리기도 했다.

1912년 폐병 증세가 있어 다보스 요양원에 입원한 부인을 문병 간 토마스 만은 그곳의 분위기와 그곳에 체류하는 손님들의 모습뿐만 아니라 자신이 직접 느낀 인상에도 매료되었다. 그는 이런 체험을 글로 쓰기 시작했는데, 이것이 점점 방대해져서 12년 후에 완성된 것이 『마(魔)의 산』이다.

2. 제1차 세계 대전과 바이마르 공화국 시대

1914년 제1차 세계 대전이 발발하자 독일 제국의 일반적인 분위기에 편승해 작가들은 이를 환영하고 환호하기까지 했다. 당시까지 비정치적이고 보헤미안적인 예술가의 입장을 취하면서, 정치적인 문제에 공개적으로 견해를 밝힌 적이 없던 토마스 만은 「전쟁 중의 생각」이라는 에세이에서 국수주의적이고 보수적인 편에 서서 전쟁을 옹호하였다.

제1차 세계 대전이 발발하자 그는 창작을 중단하고, 「프리드리히 대왕과 대동맹」, 『비정치적 인간의 성찰』, 「독일 공화국에 대하여」 등의 정치 평론을 발표하여 자기의 정치적 태도를 밝힘과 동시에 시민적 자유를 옹호하였다. 논문집 『비정치적 인간의 성찰』에서 문명과 정치를 비판하고 보수주의와 문화를 변호하는 논전적인 글을 쓴 그는 종전 후 「독일 공화국에 대하여」에서 이러한 견해를 버리고 민주주의적 입장을 밝혀 시대의 추세에 발을 맞추었다. 1922년에 발표된 「독일 공화국에 대하여」에서 처음으로 토마스 만의 정치적 견해가 변화했음이 드러난다. 그는 비정치적 태도를 지양하고, 교화적이고 비판적인 사회 참여의 태도를 취하게 된다. 그는 새로운 관점에서 국수주의를 유럽 개개 민족의 변덕스러운 자부심이라고 비판했고, 게르만 민족의 이교 숭배인 보탄 숭배를 낭만적 야만성이라고 비판했다.

1929년에 『부덴브로크 가의 사람들』로 노벨 문학상을 받았지만, 나치스의 위협을 느낀 그는 나치스를 희화화한 「마리오와 마술사」를 발표하고 강연을 통해 나치스의 위험성을 경고하였다. 1933년 히틀러가 정권을 장악하자 히틀러의 바그너 우상화를 공격하였다. 다음 날 그는 외국으로 〈리하르트 바그너의 고뇌와 위대함〉에 대한 강연 여행을 떠난 뒤 독일로 돌아오지 않고 스위스, 프랑스 등지에 머무르며 망명 생활에 들어갔다. 그동안 나치스로부터 귀국할 것을 종용받았으나 응하지 않았기 때문에 독일 국적과 본 대학에서 받은 명예박사 학위도 박탈당했다.

3. 제3제국 시대

『마의 산』의 집필을 끝내고 2년 뒤, 토마스 만은 요셉의 일대기에 관심을 갖고 연구하기 시작했다. 『요셉과 그의 형제들』은 1933년부터 쓰기 시작해 10년 뒤인 1943년에 완성된 작품이다. 여기에서 그는 플라톤 이후 서양 문화의 중심 문제였던 정신과 육체의 이중성의 조화를 모색한다. 「베네치아에서의 죽음」의 주인공 아센바흐처럼 요셉도 육체와 정신, 미와 지를 자기 속에 조화시키고, 공존시키려 애쓰고 있다. 토마스 만은 이런 이중성 극복의 대표적 인물로 괴테를 들고 있는데, 1932년 〈시민 시대의 대표자로서의 괴테〉라는 연설에서 그는 고뇌하는 대표적인 인물로 괴테를 떠올렸다. 이러한 괴테의 영향으로, 1939년에 늙은 로테를 주인공으로 쓴 작품이 『바이마르의 로테』이다.

1931년 1월 30일, 히틀러가 총통에 취임하자 나치스에 협조하지 않는 작가들에게 박해가 가해지기 시작했다. 정부의 박해를 받던 작가들은 하나둘 망명의 길을 떠나기 시작했다. 1933년 2월 10일, 바그너가 세상을 떠난 지 50주년이 되던 날, 토마스 만은 뮌헨 대학에서 〈리하르트 바그너의 고뇌와 위대성〉이라는 제목으로 연설을 했다. 이 연설을 끝으로 그는 다음 날 망명의 길을 떠난다. 토마스 만은 독일에서 자신의 책이 출판 금지되는 것을 피하기 위해 처음에는 히틀러의 제3제국을 공개적으로 비판하는 일을 주저했다.

토마스 만은 망명 초기에 다른 망명자들과 연대하지 않고 개인적으로 자신의 사명을 수행하려고 했지만, 나중에 생각을 바꾸어 그들의 생각에 동조했다. 이리하여 토마스 만은 독일 망명자들 중 가장 핵심적인 인물이 되어 1935년 4월 1일 처음으로 나치 정권에 대한 공개 반박을 하기에 이르렀다. 그는 암스테르담, 파리 등을 헤매다가 스위스에 1년가량 머물렀고, 1938년에는 미국 캘리포니아 주로 이주했으며, 그 후 프린스턴 대학의 객원 교수가 되어 강연 혹은 라디오 방송을 통해 나치스 타도를 부르짖었다. 1944년에 만은 미국 시민권을 얻었다.

4. 제2차 세계 대전 이후

전쟁이 끝나자 토마스 만에게 귀국하라는 요청이 쏟아졌다. 그러나 작가로서 언어가 다른 나라에서 가혹한 운명을 겪은 그에게 조국에서 쫓겨난 상처는 너무나 깊어 모국이 이질적으로 느껴졌다. 괴테와 토마스 만의 관계가 가장 방대한 작품으로 나타난 것이 1947년에 나온 『파우스트 박사』이다.

이 작품의 주제는 26년 동안이나 토마스 만의 머릿속에 맴돌기만 한 채 작품으로 형상화되지 못하다가 괴테의 『파우스트』를 통해 내면에서 구상되었다. 1943년 5월 23일 토마스 만은 『파우스트 박사』를 쓰기 시작했다. 만은 가장 독일적인 인물이 음악가라고 생각해서 주인공을 음악가로 그린다. 음악가 레버퀸의 장단점은 독일인의 그것을 고스란히 보여 주는 것으로, 그의 몰락은 제3제국의 멸망을 상징한다. 따라서 레버퀸은 독일의 역사를 상징하며, 그에게서 파우스트나 니체의 흔적을 엿볼 수 있다.

1947년 4월부터 여름에 걸쳐 만은 부인 카챠, 장녀 에리카와 함께 유럽을 방문했다. 5월 23일 런던에서 그는 독일이 어려움에 처해 있는 것을 이해하고 동정하지만 당분간은 독일에 돌아가지 않겠다는 뜻을 밝혔다. 1949년 7월 23일 토마스 만은 괴테 탄생 200주년 기념 강연 청탁을 받아 16년 만에 고국 독일 땅을 밟았다.

76세 때인 1951년에는 교황 그레고리우스의 설화를 작품화한 『선택받은 인간』을 집필하였다. 이 작품은 사랑하는 남매 사이에서 태어난 아이가 성장해, 자기 어머니와 결혼해 두 딸을 낳는다는 근친상간을 주제로 하고 있다. 불륜의 죄를 범한 이 주인공은 17년 동안 속죄한 결과로 교황의 자리에까지 오를 수 있었다는 이야기다. 죄를 자각하고 그것을 진실로 후회하고 참된 길로 나아갈 때 인간은 구원받을 수 있다는 것이다. 토마스 만은 사회주의의 기본 이념인 사회적 평등을 존중했지만, 현실의 공산주의에는 찬성하지 않았다. 그는 구동독 정권에 대해 분명하게 거부 의사를 밝혔지만, 매카시 위원회는 그를 공산주의자로 몰아붙였다. 이에 환멸을 느낀 토마스 만은 1952년 미국을 떠나 스위스의 취리히로 향했다.

거기서 토마스 만은 1910년에 착수한 『사기꾼 펠릭스 크룰의 고백』을 끝맺으려 했다. 제1편이 1922년에, 제2편의 일부분이 1936년에 발표되었는데, 토마스 만은 1954년 〈회상의 제1부〉라는 제목을 달아 일단 한 편으로 단원의 막을 내렸다. 그러나 그가 사망함으로써 이 작품의 집필이 중단되고 말았다. 이 작품은 일종의 해학적인 소설로, 만은 이 소설을 괴테적인 자서전 수법으로 쓰려고 했다고 말한다. 이 작품은 다른 장편소설들과 달리 문제성과 철학을 중시하지 않아 소재와 구성 면에서 문학적으로 가장 조화되어 있다는 평을 받는다. 토마스 만은 통일 독일을 고대하면서 독일과 가까운 중립국 스위스를 안식처로 정하고 1955년 생을 마감할 때까지 그곳에서 살았다.

작품들에 대해

이 책에 수록된 작품들은 토마스 만이 1900년대 초에 쓴 주옥과도 같은 중단편들이다. 이 시기에는 특히 바그너의 영향이 크게 나타나고 있다. 정상적인 길에서 벗어나 예술의 길에 들어선 주인공들은 정상적이고 평범한 것을 우울하게 동경하며 살아간다. 그러나 금발에 푸른 눈을 한 사람들을 동경하지만, 거기에는 멸시의 감정이 깃들어 있다. 예술과 정신의 영역에 있는 주인공들은 자신과 삶을 대변하는 평범하고 둔감한 사람들에게 에로틱한 아이러니를 느낀다. 즉, 그들을 사랑하지만, 자신이 그들보다 정신적으로 우월하다는 느낌을 지니고 있는 것이다.

토마스 만은 초기에 니체, 쇼펜하우어, 바그너의 영향을 받고 작품 활동을 시작한다. 1902년에 쓴 「글라우디우스 데

이」의 제목은 〈신의 검〉을 의미한다. 소설의 시작 부분에서 젊은이들이 바그너의 오페라 「니벨룽의 반지」에 나오는 보탄의 검인 노퉁의 모티브를 휘파람으로 분다. 검은 여기에서 최후의 심판을 의미한다. 하지만 히에로니무스도 자신을 검으로, 자신의 의지를 관철하기 위한 신의 도구로 이해한다. 하지만 무엇보다도 검의 모티브는 음란한 도시를 벌주기 위한 묵시록적인 불빛 신호로 등장한다.

중세의 화가 히에로니무스는 골동품상 블뤼텐츠바이크와 반대되는 입장에 서 있다. 종교적 광신주의자인 히에로니무스는 블뤼텐츠바이크가 종교와 문화에 무관심한 것에 분노한다. 신교적이고 냉정한 북독일 도시 뤼베크 출신인 토마스 만은 삶을 즐기고 남국적인 뮌헨의 분위기에 거부감을 느끼는 동시에 그것을 진정하지 못한 가짜라고 생각한다. 뮌헨의 골동품상에 있는 예술품들은 모두 복제품에 불과하다. 그것들은 수완이 좋은 블뤼텐츠바이크 같은 장사꾼들의 사업 도구일 뿐이다. 대부분의 뮌헨 사람들은 짐꾼 크라우트후버처럼 예술에 대해 아무것도 모르는 우직하고 둔감한 사람들이다.

모두들 예술 도시 뮌헨의 분위기를 즐기는 동안 히에로니무스는 찡그린 얼굴로 셸링 가를 걸어간다. 그는 루트비히 교회에서 잠깐 기도를 한 뒤 오데온 광장의 근처에 있는 블뤼텐츠바이크의 골동품 가게의 진열창에서 아이를 안고 있는 마돈나 그림의 복제품을 발견한다. 그가 보기에 외설적이고 성적으로 분방한 그림이다. 그림을 구경하던 두 젊은이의 말에 따르면 그 그림을 그린 화가는 최고의 대우를 받고 있고, 심지어 두 번이나 군주한테 식사 초대를 받았다고 한다. 그들은 외설적인 그 그림을 보고 성모 마리아의 무염시태(無染始胎)에 대한 도그마가 흔들린다고 말한다.

사흘 후에 히에로니무스는 저 위에서의 명령과 외침을 받왔다고 생각하고 다시 가게로 찾아가 그 그림을 진열창에서 떼어내라고 요구한다. 그러나 주인인 블뤼텐츠바이크 씨는 그의 요구를 단호하게 거부하고 돌아선다. 화가 난 히에로니무스는 급기야 그림들을 다 불태우고 재를 바람에 뿌리라고 요구한다. 그러자 주인은 거인처럼 몸이 거대한 짐꾼 크라우트후버에게 그를 가게 밖으로 쫓아내라고 지시한다.

「토니오 크뢰거」는 1900년 12월과 1902년 11월 사이에 쓰인 작품이다. 예술가와 시민의 갈등을 다룬 이 소설의 배후에는 동성애적 사랑이 숨어 있다. 토마스 만과 그의 소설에는 세계가 정신과 자연으로 나누어져 있는데, 여기에는 다리가 놓일 수 없다. 소설에서 문학은 정신을 대변하고, 시민성은 자연과 삶을 의미한다. 영사의 아들인 열네 살의 토니오 크뢰거는 동급생인 한스 한젠에게 반해 있다. 하지만 승마를 좋아하는 한스는 시를 쓰고 이름이 이상한 토니오에게 별로 관심이 없다. 이러한 사실이 토니오를 우울하게 만든다. 한스 한젠의 모델은 1906년 젊은 나이에 사망한 토마스 만의 급우 아르민 마르텐스이다. 토마스 만은 1955년 죽기 몇 달 전에도 그에 대한 첫사랑을 잊을 수 없다고 고백하고 있다.

한편 16세가 된 토니오는 잉에를 사랑하게 되지만 그녀도 그에게 아무런 관심이 없다. 푸른 눈에 금발을 지닌 이들은 토니오에게 아무런 관심이 없는 것이다. 토니오에게 이들은 분신과 다름없으며, 이들을 지칭하는 〈종족〉과 〈부류〉라는 개념은 니체가 말하는 금발의 금수(禽獸)를 암시한다. 삶을 대변하는 이들에게 정신을 대변하는 토니오는 에로틱한 아이러니를 느낀다. 그들에 대한 그의 사랑에는 부러움뿐만 아니라 멸시의 감정이 담겨 있는 것이다.

탐미적 예술을 추구하던 습작기를 거쳐 인간적 예술을 추구하는 작가가 된 토니오는 여자 친구 리자베타와 대화를 나누다가 북쪽으로 여행을 떠나기로 결심한다. 그녀는 토니오를 〈길을 잘못 든 시민〉으로 생각한다. 13년 만에 고향을 방문한 토니오는 자신의 생가와 한젠의 집을 방문하며 아련한 그리움에 잠긴다. 자신의 집은 이제 공공 도서관으로 변해 있다. 자신이 투숙한 호텔에서 그는 사기꾼으로 몰려 체포당할 뻔하는 위기를 겪기도 한다.

그는 발트 해를 거쳐 햄릿의 고향인 덴마크의 올스고르로 가서 어느 해변가 호텔에 투숙한다. 거기서 축제의 저녁에 그는 한스와 잉에를 발견한다. 하지만 이들은 그와 언어가 다른 사람들이다. 그는 리자베타에게 편지를 쓴다. 〈난 두 세계 사이에 서 있어서, 어느 세계에도 안주할 수 없습니다. 그래서 살아가는 게 좀 힘이 듭니다. 당신 같은 예술가는 나를 시민이라고 부르고, 시민들은 나를 체포하고 싶은 유혹을 느낍니다.〉 토니오 크뢰거의 마지막 말은 순결을 서약하고, 동성애를 억압하며, 가정을 꾸리려는 결심으로 보인다. 〈그것은 결실을 맺는 유익한 사랑입니다. 그 속에는 그리움이 들어 있고, 그리고 우울한 질투와 아주 조금의 경멸과 순결하기 짝이 없는 더없이 충만한 행복감이 들어 있거든요.〉

「트리스탄」의 주인공인 작가 데틀레프 슈피넬은 『마의 산』의 한스 카스토르프처럼 요양원에서 요양 중이다. 그는 거기서 열심히 글을 쓰지만 별로 성과를 거두지 못하고 있다. 어느 날 거상 클뢰터얀 부부가 요양원에 도착하는데, 슈피넬은 곧장 클뢰터얀 부인에게 반하고 만다. 병약한 그녀는 남편처럼 튼튼한 아들을 낳다가 기관지에 문제가 생겨 요양원에 오게 되었다. 전에 피아노를 쳤던 그녀는 결혼하고부터 몸에 좋지 않다고 해서 피아노를 치지 않게 되었다. 그녀는 슈피넬에게 자신의 출신이며, 남편을 만나 결혼하게 된 이야기를 털어놓는다. 그녀의 아버지는 좀 망설였지만 오히려 그녀 자신이 결혼을 원했다는 것이다. 슈피넬은 그녀가 결혼 전에 부모님의 집 정원에서 여섯 명의 여자 친구들과 노래를 부르며 놀았던 일을 슈피넬에게 들려주자, 그는 깊은 감명을 받는다.

요양원 손님들이 소풍을 떠난 어느 날 슈피넬은 클뢰터얀 부인에게 바그너의「트리스탄과 이졸데」를 연주해 달라고 부탁한다. 그녀가 동경과 사랑의 모티브를 연주하자 슈피넬은 끓어오르는 감격을 이기지 못하고 그녀 앞에 무릎을 꿇는다. 그런 뒤 그녀의 용태가 나빠져 가고, 그녀의 남편이 어린 아들 안톤과 함께 요양원에 불려 온다. 아직 피아노를 연주한 날 저녁의 감흥에 젖어 있는 슈피넬은 클뢰터얀에게 그를 〈천박한 식도락가〉이자 〈아무 생각이 없는 부류〉라고 비방하는 편지를 보내고, 이에 흥분한 남편이 그의 방에 찾아와 편지 구절을 인용하며 작가를 겁쟁이라고 힐난한다. 그러는 중에 슈파츠 시의원 부인이 찾아와 클뢰터얀 부인에게 위급한 일이 생겼다는 소식을 전하자, 클뢰터얀이 뛰어 나간다. 그런 일이 있은 뒤, 산책을 하던 슈피넬은 안톤을 보자 쫓기듯 도망쳐 버린다.

이 소설의 주제는『마의 산』에서와 마찬가지로 병과 죽음에 기울어지는 예술가 정신과 활력에 넘치고 삶을 즐기는 시민 세계의 육체성의 갈등이다. 레안더 박사의 모습에는『마의 산』의 베르크호프 요양원 원장인 베렌스 고문관의 모습이 보인다. 토마스 만은 이 소설에서 바그너의 작품 자체가 아니라, 20세기 초의 바그너 숭배를 패러디하고 있다. 토마스 만은 슈피넬이라는 인물을 통해 비도덕적인 심미주의를 희화화(戱畵化)한다. 클뢰터얀은 삶의 유능함과 활력을 대변한다. 그리고 연약한 여자인 그의 부인 가브리엘레 클뢰터얀은 천사장 가브리엘의 천상적이고도 부드러운 이름을 지니고 있다. 그녀가 바그너의「트리스탄과 이졸데」를 연주하는 동안 본질이 드러나게 되어, 결국 남편의 세계에서 벗어나 죽음의 세계에 들어가게 된다.

1903년에 쓴「굶주리는 사람들」은「토니오 크뢰거」와 비슷한 점이 보이는 습작이다. 젊은 예술가 데틀레프는 도취적인 축제가 벌어지는 동안 자신이 사모하는 릴리와 키 작은 예술가 곁을 몰래 떠나, 밝게 빛나는 연극 공연장에서 나온다. 연미복을 입은 명랑한 신사들, 대담한 머리 모양을 한 숙녀들, 알록달록한 옷을 입은 사람들, 시끄러운 오케스트라 소리는 민감한 예술가에게는 전혀 무가치한 것이다. 진지한 예술가는 아무런 의미가 없는 오락을 중요하게 생각하지 않는다. 사실 그는 몽상가지만 인식하려고 한다. 그는 작품을 창조하려는 충동에 사로잡혀 있는 것이다. 그래서 그는 뒤로 물러서 있다.

활달한 릴리는 너무 생각에 잠기는 데틀레프가 가버리자 약간 홀가분해한다. 이제 그녀는 화가와 마음 놓고 춤출 수 있게 된다. 하지만 데틀레프는 득달같이 가버리지 않고 머뭇거리며 떠나간다. 즐거움을 추구하는 사람들이 홀에서 보여주는 정상적이고, 진부하며, 짓궂은 언쟁이 그립기 때문이다. 데틀레프는 고독을 느끼고 릴리에게 돌아가고자 한다. 그녀를 사랑하기 때문이다. 하지만 그는 가지 않는다. 결국 무도회장을 빠져나가면서 그는 만족감을 느낀다. 자신이 이 여자와 화가보다 우월하다고 생각하기 때문이다.

모피 옷을 입은 데틀레프는 바깥에 나와 겨울밤에 마차를 타려고 한다. 그때 그에게 노상강도처럼 보이는 한 남자의 모습이 눈에 띈다. 신의 버림을 받고 추위에 떠는 궁핍한 남자이다. 자신을 음험하고도 슬픈 듯이 찬찬히 쳐다보는 이 남자의 눈길을 보고 데틀레프는 〈우린 형제들이다! 우리 둘 다 굶주리고 있다〉는 인식을 한다.

1903년 12월에 쓰인 「신동」은 우울한 소설 「토니오 크뢰거」의 유머러스한 후속 작품에 해당한다. 토마스 만은 소품들 중에서 이 작품에 가장 애착을 가졌다. 그리스 출신의 비비는 8세의 피아노 신동이다. 그는 자신이 작곡한 「장엄한 행진」, 「명상」, 「부엉이와 참새들」 같은 작품을 놀랄 만한 솜씨로 연주한다. 늙은 공주가 그의 작품 활동을 후원해 주고 있지만, 그는 공주가 음악에 대해 아무것도 모른다고 몰래 무시한다. 비평가나 관객들은 그의 연주에 대해 각기 나름대로 여러 가지 반응을 보인다.

이 소품에는 예술가의 오만과 자기모순이 보인다. 토마스 만은 예술가에 대해 말할 때는 늘 자기 자신에 대해 말한다. 신동의 예술적 성격에서 토마스 만의 내부 모습을 살펴볼 수 있다. 하지만 이 피아노 신동은 우울한 토니오 크뢰거와는 달리 자신의 예술적 기질에 시달리지 않는다. 이러한 거침없는 성격은 작가에게도 결여되어 있는 것이다. 작품에서 신동은 아기 예수를 생각나게 하기도 하고, 델포이의 신전에서 아폴론의 신탁을 하는 무녀인 피티아와 연결되기도 한다.

「힘든 시간」은 『짐플리치시무스』지의 청탁으로 실러의 해인 1905년에 쓴 작품이다. 토마스 만은 작품에서 실러와 괴테의 이름뿐만 아니라 실러가 쓰고 있는 『발렌슈타인』이라는 작품의 이름을 한 번도 언급하지 않지만, 문맥으로 독자는 이를 충분히 미루어 짐작할 수 있다. 1796년 어느 날 밤 예나에서 실러가 『발렌슈타인』을 쓰면서 일어나는 일이다. 실러는 가슴 통증으로 의사로부터 집에 가만히 있으라는 지시를 받았다. 바이마르의 괴테도 그의 병에 관심을 갖고 몸이 낫기를 바라고 있지만, 실러는 이에 대해 아무것도 모른다. 그는 지금 『발렌슈타인』을 써야 하지만 뜻대로 되지 않아 고통에 시달리고 있다. 그는 자신의 후원자인 쾨르너에게 자신의 어려움을 호소하며, 재능이 신의 선물이란 일반적인 견해에 반대한다.

그는 재능이란 신의 징벌이라고 주장한다. 고통을 무시하고 계속 작업하는 것이 사람을 위대하게 만든다는 것이다. 그는 작업할 때 시달리며, 이기적으로 특별한 것을 창조한다고 한다. 이와 동시에 그는 자신의 적이자 친구인 바이마르의 괴테를 부러워한다. 괴테는 감각적으로, 신적이며 무의식적으로 수월하게 작품을 쓴다는 것이다. 실러는 『발렌슈타인』을 힘겹게 쓰지만, 1799년에 결국 그 작품을 완성한다.

「벨중족의 혈통」은 1906년 『디 노이에 룬트샤우』지에 나오기로 되어 있었지만, 토마스 만은 부인 카챠의 가족과 분쟁에 휘말릴까 봐 이 작품을 싣는 것을 취소했다. 카챠와 그녀의 쌍둥이 남자 형제가 근친상간적인 관계로 읽힐 염려가 있었기 때문이다. 이 작품은 1921년 책의 형태로 발간되었다가, 1958년에야 전집에 수록되었다.

부유한 유대인으로 골동품을 수집하는 아렌홀트의 슬하에는 쿤츠와 메리트, 쌍둥이 남매 지크문트와 지크린데가 있었다. 쿤츠는 군대에서 근무하고 있고, 메리츠는 법학을 전공하고 있으며, 쌍둥이는 늘 서로 붙어 있다. 예술품에 대한 식견이 높은 이들은 비판적이고 신랄한 대화를 종종 나누지만, 창조적 재능은 부족하다. 지크린데는 공무원인 베케라트와 일주일 후에 결혼할 예정이다. 그는 아렌홀트의 집에 점심 초대를 받아, 서로 이런저런 대화를 나누는 가운데 이들의 날카로운 질문에 곤욕을 치른다.

식사를 하는 중에 지크문트는 베케라트에게 오늘 밤 지크린데와 바그너의 「발퀴레」 공연을 보게 해달라고 부탁해 허락을 받는다. 이 작품의 주인공 이름도 공교롭게도 지크문트와 지크린데이다. 이들도 서로 사랑에 빠지나 결국 서로 남매간이라는 사실이 밝혀진다. 지크문트는 공연을 보러 가기 위해 몸치장을 하느라 오후의 저녁 시간을 다 보내다가, 지크린데가 그의 방에 들어오자 시간이 늦었는데도 서로 열렬하게 애무를 한다. 둘은 마차를 타고 오페라를 보러 갔다가 되돌아온다.

입맛이 없는 지크문트는 지크린데와 헤어진 뒤 자기 방의 거울 앞에 놓여 있는 북극곰 가죽 위에 쓰러져 아까 본 오페라를 곰곰 음미한다. 이때 그가 기대한 대로 지크린데가 나타나 어디 아프냐고 묻는다. 그러다가 둘은 결국 넘어서는 안 되는 선을 넘고 만다.〈이들은 서로 애무에 빠져들었다가 성급히 야단법석을 피우게 되었고, 결국에는 흐느낌밖에 남지 않게 되었다.〉이런 근친상간적인 행위를 한 뒤에 지크린데는 이제 베케라트는 어떻게 하느냐고 묻자 그는 이렇게 대답한다. 「그는 우리에게 고마워해야 해. 그는 지금부터는 덜 하찮은 삶을 살아갈 거야.」

1911년 7월과 1912년 7월 사이에 쓰인「베네치아에서의 죽음」은 한 작가가 장기간 성적 욕망을 억압하다가 이것이 좌절로 끝나는 것을 기술하고 있다. 토마스 만은 베네치아에 1905년과 1911년에 머문 적이 있다. 베네치아는 토마스 만에게 꿈과 비밀의 도시이자 잊을 수 없는 마음의 고향이기도 했다. 주인공 아센바흐는 시민과 예술가의 대립을 극복하고 내면적 조화를 이룬 고귀하고 근엄한 예술가이다. 아센바흐의 정열적이고 엄격한 외모는 동성애적 경향이 있었던 구스타프 말러의 모습을 닮고 있다. 만은 여기에다 괴테와 자기 자신의 모습도 반영하고 있다. 주인공이 정해진 시간에 맞춰 하루 일과를 시작하는 것은 바로 만의 모습이기도 하다.

이 작품은 대가의 반열에 오른 한 고전 작가의 실존 파괴의 이야기이다. 그의 아버지 쪽은 건실한 시민들이지만 어머니 쪽은 보헤미안적이고 육욕이 강한 핏줄을 지녔다. 즉 그는 아버지의 세계에서 탈피하여 어머니의 세계로 여행을 간 것이다. 이리하여 〈동화처럼 외딴 곳〉 베네치아로의 여행은 꿈과 고향, 병과 죽음으로의 여행이 되어 버린다. 뱃사공 카론이 저승으로 가는 길을 안내해 주는 사람이듯이 뮌헨의 낯선 여행자, 수다스러운 선원, 젊게 화장한 배 위의 노인, 곤돌라 뱃사공, 리도의 떠돌이 가수, 그리고 마지막으로 병든 타치오가 모두 죽음을 암시하는 사람들이다.

  미소년 타치오를 쫓는 아셴바흐는 실상 죽음을 뒤쫓고 있는 것이다. 아셴바흐는 그에게서 신적인 아름다움을 보고 경탄하지만 반면에 그에게서 죽음의 그림자도 함께 본다. 그는 소년의 아름다움에 대한 글을 쓰면서 언어가 가져다주는 쾌감을 감미롭게 느끼며, 미소년 때문에 콜레라가 만연하는 도시 베네치아를 떠나지 못하고 그가 베네치아를 떠나는 것에 대해서만 신경 쓰고 있다. 만일 그 폴란드인 부모가 그를 데리고 가버린다면 아셴바흐는 살아갈 용기를 잃어버릴 것 같은 지경에 이른다. 그래서 아셴바흐는 자신의 가장 사적인 금지된 충동과 은밀하게 연결되어 있는 이 도시의 나쁜 비밀에 남몰래 만족감을 느낀다.

  토마스 만이 뤼베크를 떠나 정주한 뮌헨은 전통적으로 성(性)에 대해 자유로운 도시였고, 특히 아셴바흐가 산책한 〈영국 공원〉은 옛날부터 그 중심지 역할을 해왔다. 이 공원을 산책하면서 십자가, 묘비, 영안실을 보고 아셴바흐는 잠깐 동안이나마 마음의 안정을 얻지만 어떤 낯선 남자를 보게 되면서 완전히 다른 방향으로 생각이 바뀌게 된다. 해골을 연상시키는 얼굴을 한 그 남자는 죽음의 사자(使者) 헤르메스를 연상시킨다. 그리고 베네치아로 가는 증기선에서 만나는 〈비참한 남자〉도 방탕하고 윤리적 의지가 부족해 보이며, 곤돌라 사공, 호텔 앞의 떠돌이 가수도 서로 시도동기(示導動機)적으로 연결되어 있다.

아센바흐의 주요 작품인 『프리드리히 대왕』은 토마스 만이 실제로 계획했으나 완성하지 못한 작품이다. 아센바흐의 또 다른 소설인 『마야』는 토마스 만이 원래 1900년대 초에 계획한 미완성 소설인데, 이는 토마스 만의 결혼 전 동성애 파트너 파울 에렌베르크와의 관계를 다룬 작품이다. 또한 아센바흐의 단편소설 「비참한 남자」는 무력함, 방탕함, 윤리적 의지의 부족으로 자기 아내를 〈수염도 나지 않은〉 젊은이의 품으로 보내는 이상한 남자의 이야기이다.

아센바흐는 베네치아로 여행하고, 거기서 머무르는 중에 일련의 기묘한 낯선 남자들을 만나게 된다. 이들은 베네치아로 가는 배 안에서 만나게 되는 젊은이로 변장한 늙은이, 아센바흐를 리도로 태워 가는 곤돌라 사공, 아센바흐가 묵는 호텔 정원에서 공연하는 떠돌이 가수 등이다. 죽음을 연상시키는 이들은 모두 이국적인 면모를 지니고 있다. 아센바흐는 곤돌라를 타고 가면서 곤돌라를 죽음, 곤돌라의 검은색을 관의 검은색과 연관 짓는다. 아센바흐에게는 곤돌라 여행이 일종의 지하 세계로의, 그리고 모래시계로 암시되는 죽음의 세계로의 여행인 셈이다.

그리스 조각을 연상시키는 타치오는 아센바흐에게 완벽한 미의 화신으로 나타나고 있다. 타치오를 처음 본 바로 다음 날 식당에서 그를 기다리던 아센바흐는 그를 〈페아케 녀석〉이라고 부른다. 옛 전설에 따르면, 페아케인들은 〈죽은 자를 실어 나르는 사공들〉로 알려져 있다. 이로써 이 작품의 마지막에 아센바흐가 죽는 순간 그가 떠맡는 〈영혼의 안내자〉의 역할과 페아케인들의 전설이 맞아떨어진다. 죽기 직전 아셴바흐는 모래톱 위를 걸어가는 미소년의 모습을 바라보는데, 이 순간 작가에게는 그가 〈영혼의 안내자〉처럼 여겨진다.

토마스 만의 이러한 동성애에 대한 애착은 그의 여러 작품들에서 확인할 수 있다. 『부덴브로크 가의 사람들』에서 하노가 동급생 카이에게 품는 연정, 「토니오 크뢰거」에서 토니오가 한젠에게 품는 감정, 「베네치아에서의 죽음」에서 아셴바흐가 미소년 타치오에게 품은 연정, 『마의 산』에서 카스토르프가 초등학교 시절 동급생인 히페한테 품는 연정, 『파우스트 박사』에서 아드리안이 조카 네포무크에게 품는 연정이 모두 그러한 성향을 띤다. 크뢰거가 잉에에게 품는 이성애적인 감정은 오히려 한젠에게 품는 애착보다 미약하며, 『마의 산』에서 카스토르프가 쇼샤에게 품는 사랑의 감정도 쇼샤의 모습에서 중성적인 면모가 엿보인다는 점에서 동성애적인 경향에서 벗어나지 못한다.

홍성광

토마스 만 연보

1875년 ^{출생} 6월 6일 뤼베크의 부유한 곡물상 토마스 요한 하인리히 만의 차남으로 태어남.

1893년 18세 부친 사망. 요한 지크문트 만 회사가 청산, 해체됨. 『봄의 폭풍우 *Frühlingssturm*』지의 간행 위원으로 활동. 김나지움 11학년을 중퇴하고 뮌헨으로 이사해 화재 보험 회사의 수습사원으로 입사.

1894년 19세 수습사원을 그만두고 뮌헨 대학에 청강생으로 들어감. 데뷔작 「타락」을 발표.

1895~1896년 20~21세 뮌헨 공과 대학에서 수학.

1896년 21세 형 하인리히와 함께 로마의 팔레스트리나로 가서 머묾.

1897년 22세 장편소설 『부덴브로크 가(家)의 사람들 *Buddenbrooks*』을 쓰기 시작함.

1898년 23세 뮌헨으로 돌아옴. 『짐플리치시무스 *Simplicissimus*』지의 편집 위원으로 일함. 『키 작은 프리데만 씨 *Der kleine Herr Friedemann*』 출간.

1900년 25세 군 복무.

1901년 ^{26세} 첫 장편소설 『부덴브로크 가의 사람들』 출간. 이 작품으로 명성을 얻고 점차 부유해짐.

1903년 ^{28세} 단편집 『토니오 크뢰거 Tonio Kröger』, 『트리스탄 Tristan』을 집필.

1905년 ^{30세} 뮌헨 대학교 수학 교수 프링스하임의 딸 카타리나(애칭은 카챠)와 결혼. 딸 에리카 태어남.

1906년 ^{31세} 희곡 「피오렌차 Fiorenza」 집필. 아들 클라우스 태어남.

1909년 ^{34세} 자신의 결혼 생활을 암시하는 자전적 장편소설 『대공 전하 Königliche Hoheit』를 집필. 바트 퇼츠 Bad Tölz에 별장을 구입함. 아들 골로 태어남.

1910년 ^{35세} 장편소설 『사기꾼 펠릭스 크룰의 고백 Bekenntnisse des Hochstaplers Felix Krull』을 일부 쓰기 시작함. 딸 모니카 태어남.

1912년 ^{37세} 「베네치아에서의 죽음 Der Tod in Venedig」을 집필.

1913년 ^{38세} 여름부터 『마의 산 Der Zauberberg』을 쓰기 시작함.

1914년 ^{39세} 뮌헨 포싱어 가 1번지의 저택에 입주. 형 하인리히에 반대하여 정신 예술의 정치화에 항의함.

1918년 ^{43세} 반민주주의 평론집 『비정치적 인간의 성찰 Betrachtungen eines Unpolitischen』을 2년 반쯤 쓰면서 형 하인리히와 소위 〈형제 싸움〉을 시작함. 그러나 결국엔 민주주의에 대한 저항이 잘못임을 깨달음. 딸 엘리자베트 태어남.

1919년 ^{44세} 단편소설 「주인과 개 Herr und Hund」를 집필.

1920년 ^{45세} 서사시 「어린이의 노래」를 집필.

1922년 ^{47세} 10월 〈독일 공화국에 대하여 Von Deutscher Republik〉라는 주제로 강연하면서 민주주의자로 변신하기 시작함.

1924년 49세 『마의 산』 출간. 독일의 낭만주의적인 〈죽음과의 공감〉을 민주주의적인 〈삶에 대한 봉사〉로 전환함으로써 중년의 만이 보인 세계관의 전환을 나타낸 교양 소설.

1926년 51세 「무질서와 젊은 날의 고뇌Unordnung und frühes Leid」를 집필. 장편소설 『요셉과 그의 형제들Joseph und seine Brüder』을 쓰기 시작함.

1929년 54세 노벨 문학상 수상.

1930년 55세 〈이성에의 호소Ein Appell an die Vernunft〉를 강연하여 시민 계급에게 사회민주당과 손을 잡고 나치스에 대항할 것을 호소함. 단편소설 「마리오와 마술사Mario und der Zauberer」를 써서 파시즘의 정체를 폭로하고 그 최후를 예언함.

1933년 58세 1월, 히틀러가 수상으로 임명되자 그는 2월 국외로 강연 여행을 떠난 채 망명.

1936년 61세 독일 국적을 박탈당하고 아울러 본 대학 명예박사 학위도 박탈당함.

1937년 62세 격월간지 『척도와 가치』를 간행(1939년까지)하여 독일 문화를 옹호함.

1938년 63세 정치 평론집 『유럽에 고함』을 내어 파시즘의 타도를 위해 휴머니즘은 전투적인 자세를 취해야 한다고 설파. 이해에 미국으로 이주하여 2년간 프린스턴 대학의 객원교수를 지냄. 한편 〈찾아올 민주주의의 승리〉를 15개 도시를 순방하며 강연함.

1939년 64세 장편소설 『바이마르의 로테Lotte in Weimar』를 집필. 괴테를 주인공으로 하여 천재의 내면을 그리면서 히틀러 독재와는 다른 괴테적인 독일을 그림.

1940년 65세 단편소설 「바뀐 머리Die vertauschten Köpfe」를 집필. 인도의 전설을 빌려 생과 정신과의 조화로운 합일의 어려움을 그림. 이해부터 45세까지 〈독일 청취자 여러분〉으로 히틀러 타도를 호소함.

1943년 68세 『요셉과 그의 형제들』 완간.

1944년 69세 『율법』. 미국 시민권 획득.

1947년 72세 『파우스트 박사*Doktor Faustus*』를 집필. 천재적인 작곡가가 악마와 결탁하여 몰락하는 비극을 그려 추상적이고 신비적인 독일 혼을 파헤쳤으며, 이성과 철학주의 정신에 대한 절망적인 반항이었던 나치즘이라는 악마적인 비합리주의가 독일에 대두하게 된 원인과 과정을 추구하였음. 전후 처음으로 유럽 여행.

1949년 74세 『〈파우스트 박사〉의 생성 과정. 소설의 소설*Die Entstehung des Doktor Faustus eines Romans*』 출간. 17년 만에 독일을 방문하여 프랑크푸르트와 바이마르에서 괴테 탄생 200주년 기념 연설을 함. 아들 클라우스 자살.

1950년 75세 형 하인리히 만 사망.

1951년 76세 장편소설 『선택받은 사람*Der Erwählte*』을 집필, 근친상간의 죄를 속죄하여 은총을 받게 되는 인간성을 묘사함.

1952년 77세 스위스로 이주.

1953년 78세 단편소설 「속은 여자*Die Betrogene*」.

1954년 79세 마지막 장편소설 『사기꾼 펠릭스 크룰의 고백. 회상록의 제1부*Die Bekenntnisse des Hochstaplers Felix Krull. Memoiren erster Teil*』 출간(결국 미완성으로 남음). 취리히 근교의 킬히베르크에 저택을 구입.

1955년 80세 뤼베크 시 명예시민 칭호 수여식에서 연설함. 실러 사망 150주년 기념 강연 〈실러 시론〉에서 세계 평화와 독일의 통일을 염원함. 8월 12일, 심장병으로 사망. 취리히 근교에 묻힘.

열린책들 세계문학 020 베네치아에서의 죽음

옮긴이 홍성광 1959년 삼척에서 태어나 서울대학교 독문과를 졸업하고 동 대학원에서 문학 박사 학위를 받았다. 논문으로는 「토마스 만의 소설 『마의 산』의 형이상학적 성격」, 「하이네 시의 이로니 연구」, 「토마스 만과 하이네 비교 연구」, 「토마스 만의 괴테 수용」, 「토마스 만과 김승옥 비교 연구」 등이 있고, 옮긴 책으로는 토마스 만의 『부덴브로크 가의 사람들』, 프란츠 카프카의 『변신』, 헤르만 헤세의 『싯다르타』, 미하엘 엔데의 『마법의 술』, 하이네의 『독일. 겨울 동화』, 프리더 라옥스만의 『철학의 정원』, 에리히 마리아 레마르크의 『서부 전선 이상 없다』, 프리드리히 니체의 『짜라투스트라는 이렇게 말했다』 등이 있다. 현재 전문 번역가로 활동 중이다.

지은이 토마스 만 **옮긴이** 홍성광 **발행인** 홍예빈·홍유진
발행처 주식회사 열린책들 **주소** 경기도 파주시 문발로 253 파주출판도시
전화 031-955-4000 **팩스** 031-955-4004 **홈페이지** www.openbooks.co.kr
Copyright (C) 주식회사 열린책들, 2006, 2009, *Printed in Korea.*
ISBN 978-89-329-0933-2 04850 **ISBN** 978-89-329-1499-2 (세트)
발행일 2006년 12월 20일 초판 1쇄 2008년 7월 30일 초판 3쇄 2009년 12월 20일 세계문학판 1쇄 2022년 7월 20일 세계문학판 9쇄

이 도서의 국립중앙도서관 출판예정도서목록(CIP)은 서지정보유통지원시스템 홈페이지(http://seoji.nl.go.kr)와 국가자료공동목록시스템(http://www.nl.go.kr/kolisnet)에서 이용하실 수 있습니다.(CIP제어번호:CIP2009003291)

열린책들 세계문학
Open Books World Literature

001 **죄와 벌** 표도르 도스또예프스끼 장편소설 | 홍대화 옮김 | 전2권 | 각 408, 504면

003 **최초의 인간** 알베르 카뮈 장편소설 | 김화영 옮김 | 392면

004 **소설** 제임스 미치너 장편소설 | 윤희기 옮김 | 전2권 | 각 280, 368면

006 **개를 데리고 다니는 부인** 안똔 체호프 소설선집 | 오종우 옮김 | 368면

007 **우주 만화** 이탈로 칼비노 단편집 | 김운찬 옮김 | 416면

008 **댈러웨이 부인** 버지니아 울프 장편소설 | 최애리 옮김 | 296면

009 **어머니** 막심 고리끼 장편소설 | 최유락 옮김 | 544면

010 **변신** 프란츠 카프카 중단편집 | 홍성광 옮김 | 464면

011 **전도서에 바치는 장미** 로저 젤라즈니 중단편집 | 김상훈 옮김 | 432면

012 **대위의 딸** 알렉산드르 뿌쉬낀 장편소설 | 석영중 옮김 | 240면

013 **바다의 침묵** 베르코르 소설선집 | 이상해 옮김 | 256면

014 **원수들, 사랑 이야기** 아이작 싱어 장편소설 | 김진준 옮김 | 320면

015 **백치** 표도르 도스또예프스끼 장편소설 | 김근식 옮김 | 전2권 | 각 500, 528면

017 **1984년** 조지 오웰 장편소설 | 박경서 옮김 | 392면

019 **이상한 나라의 앨리스** 루이스 캐럴 환상동화 | 머빈 피크 그림 | 최용준 옮김 | 336면

020 **베네치아에서의 죽음** 토마스 만 중단편집 | 홍성광 옮김 | 432면

021 **그리스인 조르바** 니코스 카잔차키스 장편소설 | 이윤기 옮김 | 488면

022 **벚꽃 동산** 안똔 체호프 희곡선집 | 오종우 옮김 | 336면

023 **연애 소설 읽는 노인** 루이스 세풀베다 장편소설 | 정창 옮김 | 192면

024 **젊은 사자들** 어윈 쇼 장편소설 | 정영문 옮김 | 전2권 | 각 416, 408면

026 **젊은 베르테르의 슬픔** 요한 볼프강 폰 괴테 장편소설 | 김인순 옮김 | 240면

027 **시라노** 에드몽 로스탕 희곡 | 이상해 옮김 | 256면

028 **전망 좋은 방** E. M. 포스터 장편소설 | 고정아 옮김 | 352면

029 **까라마조프 씨네 형제들** 표도르 도스또예프스끼 장편소설 | 이대우 옮김 | 전3권 | 각 496, 496, 460면

032 **프랑스 중위의 여자** 존 파울즈 장편소설 | 김석희 옮김 | 전2권 | 각 344면

034 **소립자** 미셸 우엘벡 장편소설 | 이세욱 옮김 | 448면

035 **영혼의 자서전** 니코스 카잔차키스 자서전 | 안정효 옮김 | 전2권 | 각 352, 408면

037 **우리들** 예브게니 자먀찐 장편소설 | 석영중 옮김 | 320면

038 **뉴욕 3부작** 폴 오스터 장편소설 | 황보석 옮김 | 480면

039 **닥터 지바고** 보리스 파스테르나크 장편소설 | 홍대화 옮김 | 전2권 | 각 480, 592면

041 **고리오 영감** 오노레 드 발자크 장편소설 | 임희근 옮김 | 456면

042 **뿌리** 알렉스 헤일리 장편소설 | 안정효 옮김 | 전2권 | 각 400, 448면

044 **백년보다 긴 하루** 친기즈 아이뜨마또프 장편소설 | 황보석 옮김 | 560면

045 **최후의 세계** 크리스토프 란스마이어 장편소설 | 장희권 옮김 | 264면

046 **추운 나라에서 돌아온 스파이** 존 르카레 장편소설 | 김석희 옮김 | 368면

047 **산도칸 – 몸프라쳄의 호랑이** 에밀리오 살가리 장편소설 | 유향란 옮김 | 428면

048 **기적의 시대** 보리슬라프 페키치 장편소설 | 이윤기 옮김 | 560면

049 **그리고 죽음** 짐 크레이스 장편소설 | 김석희 옮김 | 224면

050 **세설** 다니자키 준이치로 장편소설 | 송태욱 옮김 | 전2권 | 각 480면

052 **세상이 끝날 때까지 아직 10억 년** 스뜨루가츠끼 형제 장편소설 | 석영중 옮김 | 224면

053 **동물 농장** 조지 오웰 장편소설 | 박경서 옮김 | 208면

054 **캉디드 혹은 낙관주의** 볼테르 장편소설 | 이봉지 옮김 | 232면

055 **도적 떼** 프리드리히 폰 실러 희곡 | 김인순 옮김 | 264면

056 **플로베르의 앵무새** 줄리언 반스 장편소설 | 신재실 옮김 | 320면

057 **악령** 표도르 도스또예프스끼 장편소설 | 박혜경 옮김 | 전3권 | 각 328, 408, 528면

060 **의심스러운 싸움** 존 스타인벡 장편소설 | 윤희기 옮김 | 340면

061 **몽유병자들** 헤르만 브로흐 장편소설 | 김경연 옮김 | 전2권 | 각 568, 544면

063 **몰타의 매** 대실 해밋 장편소설 | 고정아 옮김 | 304면

064 **마야꼬프스끼 선집** 블라지미르 마야꼬프스끼 선집 | 석영중 옮김 | 320면

065 **드라큘라** 브램 스토커 장편소설 | 이세욱 옮김 | 전2권 | 각 340, 344면

067 **서부 전선 이상 없다** 에리히 마리아 레마르크 장편소설 | 홍성광 옮김 | 336면

068 **적과 흑** 스탕달 장편소설 | 임미경 옮김 | 전2권 | 각 376, 368면

070 **지상에서 영원으로** 제임스 존스 장편소설 | 이종인 옮김 | 전3권 | 각 396, 380, 388면

073 **파우스트** 요한 볼프강 폰 괴테 희곡 | 김인순 옮김 | 568면

074 **쾌걸 조로** 존스턴 매컬리 장편소설 | 김훈 옮김 | 316면

075 **거장과 마르가리따** 미하일 불가꼬프 장편소설 | 홍대화 옮김 | 전2권 | 각 364, 328면

077 **순수의 시대** 이디스 워튼 장편소설 | 고정아 옮김 | 448면

078 **검의 대가** 아르투로 페레스 레베르테 장편소설 | 김수진 옮김 | 376면

079 **예브게니 오네긴** 알렉산드르 뿌쉬낀 운문소설 | 석영중 옮김 | 328면

080 **장미의 이름** 움베르토 에코 장편소설 | 이윤기 옮김 | 전2권 | 각 440, 448면

082 **향수** 파트리크 쥐스킨트 장편소설 | 강명순 옮김 | 384면

083 **여자를 안다는 것** 아모스 오즈 장편소설 | 최창모 옮김 | 280면

084 **나는 고양이로소이다** 나쓰메 소세키 장편소설 | 김난주 옮김 | 544면

085 **웃는 남자** 빅토르 위고 장편소설 | 이형식 옮김 | 전2권 | 각 472, 496면

087 **아웃 오브 아프리카** 카렌 블릭센 장편소설 | 민승남 옮김 | 480면

088 **무엇을 할 것인가** 니꼴라이 체르니셰프스끼 장편소설 | 서정록 옮김 | 전2권 | 각 360, 404면

090 **도나 플로르와 그녀의 두 남편** 조르지 아마두 장편소설 | 오숙은 옮김 | 전2권 | 각 328, 308면

092 **미사고의 숲** 로버트 홀드스톡 장편소설 | 김상훈 옮김 | 416면

093 **신곡** 단테 알리기에리 장편서사시 | 김운찬 옮김 | 전3권 | 각 292, 296, 328면

096 **교수** 샬럿 브론테 장편소설 | 배미영 옮김 | 368면

097 **노름꾼** 표도르 도스또예프스끼 장편소설 | 이재필 옮김 | 320면

098 **하워즈 엔드** E. M. 포스터 장편소설 | 고정아 옮김 | 508면

099 **최후의 유혹** 니코스 카잔차키스 장편소설 | 안정효 옮김 | 전2권 | 각 408면

101 **키리냐가** 마이크 레스닉 장편소설 | 최용준 옮김 | 464면

102 **바스커빌가의 개** 아서 코넌 도일 장편소설 | 조영학 옮김 | 264면

103 **버마 시절** 조지 오웰 장편소설 | 박경서 옮김 | 400면

104 **10 1/2장으로 쓴 세계 역사** 줄리언 반스 장편소설 | 신재실 옮김 | 464면

105 **죽음의 집의 기록** 표도르 도스또예프스끼 장편소설 | 이덕형 옮김 | 528면

106 **소유** 앤토니어 수전 바이어트 장편소설 | 윤희기 옮김 | 전2권 | 각 440, 480면

108 **미성년** 표도르 도스또예프스끼 장편소설 | 이상룡 옮김 | 전2권 | 각 512, 544면

110 **성 앙투안느의 유혹** 귀스타브 플로베르 희곡소설 | 김용은 옮김 | 584면

111 **밤으로의 긴 여로** 유진 오닐 희곡 | 강유나 옮김 | 240면

112 **마법사** 존 파울즈 장편소설 | 정영문 옮김 | 전2권 | 각 512, 552면

114 **스쩨빤치꼬보 마을 사람들** 표도르 도스또예프스끼 장편소설 | 변현태 옮김 | 416면

115 **플랑드르 거장의 그림** 아르투로 페레스 레베르테 장편소설 | 정창 옮김 | 512면

116 **분신** 표도르 도스또예프스끼 장편소설 | 석영중 옮김 | 288면

117 **가난한 사람들** 표도르 도스또예프스끼 장편소설 | 석영중 옮김 | 256면

118 **인형의 집** 헨리크 입센 희곡 | 김창화 옮김 | 272면

119 **영원한 남편** 표도르 도스또예프스끼 장편소설 | 정명자 외 옮김 | 448면

120 **알코올** 기욤 아폴리네르 시집 | 황현산 옮김 | 352면

121 **지하로부터의 수기** 표도르 도스또예프스끼 장편소설 | 계동준 옮김 | 256면

122 **어느 작가의 오후** 페터 한트케 중편소설 | 홍성광 옮김 | 160면

123 **아저씨의 꿈** 표도르 도스또예프스끼 장편소설 | 박종소 옮김 | 304면

124 **네또츠까 네즈바노바** 표도르 도스또예프스끼 장편소설 | 박재만 옮김 | 316면

125 **곤두박질** 마이클 프레인 장편소설 | 최용준 옮김 | 528면

126 **백야 외** 표도르 도스또예프스끼 소설선집 | 석영중 외 옮김 | 408면

127 **살라미나의 병사들** 하비에르 세르카스 장편소설 | 김창민 옮김 | 296면

128 **뻬쩨르부르그 연대기 외** 표도르 도스또예프스끼 소설선집 | 이항재 옮김 | 296면

129 **상처받은 사람들** 표도르 도스또예프스끼 장편소설 | 윤우섭 옮김 | 전2권 | 각 296, 392면

131 **악어 외** 표도르 도스또예프스끼 소설선집 | 박혜경 외 옮김 | 312면

132 **허클베리 핀의 모험** 마크 트웨인 장편소설 | 윤교찬 옮김 | 416면

133 **부활** 레프 똘스또이 장편소설 | 이대우 옮김 | 전2권 | 각 308, 416면

135 **보물섬** 로버트 루이스 스티븐슨 장편소설 | 머빈 피크 그림 | 최용준 옮김 | 360면

136 **천일야화** 앙투안 갈랑 엮음 | 임호경 옮김 | 전6권 | 각 336, 328, 372, 392, 344, 320면

142 **아버지와 아들** 이반 뚜르게네프 장편소설 | 이상원 옮김 | 328면

143 **오만과 편견** 제인 오스틴 장편소설 | 원유경 옮김 | 480면

144 **천로 역정** 존 버니언 우화소설 | 이동일 옮김 | 432면

145 **대주교에게 죽음이 오다** 윌라 캐더 장편소설 | 윤명옥 옮김 | 352면

146 **권력과 영광** 그레이엄 그린 장편소설 | 김연수 옮김 | 384면

147 **80일간의 세계 일주** 쥘 베른 장편소설 | 고정아 옮김 | 352면

148 **바람과 함께 사라지다** 마거릿 미첼 장편소설 | 안정효 옮김 | 전3권 | 각 616, 640, 640면

151 **기탄잘리** 라빈드라나트 타고르 시집 | 장경렬 옮김 | 224면

152 **도리언 그레이의 초상** 오스카 와일드 장편소설 | 윤희기 옮김 | 384면

153 **레우코와의 대화** 체사레 파베세 희곡소설 | 김운찬 옮김 | 280면

154 **햄릿** 윌리엄 셰익스피어 희곡 | 박우수 옮김 | 256면

155 **맥베스** 윌리엄 셰익스피어 희곡 | 권오숙 옮김 | 176면

156 **아들과 연인** 데이비드 허버트 로런스 장편소설 | 최희섭 옮김 | 전2권 | 464, 432면

158 **그리고 아무 말도 하지 않았다** 하인리히 뵐 장편소설 | 홍성광 옮김 | 272면

159 **미덕의 불운** 싸드 장편소설 | 이형식 옮김 | 248면

160 **프랑켄슈타인** 메리 W. 셸리 장편소설 | 오숙은 옮김 | 320면

161 **위대한 개츠비** 프랜시스 스콧 피츠제럴드 장편소설 | 한애경 옮김 | 280면

162 **아Q정전** 루쉰 중단편집 | 김태성 옮김 | 320면

163 **로빈슨 크루소** 대니얼 디포 장편소설 | 류경희 옮김 | 456면

164 **타임머신** 허버트 조지 웰스 소설선집 | 김석희 옮김 | 304면

165 **제인 에어** 샬럿 브론테 장편소설 | 이미선 옮김 | 전2권 | 각 392, 384면

167 **풀잎** 월트 휘트먼 시집 | 허현숙 옮김 | 280면

168 **표류자들의 집** 기예르모 로살레스 장편소설 | 최유정 옮김 | 216면

169 **배빗** 싱클레어 루이스 장편소설 | 이종인 옮김 | 520면

170 **이토록 긴 편지** 마리아마 바 장편소설 | 백선희 옮김 | 192면

171 **느릅나무 아래 욕망** 유진 오닐 희곡 | 손동호 옮김 | 168면

172 **이방인** 알베르 카뮈 장편소설 | 김예령 옮김 | 208면

173 **미라마르** 나기브 마푸즈 장편소설 | 허진 옮김 | 288면

174 **지킬 박사와 하이드 씨** 로버트 루이스 스티븐슨 소설선집 | 조영학 옮김 | 320면

175 **루진** 이반 뚜르게네프 장편소설 | 이항재 옮김 | 264면

176 **피그말리온** 조지 버나드 쇼 희곡 | 김소임 옮김 | 256면

177 **목로주점** 에밀 졸라 장편소설 | 유기환 옮김 | 전2권 | 각 336면

179 **엠마** 제인 오스틴 장편소설 | 이미애 옮김 | 전2권 | 각 336, 360면

181 **비숍 살인 사건** S. S. 밴 다인 장편소설 | 최인자 옮김 | 464면

182 **우신예찬** 에라스무스 풍자문 | 김남우 옮김 | 296면

183 **하자르 사전** 밀로라드 파비치 장편소설 | 신현철 옮김 | 488면

184 **테스** 토머스 하디 장편소설 | 김문숙 옮김 | 전2권 | 각 392, 336면

186 **투명 인간** 허버트 조지 웰스 장편소설 | 김석희 옮김 | 288면

187 **93년** 빅토르 위고 장편소설 | 이형식 옮김 | 전2권 | 각 288, 360면

189 **젊은 예술가의 초상** 제임스 조이스 장편소설 | 성은애 옮김 | 384면

190 **소네트집** 윌리엄 셰익스피어 연작시집 | 박우수 옮김 | 200면

191 **메뚜기의 날** 너새니얼 웨스트 장편소설 | 김진준 옮김 | 280면

192 **나사의 회전** 헨리 제임스 중편소설 | 이승은 옮김 | 256면

193 **오셀로** 윌리엄 셰익스피어 희곡 | 권오숙 옮김 | 216면

194 **소송** 프란츠 카프카 장편소설 | 김재혁 옮김 | 376면

195 **나의 안토니아** 윌라 캐더 장편소설 | 전경자 옮김 | 368면

196 **자성록** 마르쿠스 아우렐리우스 명상록 | 박민수 옮김 | 240면

197 **오레스테이아** 아이스킬로스 비극 | 두행숙 옮김 | 336면

198 **노인과 바다** 어니스트 헤밍웨이 소설선집 | 이종인 옮김 | 320면

199 **무기여 잘 있거라** 어니스트 헤밍웨이 장편소설 | 이종인 옮김 | 464면

200 **서푼짜리 오페라** 베르톨트 브레히트 희곡선집 | 이은희 옮김 | 320면

201 **리어 왕** 윌리엄 셰익스피어 희곡 | 박우수 옮김 | 224면

202 **주홍 글자** 너새니얼 호손 장편소설 | 곽영미 옮김 | 360면

203 **모히칸족의 최후** 제임스 페니모어 쿠퍼 장편소설 | 이나경 옮김 | 512면

204 **곤충 극장** 카렐 차페크 희곡선집 | 김선형 옮김 | 360면

205 **누구를 위하여 종은 울리나** 어니스트 헤밍웨이 장편소설 | 이종인 옮김 | 전2권 | 각 416, 400면

207 **타르튀프** 몰리에르 희곡선집 | 신은영 옮김 | 416면

208 **유토피아** 토머스 모어 소설 | 전경자 옮김 | 288면

209 **인간과 초인** 조지 버나드 쇼 희곡 | 이후지 옮김 | 320면

210 **페드르와 이폴리트** 장 라신 희곡 | 신정아 옮김 | 200면

211 **말테의 수기** 라이너 마리아 릴케 장편소설 | 안문영 옮김 | 320면

212 **등대로** 버지니아 울프 장편소설 | 최애리 옮김 | 328면

213 **개의 심장** 미하일 불가꼬프 중편소설집 | 정연호 옮김 | 352면

214 **모비 딕** 허먼 멜빌 장편소설 | 강수정 옮김 | 전2권 | 각 464, 488면

216 **더블린 사람들** 제임스 조이스 단편소설집 | 이강훈 옮김 | 336면

217 **마의 산** 토마스 만 장편소설 | 윤순식 옮김 | 전3권 | 각 496, 488, 512면

220 **비극의 탄생** 프리드리히 니체 | 김남우 옮김 | 304면

221 **위대한 유산** 찰스 디킨스 장편소설 | 류경희 옮김 | 전2권 | 각 432, 448면

223 **사람은 무엇으로 사는가** 레프 똘스또이 소설선집 | 윤새라 옮김 | 464면

224 **자살 클럽** 로버트 루이스 스티븐슨 소설선집 | 임종기 옮김 | 272면

225 **채털리 부인의 연인** 데이비드 허버트 로런스 장편소설 | 이미선 옮김 | 전2권 | 각 336, 328면

227 **데미안** 헤르만 헤세 장편소설 | 김인순 옮김 | 272면

228 **두이노의 비가** 라이너 마리아 릴케 시 선집 | 손재준 옮김 | 504면

229 **페스트** 알베르 카뮈 장편소설 | 최윤주 옮김 | 432면

230 **여인의 초상** 헨리 제임스 장편소설 | 정상준 옮김 | 전2권 | 각 520, 544면

232 **성** 프란츠 카프카 장편소설 | 이재황 옮김 | 560면

233 **차라투스트라는 이렇게 말했다** 프리드리히 니체 산문시 | 김인순 옮김 | 464면

234 **노래의 책** 하인리히 하이네 시집 | 이재영 옮김 | 384면

235 **변신 이야기** 오비디우스 서사시 | 이종인 옮김 | 632면

236 **안나 까레니나** 레프 똘스또이 장편소설 | 이명현 옮김 | 전2권 | 각 800, 736면

238 **이반 일리치의 죽음·광인의 수기** 레프 똘스또이 중단편집 | 석영중·정지원 옮김 | 232면

239 **수레바퀴 아래서** 헤르만 헤세 장편소설 | 강명순 옮김 | 272면

240 **피터 팬** J. M. 배리 장편소설 | 최용준 옮김 | 272면

241 **정글 북** 러디어드 키플링 중단편집 | 오숙은 옮김 | 272면

242 **한여름 밤의 꿈** 윌리엄 셰익스피어 희곡 | 박우수 옮김 | 160면
243 **좁은 문** 앙드레 지드 장편소설 | 김화영 옮김 | 264면
244 **모리스** E. M. 포스터 장편소설 | 고정아 옮김 | 408면
245 **브라운 신부의 순진** 길버트 키스 체스터턴 단편집 | 이상원 옮김 | 336면
246 **각성** 케이트 쇼팽 장편소설 | 한애경 옮김 | 272면
247 **뷔히너 전집** 게오르크 뷔히너 지음 | 박종대 옮김 | 400면
248 **디미트리오스의 가면** 에릭 앰블러 장편소설 | 최용준 옮김 | 424면
249 **베르가모의 페스트 외** 옌스 페테르 야콥센 중단편 전집 | 박종대 옮김 | 208면
250 **폭풍우** 윌리엄 셰익스피어 희곡 | 박우수 옮김 | 176면
251 **어센든, 영국 정보부 요원** 서머싯 몸 연작 소설집 | 이민아 옮김 | 416면
252 **기나긴 이별** 레이먼드 챈들러 장편소설 | 김진준 옮김 | 600면
253 **인도로 가는 길** E. M. 포스터 장편소설 | 민승남 옮김 | 552면
254 **올랜도** 버지니아 울프 장편소설 | 이미애 옮김 | 376면
255 **시지프 신화** 알베르 카뮈 지음 | 박언주 옮김 | 264면
256 **조지 오웰 산문선** 조지 오웰 지음 | 허진 옮김 | 424면
257 **로미오와 줄리엣** 윌리엄 셰익스피어 희곡 | 도해자 옮김 | 200면
258 **수용소군도** 알렉산드르 솔제니찐 기록문학 | 김학수 옮김 | 전6권 | 각 460면 내외
264 **스웨덴 기사** 레오 페루츠 장편소설 | 강명순 옮김 | 336면
265 **유리 열쇠** 대실 해밋 장편소설 | 홍성영 옮김 | 328면
266 **로드 짐** 조지프 콘래드 장편소설 | 최용준 옮김 | 608면
267 **푸코의 진자** 움베르토 에코 장편소설 | 이윤기 옮김 | 전3권 | 각 392, 384, 416면
270 **공포로의 여행** 에릭 앰블러 장편소설 | 최용준 옮김 | 376면
271 **심판의 날의 거장** 레오 페루츠 장편소설 | 신동화 옮김 | 264면
272 **에드거 앨런 포 단편선** 에드거 앨런 포 지음 | 김석희 옮김 | 392면
273 **수전노 외** 몰리에르 희곡선집 | 신정아 옮김 | 424면
274 **모파상 단편선** 기 드 모파상 지음 | 임미경 옮김 | 400면
275 **평범한 인생** 카렐 차페크 장편소설 | 송순섭 옮김 | 280면
276 **마음** 나쓰메 소세키 장편소설 | 양윤옥 옮김 | 344면
277 **인간 실격·사양** 다자이 오사무 소설집 | 김난주 옮김 | 336면
278 **작은 아씨들** 루이자 메이 올컷 장편소설 | 허진 옮김 | 전2권 | 각 408, 464면

각 권 8,800~19,800원